Die Rückkehr des Highlanders

Amanda Scott

Die Rückkehr des Highlanders

Deutsch von Carola Kasperek

Weltbild

Originaltitel: *Hidden Heiress*
Originalverlag: Warner Books

Dieses Werk wurde vermittelt durch die
Literarische Agentur Thomas Schlück GmbH, 30827 Garbsen.

Für Terry und Jim Drennan.
Nur auf sie kommt es an.

Die Autorin

Amanda Scott stammt aus einer alten Juristen-Dynastie und ist in Kalifornien aufgewachsen. Die studierte Historikerin mit Schwerpunkt in englischer Geschichte hat einige Jahre als Lehrerin gearbeitet, bevor ihr Ehemann sie zum Schreiben brachte. Seither hat Amanda Scott jedes ihrer Manuskripte verkauft und mittlerweile weit über 40 Titel veröffentlicht. Ihre Romane stehen auf den Bestsellerlisten und haben zahlreiche Auszeichnungen gewonnen. Die Autorin lebt mit ihrer Familie in Nordkalifornien.

Weltbild Taschenbuch

Prolog

Im schottischen Grenzland, 1530

Das flachshaarige kleine Mädchen huschte lautlos die dunkle, gewundene Dienstbotentreppe hinauf und spitzte die Ohren nach jedem Geräusch. Zwar würden ihr die Bediensteten nichts tun, doch nicht alle Bewohner des Farnsworth Tower waren so harmlos.

Ohne auch nur einen Blick hineinzuwerfen, flitzte sie an der Kemenate der Lady vorüber, damit diese ihr keine lästige Arbeit auftragen konnte.

Wenn sie es bis zu Sir Hectors Studierstube schaffte, würde er ihr vielleicht erlauben, ihm ein wenig Gesellschaft zu leisten, und ihr interessante Geschichten aus alten Zeiten erzählen. Sir Hector konnte gut erzählen, doch selbst wenn er heute nicht zum Reden aufgelegt war, durfte sie mit etwas Glück ein bisschen bleiben und ihm bei der Arbeit zuschauen. Es war schön bei Sir Hector und so friedlich. Wenn er zu arbeiten hatte, konnte sie ihre Gedanken schweifen lassen und sich selbst Geschichten ausdenken. Und außerdem würde sie dort niemand suchen.

Schon reckte sie sich nach der Klinke an Sir Hectors Kammertür, da hörte sie schnelle Schritte auf der Haupttreppe am anderen Ende des kurzen Korridors. Als das Kind merkte, wer da kam, drückte es sich in den Schatten der engen Mauernische zwischen Sir Hectors Kammer und der Dienstbotentreppe, wo normalerweise Eimer und Wischlappen untergebracht waren, die heute jedoch glücklicherweise leer war.

Lady Farnsworth erschien im Durchgang zur Treppe, kam heranmarschiert und stieß Sir Hectors Tür so schwungvoll auf, dass diese innen gegen die Wand krachte und dann etwas zurückschwang.

»Ihr müsst auf der Stelle etwas unternehmen, Mann«, schrie Lady Farnsworth mit schriller Stimme. »Das kann so nicht weitergehen.« Das Kind schlich auf Zehenspitzen ein wenig näher und spähte durch den Türspalt.

Ärgerlich über die unerwünschte Störung, löste Sir Hector Farnsworth behutsam die Schnüre seiner Brille von den Ohren und legte die Brille auf ihren angestammten Platz auf dem Schreibtisch. Nur so konnte er einigermaßen sicher sein, dass er sie nicht mit einer schroffen Bewegung vom Tisch und quer durch den Raum fegen würde. Es war immer so peinlich, wenn dann ein Diener kommen und sie suchen musste. Erst als er die Brille sicher verstaut hatte, blickte er seine Frau an.

Auch ohne Brille konnte er ihre stämmige Gestalt gut erkennen. Er bemerkte nicht nur, dass ihr Doppelkinn vor Empörung zitterte, sondern auch, dass ihre Haube und die bemerkenswerte feuerrote Perücke darunter bedenklich verrutscht waren. Es waren nur die Details, die er mit bloßem Auge schwer ausmachen konnte. Zuweilen hatten schwache Augen aber durchaus ihre Vorzüge, so zum Beispiel, wenn seine Frau sein Bett besuchte. Sonst jedoch waren sie ein Ärgernis für einen gebildeten Herrn mit einer lebhaften Korrespondenz und einem Interesse an der Rechtsprechung, wie sie auf Schloss Stirling geübt, im wilden Grenzland jedoch nur wenig beachtet wurde.

In ruhigem Ton wandte er sich an seine Frau und hoffte, dass man ihm seine Verärgerung nicht anmerkte. »In welcher Angelegenheit sollte ich denn etwas unternehmen, Madam?«

Lady Farnsworths Busen bebte vor Aufregung, und das wenig damenhafte Schnauben, mit dem sie ihre nächsten Worte einleitete, zeigte ihm, dass seine sanfte Stimme sie in keiner Weise besänftigt hatte.

»Ihr müsst sofort an den Grafen von Angus schreiben und ihm sagen, dass er sich unbedingt an unsere Abmachung zu halten hat, wenn wir uns weiter um sein missratenes Gör kümmern sollen.«

»Das wäre überaus anmaßend von mir«, erwiederte Sir Hector verstimmt. »Ein Mann von untergeordnetem Rang wie ich fordert keinen Grafen zu irgendetwas auf, und schon gar nicht den Grafen von Angus.«

»Verpackt das Anliegen meinetwegen in so viele höfliche Floskeln, wie Ihr wollt«, entgegnete seine Frau, stemmte die Arme in die ausladenden Hüften und beugte sich über den Schreibtisch zu ihm hinüber. »Aber macht Seiner Lordschaft klar, dass er uns wie versprochen das Geld für ihren Unterhalt schicken muss.«

»Oder?« – »Oder was?«

»Genau das ist meine Frage, Madam. Was soll ich Eurer Ansicht nach mit dem Mädelchen machen, wenn Angus sich weigert?«

»Nun, sie hinauswerfen natürlich. Schickt sie von mir aus zu den Nonnen, oder lasst sie von einer Familie im Dorf aufziehen. Sie ist einfach keine geeignete Gesellschaft für Eure Töchter, zumal ihre Mutter keineswegs eine Frau von Stand war. Mag auch Angus ihr Vater sein, so war ihre Mutter doch nur eine einfache Dienstmagd.«

»Meine Güte, Madam«, sagte Sir Hector und rieb sich mit seiner angenehm kühlen Hand den heißen Nacken, »die kleine Elspeth lebt nun schon seit fast vier Jahren bei uns. Das ist mehr als die Hälfte ihres Lebens. Sicher sieht sie den Farnsworth Tower mittlerweile als ihr Zuhause an und Drusilla und Jelyan als ihre Schwestern.«

»Sie sind aber nicht ihre Schwestern, Sir. Und falls sie diese Ansicht hegt, sollte man sie ihr schleunigst austreiben. Wenn Angus sich weigert, für sie aufzukommen, kann er schwerlich erwarten, dass wir es tun. Schließlich ist sie sein Bastard und nicht der Eure.«

»Madam, ich wünsche solch vulgäre Worte nicht aus Eurem Munde zu hören.«

Sie brachte es immerhin fertig, ein wenig zu erröten, fuhr jedoch gleich darauf in demselben harten Ton fort: »Die Bezeichnung mag Euch missfallen, Sir, dennoch ist sie zutreffend. Nennt Elspeth seine natürliche Tochter, wenn es Euch beliebt. Das ändert jedoch keinen Deut an den Tatsachen.«

»Ich möchte Euch daran erinnern, dass sich Angus zurzeit im Exil befindet.«

»Ja, und das trifft auf drei der vier Jahre zu, die das Kind bei uns ist, nicht wahr? Aber er hat Euch doch Geld geschickt, nachdem er vor dem Zorn des Königs zu Heinrich von England geflohen war. Also kann es nicht an seinem Exil liegen, wenn er jetzt nichts mehr bezahlt.«

»Vielleicht hat er nicht einmal mehr genug für sich selbst«, gab Sir Hector zu bedenken.

»Es heißt, er lebe sogar aufwändiger als Heinrich von England selbst, wenn er in London ist. Obwohl er sich ja meistens in dem Haus aufhalten soll, das ihm Heinrich in der Nähe von York zur Verfügung gestellt hat. Und außerdem möchte ich Euch daran erinnern, Sir, dass Angus es zweimal geschafft hat, eine Armee aufzustellen, um unsere Grenze anzugreifen. Und es geht das Gerücht, dass er beabsichtigt, es ein drittes Mal zu versuchen.« Als ihr Mann bloß das Gesicht verzog, reckte sie das Kinn vor und fügte hinzu: »Eure Mutter mag ja stolz auf ihre Verwandtschaft mit den Douglas gewesen sein, aber ich wette, selbst sie würde nicht die Partei dieses elenden Häuptlings im Exil gegen den König der Schotten ergreifen!«

»Also bitte, meine Liebe.« Zum ersten Mal in dieser Unterredung fühlte sich Sir Hector in die Ecke gedrängt. »Ihr wisst doch sehr gut, dass Bündnisse im Grenzgebiet recht … nun ja, wechselhaft sind.«

»Nennen wir sie ruhig unzuverlässig«, fauchte sie. »Aber

ich bleibe dabei: Wenn Angus will, dass Ihr Euch um seine Göre kümmert, dann soll er sich an die Abmachung halten.«

»Ich werde ihm schreiben und ihn daran erinnern, dass das Mädchen Unterhalt benötigt«, lenkte Sir Hector schließlich ein. »Aber ich denke, harte Worte sind unangebracht. Ein dezenter kleiner Hinweis dürfte wohl genügen.«

»Seid so dezent, wie Ihr wollt, Sir, aber macht dem abscheulichen Grafen klar, dass wir das Balg sich selbst überlassen, wenn er nicht spurt.«

»Dergleichen werde ich ihm auf keinen Fall schreiben«, sagte Sir Hector und griff nach seiner Brille. Er strich geistesabwesend mit dem Finger über ihren silbernen Rahmen, als er hinzufügte: »Wir schicken sie weder ins Kloster noch ins Dorf. Elspeth bleibt im Farnsworth Tower.«

»Dann muss sie sich ihren Lebensunterhalt verdienen. Sie ist immerhin schon fast sechs Jahre alt.«

»Ja, das muss sie wohl, wenn Angus sein Wort nicht hält«, stimmte ihr Mann ihr zu. »Und nun, wenn es sonst nichts mehr zu besprechen gibt …«

Draußen vor der halb geöffneten Tür lauschte die kleine Elspeth mucksmäuschenstill. Als sie hörte, wie Sir Hector die Lady entließ, fuhr sie mit schreckgeweiteten Augen herum, wie ein verängstigtes Reh auf der Flucht. Doch sie lief dem Unheil direkt in die Arme.

»Elspeth, du ungezogenes Kind!«, rief die neunjährige Drusilla Farnsworth aus. »Du lauschst an der Tür meines Vaters? Dafür bekommst du bestimmt eine gehörige Abreibung!«

»Das ist sicher«, ließ sich Lady Farnsworths wütende Stimme von der Tür her vernehmen.

Derart in die Enge getrieben, erstarrte Elspeth förmlich vor Angst. Sie gab jedoch keinen Mucks von sich, da sie aus Erfahrung wusste, dass jedes Wort die Strafe nur verschlimmern würde.

1

Im schottischen Hochland, zehn Jahre später

Zwölf Schiffe segelten durch den engen Sund von Raasay zwischen der Ostküste der Insel Skye und der Westküste von Kintail auf dem schottischen Festland. Am Ende des Sundes nahmen die Schiffe Kurs auf Loch Alsh. Noch stieg leichter Morgennebel vom Loch auf und ließ die umliegenden steilen Hügel in graublauem Dunst verschwimmen. Doch es versprach, ein schöner Augusttag zu werden. Und wirklich, noch bevor die Schiffe ihr Ziel erreicht hatten, löste sich der Nebel bereits auf.

Auf Burg Eilean Donan, die auf einer kleinen Insel an der Stelle lag, wo sich Loch Alsh in Loch Long und Loch Duich gabelte, erscholl der erste Alarmruf von den Festungsmauern.

»Schiffe auf dem Loch!«

Der Ruf drang durch das gewundene Treppenhaus bis in die große Halle, wo der Burgvogt, Sir Patrick MacRae, an der großen Tafel saß und die Unterlagen studierte, die ihm die Burgherrin vorgelegt hatte. Wie immer überflog er die Eintragungen nur flüchtig, da er niemals Fehler in den sorgfältigen Berechnungen der Lady fand. Er wollte die Bücher gerade beiseite legen, als er den Warnruf vernahm. Patrick MacRae war ein großer, muskulöser Mann mit breiten Schultern, dunklem Haar und grauen Augen. Jetzt sprang er flink und behände auf und rannte ins Treppenhaus, wobei er zwei bewaffneten Männern winkte, ihm zu folgen. Auf halber Höhe kam ihnen der Wachtposten entgegen.

»Schiffe, Sir!«

»Wie viele?«, wollte Patrick wissen, während er sich an dem Mann vorbeidrückte.

Der Wächter schloss sich ihnen an. »Ich konnte sie nicht genau zählen, aber es waren bestimmt zehn, vielleicht sogar ein Dutzend.«

»Wie weit weg?«

»Schon zu nahe«, entgegnete der Mann mit gepresster Stimme. »Vielleicht anderthalb Meilen hinter Glas Eilean.«

»Also sind sie noch drei oder vier Meilen entfernt. Wie ist der Wind?«

»Eine steife Brise aus Nordwest, Sir. Ich schätze, uns bleibt höchstens noch eine Stunde.«

Ohne ein weiteres Wort sprang Patrick die letzten Stufen hinauf. Als er durch die Tür auf den zinnenbewehrten Gang hinaustrat, sah er sofort, was der Wachtposten gemeint hatte. Es verschlug ihm förmlich den Atem. Ein Dutzend stattlicher Schiffe kam auf die Burg zugesegelt, eines davon noch beträchtlich größer als die übrigen.

»Heilige Mutter Gottes«, murmelte er.

Die anderen drei Männer drängten sich ebenfalls an die Brüstung. Auch ihnen sank der Mut.

Mit knappen Worten wandte sich Patrick an die beiden Soldaten aus der Halle: »Der Laird und die Lady sind im Dorf. Geht sie auf der Stelle holen. Und bringt alle mit, die in unseren Mauern Schutz suchen wollen.«

»Was glaubt Ihr, wer das da ist, Sir?«, fragte der dritte Mann, der bei Patrick zurückblieb. »Wieder diese vermaledeiten Macdonalds? Es ist schon mehr als ein Jahr her, dass ihr Laird bei einem Angriff auf Eilean Donan den Tod fand, aber vielleicht will der junge Donald ja in die Fußstapfen seines Vaters treten.«

»Das sind keine Langboote der Macdonalds«, erwiderte Patrick. »Ich weiß nur von einer Flotte, die in unserer Nähe unterwegs ist. Das müssen Jakobs Schiffe sein.«

»Der König?«, flüsterte der Mann ehrfürchtig.

»Ja«, antwortete Patrick grimmig. »Ich wünschte, unsere neue Festungsanlage wäre bereits fertig und die Kanone darauf in Stellung gebracht.«

»Aber hätte Seine Majestät seinen Besuch nicht angekündigt, Sir? Die Leute von Portree wussten es schon eine Woche vorher, dass er zu ihnen kommen wollte.«

»Wenn er als Gast käme, hätte er uns vorgewarnt«, sagte Patrick. »Aber man erzählt sich, dass er Hochlandhäuptlinge als Geiseln nimmt, um jeden Aufstand gegen ihn im Keim zu ersticken. Er hat schon Macdonald von Clanranald, Macdonald von Glengarry und MacLeod von Dunvegan gefangen genommen.«

»Aber warum sollte der König der Schotten hierher kommen? Wenn er wirklich seine Feinde einkassiert, dann sollte er vor allem an Donald Gorm von Sleat denken. Immerhin hat dessen Vater, der grimmige Donald, letztes Jahr versucht, die Herrschaft über die Inseln an sich zu reißen. Dafür hat er sogar eine Armee und Flotte gegen den König aufgestellt. Unser Laird dagegen stand immer treu auf Jakobs Seite. Sein Vater und der Eure sind sogar im Kampf gegen den Verräter Donald gefallen, und der wiederum ist beim Angriff auf unsere Burg ums Leben gekommen.«

»Ja, schon«, sagte Patrick bloß und wandte seinen Blick nicht von der sich nähernden Flotte. Sein Gefühl sagte ihm, dass Seine Hoheit keineswegs kam, um den Dank dafür abzustatten, dass man ihm den grimmigen Donald vom Halse geschafft hatte.

Als Patrick endlich sah, wie Mackenzie von Kintail und seine Lady über den schmalen Tidenkanal gerudert wurden, der das Inselchen vom Festland von Kintail trennte, war die Vorhut der Schiffe schon so nahe, dass man die königlichen Banner erkennen konnte.

Patrick rannte die Treppe hinunter und rief dabei den Männern in der Halle Befehle zu, als Kintail mit seiner Frau Molly, Lady Kintail, in die Halle trat.

»Wir haben sie von drüben gesehen«, sagte Kintail »Was hältst du davon, Patrick?«

»Ist es wirklich der König?«, fragte Molly.

»Ja, da bin ich sicher«, antwortete ihr Patrick und zwang sich zu einem Lächeln. Er war der Frau seines Herrn herzlich zugetan.

Dann wandte er sich an den Laird, mit dem er seit Kindertagen eng befreundet war: »Ich glaube, da steckt nichts Gutes dahinter, Fin. Wenn Jakob und seine Leute unverhofft hierher kommen, dann kann das nur bedeuten, dass sie uns mit Absicht nicht vorher benachrichtigt haben.«

»Es geht das Gerücht, dass Jakob und Kardinal Beaton Geiseln nehmen«, wandte Molly ein. »Aber es wäre doch sinnlos, Fin gefangen zu nehmen. Wir haben gegen Donald gekämpft. Und im Übrigen hatten wir die Absicht, den September auf Dunsithe zu verbringen!«

»Darauf kann ich Euch auch keine Antwort geben«, erwiderte Patrick. »Man kann nie wissen, was Jakob denkt. Aber der Wind hat aufgefrischt, also werden wir nur zu bald erfahren, woran wir sind.«

Eine halbe Stunde später kamen einige Männer in einem Boot vom vordersten Schiff aus an die Burg herangerudert und forderten Kintail auf, sich dem König zu ergeben. Kintail weigerte sich mit allem Respekt und schlug vor, zunächst einmal in aller Ruhe über die Angelegenheit zu reden.

Kurz darauf donnerte der erste Schuss aus der Schiffskanone.

Die Soldaten der MacRaes unter Patricks Führung taten ihr Bestes, die Burg zu verteidigen, doch obgleich Eilean Donan den meisten Angriffen standhalten konnte, boten seine Mauern keinen Schutz vor Kanonenkugeln. Schon bald drohten Teile der Befestigungsmauern unter dem heftigen Beschuss einzustürzen, und Kintail befahl die Kapitulation.

»Rudere zu Jakobs Schiff hinüber und sag ihm, dass ich mich ergebe«, knurrte er Patrick grimmig zu. »Lade Seine

Hoheit zum Abendessen ein, und biete ihm ein anständiges Nachtlager an.«

Patrick machte sich unverzüglich auf den Weg zum größten der Schiffe, doch bald musste er einsehen, dass er besser daran getan hätte, sich die Banner genau anzusehen. Als er nämlich an Bord ging, bat er einen Soldaten, ihn zum König zu bringen. Der Mann schüttelte den Kopf, weil er die gälischen Worte nicht verstand, also wiederholte Patrick sie in schottischem Englisch. Daraufhin bedachte ihn der Mann mit einem schiefen Lächeln und sagte: »Wenn Ihr Seine Hoheit sprechen wollt, seid Ihr auf dem falschen Schiff, Sir.«

»Wessen Schiff ist denn das hier?«

»Es gehört Kardinal Beaton. Das da drüben ist das des Königs«, fügte er hinzu und zeigte dabei auf das zweitgrößte Schiff.

»Dann werde ich hinüberfahren.«

»Wenn Ihr ...» Der Mann verstummte und nahm Haltung an. Dabei hielt er die Augen starr auf einen Punkt hinter Patrick gerichtet.

Als Patrick sich umdrehte, sah er sich einem Mann gegenüber, den die meisten Frauen wohl attraktiv gefunden hätten. Er war Ende vierzig und ganz in Rot gekleidet. Sein elegantes Samtwams und die Pluderhose waren nach französischer Mode geschlitzt und mit karminroter Seide unterfüttert.

»Ich bin Davy Beaton«, sagte der Mann. »Seid Ihr befugt, Eilean Donan dem König zu übergeben?«

»Ja, Sir«, antwortete Patrick. »Ich bin Patrick MacRae, der Burgvogt, und handle auf Weisung von Mackenzie von Kintail.« Er war sich nicht sicher, wie er Kardinal Beaton anreden sollte, der als einer der mächtigsten Männer Schottlands galt und vielleicht sogar mehr Macht als der König besaß. Also benutzte er überhaupt keinen Titel, was den Kardinal nicht weiter zu stören schien.

Patrick fuhr fort: »Kintail bittet Euch und Seine Hoheit, den König, mit uns auf Eilean Donan zu speisen und dort auch die Nacht zu verbringen, wenn Ihr es wünscht. Bringt so viele Männer mit, wie Ihr wollt. Der Laird möchte allerdings daran erinnern, dass wir immer treue Untertanen Seiner Hoheit waren. Daher erachtet er es für unziemlich, in seinem friedlichen Heim in dieser Weise angegriffen zu werden.«

Beaton zog die Brauen hoch. »Friedlich?«

»Ihr wart es schließlich, die den ganzen Aufruhr verursacht haben«, entgegnete Patrick unumwunden.

»Ja schon, aber Ihr habt uns die Tore vor der Nase zugeschlagen.«

»Aber nur, weil der König Kintail als Geisel nehmen wollte. Bei allem Respekt, Sir, aber seine Freunde nimmt man nicht gefangen. Dafür hättet Ihr Euch besser den jungen Donald von Sleat aussuchen sollen, der Euer eingeschworener Feind ist.«

»Das wollten wir auch«, erwiderte Beaton, »aber er ist geflohen, nachdem ihn jemand gewarnt hat. Zweifellos wird er bei Heinrich von England Unterschlupf finden. Er wäre nicht der erste unter den Feinden des Königs, der sich nach England rettet.«

»Das ist nur allzu wahr«, pflichtete ihm Patrick bei. Er hatte Heinrich von England, den Achten seines Namens, nie kennen gelernt, doch wie jeder gebildete Schotte wusste er, dass Heinrich seit vielen Jahren ein Stachel im Fleisch seines königlichen Neffen Jakob von Schottland war. »Doch wie dem auch sei«, fuhr Patrick fort, »Kintail ist jedenfalls kein Feind des Königs, Sir.«

»Am besten nennt Ihr mich vielleicht ›Mylord‹ oder ›Eminenz‹, Sir Patrick«, sagte Beaton lächelnd.

Patrick erwiderte das Lächeln, erstaunt darüber, dass Beaton seinen Namen kannte. »Ich bitte um Vergebung, Mylord, aber ich habe noch nie mit einem Kardinal gesprochen.«

»Ich bin außerdem der *legatas ad latere* des Papstes«, sagte Beaton.

Über diese Neuigkeit wunderte sich Patrick. Da er an der Universität von St. Andrews studiert hatte, die dem Erzbistum unterstand, wusste er, dass ein päpstlicher Legat als Stellvertreter des Papstes in Schottland fungierte.

Zweifelnd fragte er: »Bedeutet das, dass Ihr die Entscheidungen trefft, Mylord, oder soll ich die Einladung meines Herrn auch noch dem König überbringen?«

Zu Patricks Verwunderung verzog Beaton ein wenig das Gesicht. »Ich bin sicher nicht derjenige, der die Entscheidungen trifft, Sir Patrick. Daher solltet Ihr Euch an Seine Hoheit wenden. Vielleicht nimmt der König ja Kintails großzügiges Angebot an – falls Ihr ihn davon überzeugen könnt, dass es für ihn von Nutzen ist.«

Patrick wurde aus alldem nicht recht schlau. Daher verneigte er sich nur mit den Worten: »Ich danke Euch, Eminenz, und werde mich unverzüglich auf das Schiff Seiner Hoheit begeben.«

Als er sich schon zum Gehen wenden wollte, sagte Beaton freundlich: »Ich habe mir sagen lassen, Sir Patrick, dass Ihr ein treuer Gefolgsmann des Lairds Mackenzie von Kintail seid. Vielleicht sehen wir uns bei anderer Gelegenheit noch einmal wieder.«

Verwundert zog Patrick die Augenbrauen hoch. »Ich weiß nicht, was Ihr meint, Mylord. Ich werde wohl auf meinem Posten bleiben, außer natürlich, Seine Hoheit befiehlt mir, meinen Herrn in meiner Eigenschaft als Burgvogt von Eilean Donan und Dunsithe – Kintails Burg an der Grenze – zu begleiten.«

»Wie dem auch sei, Sir, solltet Ihr jemals einen Freund auf Schloss Stirling brauchen, könnt Ihr Euch gern an mich wenden.«

Patrick machte abermals eine Verbeugung. Er war noch immer nicht schlauer als zuvor. »Auf jeden Fall danke ich Euch und hoffe, Ihr haltet es nicht für unehrerbietig, wenn ich mir wünsche, eine solche Gelegenheit möge niemals eintreten.«

Mit unergründlicher Miene nickte Beaton. Damit war Patrick entlassen.

Noch immer verwirrt, kletterte Patrick über die Strickleiter in sein Boot und wies die Ruderer an, ihn zum nächsten Schiff hinüberzubringen. Dort führte ihn ein Diener, dem er sein Anliegen mitgeteilt hatte, unter Deck zu einer Kabine. Hinter der Tür ertönte kräftiges Männerlachen.

Patricks Begleiter öffnete die Tür und verkündete mit lauter Stimme: »Sir Patrick MacRae wünscht eine Unterredung mit Euer Hoheit, sofern es Euch genehm ist, Sire.«

Von drinnen antwortete eine sanfte Stimme: »Bitte ihn herein.«

Der Diener trat beiseite und ließ Patrick eintreten. In der luxuriös ausgestatteten Kabine hielten sich zwei Männer auf. Sie trugen so prächtige Gewänder, dass Patricks eigene Kleidung dagegen schäbig und altmodisch wirkte. Die Wände waren mit Gobelins verkleidet, und Teppiche bedeckten den Dielenboden. Zwischen den beiden Männern stand ein Intarsientischchen, darauf befanden sich ein lederner Würfelbecher mit zwei Elfenbeinwürfeln, eine goldene Weinkaraffe und zwei kunstvoll geschliffene Goldpokale.

Obgleich Patrick den König nie zuvor gesehen hatte, erkannte er auf Anhieb, wer von beiden Jakob der Fünfte, König der Schotten, war. Seine Hoheit war achtundzwanzig Jahre alt und, mit dem roten Haar und den blauen Augen der Stewarts, gut aussehend. Es wurde gemunkelt, dass er zu viel trank und herumhurte, und tatsächlich bemerkte Patrick, dass das Gesicht des Königs aufgedunsen und fleckig wirkte. Er dachte, dass ein wenig Bewegung, die über das Würfelspiel hinausging, Seiner Hoheit gut tun würde.

Der Mann, der neben Jakob saß, sah ebenso gut aus und war darüber hinaus jünger und schlanker. Er strahlte eine herrische Arroganz aus, die dem König gänzlich abging.

Patrick machte eine tiefe Verbeugung vor dem König und erhob sich erst wieder, als er seinen Namen hörte.

Lächelnd fragte Jakob in breitem schottischem Tonfall: »Unterwirft sich Euer Herr seinem König?«

»Das tut er, Euer Hoheit«, antwortete Patrick in derselben Sprache.

»Wo ist er dann?«, mischte sich der andere Mann ein. »Er sollte selbst herkommen.«

Seine schrille, überhebliche Stimme gefiel Patrick ganz und gar nicht, und er musste sich zusammenreißen, um ihm keine scharfe Antwort zu geben. So dumm war Patrick nicht, denn wahrscheinlich handelte es sich bei diesem Gentleman um einen der berüchtigten Favoriten des Königs.

Mit mühsam beherrschter Stimme sprach er beide zugleich an: »Als Burgvogt von Eilean Donan ergebe ich mich im Namen des Lairds von Kintail der Übermacht.« Dann wandte er sich direkt an den König: »Er hat mir auch aufgetragen, Euch seine Gastfreundschaft anzubieten, Euer Hoheit. Der Laird bittet Euch, mit ihm und seiner Lady zu speisen und die Nacht in einem bequemen Bett auf der Burg zu verbringen. Es steht Euch selbstverständlich frei, so viele Begleiter mitzubringen, wie es Euch beliebt.«

Jakob gluckste belustigt, doch der andere Mann sagte empört: »Wahrscheinlich will er uns in unseren Betten ermorden lassen. Geh nicht, Jakob!«

»Sei friedlich, Oliver«, erwiderte Jakob mit einem freundlichen Lächeln. »Du weißt doch, dass diesen Hochländern die Gastfreundschaft heilig ist. Und außerdem waren die Mackenzies von Kintail stets treue Gefolgsleute der Krone.«

»Ich habe es dir schon so oft gesagt, Jakob. Einem Hochländer kannst du nur trauen, solange du ihn im Auge behältst. Glaubst du denn tatsächlich, er würde sich so leicht ergeben?«

Patrick hielt es für geraten, sich nicht in das Gespräch einzumischen, obwohl er Jakob am liebsten versichert hätte, dass er auf Eilean Donan nichts zu befürchten habe.

Als könne er Patricks Gedanken lesen, zwinkerte ihm der

König zu und sagte: »Habt Ihr etwas zu Eurer Verteidigung vorzubringen, Sir?«

Mit einer erneuten Verbeugung erwiderte Patrick: »Nichts zu meiner eigenen Verteidigung. Ich möchte nur für die Leute von Kintail sprechen, die alle unverbrüchlich zu Eurer Hoheit halten. Und selbst wenn Ihr ein Feind wäret, Sire, hättet ihr als Gast auf unserer Burg nichts zu befürchten. Das gebieten die Gesetze der Gastfreundschaft im Hochland. Sie gebieten ebenfalls, dass niemand abgewiesen werden darf, der um Gastfreundschaft bittet. In einem harten Winter könnte das nämlich einem Todesurteil gleichkommen.«

»Da siehst du es, Oliver.« An Patrick gewandt, setzte er lächelnd hinzu: »Ich habe Euch Oliver noch gar nicht vorgestellt, Sir Patrick. Dies ist Oliver Sinclair. Er ist mein Freund, und alle, die mir gegenüber loyal sind, sind es auch gegen Oliver.«

»Alle Eure Freunde sind auf Eilean Donan willkommen, Sire«, antwortete Patrick. »Und vielleicht würde es Euch gefallen, heute Nacht in einem Bett zu schlafen, das nicht auf den Wellen schaukelt.«

»In der Tat«, kicherte Jakob. »Wir nehmen die Einladung Eures Herrn gern an, Sir Patrick, und wollen hoffen, dass er seine Tore nie wieder vor uns verschließt.«

Patrick schwieg. Es hatte wenig Sinn, dem König zu erklären, dass Kintail seine Tore bereitwillig geöffnet hätte, würde der König nicht grundlos seine Unterwerfung fordern.

Nach kurzem Schweigen sagte der König: »Wir werden Euren Laird in einer Stunde aufsuchen, Sir. Ich hoffe nur, dass er und noch einige andere auf Eilean Donan Schottisch sprechen. Denn ich muss gestehen, dass ich nur ein paar Brocken dieses verflixten Gälisch beherrsche.«

»Wir sprechen alle Schottisch, wenn es sein muss, Sire. Kintail und ich waren auf der Universität von St. Andrews, und unsere Lady ist mit Schottisch und Hochlandgälisch aufgewachsen, sodass sie beide Sprachen fließend spricht.«

»Ach ja, ich erinnere mich an Lady Mackenzies Geschichte«, erwiderte Jakob. »Außerdem habe ich gehört, dass sie ein hübsches Mädchen sein soll. Wenn sie das Glück hat, Ihrer Mutter ähnlich zu sehen ...«

Patrick ging es gehörig gegen den Strich, dass der König so leichtfertig von seiner Herrin sprach. Daher war es nur gut, dass Oliver Sinclair sich in mürrischem Ton einmischte: »Wenn du in einer Stunde mit Mackenzie und seiner Lady speisen willst, Jakob ...« Er runzelte die Stirn und schwieg.

»Ja, du hast Recht«, erwiderte der König, »Sir Patrick muss sich auf den Weg machen und sie auf unsere Ankunft vorbereiten.« Und an Patrick gewandt: »Sagt Eurem Herrn, ich bin erfreut darüber, dass er sich mir ohne weiteres ergibt.« Mit einer Handbewegung entließ er Patrick und griff nach dem Würfelbecher. Patrick wusste zwar, dass er sich rückwärts aus dem Raum hätte entfernen müssen, doch da er sich nicht mehr erinnerte, was hinter ihm war, warf er einen prüfenden Blick über die Schulter und hoffte nur, der König würde es nicht übel vermerken.

Da drang die schneidende Stimme Oliver Sinclairs an sein Ohr: »Du willst diesen Burschen doch wohl nicht vorausschicken, Jakob. Er und sein Herr werden sicherlich die Zeit nutzen, um etwas gegen uns auszuhecken.«

»Beruhige dich, Oliver«, sagte der König. »Ich sagte dir, wir haben nichts zu befürchten.«

Doch Sinclair gab sich nicht geschlagen. »Aber diese Hochlandhäuptlinge sind alle verräterische Hunde. Du hast Donald von Sleat vertraut, und das Ergebnis kennst du. Das ganze Unternehmen hier dient schließlich dazu, diesen Barbaren eine Lektion zu erteilen, bevor sich noch mehr von ihnen gegen dich auflehnen, oder etwa nicht?«

Seufzend schob Jakob seinen Stuhl zurück. »Also gut, wir gehen jetzt gleich mit Sir Patrick. Bist du nun zufrieden?«

»Nur wenn wir genügend Soldaten mitnehmen.«

»Könnt Ihr unsere Männer unterbringen, Sir Patrick?«

»Ja, Euer Hoheit«, antwortete Patrick leise. – »Gut, dann begleiten wir Euch sofort.«

Patrick schäumte innerlich vor Wut angesichts dieser Angriffe auf seine und Kintails Ehre. Dennoch verhielt er sich ruhig. Darüber, wer der mächtigste Mann in Schottland war, dachte er inzwischen anders.

Dieser Gedanke brachte ihn wieder auf sein Gespräch mit Beaton. Pflicht, Familienehre und die Gesetze der Freundschaft verlangten von ihm, dass er sich mit allen Kräften für Kintails Freilassung einsetzte. Da konnte es nicht schaden, einen mächtigen Freund auf Stirling zu haben.

Anderswo – in einer anderen Zeit

Das Feuer war heruntergebrannt und tauchte die zwölf Gesichter der Runde in sein goldenes Licht. Fast hatte es den Anschein, als ginge ein munteres Hochland-*ceilidh* mit Musik und Geschichtenerzählen seinem Ende entgegen. Doch die Versammlung hatte nichts Festliches an sich. Reglos saßen die zwölf finsteren Schatten in ihren schwarzen Umhängen, und auch die Flammen flackerten nicht munter wie bei einem gewöhnlichen Feuer.

Brown Claud saß unbehaglich außerhalb des Kreises, ein kleines Stück hinter seiner Mutter Maggie Malloch, die ebenfalls der Runde angehörte. Das lange Schweigen machte ihm Angst, denn er war noch nie zuvor bei einem derartigen Treffen dabei gewesen und wusste auch nicht, warum man ihn diesmal herbefohlen hatte. Ihm war noch nicht einmal bekannt, wer den Befehl dazu erteilt hatte. Maggie hatte ihm lediglich gesagt, dass er kommen solle. Sich zu weigern kam gar nicht in Frage, denn diese Runde lenkte die Geschicke seiner Welt.

»Aber warum wollen sie mich dabeihaben?«, hatte er seine Mutter gefragt.

»Sie haben Fragen an dich, und ich habe auch ein paar Fragen an sie. Sicher wollen sie etwas über deine jüngsten Erlebnisse im Hochland erfahren.«

»Aber über Catriona wollen sie doch bestimmt nichts wissen, oder?«

»Du kannst nur hoffen, dass sie dich nicht über dieses gerissene Biest ausfragen«, blaffte Maggie. »Und wo wir gerade dabei sind, lass dir nicht einfallen, noch einmal etwas mit einer wie der anzufangen, mein Bürschchen. Benutze ein einziges Mal zum Denken dein Gehirn und nicht den gewissen anderen Körperteil.«

Claud verspürte nicht die geringste Lust, Fragen über die Hochlandelfe zu beantworten, die ihm den Kopf verdreht hatte. Zwar war seine Mutter grundsätzlich gegen seine amourösen Abenteuer, doch diesmal stand zu befürchten, dass die Runde ihre Meinung teilen würde. Was ihm in diesem Fall bevorstand, wusste er nicht, doch es war gewiss nichts Angenehmes. »Ich habe mich mit überhaupt keiner Frau mehr getroffen, seit wir das Hochland verlassen haben«, protestierte er. »Du hast mich durch das ganze Grenzland gehetzt.«

»Na, und was hast du herausgefunden?«

»Nichts«, musste er zugeben. »Ich habe die ganze Gegend von Angus' Burg Tantallon bis in den Osten abgesucht, doch keiner wusste etwas von dem kleinen Mädchen.«

»So klein ist sie auch nicht mehr«, erinnerte ihn Maggie. »Aber irgendetwas Ungutes geht vor, und ich möchte wissen, wer dahintersteckt.«

Seit jenem Gespräch war ihre Laune immer schlechter geworden, und Claud hatte sich bemüht, ihr möglichst aus dem Weg zu gehen. Doch zu diesem Treffen musste er sie begleiten, da gab es keinen Ausweg.

Das Schweigen dauerte so lange an, dass ihn ein kalter Schauer überlief. Dann plötzlich, ohne dass er eine Bewegung wahrgenommen hätte, öffnete sich der Kreis an der Stelle, wo seine Mutter saß, und schon sah sich Maggie allein den elf Übrigen gegenüber, die nun eine Reihe bildeten. Es sah aus, als stünde sie vor einem Tribunal.

»Erhebe dich und sprich zu deiner Verteidigung, Maggie Malloch«, ließ sich eine tiefe Stimme vernehmen.

Claud war sich nicht sicher, doch er hatte den Eindruck, die Stimme gehörte der Gestalt in der Mitte. Er sah, wie sich seine Mutter straffte, und konnte ihren Zorn so deutlich spüren, als habe er sich in einem ihrer üblichen Wutanfälle entladen.

Sie stand unbeweglich, ihr rundlicher Körper ganz starr, ihr Gesichtsausdruck unergründlich für jeden, der sie nicht gut kannte. Doch das traf wohl kaum auf diejenigen zu, die heute über sie zu Gericht saßen.

»Was legt man mir zur Last?«, wollte sie wissen.

»Dass du deine Befugnisse in der Welt der Sterblichen überschritten hast, natürlich«, ließ sich eine andere Stimme vernehmen. »Meine Güte, Mädchen, du kannst doch den Lauf der Geschichte nicht auf den Kopf stellen, ohne dass wir dich dafür zur Rechenschaft ziehen. Und das weißt du auch genau.«

Ein belustigter Ton schwang in diesen Worten mit, und Claud warf einen verblüfften Blick auf den Sprecher.

Der Mann saß auf dem Platz links von der Mitte. Claud kannte ihn nicht und überlegte, wer er wohl sein mochte, dass er es wagen durfte, sich über die mächtige Maggie Malloch lustig zu machen.

Der Kerl sah, gelinde gesagt, merkwürdig aus mit seinen Haaren, die sogar im goldenen Feuerschein eindeutig dunkel an den Wurzeln, rötlich in der Mitte und blond an den Spitzen waren. Sie leuchteten wie Sonnenstrahlen und standen auch ebenso im Halbkreis von seinem langen, schmalen Gesicht ab. An dem Gesicht selbst war nichts Besonderes, sah man einmal von den dünnen gelben, grünen, roten und blauen Strichen auf jeder Wange ab. Seine dunklen Augen sprühten, und in seinem Lächeln war eine leise Schadenfreude darüber zu erkennen, dass Maggie von der Runde gemaßregelt wurde. Auf seinem Gewand und im Haar blitzten Edelsteine, und als er auf Maggie zeigte, sah Claud, dass er an jeder Hand sechs Finger hatte, jeder einzelne mit funkelnden Ringen besetzt.

»Ich habe also meine Befugnisse überschritten, ja?«, fauchte Maggie und starrte ihn an. »Seit wann liegt es in deiner Befugnis, Jonah Bonewits, oder in der irgendeines anderen hier, außer unserem Häuptling, meine Befugnisse anzuzweifeln?«

»Mir mag es vielleicht nicht zustehen, obwohl wir beide unsere Kräfte erst einmal messen müssen, Maggie, mein Mädchen«, erwiderte er, noch immer augenzwinkernd. »Und das werden wir auch eines Tages tun, aber nicht heute. Heute ist der Häuptling der Meinung, dass du zu weit gegangen bist.«

»Ja, und die anderen denken das auch«, stimmte der Mann in der Mitte grimmig zu.

»Habt ihr deswegen meinen Claud kommen lassen, um ihn zu verhören?«

»Ja. Und vielleicht kann er uns auch berichten, was ihr beide die ganze Zeit über im Hochland getrieben habt«, entgegnete der Häuptling. »Ihr habt uns womöglich alle in Gefahr gebracht.«

»Papperlapapp«, sagte Maggie. »Wir haben nur unsere Pflicht getan, und zwar gut.«

»Es ist an uns, das zu beurteilen. Einige von uns glauben, dass du dich nicht an unsere Gesetze gehalten hast. Und dass du aus diesem Grund gezwungen warst, Vergangenes ungeschehen zu machen. Das hat Kreise gezogen, und zu viele Menschen haben etwas von deinen Machenschaften mitbekommen.«

»Keiner von denen, die dabei waren, wird jemals meinen oder Clauds Namen nennen«, sagte Maggie. »Ich habe dafür gesorgt, dass die meisten von ihnen sich an nichts mehr erinnern – außer an das, woran sie sich erinnern sollen. Es ist alles in bester Ordnung. Ich habe weder mein Volk noch die Runde in Gefahr gebracht.«

»Mag sein, doch wir müssen dir und Brown Claud eine Menge Fragen stellen.«

Sie zuckte die Achseln. »Nur zu, aber vergesst nicht, dass der Junge damals in diese Hochlandschlampe vernarrt war und nur Augen für sie hatte. So ist er eben, das wisst ihr ja alle.«

Claud begann zu zittern, als sich aller Augen auf ihn richteten, doch dann wurde es doch nicht so schlimm, wie er befürchtet hatte. Ihm war, als sei nur ein Augenblick vergangen, da sagte der Häuptling: »Das ist es gewesen, Junge. Du kannst gehen.« Claud konnte sich auf keine einzige Frage besinnen.

»Einen Moment«, warf Maggie in scharfem Ton ein. »Zuerst habe ich noch ein Wörtchen mit Claud zu reden – unter vier Augen, wenn's gefällig ist.«

Der Häuptling nickte.

Im Nu stand Maggie vor ihrem Sohn und flüsterte: »Sie können uns nicht verstehen, also achte nicht auf sie, sondern hör mir gut zu und tu, was ich dir sage.«

Noch immer ganz benommen, fragte Claud: »Aber was ist denn geschehen, Mam? Ich habe kein Wort gesagt!«

»Es ist nichts Schlimmes passiert, mein Junge«, erwiderte sie. »Sie werden mich noch eine Weile hier behalten, aber ich habe auch etwas erfahren. Ich will, dass du sofort wieder ins Grenzland gehst und unsere Suche fortsetzt. Angus lebte zwar im Osten, doch auch im Westen gibt es jede Menge Mitglieder der Familie Douglas. Also fang dort an. Und komm mir nicht in Schwierigkeiten, denn wir haben noch eine Aufgabe zu erfüllen.«

»Was hast du denn erfahren?«

»Dass Jonah Bonewits sich dafür interessiert, was wir treiben.«

»Dieser merkwürdig aussehende Kerl mit den sechs Fingern und den komischen Haaren?«

»Merkwürdig mag er ja aussehen, aber unterschätze ihn nicht, denn er besitzt mindestens ebenso viel Macht wie ich«, antwortete Maggie. »Ich wundere mich, dass ich nicht früher an ihn gedacht habe. Dass ich die Wahrheit nicht gleich erkennen konnte, ging eindeutig nicht mit rechten Dingen zu. Dahinter kann eigentlich nur Jonah stecken.«

»Aber warum sollte er?«

»Weil er und die Seinen sich schon seit langem um die Grafen von Angus kümmern, so wie wir uns um die Gordons kümmern, Claud. Vergiss das nicht, wenn du dich im Gebiet der Douglas aufhältst. Auch wenn er im Exil ist, so hat Angus doch immer noch erheblichen Einfluss auf diesen Unruhe stiftenden Clan.«

Es war eine Weile her, dass Maggie Brown Claud ihre Instruktionen gegeben hatte, und er hatte das ganze erfolglose Unternehmen allmählich satt. Eine halbe Ewigkeit durchstreifte er schon auf seiner Suche das westliche Grenzgebiet und war immer noch so schlau wie zuvor. Wie er so auf dem grasbewachsenen Hügel saß und über seine vergebliche Mühe nachdachte, musste er sich eingestehen, dass es viel schwieriger war, den Beschützer zu spielen, als er gedacht hatte.

Oftmals hatte er als Junge den Geschichten gelauscht, die man sich am Torffeuer eines *ceilidhs* erzählte, und davon geträumt, Heldentaten zu vollbringen. Er wollte grimmige Untiere besiegen, böse Geister abwehren und Jungfrauen aus den Fängen von Drachen retten – all das natürlich am liebsten, ohne sich mit einer schweren Rüstung abzuschleppen oder sein weißes Ross zwischen den einzelnen Abenteuern durchzufüttern.

Er musste über seine jugendliche Dummheit lächeln.

Die Vögel zwitscherten, Wolken segelten über den strahlend blauen Himmel, eine leichte Brise trug den salzigen Geruch von Seetang vom Solway Firth heran, aber ansonsten tat sich nichts.

Eigentlich wünschte sich Claud immer noch, er könnte auf Abenteuer ausgehen, anstatt ein unbekanntes halbwüchsiges Mädchen zu suchen, doch Maggie hatte ihm eingeschärft, die kleine Bessie unter allen Umständen zu finden. Aber wenn es Bessie zwölf Menschenjahre oder länger dort ausgehalten hatte, wo sie war, würde es ihr gewiss nicht schaden, wenn er vorher noch ein klitzekleines Abenteuer bestünde. Maggie war nur wütend, weil die Runde sich erdreistet hatte, sie zu befragen. Das war alles.

In diesem Augenblick drang ein leises, melodisches Frauenlachen an sein Ohr. Es schien nicht von weither zu kommen, doch als Claud sich umblickte, konnte er niemanden entdecken.

Neugierig erhob er sich und ging dem Lachen nach. Schließlich hatte er nichts zu verlieren als ein paar Minuten Langeweile.

Er folgte dem Klang durch einen nahe gelegenen Wald bis an den Rand einer grasbewachsenen Lichtung. Mitten auf dem freien Platz, in einem Kreis aus leuchtend bunten Frühlingsblumen, erblickte er eine weibliche Gestalt. Sie tanzte. Ihr helles lavendelblaues Gewand war aus einem so zarten Gewebe, dass es bei jeder Bewegung ihren Körper und die Beine umschmeichelte. Ihr langes Haar, fein wie weizenblonde Seide, wehte in der sanften Brise. Leicht wie Distelflaum sprang und hüpfte das Mädchen und drehte sich anmutig zum Klang seines eigenen Lachens.

Wie gebannt starrte Claud zu ihr hinüber. Er hatte schon davon gehört, dass Elfen zuweilen so vertieft in ihren Tanz waren und in die Musik, die nur sie allein vernehmen konnten, dass sie alles um sich herum vergaßen. Vielleicht war das dort eine Elfe.

Er hatte den Gedanken noch nicht zu Ende gebracht, da

blieb sie stehen und schaute ihn an. Auch wenn sie ein ganzes Stück entfernt war, erschienen ihm ihre Augen wie Waldtümpel, deren Tiefe ihn so unwiderstehlich anzog, dass er den Boden unter seinen Füßen nicht länger spürte. Hätte er einen klaren Gedanken fassen können, dann wäre ihm vielleicht aufgegangen, dass er unter dem Einfluss eines Zaubers stand. So blieb ihm jedoch nichts anderes übrig, als zu gehorchen.

Aus der Nähe betrachtet, war sie klein und von erfreulich wohlgerundeter Gestalt. Ihr Gesicht wirkte unauffällig, doch ihr schelmisches Lächeln war ganz bezaubernd, und ihre Augen schienen so tief, als könne er durch sie bis auf den Grund ihrer Seele blicken.

»Du scheinst mir ein netter Bursche zu sein«, sagte sie und lachte erneut.

Ihre melodische Stimme und ihr reizendes Lachen ließen ihn erschauern und kitzelten ihn an einer ganz besonders empfindlichen Stelle.

»Wie nennt man dich?«, wollte sie wissen.

Statt einer Antwort brachte er nur ein heiseres Grunzen heraus. Er räusperte sich und versuchte es noch einmal. »Brown Claud. Und wie heißt du?«

Mit einem trillernden Lachen sagte sie: »Ich bin Lucy. Lucy Fittletrot. Willst du mit mir tanzen, Brown Claud?«

»Es gibt doch keine Musik, Mädchen.«

»Musik gibt es immer, Brown Claud, doch am schönsten klingt es, wenn mein Vater seinen Dudelsack spielt. Der Klang geht mir gar nicht mehr aus dem Kopf. Kannst du es nicht auch hören?«

Er schüttelte den Kopf. »Nein, ich höre nichts. Und außerdem habe ich beim Tanzen zwei linke Füße. Du wärst bestimmt enttäuscht.«

»Ach, Unsinn!«, entgegnete sie und lachte wieder. »Versuch es doch einfach. Kannst du wirklich nichts hören?«

Zu seiner Verblüffung vernahm er auf einmal fröhlich klingelnde Glöckchen und ein Saiteninstrument, das eine muntere Weise spielte. Seine Füße bewegten sich wie von selbst, und er ergriff ihre ausgestreckte Hand. Bevor er wusste, wie ihm geschah, hüpfte er schon mit ihr zwischen den Blumen umher, als habe er nie etwas anderes getan.

Immer weiter tanzten sie, bis sie schließlich erschöpft ins weiche Gras sanken. Lucy Fittletrot hörte nicht auf zu lachen, als Claud sie in die Arme nahm und begehrlich an seinen Körper zog.

»Was führt dich in diese Gegend, Brown Claud?«

»Ich soll etwas suchen, was wir vor Jahren hier verloren haben«, antwortete er, während er ihr seidiges Haar streichelte und ihr tief in die feurigen Augen schaute.

»Oh fein, ein Geheimnis«, rief sie begeistert. »Verrate es mir!«

»Ich kann gar nicht klar denken, Mädchen. Wenn ich dich berühre, geht alles in meinem Kopf durcheinander!«

»Hast du denn keine Liebste, Brown Claud?«

»Doch«, sagte er und langte nach den Schnürbändern ihres lavendelblauen Kleides.

»Stimmt«, pflichtete sie ihm bei, »und wenn du dein Verlangen mit mir gestillt hast, helfe ich dir bei deiner Suche. Denn hier in der Gegend gibt es nichts und niemanden, den Lucy Fittletrot nicht kennen würde.« Immer noch lachend, half sie ihm, ihr Kleid aufzuschnüren.

2

An der schottischen Grenze, Anfang April 1541

»Elspeth!« Die kreischende Stimme hallte weithin über die sonnengesprenkelten, waldigen Hügel.

Stille. Nicht einmal ein Vogel zwitscherte.

»Elspeth, wo bist du? Du sollst zu Mam kommen, und wenn ich erst nach dir suchen muss, wird es dir leidtun. Komm auf der Stelle her!«

Immer noch kein Laut. Kein Lüftchen regte sich, kein Blatt bewegte sich am Baum. Es war, als hielte alles Leben im Wald den Atem an; nur in der Ferne rauschte ein Bächlein.

So vergingen einige Minuten; dann ertönte der nächste schrille Ruf, nun schon etwas leiser und weiter entfernt. Als endlich wieder Stille eingekehrt war, kam ein kleines braunes Kaninchen unter einem Busch hervorgehoppelt. Es verharrte einen Augenblick und blickte sich um, bevor es seine Aufmerksamkeit dem saftigen Frühlingsgras zuwandte.

Als vom Wipfel eines Baumes das »pink, pink« eines Buchfinken ertönte und wie zur Antwort nahebei ein Eichhörnchen keckerte, teilte sich langsam ein dicker Busch vor einer Felswand, und ein Gesicht tauchte zwischen den Zweigen auf.

Es war von ebenmäßig ovaler Form, mit hohen Wangenknochen, graugrünen, von schwarzen Wimpern eingefassten Augen, einer sommersprossigen Stupsnase und vollen rosigen Lippen. Die schmalen, schön gewölbten Augenbrauen lagen mit ihrem hellen Braun zwischen der Tönung der Wimpern und dem flachsblonden Haar, dessen lange, seidige Flechten das hübsche Antlitz einrahmten.

Die Augen blickten wachsam, während sich der Kopf vorsichtig nach links und rechts drehte.

Das Kaninchen ließ sich nicht beim Grasen stören, die Vögel tirilierten weiter.

Da schob sich erst ein kleiner Fuß in einem wildledernen Schuh aus dem Gebüsch, dann ein zweiter, und schließlich kam die schlanke Gestalt einer jungen Frau von siebzehn oder achtzehn Jahren zum Vorschein. Sie trug ein ausgeblichenes, schlichtes blaues Kleid mit einer einfachen weißen Schürze, und falls sie zuvor die gekräuselte weiße Haube, die gewöhnliche Kopfbedeckung der Frauen am Tage, aufgehabt hatte, so war sie ihr irgendwo abhanden gekommen.

Das Mädchen verharrte lauschend, dann langte es über die Schulter, ergriff ihr fast hüftlanges feines Haar und begann, mit flinken Fingern einen losen Zopf zu flechten. Schließlich tat sie einen tiefen Atemzug und ließ die Luft langsam wieder ausströmen. Nun musste sie wohl oder übel nach Hause gehen und sich unterwegs eine gute Ausrede für ihr langes Fortbleiben einfallen lassen. Nicht, dass ihr eine Ausrede viel helfen würde, wenn die Lady erst einmal in Wut geriet. Aber zumindest war Drusilla nirgends mehr zu sehen, das war sicher, denn die brachte es nicht fertig, sich leise genug zu bewegen, um die Tiere des Waldes zu täuschen.

Zu schade, dass sie heimgehen musste, dachte die junge Frau. Es war ein so schöner Frühlingstag, und sie genoss die Einsamkeit hier draußen. Aber vielleicht hatte Drusilla, die ältere der Farnsworthtöchter, ja nicht die Wahrheit gesagt. Vielleicht hatte sie auf eigene Faust nach Elspeth gesucht. Drusilla hatte kein angenehmes Wesen und liebte es, anderen – und vornehmlich Elspeth – das Leben schwer zu machen. Erst letzte Woche hatte sie gepetzt, dass Sir Hectors Falkner es gewagt hatte, Elspeth schöne Augen zu machen. Das kostete den Mann seine Stellung.

Während Elspeth in Gedanken noch bei diesem Vorfall war, störte ein neues Geräusch die Idylle. In der Ferne erschallte unverkennbar das Gebell und Gejaule von Spürhunden, und es schien, als kämen sie immer näher.

Spürhunde am Tag, das war ungewöhnlich. Üblicherweise wurden sie bei der Verfolgung von Räubern eingesetzt, und diese gingen ihrem Geschäft gewöhnlich des Nachts nach. Wahrscheinlich bildete jemand seine Meute aus oder machte Jagd auf Hasen oder Hirsche, obwohl die Jagdzeit gerade erst begonnen hatte. Auf jeden Fall tat sie gut daran, sich davonzumachen, bevor die Meute in Sicht kam. Zwar hatte ihr noch niemals ein Tier etwas zuleide getan, aber es war immer klug, sich von unbekannten Hunden fern zu halten.

Also trat sie widerwillig den Heimweg an. Sie war jedoch erst wenige Schritte gegangen, als sie plötzlich spürte, dass jemand hinter ihr war. Sie wollte sich umdrehen, doch da war es schon zu spät – eine große, warme Hand legte sich auf ihren Mund, und ein kräftiger Arm umschlang ihre Taille. Bevor sie sich versah, wurde sie hochgehoben und gegen einen festen männlichen Körper gepresst.

Mit aller Kraft trat sie nach hinten aus, traf ein Schienbein und vernahm mit Genugtuung einen erstickten Schmerzensschrei. Doch der Mann ließ sie nicht los, sondern verstärkte noch den Griff um ihren Leib, sodass sie kaum noch Luft bekam.

Sie trat noch einmal zu, traf jedoch daneben, worauf eine Stimme ihr leise ins Ohr brummte: »Immer langsam, Mädchen. Ich tue dir doch nichts, und wenn du mich verletzt, bin ich erledigt.«

Elspeth sah ein, dass weitere Gegenwehr zwecklos war, und verhielt sich ruhig. Er erschien einfach zu groß und stark für sie und konnte ihr wirklich gefährlich werden.

»So ist es brav. Was liegt dort drüben hinter dem Gebüsch?« Die Hand noch immer fest auf ihren Mund gepresst, fügte er hinzu: »Ich weiß schon, dass du nichts sagen kannst. Aber versprich mir erst, dass du nicht schreist.«

Nach kurzem Zögern nickte sie.

Er zog seine Hand ein klein wenig fort, bereit, ihr, wenn nötig, sofort wieder den Mund zuzuhalten.

Als sie nicht gleich sprach, wiederholte er seine Frage mit mehr Nachdruck. »Ist dort eine Höhle, in der du dich versteckt hast?«

»Ja«, antwortete sie, »aber nur eine ganz kleine.«

»Groß genug für uns beide?«

»Ich kann Euch nicht sehen, daher weiß ich nicht, wie groß Ihr seid.«

»Ganz schön groß«, erwiderte er. Mit Verwunderung hörte sie das unterschwellige Lachen in seinen Worten. »Ich lasse dich jetzt runter, Mädchen. Aber wenn du schreist, erwürge ich dich, das schwöre ich dir.«

Nachdem er sie behutsam auf die Füße gestellt hatte, drehte sie sich zu ihm um.

Die Art und Weise, wie er sie hochgehoben und festgehalten hatte, zeigte ihr bereits, dass er stattlich sein musste, doch sein Anblick übertraf ihre Erwartungen. Sie reichte ihm nur knapp bis zur Schulter, also musste er beinahe einen Meter neunzig groß sein. Das war ungewöhnlich für einen Mann aus dem Grenzland, wo die Menschen eher kleine und drahtige Staturen hatten. Und seine Schultern waren breit – wirklich überaus breit.

Er besaß dichtes, dunkles Haar, das rötlich schimmerte, wo die Sonne darauf fiel. Seine tief liegenden Augen waren eisgrau mit langen, gebogenen Wimpern, um die ihn so manche Frau beneidet hätte, umgeben von Lachfältchen in den Augenwinkeln. Die Augenbrauen waren buschig und gerade wie Pinselstriche, die Gesichtszüge wie von einem kunstfertigen Bildhauer gemeißelt. Er hatte eine gesunde, gebräunte Gesichtsfarbe und trug einen sorgfältig gestutzten Bart, der die starken, klaren Umrisse seines Kiefers betonte. Noch nie zuvor hatte sie einen so gut aussehenden Mann gesehen, und sein durchdringender Blick weckte in ihr ungeahnte Gefühle.

Er trug das bräunliche Gewand eines Jägers, doch seine

ganze Haltung zeugte von einer Selbstsicherheit, die darauf schließen ließ, dass er sich den meisten Männern überlegen fühlte. Bestimmt war es seine Körpergröße, die ihm dieses Selbstvertrauen verlieh, dachte sie, und außerdem das Schwert und der Dolch an seiner Seite. Wahrscheinlich konnte er mit beiden ausgezeichnet umgehen.

Seine tiefe Stimme war sehr angenehm, doch sein Akzent verwirrte sie. Natürlich sprach er Schottisch – oder Englisch, wie es auf der anderen Seite der Grenze genannt wurde –, doch der Zungenschlag erinnerte weder an einen Mann aus dem schottischen Grenzland noch aus England, obwohl er dem Letzteren näher kam. Immerhin war die Grenze zu England nur ein paar Meilen entfernt.

Also fragte sie ihn rundheraus: »Seid Ihr Engländer?«

»Nein, Mädchen, ich bin ebenso Schotte wie du. Aber lass uns bitte nicht gerade jetzt über meine Herkunft plaudern. Was meinst du, passe ich nun in diese Höhle oder nicht?«

Sie blickte ihn abschätzend an. »Ja, aber nur knapp.«

»Dann werden wir uns wohl ein bisschen aneinander kuscheln müssen.«

Bei seinen Worten überkam sie wieder dieses neue aufregende Gefühl. Die Vorstellung, sich an ihn zu kuscheln, erschien ihr keineswegs abstoßend, ganz im Gegenteil. Trotzdem sagte sie mit Nachdruck: »Ihr dürft mich nicht festhalten. Ich muss nach Hause. Ihr habt sicher gehört, wie Drusilla nach mir rief!«

»Daher kam also dieses infernalische Gekreisch«, erwiderte er. »Was hat das Mädchen bloß für eine barbarische Stimme! Aber Drusilla ist deine Schwester, und meine Bemerkungen über sie waren ungehörig.«

Sie wollte ihm gerade die Wahrheit sagen, doch dann überlegte sie es sich anders und sagte nur: »Ich muss gehen.«

»Nein, Mädchen. Ich fürchte, ich kann dir nicht vertrauen. Du wirst also mit mir in der kleinen Höhle abwarten, bis die Gefahr vorüber ist.«

Sie nickte seufzend und ging vor ihm her zu dem dichten Gebüsch, das die Felsspalte verdeckte. Offensichtlich waren ihm die Hunde auf der Spur, und sie fragte sich, wann er wohl darauf kommen würde, dass sie ihn auch in der Höhle aufspüren konnten.

Die Höhle war größer, als sie behauptet hatte. Dennoch konnte sie nicht ihnen beiden Schutz bieten, und die Hunde kamen immer näher.

»Wer ist hinter Euch her?«

»Mein früherer Gastgeber«, murmelte er.

»Wie bitte, Sir? Ich verstehe nicht, was Ihr damit meint.«

»Es sind englische Soldaten, Mädchen. Ein unerfreuliches Pack. Und jetzt hinein mit dir.« Er hielt die Zweige auseinander, befahl ihr mit einem Nicken, vorzugehen, und folgte ihr dann.

Durch das Gestrüpp vor dem Eingang fiel genügend Licht, dass sie die Wände der Höhle erkennen konnten. Im Gegensatz zu ihm vermochte sie aufrecht darin zu stehen, eine Tatsache, die er mit einem verdrossenen Grunzen zur Kenntnis nahm. Im Sitzen würde er sich wesentlich schlechter verteidigen können.

Er zog sein Schwert. »Das scheint mir nicht gerade das beste Versteck zu sein, Mädchen. Wir haben keine Rückzugsmöglichkeit, und sie werden mich sicher schnell aufstöbern. Vielleicht solltest du dich besser davonmachen. Ich will nicht, dass du für deine Hilfe bestraft wirst.«

Die ganze Zeit hatte sie überlegt, wie sie ihn wohl überreden konnte, sie gehen zu lassen. Bei seinen Worten änderte sie jedoch ihre Meinung. »Wartet«, sagte sie. »Ich habe etwas, das uns helfen könnte.«

Sie bückte sich nach einem Krug, den sie einige Wochen zuvor auf dem Boden der Höhle abgestellt hatte.

»Was ist das für ein Zeug?«

»Anissamen«, antwortete sie. »Sir Hectors Jäger hat mir verraten, dass es das Einzige ist, was Hunde von ihrer Spur abbringen kann. Eine der Räuberbanden, die sich in der Gegend herumtreiben, verwendet es auch, hat er gesagt.«

»Ich fange langsam an, dich interessant zu finden, Mädchen«, sagte er, während er den Stopfen aus dem Krug zog und an der Öffnung schnüffelte. Dann zog er eine Grimasse. »Hast du es bei euren eigenen Hunden ausprobiert?«

»Noch nicht«, gab sie zu. »Ich dachte nur, es könnte sich vielleicht als nützlich erweisen, falls Drusilla unsere Hunde auf meinen Schlupfwinkel ansetzt.«

»Soll ich es einfach da auf den Boden streuen?«

»Reibt Euch erst damit ein, um Euren Geruch zu überdecken«, riet sie ihm. »Und vielleicht sollte ich die Samen besser draußen verstreuen. Das würde sicher weniger auffallen.«

»Na gut, aber nur, wenn du dich beeilst und gleich wieder hereinkommst«, sagte er und nahm eine Hand voll Anis, um sich damit einzureiben. »Ich würde mich nämlich nicht darauf verlassen, dass die Männer mit den Hunden sich einer Frau gegenüber ehrenhaft verhalten.«

Sie erwiderte nichts, sondern wunderte sich nur darüber, dass er anscheinend gar nicht auf den Gedanken kam, sie könnte ihn verraten. Was war das für ein Mann, so sehr daran gewöhnt, Befehle zu erteilen? Ein einfacher Jäger gewiss nicht.

Er hielt das Gebüsch auseinander, und sie eilte hinaus, der bellenden Meute entgegen. Die Verfolger konnten nur noch wenige Minuten entfernt sein.

Draußen holte sie eine Hand voll Anissamen aus dem Krug und streute sie in den Wind, so wie man Hühnern ihr Futter hinstreut. Die Bäume versperrten ihr die Sicht, doch konnte sie hören, dass die Meute höchstens noch eine halbe Meile entfernt war. Daraufhin ging sie rückwärts zur Höhle zurück und streute dabei eine dicke Schicht Samen auf den Pfad, den sie beide kurz zuvor gegangen waren.

Als sie die Höhle schon fast erreicht hatte, kam ihr plötzlich ein Gedanke. Er hatte behauptet, es seien Engländer, die ihn jagten. Doch was, wenn es Schotten waren, die einen Dieb oder Mörder verfolgten? Dennoch sagte ihr ein Gefühl, dass sie bei ihm in Sicherheit war. Außerdem blieb ihr keine Zeit mehr, zum Farnsworth Tower zurückzulaufen. Die Hunde würden sie einholen, noch bevor sie ein Viertel des Weges zurückgelegt hätte.

Sie waren schon ganz nah. Womöglich konnten sie ihren Geruch in der Luft wittern. Es gab Jagdhundrassen, die dazu in der Lage waren.

Elspeth rannte auf die Höhle zu, wobei sie noch immer Anissamen auf dem Weg verteilte, und sah, dass er wieder das Gebüsch für sie teilte. Als sie durch den Eingang kroch, stolperte sie, doch er stützte ihren Arm und zog sie ins Innere der Höhle.

»Atme ein paar Mal tief durch, Mädchen«, sagte er mit ruhiger Stimme. »Du darfst nicht so keuchen, sonst hören dich die Hunde. Ihr Gehör ist fast so fein wie ihr Geruchssinn.«

Bisher hatten die Spürhunde alle im gleichen Rhythmus gebellt, doch auf einmal jaulten sie wild durcheinander.

»Sie haben den Anis in die Nase bekommen«, flüsterte ihr Gefährte. »Aber still jetzt. Keine Bewegung und kein Wort mehr.«

»Ich bin nicht dumm, Sir.«

Tröstlich empfand sie die Gegenwart seines großen, warmen Körpers dicht neben sich. Er verlieh ihr ein Gefühl der Sicherheit angesichts der Gefahr, die sich draußen näherte. Doch als sie Hufgeklapper vernahm, kehrte die Angst zurück. Kalte Schauer rannen ihr über den Rücken, denn an die Reiter, die den Hunden folgten, hatte sie bisher keinen Gedanken verschwendet.

Sie schluckte krampfhaft und tat, was sie seit ihrer Kindheit immer getan hatte, wenn sie unglücklich oder ängstlich gewesen war. Sie dachte an etwas anderes und versetzte sich an einen fernen, freundlichen Ort.

Die Wärme des Körpers, der sich dicht an sie schmiegte, brachte ihr Erinnerungen an ihre frühe Kindheit zurück, als ein großer, starker Mann – wahrscheinlich ihr Vater – sie an sich gedrückt hatte. Wieder war sie mit ihrem Vater am Teichufer, inmitten heimeliger Wälder, wo die Stille nur durch die Rufe der Vögel und Eichhörnchen durchbrochen wurde und durch das gelegentliche Platschen eines Fisches, der nach dem Köder an der Angelschnur ihres Vaters sprang.

Als ihr Begleiter seinen festen, muskulösen Arm um ihre Schultern legte, vergaß sie völlig, dass er ein Fremder war, und lehnte sich wortlos und vertrauensvoll an ihn.

Durch das Gebüsch vor dem Höhleneingang konnte sie die ersten Hunde sehen. Die Anissamen hatten sie offensichtlich von ihrer Spur abgebracht. Drei der Tiere schnüffelten an einem Baum herum. Wahrscheinlich hatte dort der Mann gestanden und beobachtet, wie sie aus der Höhle kam.

Jetzt tauchten Reiter zwischen den Bäumen auf. »Verdammt!«, rief einer der Verfolger. »Sie haben ihn verloren!«

»Schau oben in den Baumwipfeln nach«, ließ sich eine andere Stimme vernehmen. »Vielleicht ist er hinaufgeklettert und lauert jetzt da oben auf einem Ast.«

Die Männer sprachen Englisch, also hatte er ihr zumindest in diesem Punkt die Wahrheit gesagt.

»Wenn ich mich recht entsinne, gibt es da drüben einen Bach oder Fluss, der in östlicher Richtung fließt«, rief ein anderer. »Vielleicht ist er durch das Wasser gegangen, um seine Spur zu verwischen. Lasst die Hunde am Ufer entlanglaufen, und ich wette, wir haben ihn im Handumdrehen.«

»Wie weit ist dieser Bach entfernt?«, flüsterte ihr Gefährte, nachdem die Stimmen draußen verklungen waren.

»Keine fünf Minuten«, flüsterte sie zurück.

»Und wohin führt er?«

»Er entspringt in den Hügeln im Nordosten und fließt in südwestliche Richtung in den Fluss Annan und weiter in den Solway Firth.« – »Und wenn sie ihm nach Norden folgen?«

»Dann kommen sie am Farnsworth Tower vorbei«, antwortete sie. »Der Bach versorgt uns mit Wasser.«

»Du lebst also im Farnsworth Tower?«

»Ja.«

Er schwieg einen Augenblick, dann murmelte er leise wie zu sich selbst: »Diese Engländer werden sich gewiss nicht lange auf der schottischen Seite der Grenze aufhalten.«

Ebenso leise erwiderte Elspeth: »Wenn sie sich auf einer offiziellen Verfolgungsjagd befinden, dürfen sie sich sechs Tage auf schottischem Gebiet aufhalten.«

»Wieso das?«

Sie rückte ein wenig von ihm ab, um ihn ansehen zu können. »Nun ja, wenn ich das Grenzgesetz richtig in Erinnerung habe, kann jede Seite bis zu sechs Tage nach einem Verbrechen eine offizielle Verfolgung erklären. In der Zeitspanne darf jeder, der an der Jagd auf den flüchtigen Verbrecher teilnimmt, die Grenze nach Belieben überqueren.«

»Wie kommt es, dass ein Mädchen wie du sich mit den Grenzgesetzen auskennt?«

»Sir Hector ist oftmals dabei, wenn sich Soldaten von beiden Seiten der Grenze am Jahrestag des Waffenstillstands treffen, und er hat mir die Grenzgesetze erklärt.«

»Ich verstehe. Also sechs Tage lang, nachdem das Verbrechen entdeckt wurde, was? Heißt es nicht auch, dass sie die Grenze nur überqueren dürfen, wenn sie auch wirklich hinter einem Flüchtigen her sind?«

»Ja, und deshalb, sagt Sir Hector, machen sich viele so schnell wie möglich auf den Weg, damit sie die sechs Tage voll nutzen können. Haben sie Euch auch sofort verfolgt?«

»Du meinst, gleich nachdem ich das Verbrechen verübt habe?«

Abermals klang Lachen in seinen Worten mit, doch nun ärgerte sie sich darüber. »Ich finde nicht, dass Missetaten ein Grund zum Lachen sind, Sir«, sagte sie verschnupft.

Er lachte glucksend. »Da hast du sicher Recht, Mädchen.

Ich muss zugeben, dass ich schon seit vielen Monaten bis über beide Ohren in Missetaten verstrickt bin. Daher habe ich fast schon vergessen, wie andere Leute darüber denken. Im Augenblick ist mir allerdings nur daran gelegen, meine Haut zu retten.«

»Euer Akzent hat sich verändert«, bemerkte sie.

»Tatsächlich? Ich habe die seltsame Neigung, die Aussprache der Person anzunehmen, mit der ich gerade rede, wenn ich nicht aufpasse«, sagte er, wobei sein breiter Akzent noch stärker hörbar wurde. »Wahrscheinlich habe ich einfach deinen hübschen Tonfall aufgeschnappt, denn du sprichst nicht so wie die Leute von der Grenze.«

»Ich spreche so wie Drusilla und Jelyan auch«, antwortete Elspeth. »Sir Hector ist ein Gelehrter und hat uns allen beigebracht, ordentlich zu reden.«

»Also hast du zwei Schwestern. Wie heißt du denn?«

»Elspeth.« Sie hielt es nicht für nötig, ihm zu erklären, dass Drusilla und Jelyan nicht ihre Schwestern waren. »Und Ihr?«

»Du kannst mich Patrick nennen«, sagte er. »Das reicht.«

»Wie nennen Euch denn die Männer, die Euch suchen?«

Wieder gluckste er. »Du bist zu schlau und zu neugierig, meine Süße. Wie sie mich nennen, spielt keine Rolle.«

»Es wird durchaus eine Rolle spielen, wenn sie Euch im Farnsworth Tower suchen«, erklärte sie, bemüht, den Aufruhr ihrer Gefühle zu ignorieren, den das Kosewort in ihr ausgelöst hatte. »Ich werde wahrscheinlich sowieso Schwierigkeiten bekommen, weil ich so lange weggeblieben bin. Und wenn sie erfahren, dass sich ein Verbrecher in der Gegend herumtreibt, werden sie mir eine Menge Fragen stellen: Hast du die Hunde nicht gehört oder gesehen? Hast du zufällig einen Mann getroffen?« Sie zog ein Gesicht. »Ich bin nicht besonders gut im Lügen, Sir.«

»Dann musst du mehr üben«, sagte er mit einem mutwilligen Grinsen. »Glaub mir, mit Übung schafft man fast alles. Da bin ich ganz sicher.«

»Lügen gehört nicht zu den Fähigkeiten, die man verbessern sollte«, entgegnete sie kurz angebunden.

Er sagte nichts, sah aber ziemlich zerknirscht drein. Sofort tat er ihr wieder leid. Am liebsten hätte sie ihm die gerunzelte Stirn glatt gestrichen, damit er wieder lächelte. Sie schluckte schwer und tadelte sich selbst insgeheim so streng, wie es sonst nur Lady Farnsworth und Drusilla taten. Offenbar hatte sie beim Anblick dieses flüchtigen Missetäters völlig den Verstand verloren.

Sie konnte die Hunde nicht mehr hören, aber da, wie meistens in dieser Gegend, ein frischer Wind aus Westen blies, mochte das Bellen und Janken von ihnen fort nach Osten getragen werden.

»Was werdet Ihr jetzt tun?«, fragte sie, als das Schweigen zwischen ihnen langsam unbehaglich wurde.

»Das muss ich mir noch überlegen«, antwortete er. »Wenn du Recht hast und diese Schurken wirklich sechs Tage lang auf unserer Seite der Grenze bleiben wollen, muss ich mich irgendwo verstecken. Ich glaube kaum, dass ich für einen gewöhnlichen Reisenden durchgehe, der auf dem Weg nach Norden in Richtung Stirling ist.«

»Nein, für einen Mann aus dem Grenzland seid Ihr zu groß. Und außerdem kennt hier fast jeder jeden. Müsst Ihr denn unbedingt nach Stirling?«

»Ja, und zwar bald.«

»In vierzehn Tagen, am Palmsonntag, ist der Geburtstag des Königs«, sagte sie. »Er und die Königin rechnen damit, dass noch vorher ihr Kind zur Welt kommt. Deshalb soll am Geburtstag auch ein großes Fest zu Ehren des Neugeborenen gefeiert werden, zu dem wir und andere Familien nach Stirling reisen. Ich könnte mir vorstellen, dass Ihr in dem allgemeinen Durcheinander unauffälliger dorthin gelangen könnt.«

»Ja. Aber nur, wenn ich mich bis dahin an einem sicheren Ort verstecken könnte.«

Ihr kam eine Idee, doch sie verwarf sie sofort wieder. Sie hatte heute schon genug Dummheiten gemacht. Da würde ihr wohl jeder vernünftige Mensch zustimmen, der sah, wie sie ein Schwätzchen mit einem Verbrecher hielt und ihm die Pläne ihrer Familie verriet.

»Wie lange brauchst du bis zum Farnsworth Tower?«, erkundigte er sich.

»Zwanzig Minuten. Wenn ich mich beeile, noch weniger.«

»Wirst du ihnen von mir erzählen?«

Sie zögerte. Selbstverständlich war es ihre Pflicht, jeden in der Gegend vor dem Schurken zu warnen. Sollten Drusilla oder Jelyan herausbekommen, dass sie das Geheimnis für sich behalten hatte, müsste sie mit einer harten Strafe rechnen. Doch trotz aller Bedenken hatte sie einfach nicht das Gefühl, dass dieser Mann gefährlich war, und sie hatte im Laufe der Zeit gelernt, ihren Gefühlen zu vertrauen.

»Ich werde keinem etwas sagen«, antwortete sie schließlich. »Aber ich muss jetzt wirklich nach Hause.«

»Dir droht wahrscheinlich keine Gefahr mehr«, antwortete er. »Aber spitz trotzdem die Ohren, und wenn du die Hunde wieder hörst, sieh zu, dass du dorthin läufst, wo sich möglichst viele Menschen aufhalten.«

Sie nickte und drängte sich an ihm vorbei durch den Höhleneingang. Dabei spürte sie förmlich die Energie, die von ihm ausging. Sie schaute zu ihm hoch und öffnete den Mund für einen Abschiedsgruß, sagte dann aber doch nichts.

Er lächelte, wobei er seine starken weißen Zähne entblößte, und seine Augen funkelten. »Hüte dich vor Fremden, Mädchen«, sagte er.

Seine Bemerkung war so widersinnig, dass sie ebenfalls lächeln musste. »Ich werde mich vorsehen«, antwortete sie.

»Tu das wirklich«, bekräftigte er jetzt ernster und fügte hinzu: »Und binde dir deinen Zopf zusammen, bevor du nach Hause gehst, Mädchen, sonst wirst du bestraft, weil du so unordentlich daherkommst.«

»Ja, Sir«, antwortete sie automatisch. Diesen Befehl hatte sie schon unzählige Male gehört.

»Und, Mädchen …«

»Ja?« Sie blieb noch einmal stehen und zwang sich zur Geduld. »Danke«, sagte er leise. »Ich stehe tief in deiner Schuld.«

»Lebt wohl, Sir.« Ohne ein weiteres Wort wollte sie sich auf den Weg machen, doch irgendetwas hielt sie zurück. Sie spürte seine überwältigende Vitalität im Rücken und hatte auf einmal gar keine Lust mehr, ihn zu verlassen. Ohne lange zu überlegen, drehte sie sich wieder zu ihm um und fragte: »Kennt Ihr Euch mit Greifvögeln aus?«

Grinsend erwiderte er: »Ich weiß alles, was es darüber zu wissen gibt. Warum fragst du?«

»Weil Sir Hector vor einer Woche seinen Falkner entlassen hat und die Vögel zurzeit nur von einem nachlässigen jungen Burschen versorgt werden. Ihr brauchtet es nur so gut zu machen wie dieser Junge, obwohl es nicht schaden könnte, wenn Ihr etwas mehr darüber wüsstet.«

»Anscheinend bist du entweder taub, Mädchen, oder so klug, mir nicht alles zu glauben, was ich sage. Aber dass ich mich mit der Beizjagd bestens auskenne, war nicht gelogen. Darin ist wohl kaum einer besser als ich, denn ich bin mit Greifvögeln aufgewachsen. Willst du mich in der Hütte des Falkners verstecken?«

»Unser Falkner wohnte nicht in einer Hütte, sondern in einer kleinen Kammer neben der Küche. Die Vögel sind in ihren Volieren in einem Stall untergebracht.«

»Wie viele Vögel sind es?«

Sie zuckte die Achseln. »Ich weiß nicht genau – drei oder vier, nehme ich an. Der Bursche hat Sir Hector schon vorgewarnt, dass er vielleicht einen von ihnen töten muss. Er sagt, der Vogel sei wild umhergeflattert und habe sich dabei zwei Schwungfedern gebrochen. Ich weiß nicht so genau, was das bedeutet, aber Sir Hector hat ihm befohlen, noch ein, zwei Tage zu warten.«

»Das bedeutet, der Bursche hat den Vogel erschreckt, sodass der sich zwei Federn gebrochen hat. Aber er kann doch deshalb nicht allen Ernstes ein so schönes Tier töten wollen. Ich sehe schon, dass Sir Hector ebenso dringend einen Falkner braucht wie ich einen Unterschlupf. Weißt du was, Mädchen – ich bin einverstanden.«

»Könnt Ihr denn gebrochene Federn heilen?«

»Ja, und wenn du brav bist, zeige ich dir, wie das geht. Aber wie soll ich mich bei Sir Hector vorstellen? Immerhin kann ich schlecht mit dir nach Hause gehen, das würde deinem Ruf schaden. Ich weiß sowieso nicht, was Sir Hector sich dabei denkt, dich hier draußen ganz allein umherstreifen zu lassen.«

»Wenn Ihr mit mir schimpft, gehe ich auf der Stelle, und Ihr könnt sehen, wo Ihr bleibt«, erwiderte sie eingeschnappt. »Ihr habt es gerade nötig, jemandem eine Standpauke zu halten.«

»Empfindlich sind wir also auch noch, was? Aber beruhige dich, Mädchen, im Zanken bin ich dir sowieso über. Denk daran, ich könnte dich mir über die Schulter werfen und mit dem Hinterteil voran nach Hause tragen.«

»Das würdet Ihr nicht wagen!«

»Nein?« Breitbeinig stand er da, die Daumen in den Schwertgurt gehakt, und starrte sie an.

Zwar hatte sie keine Angst vor ihm, doch ein leichtes, kribbelndes Gefühl sagte ihr, dass er seine Drohung wahr machen würde.

Da machte sie lieber einen Rückzieher und sagte vorsichtig: »Ich glaube, es wäre klüger, wenn Ihr Euch nachher selbst bei Sir Hector vorstellen würdet. Ihr könntet ja sagen, Ihr hättet im Wirtshaus gehört, dass sein Falkner ihn plötzlich verlassen hat, und wolltet Euch für die Stellung bewerben.« Sie schwieg erwartungsvoll.

»Ja, das möchte gehen«, erwiderte er. »Gibt es noch etwas, das ich über diese Stellung wissen muss?«

Sie runzelte leicht die Stirn. »Nein, denn ich weiß selbst nicht allzu viel darüber.«

»Weißt du denn, warum der letzte Falkner entlassen wurde?«

Mit einem zuckersüßen Lächeln antwortete sie: »Weil er frech zu Sir Hectors Tochter war.«

»Ach ja, und da ich selbst ein frecher Kerl bin, ist es wohl gut, dass du mich vorgewarnt hast.« Stirnrunzelnd blickte er ihr in die Augen und setzte leise hinzu: »Wenn du mir sagst, dass du es warst, gegen die sich der Mann unziemlich verhalten hat, dann habe ich noch etwas anderes zu erledigen, bevor ich mich auf den Weg nach Stirling machen kann.«

Darauf antwortete sie nur: »Der arme Mann war weder unverschämt zu mir noch zu sonst jemandem. Aber Drusilla hat behauptet, er habe mit mir geschäkert, und bestand darauf, dass er entlassen wurde.«

»Drusilla – das ist der Schreihals, nicht wahr?«

»Ja.«

»Mir scheint, im Farnsworth Tower leben ein paar nette Leute«, fuhr er fort. »Ich freue mich schon richtig darauf, ein paar Tage in ihrer Gesellschaft zu verbringen.«

»Denkt daran, Sir«, erwiderte sie, »ich kann Euch nicht helfen, die Stelle zu bekommen. Ihr müsst selbst mit Sir Hector reden und dürft mich auf keinen Fall erwähnen.«

»Das ist mir schon klar, Mädchen. Hab keine Angst, ich werde dich nicht verraten. Aber ich hoffe doch, dass wir uns wiedersehen, damit ich dir zeigen kann, wie man eine gebrochene Feder richtet.« Sie lächelte, fragte sich jedoch zugleich, ob sie noch ganz bei Trost war. Da hatte sie allen Ernstes einen mutmaßlichen Mörder eingeladen, im Farnsworth Tower zu leben. Bei diesem Gedanken musste sie noch stärker lächeln. Was dieser Mann auch sein mochte, ein Mörder ganz gewiss nicht. Er war jedoch auch nicht, was er zu sein vorgab. Ob sie wohl etwas über ihn herauskriegen würde, bevor er sie wieder verließ?

Brown Claud seufzte vor Erleichterung. »Das hat gut geklappt, findest du nicht auch?«

»Ja«, sagte Lucy Fittletrot und rutschte noch näher an ihn heran. »Das hast du schlau angestellt, Claud, aber ohne mich hättest du es nicht geschafft.«

»Stimmt, Mädchen. Es war wirklich ein Glücksfall, dass ich dich auf der Wiese beim Tanzen getroffen habe.«

»Aber ich verstehe nicht, warum du das Mädchen mit einem Mann verkuppeln willst, den es gar nicht kennt«, wandte Lucy ein. »Wenn ich so darüber nachdenke, kommt mir das doch ziemlich unüberlegt vor.«

»Mag sein«, gab Claud zu. »Aber du kennst nicht die ganze Vorgeschichte. Es war allerdings schon erstaunlich, wie schnell du unsere Bessie gefunden hast, nachdem ich fast das ganze Grenzgebiet nach ihr abgesucht habe. Dabei hatte ich auch ein Auge auf Personen, die möglicherweise mit ihr in Verbindung standen, musst du wissen.«

»Und dazu gehört auch dieser Patrick?«

»In gewisser Weise ja. Außerdem kann er auf sie Acht geben, solange ich mir überlege, was nun zu tun ist. Ich wette, meine Mam wird stolz sein, dass ich daran gedacht habe.«

»Ganz bestimmt, Claud. Du bist aber auch wirklich ein geschickter Bursche«, murmelte Lucy, während sie sich an ihn lehnte und an seinem Ohrläppchen knabberte.

Er gluckste erfreut und legte einen Arm um sie. »Da hast du Recht, Mädchen. Und jetzt, wo wir ein bisschen Zeit für uns haben, will ich dir mal zeigen, wie geschickt ich wirklich bin.«

3

Sir Patrick McRae sah Elspeth nach, wie sie hurtig durch den Wald davonlief. Dann folgte er ihr lautlos und geschwind, um sicherzugehen, dass sie auch wohlbehalten zu Hause ankam. Er markierte seinen Weg, gab aber gut Acht, dass sie ihn nicht bemerkte.

Blieb nur zu hoffen, dass er sie richtig eingeschätzt hatte. Trotz ihrer schönen Augen und ihres unschuldigen Wesens musste er in Betracht ziehen, dass sie ihm eine Falle stellte. Denn offensichtlich verdächtigte sie ihn der abscheulichsten Übeltaten, und daher war es durchaus möglich, dass sie ihn verriet, sobald sie nach Hause kam.

Er hatte schon von Sir Hector Farnsworth gehört, wusste jedoch nur wenig über ihn. Da er als Beamter den Versammlungen zum Waffenstillstandstag beiwohnte, konnte man annehmen, dass er ein gesetzestreuer Mann war. Andererseits erinnerte sich Patrick, dass der Graf von Angus einmal Sir Hectors Namen erwähnt hatte.

Sollte Sir Hector mit Angus im Bunde sein, dann würde er den englischen Soldaten, die zurzeit das schottische Grenzland durchstreiften, bestimmt seinen Falkner zum Verhör übergeben. Dann wäre Patrick geliefert, und sein Vorhaben, das ihn nach England und wieder zurück nach Schottland geführt hatte, wäre auch gescheitert. Andererseits könnte ihm ein Beweis von Sir Hectors Verrat sehr nützlich sein, solange er sich dabei nicht erwischen ließe.

Elspeth war auf jeden Fall ein niedliches Mädchen, und Patrick bedauerte ganz und gar nicht, dass er sie getroffen hatte. Natürlich gefiel sie ihm, aber darüber hinaus weckte sie seinen Beschützerinstinkt, für den Patrick keine Verwendung mehr gehabt hatte, seit er von Stirling Castle fortgeritten war, wo man seinen Laird und die Lady festhielt.

Patrick hatte hilflos ansehen müssen, wie der König Mackenzie von Kintail als Geisel nahm und ihn zusammen mit weiteren Clanoberhäuptern an Bord seines Schiffes zuerst nach Dunbarton und dann weiter nach Stirling brachte. Nachdem sein Herr weg war, hatte sich Patrick darangemacht, die Befestigungen von Eilean Donan wieder instand setzen zu lassen. Doch als Molly darauf bestand, ihrem Mann in die Gefangenschaft zu folgen, hatte sich Patrick bereit erklärt, sie nach Stirling zu begleiten. Das gäbe ihm auch Gelegenheit zu prüfen, wie ernst es Kardinal Beaton mit seinem Hilfsangebot war. Außerdem wäre Molly imstande gewesen, die weite, gefährliche Reise allein zu unternehmen, und Fin würde ihm den Kopf abreißen, wenn ihr etwas zustieße.

Als Patrick die beiden auf Schloss Stirling verließ, sagte er ihnen nichts von seinem Plan, mit Beaton zu sprechen. Falls es ihnen zu Ohren kommen sollte, dass er sich im Grenzland aufhielt, würden sie annehmen, dass er sich um die Burg Dunsithe kümmern wollte, die Molly mit in die Ehe gebracht hatte. Dunsithe, keine dreißig Meilen westlich von seinem jetzigen Aufenthaltsort gelegen, war ihr als väterliches Erbe zugefallen und gehörte daher jetzt ihrem Mann Fin.

Das alles ging Patrick durch den Kopf, während er Elspeth nachschlich. Er verbarg sich im Unterholz, als sie an einem Turm angelangt war, den eine steinerne Palisade umgab. Sobald sie drinnen in Sicherheit war, machte er kehrt und wanderte in Gedanken versunken zur Höhle zurück.

Der Kardinal hatte ihm zugesagt, sich für Kintails Freilassung einzusetzen. Im Gegenzug spionierte Patrick acht Monate lang für den Kardinal in England. Die Erkenntnisse, die er dabei gewann, hatten Beaton in seiner Ansicht bestärkt, dass Heinrich VIII. darauf aus war, ganz Schottland unter seine Herrschaft zu bringen. Daher war es wichtig herauszufinden, auf welcher Seite Sir Hector Farnsworth stand, bevor Patrick die Gegend verließ.

Solange er sich hier aufhielt, musste er sich mit äußerster Vorsicht bewegen, da die Umgebung von möglichen Feinden nur so wimmelte. Ob die niedliche Elspeth eine von ihnen war, blieb abzuwarten.

Burg Midgeholme, Cumberland, England

Der Schlag kam unerwartet, doch Eleanor, Lady Percy, machte keinen Mucks. Sie hielt sich lediglich mit einer Hand die brennende Wange und starrte durch die aufwallenden Tränen auf ihren Halbbruder, den schottischen Grafen von Angus. Als er ohne Rücksicht auf ihre Privatsphäre in ihre Schlafkammer gestürmt war, war sie erschreckt aufgesprungen, weil sie dachte, etwas Entsetzliches sei geschehen. Und dann verpasste er ihr eine Ohrfeige.

»Also?«, herrschte Angus sie an. Obgleich er vierzehn Jahre älter war als sie, hatten weder die Jahre noch die Lebenserfahrung es geschafft, sein aufbrausendes Temperament zu zügeln.

Sie holte tief Luft und widerstand dem Impuls, sich mit ihrem Taschentuch die feuchten Augen zu wischen. Stattdessen sagte sie gelassen: »Also was, Sir? Da ich nicht weiß, was Euren Unwillen erregt hat, kann ich auch nicht …«

Er hob drohend die Hand.

»Archie, ich bitte dich! Was ist denn los? Ich habe doch nichts getan, dass du so zornig mit mir bist.«

»Nein? Wirklich nicht, Nell? Und wer war der Mann, dem du vorhin einen Blick zugeworfen hast? Was sollte das?«

»Welcher Mann?« Ihr Herz pochte so wild, dass sie das Gefühl hatte, es würde ihr gleich aus der Brust springen. »Ich habe mehrere Männer angeblickt, seit wir gestern Abend auf Midgeholme eingetroffen sind.«

»Das ist mir nicht entgangen. Doch da ich die Absicht

habe, hier eine Ehe für dich zu arrangieren, wäre ich dir dankbar, wenn du ein bisschen mehr Zurückhaltung üben würdest.«

»Ich will nicht wieder heiraten.« Mit dieser Bemerkung versuchte sie ihn von seinem Thema abzulenken, auch wenn das wieder zu einer neuen, ermüdenden Auseinandersetzung führen würde. Seit anderthalb Jahren war er bestrebt, einen geeigneten Ehemann für sie zu suchen, und genauso lange hatte sie sich erfolgreich gegen eine Heirat gewehrt. Doch wahrscheinlich würde ihr das nicht mehr sehr lange gelingen.

»Du wirst heiraten, wenn ich es dir befehle, Nell. Aber nun will ich wissen, was du über Sir William Smythewick weißt.«

Dabei beobachtete er sie scharf, und sie hoffte nur, dass er ihr die Erleichterung nicht anmerkte. »Ich kenne keinen Smythewick«, erwiderte sie wahrheitsgemäß.

»Und was ist mit Sir Patrick MacRae?«, fragte er aalglatt.

Da merkte sie, dass ihr Bruder ihr eine Falle gestellt hatte. Doch es gelang ihr, ihre Bestürzung zu verbergen. Mit vorgetäuschter Empörung konterte sie: »Mein Gott, Sir, wollt Ihr mich jetzt vielleicht nach jedem Mann auf Midgeholme befragen? Die Einzigen, die ich mit Namen kenne, sind unser Gastgeber und Eure Männer.«

Er schaute sie einige Sekunden lang durchdringend an, doch sie hielt seinem Blick stand, bis er mit einem knappen Nicken sagte: »Wir werden sehen, Madam, denn MacRae hättet Ihr ja zweifellos wiedererkannt. Ich habe Männer mit Spürhunden nach ihm ausgeschickt, und wenn sie ihn zu fassen kriegen, holen sie die Wahrheit aus ihm heraus. Und Gott steh Euch bei, wenn Ihr mich angelogen habt. Dann wird es Euch leidtun, dass Ihr geboren seid.«

Sie glaubte ihm aufs Wort, denn er war ein gewalttätiger Mann und hatte ihr schon früher das Leben zur Hölle gemacht. Die ganzen Schwierigkeiten rührten nur daher, dass sie eine Sekunde lang nicht aufgepasst hatte. Sie war noch nicht einmal vierundzwanzig Stunden auf Midgeholme gewesen, da hatte sie plötzlich inmitten einer Gruppe von Männern, die sich zum Mittagessen in der großen Halle versammelten, ein Gesicht erspäht, das sie weder auf Midgeholme noch überhaupt in England zu sehen erwartet hatte.

Etwas in Patricks Blick warnte sie; daraufhin ließ sie ihre Augen gleichgültig zu einem seiner Begleiter wandern. Doch anscheinend bemerkte jemand ihr kurzes Zögern und erzählte Archie davon.

Vielleicht war es der Mann aus Lord Dacres Gefolge gewesen, der Patrick zugewinkt hatte. Ob er nun Patrick unter seinem richtigen Namen oder als Sir William Smythewick kannte, auf jeden Fall war Patrick kurz darauf verschwunden, als habe er sich in Luft aufgelöst.

»Wo immer du auch sein magst«, murmelte Nell, »Gott möge dich beschützen.«

Wieder an der Höhle angekommen, untersuchte Patrick den Eingang auf Spuren, die er und das Mädchen möglicherweise hinterlassen hatten. Dann kennzeichnete er den Platz unauffällig für den Fall, dass er noch einmal dort Schutz suchen musste.

Da er Elspeth ein wenig Zeit geben wollte, bevor er auf der Burg auftauchte, durchstreifte er die umliegenden Wälder auf der Suche nach einem weiteren geeigneten Schlupfwinkel für den Notfall. Dabei lauschte er die ganze Zeit über auf die Geräusche der Waldtiere, besonders auf die Warnrufe der Eichhörnchen und Raben, die einen herannahenden Feind unfehlbar ankündigen würden. Wo er ging, verstummten die Tiere ringsumher für einige Augenblicke, bis sie merkten, dass ihnen von dem einsamen Wanderer keine Gefahr drohte.

Die Nachmittagssonne stand schon tief am Himmel, als er zu dem fröhlich dahinplätschernden Bächlein kam. Er folgte seinem Lauf einen kleinen Hügel hinauf, von dem er einen freien Blick in Richtung Norden hatte. Von seinen Verfolgern war nichts zu sehen. Vielleicht zogen sie nach Nordosten weiter in der Annahme, dass er sich auf den Weg nach Edinburgh oder Stirling machte.

Doch damit war es Patrick nicht eilig. Im Augenblick hatte er genug damit zu tun, überhaupt am Leben zu bleiben. Er befand sich auf dem Land der Douglas, und obgleich dieser widerspenstige, zerrissene Clan beim König der Schotten nicht gut angeschrieben war, verfügte er über großen Einfluss im gesamten Grenzland. Die unnachgiebigen Anhänger des verstorbenen Schwarzen Douglas und die Gefolgschaft des Grafen von Angus, des Roten Douglas, waren einander ganz und gar nicht grün, doch wenn es darauf ankam, besannen sie sich alle darauf, dass sie in erster Linie Angehörige des Douglas-Clans waren.

Fins Frau Molly war Angus' Nichte, doch hatte sie wenig Gelegenheit gehabt, die Familienbande zum Roten Douglas zu pflegen. Sie kannte kaum ihre eigene Mutter, denn Angus entführte Molly und ihre kleine Schwester Bessie als Kinder. Bald darauf ging er ins Exil nach England und nahm seine Schwester Eleanor Gordon Douglas, die Mutter der beiden Mädchen, mit. Mollys Vormund, König Jakob von Schottland, ließ Molly ins Hochland bringen, wo sie eine glückliche Kindheit verbrachte und schließlich den Laird von Kintail heiratete.

Ihre Mutter, die jetzige Lady Percy, hatte ihre Tochter Molly erst vor zwei Jahren wiedergefunden. Aus Gründen, die Patrick nicht kannte, waren die beiden Frauen zu der Auffassung gelangt, dass Mollys totgeglaubte Schwester Bessie noch am Leben war und irgendwo gefangen gehalten wurde. In der Hoffnung, Bessies Aufenthaltsort von Angus in Erfahrung zu bringen, war Nell Percy nach England zurückgekehrt, wo ihr Bruder noch immer im Exil lebte.

Kintail hatte Männer ausgeschickt, die das Gebiet um Angus' Burg Tantallon an der schottischen Ostküste nach dem Mädchen absuchen sollten. Sie dehnten ihre Suche auf das gesamte Grenzgebiet und das Land der Douglas im Westen aus, doch vergeblich. Jeder, den sie fragten, war der Meinung, Bessie sei bereits als kleines Kind gestorben, bald nach der Entführung durch Angus. Schließlich brachen Kintails Männer die Suche ab. Molly versuchte, ihrer Mutter in einem Brief davon zu berichten. Doch die Nachricht kam nie an, und keiner in Kintail hatte seit Nells Rückkehr nach England etwas von ihr gehört.

Doch dann begegnete ihr Patrick zufällig und unerwartet auf Midgeholme – fast hätte sie vor Schreck seine wahre Identität verraten – und wusste nun, dass sie Angus' Gefangene war. Also konnte er nicht auf die Hilfe der Douglas zählen, sondern musste im Gegenteil vor ihnen auf der Hut sein, solange er sich im Grenzgebiet aufhielt.

Als es seinem Gefühl nach auf fünf Uhr zuging, machte er sich auf den Weg zum Farnsworth Tower, der in der Nähe des Baches aufragte und entsprechend leicht auszumachen war. Der Turm machte einen wohlbefestigten Eindruck und gehörte ohne Zweifel einem verdienstvollen Mann.

Patrick wünschte, er hätte Elspeth gründlicher über Sir Hector ausgefragt. Er wollte ihr gegenüber kein übertriebenes Interesse an dem Mann zeigen, doch nun erschien es ihm ein riskantes Unterfangen, den Hausherrn um eine Stellung zu bitten, ohne dass er Näheres über dessen Leben oder politische Einstellung wusste. Doch wenn Patrick es recht bedachte, waren schließlich alle seine Unternehmungen der letzten acht Monate riskant gewesen.

Also straffte er die Schultern, setzte ein zuversichtliches Grinsen auf und schritt geradewegs auf das Holztor in der steinernen Palisade zu.

Der Farnsworth Tower war ein typisches Beispiel für ein ehemaliges Raubritternest. Fünf Stockwerke hoch, dick genug, um ausreichend Platz zu bieten, und umgeben von starken Palisaden stand der eckige Turm auf einer Hügelkuppe, von der man in alle Richtungen einen weiten Blick über das Land hatte. Der Wald, der sich am Bach entlangzog, war nahe genug, um Schutz zu bieten, und doch so weit entfernt, dass sich kein Angreifer ungesehen hätte nähern können. Und bestimmt, so dachte Patrick, verfügte die Behausung auch über einen eigenen Brunnen.

Das Tor war verschlossen, und als sich Patrick näherte, forderte eine Stimme vom Wehrgang hoch oben auf der Mauer ihn auf, sich zu erkennen zu geben.

»Man nennt mich Patrick, den Falkner«, rief er zurück. »Ich würde gern mit Sir Hector Farnsworth sprechen.«

»Erwartet er Euch?«

»Nein, aber ich habe gehört, dass er jemanden sucht, der sich um seine Vögel kümmert.«

»Wartet einen Augenblick, und vergesst nicht, dass Euch sechs Schützen im Auge behalten.«

»Ich bin ganz friedlich«, erwiderte Patrick.

Er war sicher, dass er wegen der bevorstehenden Unterredung keine Sorgen zu haben brauchte, denn was Greifvögel betraf, konnte er es mit jedem Falkner aufnehmen. In seiner Kindheit und Jugend, die er gemeinsam mit Fin Mackenzie verbrachte, hatte der Falkner des alten Mackenzie den beiden Jungen alles beigebracht, was er wusste. Dabei lernte Patrick sogar noch mehr als Fin, da er zum einen geduldiger war als sein Freund. Zum anderen war der barsche alte Falkner gegenüber einem MacRae schneller mit Strafen bei der Hand gewesen als bei dem Sohn seines Herrn. So stellte sich bald heraus, dass Patrick ein geschicktes Händchen für Raubvögel besaß.

Nun allerdings wurde seine Geduld auf eine harte Probe gestellt. Erst ließ ihn der Soldat lange warten, dann dauerte es noch einmal geraume Zeit, bis sich das große, schwere Tor für ihn öffnete.

»Ich bringe Euch zum Laird«, sagte der Mann, der ihn in Empfang nahm. Er blickte den Fremden stirnrunzelnd an, was diesen nicht weiter verwunderte, denn der Mann erschien wesentlich kleiner und drahtiger als der Besucher. Patrick war es gewohnt, dass ihn kleinere Männer mit Staunen oder Abneigung betrachteten, und machte sich nichts daraus, solange sie sich durch seinen Anblick nicht zu unüberlegten Handlungen hinreißen ließen.

Wie schon so oft fragte er sich auch jetzt, wie es sein mochte, wenn man die ganze Zeit zu jemandem aufschauen musste. Der einzige Mann, den er kannte, der ihn, wenn auch nur um ein Geringes, überragte, war Fin Mackenzie. Und da Patrick wusste, dass er besser mit Waffen umgehen konnte als Fin, und Fin sicher war, dass er von seinem Freund nichts befürchten musste, hatten die beiden ihre Kräfte seit Kindertagen nicht mehr gemessen. Nur einmal, vor einem Jahr, wäre es fast zu einer handgreiflichen Auseinandersetzung gekommen. Damals quittierte Fin eine freche Bemerkung Patricks damit, dass er ihn mit einem Schlag rücklings in den rasch dahinfließenden Tidenkanal zwischen der Insel von Eilean Donan und dem nahe gelegenen Festland beförderte.

Noch bevor ihn die Strömung mitreißen konnte, warf Fin ihm aber ein Seil zu, und Patrick, ganz zerknirscht wegen seiner Worte, entschuldigte sich. Auch jetzt noch verspürte er jedes Mal Gewissensbisse, wenn er an den Vorfall dachte. Die dumme, unbedachte Äußerung über Molly war ihm entschlüpft, obwohl er die von ihm bewunderte Molly Mackenzie damals noch gar nicht kannte. Bei ihr entschuldigte er sich nicht, obgleich sie Zeugin seines unfreiwilligen Bades geworden war. Allerdings war er so gut wie sicher, dass Fin ihr Patricks Worte nicht verraten hatte.

Es erschien ihm seltsam, dass jener Zwischenfall ihm gerade nun wieder in den Sinn kam, da er dem Fremden durch den Innenhof des Farnsworth Tower folgte, meilenweit von Fin und Molly entfernt. Normalerweise hatte Patrick keinerlei Schwierigkeiten, seinen Auftrag von persönlichen Angelegenheiten zu trennen, doch als er hinter dem Mann die steile Holztreppe hinaufstieg, wanderten seine Gedanken abermals zu Molly. Auf einem Treppenabsatz angekommen, öffnete sein Begleiter eine hohe Holztür. Entschlossen schob Patrick alle anderen Gedanken beiseite und konzentrierte sich auf die bevorstehende Begegnung.

Auf dem Weg durch den Hof hatte er sich gewohnheitsmäßig den Grundriss des Turms eingeprägt und wusste daher, dass sie sich im zweiten Stock, vermutlich über der großen Halle, befanden. Die Tür führte zu einer Wendeltreppe, auf der sie noch drei Stufen bis zu einer weiteren Tür hinaufstiegen. Nach einem kurzen, scharfen Klopfen öffnete Patricks Begleiter und ließ ihn in eine Kammer eintreten, bei der es sich zweifellos um das Allerheiligste des Hausherrn handelte.

Ein farbenfroher türkischer Teppich bedeckte den Dielenboden und verriet auf den ersten Blick, dass der Herr von Farnsworth wohlhabend war, denn nur Leute, die Geld im Überfluss besaßen, leisteten sich Teppiche, um darauf herumzulaufen. Die meisten schmückten damit lediglich die kalten Wände ihrer Behausungen. Das Möbelstück, das dem Eintretenden als Erstes ins Auge sprang, war ein großer polierter Schreibtisch, auf dem sich fünf oder sechs dicke Aktenrollen, ein Tintenfass und ein eisenbeschlagenes Federkästchen befanden. Hinter dem Tisch saß Sir Hector in einem geschnitzten Sessel, die Schreibfeder in der Hand, und sah Patrick mit festem Blick entgegen.

Sir Hector, offensichtlich ein Mann in den Fünfzigern, hatte angegrautes Haar, blaue Augen und einen sorgfältig gestutzten grauen Bart. Er ließ sein Haar nach der herrschenden Mode gerade so lang wachsen, dass es seinen Spitzenkragen berührte. Über einem weißen Hemd und dem schlichten grünwollenen Wams trug er ein kurzes, schwarzes, mit grauem Pelz besetztes Gewand, dessen weite Puffärmel sich vom Ellbogen bis zur Schulter bauschten. Er blieb sitzen und entließ seinen Diener mit einer Handbewegung. Als der Mann sich anschickte, den Raum zu verlassen, sagte Sir Hector: »Warte vor der Tür, Gray. Du musst diesen Mann gleich entweder hinausbegleiten oder zu den Volieren führen.«

»Jawohl, Laird«, sagte Gray und zog die Tür hinter sich zu. Patrick ertappte sich dabei, dass er Sir Hector anblickte, als sei er ihm gleichgestellt. Daraufhin senkte er unverzüglich den Blick, um nicht unhöflich zu erscheinen.

»Mein Gefolgsmann hat mir berichtet, dass Ihr ein Falkner seid.«

»Ja, Sir«, sagte Patrick.

»Woher wisst Ihr, dass ich einen brauche?«

»In Grahams Wirtshaus in Canonbie hat ein Bursche erzählt, dass Ihr Euren Falkner erst vor einer Woche verloren habt.«

»Das ist leider wahr. Welche Empfehlungen könnt Ihr vorweisen?«

»Ich kenne mich mit Vögeln aus.«

Mit einer ungeduldigen Geste erwiderte Sir Hector: »Du lieber Himmel, Sir, das möchten wir doch hoffen. Ich wollte aber eigentlich wissen, wo Ihr vorher im Dienst wart. Wenn Ihr wirklich so gut seid, wundert es mich doch, dass Ihr bei mir Arbeit sucht.«

»Ja, gewiss.« Patrick nickte, als habe er Sir Hector erst jetzt verstanden. »Ich habe noch nie als erster Falkner gearbeitet, Sir, sondern nur als zweiter. Und ich würde lieber nicht sagen, wo, damit Ihr nicht schlecht von mir denkt.«

»Ich möchte es trotzdem gern wissen.«

»Also gut. Es war drüben in England auf Burg Naworth. Aber ich bin kein Engländer, Sir, obgleich ich auf beiden Seiten der Grenze Verwandte habe. Wisst Ihr, mir ging es nur darum, ein ehrliches Gewerbe zu erlernen, egal wo. Anderenfalls hätte ich ein Räuber werden müssen, doch meine Mam wünschte sich etwas Besseres für mich. Mein verstorbener Vater war ein Räuber, und ich musste ihr versprechen, mich an die Arbeit mit den Vögeln zu halten, damit ich nicht wie er am Galgen ende.«

Patrick wusste, wie riskant es war, diese Geschichte über Naworth und Lord Dacre zu erzählen, aber schließlich barg jede erfundene Geschichte ein Risiko. Und außerdem ließen sich Patricks Aussagen nicht so ohne weiteres nachprüfen. Falls Sir Hector ein aufrechter Schotte war, würde er jeden mit Misstrauen betrachten, der aus England kam. War er dagegen ein Verräter, so verfügte er mit Sicherheit selbst über Verbindungen nach England und würde Patricks Lügengeschichte schnell durchschauen.

Die Tatsache, dass Angus Sir Hectors Namen erwähnt hatte, ließ darauf schließen, dass dessen Loyalität zumindest geteilt war.

»Ich kenne Burg Naworth«, sagte Sir Hector und nickte, »und bin auch schon einmal Lord Dacre begegnet. Seine Aufgabe ist es, von englischer Seite aus das westliche Grenzland zu überwachen.«

»Ja, Sir«, sagte Patrick nur. Er versuchte, sich seine Bestürzung darüber nicht anmerken zu lassen, dass Dacre ein Grenzwächter war. Doch immerhin würde wohl nicht gerade jetzt ein Waffenstillstandstag gefeiert werden, da englische Katholiken in Scharen vor der Verfolgung durch Heinrichs neue Kirche nach Schottland flohen. Und binnen kurzem würde er, Patrick, sowieso nicht mehr hier sein. »Ich habe mein Gewerbe auf Naworth gelernt«, fuhr er fort. »Aber ich wollte wieder näher bei meiner Familie leben. Also machte ich mich auf den Heimweg und erfuhr dann zufällig, dass Ihr einen neuen Falkner sucht.«

Sir Hector verzog ein wenig das Gesicht. »So ist es. Der Bursche, den ich hatte, kannte sich zwar mit seinen Vögeln aus, hat sich aber zu viele Freiheiten herausgenommen. Ich hoffe, da werdet Ihr vernünftiger sein.«

»Ich kenne meinen Platz genau, Sir. Er ist bei den Vögeln.«

»Vergesst das lieber nicht.«

»Ja, Sir«, nickte Patrick, während seine Gedanken bei Elspeths graugrünen Augen, ihren rosigen Lippen und ihrer weichen Haut weilten. Es fiel ihm schwer, auch nur für kurze Zeit nicht an sie zu denken.

»Falls Ihr keine Fragen mehr zu Euren Aufgaben habt, rufe ich Gray wieder herein«, sagte Sir Hector.

»Nein, Sir, ich weiß, was ich zu tun habe. Ich müsste nur noch wissen, wo ich schlafen und essen kann und an wen ich mich wenden muss, wenn ich etwas für meine Arbeit benötige.«

»Dafür ist mein Verwalter zuständig, und Gray wird Euch Eure Schlafkammer zeigen. Ich gewähre Euch eine zweiwöchige Probezeit. Wenn Ihr Euch gut macht und ich Euch nicht vorher entlassen muss, zahle ich Euch vierzig *merks* Jahreslohn.«

»Ich danke Euch, Sir.«

»Ich glaube, ich muss Euch danken. Übrigens könntet Ihr mir einen besonderen Gefallen tun. In Kürze wird der König, so Gott will, die Geburt seines zweiten Kindes feiern, und ich möchte ihm einen jungen Habicht oder Falken zum Geschenk machen. Glaubt Ihr, Ihr könntet einen in kurzer Zeit für die Jagd abrichten?«

»Wie viel Zeit habe ich?«

»Wir reisen in etwa zehn Tagen nach Stirling.«

Patrick zögerte. So lange würden sie bestimmt noch nach ihm suchen. Als Sir Hector fragend die Augenbrauen hochzog, antwortete er daher rasch: »Das ist war nicht lange, aber wenn ich gleich den richtigen Vogel finde, kann ich es schaffen.«

»Ausgezeichnet, tut Euer Möglichstes. Gray!«

Die Tür ging auf, doch an Stelle des sehnigen Soldaten trat Elspeth ein. Ihr glattes flachsblondes Haar war sorgfältig geflochten und mit einer schlichten weißen, unter dem Kinn zugebundenen Haube bedeckt. Sie hatte sich auch eine saubere Schürze umgebunden, wie Patrick bemerkte. »Was ist denn, Mädchen?«, fragte Sir Hector.

»Verzeiht, Sir«, antwortete sie mit einem kleinen Knicks, »aber die Lady bat mich, Euch auszurichten, dass das Abendessen um eine halbe Stunde verschoben wurde.«

»Warum denn um alles in der Welt?«, fragte er verdrossen. Mit einem Seitenblick auf Patrick antwortete sie: »Sie beliebte nicht, mir ihre Gründe mitzuteilen, Sir. Kann ich Euch irgendetwas bringen, um Euch vor dem Hungertod zu bewahren?«

Patrick spürte ein erregendes Ziehen in den Lenden, als er ihren Blick auf sich gerichtet fühlte. Rasch senkte er den Blick wie ein gehorsamer Gefolgsmann.

Sir Hector seufzte. »Ich brauche im Augenblick nichts. Das ist Patrick, Mädchen. Er wird mein neuer Falkner. Eigentlich sollte Gray auf ihn warten, aber er scheint verschwunden zu sein. Such ihn bitte und sage ihm, er soll diesen Burschen zu den Vögeln bringen.«

»Gray steht vor der Tür, Sir, aber mir scheint, er brennt darauf, wieder auf seinen Posten zu kommen. Wenn Ihr wollt, kann ich dem neuen Mann die Volieren zeigen.«

»Hast du denn nichts anderes zu erledigen?«, erkundigte er sich mit einem kleinen Lächeln. »Wir haben zwar Sonntag, aber du hast heute schon einmal das Missfallen der Lady erregt. Sie wird es nicht gern sehen, dass du schon wieder hinausläufst.«

»Wenn ich es auf Euer Geheiß tue, kann sie nicht schimpfen, Sir«, entgegnete Elspeth und erwiderte das Lächeln.

»Freche Range. Du hast ihre Schelte wahrlich verdient.«

Darauf sagte das Mädchen nichts, und nach einer kleinen Pause fuhr Sir Hector fort: »Also gut, schick Gray wieder auf seinen Posten, und bring den Burschen zu den Volieren. Danach musst du aber sofort wieder an die Arbeit gehen.«

Elspeth knickste und lächelte Patrick zu, doch Sir Hector war noch nicht fertig. »Und Ihr, Bursche, hört mir gut zu. Es ist Eure Aufgabe, Euch um meine Vögel zu kümmern und einen Habicht als Geschenk für den König auszubilden. Erwische ich Euch bei einem Techtelmechtel mit diesem oder einem der anderen Dienstmädchen, werfe ich Euch auf der Stelle hinaus. Habt Ihr mich verstanden?«

»Ja, Sir«, sagte Patrick, der sein Erstaunen nur schwer verbergen konnte.

»Vielleicht war der Herr auf Naworth nicht so streng, aber wir passen gut auf unsere Mädchen auf. Denkt daran.«

»Das werde ich, Sir«, erwiderte Patrick mit einer Verbeugung und sagte noch einmal nachdrücklich: »Ich danke Euch vielmals.«

Dieses Mal erhielt er nur ein Grunzen und eine abwinkende Handbewegung zur Antwort, also folgte er Elspeth aus der Kammer. Dann wartete er ungeduldig, bis der Wachtposten gegangen war. Doch gerade als er etwas sagen wollte, legte das Mädchen den Finger auf den Mund und eilte die Treppe hinab. Erst als sie über den flaggengeschmückten Innenhof gingen, fragte sie: »Was ist denn?«

»Was ist was?«

»Ihr wolltet doch vorhin etwas sagen. Ihr dürft aber drinnen nicht mit mir sprechen, weil Drusilla und Jelyan an Türen und im Treppenhaus lauschen.«

»Unverschämte Gören! Denen sollte einmal jemand eine gehörige Abreibung verpassen.«

»Hat Eure Mutter Euch geschlagen, wenn Ihr an Türen gelauscht habt?«

»Meine Mutter ist eine sanfte Seele. In unserem Haus war mein Vater fürs Bestrafen zuständig, und ich hätte ganz bestimmt nie an einer Tür gelauscht, wo er mich erwischen konnte. Warum hast du mir nicht die Wahrheit gesagt?«

»Worüber?«

Allzu unschuldig klangen ihre Worte. »Du weißt genau, dass ich dich für eine Tochter des Hauses gehalten habe«, entgegnete er unwirsch.

»Und nun seid Ihr böse mit mir.«

»Das könnte ich nicht lange durchhalten, selbst wenn ich wollte«, erwiderte er seufzend. »Immerhin hast du mir heute das Leben gerettet.« Er merkte auf einmal, dass er in seinem natürlichen Tonfall mit ihr sprach und den fremden Akzent ganz vergessen hatte, und tadelte sich deswegen. Was war nur an diesem Mädchen, dass er in seiner Gegenwart alle Vorsicht fahren ließ?

»Ist es denn so wichtig?«

Im ersten Augenblick verwirrte ihn ihre Frage, bis er begriff, dass sie sich auf ihren kleinen Betrug bezog. Ohne nachzudenken, erwiderte er rundheraus: »Ich will nicht angelogen werden.«

»Ach, tatsächlich.«

Angesichts ihres ironischen Tons kniff ihn das schlechte Gewissen. Ihm fiel nichts ein, womit er sich hätte herausreden können, also sagte er lieber gar nichts.

Sie schwiegen eine Zeit lang, dann sagte sie ruhig: »Dort hinten an der Mauer liegt der Stall mit den Volieren.«

Er hob den schuldbewusst gesenkten Blick und schaute in die gewiesene Richtung.

Angebaut an die Mauer befand sich ein recht großer Holzschuppen, doch als sie eintraten, fand er alles noch schlimmer vor als befürchtet. Der Fußboden war von einem wahren Morast aus den Ausscheidungen der Tiere bedeckt. Drei mit Hauben versehene Vögel waren an gebogenen Sitzstangen festgebunden. Als Patrick und Elspeth eintraten, begann eines der Tiere trotz seiner Haube wild zu flattern, fiel von der zu hoch angebrachten Stange und hing zappelnd in seinen Fesseln.

Patrick machte einen Satz, schnappte sich ein schmutziges Handtuch, wickelte es um den Vogel und setzte ihn wieder auf seine Stange.

»Ich werde einen Handschuh brauchen«, murmelte Patrick, während er dem aufgeregten Vogel mit den Fingerspitzen beruhigend über das Brustgefieder fuhr. »Ich habe nichts dabei.«

»Mir scheint, Ihr habt Euren letzten Arbeitsplatz ein wenig überstürzt verlassen.«

»In der Tat.« Behutsam untersuchte er den Vogel, den er

wieder auf seinen Platz gesetzt hatte. Es handelte sich um ein kleines braunweißes Sperberweibchen.

»Ich möchte wissen, ob das wohl derjenige ist, den der Bursche töten wollte«, sagte Elspeth.

»Nein, die nicht. Sie ist bloß hungrig. Aber wenn einer von euren Männern mir einen Bogen und ein paar Pfeile leiht, werde ich ihr schnell etwas Futter besorgen. Ich wette, es ist die Kornweihe dort drüben, über die sich euer Junge geärgert hat.«

Aufmerksam beobachtete Patrick die Weihe auf der letzten Stange, wobei er insgeheim das trübe Dämmerlicht im Schuppen verfluchte. Dann streichelte er sanft den weichen grauen Hals des Vogels und schaute sich dabei die herabhängenden Schwungfedern an. Der Vogel ruckte unruhig auf seiner Stange, flatterte jedoch nicht auf.

»Wie wollt Ihr sie an Eure Faust gewöhnen?«

»Die hier müssen schon an mehr als eine Faust gewöhnt sein, denn sonst könnte Sir Hector nicht mit ihnen jagen. Denn er richtet seine Vögel ja nicht selbst ab.«

»Aber hat er nicht gesagt, Ihr müsstet noch einen neuen Vogel abrichten?«

»Zuerst muss ich ihn einmal fangen«, antwortete Patrick, der noch immer mit der Weihe beschäftigt war.

Als er keine Antwort erhielt, blickte er zu Elspeth hinüber. Sie streckte gerade die Hand nach dem Sperber aus. Noch bevor er sie warnen konnte, streichelte sie schon den Vogel, und zu Patricks Erstaunen ließ der sich die Berührung ganz ruhig gefallen.

»Hast du dem früheren Falkner bei der Arbeit geholfen?«

»Nein, ich bin heute erst zum zweiten Mal hier.«

»Aber sie benimmt sich, als würde sie dich kennen.«

Achselzuckend fuhr sie fort, den Sperber zu streicheln. »Mir vertrauen alle Tiere«, sagte sie. »Schon als ich noch klein war, konnte ich Wildvögel in die Hand nehmen oder einen verletzten Fuchs durch mein Streicheln beruhigen. Ich dachte mir, ich könnte den hier ein wenig besänftigen, während Ihr Euch mit den anderen befasst. Was ist denn mit der Weihe los?«

»Zum einen zeigt der Vogel Anzeichen von schlechter Ernährung«, antwortete Patrick. »Das heißt, das Tier hat irgendwann einmal nicht genug Futter bekommen. Du kannst es hieran erkennen.« Er zeigte auf einen halbkreisförmigen Streifen auf den weißen Schwanzfedern. »Diese Linie zeigt, wo die Federn schwach sind. Zwei sind gebrochen.«

»Könnt Ihr sie wieder richten?«

»Ja, aber das dauert seine Zeit. Wo ist der Bursche, der sich um die Tiere kümmern sollte?«

»Ich weiß nicht. Aber Klein Neddy ist ein bisschen zurückgeblieben, also schimpft nicht mit ihm, wenn er nicht alles richtig gemacht hat.«

»Ich werde keineswegs mit ihm schimpfen«, entgegnete Patrick. »Ich möchte, dass er mir weiterhin hilft, falls das möglich ist.«

»Er ist dem vorigen Falkner manchmal zur Hand gegangen, aber meistens arbeitet er in den Ställen.«

»Ich wünsche mir, dass er regelmäßig ausmistet«, sagte Patrick. »Soll ich mit Sir Hector sprechen, bevor ich Klein Neddy Anordnungen gebe?«

»Ich werde fragen. Zeigt Ihr mir dann auch, wie man Federn richtet?«

Jetzt, da sie ihm so nahe war, wurde ihm bewusst, wie begehrenswert er sie fand. »Willst du jedes Mal mit mir handeln, wenn ich etwas möchte?«

Sie fuhr sich mit der Zunge über die Lippen, was ihn in heftige Erregung versetzte. Er hätte sie schütteln mögen, doch noch lieber küssen und liebkosen, bis auch in ihr das Begehren aufflammte. Sie hatte ihm schon gefallen, als er sie für die Tochter des Hauses hielt. Die Tatsache, dass sie eine Dienstmagd war, machte sie noch interessanter für ihn. Vielleicht war eine Dienerin leichter zugänglich.

Ihre Augen trafen sich. »Ich wollte nicht handeln«, sagte sie. »Ich habe nur gefragt, weil Ihr mir vorhin im Wald versprochen habt, ihr würdet mir beibringen, Federn zu richten. Aber Männer machen oft Versprechungen und halten sie dann nicht.«

»Ich bin nicht so«, erwiderte er. »Wenn ich etwas verspreche, halte ich es auch.« Ganz nah stand sie nun vor ihm. Er blickte in ihre großen graugrünen Augen hinunter und bildete sich fast ein, ihre Lippen zu schmecken.

»Wann zeigt Ihr es mir?«

»Du solltest dich nicht allein mit mir hier aufhalten«, entgegnete er widerstrebend und stellte mit Genugtuung fest, dass er noch ein Gewissen besaß.

»Ich bin doch auch jetzt allein mit Euch.«

Sein Verlangen nach ihr war stärker als sein Gewissen und stärker als jede Vernunft. Ohne zu überlegen, packte er sie bei den Schultern und küsste sie leidenschaftlich.

Sie wehrte sich nicht, sondern erwiderte den Kuss willig und hingebungsvoll. Da schlang er die Arme um sie und drückte sie an sich, wobei er mit einer Hand ihren Hinterkopf stützte.

So klein und schlank sie auch war, schmiegte sich ihr Körper doch in vollendeter Harmonie an den seinen.

4

Elspeth bekam keine Luft, und sein Bart kitzelte sie an Wangen und Kinn. Noch nie zuvor hatte ein Mann sie geküsst – jedenfalls nicht, seit sie ein kleines Mädchen war. Und damals konnte das wahrscheinlich nur ihr Vater gewesen sein. Er hatte sie zu wildfremden Leuten gegeben, als sie noch sehr jung war, und verschwand dann auf Nimmerwiedersehen aus dem Land. Also erinnerte sie sich nicht wirklich, ob er sie jemals geküsst hatte. In ihren Träumen schon, doch auch in Wirklichkeit? Das erschien eher unwahrscheinlich.

Auf jeden Fall war kein väterlicher Kuss so wie dieser hier. Heiß und fordernd pressten sich Patricks Lippen auf ihren Mund. Die Hand, die ihren Hinterkopf umfasste, fühlte sich groß und stark und warm an. Er roch nach Wald und Rauch, und der Geschmack seines Mundes war etwas völlig Neues für sie. Allerdings etwas durchaus Angenehmes; sie konnte gar nicht genug davon bekommen. Die gespreizten Finger seiner anderen Hand hatte er auf Taillenhöhe auf ihren Rücken gelegt. Feuer rann durch ihren Körper, wo immer er sie berührte, doch als seine Zunge zwischen ihre Lippen schlüpfte, hielt sie vor Schreck den Atem an. Jetzt musste sie ihm Einhalt gebieten. Brave Mädchen erlaubten einem Mann nicht, sich solche Freiheiten herauszunehmen. Aber was sollte sie nur tun, vor allem, da sie gar nicht wollte, dass er aufhörte? Er presste sich in ganzer Länge an sie, so als wolle er sie mit seinem Körper in Besitz nehmen, ja verschlingen. Sie vernahm ein leises Stöhnen und stellte erschrocken fest, dass es aus ihrer eigenen Kehle drang. Sie erwiderte seinen Kuss so erfahren, als hätte sie nie etwas anderes getan. Was sollte er bloß von ihr denken?

Bei diesem Gedanken versteifte sie sich, drückte eine Hand gegen seine Brust und schob ihn widerstrebend von sich. Dennoch war sie ein wenig enttäuscht, als er sich von ihr löste und sie freigab.

»Tut mir leid, Mädchen«, sagte er mit rauer Stimme. »Du bist eben ein leckeres Persönchen, aber ich sollte wirklich klüger sein und Sir Hectors Anordnungen nicht jetzt schon missachten. Falls du mir eine kleben willst, nur zu.« Seine Züge wurden ganz weich, als er hinzufügte: »Molly würde es tun.«

»Warum?«, fragte sie. »Würdet Ihr mir die Ohrfeige denn nicht zurückgeben?«

»Benehmen sich die hiesigen Männer so? So etwas sollten sie sich in meiner Gegenwart besser nicht herausnehmen«, antwortete er. »Wer wagt es, dich zu schlagen?«

»Seit ich ein Kind war, hat mich kein Mann mehr geschlagen«, erwiderte sie, ganz verblüfft über seine Reaktion.

»Gut, und das lassen sie auch besser, wenn ich dabei bin«, sagte er.

Ihr ging das Herz auf. Noch nie zuvor hatte ein Mann so etwas zu ihr gesagt oder war so entschieden für sie eingetreten. Sir Hector benahm sich stets rücksichtsvoll und gebot jedem Einhalt, der sich unfreundlich ihr gegenüber benahm. Patricks empörte Worte taten ihr überaus gut.

»Wer ist Molly?«, wollte sie wissen.

»Was?« Die Frage verwirrte ihn offensichtlich.

»Ihr habt gesagt, sie würde Euch ohrfeigen, wenn Ihr sie küsstet.«

»Sie ist bloß eine Freundin«, entgegnete er abweisend. »Mach dir um sie keine Gedanken.«

Prüfend sah sie ihm in die Augen, doch sein Blick war so voll Verlangen, dass sie schnell wegschaute und einen Schritt zurücktrat. Doch das half wenig. Noch immer war ihr, als spüre sie seine Hände und Lippen auf ihrem Körper.

Mit den Worten: »Ich … ich muss zurück ins Haus«, wandte sie sich rasch zum Gehen, sicher, dass er wieder nach ihr greifen würde. Als er das nicht tat, überfiel sie erneut dieses eigenartige Gefühl der Enttäuschung. Sie rannte aus dem Stall und einer erbosten Drusilla direkt in die Arme.

»Was machst du denn hier draußen, Elspeth?«

Jetzt war sie wieder auf dem Boden der Tatsachen angelangt. Schlagfertig erwiderte sie: »Ich hatte eine Besorgung für Sir Hector zu erledigen. Wolltest du etwas von mir?«

»Es ist schon fast Zeit zum Abendessen«, entgegnete Drusilla schnippisch. »Du solltest eigentlich in der Küche helfen. Ich wette, meine Mutter weiß nicht, dass du dich herumtreibst.«

Elspeth unterdrückte einen Seufzer. »Du erzählst ihr ja sowieso, was dir gerade passt. Wenn sie mich braucht, wird sie mich schon finden.« Dann schritt sie davon, ohne sich noch weiter Gedanken über Drusilla zu machen. Ihr gingen wichtigere Dinge im Kopf herum.

Rasch und umsichtig erledigte sie ihre Arbeiten in der Küche. Die Köchin war eine freundliche Seele und schimpfte nicht gleich, wenn jemand ein paar Minuten zu spät kam. Sie wusste, dass Elspeth ihre Verspätung durch ihre flinke Art schnell wieder wettmachen würde. Schon früh hatte Elspeth gelernt, dass die Dienstboten sich wenig um Herkunft und Vergangenheit eines Menschen scherten, solange er nur willig seine Arbeit tat, sich nicht beklagte oder seinen Pflichten entzog. Daher nahmen sie es ihr auch nicht übel, dass Sir Hector und sie einander sehr mochten.

Früher war es zuweilen vorgekommen, dass einer von den Dienern sie bat, bei Sir Hector ein gutes Wort für ihn einzulegen. Dann hatte sie sich immer bemüht, und ab und an war es ihr auch gelungen, die Wogen ein wenig zu glätten. Doch genauso oft konnte sie nichts ausrichten, wie zum Beispiel im Falle des entlassenen Falkners.

Als das Essen aufgetragen wurde, war sie mit der Arbeit fertig und konnte sich am Ende der Halle mit den anderen Dienstboten zu Tisch setzen. Sie wartete ab, bis Sir Hector das

Tischgebet gesprochen hatte, bevor sie sich nach dem neuen Falkner umschaute. Da fiel ihr ein, dass sie überstürzt weggelaufen war, ohne dem Mann sein Schlafquartier zu zeigen. Sie konnte nur hoffen, dass ein anderer daran gedacht hatte.

Als sie ihn nicht sofort entdeckte, machte sie sich schon wieder Sorgen. Was war, wenn er sich nicht traute, die Vögel allein zu lassen? Wo sollte er etwas Essbares herbekommen? Offensichtlich hatte er nichts mitgebracht und auch keine Zeit gehabt, im Wald Beeren zu sammeln.

Gerade als sie beschlossen hatte, ihm seine Mahlzeit in den Schuppen zu bringen, sah sie ihn bei einigen anderen Dienern in der Nähe der Eingangstür sitzen. Er lachte und schien sich köstlich zu amüsieren.

Sie beobachtete ihn noch immer, als er sich plötzlich umdrehte und ihre Blicke sich trafen. Er setzte ein Grinsen auf.

Die Hitze stieg ihr in die Wangen, und ihr ganzer Körper begann zu kribbeln. Daraufhin wandte sie rasch den Blick ab. Hoffentlich hatte niemand bemerkt, dass er zu ihr herüberschaute. Es sähe Drusilla ähnlich, sie zu beobachten, nur damit sie ihr wieder etwas anhängen konnte.

Das Abendessen wollte kein Ende nehmen. Elspeth wagte es nicht noch einmal, zum Falkner hinüberzuschauen, doch war sie sich ständig seiner Gegenwart bewusst. Die anderen an ihrem Tisch lachten und schwatzten und nahmen keine Notiz von ihr, wofür sie dankbar war. Als ihr wieder einfiel, dass sie dem Falkner versprochen hatte, ihm seine Schlafkammer zu zeigen, glühten ihre Wangen noch heftiger. Jemand anderes sollte ihn hinführen; er konnte aber auch ebenso gut mit den Soldaten auf dem Boden in der Halle schlafen. Eine Nacht auf dem harten Steinboden würde ihm ganz gut tun, dachte sie. Der Mann war einfach zu überheblich.

Hochzufrieden mit sich selbst, wanderte Brown Claud in der Wohnstube hin und her, während er auf Maggie wartete. Er hatte nicht nur ihren Auftrag erfüllt und die Angelegenheit zu ihrer Zufriedenheit geregelt, sondern auch sein eigenes Leben zum Besseren gewendet. Lucy Fittletrot würde seiner Mutter gefallen, da war er ganz sicher.

Lucy hatte alle Eigenschaften, die diese boshafte Hochlandelfe Catriona nicht besaß. Gewiss, Catriona war eine strahlende Schönheit und klug noch dazu. Nicht zuletzt deshalb hatte Maggie sie gehasst und mit abscheulichen Namen bedacht. Lucy dagegen war eine schlichte, vernünftige Person. Maggie brauchte sie nur anzuschauen, dann würde sie schon verstehen, dass es für Claud diesmal wirklich die große Liebe war.

Claud stieß einen Seufzer aus, denn ganz so sicher war er sich nicht. Mit Lucy zusammen, glaubte er immer, sie müsse Maggie gefallen. Doch war er dann wieder allein, kamen ihm Zweifel. Es war schwer, seiner Mutter zu gefallen, und wenn sie jemanden nicht mochte …

Er vernahm ein Geräusch an der Tür, und sein letztes bisschen Zuversicht löste sich in Wohlgefallen auf.

»Bist du es, Mam?«

»Wer sollte es wohl sonst sein?«, fragte Maggie gereizt, als sie ins Zimmer stürmte. Abfällig betrachtete sie ihn von oben bis unten. »Warum finde ich dich hier, Junge? Sagte ich dir nicht, du sollst unser Mädchen suchen?«

»Aber ich habe sie ja gefunden!«

»Nun, das ist etwas anderes«, musste Maggie zugeben. »Bist du auch ganz sicher?«

»Ja. Allerdings wird sie nicht mehr Bessie, sondern Elspeth genannt.«

Maggie verzog das Gesicht. »Wer nennt sie so?«

»Die Leute, bei denen dieser Mistkerl Angus sie untergebracht hat«, antwortete Claud. »Sie fühlt sich recht wohl dort, obwohl ich persönlich finde, dass sie nicht sehr freundlich zu ihr sind.« Er war enttäuscht, als Maggie die Stirn runzelte. Für seinen Erfolg hatte er ein wenig Lob erwartet. »Bist du denn nicht froh, dass ich sie gefunden habe, Mam?«

»Ich frage mich bloß, Claud, wie du das auf einmal so schnell geschafft hast«, erwiderte sie misstrauisch. »Wir haben so lange gesucht, ohne auch nur auf eine Spur des Mädchens zu stoßen.«

»Ein bisschen Hilfe hatte ich schon dabei«, musste Claud eingestehen. »Ich habe da ein Mädchen kennen gelernt, aber sie ist nicht so, wie du denkst. Sie ist ein gutes Mädchen, die Lucy, und sie ist auch gleich darauf gekommen, dass diese Elspeth, die bei ihren Verwandten lebt, unsere Bessie sein muss. Lucy hat mir erzählt, dass Angus eines Tages vor vielen Jahren mit dem kleinen Mädchen ankam und sie bei den Leuten in Pflege gab. Angeblich soll sie seine uneheliche Tochter sein.«

»Wahrscheinlich stimmt das auch, und sie ist überhaupt nicht unsere Bessie. Es wäre nicht das erste missratene Gör dieses widerlichen Angus. Und du hast dich schon wieder in so ein Flittchen verknallt. Wann wirst du endlich klug, Claud?«

»Aber Lucy ist anders, ganz bestimmt!«

»Jede ist anders, du Dussel.«

»Ich habe dich seit dem Treffen der Runde gar nicht mehr gesehen, Mam«, sagte Claud in dem Versuch, sie vom Thema abzulenken. »Waren sie noch sehr gemein zu dir, nachdem ich weg war?«

Maggie zuckte die Achseln. »Ein paar von ihnen hatten Angst, dass wir den Sterblichen zu viele Geheimnisse verraten hätten«, sagte sie. »Aber ich konnte schließlich die meisten überzeugen. Allerdings haben sie mir als Buße eine Aufgabe übertragen.«

»Was für eine Aufgabe denn?«

»Ich soll mich als Friedensstifter betätigen und zwischen zwei verfeindeten Gruppen unseres Clans, dem Fröhlichen Volk und den Helfenden Händen, vermitteln.«

Claud zog eine Grimasse. »Das Fröhliche Volk, das ist doch Catrionas Sippe.«

»Ja, aber ich werde nur mit ihrem Rat zu tun haben. Das Problem ist, dass das Fröhliche Volk sich weigert, Clans von Sterblichen zu beschützen, die aus dem Grenzland stammen. Sie wollen sich nur um Familien aus dem Hochland kümmern.«

»Aber wenn Sie dich mit der Vermittlung beauftragt haben«, sagte Claud, »werden sie wohl sicher sein, dass du es schaffen kannst.«

»Ja, schon, aber es wird lange und zähe Verhandlungen erfordern«, entgegnete Maggie. »Ich würde an die ganze Sache mit der Runde keinen weiteren Gedanken verschwenden, wenn ich nicht den Verdacht hätte, dass Jonah Bonewits auf Ärger aus ist. Es war seine Idee, dass ich mich mit dem Fröhlichen Volk befassen soll.«

»Du mochtest den Mann nicht, das habe ich gleich gesehen.« – »Er führt gern andere aufs Glatteis«, sagte Maggie.

»Wenn dieser Jonah so loyal gegenüber Angus ist, warum hast du ihn dann nicht früher mit Bessie in Verbindung gebracht?«

»Weil Jonah in erster Linie sich selbst gegenüber loyal ist«, antwortete Maggie. »Es mag zwar seine Aufgabe sein, sich um Angus zu kümmern, aber Jonah geht es vor allem um sein Vergnügen. Deshalb fiel er mir nicht sofort ein, als wir erfuhren, dass unsere Bessie noch am Leben sein muss. Wenn ich jetzt allerdings darüber nachdenke, könnte ich mir vorstellen, dass jemand sie hat verschwinden lassen …«

Sie verstummte, ganz in Gedanken versunken, und dieses Mal hütete sich Claud, sie zu stören. Er konnte nur hoffen, dass sie Lucy vergessen hatte.

Elspeth erhob sich vom Abendbrottisch, um in Drusillas und Jelyans gemeinsame Schlafkammer hinaufzugehen. Sie war jedoch noch nicht an der Treppe, als eine wohlbekannte Stimme sie ansprach. Widerstrebend drehte sie sich zu dem neuen Falkner um.

»Guten Abend«, begrüßte sie ihn, wobei sie versuchte, die Gefühle, die in ihr aufwallten, nicht zu beachten. »Ich sehe mit Freuden, dass Ihr für das Abendessen die Vögel sich selbst überlassen konntet.«

»Oh ja, im Auftreiben von Essen bin ich äußerst findig, Mädchen. Aber, weißt du, du bist gegangen, ohne mir mein Quartier zu zeigen, und nun weiß ich nicht, wo ich mich zum Schlafen hinlegen soll.«

Elspeth sah ihn lange an, dann winkte sie einem Küchenjungen, der gerade vorbeilief. »Zeig diesem Mann, wo die Kammer des Falkners ist. Er hat die Stelle gerade neu angetreten.«

Sie machte auf dem Absatz kehrt und ging davon. Doch die ganze Zeit spürte sie seinen verdutzten Blick im Rücken. So achtete sie nicht auf ihre Schritte und stieß mit Drusilla zusammen, die ihr in den Weg getreten war.

»Ungeschickter Trampel«, fauchte das ältere Mädchen und versetzte Elspeth eine Ohrfeige. »Pass doch auf, wo du hinläufst!«

Elspeth hielt sich die brennende Wange und zwang sich zur Ruhe. Es war ihr besonders peinlich, dass Patrick den Vorfall mitbekommen haben musste. Sie dachte daran, was er über Männer gesagt hatte, die sie zu schlagen wagten, und hoffte nur, er würde sich nicht einmischen. Dabei konnte nichts Gutes herauskommen.

Also sagte sie hastig: »Verzeih, Drusilla, ich habe dich nicht gesehen. Soll ich etwas für dich tun?«

Drusilla blickte sie eindringlich an. »Ich habe beobachtet, wie du mit dem neuen Mann geredet hast. Offensichtlich gefällt er dir.«

»Sir Hector hat mich heute Nachmittag gebeten, dem neuen Falkner die Vogelvolieren zu zeigen«, erwiderte Elspeth. »Also hat er sich jetzt erlaubt, mich zu fragen, wo er schlafen soll. Wie du gesehen hast, habe ich einen von den Jungen gebeten, ihm die Kammer zu zeigen.«

»Das war auch dein Glück«, sagte Drusilla. »Meine Mutter wäre gar nicht erfreut zu hören, dass du mit ihm geschäkert hast. Ein so liederliches Benehmen zöge sicher eine strenge Strafe nach sich. Vielleicht würde sie dir verbieten, mit uns nach Stirling zu reisen, um die Geburt des Königssohnes zu feiern.«

»Bist du denn sicher, dass es ein Junge wird?«, fragte Elspeth in der Hoffnung, Drusilla auf andere Gedanken zu bringen. Die war imstande, sie bei Lady Farnsworth anzuschwärzen, selbst wenn Elspeth gar nichts getan hatte.

»Könige brauchen eben Söhne«, erwiderte Drusilla achselzuckend. »Ich will durch meine Worte das Schicksal nicht herausfordern, dass er womöglich eine Tochter bekommt.«

Elspeth lag die Bemerkung auf der Zunge, dass Gott oder irgendeine andere Macht, die Einfluss auf die Geburt des Königskindes nehmen konnte, sich wohl kaum um Drusilla scheren würde, doch sie verkniff sich die Antwort. Eine solche Unverschämtheit würde ihr übel bekommen. Stattdessen fragte sie Drusilla noch einmal geduldig nach ihren Wünschen.

»Ich habe die Absicht, mich noch eine Stunde mit meiner Mutter und Jelyan in der Kemenate aufzuhalten«, erklärte Drusilla so beiläufig, als täte sie das nicht fast jeden Abend. »Bereite mir mein Bett, und gib Acht, dass du nicht die Betttücher verbrennst, wenn du sie anwärmst, sonst bekommst du noch einmal meine Hand zu spüren.«

»Ich werde mich auf der Stelle darum kümmern«, sagte Elspeth mit einem angedeuteten Knicks.

»Und außerdem solltest du das Knicksen noch einmal üben, wenn du mit uns nach Stirling kommen willst«, fügte Drusilla hinzu. »Dieser Knicks war allzu nachlässig. Meine Mutter sollte dafür sorgen, dass du uns mit deiner schludrigen Art keine Schande machst. Und nun darfst du dich entfernen, Elspeth.«

Drusilla hatte so die Stimme erhoben, dass andere auf die

Szene aufmerksam wurden. Das trieb Elspeth die Schamröte ins Gesicht. Doch gegen Drusilla kam sie nicht an, also nickte sie nur und machte sich davon. Zumindest hatte Drusilla sie nicht gezwungen, den Knicks zu wiederholen, und es auch nicht geschafft, sie aus der Fassung zu bringen. Das war zwar nur ein kleiner Sieg, aber Elspeth musste sich damit zufrieden geben.

Sie durchquerte die Halle und stieg gerade die ersten Stufen der Wendeltreppe hinauf, als jemand sie mit festem Griff am Arm packte und zu sich herumdrehte.

Patricks Augen funkelten vor Zorn. »Dieses Weibsstück war offensichtlich eine Tochter des Hauses«, sagte er. »Und anscheinend war sie auch diejenige, die mit ihrem Gekreische den ganzen Wald in Aufruhr versetzt hat, bevor der Suchtrupp auftauchte. Ich möchte doch gern wissen, was der Grund für die Schläge war. Hast du ihr einen Grund dazu gegeben?«

»Es scheint so«, antwortete Elspeth, der das Herz bis zum Halse schlug. »Ihr habt mich fast zu Tode erschreckt. Ich dachte, Ihr wäret in Eure Schlafkammer gegangen.«

»Wenn ich dich erschreckt haben sollte, bitte ich um Verzeihung. Aber ich will wissen, warum sie dich geschlagen hat.«

»Ich wüsste nicht, was Euch das angeht«, gab sie zurück. Er starrte sie an, offenbar genauso wütend auf sie wie auf Drusilla, und hielt noch immer ihren Arm fest. Wie sie sich so stumm gegenüberstanden, wurde Elspeth das Stimmengewirr in der Halle bewusst.

»Gleich kommt bestimmt jemand«, flüsterte sie. »Lasst mich los.«

»Was hast du getan, dass sie dir die Ohrfeige gab?«

»Nichts«, entgegnete sie in unbeabsichtigt scharfem Ton.

»Und warum ...«

»Weil Ihr mit mir gesprochen habt! Und jetzt lasst mich los, bevor uns noch jemand sieht. Denkt daran, was Sir

Hector gesagt hat. Ihr könnt es Euch nicht leisten, schon am ersten Tag Eure Stellung zu verlieren.«

Ärgerlich erwiderte er: »Ich wusste ja nicht, dass sie … Sie hätte dich nicht …«

»Seid Ihr wirklich so dumm? Sie kann tun, was ihr beliebt. Sie ist Sir Hectors ältere Tochter, und ich bin nur eine Dienstmagd, die auf ihr und sein Wohlwollen angewiesen ist. Geht jetzt!«

Gerade wollte sie sich von ihm losreißen, da gab er ihren Arm frei, mit dem Ergebnis, dass sie auf der Treppenstufe das Gleichgewicht verlor und taumelte. Rasch streckte er die Hand nach ihr aus und zog sie an sich, doch sie entzog sich sofort seinem Griff.

Zu ihrer Überraschung stieß er ein glucksendes Lachen aus. »Mädchen, du wirst uns noch beide ins Verderben stürzen. Ich entschuldige mich für mein Benehmen und werde dich nicht wieder in Verlegenheit bringen. Aber versuche, den alten Giftzahn nicht wieder zu reizen.«

Sie war drauf und dran, ihm ein Wörtchen über seinen Charakter zu sagen, da wurde sie durch Gelächter in der Halle daran erinnert, wo sie sich befand. Auf keinen Fall durfte sie sich länger aufhalten. Also drehte sie sich ohne ein weiteres Wort um und lief die Treppe hinauf. Dabei spürte sie, wie seine Augen ihr folgten, bis sie um die erste Biegung verschwunden war.

Während Patrick ihr nachsah, versuchte er noch immer, seinen Zorn darüber zu beherrschen, dass dieser Schreihals Elspeth geschlagen hatte. Seine gute Meinung von Sir Hector hatte in den letzten paar Minuten erheblich gelitten. Wie konnte es ein Gentleman nur zulassen, dass seine Töchter und ohne Frage auch seine Frau die Dienstmädchen in seinem Haushalt misshandelten? Patrick würde in seinem Haus so etwas nie durchgehen lassen. Sollte er jemals sehen, dass seine Schwester einen Dienstboten schlug, würde sie zumindest mit einem scharfen Verweis rechnen müssen. Allerdings würde Bab so etwas auch niemals tun. Sie war zwar flatterhaft und impulsiv, doch keineswegs unfreundlich.

Patrick sprang die wenigen Stufen hinab und traf am Fuße der Treppe auf den Jungen, der ihm seine Kammer zeigen sollte. Er warf ihm einen strengen Blick zu. »Hast du gelauscht?«

»Nein, Herr, ich wollte nur sehen, wo Ihr bleibt.«

»Es ist auch besser für dich, wenn du nichts gehört hast. Denn wenn mir zu Ohren kommen sollte, dass du etwas herumerzählst, hätte ich ein ernstes Wörtchen mit dir zu reden.«

»Ich habe wirklich nichts gehört! Wollt Ihr jetzt Eure Schlafkammer sehen oder nicht? Wenn nicht, kann ich ja wieder an meine Arbeit gehen.«

»Dann bring mich schon hin, Junge. Ich werde sowieso nicht viel Schlaf bekommen, weil ich morgen einen Vogel fangen muss. Dafür sind noch Vorbereitungen zu treffen.« Während er dem Jungen folgte, kam er zu der Auffassung, dass Elspeth Recht hatte. Er sollte sich wirklich besser auf seine Arbeit konzentrieren. Es wäre heller Wahnsinn, für einen Kuss und ein bisschen Geschmuse sein Leben aufs Spiel zu setzen. Dennoch, die süße Elspeth im Arm zu halten käme ihm schon gelegen.

Als er sich das ausmalte, stimmte ihm sein Körper mit lustvollen Empfindungen zu.

Cumberland, England

Die große Halle auf Burg Midgeholme war eindrucksvoll, besonders jetzt während des Abendessens, mit den zahllosen brennenden Kerzen und den beiden großen Kaminen, in denen das Feuer prasselte. Die herrlich geschnitzten Kaminsimse waren weithin in Cumberland berühmt, doch Nell hatte keine Augen dafür. Sie war nur dankbar für die Wärme, denn ohne die Feuer wäre es um diese Jahreszeit eiskalt in der Halle gewesen.

Schweigend saß sie an der großen Tafel und verzehrte ihr Abendessen, die Augen unverwandt auf die Speisen vor ihr gerichtet. Sie gab sich den Anschein, als sei sie in Gedanken versunken, während sie doch insgeheim aufmerksam den Gesprächen um sie herum lauschte. Es waren nicht mehr so viele Leute anwesend wie am Abend zuvor, doch noch immer erfüllte lautes Stimmengewirr die Halle, und an der großen Tafel waren alle Plätze besetzt. Nell und ihre Zofe, Jane Geddes, waren die einzigen anwesenden Frauen, da ihre Gastgeberin, Lady Renwick, sich kurzfristig mit der Begründung hatte entschuldigen lassen, dass sie für heute genug von männlicher Gesellschaft habe. Das war reichlich unhöflich für eine Gastgeberin, doch Nell störte sich nicht daran. Lady Renwick stand auf der gesellschaftlichen Stufenleiter zu hoch über ihr, um mit ihr befreundet zu sein. Und außerdem neigte sie dazu, ihr Missfallen mit spitzen Bemerkungen und rüdem Benehmen kundzutun.

Rechts neben Nell unterhielt sich Angus mit ihrem Gastgeber, Sir Ralph Renwick, und Lord Dacre, der am Morgen die fünf Meilen von Burg Naworth hergeritten war, um wichtige Angelegenheiten zu besprechen. Da ihre Unterredung durch die Suche nach dem mutmaßlichen Spitzel in ihrem Kreis unterbrochen wurde, setzten sie das Gespräch nun beim Abendessen fort. Ihre Worte waren im Lärm, der aus der kleinen Halle drang, nur schwer zu verstehen, doch Nell hatte bereits mitbekommen, dass sie über den drohenden Einmarsch Heinrichs VIII. in Schottland sprachen. Heinrich selbst würde natürlich nicht an der Spitze seiner Truppen stehen. Nach fünfzig Jahren voller Ausschweifungen und Zechgelagen, mit zu vielen Pfunden an seinem schwammigen Körper und der fünften Ehefrau in seinem Bett hatte der König von England nicht mehr die geringste Lust, in die Schlacht zu ziehen. Er hatte sich bereit erklärt, sich in York mit seinem Neffen Jakob, dem König der Schotten, zu treffen, doch bisher war Jakob klug genug gewesen, sich nicht so weit auf das Gebiet seines verschlagenen Onkels vorzuwagen.

»Du solltest zu Bett gehen, Nell.«

Aus ihren Gedanken gerissen, wartete sie einen Augenblick, bevor sie sich ihrem Bruder zuwandte. »Ich habe mein Mahl noch nicht beendet, Sir«, sagte sie ruhig.

»Da nur so wenige Damen anwesend sind, war es eine angemessene Entscheidung von Lady Renwick, in ihrer Kemenate zu speisen. Du hättest ihrem Beispiel folgen sollen.«

»Lady Renwick hat mich nicht aufgefordert, ihr Gesellschaft zu leisten, Archie. Und außerdem habe ich ihre Abwesenheit erst bemerkt, als das Essen schon begonnen hatte. Jane und ich werden uns zurückziehen, sobald wir aufgegessen haben.«

Zu ihrer Erleichterung grunzte er bloß und widmete sich wieder seinem Gespräch. Einerseits wollte sie ihn nicht verärgern, da er sie ein solches Verhalten immer büßen ließ. Andererseits war sie jedoch auch nicht bereit, sich seinen Launen zu beugen. Und außerdem hatte sie keine Lust, gerade jetzt die Halle zu verlassen, da die Männer höchst interessante Angelegenheiten erörterten.

Lord Dacre, ein Mann in den Dreißigern, von dem Archie gesagt hatte, er sei ein Dummkopf und der Nachfolge seines Vaters nicht würdig, sagte gerade aufgebracht: »Im Norden Englands halten viel zu viele Leute der Papistenkirche die Treue und stellen sich damit gegen die Befehle Seiner Majestät, des Königs.«

Nell fand es immer belustigend, wenn jemand den dicken Heinrich »Majestät« nannte, und auch nun musste sie sich ein Lächeln verkneifen. Ihrer Ansicht nach war der Titel des schottischen Herrschers viel angemessener. Die Schotten redeten ihren König mit »Euer Hoheit« an, was auch eher zu seiner Stellung als Oberhaupt aller Clanführer passte.

Heinrich dagegen hielt sich offenbar für eine Art Gott.

Schließlich hatte er sich bereits an die Stelle des Papstes gesetzt, als er entschied, dass er und nicht der Heilige Vater Oberhaupt der Kirche von England sei. Vielleicht war Heinrich verrückt. Das behaupteten zumindest viele, darunter auch Angus; trotzdem titulierten sie ihn weiterhin »Majestät«.

Nell drängte sich der Gedanke auf, wie gut es war, dass die Schotten von Jakob kein majestätisches Verhalten erwarteten. Er schaffte es ja kaum, ein hoheitsvolles Benehmen an den Tag zu legen. Dennoch hielt sie wesentlich mehr von ihm als von seinem unberechenbaren Onkel.

So ließ Nell ihre Gedanken schweifen, verfolgte aber weiterhin das Gespräch der Männer. Sie zuckte innerlich zusammen, als sie Renwicks unwirsche Stimme vernahm: »Die Leute werden ihre Lektion schon noch lernen. Auf jeden Fall haben schon mindestens zehntausend für ihren Verrat bezahlen müssen.«

Es erschien Nell als eine abscheuliche Barbarei, dass so viele Menschen ihr Leben lassen mussten, nur weil sie die Entscheidung des Königs ablehnten. Der hatte kurzerhand mit der Kirche gebrochen, weil sie die Rücksichtslosigkeit nicht gutheißen mochte, mit der er eine Frau suchte, die ihm viele gesunde Söhne gebar. Jakobs Frau dagegen war wieder guter Hoffnung, was ihm als passende Entschuldigung diente, ein Treffen mit Heinrich abzulehnen. Sollte Maria von Schottland einen zweiten Sohn zur Welt bringen, würde Heinrich nicht gerade in Jubel ausbrechen.

Gerade sagte Dacre: »Viele, die ihren alten Glauben nicht für Heinrich Tudors neuen eintauschen wollen, suchen Zuflucht in Schottland. Dort hält Davy Beaton streng an Rom fest und bestraft die Reformer ebenso hart wie Heinrich die Papisten.«

»Ja«, stimmte ihm Angus zu. »Die Leute fliehen in hellen Scharen aus England. Deshalb sind die Straßen nach Longtown, Canonbie und Kershopefoot verstopft mit Papisten.«

Kershopefoot. Nell kannte den Ort. Dort konnte man die Grenze nach Schottland am einfachsten überqueren, wie sie aus eigener Erfahrung wusste.

Normalerweise kümmerte sie sich wenig um Politik, doch im Laufe der Zeit hatte sie die Erfahrung gemacht, dass manche Informationen sich als durchaus nützlich erweisen konnten. Vielleicht war das auch jetzt der Fall. Midgeholme lag nur zwanzig Meilen von der Grenze entfernt. Schon seit Monaten war sie ihrer Heimat nicht mehr so nahe gewesen, denn Angus hatte sie in dem Haus bei York festgehalten, das ihm König Heinrich zur Verfügung stellte. Ihr Bruder beabsichtigte, sie für seine Zwecke einzusetzen, doch vielleicht würde es ihr gelingen, seine Pläne ein für alle Mal zu durchkreuzen.

Früher einmal war Angus der mächtigste Lord in Schottland gewesen. Durch seine Ehe mit Margaret Tudor, Jakobs Mutter und König Heinrichs Schwester, war er der Stiefvater des künftigen schottischen Königs geworden und hatte in dessen Namen das Land regiert. Als Jakob jedoch volljährig wurde, beanspruchte er die schottische Krone für sich, und der ihm verhasste Angus musste ins Exil nach England fliehen. Jene Ereignisse, die nun dreizehn Jahre zurücklagen, hatten großen Einfluss auf Nells Leben gehabt. Sie hatte bereits vor Angus' Sturz ihren Mann verloren und wurde später von ihrem Bruder gezwungen, ihm ins Exil zu folgen.

Doch zuvor, noch auf der Höhe seiner Macht, hatte Angus ihr furchtbares Leid zugefügt. Eines Nachts war er auf Dunsithe, der Burg ihres ersten Mannes, aufgetaucht und hatte ihre zwei kleinen Töchter entführt. Er wollte beide Kinder in seine Gewalt bringen, besonders ging es ihm jedoch um das ältere Mädchen, Molly, die Maid von Dunsithe, da sie als reichste Erbin von Schottland galt.

Damals konnte Angus noch nicht wissen, dass sein Stern bereits im Sinken begriffen war. Ebenso wie Heinrich verfolgte er zielstrebig seine eigenen Interessen und arrangierte zu diesem Zweck eine Ehe zwischen Nell und einem älteren englischen Edelmann aus der einflussreichen Familie Percy. Sir Barnabas Percy störte sich nicht daran, dass seine junge, hübsche Frau nicht im Ehebett geboren war. Ihm reichte es, dass sie die Tochter und Schwester eines Grafen von Angus war. Archie wiederum ging es in erster Linie darum, sich mächtige Verbündete in England zu schaffen.

Jahrelang hatte Nell diese lieblose Ehe erduldet, bis der Baron endlich starb und ihr ein beträchtliches Vermögen hinterließ, obwohl sie ihm keine Kinder geboren hatte.

Zu diesem Zeitpunkt war Nell vierunddreißig und noch immer eine Schönheit. Sie sehnte sich so sehr danach heimzukehren, dass sie sich bereit erklärte, im Auftrag ihres Bruders eine Botschaft nach Schottland zu überbringen, da er selbst es nicht wagen durfte, seinen Fuß auf schottischen Boden zu setzen. Unglücklicherweise gelang es ihr nicht, ihren Auftrag auszuführen; zur Strafe sperrte Angus sie von neuem ein, in der Hoffnung, sie noch ein zweites Mal zu seinem Vorteil verheiraten zu können.

Sie wusste, dass er sie mit nach Midgeholme geschleppt hatte, um sie mit Dacres Sohn zu verkuppeln, doch Seine Lordschaft zeigte keinerlei Interesse. Darüber war Nell sehr erleichtert, da der Sohn kaum das Jünglingsalter erreicht hatte … eine Nebensächlichkeit, an der sich Angus nicht gestört hätte.

Nun, nachdem sie eine ihrer Töchter wiedergefunden hatte, wollte Nell unbedingt auch die andere ausfindig machen. Angus behauptete zwar noch immer, dass Bessie kurz nach ihrer Entführung von Dunsithe gestorben sei, doch Nell war sicher, dass er log. Sie hatte es an seinem Blick gesehen, als sie ihn offen auf Bessie ansprach.

Kershopefoot war nur zwanzig Meilen entfernt – nun brauchte sie nur noch ihrem Bruder zu entwischen. Das war leichter gesagt als getan, aber ihr Entschluss zur Flucht stand fest. Die mitgehörte Unterhaltung hatte sie auf eine Idee gebracht.

5

Patrick war bereits lange vor Morgengrauen erwacht. Er kleidete sich an, nahm ein wenig Brot und Ale zu sich und ging hinaus. Die meisten Vorbereitungen hatte er schon am Vortag getroffen, und so brauchte er nur noch einige Sachen zusammenzusuchen, darunter das Fangnetz, das er geflickt hatte, eine ramponierte Falknertasche und einen Handschuh, den Klein Neddy für ihn aufgestöbert hatte. Aus dem Backhaus holte er eine lebende Taube und setzte sie in einen Weidenkäfig. Dann überredete er den Hauptmann der Wache, das Tor für ihn zu öffnen.

Die von Bodennebel bedeckte Landschaft wirkte gespenstisch im bleichen Licht des Mondes, das durch die Wolkenschleier drang. Am vergangenen Nachmittag hatte Patrick sich einen Eindruck von der Umgebung verschafft und dabei einen Platz gefunden, der ihm für sein Vorhaben vielversprechend erschien.

Dort, zwischen dem Waldrand und einer Viehweide, stand ein großer, abgestorbener Baum, dessen kahle Äste in den Himmel ragten. Da sich Greifvögel gern an Punkten mit guter Rundumsicht aufhielten, beschloss Patrick, seine Falle unter diesem Baum aufzustellen. Allerdings musste er zunächst einmal den Baum in dieser nebligen Finsternis wiederfinden. Das war gar nicht so leicht in dem unvertrauten Gelände, doch wenn er bis Tagesanbruch wartete, würde er mindestens einen ganzen Tag verlieren. Denn so lange dauerte es gewöhnlich, bis sich die Tiere an die Veränderungen in ihrer Umgebung gewöhnt hatten und zurückzukehren wagten. Und außerdem konnte er nachts, solange die Vögel hoch oben in den Bäumen schliefen, alles ungestört vorbereiten.

Der Wald lag in tiefem Schlummer. Keine Eule schrie, kein Fuchs huschte über den Pfad, und nur einmal hörte Patrick in der Ferne das Muhen einer Kuh.

Eiligen Schrittes folgte er dem Bachlauf am Waldrand entlang und fand ohne Schwierigkeiten den gesuchten Baum.

Unverzüglich machte er sich ans Werk. Mit seinem scharfen Dolch schnitt er zunächst lange, dicht belaubte Zweige für seinen Unterstand, dann befestigte er etwa zehn Meter entfernt unter dem toten Baum eine Seite des Fangnetzes am Boden. Vom oberen Rand des Netzes bis zu seinem Unterstand spannte er eine Angelschnur, mit der er die Falle zuziehen konnte, sobald seine Beute hineingeflogen war. Zum Schluss tarnte er die Falle mit Moos, Laub, Erde und ein paar dürren Zweigen. Nachdem er genügend Getreidekörner um die Falle herum verstreut hatte, band er die Taube dort so an, dass sie genügend Bewegungsfreiheit hatte, um die Körner aufzupicken. Schließlich zog er sich in sein Versteck zurück und wartete.

Das stellte sich für ihn als der unerfreulichste Teil der ganzen Angelegenheit heraus, denn der Unterschlupf war nur wenig länger und breiter als er selbst, und Patrick wusste aus Erfahrung, dass er womöglich den ganzen Tag reglos darin liegen musste. Wenn er Pech hatte, konnte es sogar mehrere Tage dauern, bis er einen Vogel fing.

Als er in das Versteck schlüpfte, bemerkte er, dass er sich darin vorsichtig umdrehen konnte, ohne die ganze Konstruktion ins Wanken zu bringen. Das war aber auch schon alles; größere Bewegungen durfte er nicht riskieren. Er legte das Ende der Angelschnur griffbereit neben sich und schloss die Augen. Bis zum Morgengrauen konnte er noch mindestens eine Stunde schlafen.

Aber diesmal wollte sich der Schlaf nicht einstellen. Die ganze Zeit über musste er an Elspeth denken. Er versuchte sich vorzustellen, wie sie wohl ohne Kleider aussah, doch die Elspeth, die vor seinem inneren Auge erschien, war zu seiner

Überraschung keineswegs die nackte Schönheit, die sich sinnlich in seinem Bett räkelte. Stattdessen stand sie da, die Hände in die Hüften gestützt, und funkelte ihn wütend an. Sie sah genauso aus wie am Tag zuvor, als sie ihm empört zu verstehen gegeben hatte, dass Schandtaten nicht zum Lachen seien.

Er lächelte. Ihm blieben fünf Tage, bevor er den Farnsworth Tower gefahrlos verlassen konnte. Bis dahin würde er doch wohl so viel Eindruck auf das Mädchen machen können, dass sie ihm wenigstens ein Lächeln schenkte.

Für Elspeth war es ein ganz gewöhnlicher, eintöniger Morgen. Sie war um fünf Uhr aufgestanden und hatte ihre Weizengrütze zum Frühstück verzehrt. Dann hatte sie zum Lüften die Vorhänge und Fensterläden in der großen Halle geöffnet. Die Männer, die in der Halle schliefen, holten sich ihr Frühstück aus Haferbrot und Grütze. Dann fegten zwei von ihnen den Fußboden, während zwei andere ein Feuer in den beiden großen Kaminen entfachten.

Elspeths vornehmliche Pflicht bestand darin, den beiden jungen Damen des Hauses zur Hand zu gehen, doch bis es Zeit war, sie zu wecken, erledigte sie andere Arbeiten. Da es im Farnsworth Tower außer der Köchin nur zwei Küchenmädchen, eine Waschfrau und ein Mädchen für alles gab, half ihnen Elspeth neben ihrer eigenen Arbeit, so oft sie konnte. Selbstverständlich hatte Lady Farnsworth ihre eigene Zofe, doch Martha Elliot machte sich nicht mit den anderen Dienstboten gemein und weigerte sich, Aufgaben zu übernehmen, für die sie ihrer Meinung nach nicht zuständig war. Sie betrachtete Elspeth als ihre Gehilfin, die auf ihren Befehl springen musste.

Als es Zeit war, trug Elspeth heißes Wasser nach oben und weckte ihre beiden jungen Herrinnen. Dann öffnete sie die Vorhänge und Fensterläden, und während die Schwestern aufstanden, brachte Elspeth das heiße Wasser zu Lady Farnsworths Kammer. Sir Hector war bereits von seinem Leibdiener geweckt worden und nahm das Frühstück in seinem Studierzimmer inmitten aller Dokumente ein. Seine Frau hingegen wünschte in ihrer Kammer zu frühstücken, wie sie Elspeth durch die Zofe ausrichten ließ.

Elspeth eilte hinunter in die Küche und holte einen Laib Weißbrot, einen Teller mit gebratenem Schellfisch und einen Krug Ale. Sie trug die Speisen auf einem Tablett die Treppe hinauf und übergab sie Martha Elliot vor der Kammer der Lady, bevor sie wieder zu Drusilla und Jelyan hastete.

»Wo bleibst du denn, und warum hat es so lange gedauert?«, nörgelte Drusilla mit schriller Stimme. Sie stand barfuß und im Nachthemd mitten im Zimmer, die Hände in die Seiten gestemmt. Ihr Haar hing ihr in langen Zotteln über den Rücken. »Du hättest Feuer machen sollen, bevor du gingst«, sagte sie barsch. »Es ist eiskalt hier drin.«

Jelyan, die kleiner und schlanker als ihre Schwester war, lächelte nur und schwieg. Sie trug schon Hemd, Unterrock und Rock und hatte sich gerade ihr Mieder mit dem eckigen Ausschnitt angezogen. Doch da sie nicht an die Schnürbänder herankam, hielt sie es an ihren Oberkörper gepresst und wartete auf Hilfe.

Nachdem sie dem Mädchen den langen, kastanienbraunen Zopf nach vorn über die Schulter gelegt hatte, machte sich Elspeth daran, Jelyans Mieder zu schnüren. Dabei sagte sie zu Drusilla: »Gestern hast du gesagt, dass es dich stört, wenn ich mich in eurer Kammer zu schaffen mache, bevor ihr aufgestanden seid. Du wolltest, dass ich mir so lange eine andere Arbeit suchen soll, bis es für euch Zeit zum Ankleiden ist. Schließlich kann ich nicht von draußen aus Feuer machen.«

»Sei nicht so frech«, erwiderte Drusilla. »Ich wusste ja nicht, dass wir heute ein Feuer brauchen würden. Immerhin wird es langsam wärmer. Auf jeden Fall hättest du dich sofort, nachdem du uns geweckt hast, darum kümmern müssen.«

»Aber Elspeth hat Recht, Drusilla«, wandte Jelyan ein.

»Als sie dich gestern beim Feuermachen geweckt hat, hast du wirklich sehr mit ihr geschimpft. Und außerdem hat uns Mutter verboten, Feuerholz zu verschwenden. Kannst du mir die Haar wieder so frisieren wie gestern, Elspeth?«

»Ja, sicher«, sagte Elspeth. »Setz dich dort auf den Hocker.«

»Sie hat keine Zeit für Mätzchen mit deinem Haar«, blaffte Drusilla. »Setz die französische Haube auf. Ich habe es mir übrigens anders überlegt, Elspeth. Ich will das rote Kleid aus falschem Samt tragen und nicht das, was du gestern Abend herausgelegt hast. Also beeil dich, und hole es mir.«

»Das rote soll eingepackt werden«, erinnerte Elspeth sie, wohl wissend, dass sie nur ihren Atem verschwendete.

»Dann musst du es eben später auffrischen. Ich will es heute unbedingt anziehen. Und bügele alle meine Sachen, damit ich dann in Ruhe aussuchen kann, was ich davon mitnehme. Du hast dir ja gestern den ganzen Tag freigenommen, da wirst du wohl heute ein bisschen mehr als sonst arbeiten können.«

»Hast du meine Sachen geflickt?«, wollte Jelyan wissen.

»Ich bin fast damit fertig«, antwortete Elspeth. »Es wird schon alles zur rechten Zeit erledigt.«

Da die Damen des Hauses in ein paar Tagen für einen Monat nach Stirling reisen wollten, gab es für Elspeth neben ihren normalen Arbeiten noch viel anderes zu tun. Nachdem ihre Herrinnen zum Frühstück nach unten gegangen waren, machte sie deren Bett, holte die Asche aus dem Kamin und schichtete neues Feuerholz auf. Sie wusch sich gerade die Hände mit ein wenig Wasser, das in der Waschschüssel übrig geblieben war, als Martha Elliot mit einem Arm voll schmutziger Wäsche eintrat.

»Das hier muss auch noch gewaschen werden«, sagte die Frau kurz angebunden.

»Ich kümmere mich gleich darum, Martha.«

»Das will ich hoffen.«

Den letzten Auftrag erledigte Elspeth zuerst, indem sie ihn an die Waschfrau weitergab. Allerdings schärfte sie ihr ein, die saubere Wäsche nur ihr selbst auszuhändigen. Als Nächstes bat sie den Stallmeister, einen seiner Jungen zum Helfen in die Küche zu schicken. Dann legte sie sich Drusillas Kleidungsstücke über den Arm, trug sie in ihre eigene Kammer und breitete sie dort auf ihrem Strohsack aus. In ihrer Kammer gab es keine Feuerstelle, doch die Küche war nicht weit entfernt. Dort konnte sie das Bügeleisen über dem Feuer aufheizen, um die Kleider auf dem kleinen Tisch in ihrer Kammer zu bügeln. Da das Bügeleisen schnell erkaltete, blieb ihr nichts anderes übrig, als immer wieder zwischen Kammer und Küche hin- und herzulaufen, doch daran war sie gewöhnt.

Beim Bügeln überlegte sie, was der neue Falkner wohl gerade tun mochte. Sie war ihm am Abend zuvor sorgfältig aus dem Weg gegangen, um nicht wieder Drusillas Argwohn zu erregen. Sicher traf er gerade die Vorbereitungen, um einen Vogel zu fangen, den Sir Hector dem König überreichen konnte. Allerdings würde ihm wohl kaum genug Zeit bleiben, das Tier vor der Abreise nach Stirling abzurichten. Aus diesem Grund konnte sie sich kaum vorstellen, dass er bei seiner Jagd ernsthaft zu Werke ging.

Als sie daher zwei Stunden später nach draußen ging, um sich von der Arbeit mit dem heißen Bügeleisen ein wenig abzukühlen, war sie überrascht, Patrick nirgendwo zu finden. Klein Neddy berichtete ihr, dass der Falkner bereits mehrere Stunden vor Tagesanbruch fortgegangen sei. »Er holt einen neuen Vogel«, sagte Neddy. »Er hat Old Lachlans altes Netz geflickt und mitgenommen.«

Nun wusste Elspeth Bescheid. Sie redete sich ein, sie habe nur nachsehen wollen, ob er auch seine Pflichten erfüllte, und machte sich wieder an ihre eigene Arbeit. Doch als er auch zum Mittagessen nicht erschien, war sie wider besseres Wissen enttäuscht. Sie schalt sich selbst eine Närrin, da sie ihn sowieso nicht hätte suchen können, ohne noch mehr Ärger zu riskieren als am Tag zuvor. Und außerdem wäre er ganz sicher nicht erbaut davon, wenn sie ihn bei seiner Jagd störte.

Zur selben Zeit lag Patrick auf dem Rücken und dachte gerade, dass die wilde Taube, die sich nur wenige Zentimeter über seinem Kopf auf einem Zweig niedergelassen hatte, ihm bei seinem Vorhaben lästig werden könnte. Da der Vogel keine Anstalten machte, seinen Sitzplatz zu verlassen, nahm Patrick ein Stöckchen und stupste dem Tier damit in den Bauch, worauf es empört davonflatterte. Der Nebel hatte sich gelichtet, doch durch das dichte Blätterdach konnte Patrick weder den Himmel erkennen noch feststellen, ob dort oben Greifvögel kreisten.

Nach einem Stündchen Schlaf war er bei Morgengrauen vom Konzert der Singvögel geweckt worden. Er hatte sich auf den Bauch gedreht und, immer die Falle im Blick, seine Gedanken schweifen lassen. Er dachte an seine Zeit in England und an die Ereignisse, die ihn zu der überstürzten Flucht über die schottische Grenze zwangen. Das brachte ihn unweigerlich auf Elspeth. Immer wieder kehrten seine Gedanken zu ihr zurück, und er musste sich eingestehen, dass sein Interesse an dem Mädchen größer war, als er gedacht hatte.

Ihm war, als kenne er sie schon seit Jahren und nicht nur seit einem Tag. Doch die Tatsache, dass er sich in ihrer Gegenwart so wohl fühlte, hatte ihn zu Fehlern verleitet, die ihm sonst niemals unterlaufen wären. Er musste sich vorsehen. Immer wieder fiel er aus seiner Rolle und sprach dann mit ihr wie mit seiner Schwester oder mit Freunden, die er schon sein Leben lang kannte. Er mochte sie, obwohl es keinen Grund gab, sie als Freundin zu betrachten, nur weil sie ihm in der Not ein Versteck gezeigt hatte. Dafür schuldete er ihr Dank, doch seine Gefühle für sie gingen darüber hinaus. Als Drusilla sie schlug, hätte er das Biest am liebsten erwürgt.

Nachdem Patrick eine Weile in dieser Weise vor sich hin

geträumt hatte, fing sein Magen an zu knurren. Gerade drehte er sich vorsichtig um und griff nach seinem Wasserschlauch und seiner Wegzehrung aus Brot und Fleisch, da hörte er von fern eine Art Miauen. Der Jagdschrei eines Greifvogels. Aus der Entfernung ließ sich nicht ausmachen, ob es sich um einen Turmfalken, Milan, Sperber oder gar um einen Wanderfalken handelte. Er kaute langsam auf seinem Imbiss und überlegte, ob die Taube in der Falle wohl zu groß war. Vielleicht hätte sich eine Amsel als Köder besser geeignet, da sie auch als Beute für kleinere Greifvögel in Frage kam. Zwar hatte Sir Hector ihm gegenüber nichts von den Gesetzen erwähnt, die den Besitz von Greifvögeln regelten. Doch als gesetzestreuer Mann wusste der Burgherr sicher, dass er als Mitglied des niederen Landadels keinen Wanderfalken besitzen durfte. Im Hochland kümmerte sich kaum jemand um diese Vorschriften, und so nannte mehr als ein Clanoberhaupt stolz einen Steinadler oder Gerfalken sein Eigen, obgleich diese herrlichen Vögel eigentlich Kaisern und Königen vorbehalten waren. Doch da es sich hier ja um ein Geschenk für den König handelte, entschloss sich Patrick zu nehmen, was kam, und später über die Folgen nachzudenken. Er langweilte sich und wurde immer unruhiger, weil er nicht mehr liegen konnte. Und der Tag war noch lange nicht vorüber.

Zwei Stunden später, Patrick lag noch immer zu Tode gelangweilt da und ließ die Falle nicht aus den Augen, huschte etwas wenige Zentimeter über dem Boden durch sein Gesichtsfeld. Ein Hühnerhabicht. Patrick verharrte regungslos. Der Greifvogel machte kehrt, stieg auf und rüttelte für einen Augenblick hoch über der Falle. Dann verlor er, langsam herabschwebend, an Höhe und stürzte sich schließlich mit ausgestreckten Fängen auf sein Opfer. Die überraschte Taube schrie zweimal kurz auf und war still.

Rasch riss Patrick an der Leine, und das Netz schloss sich über dem Habicht.

Unter den ersten Männern, die an diesem Abend zum Essen in die Halle kamen, erblickte Elspeth den Falkner. Aus seinem fröhlichen Gesichtsausdruck schloss sie, dass seine Jagd erfolgreich gewesen war. Nach diesem einen kurzen Blick senkte sie sofort die Augen und verzehrte ihr Essen so hastig, wie es die guten Manieren nur zuließen. Dann verließ sie die Halle, bevor er sie ansprechen konnte. Sie wollte nicht schon wieder Drusillas Zorn zu spüren bekommen.

Oben erledigte sie flink ihre Arbeit, trug Wasser in die Kammer der jungen Damen und legte die Nachthemden und die Kleider für den nächsten Tag heraus. Dann ging sie in ihre eigene Kammer. Geduldig wartete sie vor dem Schlafengehen noch eine halbe Stunde ab, ob jemand nach ihr schickte.

Da er wusste, dass sich der Vogel nach Einbruch der Dunkelheit beruhigen würde, nahm Patrick ihm nicht die Haube und die Fußfesseln ab, sondern ließ ihn ruhig auf seiner Stange im Schuppen sitzen, während er selbst zu Abend aß. Er gestattete sich nur ein paar beiläufige Blicke auf Elspeth. Dabei bemerkte er, dass sich ein paar feine Haarsträhnen aus dem im Nacken aufgerollten Zopf gelöst hatten und nun unter ihrer Haube hervorlugten. Es juckte ihn geradezu in den Fingern, ihr die Strähnchen aus dem Gesicht zu streichen.

Sie sah so müde aus, dass er sie am liebsten ins Bett geschickt hätte. Er konnte nur hoffen, dass sie nach dem Abendessen schlafen gehen durfte.

Er selbst begab sich gleich nach dem Essen wieder zu den Vogelvolieren, wo der Habicht mit der Haube noch immer friedlich auf seiner Stange saß. Patrick blieb ein paar Sekunden in der Tür stehen und betrachtete das Tier, bevor er sich einen Falknerhandschuh überstreifte und aus dem Eimer, den er vor dem Abendessen vorbereitet hatte, ein Stückchen Kaninchenleber nahm. Der Vogel ruckte nervös hin und her.

Langsam ging der Falkner zu ihm, löste die Leine und schlang sie sich um die behandschuhte Hand. Dann strich er behutsam über die Fänge des Vogels, das Leberbröckchen in der Hand verborgen. Schließlich streichelte er ihm das Brustgefieder. Das Tier zitterte, ließ sich die Berührung jedoch gefallen. Patrick ging ganz gemächlich zu Werke. Beinahe eine Stunde lang streichelte er den Vogel und redete ihm gut zu, bevor er ihm endlich mit der freien Hand die Haube abnahm.

Der Habicht hackte in die Hand mit dem Handschuh, machte jedoch keinen verängstigten Eindruck. Es war ein junges, fast ausgewachsenes Tier und bemerkenswert ruhig für einen frisch gefangenen Vogel. Von Zeit zu Zeit stieß Patrick den trillernden Pfiff aus, mit dem er den Habicht in Zukunft locken würde, und nach einer weiteren halben Stunde stieg der Vogel von selbst auf die Faust des Falkners und holte sich die Leber. Von nun an würde er sein Futter ausschließlich auf der Faust bekommen.

Wie Dolche durchdrangen die Fänge das alte Leder des Handschuhs, als der Vogel von einem Bein aufs andere trat und dabei seinen Griff abwechselnd verstärkte und lockerte. Mit gesenktem Kopf warf er dem Mann einen erbosten Blick aus seinen gelben Augen zu. Dann, in einem verzweifelten Versuch sich zu befreien, flog er plötzlich auf.

Wild flatternd wie ein Huhn, das dem Hackmesser zu entkommen versucht, hing der Vogel kopfüber in seinen Fesseln, immer in Gefahr, sich die Schwungfedern zu beschädigen. Mit der freien Hand griff Patrick nach ihm, um ihn sich wieder auf die Faust zu setzen.

»Meine Güte, wollt Ihr dem armen Tier den Hals umdrehen?«

Patrick erschrak fast ebenso sehr wie zuvor der Falke. Er fuhr herum und sah Elspeth, die ihn, die Hände in die Hüften gestemmt, zornentbrannt anfunkelte. Sie entsprach genau dem Bild, das während der Falkenjagd vor seinem geistigen Auge gestanden hatte.

»Nicht reden«, sagte er leise, während er den Vogel vorsichtig auf seine Faust setzte. »Wenn du ruhig bist, darfst du bleiben.« Doch so sanft Patricks Ton auch sein mochte, wieder flatterte der Vogel von seiner Faust, und wieder setzte er ihn zurück.

»Kann sie sich dabei nicht verletzen?«

»Es ist ein Männchen«, sagte Patrick. Am Klang von Elspeths Stimme schien sich der Vogel nicht zu stören.

»Also, kann er sich dabei nicht verletzen?«, fragte sie noch einmal.

»Doch.« Patrick wollte so wenig wie möglich sprechen, um den Vogel nicht unnötig zu erschrecken.

»Warum flattert er wie wild herum?«

»Darfst du dich überhaupt hier draußen aufhalten? Ich dachte, du wärst schlafen gegangen.«

»Noch nicht. Ich bin mit der Arbeit fertig und wollte nur sehen, wie Ihr vorankommt. Und warum flattert er also herum?«

»Er ist zornig und verängstigt«, antwortete Patrick. »Das ist nur natürlich, aber er wird sich bald beruhigen. Mit dem Abrichten kann man am besten anfangen, wenn er müde ist. Also muss ich ihn wach halten, bis er ohne zu zögern Futter von mir annimmt.«

»Was ist es für ein Vogel? Habt Ihr ihm schon einen Namen gegeben?«

Patrick musste lächeln. »Es ist ein Hühnerhabicht, und ich denke, ich werde ihn Zeus nennen.«

»Der Göttervater«, sagte sie nachdenklich. »Auf jeden Fall passt der Name zu seinem wilden, edlen Blick.«

»Ja.« Seine Augen ruhten mit Wohlgefallen auf ihr, und offensichtlich ging es Zeus ebenso. »Ich dachte schon, du wärst böse auf mich«, sagte er schließlich.

Sie errötete, fragte aber ganz ruhig: »Wieso?«

»Vorhin in der Halle hast du kaum zu mir herübergeschaut, und dann bist du davongerannt, bevor ich mit dem Essen fertig war. Ich wollte dir doch erzählen, dass ich ihn gefangen habe.«

Sie gab ihm keine Antwort, sondern schaute sich nur im Schuppen um. »Wo ist Klein Neddy?«

»Er hört den Geschichten zu, die die Männer in der Halle erzählen, schätze ich. Das Einzige, wozu er taugt, ist, Kaninchen zu fangen und die Vögel zu füttern. Beim Abrichten kann ich ihn nicht gebrauchen. Deshalb wäre er mir jetzt hier nur im Weg.«

»Wie lange wird es dauern, bis Zeus Futter annimmt?«

»Er hat mir schon ein Stückchen abgenommen, aber wenn du wissen willst, wann er so zahm ist, dass er wie selbstverständlich auf die Faust fliegt und sich sein Futter holt – dafür brauche ich gewöhnlich zwei oder drei Tage.«

»Zwei bis drei Tage!«

Ein wenig pikiert erwiderte er: »Die meisten Falkner brauchen länger, und es bedarf einer großen Erfahrung, um es in dieser kurzen Zeit zu schaffen. Und auch danach muss man sich ständig um den Vogel kümmern, sonst verwildert er sehr schnell wieder.«

»Aber wie wollt Ihr so lange wach bleiben?«

»Da wird der Junge mir wohl helfen müssen. Er braucht bloß die anderen Vögel zu füttern und diesen hier ein paar Stunden zu halten, während ich schlafe. Den Rest mache ich schon.«

»Ich könnte Euch helfen.«

»Das ist, glaube ich, keine gute Idee«, erwiderte Patrick vorsichtig, um sie nicht zu kränken. »Denk daran, dass Sir Hector mir befohlen hat, mich von den Dienstmädchen fern zu halten. Und außerdem wäre Lady Farnsworth wohl kaum begeistert, wenn du dich bei den Volieren aufhalten würdest.«

Sie schwieg.

»Ist es nicht so?« – »Doch. Es würde ihr nicht gefallen«, musste Elspeth zugeben.

»Also gehst du jetzt besser hinein. Neddy wird jeden Augenblick wiederkommen, und er kann seine Zunge nicht im Zaum halten.«

»Sicher würde er nichts tun, um mir zu schaden. Aber vielleicht verplappert er sich«, sagte sie. »Glaubt Ihr wirklich, dass Zeus so weit ist, wenn wir nach Stirling aufbrechen?«

»Sir Hector hat nur verlangt, dass der Vogel an die Faust gewöhnt sein soll, und dafür sind zehn Tage mehr als genug«, antwortete Patrick lächelnd.

»Ach ja, es sind ja noch zehn Tage«, sagte sie mit einem tiefen Seufzer. »So wie sich Drusilla und Jelyan aufführen, könnte man meinen, dass sie schon morgen abreisen. Aber ich nehme an, die Familie wird sich am Donnerstag auf den Weg machen. Dann blieben uns drei Tage für die Reise. Die Lady reist sonntags nicht, müsst Ihr wissen. Und schon gar nicht am Palmsonntag.«

Patrick hatte gehofft, sie würde sein Lächeln erwidern, und war unerwartet enttäuscht, als sie es nicht tat. Er streckte die Hand nach ihr aus. Genau in diesem Augenblick flatterte Zeus abermals auf, und Patrick war die nächsten paar Sekunden damit beschäftigt, ihn sich wieder auf die Faust zu setzen. Als er aufblickte, war Elspeth gegangen.

Ist vielleicht besser so, sagte er sich seufzend. Er mochte Frauen und hatte mehr als ein Techtelmechtel mit einem willigen Mädchen hinter sich. Doch im Moment würde eine Liebelei alles nur erschweren.

Der Habicht starrte ihn an, und Patrick starrte zurück. Das erwies sich schnell als Fehler, denn schon wieder versuchte Zeus aufzufliegen. Greifvögel, das wusste Patrick sehr wohl, mochten es nicht, wenn man sie direkt anschaute. Vielleicht waren sie darin wie Menschen, die es als Zeichen der Unterwerfung deuteten, wenn jemand ihrem stolzen Blick auswich.

Der folgende Tag unterschied sich für Elspeth in nichts vom vorhergehenden. Kaum hoffte sie, ein paar Minuten für sich erübrigen zu können, da trug ihr jemand eine neue Arbeit auf. Den größten Teil des Nachmittags verbrachte sie mit

Näharbeiten und damit, Jelyans Sachen auszubessern. Und obgleich sie am Tag zuvor Drusillas Kleider fertig gebügelt hatte, musste sie noch eine Stunde mit der jungen Dame verbringen. Drusilla überlegte sich wieder einmal, was sie mitnehmen und zu Hause lassen sollte. Aus Erfahrung wusste Elspeth, dass Drusilla noch ein paar Mal ihre Meinung ändern würde, nur um am Ende so viele Kleider wie irgend möglich in die Packkörbe zu stopfen. Aber das half ihr im Augenblick kein bisschen.

Der Falkner erschien weder zum Mittag- noch zum Abendessen. Als Elspeth am Abend Klein Neddy erspähte, bat sie ihn heimlich, Patrick etwas zu essen zu bringen.

»Ja, er hat auch gesagt, dass ich ihm was mitbringen soll«, sagte der Bursche und nickte.

»Gut, dann trödle nicht herum. Er muss Hunger haben.«

Sie scheuchte ihn hinaus und ging dann nach oben, um Drusillas und Jelyans gemeinsames Bett aufzudecken und die Nachthemden der Mädchen bereitzulegen. Danach wollte sie sich die Dienstbotentreppe hinabschleichen, um wie am Abend zuvor zu den Volieren zu laufen. Doch am Fuß der Treppe trat ihr Lady Farnsworth in den Weg.

»Ich bin froh, dass ich dich treffe, Elspeth. Ich habe gerade mit der Köchin gesprochen, und die meinte, du würdest jeden Augenblick herunterkommen. Also habe ich auf dich gewartet.«

Elspeth unterdrückte einen Seufzer. »Sehr wohl, Mylady.«

»Vor dem Schlafengehen habe ich noch ein paar kleine Aufgaben für dich.«

»Ja, Madam.«

Wie schön wäre es, dachte das Mädchen, wenn man einmal tun und lassen könnte, was man wollte, und nicht immer auf Befehl springen müsste.

6

Es war spät, als Elspeth die zahllosen Aufträge der Lady ausgeführt hatte. Und da ihre Herrin ohne Zweifel erwartete, dass Elspeth am Morgen zur gewöhnlichen Zeit aufstand, lief das Mädchen, sobald es fertig war, hurtig hinunter in seine Schlafkammer. Es erwies sich als gut, dass sie eine Kerze dabeihatte, denn jemand hatte bereits die Fackeln in der Küche und dem Gang gelöscht, der zu ihrer Kammer und der dahinter liegenden Seitenpforte führte. In ihrem Zimmer steckte sie die Kerze in den Halter auf dem Tischchen und wollte sich gerade fürs Bett fertig machen, als sie eine Männerstimme auf dem Gang vernahm.

Neugierig presste sie ihr Ohr an die Tür. Sie erkannte Patricks Stimme, öffnete die Tür ein wenig und lugte durch den Spalt. Von rechts fiel Licht in den schmalen Gang. Da zwischen ihrer Kammer und der Küche die Kammer des Falkners und das gemeinsame Quartier von Köchin und Küchenmädchen lagen, nahm Elspeth an, dass Patrick eine Fackel oder Kerze in seinem Zimmer angezündet und die Tür offen gelassen hatte. In Schein dieser Kerze konnte sie sehen, wie er, den Habicht auf der behandschuhten Faust, langsam in ihre Richtung kam und dabei etwas Unverständliches vor sich hin brummelte.

Er hatte, ebenso wie der Vogel, die Augen geschlossen und sah aus, als würde er schlafwandeln.

Regungslos beobachtete sie, wie er bis zur Seitenpforte ging und sich dann umwandte. Zwar hatte sie Angst, den Habicht zu erschrecken oder, was noch schlimmer war, Patrick zu erzürnen, doch brachte sie es einfach nicht fertig, ihre Tür wieder zuzumachen und sich hinzulegen. Stattdessen trat sie auf den Gang hinaus. Patrick schwankte leicht hin und her. Zeus machte ein Auge auf und wieder zu.

»Patrick«, sagte sie leise.

Der Habicht gab einen kleinen Klagelaut von sich, und Patrick öffnete mühsam die Augen.

Mit müdem Lächeln fragte er: »Ist das deine Kammer, Mädchen?«

»Ja.«

»Das wusste ich nicht. Tut mir leid, wenn ich dich mit meinem Gemurmel geweckt habe.« Seine Stimme war tief und volltönend und durchdrang ihren ganzen Körper.

»Ihr habt mich nicht geweckt«, antwortete sie. »Ich bin gerade erst heruntergekommen und wollte schlafen gehen.«

Er runzelte die Stirn. »Was haben die sich bloß dabei gedacht, dich direkt neben der Kammer des Falkners unterzubringen? Oder teilst du das Zimmer mit einem anderen Mädchen?«

»Nein, aber der letzte Falkner war schon über vierzig und hatte nichts für Liebeleien übrig – ganz egal, was Drusilla behaupten mag. Ich bin sicher, niemand fand etwas Schlimmes dabei, Euch neben meinem Zimmer unterzubringen. Oder vielleicht hat sich Drusilla etwas dabei gedacht und wartet nur darauf, mir eins auswischen zu können.«

»Wer schläft da in der Kammer zwischen uns?«

»Die Köchin und das Küchenmädchen. Mit einer unserer Spülhilfen habe ich einmal die Kammer geteilt, aber die jetzige lebt bei ihren Eltern in dem Dorf weiter oben am Bach.«

»Wahrscheinlich denkt Sir Hector, dass die Köchin ein Auge auf dich hat.«

»Ja, vielleicht. Aber ich bezweifle, dass irgendetwas sie oder das Küchenmädchen aufwecken könnte. Die beiden schlafen wie die Murmeltiere.«

»Du solltest dich überhaupt nicht draußen aufhalten und mit mir reden. Das gehört sich nicht.«

Das musste ausgerechnet ein Mann sagen, der sie bei den

Volieren geküsst hatte, dachte Elspeth und erwiderte lächelnd: »Ich bezweifle sehr, dass Ihr im Augenblick zu etwas Ungehörigem im Stande wärt. Ihr schlaft ja beinahe im Stehen, und Zeus auch.«

Patrick warf einen Blick auf den Vogel und stupste ihn mit dem Finger an. Elspeth hatte Angst, er würde wieder aufflattern, doch nichts dergleichen geschah.

»Er schläft noch nicht ganz«, sagte Patrick. »Das soll er auch gar nicht. Und deshalb muss ich wach bleiben.«

»Ich könnte ihn ein Stündchen herumtragen, damit Ihr ein Nickerchen machen könnt.«

Als Patrick ihr zuzwinkerte, ging ihr auf, dass es nicht sehr klug von ihr gewesen war, ihm dieses Angebot zu machen. Sie brauchte selbst ihren Schlaf, um den kommenden Tag zu überstehen. Aber dieses Zwinkern ärgerte sie doch. Sicher dachte er, sie würde es nicht schaffen.

Neckend sagte er zu ihr: »Leg ihm am besten die Hand auf die Brust, wie du es in der ersten Nacht mit dem Vogel im Schuppen gemacht hast. Aber sieh dich vor; mir tun schon alle Finger weh, so oft hat er nach mir gehackt.«

»Nach mir wird er nicht hacken«, sagte Elspeth zuversichtlich.

»Da sei dir nicht so sicher.«

Sanft streichelte sie den Vogel, der sich die Berührung ohne merkliche Regung gefallen ließ.

»Du hast keinen Handschuh«, sagte Patrick.

»Ihr könnt mir Euren leihen.«

»Der ist zu groß für dich.«

»Es wird schon gehen«, erwiderte sie. »Macht nichts, wenn er nicht genau passt, Hauptsache, meine Hand und das Handgelenk sind geschützt.«

»Manchmal dringen seine Krallen durch das Leder.«

»Versuchen wir es«, sagte sie.

Noch immer nicht ganz überzeugt, erwiderte Patrick: »Vielleicht kann ich ihn auf dem Hocker in meiner Kammer absetzen, bis wir alles vorbereitet haben. Ich habe ihn mit in die Burg genommen, weil Neddy Angst vor ihm hat. Und außerdem ist es angenehmer für mich. Aber jetzt bin ich erschöpft, und wenn Zeus und ich einschlafen, war alles umsonst.«

»Dann lasst mich Euch helfen.«

»Wenn er sich von dir tragen lässt, soll es mir Recht sein. Obwohl es mir immer noch nicht richtig gefallen will, dich damit zu belasten.«

Sie folgte ihm in seine Schlafkammer. Wenn sie jemand hier überraschen würde, hätte sie mit einer schweren Strafe zu rechnen, doch um diese Zeit kam bestimmt keiner, und aus irgendeinem Grund wusste sie, dass Patrick ihr nichts zuleide tun würde.

Im Handumdrehen hatte sie sich den großen Schutzhandschuh übergestreift und hielt dem Vogel den Arm hin, so wie Patrick es ihr gezeigt hatte. Zu ihrer nicht geringen Freude setzte sich Zeus wie selbstverständlich auf ihre Faust. Er war zwar groß, aber bei weitem nicht so schwer, wie er aussah.

»Schau ihn nicht direkt an«, riet ihr Patrick leise, »dann wird er sich schneller an dich gewöhnen. Und mach dir keine Gedanken, falls er auf den Boden macht. Ich werde seinen Dreck später beseitigen. Glaubst du wirklich, dass du mit ihm fertig wirst?«

»Ich nehme an, er ist viel zu müde, um mir Schwierigkeiten zu machen«, antwortete Elspeth, die sich über das zutrauliche Verhalten des Vogels freute.

»Also gut. Geh mit ihm im Gang auf und ab, oder nimm ihn mit in deine Kammer, wenn du Angst hast, dass jemand kommen könnte. Hast du Licht dort drinnen?«

»Ich habe die Kerze ausgeblasen, bevor ich die Tür öffnete.«

»Dann zünde ich sie für dich an.« Mit diesen Worten verschwand er in ihrer Kammer und kam gleich darauf mit der brennenden Kerze wieder. »Die hier ist bald heruntergebrannt. Daher mache ich ein Zeichen an eine andere, damit du weißt, wann du mich wecken musst. Und tu das auch wirklich. Du darfst morgen früh nicht verschlafen.«

Sie nickte. »Was soll ich machen, wenn er mir von der Hand flattert?«

»Setz ihn dir einfach wieder auf die Faust, oder sag mir Bescheid, dann helfe ich dir.« Er blickte lächelnd auf den Habicht, der ruhig auf Elspeths Arm saß, und schüttelte verwundert den Kopf. »Ich glaube fast, er mag dich.«

»Geht schlafen«, sagte sie. »Wir kommen sehr gut ohne Euch zurecht.«

Er nickte, begleitete sie zu ihrer Kammer und schloss die Tür hinter ihr.

Elspeth überlegte. Eingerechnet die Zeit, die er benötigt hatte, um den Habicht zu fangen, war Patrick nun beinahe fünfundvierzig Stunden auf den Beinen. Daher beschloss sie, ihn so lange schlafen zu lassen wie nur möglich. Dann fiel ihr wieder ein, wie er mit dem Vogel geredet hatte, und da sie nicht wusste, was sie zu dem Tier sagen sollte, begann sie laut zu zählen.

Zeus warf ihr einen müden Blick zu, doch als sie bei eintausend angelangt war, hatte er die Augen schon lange wieder geschlossen. Sie dachte an Patricks Anweisungen und berührte die Brust des Vogels, woraufhin er die Augen wieder aufschlug.

Eigentlich wollte sie bis fünftausend zählen, was sicherlich länger als eine Stunde dauern würde. Doch dann nickte sie für einen Augenblick ein und kam mit dem Zählen durcheinander. Da sie einzuschlafen fürchtete, beschloss sie, lieber mit dem Vogel zu reden.

»Was hältst du von der Sache, Zeus? Magst du uns, oder wünschst du dir, Patrick hätte dich wieder fliegen lassen? Wie herrlich das wohl wäre!«

Bedauerlicherweise fiel ihr nicht viel ein, was sie dem Vogel erzählen konnte, zumal er an ihren Worten gänzlich uninteressiert schien. Überdies musste sie dauernd an den Mann denken, der in der Nähe schlief.

Zeus versuchte ebenfalls zu schlafen, schreckte jedoch jedes Mal auf, sobald sie ihn berührte. Patrick hatte ihr erklärt, dass sich der Habicht erst dann in sein Schicksal ergeben hätte, wenn er trotz einer Berührung weiterschlief. Erst dann hätte Zeus die Faust als seinen gewöhnlichen Sitzplatz akzeptiert.

Kurz bevor die Kerze auf dem Tisch zischend verlöschte, entzündete Elspeth die zweite und klebte sie auf den Wachsresten fest. Zeus verfolgte interessiert ihr Tun, also schritt sie mit ihm immer vor dem Tisch auf und ab in der Hoffnung, dass die Kerzenflamme ihn noch ein wenig wach halten würde. Aber auch für Elspeth war es ein langer Tag gewesen, und ihr Entschluss, wach zu bleiben, geriet allmählich ins Wanken. Während sich die Flamme langsam der Einkerbung näherte, die Patrick auf der Kerze angebracht hatte, ließen Elspeths Kräfte nach. Sie zählte wieder bis hundert, dann noch einmal, was aber nicht mehr als vielleicht drei Minuten in Anspruch nahm.

Dann strauchelte sie, und ihr war klar, dass sich der Habicht verletzen könnte, falls sie vor Müdigkeit über ihre eigenen Füße fiel. Also gab sie sich geschlagen, verließ ihre Kammer und ging durch den Korridor bis zu Patricks Quartier. Sie war noch nicht an seiner Tür angelangt, als er herauskam.

»Braves Mädchen«. Mit diesen Worten nahm er ihr vorsichtig den Habicht ab. »Jetzt fällt es mir nicht schwer, wach zu bleiben. Und wenn ich mir den Vogel so anschaue, bin ich sicher, dass er aufgibt, noch bevor der morgige Tag vorüber ist.«

Sie nickte bloß, froh darüber, dass sie ihn nicht hatte wecken müssen. Sie war sich seiner Gegenwart so sehr bewusst, dass ihr das Atmen schwer fiel.

Er lächelte sie an. »Geh ins Bett, Elspeth.«

Wieder nickte sie nur. Da gab er ihr einen leichten Schubs. Sie kam zu sich und ging schlafen.

Die Burg stand fern auf einem Hügel, und ihre Zinnen und Türmchen schimmerten wie eine goldene Krone in den letzten Strahlen des lodernden Sonnenuntergangs. Der Himmel, pfirsichfarben und purpurrot, bildete einen grandiosen Hintergrund, doch die Burg selbst schien immer weiter vor ihr zurückzuweichen.

Sie lief und lief. Es kam ihr vor, als sei sie schon eine Ewigkeit unterwegs, und noch immer war sie der Burg keinen Schritt näher gekommen.

Langsam verdunkelte sich der Himmel über ihr. Sie tastete nervös nach dem schweren Schlüssel an ihrem Gürtel. Auf keinen Fall wollte sie vom Unwetter überrascht werden, doch ebenso wenig konnte sie anhalten und sich unterstellen. Sie musste weiter, und zwar schnell.

Eine Hand rüttelte sie an der Schulter, und eine Kerze flackerte dicht neben ihrem Gesicht.

»Elspeth! Elspeth, Mädchen, wach auf!«

Voller Schreck fuhr Elspeth von ihrer Unterlage aus Schaffellen auf und wäre beinahe gegen den Kopf des Küchenmädchens geprallt, das seine Kerze zur Seite riss und gerade noch rechtzeitig einen Satz nach hinten machte.

»Die Köchin sagt, Mistress Drusilla wird gleich nach dir rufen, wenn du jetzt nicht aufstehst und an die Arbeit gehst«, sagte das Mädchen.

Elspeth rieb sich verschlafen die Augen. »Wie spät ist es denn?«

»Zeit, den Damen das Wasser hinaufzutragen. Als du nicht kamst, hat mich die Köchin hergeschickt, um nachzusehen, wo du bleibst. Bist du vielleicht krank, Elspeth?«

»Kann sein, dass ich mir das wünschen werde, noch bevor der Morgen um ist«, erwiderte Elspeth. »Hilf mir bitte, mein

Kleid anzuziehen, Jenny, und reich mir den Kamm und die Haube.«

»Wieso hast du verschlafen? Das passiert dir sonst nie.«

»Ist doch egal. Schnell jetzt.«

Doch der Tag sollte noch schlimmer werden. Alle Welt schien schlechter Laune zu sein, und das, obwohl ein Bote aus Stirling mit einer Nachricht eingetroffen war. Die Königin lag in den Wehen, und das große Fest sollte wie geplant am Abend nach dem Geburtstag des Königs stattfinden. Offensichtlich fand Seine Hoheit nichts dabei, ein solch prächtiges Fest in der Fastenzeit zu feiern. Doch selbst er hatte es nicht fertig gebracht, es auf den Palmsonntag zu legen.

Obgleich eine ganze Woche für die Vorbereitungen blieb, versetzte die Nachricht den ganzen Haushalt in helle Aufregung, und Elspeth musste noch mehr Schelte hinnehmen, als ihr die Verspätung normalerweise eingebracht hätte.

Da sie mit ihrer Arbeit nicht rechtzeitig fertig wurde, fiel das Mittagessen für sie aus. Sie hatte gehofft, die Zeit bis zum Abendessen wieder aufholen zu können, doch dann gab ihr Lady Farnsworths Zofe ein neues Kleid der Lady, das Elspeth bis zur Abreise umsäumen sollte. Der Rock bestand aus zahllosen Metern Stoff.

»Ich mache es, sobald ich kann, Martha«, sagte Elspeth leise.

»Kümmere dich darum. Wir reisen nächsten Donnerstag nach Stirling.«

»Ja, ich weiß.«

So gern wäre sie hinausgelaufen, doch es schien, als habe sich alles gegen sie verschworen. Den ganzen Tag über bekam sie weder Patrick noch Klein Neddy zu Gesicht und wusste daher beim Schlafengehen noch immer nicht, ob der Habicht sich nun in sein Schicksal gefügt hatte oder nicht. Auf dem Weg zu ihrer Kammer spitzte sie die Ohren, doch aus Patricks Zimmer drang kein Laut, und anzuklopfen getraute sie sich nicht.

Eine knappe Viertelstunde später, als sie schon im Bett lag, hörte sie ihn wieder im Korridor auf und ab gehen. Sie zögerte einen Augenblick, dann stand sie auf, zog sich Mieder und Rock an und öffnete die Tür. Der erleichterte Blick, den er ihr zuwarf, erfüllte sie mit Genugtuung, doch dieses Gefühl hielt nicht lange an. »Du siehst aus, als hätte man dich rückwärts durchs Gebüsch geschleift, Mädchen«, sagte er. »Bist du heute nicht auf den Gedanken gekommen, dir die Haare zu kämmen?«

Sie versteifte sich und entgegnete: »Ich bin aus dem warmen Bett gekrochen, um nachzusehen, ob Ihr wieder meine Hilfe braucht, Falkner Patrick. Ein einigermaßen höflicher Mann würde sich dafür dankbar zeigen.«

Zumindest blickte er ein wenig schuldbewusst drein und sagte entschuldigend: »Ich hatte nur Angst, jemand könnte dich in diesem unordentlichen Aufzug sehen und mit dir schimpfen.«

»Wenn mich jemand sieht, werde ich mit Sicherheit bestraft«, gab sie zurück. »Und das hat gar nichts mit meinem Aussehen zu tun, sondern damit, dass ich mich allein mit Euch unterhalte. Ich habe einen scheußlichen Tag hinter mir. Also möchte ich darum bitten, dass Ihr Euch schleunigst ins Bett begebt und mich mit Zeus allein lasst. Der ist wenigstens höflich.«

Er machte ein betretenes Gesicht. »Du hast Recht, Mädchen. Es war wirklich gemein von mir, an dir herumzunörgeln, wo du mir nur einen Gefallen tun wolltest. Ich stehe tief in deiner Schuld, und das umso mehr, wenn du den Vogel noch einmal für eine Stunde nimmst.«

»Das tue ich gern.«

»Du hast einen schlimmen Tag hinter dir, sagtest du. Kann es sein, dass du heute Morgen nicht aus dem Bett gekommen bist?«

»Ja, und Drusilla hatte an allem, was ich tat, etwas auszusetzen«, antwortete sie, als sie hinter ihm seine Kammer betrat. »Lady Farnsworth hat auch mit mir geschimpft, und sogar Sir Hector war ungehalten. Aber ich bin selber daran schuld«, fügte sie schnell hinzu, als sie sein Stirnrunzeln bemerkte.

»Nein, bist du nicht«, erwiderte er, während er sich abwandte und auf seinem Tisch herumkramte. »Du hast meinetwegen verschlafen, und ich weiß sehr gut, wie übermüdet du sein musst.«

»Ihr wart doch auch müde und seid trotzdem die ganze Nacht herumgewandert, als ich schon im Bett lag.«

»Das war meine Pflicht«, antwortete er mit einem Blick über die Schulter. »Aber ich hätte zumindest dafür sorgen können, dass du pünktlich aufstehst.«

»Nun ja, aber jetzt ist es ja noch nicht so spät«, sagte sie.

»Stimmt«, gab er zu, als er sich zu ihr umdrehte. »Hier habe ich ein Geschenk für dich. Klein Neddy hat mir diesen Handschuh gegeben, der dir eigentlich passen müsste. Er ist ihm zu klein geworden, und Lachlan, der ehemalige Falkner, gab ihm einen größeren. Diesen hat Neddy eingefettet, damit er nicht so scheuert. Probier ihn an.«

Sie fand es aufregend, dass sie ihren eigenen Falknerhandschuh haben sollte. Es war, als sei sie von nun an ebenso für Zeus zuständig wie Patrick. Sie schaute ihn an. »Ist der wirklich für mich?«

»Ja, wenn er dir passt.«

Sie zog den Handschuh über und stellte erfreut fest, dass er gut saß. Dann hielt sie ihre Faust vor den Bauch des Habichts, der ohne zu zögern darauf stieg. Sie war begeistert.

»Ich zünde dir jetzt eine Kerze an«, sagte Patrick. »Ich habe sie wieder mit einer Kerbe versehen, also denk daran und lass mich nicht zu lange schlafen.«

Sie nickte wortlos. Ihre Müdigkeit hatte sich verflüchtigt.

Patrick legte ihr eine Hand auf die Schulter und schob sie aus der Tür. Als die Wärme seiner Hand durch ihren ganzen Leib strömte, musste sie daran denken, dass sie beide ganz allein waren. Die Köchin und das Küchenmädchen lagen in ihrer Kammer in tiefem Schlaf. Elspeth hörte ihn atmen und spürte die Kraft und Vitalität, die sein Körper ausstrahlte.

Er unterhielt sich mit einer solchen Selbstverständlichkeit mit ihr, als würde er sie schon seit Jahren kennen.

»Schlaft wohl, Falkner Patrick«, sagte sie.

»Ja, und vor allem schnell«, erwiderte er mit einem verschmitzten Lächeln. Doch als er an der Tür zu seiner Kammer stand, war das Lächeln verschwunden, und er warf ihr einen langen, schwer zu deutenden Blick zu.

In dieser Nacht verging die Zeit schneller. Sie sprach mit Zeus, der schläfrig immer wieder einnickte, aber bei jeder leichten Berührung hochschreckte. Einmal, als sie eine abrupte Bewegung machte, flatterte er mit den Flügeln und riss den gefährlich wirkenden Schnabel auf. Vor lauter Angst, dass er in Panik geraten und sich verletzen könnte, hielt Elspeth den Atem an.

Diesmal erwachte Patrick nicht von selbst. Daher klopfte sie an seine Tür, als sie die Augen nicht mehr offen halten konnte. Die Kerze war schon ein wenig über die Kerbe hinaus herabgebrannt. Er warf einen Blick darauf, schaute dann das Mädchen an, machte aber keine Bemerkung dazu. Er dankte ihr lediglich, nahm ihr den Vogel ab und schickte sie ins Bett.

Am nächsten Morgen weckte er sie durch ein leises Klopfen an der Tür, bevor er Zeus in den Stall brachte.

Rasch stand sie auf, zog ihren Flanellunterrock und den Rock an und schnürte sich das Mieder, das sie über dem Hemd trug. Dann ging sie hinaus, um sich Wasser zu holen. Draußen schaute sie sich vergeblich nach Patrick um und musste denken, wie gern sie ihn wiedergesehen hätte.

Den ganzen Tag über, während sie ihren Pflichten nachging, waren ihre Gedanken bei dem Mann und seinem Habicht. Zeus machte einen außergewöhnlich zutraulichen Eindruck, doch noch immer wachte er bei jeder Berührung auf. Das zeigte, dass er ihnen nicht völlig vertraute.

Der Sieg war offenkundig. Obgleich Patrick so etwas schon früher erlebt hatte, war er verblüfft. Zeus saß auf seiner Faust und ließ den Kopf hängen. Auch seine Flügel hingen schlaff herab, und als Patrick ihn streichelte, ignorierte der Vogel die Berührung. Er war so schläfrig, dass er den Falkner einfach gewähren ließ.

Als Nächstes musste der Vogel mit seiner neuen Umgebung vertraut gemacht werden. Patrick würde Zeus ständig mit sich herumtragen, damit sich das Tier an andere Menschen, Pferde und plötzliche Geräusche gewöhnen konnte. Am schnellsten erreichte man das, wenn man ihn zwölf Stunden am Tag auf der Faust trug. Wenn dann der Tag kam, den Vogel frei fliegen zu lassen, würde er automatisch auf die Hand zurückkehren. Doch vorher brauchten Mann und Habicht etwas Schlaf.

Patrick ermahnte Klein Neddy, den Habicht weder zu füttern noch zu stören, sondern sich nur um die anderen Vögel zu kümmern. Dann ging er in seine Kammer, um bis zum Abendessen zu schlafen.

Während der Mahlzeit sah er Elspeth, doch das Mädchen aß nur ein paar Happen und warf ihm einen kurzen Blick zu, bevor sie die Halle verließ. Sie sah fast so müde aus wie er, bevor er sich hingelegt hatte. Am liebsten wäre er aufgesprungen und ihr nachgelaufen. Er wollte ihr berichten, dass Zeus aufgegeben hatte, und sie bitten, sich früh schlafen zu legen.

Da er jedoch wusste, dass er kein Recht hatte, sie anzusprechen und sie beide damit nur in Schwierigkeiten bringen würde, beendete Patrick ruhig sein Abendessen und ging dann wieder zu den Volieren. Er fühlte sich ausgeruht und hatte Lust, den Habicht an den Anblick der Wachen und des Burghofes im Fackelschein zu gewöhnen.

Als sie an diesem Abend Patricks Schritte nicht vor ihrer Tür hörte, war Elspeth enttäuscht, zugleich aber auch dankbar dafür, dass sie einmal früh schlafen gehen konnte. Doch als der Falkner am nächsten Tag nicht zum Mittagessen erschien, suchte sie Klein Neddy und fragte ihn: »Isst der Falkner nicht mehr in der Halle?«

Der Junge zuckte mit den Schultern. »Er wird wohl bei dem Habicht sein. Trägt ihn dauernd durch die Gegend. Aber er sagt, Zeus hat am Tisch noch nichts zu suchen, also bringe ich ihm nachher ein bisschen Brot und Fleisch, wenn ich wieder zu den Vögeln gehe.«

»Leistet Zeus noch immer Widerstand?«

»Nein, er hat gestern aufgegeben. Am Abend hat Patrick in der Halle gegessen. Hast du ihn denn nicht gesehen?«

»Doch. Aber wenn er dir gestern Abend den Vogel überlassen konnte, warum dann nicht auch jetzt?«

Neddy erschauerte leicht. »Gestern schlief Zeus, und ich brauchte ihn nicht zu füttern. Der schaut mich vielleicht böse an, dieser Vogel. Und gemein ist er außerdem. Hackt mir in die Finger.«

Elspeth wollte ihn nicht länger aufhalten, sondern ging nach oben und machte sich wieder an die Arbeit. Als sie alles bis auf die Flickarbeit erledigt hatte, eilte sie hinaus zu den Volieren. Sie traf Patrick allein an. Er saß an einem Tisch und schnitzte mit einem kleinen Messer an einem Zweiglein herum.

Er grinste und erhob sich zur Begrüßung.

»Hast du mich vermisst, Mädchen? Klein Neddy hat gesagt, du habest dich nach mir erkundigt.«

Stirnrunzelnd blickte sie sich um und hielt nach Neddy Ausschau.

»Er ist gerade nicht hier«, beantwortete Patrick ihre unausgesprochene Frage und setzte sich wieder. »Ich habe ihn in die Küche geschickt. Er soll der Köchin sagen, dass ich morgen den ganzen Tag mit dem Vogel draußen herumstreifen will, damit er sich daran gewöhnt. Aber der Junge muss jeden Augenblick zurück sein.«

Sie nickte. »Er hat mir erzählt, dass Zeus endlich aufgegeben hat«, sagte sie mit einem Blick auf den Habicht, der neben Patrick auf seiner Stange saß und ihr keine Beachtung schenkte.

»Ja, das stimmt. Ich bin den ganzen Morgen mit ihm herumgelaufen, sogar außerhalb der Mauern. Aber dann hat er sich vor einem Reiter erschreckt, und so brachte ich ihn wieder hierher, damit er sich ein wenig beruhigen kann.«

»Darf ich zusehen, wie Ihr mit ihm arbeitet?«

»Ja, wenn du willst. Ihm scheint es nichts auszumachen. Aber vielleicht möchtest du zuerst sehen, wie ich die Federn der Kornweihe richte.«

»Oh ja, bitte.«

Sie sah, dass er die Kielstümpfe der beiden abgebrochenen Schwungfedern säuberlich gestutzt hatte. Nun nahm er zwei schwarze Federn vom Tisch und dazu zwei etwa fünf Zentimeter lange weiße Stöckchen. »Die befestige ich an den Federn – siehst du, so«, erklärte Patrick und machte sich ans Werk. »Und jetzt kannst du mir helfen.«

»Wie denn?«

»Ich halte die Weihe fest, und du schiebst jeweils ein Stöckchen mit einer Feder in die Kiele der beiden abgebrochenen Schwungfedern.«

Erstaunt fragte Elspeth: »Traut Ihr mir das wirklich zu, oder soll ich nicht besser den Vogel festhalten? Er würde es sich bestimmt gefallen lassen.«

»Ja, aber ich habe versprochen, dir beizubringen, wie man Federn richtet«, antwortete er grinsend.

Es verwirrte sie, so nahe bei ihm zu stehen, dass ihre Arme sich berührten, doch sie wollte sein Vertrauen nicht enttäuschen. Während Patrick die Schwinge festhielt, schob sie behutsam die erste Feder an ihren Platz.

»Tüchtiges Mädchen«, sagte er anerkennend.

»Werden dadurch die Federn wirklich zusammengehalten?«, fragte sie und widmete sich der zweiten Feder. »Und verrottet das Hölzchen nicht mit der Zeit?«

»Nicht, bevor der Vogel seine Federn bei der nächsten Mauser sowieso verliert. Und nun zeige ich dir, was ich ihm sonst noch beigebracht habe.«

Er streifte sich den Handschuh über und ging zu Zeus hinüber. »Schau!« Er hielt die Faust etwa fünfzig Zentimeter vom Habicht entfernt, stieß einen melodisch trillernden Pfiff aus und schob dabei seine Hand näher an den Vogel heran. Als sie noch dreißig Zentimeter entfernt war, breitete Zeus die Flügel aus und hüpfte auf die Faust. Patrick setzte ihm die Haube auf und löste dann die Leine von der Sitzstange. »Ich möchte etwas Neues ausprobieren«, sagte er.

Er griff nach einer dünnen, geflochtenen Lederleine. »Die ist ungefähr fünfzehn Meter lang. Ich will sehen, ob Zeus wieder zu mir zurückkommt, und diese Leine soll ihn am Wegfliegen hindern.«

Sie sah zu, wie er die kurze Fußfessel durch die lange Leine ersetzte. »Wollt Ihr mit ihm die Burg verlassen?«, erkundigte sich Elspeth.

»Ja, zwischen den ganzen Leuten kann ich das nicht machen«, antwortete er mit einem Blick auf den Hof. »Möchtest du mitkommen?«

Für einen flüchtigen Augenblick tauchte der Berg Flickwäsche vor ihrem geistigen Auge auf. Dann schob sie jeden Gedanken daran beiseite.

»Ja, gern«, antwortete sie glücklich.

7

Sie verließen die Burg durch das Haupttor, und Elspeth erwartete beinahe, dass jemand sie aufhalten und fragen würde, wohin sie mit dem Falkner ging. Doch nichts dergleichen geschah.

Außerhalb der Mauern war die Luft frischer und gab ihr ein Gefühl von Freiheit, das sie im Farnsworth Tower niemals empfand. Und heute trug Patricks Gesellschaft erheblich zu ihrem Vergnügen bei, obgleich sie bei dem Gedanken an die Flickarbeit, die auf sie wartete, erneut ein schlechtes Gewissen bekam. Noch nie zuvor war sie so pflichtvergessen gewesen.

»Ich möchte wissen, ob Gott mich dafür wohl bestrafen wird«, murmelte sie.

Patrick lachte belustigt.

Sie blickte ihn verwundert an. »Wagst du es etwa, dich über Gott lustig zu machen?«

»Nein, meine Süße, ich lache nur über dich. Weil du glaubst, Gott habe so wenig zu tun, dass er dich für einen kleinen Waldspaziergang an einem schönen Tag bestrafen würde.«

»Vielleicht missfällt es ihm, dass ich mit Euch durch den Wald spaziere«, erwiderte sie ohne Umschweife. »Lady Farnsworth und Sir Hector würde es mit Sicherheit missfallen.«

»Warum bist du dann mitgekommen?«

»Ich weiß nicht«, sagte sie. »Nein, das stimmt nicht. Ich hatte einfach Lust mitzukommen, das ist die schlichte Wahrheit.«

Wieder lachte er leise, und sie freute sich über seine humorvolle Art. Doch dann runzelte er die Stirn. »Werden Sir Hector und die Lady dich womöglich bestrafen?«

»Sehr wahrscheinlich sogar.« Sie seufzte. »Ich muss die ganze Zeit daran denken, wie frei Ihr seid und dass ich dagegen mit meinen ganzen Pflichten wie eine Gefangene lebe. Ich bin richtig neidisch auf Euch, denn Euch würde Sir Hector schlimmstenfalls entlassen, weil Ihr mich zu einem Spaziergang überredet habt.«

Patrick zuckte die Achseln. Jetzt, da die sechs Tage fast um waren, würde ihm das nicht mehr allzu viel ausmachen. »Wenn es dir hier nicht gefällt«, sagte er freundlich, »solltest du dir woanders eine Stellung suchen.«

»Selbst wenn ich wüsste, wo, wäre das schrecklich undankbar von mir!«

»Wieso undankbar?«

»Weil Sir Hector und seine Lady mich bei sich aufgenommen haben, als ich noch zu klein war, um mich nützlich zu machen. Und außerdem benahm sich Sir Hector immer freundlich mir gegenüber und hat mir viel beigebracht. Ich bin den beiden Treue schuldig.«

»Wenn du schon so lange bei Ihnen lebst, dann hast du deine Schuld längst beglichen.«

»Trotzdem würde es sich nicht gehören, einfach zu verschwinden«, beharrte sie. »Es mag Euch nicht so vorkommen, aber sie verlassen sich auf mich, denn zuverlässige Dienstboten sind nicht leicht zu finden. Eigentlich ist es gemein von mir, mich von hier fort zu sehnen, nach allem, was sie für mich getan haben. Ich müsste dankbar und gehorsam sein.«

»Haben sie das behauptet?«

»Ja, und sie haben Recht. Das ist das Mindeste, was sie von mir erwarten können.«

»Hast du keine Familie?«

»Nicht, dass ich wüsste«, erwiderte sie.

Er schaute sie an, als warte er auf weitere Erklärungen,

doch trotz ihrer wachsenden Vertrautheit war ihr nicht danach, mehr von sich preiszugeben. Stattdessen wechselte sie unvermittelt das Thema. »Zeus scheint es auf Eurer Faust sehr gut zu gefallen.«

»Ja, im Augenblick noch«, entgegnete er mit einem Blick aus zusammengekniffenen Augen, der verriet, dass er ihren kleinen Kunstgriff durchschaut hatte.

Doch er sagte bloß: »Ich kann nur hoffen und beten, dass die Männer, die mich verfolgt haben, mittlerweile nach England zurückgekehrt sind. Im Augenblick könnte ich sie gar nicht gebrauchen.« Wieder kicherte er. »Sie würden mir nur Zeus aufscheuchen.«

Mit einem Seitenblick auf ihn dachte sie, dass sie wohl eher ihn selbst aufscheuchen würden. Allerdings wirkte Patrick nicht besonders verängstigt. Eher glücklich und stattlich und ... Brennende Hitze stieg ihr in die Wangen, und sie wandte rasch den Blick ab. Doch sein Bild ging ihr nicht aus dem Sinn, wie er so neben ihr dahinschritt, den Habicht auf der Faust, seine Falknertasche und die locker aufgerollte Leine über die Schulter geworfen. Niemals zuvor hatte sie jemanden wie ihn getroffen, und wenn sie die Wahl gehabt hätte, wäre sie am liebsten immer weiter mit ihm gewandert, anstatt zu ihrem öden Leben im Burgturm zurückzukehren.

»Freust du dich darauf, mit der Familie nach Stirling zu gehen?«, fragte er nach einer Weile.

»Ja, mir gefällt es auf Stirling«, antwortete sie. »Mit dem König habe ich natürlich nichts zu schaffen, und das ist auch besser so. Ich glaube, er ist grausam.«

»Jakob?« Abermals stieß Patrick ein belustigtes Glucksen aus. »Es heißt, er sei gut zu seinem Volk.«

»Aber vor nicht allzu langer Zeit hat er Lady Janet Douglas als Hexe auf dem Scheiterhaufen verbrennen lassen!« Sie schauderte beim Gedanken an dieses entsetzliche Ende.

»Schon, aber sie war Angus' Schwester, und er hasst Angus' ganze Sippe.«

Elspeth schwieg. Es klang so, als hasste auch Patrick »Angus' Sippe«. Ob er sie wohl auch hassen würde, wenn er wüsste, dass Angus ihr Vater war? Sie hielt selbst nicht viel von dem Grafen, was auch verständlich war, denn schließlich hatte er sie einfach zu fremden Leuten gegeben. Aber würde Patrick ihr das glauben?

Bei dem Gedanken an Angus fiel ihr wieder ein, wie Drusilla und Jelyan sie als Kinder verspottet hatten. »Als Tochter eines Grafen«, pflegte Drusilla zu sagen, »glaubst du bestimmt, dass wir einen Knicks vor dir machen müssen, Lady Elspeth.« Ab und zu knicksten sie tatsächlich spöttisch vor ihr, und einmal hatte Lady Farnsworth Elspeths nackte Beine mit einer Weidenrute bearbeitet, weil Drusilla behauptete, Elspeth habe auf dem Knicks bestanden. Als Elspeth das leugnete, schlug Lady Farnsworth wegen der vermeintlichen Lüge noch fester zu.

Als Elspeth jünger war, brachten die beiden Mädchen sie oft zum Weinen. Doch schließlich war ihr aufgegangen, dass die beiden sie dann nur noch grausamer hänselten. Aber das lag nun schon weit zurück, dass sie wegen Lady Farnsworth und ihrer Töchter Tränen vergossen hatte.

Was sie heute tat, war leichtsinnig, das wusste sie sehr gut. Aber sicher würde Patrick nicht allzu lange draußen bleiben. In etwa einer Stunde gab es Abendessen.

»Hier, das ist genau der richtige Platz«, riss er sie aus ihren Tagträumen.

Sie standen auf einer grasbewachsenen Lichtung im Wald.

»Auf dieser Wiese lassen wir Zeus fliegen«, sagte er. »Du könntest deinen Handschuh überziehen und ihn kurz halten.«

Folgsam hielt sie ihre Faust vor Zeus' Bauch, bis er mit einem kleinen Flattern darauf hüpfte.

»Und jetzt«, erklärte Patrick, »hältst du das Ende der langen Leine fest. Ich gehe ein Stückchen weiter und pfeife nach ihm. Vielleicht dauert es ein wenig, aber irgendwann wird er zu mir kommen, da bin ich sicher.«

Patrick entfernte sich ungefähr zehn Meter. Dann hielt er die Faust mit dem Handschuh vor sich und stieß seinen trillernden Pfiff aus. Ohne zu zögern, flog der Habicht zu ihm.

Völlig überrascht reichte ihm Patrick ein Stückchen Kaninchenleber aus seiner Tasche.

Elspeth war ganz aufgeregt. »Glaubt Ihr, er würde auch zu mir fliegen?«

»Kannst du denn pfeifen?«

»Ich glaube schon.« Sie nahm sich fest vor, es unter allen Umständen zu lernen.

»Dann bringe ich dir den richtigen Pfiff bei, und wir probieren es ein andermal«, sagte Patrick. »Zuerst soll sich der Vogel an mich gewöhnen. Es wird sicher eine Weile dauern, bis er zuverlässig folgt.«

Sie versuchten es noch ein paarmal, und auch wenn Zeus nicht immer nach Patricks Pfeife tanzen wollte, so war der Falkner doch sehr zufrieden mit ihm.

Dann wanderten sie zur Burg zurück. Elspeth war glücklich und zufrieden. Als sie an den Bach kamen, legte ihr Patrick stützend eine Hand unter den Ellbogen, damit sie auf den Trittsteinen im Bachbett nicht ausrutschte. Die Wärme seiner Berührung drang bis auf den Grund ihrer Seele.

Er schwieg, und auch sie hatte nicht das Bedürfnis, die Stille zu stören, die nur vom Murmeln des Bächleins, dem Gesang der Vögel im Wald und einem gelegentlichen Laut des Habichts unterbrochen wurde.

Das Glück hielt an, bis sie den Burghof betraten. »Die Lady sucht nach dir, Elspeth«, sagte die Wache am Tor und gönnte ihr einen mitleidigen Blick.

Ihr sank der Mut, doch als sie ihren Weg fortsetzten, sagte sie gelassen zu Patrick: »Danke, dass ich Euch helfen durfte.«

»Sie wird dich schon nicht umbringen«, tröstete er das Mädchen. »Zieh einfach den Kopf ein, und lass das Ungewitter über dich ergehen. Und gib ihr um Himmels willen keine frechen Antworten.«

»Das tue ich nie!« Sie begegnete seinem wissenden Blick und verbesserte sich mit einem schuldbewussten Lächeln: »Na ja, jedenfalls selten.«

»Kämm dir das Haar, und binde eine frische Schürze um, bevor du zu ihr gehst«, riet Patrick ihr. »Und schau mich nicht an, als wolltest du mich auffressen. Ich will dir nur helfen. Schließlich bin ich selbst oft genug in so einer Lage gewesen.«

Auch wenn sie sich über ihn ärgerte, wusste sie doch, dass er Recht hatte. Also ging sie in ihre Kammer und machte sich ein wenig zurecht. Derart für die bevorstehende Auseinandersetzung gerüstet, begab sich Elspeth zu Lady Farnsworths Kemenate. Dort warteten außer der Lady auch Drusilla und Jelyan auf sie.

Es war nur gut, dass Patrick ihr geraten hatte, nicht aufzumucken. Denn Lady Farnsworth war nicht nur zu Ohren gekommen, dass sich ihre Dienstmagd aus der Burg geschlichen hatte, sondern sie wusste auch bereits, dass ihr Kleid noch immer nicht fertig gesäumt war. Nie um ein böses Wort verlegen, grub die Lady alte Verfehlungen wieder aus und überschüttete das arme Mädchen mit Vorwürfen.

Mit gesenktem Kopf stand Elspeth da und stellte sich vor, die Worte seien nur ein Wasserschwall, der sich über sie ergoss. Sie überlegte, ob Patrick wohl angesichts einer solchen Standpauke ruhig geblieben wäre, bezweifelte es aber sehr. Schließlich blitzten seine Augen bereits bei geringeren Anlässen zornig auf.

»Hast du nichts dazu zu sagen, Mädchen?«

Die Worte brachten Elspeth in die Gegenwart zurück. »Nein, Madam. Ich bitte Euch um Verzeihung und werde mich auf der Stelle mit Eurem Kleid befassen.«

»Wo bist du gewesen?«, wollte Drusilla wissen.

Elspeth warf ihr einen überraschten Blick zu. Sie wunderte sich, dass Drusilla nicht Bescheid wusste. In diesem Augenblick fiel ihr ein, dass Lady Farnsworth bei ihrer ganzen

Schimpftirade nicht ein einziges Mal den Falkner erwähnt hatte. Ob sie vielleicht gar nicht wussten, dass sie mit ihm zusammen war?

»Ich bin im Wald spazieren gegangen«, antwortete sie.

»Das darfst du nicht«, fuhr Drusilla sie an. »Sag ihr, dass das verboten ist, Mutter.«

»Sie wird in Zukunft sowieso keine Zeit mehr für so etwas haben«, sagte Lady Farnsworth nur. »Ihre Pflichten werden sie voll und ganz in Anspruch nehmen. Du wirst nicht zum Abendessen hinuntergehen, Elspeth, sondern das Kleid säumen.«

»Ja, Madam«, erwiderte Elspeth leise.

Drusilla war noch nicht zufrieden. »Du solltest sie strenger bestrafen!«, rief sie.

»Schscht!«, wies Lady Farnsworth ihre Tochter zurecht. »Von deinem Geschrei bekomme ich Kopfschmerzen.«

Mit kaum verhohlener Schadenfreude vollführte Elspeth einen flüchtigen Knicks und flitzte davon.

Nell Percy wäre auch am liebsten davongerannt. Sie gab sich Mühe, ihrem Bruder aus dem Weg zu gehen, war jedoch gleichzeitig darauf bedacht, alle Neuigkeiten zu erfahren. Aus diesem Grund saß sie schweigend in einer Ecke der großen Halle und nähte, während sich die Männer unterhielten.

Es war bereits der sechste Tag, und noch immer hatten Angus' Männer den flüchtigen Spion nicht aufgespürt. Zu allem Überfluss hatte er auch noch eine Botschaft von König Heinrich erhalten. Der König beklagte sich darüber, dass Jakob von Schottland ihm noch immer die Stirn bot, und forderte Angus auf, alles stehen und liegen zu lassen und mit den Gefolgsleuten der Douglas zur englischen Armee zu stoßen, die bei Berwick lag. Heinrich sicherte den Schotten freies Geleit zu.

Angus fertigte den Boten des Königs mit einer knappen Antwort ab. Als seine Leute ihm von der vergeblichen Verfolgungsjagd im westlichen Grenzland berichteten, kam er zu der Auffassung, dass eine Sechs-Tage-Frist entschieden zu kurz war, um einen Spion zu fangen. Angus scherte sich wenig um Recht und Gesetz.

»Reite zurück und sag ihnen, sie sollen weitersuchen, bis sie den verdammten Halunken gefunden haben«, wies er den Reiter an, der ihm die schlechte Nachricht überbracht hatte.

Dagegen erhoben sowohl sein Gastgeber als auch Lord Dacre vehement Einspruch.

»So etwas dürft Ihr nicht einmal in Erwägung ziehen«, bat ihn Dacre. »Wenn wir uns nicht an die Vereinbarungen halten, werden es diese schrecklichen Schotten auch nicht tun und Streit und Aufruhr anzetteln, wo sie nur können.«

»Die machen sowieso, was sie wollen«, erwiderte Angus barsch.

»Ja, mag sein, aber wenn wir selbst uns nicht an die Gesetze halten und es von ihnen verlangen, stehen wir als Heuchler da«, gab Dacre zu bedenken.

Normalerweise hätte Angus wenig um diese Einwände gegeben. Er hatte keine hohe Meinung von Dacre, zumal dieser nicht geneigt schien, einer Heirat zwischen seinem Erben und Angus' Halbschwester zuzustimmen. Doch als Renwick die gleichen Argumente vorbrachte, sagte der Graf nichts mehr und brütete nur in stummem Zorn vor sich hin.

Nell beobachtete ihn besorgt. Das bedeutete nichts Gutes. Und bestimmt würde seine Stimmung nicht besser werden, wenn seine Männer am folgenden Tag mit leeren Händen zurückkämen. Wenn sie Patrick bis jetzt nicht aufgespürt hatten, würde es ihnen wohl auch nicht mehr gelingen. Er war frei – ein herrlicher, wenn auch vorübergehender Zustand, den sie selbst zwei Jahre zuvor eine Zeit lang genossen hatte. Sie sehnte sich so sehr nach Freiheit, doch dafür musste sie wie Patrick ihrem Bruder entkommen, bevor er eine neue Ehe für sie stiften konnte.

Nell begab sich auf die Suche nach Jane und fand sie

schließlich in ihrer eigenen Kammer, wo die Zofe eines von Nells Hemden ausbesserte. Sie unterbrach ihre Arbeit nicht, als Nell die knappe Anweisung gab: »Wir müssen auf der Stelle meine Sachen packen, Jane.«

»Also wirklich, Mistress«, gab Jane seelenruhig zur Antwort, »ich wüsste nicht, dass Seine Lordschaft abzureisen wünscht. Allerdings habe ich gehört, dass ein Bote aus York eingetroffen ist, und daher ist es möglich, dass ...«

»Er will nicht abreisen, obwohl Heinrich es ihm befohlen hat«, unterbrach sie Nell. »Trotzdem kann er sich jeden Tag entschließen, nach England aufzubrechen, und dann ist es für uns zu spät.«

Jane presste wortlos die Lippen zusammen.

»Freiheit, Jane! Denk doch nur! Nach Percys Tod habe ich die Erfahrung gemacht, dass eine Witwe mehr Freiheit genießt als jede andere Frau. Ich besitze eigenes Geld und meine Juwelen. Und auch wenn die Percys mein Vermögen verwalten, müssen sie es mir aushändigen – selbst wenn ich in Schottland lebe. Es gibt Gesetze, die die Rechte von Witwen schützen.«

»Wirklich?«

»Ja. Aber das alles nützt mir nur, wenn ich verhindern kann, dass mich mein grässlicher Bruder an einen neuen Ehemann verschachert. Denn der wäre dann Herr über mein gesamtes Vermögen.«

»Dann sollten wir wohl lieber auf einen neuen Ehemann verzichten«, sagte Jane.

Nell grinste. »So ist es.«

Elspeth nähte den Saum zu Ende, erledigte ihre restlichen Arbeiten und ging zu Bett. Sie schlief tief und fest und träumte, dass sie sich zügig der Burg auf dem nebelverhangenen Hügel näherte, als sie plötzlich hochschreckte. Jemand hatte sie an der Schulter gepackt.

»Wach auf, Mädchen! Ein Suchtrupp ist in der Burg.«

Es war stockfinster in der Kammer, doch die Stimme war unverkennbar.

»Patrick!«

»Ja. Ein Mann steht vor der Hintertür am Ende des Gangs Wache, und ein paar andere durchstöbern alle Räume. Ich traue mich weder nach oben noch hinaus, und ich bin sicher, sie werden jede einzelne Kammer durchsuchen. Kannst du mich hier drinnen verstecken?«

Auf einmal hatte sie Angst um ihn. »Wo denn? Hier gibt es nur das Tischchen und die Truhe, in der ich meine Sachen aufbewahre, und Ihr passt weder unter das eine noch in die andere.«

Vom Gang her kamen Männerstimmen.

»Dein Bett«, sagte er gepresst.

»Da ist kein Platz! Es besteht nur aus einem Strohsack und ein paar Schaffellen.«

»Sie wissen ja nicht, wie es normalerweise aussieht«, erwiderte er. »Wenn ich unter die Felle krieche und du dich auf mich legst und die Steppdecke über dich ziehst, dann sehen sie mich nicht.«

Die Vorstellung, mit ihm im Bett zu liegen, beunruhigte sie gehörig, doch gerade als sie aufstehen wollte, verstummten die Stimmen draußen.

»Wo ist Zeus?«, wollte sie wissen.

»Der sitzt auf einer behelfsmäßigen Sitzstange in meiner Kammer und krakeelt herum. Ich wette, sie sind gerade bei ihm, und ich kann nur hoffen, dass ihnen niemand erzählt hat, dass ich ihn nie allein lasse. Denn dann sind sie bestimmt noch misstrauischer als zuvor, wenn sie mich nicht antreffen.«

Da hörten sie erneut die Stimmen.

»Sie kommen, Mädchen. Schnell, steh auf!«

Zwar hatte sie nichts an als ihr Hemd, doch fasste sie sich ein Herz, sprang aus dem Bett und half ihm, die schweren Schaffelle vom Strohsack zu ziehen. Er war gerade dabei, sich unter eines der Felle zu legen, als die Stimmen näher kamen.

»Beeil dich«, rief er. »Wirf die anderen über mich, und leg dich dann darauf, als würdest du wie gewöhnlich auf deinem Strohsack liegen. Und vergiss nicht, die Decke über dich zu breiten.«

Sie gehorchte und legte sich, wie üblich, auf die Seite. Patrick ruckte ein wenig unter ihr; entweder suchte er nach einer bequemeren Lage, oder sie hatte ihm versehentlich einen Stoß mit dem Ellbogen oder Fuß versetzt. Ihr fiel ein, dass seine Füße mit den Stiefeln womöglich über den Strohsack hinausragten, doch um das herauszufinden, war es zu dunkel, und außerdem traute sie sich sowieso nicht, aufzustehen und nachzusehen.

»Ganz ruhig, Mädchen«, flüsterte er. »Sei tapfer.«

»Still, sie könnten Euch hören.«

Die Tür wurde so heftig aufgestoßen, dass sie gegen die Wand krachte, dann blendete Elspeth der Schein einer Fackel. Sie lag ganz starr da und kniff die Augen zusammen.

»Himmel, Jungs, schaut her, was ich gefunden habe!« Die raue Stimme gehörte offensichtlich einem einfachen englischen Soldaten.

Um sich den Anschein zu geben, als sei sie gerade aus tiefem Schlaf erwacht, blinzelte sie verschlafen den Mann mit der Fackel an, der über sie gebeugt stand. Gerade musterte sie seine schlichte Soldatenkluft, als zwei weitere Männer hinter ihm in die enge Kammer drängten.

Elspeth schluckte. Ihre Stimme klang unnatürlich hoch und zittrig. »W-was wollt ihr?«

»Das ist eine gute Frage«, erwiderte der Anführer, während er sie lüstern anglotzte. Er trug eine Art Uniform und ein Schwert an seiner linken Seite.

Bei dem Gedanken, was er Patrick mit diesem Schwert zufügen konnte, schauderte ihr.

»Ihr habt hier nichts zu suchen«, sagte sie.

»Steh auf, Mädchen, und lass dich anschauen.«

»Die sieht ja ausgesprochen lecker aus«, fügte einer der anderen hinzu. »Besser als die beiden Weiber nebenan. Zieh ihr die Decke weg, Forster, damit wir sehen können, ob der Rest genauso niedlich ist wie das winzige Stückchen, das sie uns jetzt sehen lässt.«

Wenn sie ihr die Decke wegzögen, würden sie womöglich Patrick entdecken. Also nahm sie ihren ganzen Mut zusammen und sagte: »Ihr braucht mich nicht aus dem Bett zu zerren wie ein paar grobe Halunken. Ich stehe schon selbst auf, wenn es sein muss. Aber wer seid ihr eigentlich, und was wollt ihr?«

»Wir sind von Midgeholme und durchsuchen mit Erlaubnis von Sir Hector Farnsworth diesen Turm von den Zinnen bis zu den Küchengewölben«, sagte derjenige, der Forster hieß.

»Aber was sucht ihr denn bloß?«, fragte sie, während sie sich vorsichtig aufsetzte und die Beine über die Bettkante schwang.

»Wir suchen einen verdammten Verräter«, knurrte Forster.

»Meine Güte! Wen denn?«

Sie war verlegen, als sie vom Bett aufstand, und kam sich sehr verletzlich vor. Alle drei Eindringlinge starrten auf ihre Brüste, die sich deutlich unter dem dünnen Hemd abzeichneten. Doch sie konnte nichts dagegen unternehmen, und zumindest lenkte es ihre Aufmerksamkeit vom Bett ab.

Forster war ihr die Antwort auf ihre letzte Frage schuldig geblieben. Offenbar hatte der Anblick ihrer Brüste sein Sprachvermögen stark beeinträchtigt.

»Du redest nicht wie eine einfache Dienstmagd«, sagte einer der anderen Männer.

Sie würdigte ihn keiner Antwort, sondern behielt Forster im Auge. Der streckte eine Hand nach ihr aus, woraufhin Elspeth an die Wand der Kammer zurückwich, die am weitesten vom Bett entfernt war.

»Hier drin ist keiner, wir ihr sehen könnt«, sagte sie so ruhig wie möglich.

»Lauf nicht weg, Mädchen«, sagte Forster. »Ich tu dir nichts. Hast du etwas von einem Sir William Smythewick gehört, diesem treulosen Spitzel?«

»Den kenne ich nicht. Da müsstet Ihr wohl eher Sir Hector fragen, obwohl ich mir kaum vorstellen kann, dass er einen Spion kennt.«

»Er behauptet, nichts von diesem üblen Schurken zu wissen.«

Sie hörte weitere Stimmen. Mein Gott, dachte sie, waren da draußen noch mehr?

Ohne Zweifel würde es Patrick nicht in seinem Versteck halten, sollten die Männer ihr ernstlich etwas antun wollen. Und da sie mehr Angst um ihn als um ihre eigene Sicherheit hatte, riss sie sich zusammen und wandte sich mit fester Stimme an den Anführer: »Sir Hector hat mächtige Freunde, auch in England, und er wird sich bei ihnen beschweren, wenn Ihr seine Dienstboten belästigt.«

»Ja, Freunde hat er schon«, erwiderte Forster. »Unser Herr ist einer von ihnen.«

»Dann sollte Euch klar sein, dass Sir Hector es sehr übel nehmen wird, wenn Ihr mich anfasst.«

»Bist du denn so etwas Besonderes – vielleicht gar sein Liebchen?«

»Ganz sicher nicht!«, rief sie empört.

Einer der anderen Männer packte ihren Arm und drehte sie zu sich herum. »Du bist ganz schön unverschämt, Mädchen. Wag es nicht noch einmal, in diesem Ton mit uns zu reden, sonst bekommst du meine Hand zu spüren.«

Die ganze Zeit über lag Patrick wie auf heißen Kohlen, und als er die Drohung hörte, war er drauf und dran, die Felle abzuwerfen und aufzuspringen.

Doch da das Mädchen keine Widerworte gab, um die Soldaten nicht noch mehr zu reizen, besann sich Patrick eines Besseren. Außerdem hatte er ebenfalls die Stimmen im Korridor gehört und vermutete, dass sich dort draußen noch mehr von diesen Rüpeln herumtrieben.

Gegen drei von ihnen wäre Patrick ohne Bedenken angetreten, doch ein Kampf gegen eine noch größere Überzahl konnte nur schlecht für ihn ausgehen. Wenn sie ihn aufgespürt hätten, würde er sich ohne Zögern verteidigen, doch so war es etwas anderes. Er durfte das Leben des Mädchens, das ihm Schutz gewährt hatte, nicht aufs Spiel setzen.

»Immer mit der Ruhe«, hörte er gerade Forster sagen. Auch Patrick beruhigte sich ein wenig, als der Mann fortfuhr: »Sicher hat sie so fein zu reden gelernt, weil sie die Damen des Hauses bedient. Wir wollen uns nicht mit Farnsworth anlegen.«

»Nein, bestimmt nicht«, pflichtete ihm der andere Soldat bei. »Aber wenn du keinen Kuss von ihr willst, Forster, dann bekomme ich wenigstens einen, bevor wir gehen. Ich habe seit Monaten kein hübsches Mädchen mehr geküsst.«

Als er Elspeth aufschreien hörte, spannte Patrick alle Muskeln an.

»Zum Kuckuck, was geht hier vor?«

Beim Klang von Sir Hectors Stimme grinste Patrick erleichtert. Jetzt war das Mädchen in Sicherheit. Was aus ihm selbst wurde, blieb abzuwarten. Dennoch erheiterte ihn die Vorstellung, wie der gelehrte Sir Hector die schwer bewaffneten Männer zur Rede stellte.

Rasch antwortete Forster: »Wir haben Euch gesagt, Sir, dass wir das ganze Haus durchkämmen wollen. Es könnte doch sein, dass das Mädchen etwas über den Gesuchten weiß.«

»Dieses Mädchen weiß nichts, was für Euch von Interesse wäre«, erwiderte Sir Hector gereizt. »Aus Respekt für Euren Herrn, Sir Ralph Renwick, habe ich mich mit der Suche einverstanden erklärt, doch ich kenne das Mädchen seit seiner Kindheit und bin sicher, dass sie Euch nichts über den gesuchten Ritter sagen kann. Euer Benehmen beweist, dass es Euch an allem Anstand fehlt, denn selbst Grenzlandräuber vergreifen sich in der Regel nicht an Frauen und Kindern. Daher seid Ihr und Eure Männer nicht länger willkommen im Farnsworth Tower. Verschwindet auf der Stelle!«

»Es wird meinem Herrn wohl kaum gefallen, dass Ihr uns wegschickt«, entgegnete Forster drohend. »Im Augenblick mögt Ihr sein Freund sein, aber …«

»Wie die meisten Edelleute im Grenzland habe ich Freunde auf beiden Seiten der Grenze«, fuhr ihn Sir Hector an. »Und was Sir Ralph betrifft, so kenne ich ihn durch meinen guten Freund Lord Dacre. Ein Wort zu Dacre, und er wird dafür sorgen, dass Ihr nicht mehr das Geringste zu melden habt; darauf könnt Ihr Euch verlassen. Habt Ihr mich verstanden?«

»Ja, Sir, aber …« – »Kein aber«, sagte Sir Hector. »Vergesst nicht, dass Ihr nur mit zwanzig Mann gekommen seid. Und die halten sich alle in den Mauern meiner Burg auf. Mein Hauptmann dagegen befehligt weit mehr Soldaten. Ich bin bereit, Euch in Frieden ziehen zu lassen, aber nur, wenn Ihr Euch auf der Stelle davonmacht.«

»Aber ich dachte …«

»Das Gespräch ist beendet«, sagte Sir Hector und fügte warnend hinzu: »Und macht keine Dummheiten, Mann. Lasst Euer Schwert stecken, falls Ihr keine Bekanntschaft mit meinem Galgen machen wollt.«

»Ihr seid kein Baron und habt daher nicht das Recht, jemanden zum Tode zu verurteilen.«

»Aber ich habe einen Galgen. Wollt Ihr ihn sehen?«

Schritte und das Scharren von Füßen verrieten Patrick, dass Sir Hector nicht allein gekommen war. Dennoch unternahm Forster einen letzten Versuch.

»Mein Herr war sicher, dass Ihr ihm helfen würdet«, knurrte er.

»Ich bin ebenso ein Mann des Grenzlands wie Ihr«, entgegnete Sir Hector in etwas ruhigerem Ton. »Zuallererst beschütze ich die Meinen.«

8

Elspeth stand stumm dabei, als Sir Hectors Männer den Suchtrupp hinausgeleiteten.

»Es tut mir leid, Mädchen«, sagte Sir Hector leise. »Wenn ich gewusst hätte, dass sie dich belästigen, wären ein paar von meinen Männern zur Begleitung mitgekommen.«

»Mir ist nichts geschehen«, antwortete Elspeth ruhig. »Trotzdem danke ich Euch für Euer Eingreifen.«

»Ich habe geschworen, dich zu beschützen, mein Mädchen, und das werde ich auch stets tun. Aber nun gehst du am besten wieder zu Bett.« Er verließ das Zimmer und zog die Tür hinter sich zu.

Als Elspeth einfiel, dass sie barfuß und nur spärlich bekleidet dastand, war sie froh über die Finsternis in der Kammer.

»Die Gefahr ist vorbei«, sagte sie in Richtung des Strohsacks. »Sie haben nicht einmal nach Euch gefragt.«

Ein kurzes Rascheln, dann stand er vor ihr. Sie hatte das Gefühl, als würde sein großer, starker Körper den Raum ausfüllen. Ihre Haut kribbelte. Er berührte ihren Arm, und sie schrak zusammen.

Doch statt sich dankbar zu zeigen, fuhr er sie barsch an: »Was hast du dir nur dabei gedacht, ihnen im Hemd gegenüberzutreten?«

»Mehr hatte ich nun einmal nicht an«, erwiderte sie. »Wäre es Euch lieber gewesen, wenn ich mir die Bettdecke umgelegt hätte?«

»Ja, das wäre gescheit gewesen. In diesem Aufzug hast du Glück gehabt, dass sie sich nicht noch mehr Frechheiten erlaubt haben.«

»Wenn ich die Decke vom Bett gezogen hätte, hätte man

Euch wahrscheinlich entdeckt«, bemerkte sie spitz. »Vielleicht hört Ihr endlich einmal mit Eurem ewigen Genörgel auf und dankt mir, dass ich Euch versteckt habe.«

Nicht zum ersten Mal kam er sich bei ihren Worten wie ein gemeiner Kerl vor, doch dieses Mal traf ihn der Tadel besonders hart. Nach kurzem Schweigen sagte er: »Du hast Recht, *mo chridhe*. Man sollte mich prügeln, weil ich dich in Gefahr gebracht habe.«

Wieder einmal war ihm das gälische Kosewort unversehens herausgerutscht. Doch glücklicherweise schien sie es nicht bemerkt zu haben. Es war schon schlimm genug, dass er dauernd den verdammten falschen Akzent vergaß. Selbst ihm mit seiner blühenden Fantasie wäre es schwer gefallen, ihr zu erklären, wieso ein Bursche aus dem Grenzland auf einmal Gälisch sprach.

Als er bemerkte, dass sie zitterte, sagte er: »Sie sind wirklich weg, Mädchen. Hast du immer noch Angst?«

»Nur vor Euch.«

Mit einem leisen Lachen fasste er sie um die Taille und zog sie an sich. Wie schön es sich anfühlte, ihren Körper so an sich zu pressen. »Mit deiner Tapferkeit hast du mir schon wieder das Leben gerettet, Mädchen. Ich stehe tief in deiner Schuld«, sagte er leise.

»Sie haben nicht nach Euch gesucht, sondern nach einem gewissen Sir William Smythewick.«

»Egal, was für einen Namen sie nannten, sie waren hinter mir her«, erwiderte er und schloss sie in die Arme.

Sie lehnte sich an ihn und genoss die Wärme seines großen, starken Körpers. Obwohl die Engländer, die ihn jagten, sich wahrscheinlich noch immer im Farnsworth Tower aufhielten, fühlte sie sich merkwürdig sicher und geborgen in seinen Armen. Sie stieß einen tiefen Seufzer aus und überließ sich ihren angenehmen Empfindungen.

Dabei bemerkte sie gar nicht, dass er eine Hand von ihrem Rücken genommen hatte, bis er ihr einen Finger unter das Kinn legte und ihr Gesicht leicht anhob. Gerade wollte sie den Mund aufmachen, um zu fragen, was er da tat, da legten sich seine Lippen auf die ihren.

Sein Mund war so weich und warm, und als sich plötzlich seine Zunge zwischen ihre Lippen schob und das Innere ihres Mundes erkundete, erbebte sie vor ungeahnter Wonne.

Elspeth stöhnte. Was sie da taten, war gewiss böse. Wahrscheinlich – nein, ganz sicher – war es eine Sünde, und Gott würde sie dafür strafen. Aber wenn sie sowieso bestraft wurde, konnte sie den Augenblick auch noch ein wenig auskosten. Sie erwiderte den Druck seiner Lippen, fasste sich ein Herz und berührte seine Zunge mit der ihren. So etwas hatte sie noch nie getan, ja nicht einmal mit dem Gedanken gespielt, einem anderen Menschen ihre Zunge in den Mund zu stecken. Und doch war es purer Genuss, was sie dabei empfand. Mit einer Hand zog Patrick sie näher an sich, während er mit der anderen ihren rechten Arm streichelte. Erregt schlang sie beide Arme um seinen Hals und erwiderte seine Umarmung. Gott würde sie ganz ohne Frage strafen, aber vielleicht konnte selbst Gott in dieser Finsternis nicht sehen, was sie taten. Fast hätte sie bei diesem frevlerischen Gedanken Patrick losgelassen und sich bekreuzigt, doch da schob er seine freie Hand an ihrer Seite hinauf bis zu ihrer rechten Brust. Ihr stockte der Atem. Um nichts in der Welt hätte sie es fertig gebracht, ihm Einhalt zu gebieten.

Als seine andere Hand suchend über ihren Rücken glitt, wurde ihr klar, dass er nach den Schnürbändern an ihrem Hemd tastete. Noch bevor sie einen klaren Gedanken fassen konnte, hatte er die Bänder gefunden und zog daran.

»Nein«, sagte sie und hielt seine Hand fest. »Das dürft Ihr nicht.«

»Ach Mädchen, lass mich doch. Ich habe einen solchen Heißhunger.«

»Dann solltet Ihr etwas essen«, entgegnete sie nüchtern. Wieder gluckste er. »Ich könnte dich auffressen, du Süße. Ich habe Lust, jeden Zentimeter deiner glatten Haut zu schmecken, jede deiner Rundungen zu erkunden. Darf ich das nicht?«

Wieder musste sie daran denken, wie groß und stark er war. Wenn er beschloss, mit ihr ins Bett zu gehen, würde sie ihn schwerlich daran hindern können. Und was noch schlimmer war, sie war sich nicht sicher, ob sie ihn überhaupt hindern wollte. Flüchtig kam ihr wieder der Gedanke an das göttliche Strafgericht in den Sinn, doch im Grunde war sie kein besonders religiöser Mensch. Die meisten Bewohner des Grenzlandes wechselten die Religion wie andere Leute das Hemd. Sie glaubten, was ihnen gerade nützte, und trennten sich ebenso leichtherzig von Überzeugungen, die ihnen nur Nachteile brachten.

All das ging ihr durch den Kopf, während ihr Körper auf Patricks Liebkosungen reagierte. Abermals küsste er sie, scheinbar überzeugt davon, dass sie sich ihm ergeben würde. Das sah einem Mann ähnlich, dachte sie, als sie seinen Kuss erwiderte.

Doch dann, als er ihr Hemd aufschnürte und seine Hand ihre nackte Brust berührte, kam sie wieder zur Besinnung. Abwehrend versteifte sie sich und hielt seine Hand fest. »Bitte nicht.« Sie rechnete damit, dass ihre Bitte zwecklos sein würde. In ihrer Welt nahmen sich Männer, was sie begehrten, und obgleich Patrick anders war als die meisten, so war er doch immer noch ein Mann. Sie hatte keine Angst, dass er sie zwingen oder ihr wehtun könnte. Er würde einfach weitermachen, weil es ihm gerade passte, und ihren Widerstand nicht beachten. Umso erstaunter war sie, als er sofort seine Hand von ihrer Brust nahm.

Seine andere Hand ruhte noch immer leicht auf ihrer Taille, und auf einmal war ihr danach, ihm zu sagen, dass sie es nicht so gemeint habe.

Bevor sie zum Sprechen ansetzen konnte, sagte er sanft: »Ich hätte schon eher aufhören sollen, Schätzchen. Du bist offensichtlich unerfahren in solchen Dingen, und so würde ich dir deine Hilfe heute Nacht übel lohnen. Ich könnte dir nie wissentlich etwas zuleide tun.«

»Ich weiß«, erwiderte sie leise. Am liebsten hätte sie ihm erklärt, dass ihr seine Küsse ganz und gar nicht unangenehm waren.

Doch da redete er schon weiter. »Und jetzt sollte ich gehen, solange ich mich noch beherrschen kann. Hab nochmals Dank, Mädchen. Das werde ich dir nicht vergessen.«

Sie musste sich auf die Zunge beißen, um ihn nicht zu bitten, bei ihr zu bleiben. Als er die Hand von ihrer Taille löste, überkam sie ein solches Gefühl von Sehnsucht und Verlangen, wie sie es noch nie zuvor empfunden hatte. Sie wollte nicht, dass er ging.

Aber da hörte sie seine leisen Schritte auf dem Steinfußboden. Dann fiel ein wenig Licht in die Kammer, als er die Tür öffnete. Für einen flüchtigen Augenblick sah sie seinen Umriss im schwachen goldenen Schein einer Kerze oder Fackel im Korridor, dann zog er die Tür hinter sich zu, und der Raum versank erneut in pechschwarze Finsternis.

Unmittelbar bevor das Türschloss einschnappte, hörte Elspeth eine vertraute, bissige Frauenstimme: »Schau an, schau an. Auf was für Übeltaten seid Ihr denn nun wieder aus, Falkner?«

Es war Drusillas Stimme.

»Mam, Mam, bist du da?« Claud kam in die kleine Wohnstube gerannt und bremste scharf ab, als er seine Mutter mit geschlossenen Augen am Feuer sitzen sah. »Wach auf, Mam. Ich brauche dich!«

»Bei dem Krach, den du veranstaltest, könnte nur ein Toter schlafen, du Dussel«, sagte Maggie, ohne die Augen zu öffnen. »Was ist denn nun schon wieder los?«

»Alles! Ach, vielleicht ist es auch gar nichts, aber ich kenne mich einfach nicht mehr aus. Lucy hat gesagt, sie langweilt sich, und ist einfach fortgegangen, und ich weiß nicht, was ich machen soll.«

»Beruhige dich, und erzähl mir, was geschehen ist.«

»Also, unsere Bessie und Sir Patrick haben sich verliebt, aber dieser Schreihals Drusilla hat sie überrascht, und die Engländer suchen nach Patrick, und bestimmt geschieht irgendwas ganz Furchtbares, und ich weiß nicht, was ich machen soll.«

»Na, nun weiß ich ja genau Bescheid«, erwiderte Maggie spöttisch und schlug endlich die Augen auf.

»Wie soll ich mich klar ausdrücken, wenn ich nicht weiß, was eigentlich los ist? Ich muss etwas unternehmen. Kannst du mir verraten, wie ich es anstellen soll, dass dieses Biest von Drusilla vergisst, was sie gesehen hat? Ohne sie hätte sich alles so schön entwickelt.«

Maggie erhob sich und starrte ihn so wütend an, dass er weiche Knie bekam. »Das werde ich dir ganz gewiss nicht verraten. Wie oft soll ich es dir noch sagen, Junge? Wir tun, was wir können für die Sterblichen, die uns anvertraut sind, doch die Gesetze der Runde verbieten alles, was den Gang ihrer Geschicke ändern könnte.«

»Aber ...«

»Es ist in Ordnung, wenn wir einen Pfeil auf die richtige Bahn lenken oder über Nacht eine Küche aufräumen oder einem Schachspieler den rechten Zug einflüstern. Es mag auch noch angehen, dass wir das Wetter ein wenig ändern und vielleicht einen kleinen Sturm entfesseln, solange er keinen Schaden anrichtet.«

»Aber ...«

»Gefühle kannst du nicht beeinflussen, Claud – weder Liebe noch Hass noch Bosheit –, und du solltest dich, wenn möglich, auch nicht allzu sehr in die Angelegenheiten der Sterblichen einmischen.«

»Aber du hast die Zeit doch auch zurückgedreht, damals im Hochland, und Sir Hector hat gesagt, er würde Patrick hinauswerfen, wenn er sich mit einem der Dienstmädchen einlässt, und unsere Bessie …«

Maggie reckte das Kinn und sagte mit Nachdruck: »Die Sache im Hochland war etwas ganz anderes, Claud. Das habe ich dir schon einmal gesagt, und wir werden jetzt nicht mehr darüber reden.«

»Aber Sir Patrick kennt doch Bessies Geschichte. Könntest du ihr nicht sagen, dass sie ihm sagen soll, wer sie ist, damit …?«

»Sir Patrick weiß, dass seine Herrin, Lady Mackenzie, davon überzeugt ist, dass ihre jüngere Schwester noch am Leben ist. Aber er weiß ebenso, dass sein Herr im ganzen Grenzland vergeblich nach dem Mädchen suchen ließ. Von uns oder dem Schatz weiß Patrick nichts, und was glaubst du, würde er sagen, wenn das Mädchen ihm davon erzählte? Zumal sie ja selbst noch nichts davon weiß.«

Claud seufzte. Seine Fantasie reichte nicht aus, sich diese Verwicklungen vorzustellen.

Ein wenig freundlicher fuhr Maggie fort: »Ob diese Drusilla wohl geradewegs zu ihrem Vater rennt?«

»Ich weiß nicht, was diese vermaledeite Hexe tun wird. Sie ist ohne ein Wort davongerauscht.«

»Und Sir Patrick?«

»Er warf bloß einen langen Blick auf die Tür von Bessies Kammer, dann ging er zu Bett.«

»Dann ist er offenbar davon überzeugt, dass bis zum Morgen nichts mehr passieren wird«, sagte Maggie. »Also solltest du zusehen, dass du auch ein bisschen Schlaf bekommst, mein Sohn.«

»Aber …«

»Claud«, sagte sie warnend, »denk daran, dass ich meine eigenen Probleme habe. Gerade dachte ich, dieses verflixte Fröhliche Volk würde einer Einigung zustimmen, da gerieten sie wieder in Rage. Es kommt mir vor, als würde sie jemand aufstacheln, und wenn ich diesen elenden Schleicher Jonah Bonewits aufstöbern kann, werde ich ihn fragen, ob er dahintersteckt.«

»Kannst du ihn nicht finden?«

»Nein, aber das wundert mich kein bisschen. Dieser gerissene alte Heimlichtuer hat seine Finger in so vielen Missetaten, da kann ich nicht erwarten, dass er auftaucht, wenn ich ihn rufe.«

Claud seufzte.

»Macht nichts«, fuhr Maggie fort. »Ich wette, Jonah Bonewits könnte mir ein paar Antworten geben. Aber wahrscheinlich sehe ich ihn erst wieder beim nächsten Treffen der Runde. In der Zwischenzeit lässt du unser Mädchen nicht aus den Augen, und wenn Not am Mann ist, stehe ich dir bei.«

Die Sonne war noch nicht über den Horizont gestiegen, als Nell Percy ihre Zofe Jane Geddes weckte und sie drängte, sich rasch anzukleiden.

»Angus und die anderen Männer treffen sich mit den Soldaten, die an der schottischen Grenze nach diesem Spion gesucht haben«, sagte Nell. »Das ist möglicherweise unsere einzige Chance.«

»Vielleicht ist es doch keine so gute Idee, Mylady. Wenn der Lord …« Sie sprach nicht aus, was sie befürchtete.

»Wir gehen nach Schottland, Jane. So, wie wir es geplant haben«, beharrte Nell. »Und nun beeil dich. Wir müssen so viel mitnehmen, wie wir können. Ich habe die Juwelen, die ich mit Angus' Erlaubnis auf Midgeholme tragen durfte. Zwar eignen sie sich nicht zur Bezahlung unserer Reise, weil ich nicht weiß, wie ich sie so schnell verkaufen könnte, aber wenn wir erst in Sicherheit sind, werden sie uns bestimmt von Nutzen sein. Außerdem besitze ich ein wenig Geld.« Sie hielt es nicht für notwendig zu erwähnen, dass sie ein Säckchen mit Münzen aus Angus' Truhe stibitzt hatte, als er und seine

Männer außer Haus gewesen waren. Immerhin gehörte ihr das Geld genauso wie ihm, da er jeden Penny behielt, den ihr die Percys schickten.

»Aber Schottland ist weit weg, Madam.«

»Nur zwanzig Meilen. Das ist so gut wie nichts.«

»Zu Pferde vielleicht. Aber wir müssen laufen und uns noch dazu mit unseren Sachen abschleppen.«

»Wir brauchen nicht zu Fuß zu gehen«, erklärte Nell ungeduldig. »Wir haben eigene Pferde, und für unser Gepäck nehmen wir ein Lastpony mit. Wir sagen einfach, dass wir einen Ausritt machen wollen. Renwicks Leute werden uns nicht zurückhalten, und Angus' Männer sind mit ihrem Herrn geritten. Also mach schnell!«

Rasch waren sie bereit, und alles ging glatt. Lady Renwick erhob sich niemals vor Sonnenaufgang, und auch sonst schenkte ihnen kein Mensch Beachtung. Der Stallbursche sattelte ihre Pferde und sein eigenes, belud das Packtier, und innerhalb kürzester Zeit ritten die drei durch das Burgtor in die Freiheit. Als sie außer Sichtweite der Burgmauern waren, erklärte Nell dem Burschen klipp und klar: »Wir gehen über die Grenze, Seth. Ich hätte gern, dass du mitkommst, aber wenn du Angst vor Angus hast, kannst du zurückreiten und ihnen sagen, wir hätten dich einfach stehen lassen.«

»Wenn der Lord erfährt, dass Ihr geflohen seid, lässt er mich aufhängen, sobald ich mich blicken lasse«, erwiderte der Junge. »Ich habe Verwandte auf der anderen Seite; bei denen kann ich unterkriechen, bis eine Rückkehr für mich gefahrlos möglich ist. Aber werden sie uns denn über die Grenze lassen, Mistress?«

»Es heißt, die Landstraßen seien voller Menschen, die vor Heinrichs Papistenverfolgung nach Schottland fliehen«, erklärte Nell. »Wenn wir auf Flüchtlinge stoßen, schließen wir uns ihnen einfach an. Wenn nicht, sind wir für jeden, der uns fragt, ebenfalls auf der Flucht. Und das ist ja auch weiß Gott wahr«, setzte sie leise hinzu.

Nell machte sich keine Illusionen. Wenn ihr Bruder sie fing, würde er sie hart bestrafen oder zumindest gegen ihren Willen verheiraten. Zudem wusste sie nicht, was sie jenseits der Grenze erwartete. Zwar hatte sie Verwandte in Schottland, doch die Einzigen, denen wirklich an ihr gelegen war, lebten weit entfernt im Hochland, und sie wagte nicht, sofort zu ihnen zu reiten. Zuerst musste sie sich vergewissern, dass König Jakob ihre Anwesenheit in Schottland guthieß. Dazu musste sie ihn am Hofe aufsuchen. Sie erwog kurz, zunächst nach Dunsithe zu reiten, wo sie noch ein wenig – allerdings mittlerweile unmoderne – Garderobe hatte. Aber Dunsithe lag ein ganzes Stück westlich von Midgeholme, und sie kannte den Weg nicht genau. Es war sicherer, gleich zu Jakob zu gehen – das hoffte sie zumindest.

Der König der Schotten war unberechenbar. Einst hatte er sich ihr gegenüber als Freund erwiesen, doch nicht einmal seine Adeligen konnten ihm trauen. Auch Nell würde sich hüten, sich allzu sehr auf ihn zu verlassen. Es war in der Tat nicht ungefährlich, nach Schottland zurückzukehren, ohne ihn vorher um Erlaubnis zu fragen. Falls Jakob es übel aufnahm, würde sie das vielleicht mit ihrem Leben bezahlen. Denn mochte Nell auch illegitimer Abstammung sein, so war es für ein Mitglied der Familie Douglas auf jeden Fall besser, sich nicht in Schottland blicken zu lassen. Trotzdem wollte sie zum König gehen. Wie sie von Angus erfahren hatte, erwartete Jakob täglich einen zweiten Erben. Mit etwas Glück war er guter Stimmung und würde sich großmütig zeigen.

In Sir Hectors Studierzimmer herrschte dicke Luft.

»Du musst den Falkner hinauswerfen«, forderte Lady Farnsworth mit schriller Stimme. »Eigentlich solltest du ihn hängen lassen. Und Elspeth sollte für ihr schamloses Benehmen vor dem versammelten Haushalt ausgepeitscht werden!«

Elspeth liefen Angstschauer über den Rücken. Sie vermied

Patricks Blick, während Lady Farnsworth mit ihrer wütenden Schimpftirade fortfuhr.

Seit sie letzte Nacht Drusillas Stimme im Korridor gehört hatte, hatte Elspeth damit gerechnet, vor Sir Hector geschleift zu werden, doch zunächst war gar nichts geschehen. Elspeth lag wie auf glühenden Kohlen in ihrer Kammer und fand nur wenig unruhigen Schlaf.

Sie war zur gewöhnlichen Zeit aufgestanden und erledigte ihre morgendlichen Arbeiten, doch noch bevor sie zur Schlafkammer der Damen gehen konnte, war sie zu Sir Hector gerufen worden. Da stand sie nun, ein wenig von den anderen entfernt, zwischen Sir Hectors Schreibtisch und dem geöffneten Fenster, durch das die Strahlen der Morgensonne schräg auf den polierten Eichenboden fielen.

Elspeth vermied es, die anderen anzusehen, solange sie nicht wusste, was mit ihr und Patrick geschehen würde. Stattdessen heftete sie ihren Blick auf den vertrauten unaufgeräumten Schreibtisch. Zu gern hätte sie sich wie als kleines Mädchen darunter verkrochen.

Aus den Augenwinkeln nahm sie undeutlich wahr, dass Jelyan und Drusilla zu beiden Seiten ihrer Mutter Aufstellung genommen hatten, die wiederum unmittelbar vor Sir Hectors Schreibtisch stand. Die strubbelige rote Perücke der Lady bebte vor Zorn. Um die Darstellung der Strafen, die sie für angemessen hielt, zu unterstreichen, schlug Lady Farnsworth bei jedem Satz mit der Faust auf den Schreibtisch. Nicht dass ihre Wut besonderen Nachdrucks bedurft hätte – sie war auch so deutlich erkennbar.

Patrick stand in der Nähe der geschlossenen Tür. Da man ihn direkt von den Volieren fortgeholt hatte, trug er noch immer Zeus auf der Faust. Zwar hatte der Habicht seine Haube auf, dennoch wirkte er nervös und unglücklich. Er sieht genauso aus, wie ich mich fühle, dachte Elspeth.

Offensichtlich hatte Lady Farnsworth ihre Meinung bereits kundgetan, bevor sie alle im Studierzimmer zusammentrafen, denn Sir Hector wartete ganz ruhig ab, bis sie mit der Auflistung all ihrer zornerfüllten Anschuldigungen fertig war.

Als sie endlich verstummte, schwieg er einen Augenblick, als wolle er seiner Frau Gelegenheit geben, noch etwas hinzuzufügen. Diese kleine Pause nutzte Drusilla, um ihren Senf dazuzugeben. »Meine Frau Mutter hat Recht, Vater. Elspeth muss für ihre Untaten bestraft werden und der Falkner auch.«

»Schweig, Drusilla«, wies ihr Vater sie streng zurecht.

Drusilla blickte ihn entsetzt an, doch Jelyan, die mit niedergeschlagenen Augen neben ihr stand, hatte Mühe, ein Lächeln zu unterdrücken.

Im selben strengen Ton fuhr Sir Hector fort: »Was hast du dazu zu sagen, Elspeth?«

»Nichts, Sir.«

»Ist dir klar, was man dir vorwirft?«

»Nein, eigentlich nicht, Sir.«

»Drusilla behauptet, sie habe den Falkner letzte Nacht aus deiner Kammer kommen sehen, nachdem ich fort war. Stimmt das?«

»Ja, Sir.«

»Da seht Ihr, wie dreist und verdorben sie ist, Vater!«, kreischte Drusilla. »Sie versucht es nicht einmal zu leugnen.«

Lady Farnsworth warf Elspeth einen tödlichen Blick zu. »So dankt das elende Mädchen es uns, dass wir ihr die ganzen Jahre Obdach gegeben haben.«

Ohne auf sie zu achten, sagte Sir Hector ruhig: »Bevor du andere beschuldigst, Drusilla, solltest du dir vielleicht überlegen, wie du mir deine Anwesenheit im Küchengang mitten in der Nacht erklären willst. Du kannst dir die Antwort bis nach dem Frühstück überlegen. Dann erscheinst du wieder hier.«

Drusilla wurde dunkelrot und biss sich auf die Unterlippe.

»Es geht nicht um unsere Tochter«, fauchte Lady Farnsworth ihren Mann an. »Darf ich Euch vielleicht daran erinnern, dass …?«

»Ihr braucht mich an gar nichts zu erinnern, Madam. Allerdings möchte ich auch Euch fragen, was Eure Tochter nach Mitternacht allein in einem Korridor zu suchen hat, der normalerweise nur von Dienstboten benutzt wird.«

Endlich schwieg Lady Farnsworth, die Lippen fest zusammengepresst.

Jelyan neben ihr faltete die Hände auf Höhe der Taille, setzte ein liebliches Lächeln auf und fragte zuckersüß: »Dann war es also recht, was Elspeth getan hat? Ich dachte …«

»Es war ganz und gar nicht recht, Jelyan«, fiel ihr Sir Hector ins Wort. »Für ein unschuldiges Mädchen gehört es sich auf keinen Fall, einen Mann in seine Schlafkammer zu lassen.«

Verärgert wandte er sich wieder an Elspeth: »Wenn du es vorziehst, mir keine Erklärung für dein Verhalten zu geben, Elspeth, bleibt mir nichts anderes übrig als …«

»Das Mädchen hat mir nur einen Gefallen getan, Sir Hector.«

Lady Farnsworth schnappte nach Luft und fuhr zu Patrick herum. Die anderen blickten ebenso verdutzt drein, als er das Wort ergriff. Offensichtlich hatten sie angenommen, er sei nur gekommen, um seine Kündigung entgegenzunehmen.

Sir Hector entgegnete schroff: »Ich zweifle nicht daran, dass Ihr es als einen Gefallen empfunden habt, aber ich habe Euch davor gewarnt, Euch mit den Mädchen des Hauses einzulassen.«

»Ich habe es nicht so gemeint, wie Ihr denkt«, antwortete Patrick, nun wieder im ausgeprägten Tonfall der Grenzlandbewohner.

»Wie denn dann?«, wollte Sir Hector wissen.

»Ich stand gerade auf der Treppe neben der Halle, als die Kerle kamen, um die Burg zu durchsuchen. Zwei von ihnen kannte ich aus meiner Zeit in England. Sie sind nicht gerade meine Freunde und würden mir nur zu gern etwas am Zeug flicken, Sir. Und weil ich nicht in einen Streit verwickelt werden wollte, bat ich das Mädchen, mich zu verstecken. Sie tat es, und das war alles.«

»Aber das ist doch Unfug«, protestierte Drusilla. »In Elspeths Schlafkammer ist gar nicht genug Platz, um einen ausgewachsenen Mann zu verstecken!«

»Anscheinend doch«, erwiderte Sir Hector. »Denn ich habe ihn dort nicht gesehen, und du sagst ja, dass er auftauchte, nachdem ich fort war.«

Elspeth stieg die Hitze in die Wangen. Sie wartete auf die unvermeidliche Frage, doch die blieb aus. Stattdessen sagte Sir Hector zu Patrick: »Wie macht sich der Vogel?«

»Er ist großartig«, antwortete Patrick und streichelte Zeus.

»Glaubt Ihr, ich kann ihn dem König schenken?«

»Ganz gewiss«, erwiderte der Falkner.

»Dann habt Ihr Euer Versprechen gehalten. Und da ich keinen Grund habe, Eure Darstellung der Ereignisse von letzter Nacht anzuzweifeln ...«

»Mann!«

»Vater!«

»... werde ich Euch nicht entlassen, bis Ihr den Habicht auf Schloss Stirling abgeliefert habt«, fuhr Sir Hector fort, als hätten Frau und Tochter kein Wort gesagt. »Allerdings bin ich der Meinung, dass es besser wäre, Ihr würdet Euch unverzüglich auf den Weg machen. Klein Neddy kann Euch begleiten und sich um den Vogel kümmern.«

»Zeus braucht noch ein wenig Übung, bis er für Seine Hoheit bereit ist«, sagte Patrick.

»Ja, ich weiß. Doch weil Ihr uns ein paar Tage vorausreist, könnt Ihr auf dem Weg mit ihm arbeiten. Ich bin sicher, er wird Jakob auch halb abgerichtet zusagen.«

»Soll ich ihn bei den königlichen Stallungen abliefern, Sir?«

»Nein, wartet, bis wir da sind. Ich möchte ihn Jakob persönlich überreichen. Wir machen uns am Donnerstag auf den Weg und werden Samstag auf Stirling eintreffen.«

»Wohin soll ich gehen?«, fragte Patrick.

»Zum Haus meines Vetters Oscar Farnsworth nach St. Mary's Wynd. Kommt vor Eurer Abreise noch einmal zu mir, dann gebe ich Euch einen Brief für ihn und genügend Geld für die Reise. Euren Lohn bekommt Ihr, sobald ich dem König den Vogel übergeben habe. Und jetzt dürft Ihr gehen.« Patrick verließ die Kammer, und Elspeth wappnete sich, jetzt, da ihr Fürsprecher nicht mehr da war.

Bevor Sir Hector auch nur einen Ton sagen konnte, blaffte Lady Farnsworth: »Ihr hättet ihm eine Tracht Prügel verabreichen lassen sollen. Ich will nur hoffen, dass Ihr Elspeth nicht so leicht davonkommen lasst, Sir. Ihr Verhalten war einfach abscheulich. Es ist mir gleichgültig, ob der Teufel selbst den Falkner verfolgte. Sie hatte kein Recht, ihn in ihrer Schlafkammer zu verstecken. Sie muss ihn sogar in ihrem Bett verborgen haben, denn woanders war ja kein Platz dafür.«

Sir Hector verzog das Gesicht. Doch ob sein Unwillen dem Gezeter seiner Frau galt oder ihrem eigenen Benehmen, hätte Elspeth nicht sagen können

In gelassenem Ton sagte er: »Ihr habt Recht, Madam, obgleich ich zu Elspeths Gunsten annehmen will, dass sie in aller Unschuld handelte. Du wolltest dem Mann vielleicht bloß einen Gefallen erweisen, Mädchen. Doch was du getan hast, war Unrecht. Er hätte dich gar nicht erst darum bitten dürfen, aber für dein Handeln bist du allein verantwortlich.«

»Sie muss bestraft werden«, wiederholte Lady Farnsworth barsch. »Und zwar streng.«

»Was schlagt Ihr vor, Madam?«

»Nun, auf keinen Fall darf sie mit uns nach Stirling reisen, jetzt, wo dieser Mann dort auf sie wartet. Ob Ihr ihm nun glaubt oder nicht …«

»Da stimme ich Euch zu, Madam. Es wäre unschön für uns alle, wenn sich der Vorfall herumspräche und die Leute zu klatschen anfingen. Du wirst also hier bleiben, Elspeth. Martha Elliot geht den Damen zur Hand, und wenn das nicht reicht, kann ich in der Stadt immer noch eine Dienerin anheuern. Du darfst gehen.«

»Wird sie denn nicht ausgepeitscht?«, fragte Jelyan ganz harmlos.

Elspeth wusste nicht, was sie mehr verabscheute, Drusillas Gekeife oder Jelyans Scheinheiligkeit. Beides gereichte ihr meist zum Schaden.

Zu ihrer Erleichterung sagte Sir Hector: »Sie ist genug bestraft damit, dass sie nicht an den Hof mitkommen darf. Und falls Euch das nicht genügt, Madam, könnt Ihr ihr heute das Mittagessen streichen. Sie muss sowieso schon schwer genug arbeiten, um alles für Eure Abreise am Donnerstag früh vorzubereiten.«

Der Blick, den ihr Lady Farnsworth zuwarf, verriet Elspeth, dass sie heute nicht mit einem Mittagessen zu rechnen brauchte und mit einem Abendessen wahrscheinlich ebenso wenig. Aber das war egal. Viel schlimmer erschien ihr, dass sie Patrick und Zeus wohl niemals wiedersehen würde. Bei dem Gedanken kamen ihr die Tränen.

»Spar dir deine Tränen, bis du wirklich Grund zum Heulen hast«, sagte Drusilla, die hinter Elspeth aus dem Zimmer ging. »Und pass bloß auf, was du tust, bis wir weg sind, denn meine Mutter wird nicht so nachsichtig wie üblich mit dir sein. Wir waren alle entsetzt über dein abscheuliches Benehmen, du undankbare Schlampe.«

Ob sie wirklich entsetzt waren, wusste Elspeth nicht, aber mit Sicherheit sollte sie sich besonders in Acht nehmen, bis sich alle nach Stirling auf den Weg gemacht hatten.

9

Patrick machte sich bereit. Gewiss erwartete Sir Hector, dass er sich gleich nach dem Mittagessen auf den Weg begab. Patrick hatte vorsorglich Vorkehrungen getroffen für den Fall, dass er überstürzt aufbrechen musste. Doch dabei dachte er damals natürlich nicht an Zeus. Bei den Volieren angekommen, trieb er daher Klein Neddy an und suchte rasch alles Notwendige zusammen.

»Muss ich unbedingt mitkommen?«, fragte Neddy.

»Sir Hector meint schon«, erwiderte Patrick, der nicht sicher war, ob der Junge ihm wirklich eine große Hilfe sein würde. Neddy konnte Zeus von Anfang an nicht leiden, aber sie brauchten Kaninchen. Dann fiel ihm ein, dass er noch etwas anderes benötigte. Da die Damen vor der Zusammenkunft im Studierzimmer nicht gefrühstückt hatten, würden sie im Augenblick sicherlich beim Essen in der Halle sein, und ihre Kammern wären verlassen.

Patrick band Zeus an seiner Stange fest. Dann leerte er seine Falknertasche, schlang sich den Riemen um die Schulter und ging über den Hof. Er betrat die Burg durch die Hinterpforte und stieg die Treppe hinauf bis zu Lady Farnsworths Kammer. Ohne Zögern stieß er die Tür auf und trat ein. Sein Blick fiel auf den Kleiderschrank, der an der gegenüberliegenden Wand zwischen den beiden geöffneten Fenstern stand.

Er hatte die Kammer bereits zur Hälfte durchquert, als er feststellte, dass er nicht allein war.

»Was macht Ihr denn hier?«, fragte Elspeth überrascht.

Mit diesen Worten trat sie hinter den Vorhängen des hohen Himmelbetts hervor, das fast die gesamte Wand zu seiner Linken einnahm. Sie trug ein Federbett auf dem Arm. Offensichtlich war sie beim Bettenmachen.

Mit einem Grinsen ließ Patrick die Falknertasche von der Schulter gleiten. »Ich wollte ein wenig lange Finger machen. Wirst du mich verraten, *mo chridhe*?«

Sie schüttelte den Kopf; ein leises Lächeln umspielte ihre Lippen. »Schämt Ihr Euch denn nicht, Sir? Ihr dürft mir keine Kosenamen geben – was ist, wenn Euch jemand hört?«

»Sprichst du denn Gälisch, Mädchen?«

Sie runzelte die Stirn. »Gälisch? Ist das nicht die Sprache des Hochlands?«

»Ja«, antwortete er und warf ihr einen scharfen Blick zu. »Wieso kannst du es verstehen?«

»Ihr habt aber doch gerade schottisches Englisch gesprochen«, sagte sie, ehrlich verwirrt.

»Ich habe aber *mo chridhe* – ›mein Herz‹ – gesagt.«

»Tatsächlich? Wahrscheinlich hat mir irgendwann jemand das Wort erklärt, und deshalb konnte ich es verstehen. Ich kann mich allerdings nicht entsinnen, dass Ihr es schon früher benutzt habt, nur ›Liebchen‹.«

Ohne nachzudenken, ließ er die Tasche auf den Boden fallen, zog ihr das Bettzeug vom Arm und warf es ebenfalls beiseite. Dann nahm er sie in die Arme. »Ich könnte ja behaupten, dass ich nur deinetwegen hergekommen bin, *mo chridhe*. Würdest du mir das glauben?«

Ihre Wimpern flatterten ganz allerliebst, als sie die Arme um ihn schlang und ihm in die Augen blickte, als fände sie darin die Antwort auf alle ihre Fragen. »Ja«, sagte sie, »vielleicht würde ich Euch glauben. *Wenn* Ihr es denn sagen würdet.«

»Na ja, ich dürfte es nicht sagen, weil es gelogen wäre«, erwiderte er, noch immer grinsend. »Ich hätte mich vor meiner Abreise auf jeden Fall noch von dir verabschiedet, aber der erste Grund für meine Anwesenheit, den ich dir genannt habe, entsprach der Wahrheit. Es wäre alles so einfach, wenn diese Engländer ihre Suche nach mir endlich aufgegeben hätten. Aber wie du selbst schon richtig bemerkt hast, bin ich einfach zu groß, um unauffällig durch die Gegend zu spazieren. Wenn ich also sicher nach Stirling kommen will, muss ich mich hin und wieder verkleiden. Also habe ich mir gedacht, ich borge mir eine von den grauenhaften Perücken der Lady aus.«

Sie lachte auf, schlug sich jedoch schnell die Hand vor den Mund. »Das geht doch nicht!«

»Aber es ist eine ausgezeichnete Idee«, erwiderte er, streichelte sacht ihre Arme und genoss die Wonneschauer, die bei dieser leisen Berührung durch seinen Körper liefen. Er musste sich zwingen, den leichten, neckenden Ton beizubehalten. »Wenn einer kommt, der gefährlich aussieht, stülpe ich mir die Perücke über und starre ihn so lange drohend an, bis er wieder verschwindet.«

»Aber Ihr seid einfach zu groß. Selbst wenn Ihr Euch den Bart abrasiert, wird Euch kein Mensch für eine Frau halten!«

»Ach was.« Er drückte ihr einen Kuss auf die Nasenspitze. »Vielleicht würden sie mich für eine besonders hässliche Dame halten, aber keiner wäre so unhöflich, das laut zu sagen.«

»Eine Dame hätte aber ein Kleid an.«

»Ja, stimmt«, gab er zu. »Das ist auch so eine Kleinigkeit, die ich noch brauche. Und vielleicht ein hübsches Mieder und ein Tuch. Hast du so etwas übrig?«

Sie schob ihn von sich und stemmte die Hände in die Hüften. »Seid Ihr verrückt geworden, Sir?«

»Nein, ganz sicher nicht, das schwöre ich. Lauf nicht weg, Mädchen. Ich halte dich so gern im Arm. Ich finde, du solltest mit mir kommen. Bei mir wärst du sicherer als auf Farnsworth, wenn Sir Hector nicht da ist, um dich zu beschützen.«

»Ihr seid wirklich verrückt.«

»Nein.« Wieder nahm er sie in die Arme und weidete sich an den widerstreitenden Gefühlen, die sich auf ihrem Gesicht spiegelten. »Du möchtest mit mir kommen, *mo chridhe,* nicht wahr?«

»Ja«, sagte sie leise. »Ich fürchte, ich bin wirklich so verdorben. Aber ich traue mich nicht.«

»Warum nicht? Ich verspreche dir, dich zu beschützen.«

Abermals blickte sie ihm tief in die Augen, und einen herrlichen Augenblick lang glaubte er, sie würde mit ihm fliehen. Die Vorstellung gefiel ihm über alle Maßen.

Doch dann sagte sie bloß: »Ich habe es Euch schon einmal erklärt. Ich kann nicht einfach weglaufen, wo sie doch mein ganzes Leben lang für mich gesorgt haben. Ich schulde ihnen Treue.«

»Du schuldest diesen ungehobelten Zimtzicken gar nichts, außer ein paar frechen Bemerkungen. Wenn ich daran denke, wie gemein sie zu dir sind …«

»Ich könnte mir vorstellen, dass Euch ein Unterrock oder auch ein Rock der Lady passen könnte«, schnitt sie ihm mit Nachdruck das Wort ab. »Aber ich glaube kaum, dass sie ein passendes Mieder hat. Selbst sie ist schmaler um die Brust herum als Ihr. Und außerdem ist sie ein gutes Stück kleiner.«

»Ich habe mir einen langen Umhang ausgeborgt, den einer der Soldaten herumliegen ließ.«

Sie zog die Brauen hoch. »Ausgeborgt?«

»Nun ja, auf jeden Fall wird er ihn nicht so schnell vermissen. Der Umhang ist mir zwar ein bisschen zu kurz, aber wenn ich ihn über einem Rock trage, merkt das keiner. Such mir einen Unterrock heraus, *mo chridhe*, und eine Perücke und ein Tuch, dann können wir weiterreden.«

»Da gibt es nichts mehr zu reden«, sagte sie. »Ihr handelt unüberlegt, Sir, und in Eurer Situation ist es besonders leichtsinnig, nicht sorgfältig zu planen.«

»Das Glück ist mit dem Tapferen«, antwortete er. »Ich werde schon Acht geben, und wenn du mit mir kommst, verspreche ich dir, auf dich aufzupassen.«

»Wahrscheinlich wollt Ihr mich dann als Eure Tochter ausgeben.«

»Meine Tochter!« Verdutzt starrte er sie an.

»Ja. Oder wenn Ihr die Perücke der Lady tragt, könntet Ihr so tun, als wärt Ihr meine Kammerzofe. Mit dem Habicht auf der Faust würde das bestimmt einen unvergesslichen Eindruck machen.«

»Mädchen ...«

»Nein«, sagte sie mit noch größerem Nachdruck als zuvor. Sie hatte die Hände nicht länger in die Hüften gestützt, doch als er nach ihr greifen wollte, entzog sie sich ihm. »Ich hole Euch die Sachen und die Perücke. Und dann müsst Ihr gehen, bevor jemand kommt.«

Sie eilte zum Kleiderschrank, riss die Tür auf und langte nach einem Korb auf dem obersten Bord. Als er ihr gerade dabei helfen wollte, erklangen Schritte auf der Treppe.

»Da kommt jemand die Treppe rauf«, murmelte er.

»Schnell!« Sie schob den Korb wieder an seinen Platz. »Legt Euch aufs Bett.«

Wortlos schwang er sich auf die strohgefüllte Matratze, schob sich die Falknertasche unter den Leib und rollte sich am Kopfende zusammen. Elspeth hob rasch das Federbett auf und breitete es über ihn. Dann häufte sie das übrige Bettzeug darauf und klopfte es in Form, bis es aussah wie ein längliches Kopfpolster.

Als der Riegel knackte, strich sie gerade den Bettüberwurf glatt. Patrick spürte, dass seine Füße an der Türseite über die Bettkante ragten. Er konnte nur hoffen, dass seine Stiefel hinter den Bettvorhängen verborgen blieben.

Als die Tür aufging, griff Elspeth nach dem nächsten Bettvorhang und zog ihn zu. Eine Spinne wurde dabei aus ihrem Netz geschleudert und huschte davon. Die Vorhänge am Fußende waren offen, aber zumindest konnte das Sonnenlicht jetzt nicht mehr auf das Kopfende fallen.

»Meine Güte, bist du immer noch hier?«, fragte Martha Elliot, als sie ins Zimmer rauschte.

»Ich bin heute Morgen aufgehalten worden, wie du ja wohl weißt, und als ich gerade die Vorhänge zuzog, habe ich eine Spinne aufgescheucht. Ich wollte mich vergewissern, dass nicht noch mehr da sind. Aber vielleicht findest du ja, dass ich mich nicht mit dergleichen aufhalten sollte, da die Lady so früh nach Stirling aufbrechen möchte.«

»Das finde ich ganz und gar nicht«, erklärte Martha Elliot. »Du hast Schwierigkeiten genug, auch ohne dass der Lady nachts eine Spinne übers Gesicht krabbelt. Also sieh zu, dass du alle Bettvorhänge gut ausschüttelst!«

»Es ginge schneller, wenn du mir helfen würdest«, sagte Elspeth, während sie den nächsten Vorhang zuzog.

»Das bisschen Arbeit schaffst du wohl auch allein«, erwiderte Martha und ging zum Schrank, ohne sich noch einmal umzudrehen. »Trödle nur nicht herum. Es ist eine Menge zu tun. Ich bin nur hergekommen, um zwei Röcke der Lady zu holen. Eigentlich wollte sie sie nicht mitnehmen, aber dann hat sie ihre Meinung geändert.«

Elspeth ging um das Bett herum, um die Vorhänge auf der anderen Seite auszuschütteln. Da sah sie, dass Patricks Füße nur knapp verdeckt waren. Bei dem Gedanken, was geschehen wäre, wenn Martha sich ein bisschen hilfsbereiter gezeigt hätte, bekam sie einen Kloß im Hals. Elspeth beobachtete aus den Augenwinkeln, wie die Zofe einen Rock aus dem Schrank nahm und nach dem zweiten langte. Dann schüttelte sie den Vorhang schwungvoll aus und staunte, wie viel Staub sich während der vergangenen zwei Tage in den Falten angesammelt hatte.

Hustend rief Martha: »Du liebe Zeit! Ich hoffe, du machst gründlich sauber, wenn alle weg sind!«

»Ja, das mache ich«, antwortete Elspeth, während die Zofe die Tür hinter sich zuzog.

Im gleichen Augenblick riss sie das Bettzeug herunter. »Oh

bitte, Sir, beeilt Euch! Ich glaube zwar nicht, dass sie zurückkommt, aber ich hatte noch nie im Leben so viel Angst!«

»Du hattest Angst!«, sagte Patrick empört, während er sich aufrichtete und aus dem Bett kroch. »Was glaubst du, wie ich mich fühlte, als du sie gebeten hast, dir zu helfen?«

»Ich war sicher, dass sie es nicht tun würde. Eigentlich habe ich sogar gehofft, sie mit dieser unangenehmen Arbeit zu vertreiben.«

»Na, das konnte ich nicht wissen. Ich habe vor Angst so gezittert, dass das ganze Bett wackelte. Stell dir das Geschrei dieser Frau vor, wenn sie die Vorhänge aufgezogen und ein Paar Stiefel gesehen hätte, die aus dem Bett ihrer kostbaren Herrin ragten.«

Kichernd ging Elspeth zum Schrank hinüber. Sie schnappte sich den Korb mit den Perücken und zog eine alte rote heraus, die die Lady hoffentlich nicht mit nach Stirling nehmen wollte. Sie drückte sie Patrick in die Hand, dann holte sie noch einen schwarzen Rock, ein gemustertes Tuch und einen roten Flanellunterrock aus dem Schrank.

Sie gab ihm die Sachen mit den Worten: »Hier, aber jetzt müsst Ihr wirklich verschwinden, Sir. Allerdings kann ich mir nicht vorstellen, wie Ihr mit dem ganzen Zeug die Treppe hinunter und über den Hof spazieren wollt, ohne dass Euch jemand anhält.«

Mit einem frechen Grinsen stopfte er die Sachen in seine Tasche, bis sie fast aus den Nähten platzte. Dann zog er den Riemen zu. »Ich brauche nur eine Treppe hinunterzugehen, denn ich will zu Sir Hector und ihn um den Brief und das versprochene Reisegeld bitten.«

Sie starrte ihn ungläubig an. »Das werdet Ihr doch wohl nicht wagen, solange Ihr Perücke und Kleider seiner Frau in Eurer Falknertasche habt! Was ist, wenn er wissen will, was da drin ist?«

»Das wird er schon nicht«, erwiderte Patrick und zog sie in seine Arme. »Gib mir einen Kuss, bevor ich gehe, Mädchen. Ich möchte den Geschmack deiner Lippen spüren, wenn ich mit Sir Hector rede.«

Sie erfüllte ihm die Bitte nur allzu gern und versuchte dabei, nicht daran zu denken, wie sehr sie ihn vermissen würde. Sein Mund war warm und fordernd, und seine Arme hielten sie fest umschlungen. Lustvoll presste sich ihr Körper an ihn. Von ihr aus sollte dieser Kuss ewig dauern, doch jeden Augenblick konnte jemand hereinkommen. Also schob sie ihn schließlich von sich und sagte schroffer als beabsichtigt: »Passt auf Euch auf!«

»Das werde ich. Und du auch, Mädchen. Ich mache mich erst nach dem Mittagessen auf den Weg. Wenn du also deine Meinung ändern solltest …«

»Ich kann nicht!« Die aufsteigenden Tränen brannten ihr in den Augen. »Geht!«

Sie stand an der Tür, als er schon fort war, und ließ ihren Tränen freien Lauf. Sie wusste nicht mehr über ihn als an dem Tag, da er sie im Wald überrascht hatte. Doch dass er kein gewöhnlicher Falkner war, hatte sie begriffen. Nicht nur, dass er immer wieder vergaß, wie ein Mann aus dem Grenzland zu reden. Für einen einfachen Mann trat er viel zu selbstbewusst auf. Das zeigte sich daran, wie er mit Sir Hector – und auch mit ihr – sprach. Wäre er nicht vor den Engländern geflohen wie ein gewöhnlicher Verbrecher, hätte man ihn glatt für einen Gentleman halten können.

»Und wenn er einer wäre? Würdest du dann mit ihm gehen, Mädchen?«

Elspeth blieb vor Schreck fast das Herz stehen, als sie die fremde Frauenstimme in der leeren Kammer vernahm. Sie fuhr herum, konnte jedoch nichts Ungewöhnliches entdecken. Verwirrt und ängstlich suchte sie den Raum ab. »Wer hat da gesprochen? Zeigt Euch auf der Stelle!«

»Aber gern. Du brauchst nur hierhin zu schauen.«

Die Stimme kam vom Bett. Elspeth riss die Vorhänge am Fußende auseinander, prallte zurück und stieß vor Schreck einen Schrei aus. Mitten auf der Bettdecke hatte sich eine große goldfarbene Wildkatze zusammengerollt. Als das Mädchen genauer hinschaute, entdeckte es eine kleine dicke Frau – etwas mehr als halb so groß wie die Katze –, die behaglich an die pelzige Flanke des Tieres gelehnt saß. Die Frau trug einen grünen Umhang über einem grauschwarzen Kleid, hatte die Beine lang ausgestreckt und die Füße in den schwarzen Stiefelchen sittsam gekreuzt.

Elspeth spürte, wie sich ihre Nackenhaare aufrichteten. Sie war wie erstarrt und brachte kein Wort heraus. Woher waren diese merkwürdigen Geschöpfe gekommen? Sie kniff die Augen zu und riss sie wieder auf. Die beiden verschwanden nicht.

Die kleine Frau zwinkerte ihr zu.

»Um Himmels willen«, sagte Elspeth, als sie ihre Sprache wiedergefunden hatte. »Wer seid Ihr?«

»Ich bin Maggie Malloch, aber das wird dir nicht viel sagen.«

»Nein, wirklich nicht. Wie ist diese schreckliche Katze hier hereingekommen?«

»Die habe ich natürlich mitgebracht.«

»Aber wie seid Ihr hereingekommen?«

»Einfach so, das hast du ja gesehen. Die Katze tut dir nichts, aber wir sollten keine Zeit mit unnötigem Geschwätz vergeuden. Es fällt mir schwer genug, sichtbar zu bleiben.«

»Sichtbar!« Es kribbelte Elspeth immer stärker im Nacken. Ihre Finger fühlten sich ganz taub an.

Die kleine Frau nickte. »Wenn du mir freundlicherweise zuhören würdest, dann erzähle ich dir, warum ich gekommen bin, und verschwinde wieder.«

»Wollt Ihr damit sagen, Ihr könnt einfach so verschwinden?«

»Ja, aber jetzt, wenn du erlaubst …«

»Verschwindet die Wildkatze dann auch?«

»Ja, natürlich. Habe ich dir nicht gerade erklärt, dass es

sehr anstrengend ist, sichtbar zu bleiben? Das gilt auch für das Kätzchen.«

»Wie ein Kätzchen sieht sie mir nicht gerade aus«, entgegnete Elspeth. »Und außerdem, wenn es Euch so viel Mühe macht, die Katze erscheinen zu lassen, warum tut Ihr es dann?«

»Jetzt begreifst du endlich. Die meisten Sterblichen verstehen es nie.«

»Die Sterblichen?« Elspeth überlief es eiskalt, und ihr Magen krampfte sich zusammen. Wenn Patrick doch nur da wäre.

»Ja, die Sterblichen.« Maggie Malloch grinste. »Beim ersten Mal komme ich immer mit der Katze, damit die Leute keine Angst vor mir haben. Sie fürchten sich vor Wildkatzen, doch wenn sie sehen, dass sie mir gehorcht, erscheine ich ihnen nicht mehr so furchteinflößend. Du hast doch keine Angst vor mir, Mädchen, oder?«

»Nein«, sagte Elspeth und stellte im gleichen Augenblick fest, dass ihre Angst tatsächlich verschwunden war. »Seid Ihr …? Ich meine, ich habe schon vom Kleinen Volk gehört, aber noch niemals einen von ihnen zu Gesicht bekommen, also …« Sie verstummte.

»Genau, jetzt hast du es erfasst«, antwortete Maggie fröhlich.

»Elspeth! Elspeth, bist du noch da drin?«

Als sie Drusillas Stimme vernahm, drehte sich Elspeth erschrocken zur Tür um, dann schaute sie wieder aufs Bett.

Maggie und die Wildkatze hatten sich in Luft aufgelöst.

»Martha hat gesagt, dass du noch hier wärst, aber ich konnte es nicht glauben«, sagte Drusilla in dem ihr eigenen schrillen, vorwurfsvollen Ton. »Ich dachte, du hättest heute schon genug Ärger gehabt. Warum steht die Schranktür offen?«

»Weil ich sie nicht zugemacht habe«, antwortete Elspeth. »Was willst du, Drusilla?«

»Meine Mutter und Martha brauchen dich in der Kemenate. Du sollst noch zwei von Mutters Miedern auslassen, bevor wir aufbrechen.«

»Ja, ich bin gleich da«, sagte Elspeth mit einem Seufzer.

»Hast du das Mädchen gesehen, Mam?«, wollte Claud wissen, als er zusah, wie Maggie wütend in ihrer winzigen Wohnstube auf und ab tigerte. »Was hat sie gesagt?«

»Ja, ich habe sie gesehen. Aber ich weiß nicht recht, was ich tun soll. Dass sie Feinde hat, wussten wir bereits. Aber einige von ihnen sind sehr mächtig, mächtiger vielleicht als wir.«

»Keiner ist mächtiger als du, Mam«, sagte Claud mit Überzeugung.

»Du musst der Wahrheit ins Auge sehen, Junge«, sagte Maggie grimmig. »Ganz gleich, wie stark jemand an Leib und Seele ist, es gibt immer einen, der noch stärker ist. Vergiss das nie, damit du nicht unwissentlich denen Schaden zufügst, die du eigentlich beschützen sollst.«

»Aber die Mächtigsten in unserer Welt sind doch die Mitglieder der Runde«, sagte Claud. Dann fiel ihm etwas ein, und er rief: »Dieser Jonah Bonewits! Meintest du den, Mam?«

»Ja, er verfügt über große Zauberkraft«, antwortete Maggie. »Jonah kann sich hervorragend verwandeln. Er könnte sich zum Beispiel hier im Zimmer aufhalten, ohne dass wir es merken.«

»Aber du kannst dich doch auch verwandeln, Mam. Das habe ich selbst schon gesehen.«

»Das stimmt, wenngleich ich nicht so viel Übung darin besitze wie Jonah. Auf anderen Gebieten bin ich ihm über, aber seine Verwandlungskünste machen ihn zu einem gefährlichen Gegner.«

»Dann solltest du vielleicht mehr üben«, schlug Claud vor.

»Ich will auf jeden Fall herausbekommen, was er vorhat«, knurrte Maggie. »Bis dahin werde ich ein wachsames Auge auf unser Mädchen haben. Und du, Claud, versuch mehr über das junge Ding herauszufinden, das du da kennen gelernt hast. Diejenige, die dir verraten hat, wo sich Bessie aufhält.«

»Aber sicher, Mam, das tue ich gern,« erwiderte Claud freudig überrascht.

Patrick war nahezu reisefertig. Er hatte zwar gehofft, dass das Mädchen kommen würde, um sich zu verabschieden, war aber nicht erstaunt, als sie sich nicht blicken ließ. Sie hatte eine Menge Arbeit, und der Schreihals würde sie wohl kaum aus den Augen lassen.

Er blickte sich noch einmal im Schuppen um, damit er nichts vergaß. Sir Hector hatte ihm genügend Geld und einen Brief für seinen Cousin, Oscar Farnsworth in St. Mary's Wynd, gegeben. Denn abgesehen von seinen eigenen Plänen musste Patrick zuerst einmal Zeus sicher abliefern.

Sein Blick fiel auf Klein Neddy, der zusammengesunken auf einem Hocker bei den Volieren saß. Der Junge wirkte so unglücklich, dass Patrick ihn fragte: »Du willst nicht mit mir gehen, was, Junge?«

Neddy blickte auf. »Mir bleibt nichts anderes übrig. Der Herr hat gesagt, ich muss mit.«

»Ja, schon, aber er braucht auch jemanden, der sich um seine anderen Vögel kümmert«, erwiderte Patrick. »Und wer könnte das besser als du?«

»Stimmt, schließlich habt Ihr mir alles beigebracht. Aber Sir Hector hat nun einmal gesagt ...«

»Wenn ich sage, du bleibst, dann bleibst du«, sagte Patrick energisch.

Neddy straffte sich. »Ja«, sagte er. »Wenn Ihr mich nicht mitnehmen wollt, kann nicht mal Sir Hector etwas daran ändern. Euch kann keiner zu irgendetwas zwingen.«

Patrick lachte ein wenig betreten und sagte nur: »Komm und hilf mir, das Pony zu beladen.«

»Das tue ich gern!« Wie von einer schweren Last befreit, sprang der Bursche auf und rannte in den Hof, wo er Patrick half, die Traglast auf dem Rücken des Ponys so festzuzurren, dass sie nicht verrutschen konnte.

Als sie fertig waren, versetzte ihm Patrick einen freundschaftlichen Schlag auf die Schulter. »Eines Tages hast du vielleicht Lust, dich in der weiten Welt umzusehen, Junge.«

»Mag sein, aber im Augenblick bin ich hier ganz zufrieden.«

Patrick ging hinein, um Zeus zu holen. Dabei überprüfte er, ob es dem Habicht wieder gelungen war, seine Haube zu lockern – ein Trick, den er seit neuestem beherrschte. Mit dem Vogel auf der Faust bestieg er sein Pferd und ließ sich von Neddy die Führzügel des Ponys reichen.

»Geht mit Gott, Falkner Patrick«, sagte der Junge und winkte ihm nach.

Als Patrick zehn Minuten später mit Zeus auf der Faust und dem Hufgeklapper des Ponys hinter sich über den ersten Hügel ritt, ging ihm auf, dass er das Mädchen vielleicht nie wieder sehen würde. Er mochte sie und hatte sich mehr als einmal auf ihre Hilfe – nicht nur im Zusammenhang mit Zeus – verlassen. Doch das war es nicht allein. Diese tiefe innere Leere, die er empfand, hatte einen ganz anderen Grund.

Es kam ihm so vor, als kenne er sie schon seit Jahren, und er war überrascht, als er sich klar machte, dass er alles in allem nur wenige Stunden in ihrer Gegenwart verbracht hatte. Die Nächte, in denen sie mit dem Vogel herumgewandert war, während er schlief, durfte er dabei nicht mitzählen.

Es war seine eigene Schuld, dass er sie nicht auf Stirling sehen würde. Allerdings hätte er dort auch nicht viel Zeit für sie, denn sein Herr erwartete ihn. Eigentlich waren es zwei, denn in den letzten acht Monaten hatte er zwei Herren gedient – sogar dreien, wenn man es genau nahm und Sir Hector dazurechnete.

Wahrscheinlich gab Elspeth ihm, und zwar mit Recht, die

Schuld daran, dass sie auf Farnsworth bleiben musste, während sich der Rest der Familie am Königshof vergnügte. Patrick fand das Leben bei Hofe nicht besonders amüsant, doch das war vermutlich den Umständen zuzuschreiben, die ihn das letzte Mal dorthin geführt hatten.

Sicher war sie verärgert, doch zumindest hasste sie ihn nicht. Sie hatte ganz klar gesagt, dass sie am liebsten mit ihm fortgegangen wäre, wenn dieses alberne Pflichtbewusstsein sie nicht daran gehindert hätte.

Aber Treue war nicht albern, wie er sich widerwillig eingestehen musste. Ein Kind schuldete der Familie, die es aufgezogen hatte, Respekt und Treue, und das Gleiche galt für eine Dienerin gegenüber ihrer Herrschaft. Hätte er selbst denn nicht sein Leben für die Mackenzies von Kintail gegeben? Er hatte kein Recht, Elspeth die Treue zu den Farnsworths vorzuwerfen.

Da gab Zeus einen leisen Laut von sich, der wie das Miauen eines Kätzchens klang. Patrick erwachte aus seiner Versunkenheit und redete mit dem Habicht.

»Wahrscheinlich findest du es verrückt, aber mir ist, als würde ich sie schon seit Jahren kennen.« Zeus gab keine Antwort, doch davon ließ sich Patrick nicht abschrecken.

»Meine Schwester Bab würde mich für einen Narren halten, weil ich so viele Gedanken an eine Dienstmagd verschwende«, fuhr er fort. »Aber es verhält sich nun einmal so, dass ich Mädchen gegenüber immer den Beschützer spielen muss. Das ist alles. Die Beziehung zu ihr hätte sowieso keine Zukunft. Sie ist eine Dienstmagd, und ich bin ein MacRae, eingeschworener Gefolgsmann der Mackenzies von Kintail. Sie schuldet der Familie Farnsworth Treue und ich den Kintails und meiner eigenen Familie. Außerdem erwartet man eine standesgemäße Heirat von mir. Und überhaupt muss ich erst einmal diesen Auftrag ausführen, bevor ich an etwas anderes denken kann.«

Zeus meldete sich erneut, diesmal eindeutig zustimmend.

Elspeth zählte die Stunden. Wenn die Familie nicht bald abreiste, würde sie noch zur Mörderin.

Sie wusste nicht, wen sie als Erstes umbrächte, aber die Vorstellung, die Lady leblos auf dem Fußboden der Kemenate hingestreckt zu sehen, bereitete ihr eine solche Genugtuung, dass sie sich hastig bekreuzigte. Gewiss war es Sünde, so etwas auch nur zu denken, doch das änderte nichts an ihren Gefühlen. Das Einzige, was ihr noch mehr gefallen würde, wäre, wenn Drusilla sich wie zuvor Maggie Malloch in Luft auflöste. Eigentlich reichte es schon, wenn Drusilla verschwand, mit Maggie hätte sich Elspeth gern noch ein wenig unterhalten.

Ihr ganzes Leben lang hatte Elspeth Geschichten über das Kleine Volk gehört. Auf keinem Waffenstillstandstag oder Markttag, bei keiner Hochzeit oder sonstigen Zusammenkunft durften diese Erzählungen fehlen. Die Elfen und Wichtel, die über Nacht Ordnung in der Küche schufen und es übel nahmen, wenn man ihnen Kleidung schenken wollte – sie waren ein fester Bestandteil der Lieder und Sagen im ganzen Grenzland, doch niemals zuvor war es Elspeth in den Sinn gekommen, dass es sie wirklich gab.

Auf jeden Fall würde sie Maggie nichts anbieten; schließlich wollte sie die kleine Frau nicht beleidigen. Maggie war das Interessanteste, was ihr im Farnsworth Tower jemals untergekommen war, abgesehen natürlich von Patrick.

Während sich die Stunden dahinschleppten und die Arbeit kein Ende nehmen wollte, wünschte sie oft, sie hätte ihren ganzen Mut zusammengenommen und wäre mit Patrick gegangen. Dann wieder sagte sie sich, dass es viel mehr Mut erforderte zu bleiben, wo sie war. Doch allmählich kam sie zu der Auffassung, dass Treue und Gehorsam als Tugenden beträchtlich überschätzt wurden.

Jedenfalls war sie sicher, dass Patrick – wenn überhaupt – nur so lange an sie denken würde, bis er auf dem geschäftigen Schloss Stirling eintraf. Ein bedrückender Gedanke.

»Pass doch auf, was du tust, Elspeth«, fuhr Drusilla sie an. Derart zur Ordnung gerufen, bemerkte Elspeth, dass sie einen Stapel frisch gewaschener und gebügelter Leibwäsche in die Kammer der jungen Damen getragen hatte, ohne im Geringsten bei der Sache zu sein. Drusilla saß auf der Bank in der Fensternische und sortierte gerade Stickgarn auf einem weißen Tuch, das auf ihrem Schoß lag, und Elspeth hatte ihren Wäschestapel direkt neben ihr auf die Bank fallen lassen.

»Entschuldige, Drusilla«, sagte sie. »Ich habe geträumt.«

Drusilla faltete das Tuch mit dem Garn zusammen und stand auf. »Ich habe entschieden, dass du mich in Zukunft mit Mistress Drusilla anreden sollst.«

»Warum? Das habe ich doch noch nie getan.«

»Weil es die angemessene Anrede einer Dienstmagd für ihre Herrschaft ist, darum. Für dich sind wir Mistress Drusilla und Mistress Jelyan. Denk daran.«

»Seit ich hierher kam, habe ich dich Drusilla genannt«, entgegnete Elspeth so erbost, dass ihre Stimme fast so scharf wie die ihres Gegenübers klang. »Und ich werde dich weiter Drusilla nennen, bis du heiratest. Denn du bist eben *nicht* meine Herrin. Und wenn du mehr Respekt von mir erwartest, dann sei gefälligst höflicher zu mir.«

Drusillas saftige Ohrfeige warf sie fast um.

Sie hielt sich die brennende Wange und fühlte die größte Lust, zurückzuschlagen. Doch gerade als sie ausholen wollte, kam Lady Farnsworths wütende Stimme von der Tür. »Wag es nicht, sie zu schlagen, Elspeth! Was um alles in der Welt ist hier los?«

Als Elspeth sich zur Lady umdrehte, kam ihr erst zu Bewusstsein, was sie gesagt und beinahe getan hatte. Stumm stand sie da, und ein Angstschauer lief ihr den Rücken hinunter.

10

»Ich habe keine Zeit, dich zu bestrafen, Elspeth«, sagte die Lady, »aber ich werde Sir Hector von diesem Vorfall unterrichten, und ich versichere dir, diesmal wirst du nicht so leicht davonkommen wie in der Sache mit diesem abscheulichen Falkner.«

»Nein, Madam«, antwortete Elspeth. »Es ... es tut mir schrecklich leid.«

»Das sollte es auch. Ich habe der Köchin gesagt, dass du ihr aufs Wort gehorchen musst, solange wir nicht da sind. Aber sieh zu, dass du deine eigenen Pflichten nicht vernachlässigst. Die Tage werden dir wie Feiertage vorkommen, da du dich nicht um Drusilla und Jelyan kümmern musst. Geh jetzt und frag Martha, ob sie noch etwas für dich zu tun hat.«

»Ja, Madam.« Erleichtert, dass sie für den Augenblick der Strafe entgangen war, hastete Elspeth davon. Den gesamten Nachmittag und Abend über hatte sie keine ruhige Minute. Martha Elliot fand zahllose Aufträge für sie, und Drusilla und Jelyan änderten ihre Meinung fast stündlich. Eingepacktes musste wieder ausgepackt werden, und Dinge, die sie eigentlich zu Hause lassen wollten, sollten auf einmal mit. Schließlich hätte Elspeth die ganze Bande mit Wonne erwürgen können. Zu allem Überfluss musste sie sich zudem anhören, wie die Damen voller Vorfreude von den Vergnügungen sprachen, die am Hof dem Königs auf sie warteten. Seit Jahren reisten sie in jedem Frühling an den Hof und amüsierten sich dort immer prächtig. Auch Elspeth hatte diese Abwechslung sehr genossen und war traurig, dass dieses Mal nichts daraus wurde. Sie würde auch Sir Hector vermissen, Drusilla und Jelyan jedoch ganz bestimmt nicht.

»Ich wette, sogar dem König wird dein rotes Abendkleid ins Auge stechen«, sagte Jelyan zu ihrer Schwester, als Elspeth ihre Tragkörbe zum hundertsten Mal umpackte.

»Ja, und vielleicht lernen wir sogar passende Ritter beim Festball kennen«, antwortete Drusilla lachend. »Es ist höchste Zeit, dass Vater Ehemänner für uns sucht.«

»Es ist mehr als höchste Zeit«, erwiderte Jelyan anzüglich. »Du bist schon beinahe zwanzig, Drusilla, und hättest schon vor Jahren heiraten sollen.«

Drusilla zuckte mit den Schultern. »Du bist nur ein Jahr jünger, Jelyan. Und außerdem habe ich einfach noch keinen gefunden, der mir gefallen hätte. Unser Vater wird mich nicht zwingen, den Erstbesten zu nehmen, der um meine Hand anhält. Um die Wahrheit zu sagen, im Augenblick fühle ich mich zu Hause ganz wohl.«

»Ja, weil du genau weißt, dass kein Ehemann so nachsichtig wäre wie unser Vater und dir so sehr deinen Willen ließe«, erwiderte Jelyan scharfsinnig. »Ich will auf jeden Fall heiraten, und bis jetzt haben wir nur auf Stirling Männer getroffen, die in Frage kämen. Aber Mutter lässt uns ja nie mit einem von ihnen allein.«

Elspeth wusste, dass Jelyan im vergangenen Jahr ein Auge auf mehr als einen jungen Mann geworfen hatte. Doch Lady Farnsworths Vorstellung von einer guten Partie unterschied sich nicht unwesentlich von der ihrer Tochter, und der ideale Bewerber war ihr noch nicht untergekommen.

Trotz oder vielleicht auch wegen der vielen Arbeit verging der Rest des Tages wie im Flug. Immer wenn Elspeth ein wenig Zeit zum Nachdenken fand, kam ihr Patrick in den Sinn, und sie fragte sich, wo er wohl gerade sein und was er tun mochte. Als sie endlich auf dem Weg in ihre Schlafkammer war, blieb sie vor seiner leeren Kammer stehen und warf einen Blick hinein. Der Kamin war kalt, der Strohsack nackt und bloß. Offensichtlich hatten die Köchin oder das Küchenmädchen sich die Decken für ihr eigenes Lager geholt.

Seufzend ging sie mit der Kerze in ihre Kammer und schloss die Tür.

»Endlich können wir ein wenig plaudern, Mädchen!«

Obwohl sie gehofft hatte, Maggie Malloch wiederzusehen, schrak Elspeth zusammen. Sie hielt die Kerze hoch und fragte: »Wo seid Ihr?«

»Hier«, antwortete Maggie. Elspeth schaute noch einmal genauer hin und entdeckte sie in einer Falte der Decke auf ihrem Strohsack. Direkt vor ihren Augen schien die kleine Frau zu wachsen, bis sie wieder ihre gewohnte Größe angenommen hatte. Diesmal hielt sie ein eigenartiges Gebilde in ihrer gut gepolsterten Hand. Am Ende eines dünnen weißen Röhrchens saß ein kleines weißes Näpfchen, aus dem weißer Rauch aufstieg.

»Was ist denn das?«, wollte Elspeth neugierig wissen.

»Das nennt man Pfeife. Es stammt aus einem fernen Land, aber eines Tages wird das Rauchpaffen auch bei uns das Normalste von der Welt sein, weil es sehr angenehm ist.«

Elspeth beäugte das Ding misstrauisch und stellte fest: »Die Wildkatze habt Ihr diesmal nicht dabei.«

»Nein, die brauche ich heute nicht. Steck deine Kerze in den Halter, und setz dich zu mir«, Maggie klopfte mit der Hand leicht auf die Bettdecke. »Du musst ja fast im Stehen einschlafen.«

»Ja, stimmt.« Elspeth tropfte ein wenig Wachs in den Halter und klebte die Kerze damit fest. Immer noch leicht argwöhnisch ging sie zu ihrem Lager hinüber und blickte auf die kleine Frau herab. »Ihr werdet doch nicht verschwinden, wenn ich mich hinsetze, oder?«

Maggie nahm die Pfeife in den Mund, tat einen tiefen Zug und stieß eine Qualmwolke aus. Dann antwortete sie: »Du hast doch gesagt, du hättest keine Angst vor mir, Mädchen.«

Elspeth nickte. »Das habe ich gesagt.«

»Dann setz dich.« Bei diesen Worten schien Maggie ans Kopfende des kleinen Bettes zu schweben, wo sie sich behaglich gegen die Wand lehnte. Sie wirkte jetzt etwas kleiner als zuvor. – »Wie habt Ihr das gemacht?«

»Was?«

Elspeth fragte sich, ob ihre Besucherin jemals eine einfache Frage beantworten würde. Sie ließ sich auf den Strohsack nieder, lehnte sich gegen die andere Wand und starrte die sonderbare Erscheinung an.

»Gefällt dir der Name Elspeth?«

Das Mädchen blinzelte verwirrt. »Was für eine komische Frage.«

»Beantwortest du sie mir?«

»Elspeth ist mein Name.«

»Ist das der einzige Name, den du hast?«

»Was für einen sollte ich sonst haben?« Ihr kam der Gedanke, dass Maggie vielleicht ihren Familiennamen wissen wollte, doch zugleich regte sich eine schwache Erinnerung.

»Sag du es mir«, antwortete Maggie, so als könne sie die Gedanken des Mädchens lesen.

»Ich träume oft von einer Burg auf einem Hügel«, erklärte Elspeth. »Es ist immer dieselbe Burg, und früher war es ein fröhlicher Ort, wo die Menschen lachten und die Sonne immer schien. In jenen Träumen nannte man mich Beth oder Bethie. Aber nun bin ich im Traum immer allein, und die Burg liegt nebelverhangen in weiter Ferne. Aber auch in diesen düsteren Träumen kommt mir Bethie wie mein richtiger Name vor.«

»Das ist er auch«, sagte Maggie.

»Warum?«

»Das kann ich dir nicht verraten, Mädchen. In meiner Welt gibt es Gesetze, die ich nicht brechen darf. Ich kann dir nur so viel sagen, dass wir dich für eine Weile aus den Augen verloren und erst vor kurzem wiedergefunden hatten.«

»Wieso habt ihr mich verloren?«

»Auch das darf ich nicht verraten. Aber nun bist du in Sicherheit.«

»War ich das vorher nicht?« Maggie zuckte bloß die Achseln. Elspeth ließ nicht locker: »Wie habt ihr mich gefunden?«

»Das ist Claud zu verdanken. Er ist mein Sohn, den sie Brown Claud nennen. Ich habe ihn ins westliche Grenzland geschickt, wo er nach dir suchen sollte. Dabei traf er ein Mädchen. Das passiert Claud andauernd, aber diese hat ihm wenigstens gezeigt, wo er dich finden kann. Selbstverständlich ist er ihr sofort verfallen, aber immerhin gefällt sie mir besser als die Letzte. Vielleicht steht ihm diesmal keine Enttäuschung bevor.«

»Nun ja, wenn er sich in sie verliebt hat ...«

»Nein, nein. Claud verliebt sich nicht, er verfällt den Frauen. Das bedeutet, dass ihn jedes hübsche Mädchen am ... an der Nase herumführen kann, wie ihr so schön sagt.«

Elspeth nickte. Sie hatte schon erlebt, wie Dienstmägde genau das mit starken Soldaten gemacht hatten. Gewöhnlich war es allerdings das Mädchen, das am Ende den Kummer hatte, und nicht der Mann. Patricks Bild huschte an ihrem inneren Auge vorüber.

»Warum bist du nicht mit dem Falkner gegangen, als er dich darum bat?«

Elspeth starrte sie an. »Ihr wisst davon?«

»Ich weiß vieles, Mädchen. Warum bist du also nicht mit ihm fortgegangen?«

»Weil es unrecht wäre und dies hier mein Zuhause ist«, antwortete Elspeth.

»Aber nicht deine Familie.«

»Nein? Ich kenne aber nur sie und kann mich an keine andere erinnern.«

»Wie ist es denn mit deinen Träumen?«

»Das sind nichts als Hirngespinste. Dies ist die Wirklichkeit, und ich stehe in der Schuld von Sir Hector und seiner Familie, weil mein Vater ihnen niemals etwas für meinen Unterhalt bezahlt hat.«

»Tatsächlich? Was weißt du denn von deinem Vater?«

»Wenn Ihr alles über mich wisst, dann wird Euch bekannt sein, dass ich ein uneheliches Kind des Grafen von Angus bin und dass er mich hierher gebracht hat, als ich noch ganz klein war.«

Maggie paffte eine weiße Rauchwolke. »Aus Grafentöchtern werden keine Dienstmägde, selbst wenn sie nicht im Ehebett geboren werden – in aller Regel jedenfalls.«

»Vielleicht, wenn meine Mutter eine Edelfrau gewesen wäre ... was sie aber nicht war.«

Maggie schürzte die Lippen und blickte das Mädchen scharf an. Es schien, als kämpfe sie mit sich selbst, dann fuhr sie gelassen fort: »Treue gilt viel unter den Sterblichen, doch gewöhnlich gibt es sie nur im Tausch gegen Sicherheit. Hast du denn vor irgendetwas Angst, Mädchen?«

Elspeth musste an die vielen Geschichten denken, in denen Leute vom Kleinen Volk Sterblichen übel mitgespielt oder sie sogar in tödliche Gefahr gebracht hatten. Daher sagte sie vorsichtig: »Ihr wollt damit doch wohl nicht andeuten, dass ich mit dem Falkner hätte gehen sollen. Selbst wenn ich so wenig Selbstachtung besäße, mich einem Mann an den Hals zu werfen, der – obwohl er sich Mühe gab, es zu verbergen – sicherlich von höherem Stand ist und außerdem selbst in höchster Gefahr schwebt ...«

»Ich glaube nicht, dass er von höherem Stand ist als du«, erwiderte Maggie nachdenklich.

»Ich weiß nicht einmal, welchen Weg er eingeschlagen hat, und außerdem ist er schon seit einem halben Tag unterwegs.«

»Dann solltest du dich beeilen.«

»Diese Engländer suchen nach ihm. Sie sind gefährlich und haben es auf ihn abgesehen.«

»Im Augenblick ist niemand hinter ihm her«, entgegnete Maggie.

»Meint Ihr damit, ich sollte ihm folgen?« Bei dem Gedanken wurde Elspeth ganz flau im Magen; ob vor Furcht oder vor Freude, hätte sie nicht zu sagen gewusst.

In bestimmtem Ton sagte Maggie: »Deine Zukunft musst du selbst finden, Mädchen. Ich kann dir bloß hin und wieder helfen. Aber du tätest besser daran, falsches Pflichtgefühl aufzugeben und deinem Herzen zu folgen. Einer aus meiner Welt, der dich vor uns versteckt hielt, hat dir anscheinend ein paar Gaben verliehen, die deinem Schutz dienen, und ich kann dich noch besser ausstatten. Doch deine Entscheidungen musst du allein treffen und auch allein die Wahrheit herausfinden.«

»Mein Gott, welche Wahrheit?«

Aber Maggie war fort.

»Ich glaube, deine Catriona war eine *glaistig*«, sagte Lucy Fittletrot, als sie und Claud eng umschlungen auf einem grasigen Hügel lagen und den weißen Wolken nachschauten, die über den strahlend blauen Himmel zogen.

»Ich weiß nichts von *glaistigs*«, antwortete Claud. Weil sie ihn danach fragte, hatte er ihr von dem tollen Mädchen im Hochland erzählt, doch er bemerkte, dass sein Körper nicht mehr um Catriona trauerte, seit er mit Lucy zusammen war. »Catriona gehörte zum Fröhlichen Volk. Fürwahr ein hübsches Ding.«

»Eine *glaistig*«, beharrte Lucy. »Das ist sicher, nach dem, was du mir über sie erzählt hast. Wollte sie sich nicht immer mit dir auf einer Lichtung treffen, wo ein Bach floss?«

»Ja, schon, aber wir haben uns auch anderswo getroffen.«

»Aber das Wasser war wichtig. *Glaistigs* sind Wassergeister. Ich bin sicher, unter dem langen grünen Gewand, das sie immer trug, verbarg sie ihre Ziegenfüße.«

»Nein«, protestierte Claud. Doch zugleich fiel ihm ein, dass er sich nicht erinnern konnte, jemals Catrionas Füße gesehen zu haben, was eigenartig war. Denn mit Sicherheit hatte er alles Übrige an ihr sehr genau gesehen.

»Hat sie sich mit Hausarbeiten beschäftigt?«, wollte Lucy wissen.

»Nein, sie hatte noch nicht einmal Lust, sich um den Mann

zu kümmern, der ihr anvertraut war. Ständig sollte ich ihre Aufgaben übernehmen.«

»Dann ist sie entweder ein unnützes Flittchen, oder sie hat einem anderen Mann in seiner Familie die Treue geschworen, seinem Vater vielleicht.«

»Ja, der Mann hatte tatsächlich einen Vater.«

Lucy lachte. »Natürlich hatte er einen Vater, Claud. Das haben wir doch alle.«

»Ich nicht.«

»Aber das musst du doch!«

»Nein, ich habe eine Mutter, aber keinen Vater.«

»Das ist wirklich merkwürdig.«

»Ja, wahrscheinlich«, musste Claud zugeben. Er fragte sich, warum ihm das noch nie aufgefallen war. Über Catriona wollte er jedenfalls nicht mehr nachdenken. Er nahm Lucy in die Arme, entschlossen, auch sie von Catriona abzulenken.

Doch gerade, als er sich dem Mädchen ein wenig eingehender widmen wollte, wurde er unsanft unterbrochen.

»Hör mit dem albernen Geschmuse auf, Claud«, bellte seine Mutter, packte ihn an der Schulter und riss ihn mit einem Ruck auf die Füße.

Er konnte nie herausbekommen, wie sie diesen Kraftakt zustande brachte, denn er selbst hätte das nie geschafft. Aber jetzt war nicht der richtige Augenblick für derartige Fragen.

»Wer ist denn die?«, erkundigte sich Maggie und funkelte dabei Lucy an, die lässig ihre Kleidung ordnete.

»Na, das ist natürlich Lucy Fittletrot. Was passt dir denn schon wieder nicht, Mam?«

»Wenn mich mein Wissen über die Sterblichen nicht trügt, wird unser Mädchen morgen früh schon unterwegs sein,« sagte Maggie. »Mach dich bereit, ihr zu folgen, denn ich muss an einer Beratung mit den Helfenden Händen teilnehmen, bei der es um die Verhandlungen mit dem Fröhlichen Volk geht. Du darfst unser Mädchen nicht eine Sekunde aus den Augen lassen, Claud. Wir wissen nicht, was auf sie zukommt.«

»Ich werde auf sie aufpassen«, versprach er. »Das will ich dir auch geraten haben«, sagte Maggie und war verschwunden.

Claud griff erneut nach Lucy. »Unser Mädchen ist noch nicht weg, mein Liebling, aber wenn sie geht, kommst du dann mit mir und hilfst, auf sie aufzupassen? Du hast sie ja immerhin gefunden.«

»Ich habe gehofft, dass du mich darum bitten würdest, Claud«, antwortete Lucy und kuschelte sich in seine Arme. »Wo waren wir stehen geblieben, als uns deine Mutter gestört hat? Weißt du es noch?«

»Und ob«, sagte Claud und ließ seinen Worten Taten folgen.

Nach einer nahezu schlaflosen Nacht stand Elspeth am Sonntagmorgen zur gewöhnlichen Zeit auf. Sie hatte sich zu einer Entscheidung durchgerungen, und es war ihr nicht einmal besonders schwer gefallen.

Sie räumte ihre Kammer auf und lief dann in die Küche, wo sie ein Stückchen grobes Brot zum Frühstück aß. Den Rest steckte sie sich zusammen mit einer Scheibe kalten Braten und einem Apfel in die Tasche. Dann stieg sie wieder die Treppe hinauf, öffnete die Fenster in der Halle und wartete, bis die Männer, die dort schliefen, aufgestanden und an die Arbeit gegangen waren.

Danach holte sie die beiden Wasserkrüge, die sie jeden Morgen am Brunnen zu füllen und in die Kammer der jungen Damen hinaufzutragen pflegte. Mit den Krügen in der Hand ging sie den Korridor entlang zur Hintertür. Auf dem Weg dorthin machte sie an ihrer Kammer Halt, um ihr Bündel zu schnüren.

Sie besaß nichts Wertvolles bis auf ein kleines goldenes Blättchen an einer dünnen Goldkette. Dieses Kettchen hatte sie als kleines Kind umgehabt, als Angus sie zum Farnsworth Tower brachte. Sie trug es bis zu jenem Tag, an dem man ihr mitteilte, dass sie von nun an für ihren Lebensunterhalt würde arbeiten müssen. Da hatte sie die Kette abgenommen und in ein schmales Holzkästchen gelegt, das Sir Hector ihr für diesen Zweck gegeben hatte. Mittlerweile war die Kette zu kurz für ihren Hals, also schlang Elspeth sie sich zweimal um das Handgelenk.

Ihr Bündel enthielt nur ein sauberes Kleid, einen Kamm, den Falknerhandschuh, den Patrick ihr gegeben hatte, und das bisschen Proviant aus der Küche. Weiter wollte sie nichts mitnehmen, denn außer dem Kettchen hatte sie alles, was sie besaß, von Sir Hector und seiner Lady bekommen. Es war schon schlimm genug, dass sie das Kleid mitnahm, das sie auf dem Leibe trug, und dazu den warmen Kapuzenumhang.

Elspeth hatte sich fast die ganze Nacht schlaflos hin und her gewälzt, war jedoch zwischendurch immer wieder ein wenig eingenickt. Sie träumte von der Burg auf dem Hügel. Zum ersten Mal sah sie einen Pfad, der zu einer hohen Bogentür führte. Und außerdem war, anders als in ihren üblichen Träumen von der Burg, jemand bei ihr gewesen. Gerade wollte sie sich umdrehen, um zu sehen, wer neben ihr ging, da war sie aufgewacht. Sie fragte sich, ob wohl Maggie Malloch mit ihrer Zauberkraft schuld daran war, dass sich ihr Traum so verändert hatte. Aber das konnte ihr eigentlich egal sein, denn nach dem Gespräch mit der kleinen Frau wusste Elspeth auf einmal, was sie tun musste. Im Grunde war es ihr eigener Wunsch gewesen von dem Augenblick an, als Patrick sie bat, mit ihm zu gehen.

Elspeth nahm die Krüge und ging zurück in die Küche. Dabei hielt sie sich den Kopf, als habe sie Schmerzen, und sagte zum Küchenmädchen: »Mir dröhnt der Schädel, Jenny. Würdest du heute bitte den jungen Damen das Wasser hinaufbringen?«

»Ja, mach ich«, antwortete Jenny und nahm ihr die Krüge ab. »Gehst du nicht mit der Familie zur Kirche?«

»Nein, ich glaube, ich lege mich hin und versuche, ein wenig zu schlafen.«

»Na gut, ich werde es ihnen sagen. Aber ich wette, Mistress Drusilla wird in Nullkommanichts herunterkommen, um dich mit in die Kirche zu schleifen.«

Da mochte Jenny durchaus Recht haben. Also legte sich Elspeth auf ihr Bett und wartete, ob Drusilla auftauchen würde. Dabei zählte sie zehnmal bis hundert. Nachdem sie das zweimal getan hatte, dachte sie, dass eine halbe Stunde herum sein müsse. Sie wollte sich gerade von ihrem Lager erheben, als die Tür aufging. Gott sei Dank war es nur Jenny.

»Wir gehen jetzt. Ich wollte vorher bloß nachsehen, ob ich dir etwas bringen kann.«

»Nein, danke«, antwortete Elspeth. »Mir geht es ein wenig besser, aber es wäre wohl unklug, ins Dorf zu gehen, solange ich nicht weiß, ob es etwas Ansteckendes ist.«

»Da hast du Recht. Ich schau noch einmal herein, wenn wir wieder da sind.«

»Das ist nicht nötig, Jenny. Du hast deine Arbeit zu machen, und ich werde einfach schlafen.«

Jenny nickte lächelnd und schloss die Tür.

Noch einmal zählte Elspeth bis hundert, bevor sie aufstand, die Tür öffnete und hinauslauschte. Alles war still. Die Dienstboten gingen mit der Familie im nahe gelegenen Dorf zur Kirche, doch im Hof und am Tor standen immer einige Wachen.

»Ich gehe jetzt«, sagte sie zum Wachtposten. Bestimmt hatte ihm niemand erzählt, dass sie krank sei.

»Ist gut, Mädchen«, erwiderte er gleichmütig. Er drückte den schweren Torflügel auf und schloss ihn wieder hinter ihr. Beim dumpfen Klang des zufallenden Tores hoben sich Elspeths Lebensgeister. Vielleicht würde sie ihre spontane Entscheidung später bereuen, doch im Augenblick fühlte sie sich einfach frei.

Energischen Schrittes wanderte sie in den Wald hinein. Im Schutz der Bäume würde ihr nichts geschehen, denn in diesen Wäldern streifte sie in der Vergangenheit häufig unbehelligt umher. Eine leise innere Stimme gab ihr zu bedenken, dass sie nur deshalb dort sicher gewesen war, weil jeder in weitem Umkreis des Farnsworth Tower wusste, dass sie unter Sir Hectors Schutz stand. Weiter im Norden wäre das jedoch nicht mehr der Fall. Elspeth zog es vor, die Stimme nicht zu beachten, und schritt schneller aus.

Zwar hatte sie Maggie gegenüber behauptet, Patricks Weg nicht zu kennen, doch die meisten Reisenden, die in den Norden wollten, nahmen die Straße, die nach Glasgow und von dort weiter nach Stirling führte. Aber was geschah, wenn Patrick einen anderen Weg eingeschlagen hatte? Er war zu Pferd und daher schnell und beweglich. Und außerdem hatte er mehr als einmal unter Beweis gestellt, dass sein Verhalten unvorhersehbar war. Elspeth bemühte sich, die warnenden Gedanken zu verdrängen, dass es leichtsinnig sei, einem solchen Mann zu folgen, und dass ihre Flucht aus dem Farnsworth Tower sie wahrscheinlich ins Unglück stürzen werde. Stattdessen marschierte sie zügig weiter.

Nells kleine Reisegesellschaft kam nur langsam voran. Ihr war klar, dass Angus sie schnell aufspüren würde, wenn sie auf direktem Weg nach Kershopefoot ritten. Also hatten sie sich einer Gruppe von etwa zwanzig Glaubensflüchtlingen – Männer, Frauen und Kinder – angeschlossen, die sich ihren Weg durch den Kielder Forest nach Carter Bar bahnte, auch wenn das einen Umweg bedeutete.

Nell trug ihr unauffälligstes Kleid und darüber einen schlichten schwarzen Kapuzenumhang. Dennoch musste sie sich eingestehen, dass sie sich von den anderen abhob. Viele Mitglieder der großen, bunt zusammengewürfelten Gruppe gingen zu Fuß. Daher waren auch sie und Jane abgesessen und machten sich bei den Flüchtlingen beliebt, indem sie die Frauen und Kinder abwechselnd auf ihren Pferden reiten ließen. Seth, der Stallbursche aus Midgeholme, führte das Packpferd.

Jedes Mal, wenn sich ein Fremder der Gruppe näherte, wurde Nell nervös, denn gleichgültig, wer gerade auf ihrem Pferd saß, Angus würde den schönen kastanienbraunen Wallach auf den ersten Blick erkennen. Dennoch zogen sie bis zum Sonntagmorgen unbehelligt dahin, als einige aus ihrer Gruppe unbedingt eine Kirche suchen wollten. Nell hatte nichts gegen einen Sonntagsgottesdienst einzuwenden. Allerdings wäre es ihr wesentlich lieber gewesen, damit zu warten, bis sie heil auf der schottischen Seite der Grenze angekommen waren. Bis Carter Bar lagen noch viele Meilen vor ihnen. Also wies sie Jane und Seth an, sich mit den Pferden ans Ende der Gruppe zurückfallen zu lassen. Dabei bemerkte sie, dass eine andere Familie das Gleiche tat. Nachdem sie eine Hügelkuppe überwunden hatten, hörten sie endlich Glockenklang und erblickten nicht allzu weit entfernt einen Kirchturm. Die meisten Wanderer eilten darauf zu, doch Nell zögerte. Sie hatte Angst, ein Dorf zu betreten, das so gefährlich nahe an Midgeholme lag. »Archies Männer suchen uns bestimmt überall«, raunte sie Jane zu. – »Ja, Madam. Wir ziehen besser weiter.«

In diesem Augenblick wies der Mann, der mit seiner Frau und zwei Kindern ebenfalls zurückgeblieben war, in die Ferne und rief: »Reiter! Da hinten im Süden!«

Entsetzt blickte Nell in die angegebene Richtung und sah Stahl in der Sonne aufblitzen. »Schnell«, befahl sie, »wir reiten den Hügel an der anderen Seite hinab und dann nach Norden. Ob das nun Archie ist oder Soldaten des Königs, wir wollen ihnen auf keinen Fall in die Arme laufen!«

Kurz darauf befanden sie sich mitten im Wald und suchten nach einem Versteck. Die kleine Familie war ihnen nachgeritten, und daher waren sie zu viele, um sich unauffällig verbergen zu können.

»Diese Soldaten sahen mir mehr nach König Heinrichs Leuten aus als nach denen des Grafen, Mylady«, sagte Jane. »Falls sie es auf flüchtige Papisten abgesehen haben, lassen sie uns bestimmt unbehelligt ziehen.«

»Archie wird seine Leute entlang der Grenze Patrouille reiten lassen«, antwortete Nell, »und diese Soldaten kontrollieren ebenfalls die Grenze, wenn sie wirklich auf der Jagd nach Flüchtlingen sind. Ich glaube, es ist sicherer, wenn wir uns eine Weile verstecken.«

»Ja«, stimmte ihr der Mann zu, der mit ihnen ritt. »Die Mistress hat Recht. Wir bleiben heute im Wald und sehen morgen weiter. Ich glaube, zurzeit hält man sich besser von Priestern und Soldaten fern.«

Obgleich sie sich über die Verzögerung ärgerte, musste Nell einsehen, dass ein Zusammentreffen mit den Soldaten oder Angus gleichermaßen fatal wäre, und beugte sich daher dem Rat des Mannes.

Mehrere Meilen von Farnsworth entfernt im Wald hatte Elspeth gerade ihren kalten Braten ausgewickelt und hungrig hineingebissen, als ein Junge mit einem kastanienbraunen Pony, das einen Packen trug, zwischen den Bäumen hervortrat. Ein großer, aschgrauer Hund trottete neben ihm einher.

Der Junge sah ein oder zwei Jahre jünger aus als Klein Neddy. Seine roten Locken hatten anscheinend noch nie einen Kamm gesehen, doch seine abgewetzten braunen Hosen und das Wams waren überraschend sauber, und er trug derbe Stiefel, die ihm ein wenig zu groß waren. Er führte das Pony an einem Stück Seil. Vor allem der Hund erregte Elspeths Aufmerksamkeit, er war so riesig, dass er dem Burschen fast bis zur Schulter reichte. Der Junge grinste, als er Elspeth so stocksteif dastehen sah. Dabei bemerkte sie, dass ihm zwei Vorderzähne fehlten. »Du brauchst keine Angst vor Donner zu haben; er wird dich schon nicht beißen.«

»Ich fürchte mich nicht vor ihm«, entgegnete sie, »aber er ist der größte Hund, den ich jemals gesehen habe.«

»Ja, groß ist er schon. Ich bin übrigens Klein Jock von der Mauer«, setzte er noch immer grinsend hinzu und blickte sie erwartungsvoll an.

Sie zögerte. Noch war sie nicht weit genug vom Farnsworth Tower entfernt, um jedem Fremden ihren Namen zu nennen. Der Bursche konnte sie an die Verfolger verraten, die sich bestimmt bald auf die Suche nach ihr machen würden. Ohne lange zu überlegen, sagte sie: »Ich bin Beth.«

»Wir können ein Stückchen miteinander gehen, wenn du magst, Beth«, sagte Klein Jock.

»Aber du weißt ja gar nicht, wohin ich will.«

Er zuckte die Achseln. »Uns ist alles recht. Wir gehen einfach, wohin du auch gehst. Weißt du, es ist besser, nicht allein zu wandern. Dann können einem die Räuber nicht so gefährlich werden.«

»Bist du schon vielen Räubern begegnet?«, fragte sie belustigt. Er wirkte ernsthaft und selbstsicher für sein Alter.

»Oh ja«, antwortete er zu ihrer Verblüffung. »Hier herum gibt es jede Menge, und Jackie ist ein feines Pony, das kannst du ja selbst sehen.«

»Ja, er ist wirklich ein hübscher Kerl.«

»Und genau deshalb wollen sie ihn mir wegnehmen. Aber Donner jagt sicher jedem Räuber Angst ein, meinst du nicht?«

»Bestimmt. Außerdem glaube ich nicht, dass ein Räuber dir dein Pony stehlen würde.«

»Doch.« – »Warum bist du da so sicher?«

»Weil ich ihn den Räubern geklaut habe«, antwortete der Junge mit frechem Grinsen.

Sie war leicht schockiert über sein freimütiges Geständnis, wusste jedoch, dass die meisten Leute im westlichen Grenzland nichts dabei fanden, fremdes Eigentum, beispielsweise Vieh, einfach »mitgehen« zu lassen. Daher sagte sie diplomatisch: »Dann wirst du wohl Recht haben, dass sie hinter dir her sind.«

»Ja, bestimmt.«

»Du sagst, dein Name ist Klein Jock von der Mauer«, fuhr Elspeth fort. »Dann heißt dein Vater wahrscheinlich Großer Jock von der Mauer, oder?«

»Das war sein Name, bevor ihn die Engländer umgebracht haben«, antwortete Klein Jock.

»Und deine Mutter?«

»Sie starb bei der Geburt meines Bruders. Und das Baby auch.« Er grinste wieder. »Es gibt also keinen Grund, warum ich nicht mit dir gehen sollte. Außerdem ist das Pony stark genug, um uns beide zu tragen, wenn du willst. Oder wir wechseln uns ab.«

»Hast du den Hund auch gestohlen?«

»Nein. Der ist uns gestern Abend begegnet. Er sieht ganz schön gefährlich aus, was? Er soll die Räuber erschrecken, wenn sie sich das Pony wiederholen wollen. Also, wohin gehen wir?«

Elspeth wusste nicht, wie sie sein Angebot ablehnen sollte, und war ganz froh über die Gesellschaft. Daher sagte sie: »Ich will über Moffat nach Glasgow. Doch der einzige Weg, den ich kenne, führt über Lockerbie, und ich würde nicht gern durch das Dorf gehen, wenn es nicht sein muss.«

»Nein, diese Dorfleute sind einfach zu neugierig«, stimmte ihr Jock kopfschüttelnd zu. »Ich weiß einen kleinen Pfad, der nach Annandale hinaufführt. Er ist kürzer und direkter, aber auch steiler als die Landstraße.«

Ihr fiel ein, dass auch Patrick sich bestimmt von der Hauptstraße fern hielt und dass man sie sicher bald suchen würde.

»Kennst du den Weg auch ganz bestimmt?«

»Ja«, antwortete er fröhlich. »Nach Moffat schon, aber wenn wir den Ort umgehen wollen, müssen wir ein bisschen aufpassen, damit wir uns nicht verlaufen.«

»Ich halte Ausschau nach einem Freund, der ebenfalls nach Norden unterwegs ist«, sagte sie. »Er ist groß und stark und könnte uns beschützen, aber ich weiß nicht, welchen Weg er genommen hat.«

»Wir könnten die Leute auf der Straße fragen, ob sie ihm begegnet sind«, antwortete Jock ein wenig zweifelnd. »Aber wahrscheinlich haben sie mehr als einen großen Mann gesehen.«

»Er trägt einen Habicht.«

»Daran werden sich die Leute bestimmt erinnern.« Er warf ihr einen fragenden Blick zu, sagte jedoch nichts.

»Er ist ... ein Freund von mir. Ich weiß, dass es nicht sicher für eine Frau ist, allein zu reisen. Deshalb versuche ich, ihn einzuholen.«

»Jetzt kann ich ja auf dich aufpassen«, erwiderte Jock, »aber wir halten auf jeden Fall Ausschau nach deinem Freund.« Wieder warf er ihr einen Blick zu. »Er gehört doch wohl nicht zu der Sorte, die Jackie und Donner und mir vorschreiben wollen, was wir zu tun haben? Oder der behauptet, dass wir einen Erwachsenen brauchen, der sich um uns kümmert, oder? Denn so etwas können wir gar nicht gebrauchen.«

»Wie alt bist du?«

Er zuckte mit den Schultern. »Alt genug. Ich bin in dem Jahr geboren, nachdem der König mit seinem Heer ins westliche Grenzland kam und Johnny Armstrong aufgehängt hat.«

Sie hatte von dem berüchtigten Räuber Johnny Armstrong gehört, besaß jedoch keine Vorstellung davon, wann er gehängt wurde. Daher war die Auskunft nicht sehr hilfreich. Der Junge erschien so klein und schmächtig, dass sie ihn auf neun oder zehn Jahre schätzte.

»Hast du niemanden, bei dem du wohnen kannst?«

»Nein, ich brauche keinen.«

Sie konnte sich nicht vorstellen, dass ein Junge in seinem Alter völlig auf sich allein gestellt war. Als er ihren zweifelnden Blick bemerkte, fügte er hinzu: »Ich habe bei meinem Onkel gelebt, aber der hat mir immer auf den Kopf gehauen, also bin ich weggelaufen. Ich wäre gern bei den Räubern geblieben, aber die wollten mich nicht haben.«

»Du lieber Himmel!«

»Ja, ich dachte, sie könnten mich gebrauchen. Ich kann nämlich hart arbeiten.«

»Aber Jungen gehen doch bestimmt nicht auf Raubzug!«

»Ich bin ziemlich weit für mein Alter«, sagte er bestimmt. »Ich dachte immer, Räuber würden tagsüber schlafen und nachts übers Land reiten und nach Vieh Ausschau halten, das sie rauben können. Aber dann habe ich herausgefunden, dass sie gar nicht immer nur rauben, sondern zwischendurch nach Hause zu ihren Frauen gehen. Und ich habe kein Haus und keine Frau«, fuhr er mit einem Seufzer fort, »also schnappte ich mir das Pony, damit es meine Siebensachen tragen konnte, und verließ die Räuber, um mein Glück woanders zu suchen.«

»Da bin ich aber froh«, erwiderte Elspeth lächelnd. »Schön, dass du mich begleitest.«

Ihr kamen Maggie Mallochs Worte in den Sinn, die versprochen hatte, ihr nach besten Kräften beizustehen. Vielleicht hatte sie ja die drei seltsamen Gefährten zu Elspeths Unterstützung herbeigezaubert. Auf jeden Fall hatte Elspeth die Wahrheit gesagt, als sie versicherte, dass sie froh über Jocks Begleitung war. Und noch am selben Tag sollte sich der Junge als überaus nützlich erweisen.

Elspeth war mittlerweile weiter gewandert als jemals zuvor, doch in der Gesellschaft ihrer neuen Gefährten fühlte sie sich sicher. Darüber hinaus zeigte Jock großes Geschick, wenn es darum ging, ein Feuer zu machen oder in dem Bach, dem sie gefolgt waren, eine große Forelle fürs Abendessen aufzuspießen. Elspeth hatte keinen Gedanken daran verschwendet, wie sie sich in der Nacht wärmen und wo sie schlafen sollte. Doch Jock bereitete ihnen im Handumdrehen weiche Lager aus süß duftendem Gras. Dann wickelte sie sich in ihren Umhang, der Junge in eine Decke, die den Rücken des Ponys bedeckt hatte, und mit Donner, der sich zwischen ihnen ausstreckte und sie wärmte, verbrachten sie eine durchaus geruhsame Nacht.

11

Nell und ihre Weggefährten überschritten die Grenze am Montagvormittag. Zwar fühlte sie sich ein wenig sicherer, trotzdem konnte sie sich nicht darauf verlassen, dass Angus auf der englischen Seite bleiben würde, wenn er erfuhr, dass sie sich in Schottland aufhielt. Sie trieb ihre beiden Begleiter daher zu größerer Eile an, und bald hatten sie die Flüchtlingsfamilie, die mit ihnen über die Grenze gegangen war, weit hinter sich gelassen.

»Wohin reiten wir, Mistress?«, erkundigte sich Jane, als Nell endlich ihr Pferd zügelte und sie sich in normaler Lautstärke verständigen konnten. »Ich muss zu Jakob«, erklärte Nell. »Wir wissen ja, dass er Schottland nicht verlassen hat, also hält er sich entweder in Edinburgh oder Stirling auf. Und der kürzeste Weg dorthin ist die Hauptstraße über Hawick und Selkirk nach Galashiels.«

»Ich habe eine Cousine in Stirling«, sagte Jane, »aber Ihr besitzt doch jede Menge Verwandte im Grenzland, Madam.«

»Das ist richtig«, erwiderte Nell, »aber an die möchte ich mich nicht um Hilfe wenden. Ich gehe zu Jakob als Witwe von Adam Gordon und will ihn um Erlaubnis bitten, in Schottland bleiben zu dürfen. Da ist es besser, wenn mir niemand nachsagen kann, ich hätte auf der Reise Kontakt zur Familie Douglas gehabt.«

Jane seufzte. »Dann werden wir heute Nacht wohl wieder auf der Erde schlafen, schätze ich.«

»Oh nein«, erklärte Nell. »Wir suchen uns ein nettes, gemütliches Kloster und bitten dort um Obdach.«

Sie hoffte, dass auch Patrick einen behaglichen Unterschlupf gefunden hatte, wo immer er jetzt sein mochte.

Um den englischen Suchtrupp nicht auf seine Spur zu locken, hatte sich Patrick von Städten und Dörfern fern gehalten. Am Sonntagabend hatte er sein Lager unweit des rasch dahinströmenden Annan in einem engen Tal aufgeschlagen, in dem ein kleines Bächlein plätscherte. Am Montagmorgen entschloss er sich, ein wenig mit Zeus zu arbeiten.

Er band ein Ende der langen Leine an einen Ast, setzte den Habicht auf eine behelfsmäßige Sitzstange und stieg ein Stückchen den grasbedeckten Hügel hinauf. Dann stieß er seinen wohlklingenden Pfiff aus und wartete geduldig, während Zeus sein Gefieder putzte. Gerade wollte Patrick noch einmal pfeifen, als Zeus plötzlich mit wenigen klatschenden Flügelschlägen auf ihn zu gesegelt kam. Rasch riss der Falkner die behandschuhte Hand hoch, doch er war nicht schnell genug. Zeus ließ die Faust unbeachtet und landete auf Patricks Schulter, der schnell den Kopf zur Seite drehte.

Er hatte schon viele Greifvögel abgerichtet, doch immer wieder freute er sich von ganzem Herzen, wenn ein Vogel zum ersten Mal auf seinen Pfiff reagierte. Für einen Hühnerhabicht lernte Zeus erstaunlich schnell, so dass Patrick sich fragte, ob er bereits früher in Gefangenschaft gewesen und nach Ausbildungsbeginn entkommen war.

Er wartete ruhig ab, bis Zeus an seinem Arm hinunterstieg und dabei in gleichmäßigem Rhythmus die Krallen in den Ärmel seines Lederwamses drückte. Schließlich saß der Habicht auf der Faust und verschlang ein Stückchen Kaninchenleber, das der Falkner ihm reichte. Auf einmal verharrte Zeus zitternd und mit vorgerecktem Hals und spähte den Hügel hinab. Es dauerte ein paar Sekunden, bis auch Patrick das tiefe Hundegebell von ferne vernahm. Mit einem Mal war er hellwach. Das war das Bellen eines Spürhundes, der einer Fährte folgte. So weit im Norden erschien es unwahrscheinlich, dass es sich um seine englischen Verfolger handelte. Wahrscheinlich war es ein Hund aus einer der zahlreichen Hütten, die er entlang des Weges gesehen hatte.

Das Bellen kam immer näher, und dann sah er den Hund. Es war ein riesiger schottischer Hirschhund, der, scheinbar unbeaufsichtigt, über den Hügel auf ihn zugerannt kam. Da er nicht ausmachen konnte, ob das Tier ihm freundlich gesonnen war, zog Patrick sein Schwert.

»Ruhig, Zeus«, murmelte er dem ängstlichen Habicht auf seiner linken Faust zu.

Zu seiner großen Erleichterung blieb der Hund ein paar Meter von ihm entfernt hechelnd stehen, legte den Kopf schief und wedelte mit seinem langen Schwanz.

»Guter Junge«, sagte Patrick. Vor ihm stand einer der größten Hunde, die er je gesehen hatte, mit breiter Brust, hohen Beinen und einem schlanken Kopf, der dem Mann fast bis zur Taille reichte. Er erkannte die Rasse sofort, denn Mackinnon von Dunakin, einer seine Nachbarn von der Insel Skye, besaß vier solcher Hunde und verwendete sie regelmäßig für die Jagd. Es waren wertvolle Tiere – so wertvoll, dass laut Gesetz nur Grafen, Clanoberhäupter und Großgrundbesitzer sie halten durften. Daher fragte sich Patrick, warum dieser allein herumstreunte.

Während er dem Habicht Zeit ließ, sich an die Anwesenheit des Hundes zu gewöhnen, und dabei abwartete, ob der Hund näher kam, nahm er eine Bewegung am Fuß des Hügels wahr. Zwei Menschen traten zwischen den Bäumen hervor, die den Bach säumten; der kleinere von ihnen führte ein Lastpony am Zügel.

Sicher waren es Reisende wie er selbst. Patrick behielt sie genau im Auge, und plötzlich erkannte er das Mädchen. Sein Körper reagierte so stark auf ihren Anblick, dass es sich nur um Elspeth handeln konnte. Als er feststellte, dass er den Jungen noch nie zuvor gesehen hatte, war er so beunruhigt, als wäre Elspeth seine Schwester.

Nein, dachte er und zog heftig den Atem ein, so zornig könnte er auf Bab niemals sein.

Zeus flatterte mit den Flügeln, und Patrick ruckte kurz mit

der Hand, damit sich der Vogel wieder am Handschuh festkrallte und nicht aufflog. Als er sah, wie sehr der Habicht auf seinen wachsenden Zorn reagierte, atmete er noch einmal tief durch und schob das Schwert in die Scheide.

Sie lächelte! War ihr denn nicht klar, in welche Gefahr sie sich begeben hatte? Sie konnte nur froh sein, dass er den Habicht auf der Faust hatte, sonst hätte er sie bei den Schultern gepackt und geschüttelt, bis sie wieder zu Verstand kam.

Mit schnellen Schritten ging er ihr entgegen, bis zu dem Punkt, wo die Leine nicht mehr weiter reichte. Dort musste er wohl oder übel stehen bleiben und auf sie warten.

»Ihr habt Euch den Bart abrasiert«, sagte sie, als sie auf Hörweite herangekommen war.

»Was zum Teufel machst du hier allein, so weit von zu Hause weg?«

Der freudige Ausdruck auf ihrem Gesicht verschwand, und sie blickte ihn unsicher an. Dann warf sie einen Seitenblick auf ihren jungen Begleiter. Der Junge verdrehte die Augen und flüsterte ihr etwas zu. Stirnrunzelnd schüttelte sie den Kopf und sagte so laut, dass Patrick es hören konnte: »Du bleibst hier stehen, und ich rede mit ihm.«

»Nein, mach das nicht«, protestierte der Junge. »Er sieht aus, als wollte er dich auffressen. Und Donner ist uns auch keine Hilfe.«

»Ich habe genauso wenig Angst vor ihm wie vor Donner, Jock. Also bleib da stehen.«

»Tu, was sie sagt, Junge«, befahl ihm Patrick.

Der blickte den Mann abwägend an und fasste sich dann ein Herz. »Ich habe versprochen, sie zu beschützen, Mister«, sagte er. »Wenn Ihr sie anfasst, hetze ich den Hund auf Euch. Dann reißt er Euch beide Arme ab und frisst sie zum Abendessen!«

Patrick schnippte mit den Fingern und rief: »Komm!«

Der Hund kam schwanzwedelnd auf ihn zugetrottet.

»Leg dich!«

Mit lang heraushängender Zunge drückte sich der Hund auf den Boden, heftete seinen schwarzen Augen auf Patricks Gesicht und wartete auf seinen nächsten Befehl.

»Also«, sagte Patrick mit einem strengen Blick auf den Jungen. »Ich habe etwas mit dem Mädchen zu besprechen, was nicht für deine Ohren bestimmt ist.«

»Ja, Sir«, erwiderte der Bursche und beugte sich der Überlegenheit des Mannes. Er warf Elspeth einen bedauernden Blick zu und blieb, wo er war. Das braune Pony begann zu grasen.

»Komm her und erklär mir dieses närrische Unternehmen«, sagte Patrick zu dem Mädchen.

Sie zögerte und blickte ihn nachdenklich an. Gerade, als er dachte, dass er sie vielleicht zu grob angefahren und sie erschreckt hatte, sagte sie: »Es ist nicht recht von Euch, mich auszuschelten. Schließlich war es Eure Idee, dass ich mit Euch gehen sollte.«

Bei dem Gedanken daran, was ihr alles hätte zustoßen können, flammte sein Zorn wieder auf. »Sei nicht so dumm! Ich wollte doch nicht, dass du dich allein und ohne Schutz auf den Weg machst.«

»Also bitte«, mischte sich der Junge empört ein. »Sie ist nicht ohne Schutz. Sie hat mich und Donner, die sich um sie kümmern!«

»Du solltest nicht lauschen«, erinnerte ihn Patrick.

»Ja, schon, aber ich kann doch gar nicht anders, wenn Ihr brüllt wie ein rauschiger Keiler.«

»Wie ein …! Jetzt hör mal zu, Bürschchen …«

»Ach bitte, schimpft nicht mehr mit ihm«, bat Elspeth, schüttelte den Kopf und konnte sich dabei kaum das Lachen verkneifen. »Ihr solltet nur Euer Gesicht sehen!«

»Machst du dich etwa über mich lustig?«

»Ich habe mir Mühe gegeben, nicht zu lachen«, erwiderte sie. »Jock ist zwar nur ein Junge, aber er hat sehr gut auf mich aufgepasst.«

»Aber welcher Teufel hat dich bloß geritten, dass du mir einfach nachgekommen bist?«, fragte er, noch immer ganz entsetzt bei der Vorstellung, dass sie schutzlos so weit gelaufen war. Ihm kam ein Gedanke. »Haben dir diese Furien etwas angetan?«

»Nein, Sir, eigentlich nicht. Wahrscheinlich war ich wirklich verrückt. Auf jeden Fall kann ich Euch nichts erklären, was ich selbst nicht verstehe. Die traurige Wahrheit ist, dass ich von Drusilla und Jelyan schon die Nase gestrichen voll hatte, bevor ihr mir damals im Wald begegnet seid. Seit jenem Tag hat mich der Neid auf Eure Freiheit förmlich zerfressen, und ich muss gestehen, dass es mir immer schwerer fiel, auf ihren Befehl hin zu springen und die ganze Schufterei zu erdulden. Und als Drusilla mich dann schlug …«

»Sie hat dich wieder geschlagen? Wie konnte sie es wagen!«

»Ja, das hat sie. Und nicht zum ersten Mal, wie Ihr wisst. Aber dieses Mal habe ich mich so sehr darüber geärgert, dass ich um ein Haar die Hand gegen sie erhob. Ich weiß nicht, ob ich wirklich zurückgeschlagen hätte, aber das war auch egal, weil Lady Farnsworth gerade in diesem Augenblick ins Zimmer kam.«

»Ich kann mir nicht vorstellen, dass du davongelaufen bist, nur um deiner Strafe zu entgehen.«

»Nein, natürlich nicht. Ich fürchte, ich hatte mich zu sehr mit dem Gedanken angefreundet, mit Euch fortzugehen. Allerdings kam ich mir dabei immer böse und verdorben vor. Und so fühle ich mich auch im Augenblick«, schloss sie mit kläglicher Stimme.

»Auf diese Gefühle darfst du nichts geben«, sagte er mit Nachdruck. »Bei mir bist du sicher.«

Sie bedachte ihn mit einem leicht belustigten Blick. »Wirklich?«, fragte sie. »Verzeiht mir die Frage, aber ich muss daran denken, was neulich nachts im Dunkeln passiert ist.«

»Ich habe dich nicht bedrängt«, erinnerte er sie und warf

dabei dem Jungen einen schrägen Blick zu. Der lauschte noch immer mit unverhohlener Neugier.

»Das weiß ich ja«, erwiderte sie, »doch Ihr scheint anzunehmen, dass ich Erfahrung mit Männern habe. Viele junge Frauen in meiner Stellung wissen über dergleichen besser Bescheid, als sie sollten, aber ich hatte so etwas noch nie zuvor getan. Nun ist meine Tugend wohl für immer dahin.«

Er hatte sie mitnehmen wollen, weil er sie anziehend fand und auf ein wenig Spaß während der Reise hoffte. Doch jetzt musste er sich eingestehen, dass das verwerfliche Gründe waren, zumal er genau um ihre Unschuld wusste. Ihn plagte das Gewissen.

Zwar freute er sich, sie zu sehen, doch dass sie seinem Wunsch gefolgt und weggelaufen war, bereitete ihm Kopfzerbrechen. Patrick war durchaus bereit, die Verantwortung für sie zu übernehmen und auf sie Acht zu geben. Aber was in aller Welt sollte er mit ihr und ihren drei sonderbaren Gefährten anfangen, wenn sie nach Stirling kamen? Das wusste er nicht. Ganz offensichtlich hatte das Mädchen auch nicht so weit gedacht.

»Ich hoffe, Ihr wollt nicht wieder mit mir schimpfen«, sagte sie.

»Nein, ich habe nur überlegt, was ich mit dir anfangen soll.«

»Darüber braucht Ihr Euch nicht den Kopf zu zerbrechen«, antwortete sie leichthin. »Von nun an entscheide ich für mich selbst. Ich wäre aber sehr froh, wenn Ihr mich begleiten würdet, bis wir nach Stirling kommen.«

»Ich werde noch mehr tun, mein liebes Mädchen«, entgegnete er, schon wieder ungehalten. »Du wirst bei mir bleiben, bis ich weiß, was mit dir geschehen soll. Und du wirst mir gefälligst gehorchen, ebenso wie deine beiden wilden Kumpane.« Er warf einen Seitenblick auf den Jungen.

Als sie die Lippen zusammenpresste, war ihm klar, dass es eine Auseinandersetzung geben würde. Doch der Blick, den sie dem Jungen zuwarf, verriet, dass sie sich nicht in seiner Gegenwart mit Patrick streiten wollte. Der war darüber ganz froh, denn er wollte sich am liebsten überhaupt nicht mit ihr zanken.

»Willst du mir deinen Begleiter nicht vorstellen?«, fragte er daher freundlich.

»Er heißt Klein Jock von der Mauer.«

»Was für eine Mauer?«

Ihre Augen funkelten verschmitzt. »Ich weiß nicht.«

Sie schauten beide den Jungen an.

Jock zuckte die Achseln. »Ich weiß auch nicht«, sagte er. »Es ist eben einfach mein Name, und der vom Pony ist Jack und vom Hund Donner.«

»Wer ist denn dein Vater?«, wollte Patrick wissen. Er fragte sich, wie der Bursche zu einem Hund gekommen war, wie ihn nur Leute von hohem Stand besitzen durften.

»Mein Vater ist tot. Die verdammten Engländer haben ihn umgebracht.«

»Das tut mir leid. War er ein Edelmann?«

»Nein, ein Räuber.«

»Ich habe die Erfahrung gemacht, dass das eine das andere nicht ausschließt«, sagte Patrick mit einem Anflug von Lachen.

»Hä?«

»Egal. Wie bist du zu dem Hund gekommen?«

»Ich bin nicht zu ihm gekommen, er ist zu mir gekommen.«

»Ich verstehe.« Das war eine schlechte Neuigkeit, denn bestimmt würde sein vornehmer Besitzer nach diesem wertvollen Tier suchen.

»Es ist eher das Pony, über das Ihr Euch Sorgen machen solltet«, sagte das Mädchen so übermütig, dass Patrick ihm einen prüfenden Blick zuwarf.

»Wieso?«

»Weil Jock es bei einer Räuberbande hat mitgehen lassen.

Und er nimmt an, dass sie es vielleicht zurückhaben wollen.« Patrick prustete los, dann legte er den Kopf in den Nacken und brüllte vor Lachen. »Mir hat einmal jemand gesagt, dass ich Scherereien nicht zu suchen brauche; sie finden mich von ganz allein. Und heute trifft das wahrhaftig zu.«

»Wer hat gesagt, dass die Scherereien Euch finden?«

Patrick konnte Fins spöttische Stimme förmlich hören, doch er sagte nur: »Ein Freund.«

»Wollt Ihr uns los sein?«

»Nein, Mädchen, das habe ich dir doch schon gesagt.«

»Ich bleibe aber nur, wenn Ihr mich nicht mehr ausscheltet. Davon hatte ich mehr als genug auf Farns..., ich meine, ich habe in meinem Leben genug harte Worte zu hören bekommen.«

Als sie ihn lange bedeutungsvoll anschaute, ging ihm auf, dass der Junge nicht wusste, woher sie kam.

Auf seine merkwürdig erwachsene Art sagte Jock: »Ich finde, wir sollten allein weiterziehen, Beth. Der da hat nicht besonders viel Mumm, und wir können uns nicht mit ihm aufhalten.«

»Sag mal«, fragte Patrick, »wie alt bist du eigentlich?«

Als Jock nur mit den Schultern zuckte, antwortete Elspeth für ihn: »Er weiß es nicht genau, aber er ist in dem Jahr geboren, in dem der König Johnny Armstrong hängen ließ.«

Patrick rechnete nach. »Dann muss er zehn oder elf sein und damit alt genug, um für seine frechen Antworten geradezustehen. Komm her, Bürschchen.«

Sie legte ihm eine Hand auf den Arm. »Ihr solltet wissen, dass Jock von seinem Onkel fortgelaufen ist, weil der ihn zu oft geschlagen hat.«

»Ja, stimmt«, bestätigte Jock. »So sehr, dass meine Lauscher so dick wie Humpen wurden. Der Mann war so grantig, als hätte er Brennnesseln gepisst.«

Sie zog die Brauen hoch. »Lauscher wie Humpen?«

»Ohren wie Bierkrüge«, erläuterte Patrick und setzte zu

Jock gewandt hinzu: »Wenn du mit deinem Onkel so geredet hast wie mit mir, dann hast du die Prügel redlich verdient.«

»Mag sein«, erwiderte Jock und nickte. »Aber wenn einer für sich selbst sorgen kann, bleibt er doch nicht ruhig stehen und lässt sich verdreschen.«

»Kannst du Kaninchen fangen?«, fragte Patrick unvermittelt.

»Ja, und auch schießen. Ich habe Pfeil und Bogen.«

»Siehst du den Habicht da?«

»Klar. Sieht ganz schön wild aus.«

»Er frisst gern Innereien von Kaninchen. Wenn du also ein paar Tiere fangen kannst, füttern wir ihn mit dem Gekröse und braten den Rest zum Mitnehmen.«

»Da drüben im Wald bei dem Bach gibt es jede Menge Kaninchen«, sagte Jock. Dann warf er Patrick einen schiefen Blick zu. »Ihr macht Euch auch bestimmt nicht mit unserer Beth davon und lasst mich zurück, oder?«

»Nein, das wird er nicht«, sagte sie und schaute Patrick an. »Und ich gehe sowieso auf keinen Fall mit ihm, wenn du nicht dabei bist, um mich zu beschützen.«

»Also gut«, sagte der Junge und schnürte sein Bündel auf. »Ihr behaltet am besten Donner bei Euch, Sir. Er verscheucht mir nur die Kaninchen.«

»Er bleibt bei mir«, antwortete Patrick. »Und Beth auch«, fügte er hinzu und hielt ihren Arm fest, da sie Anstalten machte, mit Jock zu gehen. »Mit dir habe ich nämlich noch ein Wörtchen zu reden.«

Nachdem Jock den Hügel hinuntergerannt war, entzog Beth Patrick ihren Arm und war ein wenig enttäuscht, dass er sie nicht festzuhalten versuchte.

»Ihr könnt mit mir bereden, was Ihr wollt, Sir«, sagte sie, »aber Ihr habt versprochen, nicht mehr zu schimpfen.«

»Soll ich dich Beth nennen?«, fragte er sie rundheraus.

Sie fühlte, dass sie errötete, sagte aber nur: »Ich wollte ihm meinen Namen nicht nennen, als wir einander begegneten, weil wir noch zu nahe beim Farnsworth Tower waren. Wahrscheinlich hätte ich ihm ruhig vertrauen können, aber aus irgendeinem Grund wollte ich gern, dass er mich Beth nennt.«

»Warum?«

Nach kurzem Zögern entschloss sie sich, ihm die Wahrheit zu sagen. »In einem Traum, der immer wiederkehrt, heiße ich nicht Elspeth, sondern Beth. Warum, weiß ich nicht.«

»Elspeth und Beth sind beides Abkürzungen für Elizabeth, und das ist ein gebräuchlicher Name. Vielleicht hat man dich Beth genannt, als du noch klein warst. Sagt denn jemand in deinem Traum Beth zu dir?«

»Nun nicht mehr«, erwiderte sie. »Früher, glaube ich, schon, aber jetzt bin ich in dem Traum immer allein und wandere umher. Es ist wie eine andere Welt, in die ich aus dem Farnsworth Tower fliehen kann.«

Patrick runzelte gedankenvoll die Stirn, doch bevor er etwas sagen konnte, flatterte Zeus auf, und es dauerte eine Weile, bis er dem Habicht eine Hand unter den Bauch geschoben und ihn sich wieder auf die Faust gesetzt hatte.

»Wo sind Eure Pferde?«, fragte sie. »Habt Ihr in der Nähe Euer Lager aufgeschlagen?«

»Ja, aber wenn du glaubst, du könntest das Thema wechseln und mich davon abbringen, ein Wörtchen zu deinem Alleingang zu sagen, dann hast du dich geirrt.«

»Wo wir gerade von Irrtümern sprechen – Ihr solltet Euch darüber im Klaren sein, dass Jock Euch nicht für einen gewöhnlichen Falkner hält. Ihr habt nämlich mit mir geredet, wie Ihr es gewöhnlich tut, und er hat Euch soeben ›Sir‹ genannt, falls Ihr es nicht bemerkt haben solltet.«

Wieder runzelte er die Stirn; er hatte es tatsächlich nicht bemerkt. Einem Mann, der an diese respektvolle Anrede nicht gewöhnt war, wäre es nicht entgangen.

Seufzend erwiderte er: »Ich weiß nicht, warum ich in deiner Gegenwart alles um mich herum vergesse, Mädchen.« Er machte den Eindruck, als hätte er sich über dieses Thema gern noch weiter ausgelassen, doch stattdessen schüttelte er sich nur kurz, um seine Gedanken wieder zu ordnen, und fuhr fort: »Ich nehme an, es wäre nicht sehr sinnvoll, wenn ich anfangen würde, mit dem gleichen Akzent wie Jock zu reden.«

»Er würde den Unterschied auf Anhieb bemerken«, sagte sie.

Patrick nickte. »Es wundert mich, dass du mir nicht mehr Fragen stellst.«

»Es steht mir nicht zu, Euch auszufragen«, sagte sie.

»Früher hat dir das nicht so viel ausgemacht«, entgegnete er grinsend.

Sie nagte wortlos an ihrer Unterlippe. Damit hatte er Recht, doch früher war sie auch davon ausgegangen, dass sie einander gleichgestellt waren. Das war nun anders, und was Patrick betraf, durfte sie weder ihren Gefühlen noch den Regungen ihres Körpers trauen. Dieser Mann brachte sie völlig durcheinander. Wann immer er in ihrer Nähe war, ließ die Vernunft sie im Stich, und ihre Sinne waren in hellem Aufruhr. Da saß sie nun, viele Meilen von zu Hause entfernt, mitten in einem Abenteuer mit ungewissem Ausgang – und das alles seinetwegen. Doch andererseits erschien es ungerecht, ihm allein die Schuld zuzuschieben. Schließlich hatte Maggie ihr eingeflüstert fortzugehen, und Beth war ihr nur zu bereitwillig gefolgt.

Allzu gern hätte sie ihm von ihren Empfindungen erzählt, doch das würde sie nur noch verletzlicher machen, und außerdem bezweifelte sie, dass er ihre Gefühle erwiderte.

Für ihn war sie nichts als eine willkommene Abwechslung, eine Dienstmagd, mit der er sich vergnügen konnte. Sie besaß zwar keine Erfahrung in diesen Dingen, konnte aber sehr gut beobachten und wusste sehr wohl, dass Männer es ausnutzten, wenn Frauen schutzlos waren. Und häufig galten Dienerinnen als leichte Beute für ein galantes Abenteuer.

Und dennoch, als Patrick den Habicht auf einen toten Ast setzte, die Leine um einen anderen band und ihr seine Hände auf die Schultern legte, leistete sie keinen Widerstand.

Er zog sie näher zu sich und blickte ihr tief in die Augen. Schimpfen würde er nun gewiss nicht mit ihr, das war ihr klar.

Patrick zögerte kurz, als wolle er ihr Gelegenheit geben, sich ihm zu entziehen. Doch als sie reglos stehen blieb, schloss er sie fest in die Arme und beugte sich über sie. Seine Lippen berührten ihren Mund, und im selben Augenblick wusste sie, dass sie die ganze Zeit auf diesen Kuss gewartet hatte. Sie hatte Patrick auf den ersten Blick erkannt, als sie ihn vom Hügel aus erblickte, dabei spielte es auch keine Rolle, dass er keinen Bart mehr trug. Eigentlich konnte sie auf den kratzigen Bart sogar sehr gut verzichten.

Der Habicht stieß einen leisen Laut aus, als wolle er ihm ein Zeichen geben, und Patrick berührte ihre Lippen sanft mit seiner Zungenspitze. Dann ließ er seine Hand an ihrem Rücken hinabgleiten und presste sie so eng an sich, dass ihre Körper zu einem verschmolzen.

Entschlossen erwiderte sie seine Berührung, bevor er seine Zunge in ihren Mund gleiten ließ. Ihre Brüste, ihr ganzer Körper drängte sich an ihn, sie kostete seine Lippen und spürte, wie die Welt um sie herum versank.

»Ich hab zwei dicke erwischt!«

Die Stimme schallte vom Fuß des Hügels zu ihnen herauf, und als sie sich umdrehten, sahen sie Jock, der auf sie zugerannt kam, in jeder Hand ein Kaninchen.

Da drückte Patrick Beths Hand an seine Lippen und küsste sie zärtlich, während er ihr tief in die Augen schaute. »Wir machen später weiter, Mädchen. Ich freue mich darauf.«

Eine heiße Woge durchströmte ihren Körper. Sie konnte ihre Augen nicht von ihm wenden.

Endlich wickelte Patrick die Leine des Habichts von dem Ast. Dabei murmelte er: »Ich wünschte, du wärest gleich mit mir gekommen. Nun haben wir entschieden zu viel Gesellschaft.«

Sie lächelte nur. Insgeheim musste sie ihm Recht geben, doch andererseits war sie ganz froh, dass sie im Augenblick nicht mit ihm allein war.

Im Lager angekommen, wies Patrick den Jungen an, die Kaninchen zu häuten. »So bekommen wir ein warmes Essen«, sagte er, »aber ich möchte, dass wir noch vor Sonnenuntergang das Grenzland hinter uns lassen.«

Er lächelte Beth zu und amüsierte sich darüber, dass sie rot wurde. Er konnte sich problemlos an den Namen Beth gewöhnen. Der passte sowieso besser zu ihr als Elspeth.

Jock beobachtete die beiden mit skeptischer Miene. Er verlor keine Bemerkung darüber, dass sie sich geküsst hatten, doch Patrick und Beth wussten beide, dass er Zeuge ihrer Umarmung gewesen war. Beth benahm sich deshalb ein wenig verlegen und warf dem Jungen hin und wieder einen verstohlenen Blick zu, sagte jedoch ebenfalls nichts.

Patrick dagegen fühlte sich in Beths Gegenwart einfach wohl – so, als würde er sie seit einer Ewigkeit kennen.

Nach dem Essen brachen sie auf. Jock ging voraus, während Patrick und Beth abwechselnd ritten und den Habicht trugen. Donner hatte sich selbst etwas zu fressen gesucht und vertrieb sich die Zeit damit, Vögel und kleines Getier am Wegesrand zu jagen. Danach kam er jedes Mal hocherhobenen Hauptes zu seinen menschlichen Gefährten zurückgetrottet, ganz stolz auf seine Leistung.

Sie folgten dem Lauf des Annan, hielten sich jedoch hoch oben auf dem Hügelrücken, wo sie nur selten Wanderer zu Gesicht bekamen. Ungestört setzten sie ihren Weg fort, bis sie auf Patricks Rat hin kurz vor Sonnenuntergang ihr Lager aufschlugen. Sie aßen den Rest des gebratenen Kaninchens und gaben Zeus Leber und Lunge.

Um nicht unnötig Aufmerksamkeit zu erregen, machten

sie kein Feuer, zumal die Nacht zwar kühl, aber nicht unangenehm kalt war. Als Beth erzählte, dass sie die erste Nacht eingewickelt in ihren Umhang verbracht hatte, zog Patrick eine Decke aus seinem Bündel, damit sie nicht wieder zu frieren brauchte.

Er hätte gern sein Lager mit ihr geteilt und sich an ihrem Körper gewärmt, doch kaum hatte er die Decken ausgebreitet, ließ sich Donner mitten darauf nieder und rührte sich nicht mehr von der Stelle. Lachend sagte Beth, dass sie nicht die Absicht hatte, Patricks Lager zu teilen. Und selbst wenn sie zu dieser Sorte Mädchen gehörte, würde der Hund es nicht zulassen.

Auch Jock warf ihm einen finsteren Blick zu, also gab Patrick auf, rollte sich in eine Decke und reichte Beth die andere. Sie legte sich auf ihren Umhang und wollte sich gerade mit der Decke zudecken, da streckte sich Donner neben ihr aus und schmiegte sich der Länge nach an ihren Rücken. Mit wachsamen Augen blickte er unverwandt zu Patrick hinüber, bis der endgültig einsehen musste, dass Hund und Junge gemeinsam entschlossen waren, die Tugend des Mädchens zu beschützen.

Jock kicherte leise in sich hinein, bevor er sich in seine Pferdedecke wickelte und in Schlaf fiel.

Am nächsten Morgen wollte Patrick wieder mit dem Habicht arbeiten. »Hol deinen Handschuh«, rief er Beth zu. »Wollen mal sehen, ob er wieder zu mir fliegt. Du darfst ihn auch halten.«

Sie lachte vor Vergnügen, und sein Herz tat einen Sprung beim Blick in ihre strahlenden Augen. Sie wirkte glücklicher als jemals zuvor. Die Freiheit stand ihr wahrlich gut.

Dann wandte er sich an Jock, der damit beschäftigt war, die Decken zusammenzufalten und im Bündel zu verstauen. Er schickte ihn los, noch ein paar Kaninchen zu fangen.

»Ja, Sir«, rief Jock, griff sich Pfeil und Bogen und rannte den Hügel hinab.

In der Umgebung ihres Lagerplatzes blieb alles ruhig, und da Patrick keinen Menschen weit und breit ausmachen konnte, wagten sie sich zum Fluss hinunter. In den zahlreichen Senken war der Boden morastig vom Winter, und in einigen bildete das Schmelzwasser kleine Tümpel.

Zweimal kam der Habicht auf die Faust geflogen. Beim zweiten Mal landete der Vogel so unglücklich auf Patricks Schulter, dass eine scharfe Kralle einen Kratzer an seinem Hals hinterließ, wo das Wams nicht hinreichte. Er ließ Zeus auf dem Rückweg ins Lager auf seiner Schulter sitzen, und als sie zum Aufbruch bereit waren, hob er Beth auf sein Pferd. Jock sollte das Pony reiten. Noch immer mit Zeus auf der Schulter wartete Patrick, bis Beth sich im Sattel eingerichtet hatte. Da spürte er plötzlich, wie Zeus' Schnabel leicht gegen seinen Hals stupste.

Beth lachte. »Ich glaube, es tut ihm leid, dass er Euch gekratzt hat«, sagte sie. »Er will Euch einen Kuss geben.«

»Von wegen, er kostet nur mein Blut«, antwortete Patrick, ganz verblüfft über das Verhalten des Vogels. Dann musste er lachen, weil es kitzelte. »Wollen wir hoffen, dass er nicht auf den Geschmack kommt.«

12

Die drei Gefährten fanden schnell zu einem geregelten Tagesablauf. Jeden Morgen übten sie mit Zeus, den Rest des Tages waren sie unterwegs nach Norden, wobei sie nach wie vor Dörfer und Städtchen umgingen. Am Mittwoch lagerten sie auf einer Anhöhe über dem Douglas Water, ein paar Meilen von dem Punkt entfernt, wo sich der Fluss mit dem Clyde vereinigt. Am folgenden Morgen, als sie sich mit dem Habicht auf den Weg machen wollten, sagte Patrick zu Jock: »Lass Donner hier, und binde eins von den erlegten Kaninchen an eine Schnur. Ich will sehen, ob Zeus schon für die Jagd taugt.«

Beth trug den mit einer Haube versehenen Habicht auf der Faust, während sie auf der Suche nach einem geeigneten Platz talwärts wanderten.

»Wir müssen Zeus beibringen, was seine Aufgabe ist«, antwortete Patrick. »Ein junger, unerfahrener Greifvogel attackiert alles, was sich bewegt. Einmal hat einer der Wanderfalken meines Vaters versucht, einen Rothirsch zu schlagen. Zeus muss lernen, sich passende Beute zu suchen.«

Beth nickte. Auch wenn sie Mitleid mit den Kaninchen hatte, war ihr klar, dass Mensch und Tier Nahrung brauchten. Das war nun einmal der Lauf der Natur.

Nicht weit von ihrem Lagerplatz entfernt entdeckten sie eine Wiese, in deren Mitte sich ein kleiner, von einer Quelle gespeister Teich befand. Nach Patricks Anweisungen lief Jock voraus und band das tote Kaninchen an einen Pflock neben dem Tümpel. Zeus hob einen Fang und zog sich mit der Kralle die Haube vom Kopf; dann machte er einen Schritt zur Seite und trat auf Beths unbedeckten Unterarm, wobei sich seine scharfen Krallen schmerzhaft in ihr Fleisch bohrten.

Das Mädchen unterdrückte einen Schmerzensschrei, legte stattdessen dem Vogel eine Hand unter den Bauch, wie sie es bei Patrick gesehen hatte, und schob ihn sich wieder auf den Handschuh. Sie hätte eben besser auf den Vogel Acht geben und nicht Jock zusehen sollen. Als sie sah, dass aus einem Riss in ihrem Ärmel ein Blutströpfchen quoll, warf sie einen schnellen Blick auf Patrick. Doch der beobachtete den Jungen und hatte ihre Unachtsamkeit glücklicherweise nicht bemerkt. In diesem Augenblick drehte er sich lächelnd zu ihr um und nahm Zeus von ihrem Arm.

»Du hast ihm ja die Haube abgenommen«, sagte er.

»Die hat er sich selbst abgenommen und sie auf die Erde geworfen«, erwiderte sie und hob die Haube auf.

Patrick gluckste. »Das hat er schon einmal getan. Wir müssen darauf achten, sie immer gut festzubinden.«

»Da sind sie, Lucy«, rief Claud. – »Ich sehe schon.«

»Dem Schicksal sei Dank!« Zum ersten Mal, seit er bemerkt hatte, dass seine Schutzbefohlene fort war, konnte Claud wieder frei atmen. »Ich weiß nicht, warum wir es nicht mitgekriegt haben, dass sie Farnsworth verließ. Auf jeden Fall hätten wir sie viel eher finden müssen.«

»Das Grenzland ist groß«, gab Lucy zu bedenken.

»Ja. Aber Hauptsache, meine Mutter hat nicht gemerkt, dass uns das Mädchen durch die Lappen gegangen ist.« In einem Husch saß Claud auf einem Distelblatt, von wo aus er einen guten Blick auf die Sterblichen hatte, und klopfte einladend auf das Blatt neben sich.

Grinsend nahm Lucy ebenfalls Platz und fragte: »Bist du jemals auf einem Greifvogel geritten, Claud?«

Patrick wartete, bis der Habicht das Kaninchen gesichtet hatte, dann schwang er es mit einer raschen Drehung seines Handgelenks hoch in die Luft. Zeus flatterte auf und flog dicht über dem Boden auf das Kaninchen zu, doch dann zog er hoch und flog über den Köder hinweg in Richtung auf den Teich. Erst jetzt bemerkte Patrick die große grüne Schildkröte, die langsam auf das Wasser zukroch.

Mit ausgestreckten Fängen packte der Habicht den Panzer der Schildkröte, die sich jedoch von dem Gewicht auf ihrem Rücken nicht beirren ließ. Langsam und stetig setzte sie ihren Weg ins Wasser fort. Der Habicht, der noch immer ihren Panzer gepackt hielt, schaute über die Schulter auf Patrick, als wollte er sagen: »Ist es so richtig?«

Mit unterdrücktem Lachen sah Patrick zu, wie die Schildkröte immer tiefer im Tümpel verschwand, und fragte sich, ob der Vogel wohl genug Verstand besäße, rechtzeitig loszulassen. Dann war die Schildkröte ganz im Wasser untergetaucht, das Zeus schon bis zum Bauch reichte. Gerade, als Patrick dachte, er müsse den Vogel retten, ließ der los und rettete sich halb flatternd, halb schwimmend ans Ufer. Verärgert und pudelnass hockte er da und warf Patrick einen wütenden Blick zu.

Als er Beth und Jock losprusten hörte, konnte auch Patrick nicht mehr an sich halten. Er lachte so sehr, dass ihm die Seiten wehtaten. Ihm liefen die Tränen über die Wangen, und so konnte er nicht sehen, dass Beth neben ihm stand, bis sie seinen Arm antippte.

»Er schmollt«, sagte sie, noch immer lachend.

Nachdem Patrick sich die Tränen aus den Augen gewischt hatte, sah er, dass Zeus ihm den Rücken zugedreht hatte. Er schaute ihn noch nicht einmal an, als Patrick pfiff.

»Armer Kerl«, sagte Beth.

Wie selbstverständlich legte er ihr den Arm um die Schultern, und sie lehnte sich an ihn. Mit leuchtenden Augen und einladenden Lippen begegnete sie lächelnd seinem Blick. Da küsste er sie. Ohne zu zögern erwiderte sie seinen Kuss und weckte damit sein Begehren. »Ach, Mädchen«, murmelte er dicht an ihrem weichen Mund. »Wenn Jock nicht wäre, würde ich dich auf der Stelle zu meiner Liebsten machen.«

»Ich ergebe mich keinem Mann ohne eine ordentliche Hochzeit, Sir«, erwiderte sie.

»Hochzeit?«

»Ja. Und falls Ihr die Absicht hättet, mich zu heiraten, was ich bezweifle, brauchten wir einen Priester. Und ich denke, dass wir so schnell keinen finden werden, obwohl Ihr es anscheinend eilig habt.«

»In Schottland gibt es Mittel und Wege, auch ohne einen Priester Hochzeit zu halten«, erwiderte er lächelnd in dem Versuch, sie aus der Fassung zu bringen.

Sie wurde ganz starr in seinen Armen und schaute ihn eindringlich an. »Wollt Ihr mir etwa weismachen, dass Ihr wirklich die Absicht habt, mich zu heiraten, Falkner Patrick?«

Er seufzte. »Ich will dich nicht belügen, *mo chridhe*. Du kennst mich mittlerweile gut genug, um zu wissen, dass ich keiner Frau die Ehe versprechen kann.«

»Ich habe mir schon lange gedacht, dass Ihr kein gewöhnlicher Falkner seid.«

Er kicherte erheitert. »Nein, ich bin ein ungewöhnlicher. Das ist sicher.« Er blickte zum Habicht hinüber, der mit den Flügeln schlug, um sich zu trocknen.

»Könnt Ihr denn nicht einmal ernsthaft sein?«, fragte sie.

Er verzog das Gesicht. »Ich meine es vollkommen ernst, Mädchen. Tatsache ist, dass ich ein Spion bin.«

»Ein Spion!«

»Ja«, bestätigte er und blickte sich prüfend um, ob der Junge sie auch nicht hören konnte. »König Jakob hält meinen Herrn als Geisel auf Schloss Stirling fest. Und weil der König und Kardinal Beaton über ein paar Dinge uneins sind, hat mir der Kardinal versprochen, sich für die Freilassung meines Herrn einzusetzen, sofern ich für ihn in England spioniere.«

»Ihr kennt Kardinal Beaton?«

»Ja.«

»Er ist sehr mächtig. Selbst Sir Hector hat großen Respekt vor ihm.«

»Das kann ich mir vorstellen. Ich bin sicher, der Mann hat seine Spitzel überall in Schottland und England – ja, sogar auf dem Kontinent. Selbst im Vatikan. Ich bin nur einer von hunderten und wäre fast in mein Unglück gerannt, als ich jemanden in seinem Auftrag von London nach Cumberland verfolgte.« – »Wen denn?«

»Das verrate ich dir nicht, *mo chridhe*. Es ist besser für dich, wenn du es nicht weißt.«

»Deshalb seid Ihr vor den Männern geflohen an dem Tag, an dem wir uns zum ersten Mal trafen.«

»Ja. Ihr Herr und seine Freunde würden mich am liebsten hängen sehen.«

»Wie haben sie Euch entdeckt?«

»Ein Mann aus meiner Vergangenheit hat mich erkannt. Glücklicherweise dachte er, ich sei aus gutem Grund dort, und ich konnte verschwinden, bevor er seinen Irrtum bemerkte.«

»Mir scheint, mit so etwas müsst Ihr rechnen, wenn Ihr die Leute hintergeht. Spionage ist ein Verbrechen oder etwa nicht?«

»Ich sehe schon«, erwiderte Patrick, »darüber müssen wir uns noch einmal eingehend unterhalten. Das war es aber eigentlich nicht, worüber ich gerade mit dir reden wollte.«

Sie lächelte nicht und antwortete mit gepresster Stimme: »Ich weiß. Ihr seid zweifellos ein Mann der Tat. Also sollte ich es Euch wohl nicht übel nehmen, wenn Ihr damit rechnet, dass sich Euch eine Frau in meiner Stellung – und noch dazu eine, die euch durch das ganze Grenzland hinterhergelaufen ist – beim kleinsten Wink in die Arme wirft. Aber ich nehme es Euch trotzdem übel. Ein Mann Eures Standes sollte mehr Verantwortungsgefühl zeigen.«

»Du hast Recht«, erwiderte er ganz kleinlaut.

»Das weiß ich«, sagte sie. »Ein vornehmer Mann wie Ihr hat Macht über seine Untergebenen und sollte sie daher mit Rücksicht und Respekt behandeln.«

»*Mo chridhe*, ich ...«

»Ich habe Euch schon einmal gebeten, mich nicht ›Liebchen‹ zu nennen«, sagte sie und entfernte sich ein Stück von ihm. »Mir wäre es lieber, Ihr würdet einfach Beth zu mir sagen.«

»Herr!«, schrie da Jock. »Seht doch, Zeus!«

Erschreckt drehten sich beide um und sahen gerade noch, wie sich der Habicht mit den Fesseln an den Beinen in die Lüfte erhob. Die Halteleine hatte sich gelöst, und Zeus war frei.

»Wie hast du das gemacht, Claud?«, fragte Lucy.

»Wieso ich? Ich dachte, das warst du. Sollen wir ihn zurückholen?«

»Nein, das schaffe ich nicht«, erwiderte Lucy scheinheilig. »Und ich finde auch, wir sollten uns nicht einmischen, Claud. Willst du denn nicht auf dem Habicht reiten?«

Er blickte sie argwöhnisch an. Konnte es sein, dass sein Liebchen ihr Spiel mit ihm trieb? »Nein, ich will den Habicht nicht reiten«, sagte er entschieden, ohne sie aus den Augen zu lassen. »Wir passen einfach weiter auf das Mädchen auf, wie es unsere Pflicht ist.«

Entsetzt starrte Beth dem entschwindenden Vogel nach. Sie hatte Geschichten von Habichten und Falken gehört, die entflogen waren, sich nach kurzer Zeit mit ihren Fußfesseln in Ästen verheddert und so lange hilflos kopfüber im Baum gehangen hatten, bis sie elend zugrunde gingen.

»Passt auf«, befahl Patrick. »Er hat noch nichts gefressen und wird auf Beute aus sein.«

Da hörten sie Donner bellen, und Beth sah, dass der Hund das Lager verlassen hatte und dem Habicht nachjagte.

»Was ist, wenn Donner ihn fängt?«, rief sie.

»Das ist unwahrscheinlich, aber vielleicht kann er mit ihm Schritt halten. Zeus wird zu den Bäumen fliegen, Jock«, schrie Patrick. »Renn auf den Hügelrücken und ruf, wenn er zurück ins Lager oder hinüber zum Annandale fliegt. Wir müssen ihn kriegen.«

Der Junge flitzte den Hügel hinauf. Beth sah Zeus dicht über die Wipfel des Waldes unter ihnen segeln.

Auch Patrick hatte ihn erspäht. »Dieser Wald zieht sich am Douglas Water entlang. Ich mache mich zum Nordende auf, lauf du nach Süden.«

Obwohl sie sich nicht viel davon versprach, gehorchte Beth widerspruchslos. Als sie in den Wald kam, lauschte sie, ob der Habicht sich in der Nähe befand. Doch alles, was sie hörte, war das Rauschen des nahe gelegenen Flusses und Patricks Pfeifen in der Ferne. Es ertönte Zeus' spezieller Pfiff, und solange sie den hörte, war der Vogel noch nicht zu seinem Falkner zurückgekehrt.

Sie versuchte selbst, den Pfiff auszustoßen, bekam ihn jedoch nicht richtig hin.

Goldene Sonnenstrahlen fielen schräg durch das Blätterdach. Die Bäume standen so dicht, dass Beth den Himmel, und damit auch den Habicht, nicht sehen konnte.

Dennoch ging sie aufmerksam weiter, doch ihre Gedanken wanderten zurück zu dem Augenblick, als Patrick sie geküsst hatte.

Sie waren so glücklich und heiter gewesen, doch dann schlug ihre Stimmung plötzlich um. Sie wusste, dass sie ihn gern hatte. Sie mochte ihn sogar lieber, als gut für sie war. Auch wenn Maggie Malloch ihr einredete, dass sie ihrem Herzen folgen sollte – diesmal würde ihr das nichts Gutes einbringen.

Es war alles schon schwierig genug, als sie noch angenommen hatte, Patrick sei nur ein wenig höher gestellt als ein gewöhnlicher Falkner. Doch nun wusste sie, dass er tatsächlich in Kardinal Beatons Auftrag handelte, den viele für den mächtigsten Mann Schottlands hielten. Das bedeutete, der Falkner stand auf der gesellschaftlichen Leiter weit höher, als sie sich hätte vorstellen können.

Außerdem hatte er erzählt, dass sein Herr eine Geisel des Königs sei. Unbedeutende Adelige besaßen keine Herren, die dem König so wichtig waren. Und sie gaben auch nicht mit einer solchen Selbstverständlichkeit Befehle wie Patrick. Er war ein vornehmer Mann, und vornehme Männer heirateten keine Dienstmägde – nicht einmal solche, die sich mit dem Kleinen Volk unterhielten, zumal es sich dabei ja auch um nur eine einzige kleine dicke Frau mittleren Alters handelte.

Da bewegte sich etwas vor ihr, und eine Sekunde lang dachte Beth voller Schrecken an Wildschweine und dergleichen. Doch dann sah sie, dass es Donner war, der lautlos wie ein leichtfüßiger grauer Schatten durch die Bäume huschte. Er gab keinen Laut von sich, doch als er wenige Meter vor ihr stehen blieb und sich nach ihr umdrehte, war ihr klar, dass er sie aufforderte, ihm zu folgen.

Sie raffte ihre Röcke und rannte ihm nach. In wilder Hast sprang sie über umgestürzte Bäume und schlug Haken um Büsche, als hätte sie Flügel bekommen. Noch bevor sie unter einem Baum Halt machte und nach oben blickte, hörte sie bereits, wie Zeus in der Baumkrone leise Klagelaute ausstieß wie ein verlassenes Kätzchen.

Den Baum hatte einst der Blitz getroffen. Seine Krone war versengt, und von einem der obersten, verkohlten Äste lugte der Habicht auf sie herunter. Sein kühner Blick stand in seltsamem Gegensatz zu seinem jämmerlichen Rufen.

»Brav, Donner«, sagte sie leise und tätschelte dem Hund den rauen Pelz. »Hol Patrick.« Sie zeigte ihm die Richtung. »Lauf.« Sie wollte nicht nach Patrick rufen, damit Zeus keine Angst bekam und davonflog.

Oft schon hatte Beth das Gefühl gehabt, als würden die Tiere sie verstehen, doch dabei hatte es sich meist um Tiere gehandelt, die ihr seit langem vertraut waren. Daher freute sie sich ganz besonders, als Donner sofort in die angegebene Richtung davonhetzte.

Als Zeus erneut einen Laut von sich gab, sagte sie zu ihm: »Zeus, du dummer Kerl. Es gibt sicher nur wenige Hühnerhabichte, die ein Leben in den königlichen Volieren zurückweisen würden.« Dann streckte sie ihm die Faust mit dem Handschuh entgegen. »Komm runter, Zeus.«

Sie versuchte noch einmal, Patricks Pfiff nachzuahmen, doch Zeus drehte ihr den Rücken zu, wippte kurz mit dem Schwanz und ignorierte ihre Einladung.

»Zeus, bitte.«

Der Habicht drehte sich wieder zu ihr um, warf ihr einen wütenden Blick zu und zog eine Schulter hoch.

Ob er wohl merkte, dass sie kein Futter für ihn bereithielt? Es war dumm von ihr gewesen, sich ohne ein Stückchen Kaninchenleber auf die Suche zu machen. Hatten sich seine Fesseln vielleicht an dem Ast verfangen? Es sah nicht so aus, aber man konnte nie wissen.

Mit einem einzigen Schlag seiner großen Schwingen glitt der Habicht vom Baum und landete auf ihrem Handschuh.

Beinahe hätte sie sich vor Schreck geduckt, konnte sich jedoch noch im letzten Augenblick zurückhalten.

»Braver Bursche«, lobte sie ihn wie zuvor den Hund. Dann fiel ihr ein, dass Zeus noch immer frei war. Hastig griff sie nach seinen Fesseln und schlang sie sich fest um die Faust mit den Worten: »Ich glaube, Patrick wird mit uns beiden zufrieden sein.« Sie ging langsam und vorsichtig, doch offenbar hatte Zeus für einen Tag genug Abenteuer erlebt, denn er saß ganz ruhig da und gab nur ab und an leise Fieplaute von sich, als wolle er mit ihr plaudern.

Als Beth aus dem Wald trat, drang von ferne der Schrei einer Frau an ihr Ohr, und sie sah, wie Donner, der schon fast die Hügelkuppe erreicht hatte, auf den Lagerplatz zuraste.

Noch mehr Schreie.

Von Jock war nichts zu sehen, und da Donner sicher bei Patrick geblieben wäre, wenn er ihn gefunden hätte, rannte sie hinter dem Hund drein. Als sie den Hügel hinaufgekeucht war, sah sie ein ganzes Stück entfernt bei ihrem Lager mehrere Bewaffnete, von denen einer gerade den in vollem Lauf dahinrasenden Donner beim Nackenfell packte.

Tempo und Gewicht des Hundes rissen den Mann zur Seite. Dabei gab er den Blick auf eine große rothaarige Person frei, die bei dem Bächlein auf einem flachen Stein saß. Sie trug einen weiten Umhang und zahlreiche Unterröcke und hatte den Kopf unterwürfig gesenkt.

Unversehens fanden sich Claud und Lucy Fittletrot auf einem sonnigen Hügel in einem Kreis aus leuchtend bunten Blumen wieder. Da saßen sie nun und starrten einander an.

»Was ist passiert?«, fragte Claud. »Was hast du gemacht?«

»Ich? Nichts! Und du?«

»Du weißt genau, dass ich nichts getan habe«, blaffte er sie an. »Gerade noch habe ich zugesehen, wie unser Mädchen nach dem Vogel sucht, und im nächsten Augenblick saß ich schon hier mit dir. Wo sind wir überhaupt?«

Lucy zuckte die Achseln. »Anscheinend in der Nähe eines Tanzplatzes, auf dem meine Leute jede Nacht Musik machen. Willst du mit mir tanzen, Claud?«

Claud war wütend. »Wir können nicht tanzen, solange wir das Mädchen nicht wiedergefunden haben, Lucy.«

»Wir werden sie schon finden. Sie haben doch gesagt, dass sie nach Stirling wollen. Dort werden wir sie treffen, du wirst sehen. Sie brauchen noch ein, zwei Tage bis dorthin, und in der Zwischenzeit könnte ich dir die Zeit vertreiben.« Kichernd beugte sie sich zu ihm und zog ihm behände einen Schuh aus.

»He, was machst du da?«

Lucy lag auf dem Bauch und griff nach seinen Zehen. »Ich zeige dir etwas, was dir gefallen wird, Claud. Pass auf.«

Ihre warmen Hände umfassten seinen Fuß, wobei sie die Finger fest in den Ballen unter seinen Zehen drückte. Damit löste sie völlig unbekannte Gefühle in ihm aus, und als sie dann noch an seinen Zehen zu saugen begann, schwanden ihm vor Wonne fast die Sinne. Seine Pflichten waren vollkommen vergessen.

Nachdem er Beth zum Südrand des Waldes geschickt hatte, machte sich Patrick eilends nach Norden zum Zusammenfluss von Douglas Water und Clyde auf. Seit dem späten Nachmittag des vergangenen Tages waren sie dem Lauf des Douglas Water gefolgt und wollten ihren Weg nun entlang des Clyde fortsetzen, bis sie zur Burg Bothwell kämen. Von dort aus führte ein Weg in Richtung Norden an Glasgow vorbei. Sie befanden sich mitten auf dem Gebiet des Douglas-Clans. Um anderen Reisenden aus dem Weg zu gehen, hatte Patrick daher Pfade gewählt, die abseits von den Hauptstrecken entlang der Flüsse über Hügelrücken und Höhenzüge verliefen. Doch jetzt, auf der Suche nach Zeus, blieb ihm keine Wahl. Zum Aufbaumen würde sich der Habicht sicher einen der dürren Bäume aussuchen, die vereinzelt im Wald beim Douglas Water standen. So vertieft war Patrick in seine Suche, dass er beinahe die Reiter übersehen hätte, die sich am Fuße des Hügels näherten.

Sie ritten längs des Douglas Water in Richtung Süden und würden bald auf Beth stoßen, wenn es ihm nicht gelang, das Mädchen rechtzeitig zu warnen. Von seinem Standpunkt aus sah er Waffen und Rüstungen in der Sonne blitzen, konnte jedoch kein Banner ausmachen, das ihm etwas über die Herkunft der Soldaten verraten hätte.

Er bekam Angst um das Mädchen. Zum einen waren viele Bewohner dieser Gegend Anhänger von Angus, und zum anderen konnte es sich bei den Reitern auch um einen Trupp Engländer handeln, die auf der Suche nach ihm waren. Vielleicht handelte es aber auch um Gefolgsleute irgendeines hier ansässigen Barons oder gar um Jocks Räuber auf der Jagd nach ihrem Pony. Auf jeden Fall durfte Patrick nicht das Risiko eingehen, dass Beth ihnen in die Arme lief. Bestenfalls würden sie ihre Scherze mit dem Mädchen treiben, schlimmstenfalls jedoch …

Bei diesem Gedanken drehte er sich um und rannte den Hügel hinauf. Wahrscheinlich würde mindestens einer der Reiter ihn entdecken, doch vielleicht konnte Patrick es trotzdem rechtzeitig bis ins Lager schaffen.

Ein Ruf verriet ihm, dass ihn die Reiter erspäht hatten. Daraufhin humpelte Patrick den Abhang hinauf in der Hoffnung, die Reiter würden wegen eines verletzten und daher leicht einzuholenden Mannes ihre Pferde nicht übermäßig antreiben. Sobald er jedoch die Hügelkuppe überwunden hatte, flitzte er so schnell wie er konnte in den Wald hinein, bei dem sie ihr Lager aufgeschlagen hatten.

In vollem Lauf zog Patrick sein Schwert und schleuderte Scheide, Gurt und Wams ins Gebüsch. Im Lager angelangt, riss er den geborgten Umhang, dazu Perücke, Tuch und Unterröcke aus seinem Bündel, stülpte sich die Perücke auf den Kopf und zog hastig die Kleider über. Wie sie saßen, war egal; Hauptsache, sie machten ihn unkenntlich.

Als er sich den Umhang zuband und die Unterröcke zurechtzupfte, bemerkte er, dass seine Wildlederstiefel beim Laufen unter dem Umhang hervorsahen. Also ließ er sich auf einem flachen Stein am munter dahinplätschernden Bächlein nieder und zerrte so lange an seinen Unterröcken, bis nur noch die Stiefelspitzen zu sehen waren. Dann versteckte er sein Schwert unter einem Haufen trockener Blätter neben dem Stein, wo er es im Notfall schnell zur Hand hätte, strich noch einmal die Perücke glatt, band sich das Tuch um den Hals und presste das Kinn auf die Brust. Nun konnte er nur noch hoffen, dass er solchermaßen getarnt als Frau durchgehen würde.

Glücklicherweise lag sein Sitzplatz nicht im vollen Sonnenlicht, doch als er die bewaffneten Männer auf sich zureiten sah, begann sein Herz im Takt des Hufschlags der Pferde zu pochen. Noch immer konnte er kein Banner entdecken. Als die Reiter nahe genug waren, stieß Patrick ein schrilles Kreischen aus, verstummte kurz und kreischte dann erneut los. Der Reiter an der Spitze brachte sein Pferd mit einem kräftigen Ruck am Zügel zum Stehen, ließ sich aus dem Sattel gleiten und zog sein Schwert. »Warum in drei Teufels Namen schreist du so, du alte Vettel?«

»Ein riesengroßer Mann! Er ist gehumpelt!« Patrick deutete zum Bach hinüber, darauf bedacht, seine Kleider nicht durcheinander zu bringen. »Da lang!«

Der erste Reiter befahl drei anderen mit einer Handbewegung, in die genannte Richtung zu reiten. Er selbst blieb mit den zwei übrigen Männern da.

Jetzt sah Patrick das Banner, doch nun war es zu spät. Insgeheim verwünschte er den Anführer dafür, dass er sich nicht mit allen seinen Männern an die Verfolgung des geheimnisvollen humpelnden Mannes gemacht hatte.

»Wie ist Euer Name, Mistress?«, fragte ihn der Anführer.

»Bitte, lasst mich nicht allein«, bat Patrick und faltete flehend die Hände unter dem Kinn. Er hoffte, dass seine schrille Falsettstimme die Männer täuschen würde. »Der furchtbare Kerl hat mich so erschreckt!«

»Ihr sagt, Ihr habt einen Mann vorbeihumpeln sehen?«

»Ich … ich warte auf meine Herrin und … und ihren Pagen.« Vielleicht würden sie weiterreiten und Leute von Stand nicht unnötig behelligen.

»Wer ist denn Eure Herrin?«

»Das geht Euch, glaube ich, nichts an«, erwiderte Patrick hastig.

»Jetzt hört mal zu …«

Einer der drei Männer rief etwas, worauf Patrick und der Anführer in die gewiesene Richtung blickten. Dort kam Donner auf sie zugerast.

»Jesus Christus«, rief der Soldat aus. »Halte doch einer das Untier auf.«

Als Patrick sah, dass einer der Männer nach dem Bogen griff, der ihm quer über den Rücken hing, sagte er schnell: »Der Hund ist harmlos und sehr wertvoll. Tut ihm nichts!«

»Das ist ein Hirschhund«, antwortete der Soldat.

»Ja«, bestätigte Patrick.

»Warte«, wies der Anführer den Mann mit dem Bogen an. »Hirschhunde gehören immer Clanoberhäuptern und anderen wichtigen Leuten. Fang das Tier lieber ein.«

Der Bogenschütze rutschte aus dem Sattel und stellte sich Donner mit ausgebreiteten Armen in den Weg.

»Schaut mal«, rief da der dritte Mann. »Da hinten kommt ein Mädchen!«

Der Anführer blickte Patrick an. »Ist das Eure Herrin?«

»Ja, und wenn Euch Euer Leben lieb ist, mein guter Mann, dann benehmt Euch ihr gegenüber respektvoll. Ihr Vater duldet es nicht, wenn man unhöflich zu seinen Töchtern ist.«

Dem Soldaten gelang es mit einiger Mühe, Donner aufzuhalten. Dann stand das große Tier ganz ruhig da und schaute Beth entgegen.

»Was trägt sie denn da für einen Vogel?«, fragte der Anführer. »Einen Wanderfalken«, antwortete Patrick prompt. Hoffentlich verstand der Mann wirklich so wenig von Greifvögeln, wie es den Anschein hatte. Patrick freute sich im Stillen, dass es dem Mädchen gelungen war, Zeus wieder einzufangen. Schnippisch setzte er hinzu: »Falls Ihr schon einmal etwas von Wanderfalken gehört habt und davon, wer sie dem Gesetz nach besitzen darf …«

»Ja, ich weiß wohl, dass Wanderfalken ebenso wie Hirschhunde nur den höchsten Adeligen vorbehalten sind«, antwortete der Anführer des Trupps.

»Vom Grafen an aufwärts, genauer gesagt. Also hütet Eure Zunge.«

Mit weit ausholenden Schritten kam Beth auf sie zu. Ihre Röcke wirbelten ihr um die Füße, die langen flachsblonden Flechten hatten sich gelöst, und der Habicht auf ihrer Faust musste hin und wieder die Flügel ausbreiten, um das Gleichgewicht zu halten. Die beiden boten einen erhebenden Anblick, dachte Patrick. Doch zugleich hätte er ihr am liebsten den Hals umgedreht, weil sie sich so leichtsinnig in die Höhle des Löwen begab. Er wagte kaum zu atmen.

Wenige Meter von ihnen entfernt blieb sie, plötzlich unsicher geworden, stehen. Sie war so wunderschön.

Bevor jemand ein Wort sagen konnte, trat Jock hinter einem Baum hervor, verneigte sich tief und sagte fröhlich: »Willkommen, Mylady. Wie war die Jagd?«

Beth reagierte geistesgegenwärtig. »Danke, Junge. Erfolgreich.« Ohne die Soldaten eines Blickes zu würdigen, wandte sie sich an Patrick: »Wer sind diese Männer, Sadie? Ich kenne ihr Banner nicht, aber ich hoffe, sie haben dich nicht belästigt.« Zeus senkte den Kopf und inspizierte den Riss in ihrem Ärmel.

»Nein, Mylady«, antwortete Patrick mit verstellter Stimme und kniff dabei leicht die Augen zusammen. »Aber wer sie sind, weiß ich auch nicht.«

»Wie heißt Ihr, Mistress?«, fragte einer der Männer Beth.

Sie dachte an Jocks Worte und daran, was Patrick über Hirschhunde gesagt hatte. Und da ihr in diesem Augenblick einfiel, wie sich Lady Farnsworth gewöhnlich benahm, sagte sie hochmütig: »Ich bin Lady Elizabeth Douglas.«

Sie traute sich, den Namen zu verwenden, da sie zwar von Patrick wusste, dass sie sich auf Douglas-Land aufhielten, doch das Banner, das die Männer mit sich führten, ganz eindeutig nicht das der Douglas' war. An den Anführer gewandt, fügte sie hinzu: »Und wer seid Ihr, Mann, dass Ihr es wagt, mir diese Frage zu stellen?«

»Ihr solltet nicht so allein durch die Gegend wandern«, gab der Soldat zur Antwort.

»Unverschämtheit! Jetzt wollt Ihr mir wohl auch noch Befehle geben?« Das war Drusilla, wie sie leibt und lebt, dachte Beth.

»Nein, Mistress«, antwortete der Soldat, »aber wir wissen nicht, was für ein Mann hier vorbeigelaufen ist. Und solange wir ihn noch nicht erwischt haben, solltet Ihr besser schnurstracks nach Hause gehen.«

»Nun gut«, schlug Beth einen versöhnlicheren Ton an. »Wir gehen zu meinem Onkel. Der wird sich um mich kümmern.«

»Ja, gut. Und wer ist Euer Onkel?«

Da ihr so schnell kein Name einfiel, war sie dankbar, dass sich Patrick einmischte. »Wir sind auf dem Weg nach Bothwell. Die Lady wollte nur kurz den Falken fliegen lassen. Ich habe ihr gesagt, dass wir uns beeilen sollten, aber sie tut immer, was ihr beliebt.«

»Ihr hättet bestimmt gern eine Eskorte«, sagte der Anführer. »Ich könnte zwei meiner Leute erübrigen, um Euch sicher nach Bothwell zu geleiten.«

»Ja«, erwiderte Patrick mit schwacher Stimme. »Das ist sehr freundlich von Euch.«

Beth wusste, dass er sich nicht getraute, das Angebot abzulehnen. Also richtete sie sich zu voller Größe auf und sagte brüsk: »Uns wäre besser gedient, wenn Ihr den Mann fangen würdet, der durch unser Lager gerannt ist. Ihr sagt, Ihr wisst nicht, um wen es sich dabei handelt. Ist er womöglich gefährlich?«

»Um ehrlich zu sein, das wissen wir auch nicht, Mylady. Fest steht nur, dass er weggelaufen ist. Warum er das tat, bleibt für uns ein Rätsel. Aber Ihr habt Recht. Wir sollten ihn fangen, bevor er Unheil anrichtet. Seid Ihr ganz sicher, dass Ihr uns nicht mehr braucht?«

»Ja, absolut sicher«, erwiderte Beth. »Wie Ihr seht, tragen wir nicht unsere besten Kleider. Daher wird es wohl kaum ein Halunke für wert erachten, uns zu überfallen. Und wenn doch, wird uns mein Hund beschützen. Außerdem haben wir es nicht mehr weit.«

Der Anführer bedachte sie mit einem langen Blick, sagte aber nichts. Stattdessen bestieg er sein Pferd, gab den anderen ein Zeichen, ihm zu folgen, und kurz darauf verklang das Hufgetrappel in der Ferne.

»Folge ihnen, Jock«, sagte Patrick, »und sieh zu, ob sie auch wirklich alle wegreiten.«

13

Patrick schwieg, und seine Miene ließ es Beth geraten erscheinen, ebenfalls den Mund zu halten, bis Jock den Hügel hinauf- und wieder zurückgerannt war.

»Es waren nur die sechs«, berichtete er. »Und sie sind alle auf dem Weg ins nächste Tal. Ich habe nachgezählt.«

»Gut gemacht, Junge«, sagte Patrick. »Wieso bist du überhaupt zur rechten Zeit aufgetaucht?«

»Ich hielt mich auf dem Hügel auf, wie Ihr es mir befohlen habt. Da sah ich die Reiter und rannte in den Wald. Ich wollte mich verstecken, falls es sich um die Räuber handeln sollte, die Jackie wiederhaben wollen. Ihr hättet mir beinahe Euren Schwertgurt an den Kopf geknallt.«

»Warum bist du nicht aus dem Gebüsch gekommen?«

»Ihr habt wie verrückt mit den Sachen um Euch geworfen. Und dann kamen diese Männer. Also legte ich mich auf die Lauer, bis ich die Mistress sah und hörte, was Ihr über Donner und Zeus sagtet. Ich weiß sehr gut, dass eine Grafentochter eine feine Dame ist, und weil Ihr Beth nicht warnen konntet, kam ich aus meinem Versteck. Ich war sicher, dass sie sofort merken würde, warum ich sie »Lady« nannte. Schließlich ist sie nicht auf den Kopf gefallen.«

»Das hast du wirklich großartig gemacht, Jock«, sagte Beth anerkennend. »Du bist nämlich auch ganz schön gewitzt.«

»Die Rolle der Edeldame war dir geradezu auf den Leib geschrieben«, sagte Patrick und zog sich die rote Perücke vom Kopf.

Etwas in seiner Stimme veranlasste Beth, ihm einen argwöhnischen Blick zuzuwerfen. »Ich habe einfach so getan, als sei ich Lady Farnsworth – mit einem Schuss Drusilla darin«, erklärte sie. »Was sollen wir machen, wenn sie nach Burg Bothwell kommen und herausfinden, dass uns dort niemand kennt?«

»Wir gehen gar nicht in die Nähe von Burg Bothwell«, antwortete Patrick, »sondern nehmen die Straße nach Norden, die aus Lanark hinausführt. Dort werden sie uns nicht suchen.«

»Ich weiß nicht einmal, wer die Männer waren«, sagte Beth. »Sie haben sich nicht zu erkennen gegeben.«

»Sie ritten unter Kardinal Beatons Banner«, antwortete Patrick.

»Kardinal Beaton! Aber Ihr habt doch gesagt, dass ...«

»Nicht jetzt, Mädchen.« Er warf einen Blick zu Jock hinüber. »Bis wir in Stirling sind, dürfen wir niemandem trauen.«

»Ja, da hat er Recht, Mistress«, pflichtete ihm Jock altklug bei. »Auf der Landstraße kann man niemandem trauen. Die meisten wollen dir nämlich nur deine Sachen mopsen.«

»Mach die Ponys fertig, Jock«, sagte Patrick. »Verstau deine Sachen in meinem Packen, dann können Mistress Beth und du auf Jackie reiten. Ich glaube nicht, dass die Soldaten zurückkommen. Trotzdem möchte ich so schnell wie möglich verschwinden, falls ich mich irren sollte.«

Als Jock gegangen war, bedachte Patrick Beth mit einem Blick, bei dem es sie heiß und kalt überlief.

Nur gut, dass sie Donner an ihrer Seite und den Habicht auf der Faust hatte.

Der Vogel ignorierte Patrick völlig und zeigte nur Interesse für die wenigen Blutstropfen, die durch den Riss in Beths Ärmel gesickert waren.

»Was hast du dir bloß dabei gedacht, so einfach mitten hinein in die Höhle des Löwen zu spazieren?«, fragte Patrick, während er den Umhang beiseite warf und aus den Unterröcken stieg.

Ganz gewiss brachte es kein anderer Mann fertig, so streng

und drohend dreinzublicken, während er aus Frauenkleidern schlüpfte, dachte Beth.

Sie schluckte und zwang sich, ruhig zu antworten. »Dafür solltet Ihr mir lieber dankbar sein. Sie hätten schnell spitzgekriegt, dass Ihr ein Mann seid. Es grenzt an ein Wunder, dass Ihr sie überhaupt täuschen konntet; Ihr wirkt nämlich nicht besonders damenhaft.«

»Mein Aussehen lassen wir aus dem Spiel. Ich frage dich noch einmal, wieso du geradewegs hierher marschiert bist?«

»Weil Ihr in Gefahr wart und ich Euch zu Hilfe kommen wollte«, gab sie zur Antwort.

»Und was ist mit dir? Ist dir denn nicht klar, was solche Männer manchmal mit jungen Frauen wie dir anstellen?«

»Sie sahen fast aus wie Ihr.«

»Sie sind aber nicht wie ich, das weißt du sehr gut.«

Da hatte er Recht. Also antwortete sie nur: »Ihr habt gesagt, dass es Kardinal Beatons Leute waren. Männer der Kirche hätten mir doch gewiss nichts getan.«

»Kardinal Beaton wirbt seine Soldaten nicht im Kloster an«, entgegnete Patrick spöttisch. »Im Übrigen ist er nicht durch Sanftmütigkeit so mächtig geworden. Ich würde ihm an deiner Stelle also besser misstrauen, Mädchen.«

»Das soll wohl heißen, Ihr seid der einzige Mann, dem ich Glauben schenken darf«, erwiderte sie unwirsch.

»Genau.«

Sie hatte genug von seinem Spott und seinen guten Ratschlägen. »Ich habe Euch zugehört, Sir«, sagte sie aufgebracht, »und jetzt werdet Ihr mir zuhören. Ich habe Euch gehorcht, wie ich seit Jahren allen möglichen Leuten gehorche, weil es einfacher ist, als mich ihnen zu widersetzen. Aber einmal sagt Ihr mir, ich soll Euch vertrauen und erklärt mir, dass Ihr im Auftrag Kardinal Beatons handelt. Dann wieder behauptet Ihr ...«

»Was ist mit deinem Arm geschehen?«

Völlig aus dem Konzept gebracht, antwortete Beth: »Zeus

hat mich gekratzt, als er sich die Haube herunterzog. Und wie Ihr seht, benimmt er sich genauso wie gestern, als er Euch den Kratzer am Hals beigebracht hat.«

»Warum hast du mir nichts davon erzählt?«

»Ich wollte nicht, dass Ihr mich wegen meiner Unachtsamkeit scheltet«, erwiderte sie und blickte ihn wachsam an. »Ich habe nicht richtig auf den Vogel Acht gegeben.«

Er stieß einen Seufzer aus. »Ich will nur, dass dir nichts passiert, Mädchen. Wenn ich mit dir schimpfe, dann weiß ich zugleich, dass ich dir ein schlechtes Beispiel gegeben habe. ›Mut‹ ist mein Losungswort. Deshalb gehe ich oft Wagnisse ein, aber ein Mann kann sich eben besser verteidigen als ein unbesonnenes Mädchen. Du solltest den Kratzer sorgfältig im Bach auswaschen, bevor wir aufbrechen.«

»Ja, Sir, ich weiß«, sagte sie nur und verkniff sich die Bemerkung, dass wohl selbst er damit überfordert gewesen wäre, sich in Frauenkleidern zu verteidigen.

»Die Ponys sind bereit, Herr«, sagte Jock so unvermittelt, dass beide zusammenzuckten.

Patrick warf Beth noch einen Blick zu. »Wir unterhalten uns ein andermal weiter, Mädchen.«

Nachdem ihre Reise von der Grenze an angenehm ereignislos verlaufen war, erreichten Nell und Jane an jenem Nachmittag Edinburgh. Auf dem Weg zum Schloss spürte Nell, wie frische Energie sie durchströmte. Endlich war sie am Ziel. Sobald ihr Jakob die Erlaubnis erteilt hatte, in Schottland zu bleiben – und sie war sicher, dass sie ihm genügend Informationen über Heinrich und Angus liefern konnte, um ihn gnädig zu stimmen –, würde sie zu ihrer Tochter Molly gehen. Zusammen wollten sie sich dann auf die Suche nach Bessie machen, falls Molly und Kintail das nicht schon getan hatten.

Am Schlosstor erkundigte sie sich, ob der König anwesend sei.

»Seine Hoheit weilt auf Stirling, wo er die Geburt des jungen Herzogs feiern will«, teilte ihr die Wache mit. »Am Montag gibt es dort ein großes Fest. Es heißt, Davy Beaton schätzt dergleichen nicht während der Fastenzeit, aber Seine Hoheit sagte ihm, er hätte schließlich selbst Geburtstag und wolle auch die Geburt seines Sohnes feiern, Fastenzeit hin oder her.«

Nell konnte sich gerade noch beherrschen, den Mann zu fragen, ob er das Gespräch selbst angehört habe. Stattdessen sagte sie nur leicht belustigt: »Ein großes Fest also, sagt Ihr?«

»Ja, Mistress. Der ganze hohe und niedere Adel wird anwesend sein.«

»Ist Euer Burgkommandant denn auch nach Stirling gegangen?«

»Nein, Mistress. Sir David und Lady Gordon werden erst am Samstagnachmittag aus Edinburgh abreisen. Er würde gern noch später aufbrechen, will aber den heiligen Sonntag nicht auf der Landstraße verbringen. Und am Montag finden bereits zahlreiche Festlichkeiten statt.«

»Würdet Ihr uns dann bitte zu Eurem Herrn bringen?«, fragte Nell. »Sagt ihm, dass seine Cousine, Adams Witwe, um seine Gastfreundschaft bittet.«

»Sofort, Mylady.« Unverzüglich rief der Wachtposten einen Diener herbei und befahl ihm, die Ankömmlinge in den Burghof zu führen. Als sie hinter dem Mann herritten, sagte Jane: »Gott sei Dank können wir zwei Nächte in einem guten Bett verbringen.«

»Eine Nacht«, verbesserte sie Nell. »Ich will morgen früh ein paar Geschäfte aufsuchen, danach machen wir uns gleich auf den Weg nach Stirling. Dort kann ich keinen Aufpasser gebrauchen, und schon gar nicht so einen steifen Gesellen wie Sir David Gordon.«

Patrick und Beth gingen zügig ihren Weg nach Lanark und hielten unterwegs Ausschau nach Beatons Männern. Ohne

Zwischenfall gelangten sie bis Glasgow. Sie umgingen die Stadt und schlugen ihr Nachtlager auf einer Waldlichtung auf. Patrick war froh, dass sie den Soldaten des Kardinals entkommen waren und einen sicheren Lagerplatz gefunden hatten. Dennoch wagten sie es nicht, ein Feuer anzuzünden, und begnügten sich mit einer Mahlzeit aus kaltem Kaninchenfleisch und Äpfeln, die Jock in einer Bauernkate erbettelt hatte.

Als der Junge die Schlafplätze herrichten wollte, sagte Patrick: »Nimm den Hund, und bereite dir dein Lager da hinten am Rand der Lichtung. Ich will etwas unter vier Augen mit Mistress Beth besprechen. Donner wird uns schon warnen, falls jemand kommt.«

»Ja, gut«, antwortete Jock und gab Patrick mit einem Blick zu verstehen, dass er durchaus noch etwas anderes aus Patricks Worten heraushörte. Patrick ging jedoch nicht darauf ein, da er Beth nicht aufregen wollte.

»Es ist nicht recht, dass ich allein bei Euch schlafe«, sagte sie.

»Du willst doch mit mir reden, oder etwa nicht?«

»Ja, aber können wir uns nicht unterwegs unterhalten?«

»Nicht, ohne dass der Junge alles mit anhört und seinen Senf dazugibt«, erwiderte Patrick. »Und außerdem ist das die letzte Möglichkeit für ein Gespräch, da wir morgen Nachmittag wohl in Stirling ankommen werden. Ich schätze, es sind nur noch fünfzehn Meilen bis dahin, und auf der Landstraße wird es entsprechend lebhaft zugehen. Da fallen drei Reisende mehr oder weniger nicht auf.«

»Ich wusste nicht, dass wir schon so weit gekommen sind.« Sie blieb stehen, wo sie war, die Arme um sich geschlungen, und wich seinem Blick aus.

Er schaute sie an. »*Mo chridhe*, wenn du mich auch nur ein wenig kennst, dann weißt du, dass ich dir niemals etwas zuleide tun würde. Komm her.«

»Aber die anderen werden glauben ...«

»Nun ist es zu spät, sich darüber Sorgen zu machen«, entgegnete er brüsk. »Hast du jemals daran gedacht, was sein wird, wenn wir nach Stirling kommen?«

Ihr Gesichtsausdruck verriet ihm, dass das nicht der Fall war.

»Aber ich«, fuhr er fort. »Und ich glaube, ich weiß, wie ich dich beschützen kann. Aber du musst mir vertrauen. Im Gegenzug sollte ich dir vielleicht alles über mich erzählen und darüber, was ich bisher alles gemacht habe.«

In der hereinbrechenden Dämmerung sah er, wie ihre Augen sich vor Erstaunen weiteten.

»Ihr wollt mir wirklich alles erzählen?«

»So viel, wie ich kann, weil ich hoffe, dass du mir dann endlich dein Vertrauen schenkst. Und außerdem will ich dich so schnell wie möglich in Sicherheit bringen – jetzt, nachdem du dich als Lady Elizabeth Douglas ausgegeben hast. In der Umgebung des Königs ist kein Mitglied dieser Familie sicher.«

»Es schien mir eine gute Idee zu sein, weil Ihr doch gesagt habt, dass wir uns auf dem Land der Douglas befänden. Und das mit der ›Lady‹ kam mir so in den Sinn, weil ich …«

»Weil du was?«, hakte er nach, als sie betreten verstummte.

»Ich dachte, Ihr wüsstet mittlerweile alles über mich«, sagte sie. »Ihr habt Euch lange genug im Farnsworth Tower aufgehalten, um meine Lebensgeschichte zu erfahren.«

»Ich habe mich nicht allzu viel mit den Leuten aus der Burg abgegeben«, erwiderte er. »Zum einen war ich zu beschäftigt, und zum anderen ist es nie gut, sich auf Klatsch und Tratsch einzulassen, wenn man selbst nichts über sich preisgeben will. Was hätte ich denn erfahren sollen?«

»Dass meine Mutter zwar nur eine einfache Dienstmagd, mein Vater aber wohl ein Graf war.«

Er grinste. »Das glaube ich dir nicht. Die Lady hast du zwar ganz gut gespielt, doch das allein überzeugt mich noch nicht einmal davon, dass du auch nur einen Grafen kennst.«

»An meinen Vater kann ich mich auch nicht entsinnen«, antwortete Beth, »und ich habe keine hohe Meinung von ihm. Ein vornehmer Mann sollte sein Kind nicht von fremden Leuten aufziehen lassen.«

»Und das tat dein Vater?«

Sie nickte, und ihm krampfte sich der Magen zusammen vor Zorn darüber, dass jemand sie im Stich gelassen hatte. Doch schon fuhr sie achselzuckend fort: »Aber wir wollen nicht über mich reden, Sir. Ihr habt versprochen, mir von Euch zu erzählen.«

»Das tue ich. Aber du wirst frieren, wenn wir nicht zuerst unser Nachtlager zurechtmachen«, sagte er.

Sie widersprach ihm nicht und ging sich waschen, während er das Lager richtete.

Anschließend versorgte er Zeus. Als er zurückkam, bemerkte er, dass sie ihre Schlafdecke ein wenig von der seinen abgerückt hatte.

Wortlos rollte er sein Wams zu einem Kissen zusammen und platzierte sein Schwert griffbereit neben sich. Dann legte er sich auf den Rücken, verschränkte die Hände hinter dem Kopf und überlegte, wie er beginnen sollte.

Sie wartete schweigend.

Schließlich fragte er: »Was möchtest du zuerst wissen?«

»Am besten erst einmal Euren richtigen Namen.«

»Der lautet wirklich Patrick. Ich bin Patrick MacRae aus einem Ort im Hochland namens Kintail. Mein Herr ist Mackenzie von Kintail. Seit Menschengedenken dienen die MacRaes den Mackenzies.«

»Dann gehört der Rest Eurer Familie auch zu den Gefolgsleuten seines Clans?«

»Ja. Allerdings ist mein Vater tot, und ich habe nur noch Mutter und Schwester. Aber meine Cousins dienen auch den Mackenzies. Mein Herr und ich, wir kennen uns seit Kindertagen und sind zusammen zur Schule gegangen. Als der König daher meinen Herrn zusammen mit anderen Hochlandhäuptlingen als Geisel nahm, habe ich geschworen, ihn zu befreien.«

»Und wer ist Molly?«, fragte Beth.

Zuerst konnte er sich gar nicht mehr erinnern, ihren Namen erwähnt zu haben, doch dann fiel es ihm wieder ein. Er hatte gesagt, sie würde ihn schlagen, wenn er es wagte, ihr einen Kuss zu rauben. »Molly ist Lady Kintail.« Wie immer, wenn er von ihr sprach, bekam seine Stimme einen weichen Klang, und er lächelte bei der Aussicht, sie bald wiederzusehen. »Gleich nachdem König Jakob Kintail in Geiselhaft genommen hatte, habe ich Molly zu ihrem Mann nach Stirling begleitet.«

»Ihr habt sie gern«, stellte Beth mit leiser Stimme fest.

»Ja, das stimmt«, antwortete er. »Sie ist nicht nur schön und klug, sondern auch freundlich.«

»Liebt Ihr sie?«

»Um ehrlich zu sein, ich glaube, sie ist die einzige Frau, die ich jemals geliebt habe. Natürlich nur auf die Art, wie ein Ritter seine Dame verehrt.« Er kicherte in sich hinein bei dem Gedanken, was Fin mit jedem machen würde, dem es einfiele, sie auf eine andere Art zu lieben.

»Warum lacht Ihr?«

»Man nennt ihren Ehemann den wilden Fin Mackenzie«, antwortete er.

»So wild kann er nicht sein, wenn Ihr Euch traut, über ihn zu lachen.«

»Ich lache nicht über ihn, Mädchen, sondern über die Idee, dass meine Liebe zu seiner Frau etwas anderes als ritterliche Verehrung sein könnte.«

»Oh.«

»Ich brachte sie also nach Stirling, weil es meine Pflicht war, und Beaton schlug vor … Habe ich übrigens erwähnt, dass der Kardinal dabei war, als Jakob Kintail festnahm?«

»Nein, war er?«

»Ja, und er machte kein Hehl daraus, dass es ihm missfiel.

Schließlich hatte Kintail immer treu zur Krone gehalten. Beaton versprach, sich für Kintails Freilassung einzusetzen, also ging ich von Stirling zur Abtei Cambuskenneth, um ihn zu treffen.«

»Und was dann?«

»Der Kardinal sagte, er wolle sein Möglichstes tun, aber nur im Geheimen. Jakobs gegenwärtiger Günstling, ein kriecherischer Wurm mit Namen Oliver Sinclair, fürchtet offensichtlich alle Hochländer und will unbedingt, dass die Geiseln in Haft bleiben. Daher erklärte Beaton, er würde mir nur helfen, wenn ich ihm und der Heiligen Kirche meine Loyalität beweise.«

»Und deshalb hat er Euch nach England geschickt, um König Heinrich auszuspionieren. Habt Ihr das gern getan?«

»Natürlich nicht«, rief er empört. »Ein Gentleman ist schließlich kein Spitzel. Aber ich habe herausgefunden, dass Beaton seine Spione überall hat. Er sorgte dafür, dass ich an Heinrichs Hof eingeführt wurde. Dort sollte ich einen Schotten, den Grafen von Angus, im Auge behalten. Er ist der Mächtigste Eures angeblichen Clans, Mylady«, fügte er neckend hinzu.

Beth stockte der Atem. Sie war heilfroh, dass er ihr Gesicht in der Dunkelheit nicht sehen konnte.

Vorsichtig sagte sie: »So mächtig kann Angus gar nicht mehr sein. Immerhin lebt er seit etlichen Jahren im Exil, und seine Ländereien wurden eingezogen und an andere vergeben, nicht wahr?«

»Ja, schon, aber trotzdem ist er ein übler Verräter und im Bunde mit Heinrich von England gefährlicher denn je. Als Heinrichs Hof nach York zog, folgte ich Angus in den Norden, wo er sich mit einigen Männern traf. Sie drohten, mit einem Heer in Schottland einzumarschieren, sollte Jakob ein Treffen mit Heinrich in York ablehnen.«

»Aber Jakob erwartete doch die Geburt seines Kindes, und außerdem ist Heinrich sein Onkel«, entgegnete Beth empört.

»Wenn die beiden Frieden schließen würden, wäre das Grenzland endlich sicher.«

»Heinrich Tudor wünscht eine engere Verbindung zwischen den beiden Königreichen. Damit meint er, dass das größere das kleinere schlucken soll.«

»England will sich Schottland einverleiben?«

»Ja. Und außerdem sollen die Schotten ihre Kirche ebenso reformieren wie er die englische und sich vom Vatikan lösen. Dann wären seiner Ansicht nach alle Unstimmigkeiten aus der Welt geschafft.«

Da sie nicht wusste, was sie dazu sagen sollte, schwieg sie.

»Würdest du Heinrich vertrauen, Mädchen?«

»Um ehrlich zu sein, Sir, ich weiß nicht recht, was ich von der schottischen Kirche halten soll. Ich fürchte, wir Leute im Grenzland nehmen die Religion auf die leichte Schulter. Vielleicht verachtet Ihr uns dafür, aber die Grenzbewohner folgen der Religion, von der sie sich die meisten Vorteile versprechen. Sir Hector und Lady Farnsworth waren durchaus den Reformern zugeneigt, doch sollte der Papst – oder auch Kardinal Beaton – jemals auf Farnsworth auftauchen, wären sie die Ersten, die dem Vatikan unverbrüchliche Treue schwören würden. Ich möchte wetten, sie treten als eingefleischte Papisten auf, solange sie sich auf Stirling aufhalten.«

Er lachte leise. »Im Hochland sind die Leute auch nicht anders, obwohl ich das Davy Beaton gegenüber niemals zugeben würde. Tatsache ist doch, dass sowohl deine als auch meine Leute weit weg von Stirling, ganz zu schweigen von London oder gar von Rom leben. Für uns gelten nur unsere eigenen Gesetze und nicht die von König oder Papst.«

»Aber wenn Ihr doch im Dienst Kardinal Beatons steht …«

»Ich stehe im Dienst Mackenzie von Kintails«, berichtigte er sie. »Kintail hält zu Jakob, also halte ich ebenfalls zum König. Und wenn ich Beaton dienen muss, um Kintail freizubekommen, dann tue ich das. Doch wenn Jakob mit seinem

Onkel Heinrich zusammentrifft, kann die Sache schon wieder ganz anders aussehen.«

»Wie lange wird Heinrich wohl in York warten?«

»Das weiß niemand. Er ist mittlerweile ziemlich übler Laune, aber ich glaube, er wird sich noch ein wenig gedulden. Er glaubt nämlich, er könne Jakob überreden.«

»Werdet Ihr mit Jakob nach England gehen?«

»Der König wird sich hüten, hundert Meilen weit nach England hineinzureiten, um sich mit Heinrich zu treffen. Aber ich folge auf jeden Fall Kintails Befehlen. Ehrlich gesagt hoffe ich, dass er mir heimzukehren befiehlt.«

Da Beth fröstelte, wickelte sie sich fester in ihren Umhang. »Heute ist es kälter als die Nächte zuvor, nicht?«

»Nein, aber in den vergangenen Nächten hast du dein Lager mit diesem verflixten Hund geteilt«, antwortete er. Sie hörte eine Decke rascheln, dann schob Patrick seinen Arm unter ihre Schulter und zog sie dichter an sich. »Nun wird dir gleich wärmer«, sagte er.

»Meint Ihr?«

»Ja.«

Er stützte sich auf seinen Ellbogen, und als er sich über sie beugte, zeichnete sich sein Schatten gegen den sternklaren Himmel ab. Seine Lippen berührten sacht ihren Mund, und da sie sich ihm nicht entzog, küsste er sie erneut. Mit einem leisen Seufzen ließ sie es geschehen. Dann bin ich eben ein liederliches Frauenzimmer, dachte sie.

Kalt war ihr nun nicht mehr. Ihr Kopf ruhte auf seinem Arm, während er ihren Mund, ihre Wangen und Augenlider mit seinen sanften Küssen bedeckte. Seine winzigen Bartstoppeln kratzten ganz leicht über ihre Haut.

»Nur gut, dass Ihr Euch nicht mehr als Frau verkleiden müsst«, murmelte sie. »Euer Bart ist ganz schön gewachsen.«

»Tatsächlich?« Seine Lippen wanderten hinunter zu ihrem Hals, wo der Puls schlug. Sie atmete tief, als er sie mit der freien Hand noch enger an sich presste.

»Hab keine Angst, Liebste«, flüsterte er. »Ich möchte dich überall schmecken, aber ich werde dir nicht wehtun, das schwöre ich dir.«

Sie brachte kein Wort heraus und konnte ihm daher nicht sagen, dass sie höchstens Angst vor sich selbst hatte. Voller Verlangen schmiegte sie sich an ihn und schlug alle Bedenken in den Wind, der droben in den Wipfeln ächzte.

Jetzt lockerte er ein wenig seinen Griff, um mit einer Hand ihre Brüste zu liebkosen, während seine Zunge in einem leidenschaftlichen Kuss Einlass in ihren Mund begehrte. Diese unbekannten herrlichen Gefühle machten Beth waghalsiger. Sie ließ ihre Zunge mit der seinen spielen und erkundete mit den Händen seinen Körper.

Als er sich an den Schnürbändern ihres Mieders zu schaffen machte, drehte sie sich ein wenig zur Seite, um es ihm leichter zu machen. Gleich darauf spürte sie die kühle Nachtluft auf ihren Brüsten, bevor Patrick sie mit den Händen umfasste und erst leicht, dann kräftiger streichelte. Als er mit der Fingerspitze über ihre Brustwarze fuhr, keuchte sie vor Lust. Immer fordernder wurden seine Küsse. Schließlich löste er sich von ihrem Mund, und bevor sie wusste, wie ihr geschah, beugte er sich hinunter und nahm ihre Brustwarze zwischen seine Lippen. Dabei streichelte er ihren nackten Bauch.

Plötzlich hielt er inne. Sie stieß einen Seufzer der Enttäuschung aus.

»Hört nicht auf!«

Tief in seiner Kehle ertönte ein leises Lachen. »Ich muss, Mädchen. Sonst wird es uns beiden leidtun.«

»Mir nicht!«

»Doch. Und außerdem wirst du mich hassen, wenn ich weitermache.«

»Nein, bestimmt nicht! Ich schwöre es! Solche Gefühle hatte ich noch nie. Bitte hört nicht auf!«

Er küsste sie auf die Nasenspitze. »Ich habe sowieso schon

ein schlechtes Gewissen, aber du kannst einen Mann ganz schön in Versuchung führen, mein Liebchen. Doch ich habe dir versprochen, dich auf der Landstraße und auf Schloss Stirling zu behüten, und ich stehe zu meinem Wort.«

»Ich werde bei Euch bleiben«, sagte sie, »da könnt Ihr mich doch ganz leicht beschützen.«

»Nein, mein Liebchen. Das wäre das Falscheste, was du tun könntest. Denn ich kann nicht gleichzeitig auf dich aufpassen und für Kintail arbeiten. Dein Ruf wird ohnehin leiden, egal was wir tun. Aber wenigstens war der Junge die ganze Zeit über bei uns. Wenn ihn jemand fragt, wird er schwören, dass ich dich nicht angerührt habe. Und das stimmt ja auch.«

»Aber wer würde sich schon trauen, mich so etwas in Eurer Gegenwart zu fragen?«

Er schüttelte sie ganz leicht.

»Ich will dir nicht schaden, Beth. Das musst du mir glauben. Sir Hector wird bestimmt danach fragen, und das ist auch sein gutes Recht.«

»Sir Hector?« Ihr blieb fast die Luft weg.

»Ja. Ihm kann ich dich ruhig anvertrauen. Schließlich war er immer gut zu dir, oder etwa nicht?«

»Andere auf Farnsworth aber nicht«, gab sie zur Antwort. Dabei versuchte sie krampfhaft, die Tränen zurückzuhalten. Er sollte nicht sehen, wie nahe ihr seine Worten gingen. »Ich will nicht wieder zurück, Patrick. Und es ist grausam von Euch, mich wieder zu ihnen zu schicken. Sie werden mich schlagen, weil ich weggelaufen bin.«

»Das werden sie nicht«, erwiderte er mit fester Stimme. »Du wirst dich bei Sir Hector dafür entschuldigen, und ich sorge dafür, dass dir niemand etwas tut.«

»Das mache ich nicht!«

»Oh doch, das machst du.«

Sie stritten sich noch immer, als am folgenden Nachmittag das königliche Schloss Stirling in Sicht kam. Der zerklüftete

Felsen, auf dem es thronte, stach auffallend gegen die sanften grünen Hügel im Osten und Westen ab.

Beth warf Patrick alle Schimpfnamen an den Kopf, die ihr einfielen, und schwor Stein und Bein, dass sie unter gar keinen Umständen zur Familie Farnsworth zurückgehen werde. Ansonsten ließ sie ihn links liegen, selbst als er ihr das Feld von Bannockburn zeigte, an dem sie gerade vorüberkamen, und ihr die dazugehörige Geschichte erzählen wollte.

Sie ritt sein Pferd, während er mit Zeus auf der Schulter neben ihr herging. Jock saß auf Jackie und führte das Packpferd am Zügel. Donner lief ihnen voran, erkundete die Straßenränder, beschnüffelte jeden Busch und markierte jeden Baum.

Ein Stück vor ihnen waren einige Reiter auf der Landstraße unterwegs, doch kamen sie nicht nah genug, um mitzubekommen, wie Beth schnippisch bemerkte: »Ich weiß alles über Bannockburn und Robert Bruce. Die Schlacht zwischen ihm und dem englischen König fand im Jahre 1314 statt, und es war ein Douglas, der Jahre später Bruces Herz aus dem Heiligen Land zurückbrachte. Noch heute führt dieser Zweig der Familie Douglas das Herz in seinem Wappen.«

Als Patrick daraufhin verbissen schwieg, wünschte sich Beth, sie hätte nicht so unfreundlich mit ihm gesprochen und vor allem die Familie Douglas nicht erwähnt. Sie war bereits so vertraut mit ihm, dass sie immer wieder vergaß, wie gering er diesen Clan schätzte und dass er nicht wissen konnte, dass sie dazugehörte. Nach einer Weile ertrug sie seine schweigende Missbilligung kaum noch.

Schließlich sagte er ruhig zu Jock: »Reite ein wenig voraus, Junge. Aber warte, lass mir das Packpferd da, und nimm dafür Zeus mit. Leih ihm deinen Handschuh, Beth.«

Bisher hatten sie und Patrick den Habicht abwechselnd getragen. Jetzt zog sie den Handschuh aus ihrem Gürtel, reichte ihn dem Jungen, und Patrick übernahm den Führzügel.

Wortlos zog sich Jock den Handschuh über und hielt seine

Hand vor den Bauch des Vogels, um Zeus aufsteigen zu lassen. Dann ritt er los, mit Donner an seiner Seite.

Beth sah ihnen voller Bedauern nach. Wie Patrick dastand und den beiden nachblickte, war seine Gereiztheit förmlich mit Händen zu greifen.

Ihr fiel nichts ein, was sie sagen konnte, um ihn zu besänftigen. Normalerweise zankte sie sich mit Freuden ein wenig mit ihm. Sie genoss es, nicht jedes ihrer Worte auf die Goldwaage legen zu müssen, sondern frei von der Leber weg reden zu können. Doch nun hätte sie ihre letzten Bemerkungen gern ungeschehen gemacht.

Endlich drehte er sich zu ihr um und ließ die Zügel der Pferde los. Offenbar war er überzeugt, dass die Tiere nicht davonlaufen würden.

Beth wappnete sich. Dennoch war sie völlig überrumpelt, als er sie nun um die Taille fasste und aus dem Sattel hob. Für einen Augenblick ließ er sie in der Luft hängen und starrte ihr geradewegs in die Augen, bevor er sie unsanft auf die Füße stellte. Dann legte er ihr die Hände mit festem Griff auf die Schultern.

Sie war empört. »Was …?«

»Ruhe«, fuhr er sie an und schüttelte sie dabei ein wenig. »Du hast genug gesagt, und ich habe mir geduldig alles angehört. Ich habe gehofft, du würdest irgendwann einmal fertig, aber anscheinend gehen dir die Worte niemals aus. Und jetzt reicht es mir. Ich will nichts mehr hören.«

»Aber ich …«

Er schüttelte sie erneut. »Du gehst zu Sir Hector und seiner Lady zurück, und damit hat es sich. Woanders wärst du nicht sicher. Unschuldige, anständige junge Damen können weder auf Stirling noch sonstwo allein auf sich aufpassen, und bei mir kannst du nicht bleiben. Ich kann dich auch nicht zu Kintail und Molly mitnehmen. Selbst wenn König Jakob das zulassen würde, haben die beiden auch ohne dich schon genug Sorgen.«

»Ich habe Euch doch gesagt, dass ich von nun an meine eigenen Entscheidungen treffe.«

»Und ich sage dir, dass du das nicht tun wirst«, entgegnete er. Dabei gruben sich seine Finger schmerzhaft in ihre Schultern. »Im Augenblick bin ich mir nicht einmal mehr sicher, ob ich wirklich verhindern will, dass Sir Hector oder seine Lady dich bestrafen. Du kannst von Glück sagen, dass es normalerweise nicht meine Art ist, Frauen auf offener Straße übers Knie zu legen. Aber leg es lieber nicht darauf an. Es juckt mich förmlich in den Fingern.«

Sie bekam Angst. »Das wagt Ihr nicht!«

»Und ob.«

Sie standen da und starrten einander an, seine Hände noch immer schwer auf ihren Schultern.

Plötzlich spürte sie ein Prickeln im ganzen Körper, und Patricks Zorn schmolz dahin wie Schnee in der Sonne.

Der Tag schien auf einmal wärmer. Sie atmete stoßweise – so, als sei sie schnell gerannt. Ihr Herz pochte heftig. Ihre Wangen glühten, und sie fuhr sich mit der Zunge über die ausgetrockneten Lippen.

»Hol dich doch der Geier«, murmelte er, riss sie in die Arme und küsste sie stürmisch.

14

Beths Körper reagierte erregt wie immer auf Patricks Kuss, den sie leidenschaftlich erwiderte, ohne auch nur eine Sekunde zu zögern. Dabei presste sie sich an ihn, als wolle sie für immer mit ihm verschmelzen. Ach, wenn das nur ginge, dachte sie. Wenn sie nur niemals zurückgehen müsste.

Sie spürte seine Bewegungen, seine Küsse, die immer heißer und fordernder wurden, seine Hände, die drängend über ihren Körper fuhren, ihre Arme und Brüste streichelten, dann abwärts über die Rundungen ihrer Hüften glitten und sich schließlich um ihr Hinterteil legten und sie noch näher heranzogen.

Genüsslich schmiegte sie sich an ihn.

»Oh, meine süße Beth«, flüsterte er. »Wie du mich quälst!«

Seine Lippen wanderten von ihrem Mund zu der Stelle unter ihrem rechten Ohr. Als er an ihrem Ohrläppchen zu knabbern begann, durchfluteten heiße Wellen ihren Körper.

Sie keuchte. Da hielt er inne, doch sie spürte noch immer seinen warmen Atem an ihrem Hals und den Geschmack seiner Küsse auf ihren Lippen. Sein Duft umfing sie – Moschus und würzige Waldkräuter und ein leiser scharfer Geruch nach Holzrauch.

Beide standen sie regungslos. Nichts war zu hören außer dem hohen *Kiwitt Kiwitt* eines Kibitzes in der Ferne und dem immer leiser werdenden Klappern von Jackies Hufen auf der Straße.

Patrick straffte sich und sagte unwirsch: »Wenn wir nicht mit diesem Unfug aufhören, hast du mehr zu befürchten, als nur übers Knie gelegt zu werden.«

Sie antwortete nicht. Sie wusste genau, was er meinte, und

musste sich im Stillen eingestehen, dass sie nichts dagegen einzuwenden gehabt hätte, wenn es gleich an Ort und Stelle passiert wäre. Offensichtlich war sie viel verdorbener, als sie befürchtet hatte. Konnte der gnädige Gott ihr jemals ein solches Benehmen vergeben? Das durfte sie wohl weder von Kardinal Beatons strafendem noch von König Heinrichs nachsichtigem Herrn erwarten. Nach der Vorstellung von König und Kardinal würde Gott sie für ihre schamlosen Gedanken geradewegs in die Hölle verbannen.

Sie nagte an ihrer Unterlippe und dachte daran, was für Abscheulichkeiten sie Patrick an den Kopf geworfen hatte. Da blickte sie zu ihm hoch und sagte: »Es tut mir leid, was ich zu Euch gesagt habe. In Wirklichkeit finde ich nicht, dass Ihr ein hasenfüßiger Tölpel seid. Ich weiß eigentlich nicht einmal genau, was hasenfüßig heißt.«

Seine Lippen zuckten. »Mir hat ›gemeiner aufgeblasener Einfaltspinsel‹ am besten gefallen.«

»Habe ich das wirklich gesagt?« Sie zog die Nase kraus. »Ich kann mich nicht erinnern, aber Sir Hector benutzt den Ausdruck ab und zu, also werde ich ihn wohl bei ihm aufgeschnappt haben. Muss ich wirklich zu ihnen zurück, Sir?«

»Ja, das musst du, mein Liebchen. Und ich möchte, dass du mir versprichst, bei ihnen zu bleiben, ganz egal, was sie mit dir anstellen.«

Sie zögerte.

Er presste die Lippen zusammen. »Wenn du wegläufst, Beth, werde ich dich finden, und dann wird es dir leidtun, dass du geboren worden bist.« Sein barscher Ton schüchterte sie ein. »Ich darf gar nicht daran denken, was dir so ganz allein in Stirling zustoßen könnte«, setzte er hinzu.

»Also gut«, seufzte sie, »ich tue, was Ihr sagt. Aber ich will hoffen, dass Ihr Sir Hector und Lady Farnsworth davon abhaltet, mich zu bestrafen. Es wird mir ohnedies schwer genug fallen, ihnen gegenüberzutreten.«

»Das kann ich dir nicht versprechen, Liebste, aber ich

werde es auf jeden Fall versuchen. Sie werden dir schon nicht den Kopf abreißen.«

Damit musste sie sich zufrieden geben. Eigentlich war das schon mehr, als sie verdiente, nach all den Schimpfworten, mit denen sie ihn bedacht hatte. Das musste sie insgeheim zugeben.

Es war doch merkwürdig, dachte sie, als Patrick sie wieder auf sein Pferd hob, wie sehr sie in ihrem Zorn die Zügel hatte schießen lassen. Früher benahm sie sich immer so beherrscht, doch in Patricks Gegenwart schien sie keine Gewalt mehr über sich zu haben.

Der Rest der Reise verlief ohne besondere Vorkommnisse, und bald schon waren sie in St. Mary's Wynd angelangt, wo ihr Weg sie durch die steile, enge Spittal Street und Bow Street zu dem hohen, schmalen Haus von Sir Hectors Cousin Oscar Farnsworth führte.

Da Jock die Pferde versorgen wollte, hob Patrick Beth aus dem Sattel und hielt einen Augenblick ihre Taille umfasst. Dabei sah er ihr tief in die Augen.

»Ich weiß, dass du es nicht gern tust«, sagte er. »Und ich wünschte, es gäbe eine andere Möglichkeit. Aber ich bin sicher, es ist das Beste für dich. Ich bleibe, bis ich jemanden gefunden habe, der sich fachmännisch um Zeus kümmern kann, oder bis Sir Hector kommt und ihn abholt. Aber ich muss so schnell wie möglich Kintail und den Kardinal wissen lassen, dass ich hier bin.« Er schwieg, und als sie nichts erwiderte, fuhr er leise fort: »Es war mir ernst mit dem, was ich über das Weglaufen gesagt habe.«

Sie stieß einen schweren Seufzer aus. »Ich weiß.«

Ohne den Blick von ihr zu wenden, sagte er schließlich: »Falls du es gar nicht mehr aushalten kannst, wenn ich fort bin oder sie dir etwas Schreckliches antun sollten, dann such im Schloss nach mir.«

Sie bemühte sich vergeblich, ein Lächeln zustande zu bringen. »Werdet Ihr dort sein?«

»Ja. Ich muss unverzüglich zu Kintail und seiner Lady. Aber selbst, wenn sie sofort die Erlaubnis zur Abreise bekommen sollten, wird es eine Woche dauern, bis sie wirklich aufbrechen können.«

»Ich glaube kaum, dass man mich ins Schloss lässt«, sagte sie. »Letztes Jahr durfte ich mit, als sie an den Hof gingen – ich sollte mich um die Kleider der Ladys kümmern, ihnen beim Ankleiden behilflich sein und dergleichen. Bei den Festlichkeiten konnte ich natürlich nicht dabei sein. Damals mussten sie alle ihre Einladungen vorweisen, und dieses Jahr wird mich Lady Farnsworth erst recht nicht mitnehmen.«

»Dann schick mir einen Boten oder, wenn du selbst kommen musst, wende dich an den königlichen Pförtner. Sag ihm, du seiest eine Dienerin von Sir Hector und müsstest ihm persönlich eine Nachricht überbringen.«

»Wird er sich nicht wundern, dass Sir Hector eine Frau mit einem Botengang betraut?«

»Falls er so dreist sein sollte, Sir Hectors Befehle anzuzweifeln, dann stell dich dumm und sage einfach, du müsstest tun, wie dir geheißen.«

An der Eingangspforte erfuhren sie, dass Sir Hector und seine Familie wie erwartet noch nicht eingetroffen waren. Daraufhin bat Patrick den Diener, ihn zu Oscar Farnsworth zu führen.

Die folgende halbe Stunde ging für Beths Geschmack nur allzu schnell vorüber. Oscar Farnsworth begrüßte sie so herzlich, als seien sie Freunde von Sir Hector und Lady Farnsworth und nicht ihre Dienstboten. Er war wesentlich größer als sein Cousin und hatte ein rundes, rosiges Gesicht, das von einem buschigen grauen Bart umrahmt wurde. Das spärliche Haupthaar, das ihm verblieben war, trug er kurz geschnitten. Er erkannte Beth sofort wieder und redete sie mit Elspeth an. Falls er sich wunderte, sie in Begleitung des Falkners anzutreffen, verlor er jedenfalls kein Wort darüber.

Patrick überreichte ihm Sir Hectors Schreiben.

»Ja, ja, ich habe Euch erwartet«, sagte Farnsworth. Gestern kam ein Laufbote von Hector. Er teilte mir mit, dass die Familie morgen Mittag eintreffen werde und dass ich mit Eurer Ankunft rechnen solle. Ist der Habicht so weit, dass er ihn dem König übergeben kann?«

»Ja«, antwortete Patrick. »Ich sollte ihn nur an die Faust gewöhnen, aber er hat sich sehr gelehrig gezeigt, Sir. Es wird zwar noch ein wenig dauern, bis er bei einer königlichen Jagd eingesetzt werden kann, aber ich bin sicher, dass Seine Hoheit überrascht sein wird. Ich habe einen Burschen dabei, der mir mit dem Vogel zur Hand ging, und zwei Pferde. Wo können wir unterkommen, Sir?«

Als Beth hörte, wie Patrick wieder den starken Akzent des Grenzlandes nachmachte, musste sie sich ein Lächeln verkneifen.

Dabei war die Situation alles andere als lustig. Zweifellos fragte sich Oscar Farnsworth, warum sie zusammen mit dem Falkner reiste. Immer wieder warf er ihr einen Blick zu, richtete jedoch nicht ein einziges Mal das Wort an sie.

»Hector sagte mir, Ihr würdet wohl nicht bleiben wollen«, erwiderte Farnsworth. »Ich habe meine eigenen Volieren, müsst Ihr wissen, und einen erfahrenen Falkner. Ich benötige Eure Dienste also nicht. Hector wünscht jedoch, dass Ihr Euch morgen um zwei Uhr bei mir einfindet. Er möchte den Vogel unverzüglich Seiner Hoheit übergeben, und Ihr sollt dabei sein, falls Seine Hoheit Fragen stellt.«

»Ich werde kommen«, erwiderte Patrick mit einem Seitenblick auf Beth.

Farnsworth lächelte. »Falls Ihr in der Stadt keine Unterkunft findet – was angesichts der Anzahl der angereisten Gäste durchaus möglich ist, die gekommen sind, um die Geburt des jungen Herzogs zu feiern – könnt Ihr gern wieder herkommen. Ich kann Euch auch bezahlen, falls Hector Euch den Lohn schuldig ist. Dann habt Ihr wenigstens Geld in der Tasche.«

»Vielen Dank, Sir, aber er schuldet mir nichts mehr«, antwortete Patrick.

»Und was ist mit der jungen Frau?«, fragte Farnsworth unvermittelt.

»Sie ist eine Dienstmagd in Sir Hectors Haushalt«, erklärte Patrick.

»Ja, ich kenne das Mädchen«, erwiderte Farnsworth und fasste ihn scharf ins Auge. »Meine Frau und ich waren seinerzeit sehr angetan von ihr. Allerdings hat Hector sie nicht erwähnt, und daher frage ich mich …« Er deutete auf die beiden mit einer Handbewegung, die nicht zu missverstehen war.

»Es ist nichts dergleichen, Sir. Der Junge und ich haben sie nur sicher herbegleitet.«

»Ich verstehe«, entgegnete Farnsworth stirnrunzelnd.

»Könnte wohl jemand dem Mädchen seine Schlafstelle anweisen?«, fuhr Patrick fort, ohne Beth anzusehen. »Ich hätte gern ein Wort unter vier Augen mit Euch gewechselt.«

»Ja, gewiss.« Farnsworth rief einen Diener herbei und erteilte ihm die entsprechenden Anweisungen.

Beth musste wohl oder übel mit ihm gehen. Sie versuchte sich vorzustellen, was Patrick wohl sagen würde, um ihren Zusammenstoß mit Lady Farnsworth ein wenig zu mildern.

»Du hattest Recht, Lucy«, sagte Claud zufrieden. »Unser Mädchen ist sicher in Stirling angekommen, genau wie du gesagt hast. Aber ich kann mir einfach nicht erklären, warum wir sie vorher nicht finden konnten.«

Lucy zuckte die Achseln. »Was macht das schon? Hauptsache, wir wissen jetzt, wo sie ist.«

Die beiden waren Bessie in die Kammer gefolgt, die man ihr zugewiesen hatte, und machten es sich dort auf einer mit Kissen belegten Truhe bequem. Lucy schmiegte sich in die Kissen, während Claud neben ihr saß und sie einfach nur anschaute. Sie war so kuschelig, seine Lucy. Viel kuscheliger als

Catriona. Andererseits spürte er, dass sie etwas vor ihm verbarg. Und hatte Maggie ihn nicht gewarnt, dass jemand Übles im Schilde führte? Konnte das womöglich Lucy sein? Er wollte an diese Möglichkeit nicht einmal denken. Tatsache war jedoch, dass er gerade noch neben Lucy auf dem Hügel gesessen und Bessie beobachtet hatte, und sie im nächsten Augenblick ganz woanders gewesen waren. Und seitdem wich Lucy nicht mehr von seiner Seite.

Nicht dass ihn das gestört hätte, dachte er, als sie sich leise regte und den Kopf in seinen Schoß bettete. Das Spiel ihrer geschickten Finger gab seinen Gedanken eine vollkommen andere Richtung und ließ ihn Bessie vorerst vergessen.

Patrick hatte für Beth getan, was er im Augenblick konnte. Also ging er, um Oscar Farnsworths Leuten die beiden Pferde und Zeus zu übergeben. Er trennte sich nur ungern von dem Habicht, da er ihn wirklich gern mochte, doch ebenso gern wollte er Jock und dessen beide treue Gefährten loswerden.

»Du kannst bei Zeus bleiben, wenn du willst«, sagte Patrick. Kurz zuvor hatte er sich beim Falkner des Hauses erkundigt, ob er Jock als Helfer gebrauchen könne, und der Mann hatte sich bereit erklärt, es mit dem Jungen zu versuchen.

»Ihr werdet mich doch wohl nicht bei denen lassen«, antwortete Jock geringschätzig. »Mit Stadtvolk kann ich nichts anfangen. Und außerdem könnt Ihr meine Hilfe viel besser gebrauchen als die, Sir. Ich glaube kaum, dass sie mich auch nur in die Nähe von unserem Zeus lassen würden. Wahrscheinlich soll ich die ganze Drecksarbeit für sie erledigen, zu der sie selbst keine Lust haben. Aber ich bin zu etwas Besserem geboren. Fürs Erste gehe ich mit Euch und kümmere mich um Euer Gepäck und dergleichen.«

»Ach, tatsächlich?«, knurrte Patrick.

»Ja«, erklärte Jock entschieden. »Ich überlasse Euch auch

Jackie, wann immer Ihr wollt, und Donner passt besser auf Eure Sachen auf als Ihr selbst.«

»Diesem Angebot kann ich nur schwer widerstehen.«

»Das habe ich mir gedacht. Also, wohin gehen wir jetzt?«

Obgleich er am liebsten sofort aufs Schloss gelaufen wäre, um zu sehen, wie es Fin und Molly ging, wusste Patrick doch, dass er zuallererst Kardinal Beaton Bericht erstatten musste. Er war keineswegs erpicht darauf, seinen kleinen Tross mitzunehmen, wusste aber nicht, wie er den Jungen auf freundliche Art loswerden konnte. Daher sagte er: »Wir gehen zur Abtei Cambuskenneth.«

Jock nickte. »Also dann. Wie weit ist es?«

»Etwas mehr als zwei Meilen«, antwortete Patrick. »Wir müssen den Fluss Forth überqueren.«

»Gut.« Fröhlich plappernd führte der Junge Jackie am Zügel, bis sie die Brücke von Stirling zur Hälfte überwunden hatten. Als der hohe Turm der Abtei in Sicht kam, blieb er abrupt stehen und fragte staunend: »Und da gehen wir hin?«

»Ja«, antwortete Patrick. »Du kannst die Glocken der Abtei bis nach Stirling hören. Der Mann, den ich aufsuchen muss, hat seine Gemächer dort drüben hinter den doppelten Fenstern, und unter dem Altar in der Kirche sind unser König Jakob III. und seine Gemahlin beigesetzt.«

»Na, wenn sie uns nichts tun, dann tun wir ihnen auch nichts«, sagte Jock und ruckte am Zügel, um das Pony wieder in Bewegung zu setzen.

»Du bleibst mit Jackie und Donner draußen«, erklärte Patrick. »Und wenn dich jemand fragt, sagst du kein Sterbenswörtchen von meinen Angelegenheiten oder unserer Reise nach Stirling.«

Jock nickte nur. Er hatte nichts dagegen einzuwenden, draußen zu warten. Und das war auch gut so, denn Patricks Laune war beträchtlich gesunken, seit er von Beth fortgegangen war. Er konnte im Moment keine Frechheiten mehr von dem Burschen ertragen.

Patrick ließ Jock auf dem mit Kopfstein gepflasterten Hof stehen und ging zum Eingang des Turms hinüber. Dort bat er den Pförtner in der schwarzen Soutane, Beaton auszurichten, dass er von seiner Reise zurück sei und ihn sprechen wolle. Patrick wäre nicht überrascht gewesen, wenn man ihn eine Stunde hätte warten lassen, denn Beaton legte viel Wert auf umständliche Etikette. Bei seinem ersten Besuch hatte man Patrick zunächst in die Stube des Priors geführt. Diesmal jedoch sagte der Pförtner nur knapp: »Kommt mit mir, Sir.« Doch Patricks Freude währte nur so lange, bis der Mann ihn in einen kahlen Raum im zweiten Stock führte.

»Was soll das?«, wollte er wissen. »Ich möchte zum Kardinal.«

»Ja, Sir, das sagtet Ihr bereits«, antwortete der Pförtner. »Und Seine Eminenz wünscht Euch ebenfalls zu sprechen. Aber er ist unterwegs und wird erst spät zurückkommen. Er hat angeordnet, dass Ihr hier auf ihn warten und derweil mit niemandem reden sollt.«

Patrick machte schon den Mund auf, um zu protestieren, sah dann aber ein, dass es sinnlos wäre. Daher sagte er bloß: »Ich habe einen Burschen dabei, der sich um die Tiere und mein Gepäck kümmert. Man soll ihn zu mir schicken, sobald er das Pony in den Stall gebracht hat.«

Der Pförtner nickte. »Er kann Euch Euer Abendessen bringen.« – »Morgen um zwei muss ich schon woanders sein«, sagte Patrick.

»Gewiss wird sich Seine Eminenz Euch gleich morgen früh widmen, Sir.«

Als er allein war, überlegte Patrick kurz, was Beaton wohl treiben mochte. Aber eigentlich war es ihm egal. Beths Geschick beschäftigte ihn mehr als das des Kardinals oder sein eigenes.

Nell und Jane erreichten Stirling am selben Abend und ritten geradewegs zur Hütte von Janes Cousine Agnes Geddes. Allerdings hatten sie nicht viel Zeit, sich auszuruhen, denn Nell beschloss, am nächsten Morgen bei Hofe zu erscheinen, und wollte auf keinen Fall nachlässig gekleidet dort auftauchen. Jakob besaß einen Blick für schöne Frauen, und obwohl sie ein wenig älter wirkte als bei ihrer letzten Begegnung, war Nell entschlossen, diesen Blick erneut auf sich zu lenken.

»Ihr beide müsst mich ein bisschen aufpolieren«, sagte sie, als Agnes ihren erwachsenen Sohn losgeschickt hatte, um einen Badezuber in die kleine Küche zu schaffen.

»Meiner Meinung nach braucht da nicht viel poliert zu werde, M'lady«, sagte Agnes, nachdem sie Nell kritisch gemustert hatte. »Ihr habt Euch gut gehalten, da gibt es nichts.«

»Mag sein, aber auf jeden Fall muss ich die Aufmerksamkeit Seiner Hoheit erregen«, erklärte Nell rundheraus. »Ich habe keinen Mann, der für mich spricht, und ich will auch keinen. Also muss ich dafür sorgen, dass Jakob mich bemerkt. Und falls sich die Sitten seit meinem letzten Besuch bei Hofe nicht geändert haben, kann eine Frau nicht so einfach zum König marschieren und sagen ›Wie geht's denn so, Sire?‹«

Jane schnaubte bloß, doch Agnes' Kichern verriet Nell, dass sich die Sitten in der Tat nicht geändert hatten.

»Also legt Euch ins Zeug, ihr beiden«, sagte Nell.

Es war keineswegs »gleich morgen früh«, sondern schon fast Mittag, als der Pförtner der Abtei erschien, um Patrick zu holen. Der befahl Jock, die Reste ihres Frühstücks in die Küche zu tragen und sich dann zum Aufbruch bereitzumachen; dann folgte er dem Pförtner in die Gemächer des Kardinals.

Davy Beaton sah genauso aus wie bei ihren ersten beiden Begegnungen. Sogar seine eleganten roten Gewänder hätten die gleichen sein können, und er zeigte noch immer dieses rasche zuversichtliche Lächeln. Er saß auf einem kunstvoll geschnitzten Stuhl, der auf einem teppichbedeckten Podest stand, und während er Patrick zu sich winkte, entließ er zugleich die beiden Geistlichen, die bei ihm gesessen hatten, nicht ohne den einen von ihnen zu bitten, zuvor noch ihre Weingläser zu füllen.

»So seid Ihr also wohlbehalten zurückgekehrt, Patrick MacRae«, sagte Beaton und streckte ihm die Hand entgegen. Der Rubin auf seinem Kardinalsring funkelte in der Sonne, die durch ein nahes Fenster fiel.

Gehorsam kniete Patrick nieder und küsste den Ring. »Wie Ihr seht, Eminenz.« Dann erhob er sich und fügte hinzu: »Da ich inzwischen weiß, wie groß und wohl unterrichtet das Netz Eurer Informanten ist, frage ich mich, ob ich Euch wirklich etwas Neues berichten kann. Aber jedenfalls habe ich Eure Befehle ausgeführt und hoffe, dass Ihr nun für Kintails Freilassung sorgen werdet.«

»Ich habe die Angelegenheit bereits in Angriff genommen«, sagte Beaton. »Oliver Sinclair ist nach wie vor der Ansicht, dass die Clanoberhäupter gefährlich sind, aber ich hoffe, ich kann Seine Hoheit vom Gegenteil überzeugen. Ich habe nur noch auf Eure Rückkehr gewartet. Und jetzt berichtet mir, was Ihr über Heinrichs Plan in Erfahrung bringen konntet. Natürlich ist mir bekannt, dass er vor einiger Zeit wohlbehalten in York eingetroffen ist.«

»Ja, und dort wartet er nun ungeduldig auf Seine Hoheit.«

»Seine Stimmung ist mir einerlei, und überdies wird er noch länger warten müssen«, sagte Beaton. »Wann habt Ihr ihn zuletzt gesehen?«

»Ich bin in seinem Gefolge nach York gereist und danach mit Angus nach Midgeholme gegangen.«

»Ach ja«, nickte der Kardinal. »In diesem Vipernnest in Cumberland ging es eine Zeit lang recht lebhaft zu. Ich nehme an, Dacre war auch dort.«

»Ja, aber Angus ist gefährlicher. Er brüstet sich damit, dass er entlang der gesamten schottischen Grenze Anhänger von König Heinrich befehligt, die ihm helfen sollen, Schottland unter englische Herrschaft zu bringen. Als Belohnung hat ihm Heinrich natürlich versprochen, ihm alle Ländereien der Douglas zurückzugeben.«

»Angus vertraut Heinrich, nicht wahr?«

Patrick nickte.

»Ich nehme nicht an, dass Ihr Euch die ganze Zeit über auf Midgeholme aufgehalten habt.«

»Fast wäre meine Mission aufgeflogen, als ich dort ankam«, musste Patrick zugeben. »Ich benahm mich einfach zu sorglos, nachdem ich die ganze Zeit frech am englischen Hof herumstolziert war. Ich habe sogar mit dem jungen Donald von Sleat diniert, der sich ebenfalls an Heinrichs Hof aufhält. Ihr werdet Euch erinnern, dass Donald lieber nach England gesegelt ist, als seinen König willkommen zu heißen.«

»Ich entsinne mich«, erwiderte Beaton in gleichgültigem Ton und fuhr fort: »Ihr habt Eure Sache gut gemacht, und jetzt, da Gott Jakob mit einem zweiten Sohn gesegnet hat, werde ich den König wohl dazu bewegen können, wenigstens Kintail freizulassen, zumal der immer loyal gewesen ist. Beabsichtigt Ihr, an den Festlichkeiten am Montag teilzunehmen?«

»Ich hörte bereits, dass es eine Feier geben soll, aber ich habe noch nicht weiter darüber nachgedacht.«

»Besitzt Ihr noch etwas anderes zum Anziehen als die Montur, die Ihr im Augenblick tragt?«

Patrick lächelte. »Wenn ich Euch erinnern darf, Mylord, so habt Ihr mir geraten, mir Hofgewänder von einem englischen Schneider anfertigen zu lassen. Daher habe ich meine Kleidung Kintail zur Aufbewahrung gegeben. Die Umstände haben mich gezwungen, meine englische Garderobe auf Midgeholme zurückzulassen, doch zum Glück wechselt die Mode im Grenzland nicht so rasch wie in London.«

Beatons Augen funkelten. Da der Kardinal für seinen Sinn für Ironie bekannt war, überraschte es Patrick nicht, als er sagte: »Ihr werdet beklagenswert unmodisch erscheinen, aber das gilt für die meisten Leute an Jakobs Hof. Ich finde,

Ihr solltet auf den Ball gehen und Seiner Hoheit Eure Aufwartung machen.«

»Was das betrifft, so kann ich Euch mitteilen, dass Sir Hector Farnsworth wünscht, dass ich ihn heute Nachmittag an den Hof begleite.«

»Wirklich? Warum das?«

Als er Patricks Erklärung hörte, funkelten Beatons Augen erneut mutwillig. »Es dürfte höchst amüsant werden zu sehen, wie Ihr als Falkner dem König Eure Reverenz erweist. Ich möchte wissen, ob er Euch wohl wiedererkennt.«

»Das ist mir einerlei«, erwiderte Patrick. »Ich habe genug von dem ganzen Ränkespiel, Sir. Ich begleite Farnsworth, weil er freundlich zu mir war und ich ihn nicht vor den Kopf stoßen will. Er wird mich bald genug ohne meine Verkleidung sehen. Spätestens auf dem Ball. Werden Kintail und die anderen Geiseln auch daran teilnehmen?«

»Nein. Und deshalb bin ich der Meinung, dass Ihr hingehen solltet. Falls Jakob Euch erkennt, wird er sich auch daran erinnern, mit welcher Liebenswürdigkeit uns Kintail und seine Lady auf Eilean Donan empfangen haben.«

Sie unterhielten sich noch eine Weile über Patricks Aufenthalt in England und seine Flucht, und wieder schien es ihm, als sei der Kardinal ganz ausgezeichnet über alles unterrichtet.

»Was habt Ihr aus alldem gelernt?«, fragte ihn Beaton schließlich.

»Dass die Gefahr einer Invasion wie eine Gewitterwolke über uns hängt. Sollte Seine Hoheit Heinrich noch länger die Stirn bieten und ein Treffen mit ihm ablehnen, könnte diese Gefahr bald Wirklichkeit werden.«

Beaton nickte. »Wieso habt Ihr Euch eigentlich so lange im Farnsworth Tower aufgehalten?«

Um dem sympathischen Sir Hector nicht zu schaden, wollte Patrick ungern etwas über seine Motive verraten. Stattdessen antwortete er mit einer Gegenfrage: »Haben

Euch Eure Informanten jemals etwas über Hector Farnsworth berichtet, Eminenz?«

»Bisher nicht«, antwortete Beaton. »Sollten sie das denn?«

»Angus erwähnte seinen Namen auf Midgeholme. Anscheinend gehört Farnsworth zu seinen Pächtern, obgleich er im westlichen Grenzland lebt. In der Gegend dort wimmelt es nur so von Mitgliedern des Douglas-Clans. Aber ich glaube, die meisten sind treue Anhänger der Krone.«

»Meiner Erfahrung nach heben sich die Leute im Grenzland ihre Loyalität für ihre Clanoberhäupter auf, und von den Douglas kann keiner den König leiden«, entgegnete Beaton. »Ich jedenfalls würde keinem Grenzbewohner völlig vertrauen. Was wisst Ihr sonst über diesen Farnsworth?«

»Nichts Nachteiliges«, antwortete Patrick. »Zu mir war er immer freundlich.«

»Das war ein schlauer Schachzug von Euch, den Falkner zu spielen, um mehr über ihn herauszubekommen«, sagte der Kardinal.

»Das war eigentlich gar nicht geplant, sondern hat sich zufällig so ergeben«, erklärte Patrick. »Sir Hector erscheint mir jedenfalls eher wie ein netter Gelehrter und nicht wie ein Verschwörer. Er kommt heute nach Stirling zum Haus von Oscar Farnsworth in St. Mary's Wynd. Angus hat ihn nicht in seine Pläne eingeweiht, und mein Gefühl sagt mir, dass Farnsworth auch nicht auf Angus' Seite steht.«

»Aber vielleicht hat seine Freundlichkeit Euch gegenüber Euer Urteil beeinflusst.«

»Das wäre möglich«, musste Patrick zugeben.

»Ihr habt Euer Wort gehalten, und nun verlange ich nichts weiter von Euch«, sagte Beaton abschließend. »Ich wäre Euch allerdings verbunden, wenn Ihr ein Auge auf Sir Hector haben würdet, bis wir wissen, woran wir mit ihm sind.«

»Ich werde tun, was ich kann«, erwiderte Patrick. Das lieferte ihm einen Vorwand, weiterhin in Verbindung mit dem Haus in St. Mary's Wynd zu bleiben. Nichts war ihm lieber, denn er vermisste Beth bereits so sehr, dass es ihm körperliches Unbehagen bereitete.

Beth putzte gerade Gemüse für das Mittagessen am Samstag, als die Familie kurz vor Mittag eintraf. Zwanzig Minuten später schickte man nach ihr.

Rasch wischte sie sich die bebenden Hände an der Schürze ab, fuhr sich glättend über das Haar und richtete ihre Haube, wohl wissend, dass es auf solche Kleinigkeiten nicht ankam. Als sie hinter dem Diener in die Kammer trat, wo sie und Patrick zum ersten Mal Oscar Farnsworth begegnet waren, fand sie Sir Hector allein mit seinem Cousin vor.

»Komm rein, Mädchen.« Sir Hector nickte ihr aufmunternd zu, als sie zögernd auf der Schwelle stehen blieb. »Ich fresse dich schon nicht, aber du hast mir einen gehörigen Schrecken eingejagt.«

»Ich bitte um Vergebung, Sir«, sagte sie mit einem tiefen Knicks. »Ich ... Das war unbesonnen und ... und dumm von mir.«

»Jelyan erzählte mir, dass sie und Drusilla dich schlecht behandelt haben«, sagte er freundlich. »Ich habe mit ihnen geredet, und sie werden sich bei dir entschuldigen. Ich hoffe, du wirst nie wieder fortlaufen wollen, Mädelchen. Ich habe dich nämlich schrecklich vermisst.«

Sie war vollkommen verdutzt. »Ich dachte, Ihr wärt böse mit mir.«

»Erfreut bin ich natürlich nicht«, erwiderte er. »Es war überaus leichtsinnig von dir, so einfach auszureißen. Ein Glück, dass Patrick der Falkner dich gefunden hat und dass er offenbar ein Mann ist, dem man ein unschuldiges junges Mädchen anvertrauen kann.«

Da Beth nicht wusste, was Patrick Oscar Farnsworth erzählt hatte, und weil sie Sir Hector nicht verraten wollte, dass Patrick vielleicht doch nicht ganz so vertrauenswürdig war, sagte sie nur: »Er war sehr nett zu mir, Sir. Er hat furchtbar mit mir geschimpft, dass ich weggelaufen bin, aber ich bin ihm dankbar, dass er auf mich aufgepasst hat.«

»Das kannst du auch sein«, sagte Sir Hector. Nach kurzem Zögern setzte er hinzu: »Übrigens, hat er irgendetwas Ungewöhnliches erwähnt, das ihm auf Farnsworth begegnet ist?«

Die Frage überraschte sie, doch konnte sie guten Gewissens antworten: »Aber nein, Sir. Er sagte einmal, er habe nur wenig mit den Leuten vom Farnsworth Tower zu schaffen gehabt, weil er sich immer für sich hielt und mit dem Habicht beschäftigt war.«

Sir Hector runzelte die Stirn, verfolgte das Thema jedoch nicht weiter. »Ich werde nicht mit dir schimpfen, meine Liebe«, sagte er. »Ich bin sicher, das wird Lady Farnsworth für uns beide erledigen. Aber hab keine Angst. Sie mag schelten, mehr aber auch nicht. Das verspreche ich dir.«

Beth unterdrückte einen Seufzer. Hoffentlich behielt er Recht.

Eine Stunde später ritt Nell in Begleitung von Jane und dem jungen Seth den Schlossberg hinauf. Nachdem sie das Tor ohne Schwierigkeiten passiert hatten, nannte sie dem Haushofmeister des Königs ihren Namen. Er hieß sie willkommen, da er sich offensichtlich von ihrem letzten Besuch auf Stirling an sie erinnerte.

»Bitte lasst mir eine Kammer zuweisen, in der meine Zofe und mein Page mir aufwarten können«, sagte Nell.

Als er versprach, sich unverzüglich darum zu kümmern, dankte sie ihm und begab sich in die große Halle. Dort traf sie einige Bekannte und Freunde, doch sie hatte keine Lust auf Klatsch und Tratsch. Sie behielt lieber das Podium im Auge, auf dem Jakob im Kreise schwatzender Höflinge saß. Er war stärker gealtert als sie, stellte Nell fest. Sein vordem schlanker Körper war nun dicker und sein Teint nicht länger zart und glatt. Doch sein rotes Haar wirkte dicht und glänzend, und in seinen blauen Augen tanzte noch dasselbe Lachen. Er war nach wie vor ein gut aussehender Mann. Sie wartete, bis er sich erhob und, von zwei Herren flankiert, vom Podium stieg. Genau diesen Augenblick passte sie ab, um gegen einen seiner Begleiter zu stoßen.

»Du meine Güte, Sir«, rief sie und machte einen flüchtigen Knicks. Mit einem kleinen Lachen fügte sie hinzu: »Da war wohl einer von uns ein klein wenig ungeschickt!« Dann, als ihre Augen dem Blick des Königs begegneten, verneigte sie sich unterwürfig, holte tief Luft und sagte, so als habe sie den König erst soeben bemerkt: »Ich bitte um Verzeihung, Sire.«

»Ihr dürft Euch erheben, Madam«, sagte Jakob mit einem belustigten Unterton. »Oder bleibt so und lasst uns die herrliche Aussicht ein klein wenig länger genießen.«

»Ihr schmeichelt mir, Euer Hoheit«, erwiderte sie und schaute lächelnd zu ihm auf.

Als er ihr die Hand entgegenstreckte, ergriff Nell sie und ließ sich von ihm aufhelfen. Er zog sie näher zu sich heran und legte ihre Hand in seine Armbeuge. Dann neigte er sich zu ihr und flüsterte: »Ich möchte mehr als nur dir schmeicheln, Nell. Bist du allein gekommen, oder hast du einen neuen Ehemann mitgebracht?«

»Ich bin vollkommen allein, Sire«, raunte sie und klimperte mit den Wimpern.

»Dann hätte ich eine Idee, was du mir Schönes zum Geburtstag schenken könntest.«

»Euer Wunsch ist mir wie immer Befehl, Sire«, erwiderte Nell kokett. Sie freute sich, dass ihr erster Schachzug genau nach Plan verlaufen war.

15

Nachdem Kardinal Beaton ihn entlassen hatte, holte Patrick seine Gefährten ab, und sie gingen zurück in die Stadt. Zur vereinbarten Zeit traf er in St. Mary's Wynd ein. Von Beth war nichts zu sehen, doch Sir Hector stand schon bereit und brannte darauf, Zeus dem König zu übergeben.

Sie wanderten zum Schloss hinauf und wurden vom Haushofmeister unverzüglich zum König in das Audienzzimmer des Neuen Palastes geführt. Wie immer, wenn die Lage brenzlig wurde, spürte Patrick diese aufregende innere Spannung. So war es auch gewesen, als er – in Lady Farnsworths roter Perücke und Unterrock – den Männern des Kardinals gegenübergestanden hatte.

Mit gesenktem Blick betrat er hinter Sir Hector das Zimmer und machte eine ungeschickte Verbeugung vor dem Thronpodest. Während der Haushofmeister Sir Hectors Namen ausrief, saß Zeus mit seiner Haube ganz friedlich auf Patricks Faust.

Offensichtlich ließ er sich durch eine Audienz beim König nicht aus der Ruhe bringen.

»Willkommen, Sir Hector«, sagte Jakob. Seine Stimme klang gelinde gelangweilt, vermutlich, weil er schon den ganzen Tag lang Mitglieder des hohen und niederen Adels empfangen und ihre Geschenke entgegengenommen hatte.

»Ich danke Euch, Euer Hoheit«, antwortete Sir Hector. »Es ist mein untertänigster Wunsch, dass Ihr diesen prachtvollen Habicht als kleines Zeichen meiner Ergebenheit annehmen möget. Er ist ein Geschenk zu Eurem Geburtstag und zur Geburt Eures Sohnes, und ich hoffe, Ihr werdet bei der Jagd viel Freude an Zeus haben. Ich habe den Falkner mitgebracht, der ihn abgerichtet hat. Solltet Ihr also Fragen zu dem Vogel haben, kann er sie sicher beantworten.«

»Guten Tag, Falkner«, sagte Jakob und setzte sich aufrechter hin. »Lasst mich Euren Habicht einmal anschauen.«

»Sehr wohl, Sire«, murmelte Patrick, noch immer mit gesenktem Kopf.

Jakob rühmte sich, Anteil am Schicksal auch des geringsten seiner Untertanen zu nehmen. Das ging so weit, dass er sich zuweilen, als Bettler verkleidet, unter das einfache Volk mischte, um zu hören, was die Leute dachten. Nun sagte er aufmunternd: »Tretet vor, guter Mann. Kein Grund, sich zu fürchten. Geht und holt mir einen Handschuh«, setzte er an seinen Haushofmeister gewandt hinzu.

Der hatte den Befehl im Nu ausgeführt, und Jakob zog sich den Handschuh über. »Ob er wohl zu einem Fremden kommt?«, fragte er.

»Ja, Euer Hoheit«, antwortete Patrick. Er hoffte inständig, dass Zeus ihn nicht blamieren und den auf Hochglanz polierten Fußboden des Audienzzimmers mit seinem Kot beschmutzen würde.

Als er einen Schritt auf den König zumachte, wurde der Habicht auf seiner Faust unruhig.

In verändertem Ton sagte Jakob: »Hört, Falkner, habe ich Euch nicht schon einmal gesehen?«

Ohne seine gebückte Haltung aufzugeben, versuchte sich Patrick herauszureden: »Ich bin sicher, ich würde mich daran erinnern, wenn es so wäre, Euer Hoheit.«

»Ich verstehe«, sagte Jakob belustigt. »Nun lasst uns einen Blick auf den hübschen Kerl werfen.«

Patrick nickte, sandte ein Stoßgebet zum Himmel und reckte dem König die Faust mit dem Vogel entgegen.

Da hob Zeus den Fuß und zog sich mit einer Kralle die Haube halb vom Kopf.

Jakob lachte ein wenig. »Der Bursche will seinen neuen Herrn sehen.«

»Ja, Sire«, erwiderte Patrick. »Ihr müsst die Bänder fest schnüren, denn mit der Haube hat er den Bogen raus.«

Als Jakob den Vogel mit der Faust am Bauch berührte, stieg Zeus darauf. »Na, mein Junge«, sagte der König, »jetzt wollen wir dir erst einmal diese Haube abnehmen, was?« Er wickelte sich die Fußfessel um die behandschuhte Faust und zog dem Vogel mit der freien Hand behutsam die Haube ab.

Patrick hielt den Atem an, doch Zeus flatterte nicht auf. Er bedachte die neue Umgebung mit einem zornigen, missbilligenden Blick, doch als Jakob ihn streichelte, ließ er ihn gewähren.

»Er wirkt erstaunlich zahm«, sagte der König. »Ist er ein guter Jäger?«

»Er ist noch jung, Euer Hoheit«, antwortete Patrick, »und hat wenig Erfahrung. Aber er ist begabt und verspricht ein tüchtiger Jäger zu werden.«

Er staunte über das Verhalten des Vogels. Der blieb nicht nur ruhig sitzen, während Jakob ihm über Flügel und Rücken strich, sondern stupste sogar auffordernd mit dem Kopf gegen die Hand des Königs, als dieser kurz mit dem Streicheln aufhörte, um Sir Hector ein Kompliment über sein Geschenk zu machen.

Diese Geste hatte Patrick oft bei Hunden und Katzen, nie zuvor jedoch bei einem Habicht beobachtet.

Auch Jakob war erstaunt. »Habt Ihr das gesehen?«, fragte er.

»Es ist deutlich zu erkennen, wie begeistert er von seinem neuen Herrn ist«, sagte Sir Hector.

Der König wandte sich erneut an Patrick. »Gibt es sonst noch etwas, was ich über ihn wissen muss?«

»Nur, dass er es gewohnt ist, fast den ganzen Tag auf meiner Faust oder Schulter zu sitzen. Aber ich denke, Eure Leute werden ihn schnell an einen anderen Platz gewöhnen.«

»Er ist ein feiner Bursche«, sagte Jakob. »Ich danke Euch beiden.«

Ganz offensichtlich freute er sich über das Geschenk, Patrick jedoch fühlte sich verwirrt. Zwar konnte man es kaum glauben, wenn man bedachte, wie jung Zeus noch war, dennoch erschien es Patrick jetzt als sicher, dass der Habicht, bevor er ihm in die Falle gegangen war, schon früher mit einem erfahrenen Falkner gearbeitet haben musste.

Hoch oben auf einem der beiden großen Kronleuchter hockte Maggie Malloch und beobachtete zufrieden die Szene. Es konnte keinesfalls schaden, wenn der König eine hohe Meinung von der Kunst des Falkners bekam. Für Maggie war es kinderleicht gewesen, den Vogel dazu zu bringen, dass er sich wie ein verschmustes Kätzchen benahm. Dafür zu sorgen, dass er sich auch weiterhin so verhielt, würde schwieriger werden. Aber schließlich war sie nicht umsonst eines der mächtigsten Mitglieder des Geheimen Clans.

Die besondere Bindung zwischen dem König und dem Habicht hätte zumindest eine Woche Bestand, und danach würde Jakob es nicht mehr dem Falkner anlasten, wenn der Vogel ihm nicht gehorchte. Alles in allem ein erfolgreicher Tag, dachte sie. Es konnte nie schaden, dem Lauf der Dinge von Zeit zu Zeit ein wenig nachzuhelfen, zumal es nicht mehr lange dauern konnte, bis der König Sir Patricks wahre Identität entdeckte.

Nachdem der König sie entlassen hatte, entschuldigte sich Patrick bei Sir Hector und machte sich auf die Suche nach Kintail. Der Haushofmeister des Königs wies ihm den Weg zu einer eleganten Zimmerflucht im zweiten Stock des Neuen Palastes. Dort begrüßte ihn Kintail mit Handschlag, dann schloss er seinen Freund einmal kurz und kräftig in die Arme und bat Patrick, ihm alles zu berichten, was ihm seit ihrer Trennung widerfahren war. Patrick kam seiner Bitte gern nach und erzählte ihm alles über seinen Aufenthalt in England. Schließlich erwähnte er, dass er sich auf Farnsworth versteckt und dort einen Habicht abgerichtet hatte. Über Beth verlor er kaum ein Wort. Er war beinahe fertig mit seinem Bericht, als die Tür mit einem Knall aufflog.

»Patrick! Ihr seid wieder da!«

Er sprang auf und breitete die Arme aus. Molly lief geradewegs hinein und drückte ihn fest. Ihre langen, dichten rotgoldenen Locken wirbelten ihr ungebändigt um die Schultern, fast so wie an dem Tag, als Kintail und er sie zum ersten Mal gesehen hatten.

»Ihr seht aus wie ein wildes Kind«, sagte er zärtlich. »Ich bin so froh, Euch wiederzusehen.«

»Hier ist noch jemand, den Ihr sicher gern wiederseht«, antwortete sie und trat einen Schritt zur Seite. In der Tür stand Patricks schöne dunkelhaarige Schwester und beobachtete die Szene mit mutwillig funkelnden Augen.

»Was zum Teufel ...«, setzte er an, als ihm Barbara McRae mit schelmischem Lächeln ins Wort fiel. »Hallo Patrick«, begrüßte sie ihren Bruder.

Noch immer ganz verdutzt, fragte er bloß: »Was machst du denn hier, Bab?«

»Mutter hat sich auf Ardintoul ebenso gelangweilt wie ich, also sind wir hergekommen.«

»Mutter ist hier?« Ihre Mutter hatte nicht das Geringste für das Hofleben übrig.

Bab blickte ein wenig verlegen drein. »Sie wollte Molly und Fin sehen, und als sie vom Hof genug hatte, war sie damit einverstanden, dass ich Molly Gesellschaft leiste, bis Seine Hoheit Fin wieder nach Hause gehen lässt.«

Sie schaute ihn mit großen unschuldigen Augen an, doch Patrick kannte sie schließlich ihr ganzes Leben lang.

Er sah zu Kintail hinüber. »Wie lange war meine Mutter da, Fin?«

Fin grinste. »Noch nicht einmal eine Woche.«

»Du schickst mich doch nicht nach Hause, Patrick, nicht wahr? Ich gehe auf gar keinen Fall!«

»Still, du Fratz«, sagte Fin, »oder ich erzähle ihm von deinen ganzen Schandtaten.«

Patrick bedachte seine Schwester mit einem strengen Blick, doch sie zog es vor, das nicht zu beachten. Stattdessen rannte sie zu ihm und schloss ihn in die Arme. »Ich bin so glücklich, dich zu sehen«, sagte sie. »Ach Patrick, sei doch nicht böse! Du musst mich begleiten, wenn Molly und ich bei Hofe eingeführt werden. Da gibt es jemanden, den ... den du unbedingt kennen lernen musst.«

Mit hochgezogenen Augenbrauen blickte er Fin an. »Molly geht an den Hof?«

»Ja. Jakob hat es erlaubt, und ein paar von uns erhoffen sich, dass es unseren Frauen gelingt, den König von unserer Harmlosigkeit zu überzeugen.«

»Gehst du mit?«

Fin lachte. »Nein, wir Männer sind nun doch zu gefährlich. Sogar die Frauen dürfen nicht an den Festlichkeiten und dem Ball am Montagabend teilnehmen. Wir sind zwar komfortabel untergebracht, Patrick, aber Gefangene sind wir trotz allem.«

Barbara zupfte Patrick am Ärmel. »Du begleitest mich doch, oder?« Dann musterte sie ihn abschätzend. »Ich hoffe bloß, du besitzt etwas Anständigeres zum Anziehen als das Zeug, das du gerade trägst.«

»Wenn nicht, borge ich mir was von Fin«, versprach er. »Ich möchte auf jeden Fall diesen gewissen Jemand kennen lernen, damit ich ihm sagen kann, wie unverschämt er ist.«

»Unverschämt!« – »Ja, wie soll ich es sonst nennen, wenn einer meiner Schwester schöne Augen macht, ohne mich vorher um Erlaubnis zu fragen?«

»Du warst nicht da!«

»Aber Fin. Hat dieser Jemand ihn vielleicht gefragt?«

Sie wich seinem Blick aus.

»Das dachte ich mir.«

»Aber Patrick ...«

Er blickte sie finster an. »Du solltest dich lieber eine Zeit lang tadellos benehmen.«

Ungerührt antwortete sie: »Du kannst doch um vier Uhr fertig sein, oder?«

»Ja, mein Mädchen, ich kann und werde fertig sein«, sagte er lächelnd und nahm sie in die Arme.

Er hielt Wort, doch nachdem er stundenlang um Molly herumscharwenzelt war, das gezierte Benehmen der Hofschranzen erduldet und die lechzenden Verehrer seiner Schwester ertragen hatte, sehnte er sich nach dem freien Landleben. Er lernte Babs »Jemand«, einen gewissen Francis Dalcross, kennen, der wenig Eindruck auf ihn machte. Außerdem traf er einen Freund, Sir Alex Chisholm, dessen Ländereien im Osten an Kintails Gebiet grenzten. Bab kannte Alex seit ihrer Kindheit und hatte keine Lust, mit ihm zu plaudern, also ließ sich Patrick wohl oder übel von seiner Schwester fortschleppen, damit sie ihm weitere Freunde vorstellen konnte.

Zu Patricks Erleichterung brauchte er nicht vor dem König zu erscheinen. Zwar war Jakob anwesend, als sie in die große Halle kamen, doch der Raum quoll über von Höflingen und ihren Damen, und der König saß, umgeben von seinen Günstlingen, auf dem Thronpodest. Den ganzen Nachmittag über empfing er niemanden, und als die Zeit zum Abendessen kam, war Seine Hoheit verschwunden.

Ehrlich gesagt langweilte sich Patrick. Der schottische Hof erschien ihm zwar auch nicht schlimmer als der englische, doch als der lange Abend zu Ende ging, wollte Patrick nur noch frische Luft atmen und mit Beth reden.

Als ihr zweiter Tag in St. Mary's Wynd sich neigte, wusste Beth, dass sie es vorgezogen hätte, geschlagen zu werden, als weiterhin diese gespannte, feindselige Atmosphäre zu ertragen. Die Tracht Prügel hätte sie bereits hinter sich.

Kaum hatte sich Sir Hector auf den Weg ins Schloss gemacht, hielt Lady Farnsworth ihr eine ausgedehnte Standpauke, die es in sich hatte. Beth dachte an Patrick, und das Gekeife der Lady prallte einfach an ihr ab.

Mit Drusilla war das schon etwas anders.

»Ich weiß wirklich nicht, wieso mein Vater dir erlaubt, uns unter die Augen zu treten«, giftete sie. »Du solltest nicht einmal dieses Haus betreten dürfen, nachdem du tagelang mit diesem Falkner herumgezogen und wer weiß was mit ihm getrieben hast.«

Beth brachte es nicht fertig, Drusilla zu erklären, dass sie nie mit Patrick allein und Jock immer bei ihnen gewesen war. Das stimmte zwar, aber sie wusste, dass Jock sich nicht eingemischt hätte. Immerhin waren Patrick und sie mehr als einmal nahe daran gewesen, eine Dummheit zu begehen.

Jelyan benahm sich netter ihr gegenüber als Drusilla. »Ich bin froh, dass du gekommen bist«, sagte sie. »Eine Zofe aus der Stadt hätte nicht gewusst, was wir wollen, und wir müssten ihr alles erklären.«

Die beiden jungen Damen wollten mit ihrer Mutter am nächsten Tag der Palmsonntagsmesse in der Kapelle beiwohnen und am Montagabend auf den großen Ball gehen. Sie waren ganz aufgeregt und wollten mit einem makellosen Aussehen glänzen. Daher konnte Beth es ihnen nur schwer recht machen.

Jeder Rüffel, den sie von ihnen einstecken musste, machte sie wütend. Die wenigen Tage der Freiheit hatten ausgereicht, ihr das Dienstmädchendasein sauer werden zu lassen. Mehr als einmal an diesem Nachmittag hätte sie Drusilla am liebsten eine patzige Antwort gegeben, wie sie es unterwegs so oft mit Patrick getan hatte.

Nell verbrachte fast den ganzen Nachmittag bei Hofe. Eine Zeit lang musste sie an Jakobs Seite ausharren, während der König mit Höflingen und Freunden plauderte, doch als er sich in sein Audienzzimmer zurückzog, um Geschenke entgegenzunehmen, nutzte Nell die Gelegenheit und machte sich auf die Suche nach Jane Geddes, damit die ihr das Haar richten und die Röcke ausbürsten konnte.

Gegen vier Uhr kam Jakob noch einmal kurz in die Halle. Wieder lud er sie ein, im Kreise seiner Günstlinge auf dem Podium Platz zu nehmen. Doch kaum eine halbe Stunde später flüsterte er ihr zu: »Du kennst den Weg zu meinen Privatgemächern, Nell?«

»Ja, Euer Hoheit.«

»Dann warte dort in zehn Minuten auf mich. Ich muss dir etwas zeigen.«

Sie grinste, glaubte sie doch genau zu wissen, was er damit meinte. Als er sie kurz darauf in sein Gemach führte, nahm er sie aber keineswegs gleich in die Arme. Stattdessen sagte er, aufgeregt wie ein Schuljunge: »Schau dir diesen Burschen an! Ist er nicht prächtig?«

Zu ihrer Überraschung erblickte sie auf einer niedrigen Sitzstange in der Ecke einen gepflegten braunen Habicht, der eine rot-schwarz gemusterte, holländische Haube trug.

»Ach du liebe Zeit, Sire, macht Ihr aus Eurem Schlafzimmer eine Voliere?«

Er gluckste vor Vergnügen. »Ist er nicht herrlich? Sieh nur!«

Er nahm einen Falknerhandschuh von einer Truhe und streifte ihn sich über. Dann ging er zu dem Vogel hinüber und redete beruhigend auf ihn ein. »Dieser elegante Herr ist Zeus«, sagte der König und streichelte das Tier, das sofort auf seine Faust gestiegen war. »Schau, wie zahm er ist!«

Als sie den Vogel ausgiebig bewundert hatte, setzte Jakob ihn wieder auf seine Stange und wandte sich ihr zu. »Komm her«, befahl er mit vor Verlangen heiserer Stimme. »Das Kleid gefällt mir, aber noch schöner ist es, wenn du nicht darinsteckst.«

Lächelnd schnürte sie sich das Mieder auf. »Soll Zeus uns etwa zusehen, Sire?«

»Zeus hat eine Haube auf und kann dich nicht sehen. Dieses Vergnügen bleibt mir vorbehalten.« Er streckte die Hand nach ihr aus, und gleich darauf stand sie nackt vor ihm. »Ach Nell«, sagte er, »du bist so hübsch wie immer. Und kein bisschen älter geworden.«

Nell unterdrückte einen Seufzer der Erleichterung. Sie gab sich alle Mühe mit ihrem Aussehen, aber schließlich war sie fast sieben Jahre älter als er und hatte befürchtet, er könnte sie nicht mehr begehrenswert finden. Gott sei Dank war das nicht der Fall. Sie fuhr sich einladend mit der Zunge über die Lippen.

Jakob küsste sie leidenschaftlich und ließ seine Hände über ihren Körper wandern. Dann trat er einen Schritt zurück und flüsterte: »Und nun darfst du mich entkleiden.«

Ihre erste Vereinigung war rasch vorüber. Jakob sank auf ihr zusammen, vergrub sein Gesicht an ihrem Hals und tat einen tiefen Atemzug.

»Du benutzt immer noch dieses französische Parfüm«, sagte er. »Ich mag es.«

Mit angehaltenem Atem rückte sie ein wenig von seinem spitzen Ellbogen ab. Da bemerkte sie eine Bewegung in der Zimmerecke.

Zeus hatte sich die Haube heruntergezogen und starrte sie missbilligend an.

Mit ihrer Annahme, dass Lady Farnsworth sie nicht mit an den Hof nehmen würde, sollte Beth Recht behalten. Sie durfte nicht einmal am Sonntag mit der Familie in die Kirche gehen. Stattdessen musste sie auf Anordnung der Lady in der Küche helfen, sobald sie ihre übrigen Pflichten erfüllt hatte.

Beth mochte Oscar Farnsworths Köchin und das Küchenmädchen, die beide nett und fröhlich waren. Daher half sie ihnen gern, das Abendessen vorzubereiten, obgleich es nach Ansicht der Köchin unwahrscheinlich war, dass jemand extra dafür vom Schloss zurückkommen würde.

»Nicht jetzt, wo der Hof wegen unseres kleinen Königssohns ganz aus dem Häuschen ist«, sagte sie seelenruhig. »Wenn du mit den Bohnen fertig bist, Mädchen, dann hol ein Maß Getreide und streu es den Hühnern im Hof hinter dem Garten hin. Bei der Gelegenheit kannst du gleich die Eier einsammeln.« Während das Küchenmädchen das Getreide in Beths aufgehaltene Schürze schüttete, sagte es: »Gib Acht auf den Hahn. Das ist ein ganz Gemeiner, der hackt immer!«

Beth huschte aus der Seitenpforte und lief durch den Küchengarten bis zu einem eingezäunten Hof voller gackernder Hühner. Der Hahn beäugte sie misstrauisch, als sie sein Revier betrat, doch kurz darauf widmete er sich ausschließlich seinem Futter. Beth war völlig vertieft in ihre Arbeit. Eine große, schwere Hand legte sich auf ihre Schulter, so dass sie zusammenfuhr. Sie konnte gerade noch einen Schrei unterdrücken, als sie merkte, dass es Patrick war. Allerdings ein prächtig herausgeputzter Patrick, den sie nie zuvor gesehen hatte.

»Nur die Ruhe, Mädchen«, sagte er belustigt.

»Meine Güte«, entfuhr es ihr, und sie nahm ihn genauer in Augenschein. Er trug ein blaues Samtwams und eine Pluderhose, beide kunstvoll geschlitzt, mit schneeweißer Seide unterfüttert und obendrein bestickt. An seiner Samtkappe prangte eine silbergefasste Bernsteinbrosche mit einer weißen Feder.

»Ich wollte dich nicht erschrecken«, sagte er und warf einen wachsamen Bick in die Runde. »Aber es kommt mir so vor, als würde ich das Haus schon seit Stunden beobachten. Endlich habe ich Gelegenheit, mit dir zu reden.«

Am liebsten hätte sie die Arme um ihn geschlungen, doch stattdessen sagte sie bloß in sachlichem Ton: »Ich dachte, ich würde Euch nie wiedersehen.«

»Sei doch nicht so dumm. Als ich sah, wie Sir Hector, seine Lady und ihre beiden affigen Töchter die Schlosskapelle betraten, fand ich es an der Zeit, mich davonzumachen.«

»Ich hoffe, Ihr seid verschwunden, bevor sie Euch erkannt haben!« Noch vor wenigen Tagen hätte sie ihn sich unmöglich in der Schlosskapelle vorstellen können, doch jetzt, in diesem Aufzug, fiel ihr das gar nicht mehr schwer.

»Ich glaube kaum, dass sie mich in dieser Montur erkennen würden – außer, ich wäre ihnen geradewegs vor die Füße gelaufen«, sagte er und blickte an sich hinunter. »Ich sehe elegant aus, findest du nicht?«

»Ja«, antwortete sie und kicherte. »Entschieden zu elegant für einen Hühnerhof, Sir. Ihr solltet gehen, bevor Euch jemand fragt, was Ihr hier zu schaffen habt.«

»Glaubst du vielleicht, mit so einem frechen Kerl würde ich nicht fertig werden, mein Liebchen?«

»Schon, aber mir würde es hinterher wohl nicht so gut ergehen.«

Grimmig fragte er sie: »War es sehr schlimm?«

»Nur mit Drusilla. Mit den anderen ging es. Natürlich sagten sie, dass mein Ruf ruiniert sei, aber ich habe mit Schlimmerem gerechnet. Was habt Ihr bloß Oscar Farnsworth erzählt?«

»Nur dass ich Kardinal Beaton nahe stehe«, antwortete er lässig. »Ich sagte, dass ich Sir Hector für seine Freundlichkeit dankbar sei und bestimmt wüsste, dass er dich weiterhin gut behandeln würde. Daher brauchte er auch nicht zu befürchten, dass ich Beaton irgendetwas darüber erzählen würde, was ich im Farnsworth Tower aufgeschnappt habe.«

»Gütiger Himmel! Das erklärt auch, warum er mich gefragt hat, ob Ihr irgendwelche Vorkommnisse in seinem Haus erwähnt hättet. Was gibt es denn da zu wissen?«

»Ich vermute, er pflegt geheime Kontakte zu den Engländern«, antwortete Patrick. »Aber seine Überzeugung ist mir einerlei. Hauptsache, er behandelt dich gut.«

»Er ist kein Verräter! Das kann nicht sein. Er war als Einziger immer nett zu mir.«

»Dann bist du vielleicht nicht ganz unvoreingenommen«,

sagte Patrick sanft. »Auf jeden Fall wird er sich in Acht nehmen, solange er glaubt, dass Seine Eminenz die Hand über dich hält.«

»Aber der Kardinal kennt mich doch gar nicht und würde mich nicht schützen.«

»Stimmt. Deshalb kann ich nur hoffen, dass er nie erfährt, was ich über meine Beziehung zu ihm gesagt habe.«

»Wie konntet Ihr nur?«

»Mut«, antwortete er grinsend. »Man versucht es eben. Ich sehe, dass du nicht meiner Meinung bist, aber sei nicht zu streng mit mir, mein Liebchen. Dafür habe ich auch fast den ganzen Tag in Gesellschaft meiner Schwester verbracht. Sie plappert ohne Unterlass und hat eine ganze Horde sabbernder Verehrer im Schlepptau, aber ich musste die ganze Zeit nur an dich denken und verzehre mich nach einem Kuss von dir. Den wirst du mir doch nicht abschlagen, oder?«

Er legte ihr zwei Finger unters Kinn und hob ihren Kopf ein wenig an. Ohne einen Gedanken an die Körner zu verschwenden, ließ sie die Schürze fallen, schlang die Arme um ihn und reckte sich auf Zehenspitzen zu ihm hoch, während die Hühner erfreut um sie herumpickten.

»Ach, mein Mädchen«, sagte er nach einem langen, innigen Kuss. »Ich wünschte, ich könnte dich mit nach Stirling nehmen.«

Das wünschte sie sich auch, aber dabei schwebte ihr ganz gewiss etwas anderes vor als ihm. »Ihr habt gesagt, Eure Schwester ist dort, oder nicht?«

»Ja, aber sie ist bei Molly. Und außerdem geht es mir nicht einfach um weibliche Gesellschaft, das weißt du ganz genau«, erwiderte er mit gespielter Strenge. »Ich kann dir versichern, dass ich morgen Abend lieber mit dir als mit Bab tanzen würde.«

»Ihr wollt also auf den großen Ball des Königs gehen?«

»Ich muss.« Er runzelte nachdenklich die Stirn. »Ich überlege gerade, ob es nicht doch eine Möglichkeit gibt, dass du dich wenigstens für einen einzigen Tanz ins Schloss schleichen kannst. In dem Gewühl dürfte das doch bestimmt nicht auffallen.«

Da sie wusste, wie waghalsig er sein konnte, wenn es ihm passte, entgegnete sie schnell: »Es geht nicht, und das wisst Ihr genau. Stellt Euch nur vor, was passieren würde, wenn Lady Farnsworth mich ertappte! Oder der König! Dann könnte mir nicht einmal mehr Euer Kardinal helfen.«

»Wahrscheinlich hast du Recht«, sagte er und drückte sie kurz an sich. »Aber bald wird Kintail frei sein, und dann reden wir weiter, darauf kannst du dich verlassen.«

Gleich darauf war er verschwunden. Sie stand zwischen den pickenden Hühnern und spürte noch immer den Geschmack seiner Lippen. Dennoch war sie traurig.

Es bestand kein Zweifel daran, dass er sie begehrte. Sie nahm einen Platz in seinem Herzen ein, allerdings nicht den Platz, den sie sich wünschte. Er würde eine Frau seines Standes heiraten müssen, und sie, Beth, würde sich ganz gewiss nicht damit begnügen, eine Nebenrolle im Leben des Mannes zu spielen, den sie liebte.

Eine ganze Weile stand sie in Gedanken versunken da, bis der Hahn sie wieder in die Wirklichkeit zurückholte – als alle Körner verzehrt waren, hackte er sie kräftig in den Fußknöchel.

Erst nachdem die Damen, berstend vor Neuigkeiten von ihrem Tag bei Hofe, heimgekehrt waren, durfte Beth zu Bett gehen.

Nun fand sie ein wenig Zeit, darüber nachzudenken, wie töricht es von ihr gewesen war, Patrick nachzulaufen.

»Tut es dir leid, dass du nach Stirling gekommen bist?«

Nachdem sie sich vom ersten Schreck erholt hatte, freute Beth sich, die Stimme zu hören.

»Maggie Malloch!«

»Ja, höchstpersönlich. Schade, dass dir wegen dieses Patrick das Herz so schwer ist«, sagte Maggie, während sie am

Kopfende der schlichten Bettstatt Gestalt annahm. »Warst du nicht gern mit ihm zusammen?«

»Doch, schon, aber ich muss zurück nach Farnsworth, und sie sind alle so böse mit mir, und ich habe meine Tugend verloren, und er ...«

»Papperlapapp!«, unterbrach Maggie sie. »Mit diesen Spatzenhirnen brauchen wir uns gar nicht abzugeben. Wenn ich so ein gehässiges Biest wie Drusilla wäre, würde ich mich wegschmeißen.«

Beth lächelte und dachte, wenn sie sich unsichtbar machen könnte wie Maggie, brauchte sie sich auch keine Gedanken mehr wegen Drusilla zu machen. Seufzend sagte sie: »Ich hoffe nur, ich werfe ihr vor Wut nicht etwas an den Kopf, was ich später bereue.«

Mit einem leichten Wedeln der Hand brachte Maggie die kleine weiße Pfeife zum Vorschein, aus der bereits Rauchkringel aufstiegen. Dann lehnte sie sich gegen die Wand und legte die Füße übereinander. Sie trug keineswegs die fließenden, schimmernden Gewänder, die man von einer Person mit ihren Fähigkeiten erwartet hätte, sondern ganz gewöhnliche Kleidung wie jede andere Frau ihres Alters.

»Wir müssen uns Gedanken darüber machen«, sagte sie dann. »Kleider, meine ich«, fügte sie hinzu, als hätte sie Beths Gedanken gelesen. Beth vermutete, dass ihr das ebenso leicht fiel wie anderen Leuten, einem Gespräch zu folgen. »Welche Farbe steht dir am besten?«

»Warum?«

»Weil du doch wohl nichts tragen möchtest, was dir nicht steht.«

»Aber ich suche mir meine Kleider nicht selbst aus«, sagte Beth. »Lady Farnsworth gibt mir abgelegte Sachen von sich und ihren Töchtern.«

»Ja, gewiss, aber diesmal kommt es darauf an«, erwiderte Maggie und paffte ihre Pfeife.

»Warum?«

»Weil der Mann dich gebeten hat, mit ihm auf den Ball zu gehen. Hast du denn keine Lust dazu?«

Beth wurde ganz aufgeregt, doch sie zwang sich, ruhig zu bleiben. »Selbst wenn ich gehen wollte, würde Lady Farnsworth es nie und nimmer erlauben. Und außerdem hat der König mir keine Einladung geschickt.«

Maggie runzelte die Stirn. »An die Einladung habe ich gar nicht gedacht«, gestand sie. »Es wäre also am besten, wenn die Lady dich mitnehmen würde.«

»Oh ja«, erwiderte Beth, die sich diese sarkastische Bemerkung nicht verkneifen konnte, »das wäre bedeutend besser.«

»Dann sind wir uns einig«, sagte Maggie leichthin. »Ich glaube, ein zartes Hellblau würde dir am besten stehen, oder hättest du lieber etwas anderes?«

»Siehst du, Claud«, sagte Lucy Fittletrot fröhlich, »wir brauchen uns keine Sorgen mehr um deine Bessie zu machen. Jetzt, wo deine Mutter sich um sie kümmert, können wir an unser Vergnügen denken.«

»Ja, mag sein«, antwortete Claud, »aber Mam wird es nicht gefallen, wenn ich mich auf und davonmache – selbst, wenn sie sich entschlossen hat, die Dinge in die Hand zu nehmen. Ich frage sie besser zuerst.«

»Sei doch nicht albern«, sagte Lucy. »Wir hatten kaum eine Minute für uns, und außerdem möchte ich, dass du meinen Vater kennen lernst. Deine Bessie oder wie sie sich gerade nennen mag, ist doch in Sicherheit, wo deine Mam jetzt auf sie aufpasst.«

»Du willst mich deinem Vater vorstellen?«

»Ja. Und ich bin sicher, er wird dir gefallen, Claud. Er kann Musik machen – so etwas hast du noch nicht gehört. Er wird für uns zum Tanz aufspielen.«

Claud fühlte sich geschmeichelt und wollte schon nachgeben, als vor seinem geistigen Auge das Bild seiner Mutter in einem ihrer Wutanfälle erstand. »Ich kann nicht weg, Lucy.

Aber wenn das Mädchen wirklich zu dem Ball geht, können wir dort tanzen, während wir über sie wachen.«

Lucy zog ein Gesicht, sagte aber bloß: »Versprochen, Claud? Tanzt du wirklich mit mir?«

»Wenn sie auf den Ball geht. Sonst kann ich sie erst allein lassen, wenn meine Mam es mir erlaubt.«

»Dann tanzen wir eben morgen, Brown Claud. Bis dahin können wir uns anderweitig amüsieren und trotzdem ein Auge auf sie haben.« Sie legte ihm die Hand auf den Oberschenkel. Claud stieß ein leises Stöhnen aus, und nachdem er sich mit einem raschen Blick davon überzeugt hatte, dass Bessie eingeschlafen war, widmete er sich eingehend seiner Lucy.

Nell versäumte die Palmsonntagsmesse in der Schlosskapelle, da sie bis Mittag schlief. Nach dem Aufstehen befahl sie Seth und Jane, alles für ihre Rückkehr ins Schloss bereitzumachen. Jakob wollte nicht, dass sie ihr Quartier in der Stadt behielt. Es sei nicht sicher für sie und unpraktisch für ihn, fand er.

Auf dem Schloss übergab ihr der Haushofmeister eine Nachricht des Königs, in der er sie aufforderte, ihn wieder um zwei Uhr aufzusuchen. Da es schon beinahe so spät war, begab sie sich auf der Stelle zu seinen Privatgemächern, um dort auf ihn zu warten. Kurz darauf erschien der König und geleitete sie schnurstracks in sein Bett.

Es war schon lange her, dass sich Nell der Fleischeslust hingegeben hatte, doch Jakob erwies sich als potenter und begeisterter Gespiele. Sie wusste sehr wohl, dass viele – darunter auch die Königin und Oliver Sinclair – derlei außereheliche Vergnügungen verwerflich fanden, doch Nell konnte nichts Heiliges in der Ehe sehen. Ihr ganzes Leben lang hatte ihr Bruder sie als Schachfigur bei seinen politischen Winkelzügen benutzt, indem er sie mächtigen Männern als Belohnung dafür anbot, dass sie seine eigene Stellung beförderten. Der einzige Unterschied für Nell bestand nur darin, dass sie dieses Mal ihre beträchtliche Erfahrung zu ihrem eigenen Vorteil und dem ihrer Angehörigen einsetzte.

»Ach, Nell«, murmelte Jakob, das Gesicht in ihrem üppigen Busen vergraben. »Ich habe dich so sehr vermisst. Keine weiß so gut wie du, was ich brauche.«

Mit leisem Lachen fuhr ihm Nell durch den dichten roten Schopf. »Ihr schmeichelt mir, Sire. Aber ich weiß sehr gut, dass Ihr viel zu beschäftigt wart, um mich zu vermissen. Und außerdem erzählt man sich, dass Eure Königin eine hübsche Frau ist, und klug obendrein.«

»Ja, das ist richtig«, antwortete Jakob. »Manchmal glaube ich, dass Marie in der Politik gerissener ist als ich. Aber ich war nie ein Mann, dem eine einzige Frau genügt hätte. Ich bin froh, dass du nach Stirling gekommen bist; das ist ein wundervolles Geburtstagsgeschenk.«

»Dann erlaubt Ihr also, dass ich in Schottland bleibe, Sire?«

Er zögerte. »Willst du am Hof bleiben?«

»Nur wenn Euer Hoheit es wünscht. Ich würde gern meine Tochter, Lady Kintail, besuchen und mit ihrer und ihres Mannes Hilfe meine jüngere Tochter Elizabeth suchen.«

Sichtlich überrascht sagte der König: »Ich dachte, die zweite sei als Kind gestorben.«

»Das wollte uns Angus weismachen, Sire, aber ich glaube, dass sie noch lebt. Als ich das letzte Mal in Stirling war, traf ich eine Frau, die mir erzählte, dass ihre Dienstmagd eine natürliche Tochter von Angus sei. Die Frau war aufdringlich, und ich schenkte ihr wenig Beachtung, aber mittlerweile frage ich mich, ob diese Dienstmagd nicht meine Bessie sein könnte. Vielleicht kennt Ihr diese Frau«, fügte sie hoffnungsvoll hinzu. »Ihr Ehemann ist ein Ritter, der mütterlicherseits mit Angus verwandt ist. Möglicherweise sind sie sogar anwesend, um den Festlichkeiten beizuwohnen.«

Jakob zuckte mit den Schultern. »Angus hat viele Verwandte, obwohl es zurzeit kaum einer zugeben will. Du kannst meinen Haushofmeister fragen, wenn du willst.« Er zwinkerte ihr zu. »Hast du deine Sachen schon aufs Schloss schaffen lassen?«

»Ja«, antwortete sie, »aber mit Eurer Erlaubnis, Hoheit, werde ich nur noch für die Festlichkeiten morgen bleiben und dann ins Hochland weiterreisen.«

»Warum?«

»Ich sagte es bereits. Ich möchte unbedingt Molly wiedersehen.«

»Oh, gewiss, ich erinnere mich«, sagte Jakob, der seine Aufmerksamkeit wieder auf ihren Busen gerichtet hatte. »Wir wollen abwarten, ob ich deiner Gesellschaft bis dahin überdrüssig bin.«

16

Am Montagmorgen wachte Patrick auf, weil sich eine kalte, nasse Nase gegen seine Wange drückte. Verschlafen öffnete er ein Auge und blickte geradewegs in Donners pelziges Gesicht.

»Was zum Teufel!« Mit einem Schlag saß er kerzengerade im Bett. Da musste er feststellen, dass sich nicht nur der riesige Hund, sondern obendrein noch Jock in seiner Schlafkammer aufhielt. »Wer hat euch hereingelassen?«, wollte Patrick wissen.

»Ich bin allein reingekommen«, sagte Jock. »Ich mochte die Kerle im Stall nicht. Sie dachten wohl, ich wäre ein Sklave oder so was. Also habe ich mein Pony dort gelassen und bin mit Donner hergekommen, um nach Eurem Gepäck zu sehen. Ihr habt doch wohl noch keinen, der sich um Eure Siebensachen kümmert, oder?«

Die Vorstellung, dem Burschen seine Kleider zu überlassen, behagte Patrick ganz und gar nicht.

Doch obwohl Molly und Bab sich alle Mühe gegeben hatten, eine geeignete Garderobe für ihn zusammenzustellen, hatte er doch in der Tat niemanden, der ihm beim Ankleiden behilflich war oder ihm bei den alltäglichen Verrichtungen zur Hand ging.

»Was verstehst du von den Siebensachen eines Gentlemans?«, fragte er den Jungen.

»Vor zwei Tagen hätte ich gesagt, so viel wie Ihr davon, einer zu sein«, antwortete Jock. »Aber ich habe schließlich Augen im Kopf, und ich glaube, ihr habt Euch bloß als Falkner ausgegeben.«

»Wie zum Teufel hast du den Hund hereingeschmuggelt?«

Jock zwinkerte ihm verschmitzt zu. »Ich habe einfach gesagt, dass der Lord den Burschen sehen will.«

»Der Lord?«

»Ja. Ihr habt doch selbst gesagt, dass er sicher einem Grafen gehört hat, nicht?«

»Hat dich denn keiner gefragt, welcher Graf sich so ein struppiges Biest hält?«

»Doch, aber ich habe den Kerl einfach angestarrt wie Ihr, wenn Ihr böse seid, und gesagt, er soll sich um seinen eigenen Kram kümmern«, antwortete Jock. »Also, was soll ich als Erstes tun?«

»Nimm den Krug da und hol heißes Wasser«, sagte Patrick, der sich damit abgefunden hatte, soeben einen elfjährigen Kammerdiener eingestellt zu haben. »Und dann bringst du diesen Hund zu den Stallungen, badest ihn und bürstest ihn gründlich. Und wenn wir ihn behalten wollen, sollten wir uns überlegen, was wir den Leuten erzählen.«

»Ihr habt doch gesagt, dass Euer Herr ein Hochlandclanoberhaupt ist«, schlug Jock vor.

»Stimmt«, erwiderte Patrick. »Wir könnten sagen, dass der Hund ihm gehört.«

»Das machen wir«, stimmte Jock ihm zu. Er schnappte sich den Krug und war gleich darauf mit Patricks heißem Wasser zurück. »Soll ich Euch rasieren, bevor ich mich um Donner kümmere?«

»Oh nein«, entgegnete Patrick bestimmt. Aus schmerzhafter Erfahrung während der Reise hatte er gelernt, dass es sicherer war, wenn er sich selbst rasierte. »Nimm ihn und geh.«

Zwar war er von Jocks Qualitäten als Kammerdiener nicht überzeugt, doch traute er dem Jungen ohne weiteres zu, dass er mit Donner umgehen konnte. Daher war er nicht wenig erstaunt, als Jock ihm eine Viertelstunde später berichtete, dass sich der Hund hartnäckig dem Bad widersetzt hatte.

»Donner ist weggelaufen«, teilte ihm der Junge bekümmert mit. »Als er den Zuber sah, machte er sich aus dem Staub, und diese blöden Wachen am Tor haben nicht mal versucht, ihn aufzuhalten.«

Dem Jungen kamen die Tränen, und Patrick legte ihm den Arm um die Schultern. »Er wird schon wiederkommen«, sagte er und hoffte nur, dass er Recht behalten würde.

»Ja, vielleicht.« Jock schniefte und fuhr fort: »Was wollt Ihr anziehen? Ich hoffe bloß, ich muss nicht so ein Bügeleisen benutzen, von dem ich schon einmal gehört habe.«

Da konnte ihn Patrick beruhigen, doch kam er zu dem Schluss, dass er besser nicht auf die sachkundige Hilfe von Molly und Bab verzichten sollte.

Eine Stunde später trat er mit seiner Schwester am Arm in die Halle.

Da ihm klar war, dass er es nicht länger hinauszögern konnte, dem König seine Aufwartung zu machen, nannte er dem Haushofmeister seinen Namen. Eine Viertelstunde später – Patrick gab sich in der Zwischenzeit alle Mühe, ein paar von Babs hartnäckigsten Verehrern zu verscheuchen – kam der Haushofmeister zurück.

»Seine Hoheit geruht, Euch zu empfangen. Wenn Ihr mir bitte zum Podium folgen wollt, Sir.«

Als sie sich auf den Weg machten, sagte Barbara leise: »Ich wünschte, Ihr wäret netter zu Francis Dalcross, Sir. Er sieht gut aus und ist sehr charmant. Und er hat bereits mehrfach versucht, mit Euch zu sprechen.«

»Sein Benehmen gefällt mir nicht«, antwortete Patrick. »Aber still jetzt, Mädchen. Seine Hoheit soll nicht sehen, wie wir tuscheln.«

Doch sie hatte schon ihre ganze Aufmerksamkeit auf den König gerichtet. Mit einem strahlenden Lächeln versank sie in einen tiefen Knicks, während der Haushofmeister sie ankündigte.

Jakob Stewart schätzte schöne Frauen. Daher überraschte es Patrick nicht, dass er Babs Lächeln erwiderte. Doch als Patrick seine Verbeugung machte, hörte er zu seinem Erstaunen, dass der König Bab in vertraulichem Ton anredete.

»Das Kleid gefällt mir, Mädchen«, sagte Jakob. »Dieses Gelb steht dir gut. Aber ist das neben dir etwa dein sagenhafter Bruder? Erhebt Euch, Sir Patrick. Wir sind entzückt, Euch an unserem Hof begrüßen zu dürfen. Hattet Ihr eine angenehme Reise, Sir?«

»Ja, Euer Hoheit«, antwortete Patrick und fragte sich, wie viel der König wohl von seinen Abenteuern wusste. »Darf ich Euch zu Eurem Geburtstag gratulieren, Sire?«

Der König kniff die Augen zusammen, und Patrick wusste, dass der Augenblick gekommen war.

»Also wisst Ihr«, sagte Jakob stirnrunzelnd, »Ihr kommt mir verflixt bekannt vor. Ich bin sicher, wir sind uns schon einmal begegnet.«

»Ja, Euer Hoheit, am Samstag«, antwortete Patrick. Hoffentlich hatte der König Sinn für Humor. Er wartete eine Sekunde, doch als Jakob ihn fragend musterte, setzte er verlegen hinzu: »Ich hatte die Ehre, dabei zu sein, als Euer Hoheit den Hühnerhabicht in Empfang nahm, Sire.«

»Ach ja, mein schöner Zeus!« Jakob fasste Patrick noch genauer ins Auge. »Großer Gott, der Falkner!«, rief er endlich.

»Ja, Sire.«

Barbara blickte zwischen ihnen hin und her, war jedoch geistesgegenwärtig genug, den Mund zu halten.

Jakob schlug Patrick auf die Schulter. »Ihr habt Eure Arbeit ausgezeichnet gemacht, Sir. Wir müssen uns einmal ausführlich über die Falknerei unterhalten, denn ich möchte Euch viel darüber fragen.«

»Mit Vergnügen, Sire.«

In diesem Augenblick wurde Jakobs Aufmerksamkeit von einem Höfling in Anspruch genommen, und Patrick und Barbara entfernten sich. Im Weggehen sagte Bab: »Du hast mir gar nichts von dem Habicht erzählt.«

»Nein«, antwortete Patrick und fügte hinzu: »Ich hoffe, Seine Hoheit gehört nicht zu den zahlreichen Männern, die deinen Reizen erlegen sind, Mädchen.«

»Nein, Sir«, erwiderte sie. »Fin hat mir eingeschärft, dass ich mich in Gegenwart des Königs wie eine einfältige Jungfer benehmen soll. Er hat gesagt, Jakob – das heißt, Seine Hoheit – bevorzugt erfahrene Frauen.«

Fast hätte er sie dafür getadelt, dass sie so wenig respektvoll über den König sprach. Doch dann ging ihm auf, dass sie nur Fins Worte wiederholte, also sagte er bloß: »Gib trotzdem auf dich Acht, Mädchen. Jakob ist nicht immer wählerisch. Seine unehelichen Sprösslinge könnten ein ganzes Dorf bevölkern.«

»Ich werde schon aufpassen. Aber, Patrick, könntest du nicht wenigstens einmal mit Francis Dalcross reden? Er kennt Oliver Sinclair und hat gesagt, er könne ihn überreden, dass er Fin gehen lässt.«

»Das bezweifle ich. Dalcross behauptet das wahrscheinlich nur, um dir zu imponieren.«

»Aber …«

»Nein, Bab. Wenn er dir wirklich etwas bedeutet, werde ich ihn nicht rundweg ablehnen. Aber ich werde seine Bemühungen um dich auch nicht unterstützen. Und du solltest deine Gefühle nicht allzu offen zeigen.«

»Das würde ich nie tun«, erwiderte sie und reckte das Kinn.

»Braves Mädchen.«

Sie hakte sich bei ihm unter und blickte zu ihm hoch. »Aber du verbietest mir doch nicht, heute Abend mit ihm zu tanzen, oder?«

Er grinste. »Du freches Frauenzimmer. Spann ihn auf die Folter, solange du magst.«

Sie kicherte zufrieden.

Beth war den ganzen Morgen damit beschäftigt, Drusilla und Jelyan zur Hand zu gehen. Sie würden den ganzen Tag und ein Gutteil der Nacht bei Hofe verbringen. Um zwei Uhr gab es Mittagessen, dann würde sich der Hof für ein paar Stunden zurückziehen, um sich auf den großen Ball vorzubereiten. Als sie im vergangenen Jahr den ganzen Tag im Schloss verbracht hatten, hatte Beth zuvor alle benötigten Kleider eingepackt, und Sir Hector hatte einen Träger angeheuert, der das Gepäck dorthin brachte. Dieses Jahr, vermutete Beth, würde die Familie wohl nach St. Mary's Wynd zurückkehren, um sich für den Ball umzukleiden. Also hatte sie die entsprechenden Roben der jungen Damen bereitgelegt.

Sie bürstete soeben Drusillas Haar, als Lady Farnsworth ins Zimmer gepoltert kam und rief: »Meine Güte, seid ihr immer noch nicht fertig? Warum liegen die ganzen Sachen hier herum? Martha hat meine Kisten schon vor mindestens einer Stunde packen lassen.«

»Ich habe keine Ahnung, warum unsere Kleider nicht verpackt sind«, antwortete Drusilla scheinheilig.

Beth blickte von einer zur anderen. »Niemand hat mir gesagt, dass ich sie einpacken soll. Und da ich nicht mit Euch kommen darf ...«

»Wenn sich Martha und die Zofe meiner Tante um uns kümmern, brauchen wir dich nicht«, fauchte Drusilla. »Du hättest dir doch denken können, dass wir nicht den Schlossberg rauf und runter latschen, nur um in den Genuss deiner Dienste zu kommen.«

»Das hätte dir wirklich klar sein müssen«, stimmte Lady Farnsworth ihr zu. »Aber Mistress Farnsworths Zofe ist krank geworden, und Martha schafft es nicht allein, uns alle vier für den Ball herzurichten. Du musst also mitkommen, weil wir so schön wie möglich aussehen wollen. Du darfst allerdings unsere Gemächer unter keinen Umständen verlassen. Also spute dich. Sir Hector will in einer Stunde gehen.«

Es klopfte an der Tür, und draußen stand das Küchenmädchen.

»Was willst du denn?«, fragte Lady Farnsworth.

»Vergebung, Mylady, aber der große Hund ist schon wieder da.« – »Hund? Was für ein Hund?«

»Der große, der mit Mistress Douglas und dem Falkner gekommen ist.«

In der Hoffnung, dass Patrick zusammen mit Donner gekommen wäre, sagte Beth: »Ich kümmere mich um ihn, Madam.«

»Nichts da!«, erwiderte Lady Farnsworth in scharfem Ton. Und zum Küchenmädchen gewandt: »Jag das Tier weg, Mädchen. Ich weiß wirklich nicht, warum du mich damit behelligen musstest.«

»Er geht nicht, Mylady. Wir wollten ihn die ganze Zeit verscheuchen.«

»Ich schaue nach ihm«, sagte Beth. »Es dauert nur einen Augenblick. Er sollte nicht frei herumlaufen, denn er ist ein sehr wertvoller Hund, müsst Ihr wissen.« Dann erinnerte sie sich an Patricks Worte und setzte hinzu: »Ich glaube, er gehört dem Herrn des Falkners.«

Lady Farnsworth machte den Mund auf und wieder zu. »Gut«, sagte sie schließlich, »aber beeil dich. Die Zeit ist zu knapp, als dass du sie mit dem verflixten Vieh vertrödeln könntest.«

Unten vor der Tür sah Beth, dass Donner allein war. Das stellte sie vor gewisse Probleme. Als sie den Hund rief, wedelte er mit dem Schwanz, hielt sich jedoch in sicherer Entfernung. Zweifellos befürchtete er, eingesperrt zu werden.

»Komm, Donner«, lockte sie ihn.

Er rührte sich nicht von der Stelle.

Da sie keine Zeit mehr hatte, gab sie es auf. »Bitte pass auf dich auf und verlauf dich nicht«, sagte sie. »Ich möchte Jock auf keinen Fall sagen müssen, dass dir etwas zugestoßen ist.«

Sie hastete wieder die Treppe hinauf, packte in aller Eile die Roben der jungen Damen ein und schaffte es, sich nur um wenige Minuten zu verspäten. Da alle noch auf Lady Farnsworth warten mussten, die die eine oder andere Kleinigkeit zu erledigen fand, schimpfte niemand mit ihr, und bald war die Familie bereit zum Aufbruch.

Lady Farnsworth, ihre Töchter, Oscar Farnsworths Frau und Martha Elliot ritten auf Zeltern. Beth dagegen ging mit den Männern und einem Träger zu Fuß, der die Kleider der Damen in einem zweirädrigen Karren beförderte, was ihr nicht das Geringste ausmachte.

In den Straßen drängten sich Menschen in Feiertagsstimmung. Außer den Gästen, die an dem großen Ball teilnehmen würden, hatte sich viel Volk auf den Weg zum Schloss gemacht, wo es öffentliche Turniere geben sollte, Lanzenstechen, Ringerwettkämpfe und andere Lustbarkeiten in den Schlosshöfen. Am Abend stand der große Ball auf dem Programm für alle jene aus dem hohen und niederen Adel, die eine goldgeränderte Einladungskarte des Königs vorweisen konnten.

Beth fand es äußerst unterhaltsam, durch die überfüllten Straßen zu spazieren, wo Jongleure und Spielleute ihre Künste darboten. Die Luft war erfüllt von Rufen, Gelächter und Musik. Einmal traf es sich, dass sie neben Sir Hector ging, der lächelnd sagte: »Ein fröhlicher Tag, nicht wahr, mein Mädchen?«

»Ja, Sir.« Da sie den Eindruck hatte, dass er mehr von ihr hören wollte, setzte sie nach kurzem Zögern hinzu: »War Seine Hoheit erfreut über Zeus?«

»Ja. So etwas habe ich noch nie gesehen. Unser ehemaliger Falkner hat wirklich gute Arbeit geleistet. Er sagte übrigens, du habest ihm geholfen, Zeus abzurichten.«

»Das stimmt, Sir. Ich muss Euch einmal davon erzählen, wie der Vogel zum ersten Mal Beute geschlagen hat.«

»Erzähl es mir doch jetzt«, schlug er vor.

Das tat sie dann auch, und er lachte herzlich über den Habicht, der auf der Schildkröte ritt.

In diesem Augenblick schob sich eine kalte, feuchte Nase in Beths Hand, und als sie sich umdrehte, sah sie, dass Donner neben ihr hertrottete. Sie streichelte ihm den Kopf, und weil anscheinend niemand etwas gegen seine Anwesenheit einzuwenden hatte, nahm sie ihn mit aufs Schloss.

Durch ein Tor betraten sie den gedrängt vollen mittleren Innenhof, der von den fröhlichen Klängen der Dudelsäcke wiederhallte. Dann schoben sie sich langsam weiter bis in den oberen Innenhof. Dort zeigten Akrobaten, Jongleure und Spielleute ihre Künste, doch Beth und die Farnsworth-Familie gingen weiter und gelangten zum alten Königspalast, wo sie die breite Treppe in den zweiten Stock hinaufstiegen. Dort befanden sich die eleganten Räume, die ihnen für den Tag und den kommenden Abend zur Verfügung standen.

Die Damen machten sich frisch und gingen anschließend hinunter, um sich die verschiedenen Darbietungen anzuschauen. Beth war versucht, sich ebenfalls hinauszustehlen. Doch dann würden Drusilla oder Jelyan sich unweigerlich den Saum aufreißen oder Kopfschmerzen bekommen und sie zweifellos verpetzen, weil sie sich davongeschlichen hatte. Beth wunderte sich über sich selbst; wie konnte sie bloß in Erwägung ziehen, Lady Farnsworths Befehle zu missachten? Sie machte sich daran, die Kisten auszupacken.

Als sie damit fertig war, gab es nichts mehr zu tun, und die Zeit wollte einfach nicht vergehen. Der Gedanken, dass sich Patrick in der Nähe aufhielt, machte die Versuchung noch größer, sich auf die Suche nach ihm zu begeben. Allerdings hätte sie gar nicht gewusst, wo sie ihn suchen sollte.

Von Schloss Stirling, das wie ein schlafender Löwe auf seinem Felsen hingestreckt lag, hatte man einen herrlichen Blick auf die Flussauen im Westen und Osten. Den Fluss Forth selbst konnte man nur vom Wehrgang aus sehen. Auch wenn Beth nicht wusste, wo Patricks Quartier sein mochte, so war ihr doch bekannt, dass der alte Königspalast, in dem sie sich gerade befand, keineswegs die Wohnung des Königs war. Dessen Gemächer lagen im neuen Palast, der im rechten Winkel zum alten erbaut war und zusammen mit der großen

Halle gegenüber und der Schlosskapelle den oberen Innenhof umschloss.

Um die Zeit totzuschlagen, schüttelte sie noch einmal Drusillas und Jelyans Kleider aus und räumte das Zimmer auf. Dann blieb ihr wirklich nichts mehr zu tun übrig, und da Martha im Nebenzimmer ihre Tür fest verschlossen hielt, zog sich die Zeit endlos hin.

Patrick verbrachte den Nachmittag damit, seine Schwester zu beaufsichtigen. Er hatte schnell erkannt, dass Bab trotz Mollys Fürsorge zu viel Freiheit genossen hatte, seit ihre Mutter ins Hochland zurückgekehrt war. Außerdem schienen Bab ihre Erfolge bei den jungen Herren zu Kopf gestiegen zu sein.

Als er sie dabei ertappte, wie sie einem schmachtenden Verehrer über den Rand ihres goldgesäumten Spitzenfächers hinweg schöne Augen machte, schritt er daher unverzüglich ein. »Himmel, Mädchen«, sagte er zu ihr, »lass das Schäkern sein, sonst setzt du ihm noch Flausen in den Kopf.«

»Ach Patrick, verdirb mir doch nicht den Spaß«, antwortete sie und warf unwillig den Kopf zurück. »Du hörst dich an wie Alex Chisholm!«

»Ich freue mich zu hören, dass wenigstens einer versucht hat, dich im Zaum zu halten.«

»Es steht ihm aber überhaupt nicht zu, und ich kann Euch versichern, dass ich nicht das Geringste auf ihn gebe. Und außerdem muss ein Mann einen wahren Löwenmut besitzen, wenn er sich unter Euren wütenden Blicken an mich herantraut, Sir, ganz egal, wie einladend ich auch wirken mag. So ein Mut sollte Euch eigentlich imponieren.«

»Trotzdem wirst du dich gefälligst benehmen«, erwiderte er. »Dieses ganze Gebalze ziemt sich nicht für jemanden, der den Namen MacRae trägt, und ich kann mir nicht vorstellen, dass du zu Molly nach oben gehen willst.«

Diese Drohung genügte, und obgleich Bab die Augen verdrehte und einen herzzerreißenden Seufzer ausstieß, gewann ihr sonniges Wesen schnell wieder die Oberhand.

Claud und Lucy hockten auf einem Schrank in dem Zimmer, das man Drusilla und Jelyan zugewiesen hatte, und versuchten wach zu bleiben, während sie Beth bei ihren Bemühungen, die Zeit totzuschlagen, zusahen.

»Ich will sehen, wie sich diese Sterblichen auf ihrem großen Ball vergnügen«, drängte Lucy. »Hat deine Mutter dir eigentlich erzählt, was sie mit Bessie vorhat?«

»Nein, Mädchen, und ich werde sie auch ganz gewiss nicht fragen.«

»Aber ich …«

»Jetzt sei doch still! Ich könnte mir vorstellen, dass dir etwas einfällt, womit wir uns die Zeit vertreiben können, wenn wir nicht zum Tanz gehen dürfen.«

»Oh ja«, sagte sie und rutschte näher an ihn heran.

»So kenne ich mein Mädchen! Ich werde dir was zeigen, das ich im Hochland gelernt habe.«

Und schon war ihnen gar nicht mehr langweilig.

Nach dem Mittagessen trafen Lady Farnsworth und ihre Verwandte ein, um sich ein Stündchen hinzulegen. Martha sorgte dafür, dass im Vorzimmer etwas zu essen für sie selbst und Beth aufgetragen wurde, wofür ihr Beth dankbar war. Drusilla und Jelyan tauchten erst auf, als es Zeit war, sich für den Ball umzuziehen.

Die beiden kamen hereingestürmt, noch ganz aufgeregt von all der Kurzweil, aber anspruchsvoll und zu Beschwerden aufgelegt wie immer. Doch Beth, die froh über ein wenig Beschäftigung war, bemühte sich, bei den Schwestern jeden Anflug von schlechter Laune im Keim zu ersticken.

Das Zimmer erbebte von geräuschvoller Geschäftigkeit, aber endlich waren alle vier Damen fertig. Nachdem sich Sir Hector und sein Cousin mit ihnen auf den Weg zur großen

Halle gemacht hatten, senkte sich wieder bedrückendes Schweigen über das Quartier.

Während sie aufräumte, versuchte Beth sich vorzustellen, wie es wohl wäre, auf einem Ball des Königs zu tanzen. Maggie Mallochs Andeutung, dass sie vielleicht auch auf den Ball gehen dürfte, war Beth an diesem Tag immer wieder in den Sinn gekommen. Doch da sich von der kleinen Frau bisher nicht einmal ein winziges Rauchwölkchen gezeigt hatte, versuchte sie, sich diese müßigen Träumereien aus dem Kopf zu schlagen.

»Soll es denn nun ein hellblaues sein, oder möchtest du lieber ein weißes aus Spitze?«

»Maggie!«, Beth spähte scharf um sich, konnte jedoch nichts entdecken.

»Ich bin hier, Mädchen«, ließ sich die körperlose Stimme vernehmen. »Hast du dir das Gesicht gewaschen? Wir haben keine Zeit zum Trödeln. Außerdem brauchst du einen Spiegel, damit du entscheiden kannst, was du anziehen willst.«

Die Worte waren noch nicht verklungen, da schwebte wie von Zauberhand in der leeren Luft vor Beth ein übermannshoher Spiegel.

»Endlich«, murmelte Lucy, schob Claud von sich und ordnete ihre Kleidung.

»Warte mal, Mädchen, ich bin noch nicht fertig!«

»Ich aber«, flüsterte sie, legte einen Finger auf den Mund und beugte sich vor, um über den Rand des Schrankes zu lugen. »Pst, still jetzt, damit wir deine Mutter nicht verpassen.«

Er zupfte sie am Rock und zischte: »Bist du verrückt geworden? Sie wird dich sehen!«

»Nein, wird sie nicht«, erwiderte Lucy und entzog ihm ihren Rock.

Da rückte er ganz dicht an sie heran und raunte ihr ins Ohr: »Du weißt nicht, über welche Kräfte sie verfügt, Mädchen.« Als sie ihn nicht beachtete, sackte er bekümmert in sich zusammen und machte sich auf einen weiteren Zusammenstoß mit seiner reizbaren Mutter gefasst.

Um vier Uhr zogen sich Patrick und Barbara zurück, um sich für den Abend umzukleiden, bevor sie sich dann um sechs erneut trafen und unter die Gäste mischten. Als das Orchester zu spielen begann, hatte Bab schon so viele Aufforderungen zum Tanz erhalten, dass Patrick der Kopf schwirrte.

Auf ihren energischen Wink reihten sie sich in die Gruppe der Tänzer ein. Der Tanz begann, gleich nachdem der König und seine höchsten Edelleute den Ball eröffnet hatten. Die Festgesellschaft war guter Dinge, die Musik fröhlich, und Patrick freute sich, dass seine Schwester eine so gute Figur machte. Die Halle wimmelte von prächtig herausgeputzten Damen und ihren ebenso ansehnlichen Begleitern, doch selbst als Bab notgedrungen weitere Aufforderungen zum Tanz ablehnen musste, wurde sie von zahlreichen Bewunderern umschwärmt.

Patrick tanzte nicht noch einmal. Er hatte keine Lust, sich mit koketten Damen abzugeben, und außerdem wollte er Bab nicht aus den Augen lassen. Wenn er nicht ständig auf sie Acht gab, war dieses Mädchen im Stande und brachte sich im Handumdrehen in Schwierigkeiten.

Er beobachtete, wie die Leute dem König ihre Aufwartung machten, der, mit Oliver Sinclair an seiner Seite, in gelöster Haltung auf dem Podium saß. Die Königin war noch nicht eingetroffen, doch der königliche Herold hatte verkündet, dass Ihre Hoheit um elf Uhr am Festbankett teilnehmen werde. Patrick entdeckte auch Kardinal Beaton, der wie immer durch seine leuchtend scharlachrote Robe auffiel.

Kurz nachdem Beaton das königliche Podium verlassen hatte, sah Patrick, wie Jakob eine Bemerkung Sinclairs mit Stirnrunzeln quittierte. Dann wandte er sich mit einer ungehaltenen Geste von ihm ab, um sich einer der schönen Damen in seiner Nähe zu widmen. Sinclair drehte sich verdrießlich um und begann ein Gespräch mit einem anderen Herrn. Die Rückenansicht dieses Herrn kam Patrick vage bekannt vor, doch erst, als er sich umdrehte, erkannte Patrick in ihm Francis Dalcross, den beharrlichsten Verehrer seiner Schwester.

Zugleich mit dem großen Spiegel wurde auch Maggie sichtbar. Sie saß vorgebeugt auf dem oberen Rand, hatte die Ellbogen auf die Knie gestützt und spähte zu Beth herunter. In eine Hand hatte sie ihr Kinn gelegt, in der anderen hielt sie ihre dünne weiße Pfeife.

»Jetzt sag mir, welche Farbe dir am besten gefällt«, forderte sie Beth auf.

Beth hörte ihre Worte kaum, denn sie starrte gebannt auf ihr Spiegelbild, das ihr so deutlich wie ein zweites Selbst entgegenblickte. In diesem Augenblick verwandelte sich ihr schlichtes graues Kleid in schneeweiße Seide und gleich darauf in ein schimmerndes Blau.

Während Beth noch mit offenem Mund gaffte, sagte Maggie: »Das blaue, denke ich. Aber wir werden die Farbe ein wenig ändern, damit sie zu deinen Augen passt.« Die Hand mit der Pfeife zuckte fast unmerklich.

Abermals wandelte sich ihr Spiegelbild, und Beth schnappte hörbar nach Luft.

Das neue Gewand aus blaugrün schillernder Seide war das herrlichste, das sie jemals gesehen hatte. Das spitzenbesetzte Mieder hatte ein tiefes eckiges Dekolletee, das ihre sahneweißen Brüste vorteilhaft zur Geltung brachte. Die langen blaugrünen Ärmel waren im Ansatz gepufft, geschlitzt und mit cremefarbener Seide unterlegt. Unter dem Rock, der mit bogenförmigen Girlanden besetzt war, kamen ein cremefarbenes Spitzenunterkleid sowie ein schneeweißer Seidenunterrock zum Vorschein. Das Mieder schmiegte sich eng an ihre Taille, um die sich ein Gürtel aus kunstvoll ziselierten Goldplättchen wand. An seinem längeren Ende hing eine goldene

Parfümkugel. Beths Schuhe bestanden aus weißer Seide mit kleinen goldenen Absätzen, und ihre Hände steckten in kurzen Handschuhen aus feinstem Glacéleder.

Als sie noch immer sprachlos dastand, vollführte Maggie erneut eine kleine Handbewegung, und Beths feines flachsblondes Haar, das sie wie gewöhnlich zu einem nachlässigen Knoten zusammengedreht hatte, löste sich und fiel ihr als weicher, seidiger Vorhang über den Rücken. Gerade wollte Beth protestieren, dass sie doch nicht mit aufgelöstem Haar auf dem königlichen Ball erscheinen könne, da verschwamm ihr Spiegelbild. Als es sich wieder klärte, war ihr Haar in der Mitte gescheitelt und aus dem Gesicht gekämmt. Es bildete am Hinterkopf einen kunstfertig geschlungenen Knoten, der von einem säuberlich geflochtenen dünnen Zopf umwunden war.

Abermals trübte sich das Spiegelbild, und als sie sich wieder erkennen konnte, trug sie eine französische Haube aus schimmerndem blaugrünem Stoff über einer modischen weißen Samtkappe. Goldspitze säumte die Ränder der Haube, die ihr Haar fast vollständig bedeckte und nur wenige Zentimeter ihres Scheitels sehen ließ. Die Machart des Gewandes unterstrich ihren Teint, der an Pfirsich und Sahne erinnerte, die rosigen Lippen und die großen graugrünen Augen mit den schwarzen Wimpern.

Maggie legte den Kopf schief. »Dreh dich einmal«, sagte sie und deutete mit der Pfeife.

Beth gehorchte wortlos. Sie konnte nicht glauben, dass das erstaunliche Geschöpf dort im Spiegel sie selbst sein sollte.

»Meine Güte, sie ist wirklich wunderschön«, flüsterte Lucy.

Claud lag neben ihr auf dem Bauch und schaute vorsichtig über den Rand des Schrankes. Seine Neugier hatte schließlich doch über die Vernunft gesiegt. Als er sah, wie Maggie erstarrte, als hätte sie die Worte gehört, legte er einen Finger auf die Lippen. Lucy lächelte bloß spitzbübisch.

Sie hat irgendetwas gemacht, dachte er, damit Maggie ihre Anwesenheit nicht bemerkte. Claud konnte sich nicht vorstellen, was für ein Zauberspruch gegen seine mächtige Mutter helfen mochte, doch er war froh, dass es funktionierte.

»Schmuck«, murmelte Maggie, runzelte die Stirn und wedelte abermals mit der Pfeife. »Nun, was hältst du davon?«

Wieder japste Beth vor Überraschung. Denn plötzlich glitzerten der Rand der Haube, der goldene Gürtel mit seiner Parfümkugel und die goldenen Schuhabsätze nur so von Edelsteinen. An ihrem Gürtel baumelten ein goldenes Messer mit juwelenbesetztem Griff, ein vergoldeter Federfächer sowie eine edelsteinfunkelnde Schere, und um ihren Hals schlang sich eine Kette aus Gold und Diamanten mit einem kleinen blattförmigen Anhänger, dessen Blattrippen winzige Brillanten waren. Am Stängel saß ein größerer Brillant. Abgesehen vom Gold und den Juwelen wirkte das Blatt sehr natürlich.

Und außerdem kam es Beth irgendwie bekannt vor.

»Das sieht aus wie eine größere Ausgabe eines Anhängers, den ich als kleines Kind getragen habe«, sagte sie.

»Ja, gewiss«, stimmte Maggie ihr zu. »Es ist derselbe. Ich habe ihn nur ein wenig größer gemacht und an eine schönere Kette gehängt. Aber nun kannst du wohl hinuntergehen.«

»Ja!«, zischte Lucy. »Los, Claud, jetzt können wir tanzen!«

»Warte«, flüsterte er, als seine Mutter erneut erstarrte.

»Was ist denn?«, fragte Lucy ungeduldig.

»Lass uns noch einen kleinen Augenblick warten«, murmelte er und beobachtete Maggie beunruhigt.

»Soll ich ganz allein auf den Ball gehen?« Beths Begeisterung und Mut ließen spürbar nach. »Ich weiß doch nicht einmal, wohin ich mich wenden muss.«

Noch während sie das sagte, klopfte es an die Tür.

»Mir ist schon klar, dass du einen Pagen brauchst«, sagte

Maggie und öffnete. Draußen stand Klein Jock von der Mauer in einer eleganten silbernen Livree.

»Jock!«

Er zwinkerte und machte einen vollendeten Diener, sprach jedoch kein einziges Wort.

Beth schaute Maggie verblüfft an. »Kann er Euch denn sehen?«

Maggie grinste. »Nur keine Angst. Er kann mich weder sehen noch hören, und wenn er seine Aufgabe erfüllt hat, wird er sich an nichts mehr erinnern. Aber ansonsten wird er sich verhalten wie immer – bloß mit ein bisschen besseren Manieren –, und er wird da sein, wann immer du ihn brauchst. Doch bevor du gehst, muss ich dir noch etwas sagen.«

»Aber …«

»Unterbrich mich nicht. Du gehst auf den Ball, wie ich es dir versprochen habe. Aber dafür musst du mir auch etwas versprechen.«

»Alles, was Ihr wollt.«

»Sei nicht so voreilig. Ich verlange nur, dass du niemandem verrätst, woher du die schönen Sachen hast, und dass du nichts vom Kleinen Volk oder von mir erzählst. Wenn du es doch tust, verschwinden Kleid und Geschmeide im Nu, und du stehst im Hemd da, wo immer du auch gerade sein magst. Hast du mich verstanden?«

»Ja«, antwortete Beth. »Ihr könnt sicher sein, dass ich nichts verraten werde.«

»Manche werden dir vielleicht hart zusetzen.«

Bei dem Gedanken daran, was Patrick wohl sagen würde, musste sich Beth ein Lächeln verkneifen. Er würde sie sicher mit Fragen bestürmen, doch sie würde ihr Geheimnis bewahren. Und wenn er in Wut geriet … Da musste sie schließlich doch lächeln. Sie freute sich schon unbändig auf das Wortgefecht. Zum ersten Mal, seit sie Patricks wahre Identität kannte, war sie für eine Auseinandersetzung wenigstens angemessen gekleidet.

»Ich werde nichts sagen«, erklärte sie bestimmt. – »Gut«, sagte Maggie. »Da ist noch etwas. Du musst ungedingt vor den beiden jungen Damen zurückkehren, damit sie dich in ihrem Zimmer vorfinden. Wenn du das nicht beherzigst, kann ich für die Folgen nicht geradestehen, aber es könnte sehr unangenehm für dich werden.«

»Ich werde es mir merken«, sagte Beth.

»Dann ab mit dir. Ich wünsche dir einen schönen Abend!«

»Jetzt, Claud?«, fragte Lucy eifrig.

»Jetzt«, sagte er.

»Einen Augenblick, ihr beiden«, fauchte Maggie.

Claud seufzte. Es wäre zu schön gewesen, um wahr zu sein.

»Kommt her und zeigt euch!«, befahl Maggie streng.

Claud schaute Lucy an. War es möglich, dass seine Mutter sie nicht sehen konnte?

Lucy deutete auf einen Tisch mit einem langen Tischtuch. Dann schwebte sie vom Schrank herab und flitzte unter das herabhängende Tischtuch. Als Claud ihr folgen wollte, schubste sie ihn wieder hinaus.

»H-hier sind w-wir, Mam«, stammelte er.

Maggie blickte zwischen dem Schrank und ihrem Sohn hin und her. Dann schüttelte sie sich leicht und sagte: »Steh nicht da und glotze, Junge. Folg lieber dem Mädchen und pass auf sie auf. Aber misch dich nicht zu sehr ein. Ich habe schon genug getan.«

»Wo gehst du hin, Mam?«

»Jonah Bonewits ist unauffindbar. Mir schwant, dass er seine Hand im Spiel hat, daher werde ich mich auf die Suche nach ihm machen.«

17

In der großen Halle, die sich in einen prachtvollen Ballsaal verwandelt hatte, zögerte Nell kurz, bevor sie sich auf den Weg zum königlichen Podium machte. Zwar hatte Jakob gesagt, dass er sich zumindest einen Tanz mit ihr wünschte, und versichert, dass die Königin nicht vor dem Bankett kommen würde. Trotzdem durfte Nell nicht zu viel Aufmerksamkeit erregen, denn die Königin konnte eine tödliche Feindin sein. Als Frau allein auf dem Ball zu erscheinen war schon ungehörig genug, was Jakob auch genau wusste. Doch sein Wunsch war Befehl, also musste Nell kommen.

Mit starr geradeaus gerichtetem Blick schlängelte sie sich durch die Menschenmenge, bis sie vom Podium aus gut gesehen werden konnte. Sie hatte Jakob bereits entdeckt. Wie immer war er von mächtigen Männern umgeben.

Da berührte sie eine Hand leicht am Arm, und eine männliche Stimme sagte leise: »Verzeiht, Mylady, aber Seine Hoheit hat mich gebeten, Euch zum Podium zu geleiten.«

»Wie freundlich von ihm«, murmelte Nell und legte ihre Hand auf den dargebotenen Arm.

Jakob blickte auf, als sie näher kamen. Mit funkelnden Augen suchte er Nells Blick. Was für einen Spaß er an diesen kleinen Intrigen hat, dachte Nell, während sie ihren Knicks machte. »Ich möchte tanzen, Madam«, sagte er, erhob sich und reichte ihr die Hand. Gerade stellten sich die Tänzer für einen Reel auf, und sie traten in die nächstliegende Reihe. Dabei flüsterte er ihr zu: »Es gehört sich nicht für eine Frau, ohne männliche Begleitung auf einen Ball zu gehen.«

»Wirklich, Sire? Nicht einmal, wenn sie es auf Befehl ihres Königs tut?«

»Nicht einmal dann«, erwiderte er. »Dafür werde ich hart mit Euch ins Gericht gehen müssen.«

»Oh, tatsächlich?«

»Ja. Ihr werdet Euch also nach unserem Tanz zu meinen Privatgemächern begeben und dort auf mich warten. Ich denke, ich werde eine Buße für Euren Verstoß fordern.«

Sie lachte beifällig, als die Musik einsetzte.

Jakob tanzte gern, und da der Reel ein schneller Tanz war, musste sich Nell konzentrieren. Einmal jedoch, als sie einen Augenblick pausierten, um einem anderen Paar bei seinen Hüpfern zuzuschauen, fiel ihr eine vertraute Gestalt auf, die an der gegenüberliegenden Wand lehnte. Der Mann schaute einem anderen Tanz zu und nickte im Takt der Musik mit dem Kopf.

Als er sich umdrehte, erkannte sie ihn. Es war Patrick MacRae.

Nun fühlte sich Beth ganz zuversichtlich. Sie folgte Jock durch den belebten oberen Innenhof zum Eingang der großen Halle. Schon konnte sie die fröhliche Musik hören, und mit jedem Schritt wuchs ihre Erregung.

Beide Flügel der Eingangstür standen offen, doch der Vorraum mit seiner niedrigen Decke verriet nichts von dem riesigen hohen Raum, der sich dahinter erstreckte. Die große Halle prunkte mit ihrer auffälligen Balkendecke, fünf prächtigen Kronleuchtern und ebenso vielen Kaminen. Vor den hohen Fenstern hingen rote Samtvorhänge, ebenso wie vor der Tür neben dem königlichen Podium, auf dem eine exquisit geschmückte Tafel stand. Musikanten spielten auf einer Galerie über dem Vorzimmer, durch das sie eingetreten war, und in der Halle empfing sie ein wahres Getöse aus Musik, Gelächter und Stimmengewirr. Dank der prasselnden Feuer in den fünf Kaminen und der vielen Menschen war es warm in dem riesigen Raum.

Beth musste sich zusammennehmen, um nicht stehen zu

bleiben und zu gaffen. Den König hatte sie sofort entdeckt. Er saß auf einem herrlich geschnitzten hochlehnigen Stuhl auf dem königlichen Podium. Links und rechts von ihm hatten ein gut aussehender Mann in Scharlachrot und ein gleichermaßen prachtvoll ausstaffierter jüngerer Mann Platz genommen.

Hätte sie Jakob nicht von ihren früheren Besuchen auf Stirling wiedererkannt, so hätte sie ihn mit einem beliebigen Höfling verwechseln können, denn seine Kleidung war zwar ansprechend, doch nicht aufwändig.

Ungehindert bahnte sie sich ihren Weg durch die Menge; bis auf einen gelegentlichen neugierigen Blick nahm niemand Notiz von ihr.

Claud folgte Beth, entschlossen, die Befehle seiner Mutter getreu zu befolgen, auch wenn es seiner Gefährtin nicht passte.

»Diese Sterblichen wissen beim Tanzen gar nicht, was sie tun«, sagte Lucy missmutig. »Und ihre Fiedler können kaum mit ihrem Instrument umgehen. Ich will richtig tanzen, Claud, und du hast es mir versprochen, sobald das Mädchen auf dem Ball sein würde. Nun, jetzt ist sie dort!«

»Ja schon, aber man weiß ja nie, was ihr alles zustoßen kann«, erwiderte Claud. »Deshalb können wir sie nicht allein lassen, solange dieser Patrick sie nicht bemerkt hat.«

»Nun denn, wo treibt sich dieser dusselige Mann herum?«

»Da drüben.« Claud deutete auf Patrick, der den Tänzern zuschaute.

»Kannst du sie nicht zusammenbringen, Claud? Ich kann die Füße kaum noch ruhig halten!«

Claud war ganz elend zumute. »Nein«, gab er zur Antwort. »Du weißt genau, wie wütend meine Mam auf mich war, als ich dafür gesorgt hatte, dass das Mädchen ihm damals im Wald über den Weg lief.«

»Und außerdem hattest du ihn zuvor auf den richtigen Pfad gelockt«, erinnerte Lucy ihn.

»Stimmt. Aber das weiß meine Mam nicht, und ich hoffe, sie erfährt es auch nie.«

Lucy hörte ihm nicht mehr zu. Sie wippte mit dem Fuß und sagte sehnsüchtig: »Kannst du die wahre Musik hören, Claud?«

Da vernahm er sie. Das Fiedeln und Pfeifen verstummte, und von fern erklang eine zauberhafte Melodie und schlug ihn in ihren Bann. Er spürte sie wie ein körperliches Verlangen, wozu auch die Tatsache beitrug, dass Lucy ihm zärtlich den Nacken kraulte. Er wusste, der alte Claud wäre jetzt mit ihr gegangen, um der verführerischen Musik zu lauschen.

Doch der neue, pflichtbewusste Claud sagte nur: »Nein, Mädchen, ich glaube, wir warten lieber noch.«

Lucy setzte eine gekränkte Miene auf. Zu seiner Überraschung stritt sie sich aber nicht mit ihm und lief auch nicht davon. Stattdessen starrte sie nur grimmig zu Patrick hinüber.

Patrick wartete auf Barbara, die, als die Musik verstummte, am Arm ihres letzten Tanzpartners auf ihn zukam. Schon eilten weitere Herren auf sie zu, allen voran Francis Dalcross, um sie zum nächsten Tanz zu bitten, und Patrick wollte ihr gerade vorschlagen, sich mit einem Getränk zu erfrischen, da erblickte er ein wenig entfernt eine vertraute Gestalt in der Menge.

»Bab, ist das da hinten nicht Molly?«, fragte er, während er versuchte, die Frau nicht aus den Augen zu verlieren.

»Sie hat keine Einladung erhalten«, antwortete Barbara, bevor sie sich lächelnd zu Dalcross umdrehte. »Und einfach so würde sie bestimmt nicht herkommen.«

»Aber ich bin ganz sicher …«

Doch seine Schwester war bereits an Dalcross' Arm davongeschlendert. Gleichzeitig sah Patrick die Dame in dem schimmernden blaugrünen Seidenkleid in der Menge untertauchen.

In der Annahme, er habe sich geirrt, erinnerte er sich wieder daran, dass er ein Auge auf seine Schwester und Dalcross haben sollte. Also machte er sich auf die Suche nach den beiden.

Er beobachtete das Pärchen noch immer, als das blaugrüne Seidengewand erneut in Sicht kam. Die Dame, die von einem silbergewandeten Pagen begleitet wurde, drehte sich leicht in seine Richtung.

Aber gewiss war es Molly. Allerdings trug sie viel mehr Schmuck, als er jemals an ihr gesehen hatte. Mehr als die meisten Frauen im Grenzland.

Ihr Ballkleid war von unübertrefflicher Eleganz, und die edelsteinbesetzte französische Haube bedeckte ihre goldenen Locken und hob zugleich ihren cremeweißen Teint und die wundervollen Augen hervor.

Für den Augenblick vergaß Patrick seine Schwester und ging zu der so merkwürdig vertraut wirkenden Dame hinüber. Mit einem leisen, etwas unsicheren Lächeln blickte sie ihm entgegen, machte jedoch keinen Schritt auf ihn zu. Sie blickte ein wenig besorgt drein, so, als habe nicht alles seine Richtigkeit.

Der Page neben ihr sah Jock ähnlich, doch er konnte es auf gar keinen Fall sein. Gerade als der Gedanke Patrick durch den Kopf ging, verschwand der Page wie ein Fantasiegebilde in der Menge. Der Gesichtsausdruck der jungen Dame war nun ein wenig trotzig, und sie reckte herausfordernd das Kinn.

Mit einem Schlag stand für Patrick die ganze Welt Kopf, und er fragte sich, ob er sich das alles nur einbildete. Denn endlich hatte er erkannt, dass dort nicht Molly stand, sondern Beth.

»Jetzt aber«, bemerkte Lucy zufrieden. »Komm und tanz mit mir, Claud.« Er zögerte noch immer.

»Du hast es mir versprochen!«, schmollte sie.

»Ja, schon, Mädchen, und …« Da verstummten abermals alle Geräusche um ihn her, und er vernahm die bezaubernde Melodie. Seine Füße rührten sich, die Musik wurde lauter, und bevor er es sich versah, tanzte er mit Lucy zu dieser eigenartigen, betörenden Weise.

Schon lachte er und wirbelte sie im Kreis herum. Dabei hüpfte und sprang er so behände, wie er es nie für möglich gehalten hätte. Ihr Lächeln lockte ihn, und die Musik löste die gleichen Gefühle in ihm aus wie ihre Berührungen. Mit jedem Tanzschritt wurden diese angenehmen Empfindungen stärker.

Endlich brach die Musik ab, und während Claud sich noch bemühte, wieder zu Atem und zu Verstand zu kommen, sagte Lucy: »Und jetzt komm mit und lern meinen Vater kennen, Liebster. Er war es, der gespielt hat, und er möchte dich sehen, weil ich ihm erzählt habe, dass du mich heiraten willst, und deshalb …«

Clauds Beine drohten unter ihm nachzugeben. Er brachte kein Wort mehr heraus.

Beim Anblick der prunkvollen Halle war Beths Furcht wie weggeblasen.

Begleitet von Jock, wanderte sie ungehindert durch die Menge und beobachtete die Tanzenden, bis ihre Augen denen Patricks begegneten.

Im Näherkommen sah sie, wie sich die unterschiedlichsten Gefühle auf seinem Gesicht widerspiegelten. Zuerst blickte er erfreut, dann verwirrt und schließlich erstaunt. Dann fasste er sie scharf ins Auge und kam auf sie zu. Dabei wäre er um ein Haar mit einer Frau zusammengestoßen, die seinen Weg kreuzte. Doch schließlich stand er vor ihr und funkelte sie erbost an.

Nach einem verstohlenen Blick in die Runde packte er sie beim Arm und zog sie aus dem Gewühl. »Bist du verrückt geworden?«, knurrte er mit verhaltener Stimme.

»Guten Abend, Sir«, erwiderte sie würdevoll. »Ihr habt mich zum Ball eingeladen, doch jetzt, wo ich hier bin, scheint Ihr nicht sehr erfreut, mich zu sehen.«

»Woher hast du das Kleid? Ist dir denn nicht klar, dass man dich hängen könnte, weil du es gestohlen hast, von all dem Geschmeide ganz zu schweigen?«

»Ich habe gar nichts gestohlen«, gab sie zur Antwort und zwang sich zur Ruhe. »Bitte drängt mich nicht, es Euch zu erklären, Sir, denn das kann ich nicht. Wollt Ihr nicht lieber mit mir tanzen?«

»Was ist, wenn dich jemand erkennt? Was sagst du dann?«

»Wer außer Euch sollte mich denn in dieser Aufmachung erkennen?«

»Wer zum Teufel bist du eigentlich?«

»Seid nicht albern. Ihr wisst ganz genau, wer ich bin.«

Er stutzte, runzelte die Stirn und starrte sie an, als hätte er sie noch nie gesehen. Nur zu gern hätte sie ihm glättend über die Stirn gestrichen, doch obgleich sie sich in ihrem prächtigen Staat wie ein neuer Mensch fühlte, hätte eine solche Geste doch unerwünschte Aufmerksamkeit erregt.

Da sagte Patrick: »Was ist mit Jock?«

»Jock?«

Ohne Rücksicht auf die Blicke der Umstehenden packte er sie bei den Armen. »Versuch nicht, mich zu belügen. Ich habe ihn gesehen. Er war genauso fein gekleidet wie du und tat so, als sei er dein Page.«

»Ich weiß nicht, wo er hin ist«, antwortete sie wahrheitsgemäß.

»Also bist du jetzt ganz allein«, stellte er, noch immer mit gerunzelter Stirn, fest.

Ihr war klar, in was für einer Zwickmühle sie sich befanden. Er brachte es einfach nicht fertig, eine wehrlose Frau in diesem Gedränge sich selbst zu überlassen. Und sie konnte seine Befürchtungen nicht zerstreuen, ohne das Versprechen zu brechen, das sie Maggie Malloch gegeben hatte. Bestimmt hielt sich die kleine Frau in der Nähe auf und beobachtete sie. Und Beth zweifelte keinen Augenblick daran, dass sie beim ersten falschen Wort im Hemd dastehen würde.

Claud steckte gewaltig in der Klemme. Einerseits rief ihn die Pflicht, sich um Beth zu kümmern, andererseits war da Lucy.

»Was willst du damit sagen – du hast deinem Vater erzählt, dass wir heiraten? Ich habe dich doch gar nicht gefragt?«

Lucy prustete los. »Aber Claud, du kannst doch nicht mit einem Mädchen schlafen, ohne sie hinterher zu heiraten.«

»Aber sicher kann ich das. Das habe ich schon oft getan!«

»Nun, bei mir geht das jedenfalls nicht«, sagte sie ungerührt. »Ich habe ihm erzählt, dass du mich heiraten willst, damit er nicht zornig auf dich ist. Und wenn du es nicht willst, musst du ihm das selber sagen. Da hinten steht er.«

Claud starrte auf den Mann. Der war groß und kräftig und hatte einen grünen Schopf. Sein langes, dünnes Gesicht trug einen weißen Bart mit grünen Sprenkeln. In der einen Hand hielt er eine Fiedel und in der anderen einen Dudelsack.

»Nun komm schon, du Dussel«, sagte Lucy ungeduldig. »Er wartet auf uns.«

Auf einmal erinnerte ihn die süße Lucy fatal an seine Mutter. Worauf, in drei Teufels Namen, hatte er sich da bloß eingelassen?

Beim Anblick von Sir Patrick jagten sich die Gedanken in Nells Kopf. Als Erstes musste sie daran denken, ob er wohl unter seinem eigenen Namen oder als Sir William Smythewick hier war.

Doch dann fiel ihr ein, dass es in diesem Raum zu viele Menschen gab, die ihn kannten. Also konnte er sich wohl kaum für jemand anderen ausgeben.

Als die Musik verstummte und Jakob sie zum königlichen Podium zurückgeleitete, sagte sie daher: »Ich glaube, ich habe gerade Sir Patrick MacRae gesehen, Sire.«

»Ja, das kann wohl sein«, antwortete Jakob. »Er war es, der Zeus so gut abgerichtet hat.«

»Ich weiß, dass er ein tüchtiger Falkner ist, aber warum ist er ohne Kintail auf Stirling?«

»Darüber reden wir ein andermal«, erwiderte der König ausweichend. »Erst seid Ihr mir noch etwas schuldig.«

»Ich könnte mir Sir Patrick als Begleiter wählen«, sagte Nell. Sie schaute noch einmal zurück, konnte ihn in der Menge jedoch nicht mehr ausmachen.

»Nein, Madam, dafür ist es zu spät. Ihr werdet in mein Schlafgemach gehen und dort auf mich warten.« Er beugte sich dicht zu ihr und flüsterte ihr ins Ohr: »Ich komme in einer Stunde und möchte dich nackt in meinem Bett vorfinden. Und dann, meine süße Nell, werde ich dir alle Fragen über Sir Patrick oder wen immer du willst beantworten. Und nun geh.«

»Also bitte, Sir«, sagte Beth. »Es war doch schließlich Eure Idee. Wollt Ihr nicht wenigstens mit mir tanzen?«

Sie war so wunderschön, so bezaubernd, dass Patrick von seinen Gefühlen beinahe überwältigt wurde. Er wünschte sich mehr als alles andere, mit ihr zu tanzen, aber am allerliebsten wäre er mit ihr ins Bett gegangen. Seine Gedanken rasten. Es konnte nur einen Grund geben, weshalb er sie mit Molly verwechselt hatte, und wenn das wirklich stimmte …

Sollte sie tatsächlich Mollys lang vermisste kleine Schwester sein? Er konnte einfach keinen klaren Gedanken mehr fassen. Zuerst war er wütend auf sie, im nächsten Moment verzehrte er sich nach ihr, und immer wenn er glaubte, seine fünf Sinne wieder beisammen zu haben, umwehte ihn der Hauch ihres Parfüms, und schon ging es in seinem Kopf und Körper wieder drunter und drüber. Nur ein einziger Körperteil wusste genau, was er wollte, und regte sich begehrlich. Da war es mit dem Denken ganz vorbei. Patrick hatte nur noch ihre weichen, sahnigen Brüste im Kopf, die sich aus dem tiefen Ausschnitt ihres Mieders wölbten. Es juckte ihn förmlich in den Fingern, sie zu streicheln.

Als wüsste sie genau, was in ihm vorging, schürzte sie amüsiert die rosigen Lippen und zwinkerte ihm schelmisch zu. Dieses Zwinkern ärgerte ihn so, dass er kurzfristig wieder zur Vernunft kam.

Er hielt sie immer noch am Arm und zog sie näher zu sich heran. Dabei sagte er brüsk: »Ich werde mit dir tanzen, mein Fräulein, aber nur so lange, bis ich dich wieder auf dein Zimmer bringen kann. Ich bin mit meiner Schwester gekommen und muss jemanden finden, der ein Auge auf sie hat. Doch dann komme ich sofort wieder und bringe dich zurück. Hier ist es zu gefährlich für dich.«

»Aber ich will nicht gehen und sehe auch nicht ein, warum«, antwortete sie. »Der Abend hat gerade erst angefangen, und Drusilla und Jelyan werden den Ball auf keinen Fall vor dem Bankett verlassen. Wahrscheinlich wird Lady Farnsworth sogar noch länger mit ihnen bleiben, für den Fall, dass sich ein geeigneter Heiratskandidat findet.«

»Mir geht es weder um die Lady noch um ihre boshaften Töchter«, gab er zur Antwort. »Du bist so prächtig gekleidet, dass du sicher Aufsehen erregen wirst. Und anscheinend bist du nicht bereit, mir oder sonst jemandem zu verraten, wie du an die Sachen gekommen bist.«

Wie zur Bestätigung nagte sie bloß an ihrer Unterlippe und wich seinem Blick aus. Da bekam Patrick es mit der Angst zu tun. Ihr Geschmeide war einfach zu kostbar. Früher am Abend hatte er Lady Farnsworth und ihre Töchter gesehen, und keine von ihnen trug Edelsteine, die auch nur halb so wertvoll waren. Daher war es unwahrscheinlich, dass das Mädchen sich den Schmuck von ihnen ausgeborgt hatte. Der König mochte solche Schätze besitzen, doch nicht einmal Molly verfügte über derartige Kostbarkeiten; und immerhin war sie bei ihrer Heirat mit Fin die reichste Erbin Schottlands gewesen.

»Ich wünschte wirklich, Ihr würdet aufhören, so missmutig dreinzublicken«, sagte Beth. »Sonst glauben die Leute noch, ich hätte Euch beleidigt.«

Er schaute sie an und war stärker denn je versucht, sie in die Arme zu nehmen und zu küssen. Wer immer sie auch sein mochte, nichts wünschte er sich mehr, als sie vor den Folgen ihrer unbedachten Handlungen zu bewahren.

Als die Musik aufhörte, blickte er sich unwillkürlich nach Bab um. Sie schaute zu ihnen herüber, grinste und verdrehte in gespielter Verzweiflung die Augen, während sie dem nächsten Tanzpartner ihren Arm reichte. Mit Erleichterung stellte Patrick fest, dass es sich dabei um Alex Chisholm handelte. Jetzt verstand er auch, warum sie die Augen verdreht hatte. Aber auf jeden Fall würde Alex zuverlässig auf sie aufpassen.

Er drehte sich wieder zu Beth um.

Sie lächelte ihn an, als die ersten Takte einer Gaillarde erklangen.

»Willst du wirklich tanzen, Mädchen?«

»Ja.«

Plötzlich hatte er Lust, ihr eine Lehre zu erteilen. Er nahm ihre Hand, und sie mischten sich unter die Tänzer. Wie beim Reel standen sich Damen und Herren in zwei Reihen gegenüber, doch anders als bei dem schottischen Tanz bewegten sich bei der Gaillarde die Paare von einer Gruppe zur anderen und tanzten auf diese Weise durch die gesamte Halle. Die Musik setzte in flottem Tempo ein, und Patrick wusste, dass sie im Verlauf des Tanzes immer schneller werden würde. Die Gaillarde war nur etwas für geübte Tänzer.

Beim Klang der ersten Töne sah er, wie Beth leicht die Stirn runzelte. Doch als die Damen einen Kreuzsprung nach links machten, tat sie es ihnen nach, als hätte sie ihr Leben lang nichts anderes getan. Genau zur rechten Zeit hob und senkte sie die Fußspitze und übertraf dabei alle anderen Damen an Behändigkeit. Als sie an der Reihe waren, zum anderen Ende des Raumes zu tanzen, musste Patrick sein ganzes Können aufbieten, um mit ihr Schritt zu halten.

Ihre Füße flogen nur so dahin, ohne sich auch nur ein einziges Mal in den Stoffmassen ihrer wirbelnden weiten Röcke zu verfangen. Auch die heftig hin und her schwingende Parfümkugel schien sie in keiner Weise zu behindern.

Als Beth und Patrick einander erneut gegenüberstanden, machte sie einen hohen Sprung. Er sprang noch höher. Da raffte sie mit einem Grinsen ihre Röcke und vollführte eine komplizierte Schrittfolge, die er wiederum zu übertreffen suchte. Auch andere Paare betrachteten den Tanz als Wettstreit. Die Tanzpartner wetteiferten miteinander, und die Männer maßen ihre Geschicklichkeit. Jeder war bemüht, höher zu springen und schwierigere Figuren zu tanzen als sein Nebenmann.

Nach einer Weile, als die Musik immer schneller und der Tanz immer ausgelassener wurde, gaben die Paare nur noch aufeinander Acht, neckten sich und flirteten.

Auch die Musikanten wetteiferten miteinander, indem sie sich mit Soloeinlagen hervortaten, und rissen die Tänzer mit. Als dann die Dudelsäcke wieder einsetzten, stellten einzelne Tänzer ihre besondere Geschicklichkeit zur Schau.

»Papa, das ist Claud«, sagte Lucy strahlend. »Und das ist mein Vater, Tom Tit Tot.«

Mit grollender Stimme, die Claud durch Mark und Bein ging, sagte der große Mann: »So, mein Junge, du willst also meine Lucy heiraten. Was für ein Leben kannst du ihr bieten?«

»N-nur ein ganz gewöhnliches Leben, Sir«, stammelte Claud. »Ich bin nichts Besonderes und besitze auch keine Reichtümer.«

»Du scheinst mir ja von dieser Heirat nicht allzu angetan zu sein, Junge. Liebst du sie denn nicht von ganzem Herzen?«

»Doch, gewiss«, antwortete Claud eilig. »Das heißt, ich

glaube schon, aber ich weiß nicht so recht, ob ich schon für eine Ehe bereit bin, Sir, oder ob meine Mutter es mir erlaubt.«

»Du hast doch mit dem Mädchen geschlafen, oder?«

Etwas in der Stimme des Mannes griff wie mit eisigen Fingern nach Claud.

Entsetzt nickte er.

Da schlug ihm Tom Tit Tot so fest auf die Schulter, dass es Claud beinahe umgehauen hätte. »Gratuliere, dass du ihre Qualitäten erstmal geprüft hast«, sagte er. »Aber sie hat auch das Recht zu wissen, dass sie sich keinen Dummkopf ausgesucht hat. Wir werden dich also einer kleinen Prüfung unterziehen.«

»Ich habe nichts dagegen«, sagte Claud, der wieder Hoffnung schöpfte. Hatten seine Mutter und andere ihm von klein auf nicht immer wieder vorgehalten, was für ein hirnloser Trottel er war? »Was muss ich tun?«

»Bloß meinen richtigen Namen herausfinden, Junge. Das ist alles.«

Verwirrt sagte Claud: »Aber Lucy hat doch gesagt, Euer Name sei Tom Tit Tot.«

Der Mann lachte. »Ja, schon, so nennen mich viele. Aber mein richtiger Name lautet anders, und ich wette, ein helles Kerlchen wie du wird ihn im Nu herauskriegen.«

»Und was ist, wenn nicht?«, fragte Claud hoffnungsvoll.

»Nun, dann bekommst du meine Lucy nicht. Und außerdem melde ich der Runde, was für ein zügelloses Leben du führst. Dann können die dich der Wilden Jagd überlassen. Die wird sich schon um dich kümmern.«

Wildes Entsetzen packte Claud. Er fürchtete die Wilde Jagd mehr als alles andere.

»So etwas Schreckliches würdet Ihr doch bestimmt nicht tun!«

»Aber sicher doch. Und dann musst du mit den anderen verlorenen Seelen von Schmerzen gepeinigt durch die endlose Nacht fliegen, bis du deine Sünden abgebüßt hast. Du kannst dir allerdings auch Mühe geben, das Rätsel zu lösen. Was willst du also?«

»Das könnt Ihr Euch doch wohl denken«, murmelte Claud jämmerlich.

»Dann ab jetzt mit euch beiden zum Tanz. Und viel Spaß, Jungchen!«

Beth beobachtete Patrick, wie er eine Reihe von Kapriolen und Entrechats tanzte. Er war der schmuckste Mann in der Reihe und der wendigste Tänzer obendrein. Auch seine Schwester tanzte gut. Beth vermutete, dass sie das war, da sie die beiden zusammen gesehen hatte. Außerdem konnte man aus der ruppigen Art, in der Patrick mit dem Mädchen gesprochen hatte, schließen, dass sie seine Schwester sein musste – außer der Unhold zankte sich mit jeder Frau, die er kannte.

Beth war froh, dass sie eine Weile ruhig an einer Stelle stehen, sich im Takt der Musik wiegen und dabei den anderen Tänzern zusehen konnte. Es war merkwürdig, dass sie alle Schritte und Figuren beherrschte, obwohl sie nie zuvor getanzt hatte. Zumindest keinen solchen Tanz. Ihr fiel ein, dass sie auch bei den gelegentlichen Dorftänzen immer gewusst hatte, was sie tun musste. Doch eine Gaillarde wurde bei solchen Gelegenheiten nicht getanzt.

Gerade führte Barbaras Partner ein Solo vor. Mit gelassenem Grinsen forderte er Patrick, der offensichtlich sein Freund war, auf, es ihm bei den hohen, kunstvollen Sprüngen gleichzutun. Und ehe Beth es sich versah, stand dieser Herr vor ihr, reichte ihr die Hand und forderte sie mit einer Verbeugung auf, mit ihm weiterzutanzen.

Beth warf Patrick einen kessen Blick zu, ergriff die dargebotene Hand und tanzte mit dem Fremden bis zum Ende der Halle und wieder zurück. Auf halbem Weg machte ihr Tänzer Halt, um eine komplizierte Schrittfolge zum Besten zu geben, und Beth musste über sein und Patricks erstauntes Gesicht lachen, als sie bei dem raschen Schrittwechsel mühelos mithielt. Als ihr Partner sie wieder an ihren Platz führte, begegnete sie unvermittelt Drusillas ungläubigem Blick.

Mit offenem Mund starrte Beth zurück. Natürlich hatte sie gewusst, dass die Familie Farnsworth auch auf dem Ball war, doch im freudigen Eifer des Tanzes hatte sie vergessen, wie groß die Gefahr war, entdeckt zu werden.

Ein Blick auf Patrick verriet ihr, dass er Drusilla ebenfalls gesehen hatte. Nicht einen Augenblick glaubte sie daran, dass seine wütende Miene Drusilla galt.

Immer weiter ging der wilde Tanz. Endlich aber war er doch zu Ende, und die erschöpften Tänzer blieben ein paar Minuten an Ort und Stelle stehen, um wieder zu Atem zu kommen. Da brachte ein Fanfarenstoß alle Gespräche zum Verstummen. Der königliche Herold verkündete die Ankunft der Königin, und die ganze Festgesellschaft wandte sich ihr zu und verneigte sich tief, während sie langsam durch die Halle schritt und an der Seite des Königs Platz nahm. Dann teilte ein Diener mit, dass nun Spielleute und Gaukler die Gäste unterhalten würden, bis man die Tafeln für das Bankett aufgestellt hatte.

»Wir gehen«, flüsterte Patrick Beth zu. Er ergriff ihren Oberarm und zwang sie so, mit ihm zu gehen, falls sie es nicht vorzog, laut um Hilfe zu schreien. Das kam natürlich nicht in Frage, also ließ sie sich widerstrebend aus dem größten Gedränge führen. Dann blieb sie abrupt stehen.

»Müsst Ihr denn nicht nach Eurer Schwester sehen?«

»Du brauchst mich gar nicht so unschuldsvoll anzusehen«, knurrte er. »Am liebsten würde ich dich auf der Stelle übers Knie legen und dir eine tüchtige Tracht Prügel verpassen.«

Es sah ganz so aus, als meinte er es ernst. Trotzdem nahm sie ihren Mut zusammen und sagte: »Ich bin aus eigenen Stücken hergekommen, Sir, und ich werde erst gehen, wenn es mir passt. Und das ist ganz gewiss nicht vor dem Essen. Wenn

Ihr nicht mit mir essen wollt, finde ich ganz bestimmt einen anderen Tischherrn.«

»Ich sollte dir eigentlich deinen Willen lassen«, erwiderte er. »Glaubst du denn, Drusilla hat dich nicht erkannt? Du hast doch ebenso wie ich gesehen, wie sie geguckt hat.«

»Sie wird sich nicht trauen, mir entgegenzutreten«, sagte Beth. »Und wenn sie dann in ihr Zimmer kommt und mich dort vorfindet, wird sie glauben, sie habe sich geirrt.«

Sie rechnete mit seinem Widerspruch und war daher überrascht, als er ihr bloß wortlos über die Schulter blickte. Ein Kribbeln zwischen den Schulterblättern warnte sie, unmittelbar bevor Lady Farnsworths Stimme hinter ihr ertönte: »Ich dachte, Drusilla sei von Sinnen, als sie mir erzählte, sie habe euch beide tanzen sehen. Aber jetzt stelle ich fest, dass sie doch bei Verstand ist. Wie könnt ihr beide es wagen, euch hereinzuschleichen und euch unter die vornehme Gesellschaft zu mischen?«

Mit einem erschreckten Keuchen fuhr Beth herum und sah sich Lady Farnsworth und Drusilla gegenüber. Da wusste sie, dass der schöne Abend für sie zu Ende war.

18

»Einen Augenblick bitte, Lady Farnsworth«, sagte Patrick knapp in dem Bemühen, seinen aufwallenden Zorn zu unterdrücken.

»Werde bloß nicht unverschämt, Falkner«, blaffte sie. »Anderen konntest du vielleicht weismachen, dass du von hoher Geburt bist, aber mich wirst du nicht für dumm verkaufen. Ich sollte dich auspeitschen lassen, Kerl! Und was dich angeht, mein liebes Mädchen«, fügte sie hinzu und packte Beth beim Arm, »du wirst schon sehen, was dir blüht!«

Mit einem höhnischen Grinsen sagte Drusilla zu Beth: »Ich glaube, das wird dir noch leidtun.«

»Lasst sie los, Madam«, befahl Patrick mit deutlich vernehmbarer Stimme. »Ihr vergesst Euch.«

»Ich vergesse mich?« Lady Farnsworth starrte ihn wütend an, doch als er ebenso wütend zurückstarrte, verlor sie ein wenig von ihrer überheblichen Selbstsicherheit.

»Ihr tätet besser daran, mir zuzuhören, bevor Ihr etwas tut, was Ihr später bereut.«

Lady Farnsworth schluckte vernehmlich. »Also gut«, sagte sie und ließ Beth los.

»Das kannst du ihr doch nicht durchgehen lassen, Mutter!«, protestierte Drusilla.

Ohne sie zu beachten, sagte Patrick zu Lady Farnsworth: »Ihr seid von falschen Voraussetzungen ausgegangen, Madam. Ich bin ein Ritter aus dem Hochland und stehe im Rang noch über Eurem Gatten. Als Ihr beide mir Unterschlupf gewährtet, stand ich im Dienst Kardinal Beatons und meines Lairds Mackenzie von Kintail. Mein Name ist Patrick MacRae von Ardintoul.«

»Ein Ritter Beatons!« Ihre Augen verengten sich. »Dann wäre es wohl angemessen, Euch mit Sir Patrick anzureden, nehme ich an.«

»Das wäre es. Und nun lasst bitte die Lady gehen.«

»Lady! Ritter oder nicht, Sir, jetzt geht Ihr zu weit. Elspeth Douglas ist meine Magd, und ich verspreche Euch, sie wird bekommen, was sie verdient.«

Douglas! Patrick hätte gern gewusst, warum Beth ihm das verschwiegen hatte. Doch als er in ihr bleiches, verängstigtes Gesicht blickte, fiel ihm wieder ein, dass sie einmal gesagt hatte, sie sei die Tochter eines Grafen. Wie ein Mosaik fügte sich alles zusammen.

Indem er den Arm um sie legte und sie schützend an sich zog, sagte er: »Falls Ihr der Meinung seid, dass sie die Tochter einer Dienstmagd und des Grafen von Angus ist, so kann ich Euch versichern, dass sie genauso wenig seine Tochter ist wie Drusilla.«

Drusilla war so verdattert, dass sie nur ein empörtes Quieken herausbrachte, doch Lady Farnsworth sagte: »Ihr seid närrisch, Sir. Gewiss habt Ihr und diese kleine Schlampe gemeinschaftlich den Schmuck gestohlen und solltet dafür bestraft werden. Und für Eure Sittenlosigkeit noch dazu. Selbst wenn alles stimmt, was Ihr sagt, so habt Ihr dem Mädchen doch geholfen, von zu Hause wegzulaufen, und zweifellos seitdem jede Nacht bei ihr gelegen. Jetzt ist mir auch klar, warum mein Mann Euch entlassen hat.«

Mit äußerster Anstrengung beherrschte sich Patrick und stieß lediglich hervor: »Nicht ein einziges Mal lag ich bei ihr.«

»Wahrscheinlich habt Ihr genügend Leute bestochen, damit sie Eure Behauptung bestätigen. Aber ich werde die Wahrheit schon aus Elspeth herausquetschen, da könnt Ihr sicher sein.«

»Ihr werdet sie nicht anfassen!«

»Und wer will mich daran hindern? Ich bin ihre Herrin und kann mit ihr umspringen, wie es mir beliebt.«

»Nein, das könnt Ihr nicht!« Patrick ballte die Fäuste. Am liebsten hätte er die Frau erwürgt.

»Ihr seid wirklich verrückt«, antwortete Lady Farnsworth bloß. »Wenn sie nicht die Elspeth Douglas ist, die all die Jahre unter unserem Dach gelebt hat, wer ist sie dann?«

Was er vermutete, hätte Lady Farnsworth ihm bestimmt nicht geglaubt, und dann hätte er sie nicht daran hindern können, Beth fortzuschleppen und ihr Gott weiß was anzutun. Also platzte er mit der einzigen Antwort heraus, die ihm gerade einfiel.

»Sie ist Lady MacRae«, sagte er knapp. »Kurz gesagt, sie ist meine Frau.«

»Macht Euch nicht lächerlich«, höhnte Lady Farnsworth. »Falls Ihr wirklich nie bei ihr gelegen habt, kann das gar nicht sein.«

»Es ist aber so«, entgegnete er und setzte dann mit erhobener Stimme hinzu: »Hiermit erkläre und schwöre ich Euch und allen, die meine Worte vernehmen, dass ich ihr Ehemann bin.« – »Gütiger Himmel!«, keuchte Lady Farnsworth, »dieses gottlose Luder hat Euch verhext!«

Völlig verdutzt schaute Beth auf Patrick, doch weder er noch Lady Farnsworth achteten auf sie, sondern starrten einander bloß wütend an.

Drusilla achtete allerdings durchaus auf Beth und verkündete bei nächster Gelegenheit: »Ich glaube, Mutter hat Recht. Du hast ihn wirklich verhext. Und wie kommst du zu den Kleidern und dem Schmuck? Und was ist mit dem riesigen Hund, der zum Haus meines Onkels gekommen ist? So einen habe ich noch nie gesehen, und von dir lässt er sich streicheln und ist uns heute sogar bis aufs Schloss gefolgt. Wer … oder um genauer zu sein, was bist du?«

»Bitte, Drusilla, rede nicht so einen Unsinn«, bat Beth sie. »Jemand hat mir die Kleider geliehen, und der Hund ist einfach ein Streuner, der uns nach Stirling nachgelaufen ist.«

Sie bemerkte den Blick, den Patrick ihr zuwarf, doch gleich darauf musste er seine Aufmerksamkeit wieder Lady Farnsworth zuwenden, die wissen wollte, wann sie denn geheiratet hätten.

»Das geht euch gar nichts an, Madam«, sagte Patrick. »Wir gehen jetzt.«

Er hatte Beth noch immer den Arm um die Schultern gelegt, und ohne Widerspruch ließ sie sich von ihm fortführen. Sie hätte auch gar nicht gewusst, was sie sagen sollte, so verblüfft war sie über seine Worte. Erst als sie im Vorraum angelangt waren, hatte sie die Sprache wiedergefunden.

»Wohin bringt Ihr mich?«

An Stelle einer Antwort sagte er: »Was für einen Unfug hat dieses dumme Mädchen da über Donner gefaselt? Er ist Jock weggelaufen, und seitdem haben wir ihn nicht mehr gesehen.«

»Er kam nach St. Mary's Wynd«, erklärte Beth. »Aber es war trotzdem Unfug. Eigentlich brennt sie nur darauf zu erfahren, woher ich die Kleider und den Schmuck habe.«

»Ich muss gestehen, Mädchen, das wüsste ich auch gern.«

»Ich darf es Euch aber nicht verraten«, erwiderte sie. »Ich weiß, Ihr müsst böse sein, weil ich Euch nie erzählt habe, dass Angus mein Vater ist, und es tut mir auch sehr leid, dass ich Euch hinters Licht geführt habe. Aber ich habe versprochen, nichts über meine neuen Sachen zu verraten.«

»Und du wirst es doch tun, und zwar bald«, sagte er mit einem strengen Blick, der ihr kalte Schauer über den Rücken jagte. Zwar drängte er sie im Augenblick nicht weiter zu einer Antwort, doch sie wusste, das würde später kommen. Auf diesen Augenblick freute sie sich keineswegs. Zweifellos würde er auch ein paar Bemerkungen über ihre Zugehörigkeit zur Familie Douglas fallen lassen.

Ein Diener öffnete ihnen zuvorkommend die Tür. Draußen blieb Beth stehen und schaute Patrick an.

»Ihr hättet sie nicht anlügen sollen, Sir. Lady Farnsworth wird mir das Fell über die Ohren ziehen.«

»Zu diesen Furien gehst du nicht wieder zurück.« – »Aber ich muss. Zumindest muss ich Drusilla und Jelyan beim Auskleiden behilflich sein«, fügte sie hinzu, als ihr Maggies Warnung wieder einfiel. Sie wollte nicht riskieren, dass sie wie durch Zauberhand in ihrem Unterhemd dastand.

»Ich weiß, dass Ihr mich nur beschützen wollt«, sagte sie, als sie durch den von Fackeln erleuchteten Innenhof schritten. »Doch gleichgültig, was Ihr Lady Farnsworth gegenüber behauptet habt, Ihr könnt nichts für mich tun. Auf jeden Fall kann ich jetzt sagen, dass ich auf einem königlichen Ball gewesen bin.«

»Du gehst nicht zu ihnen zurück, Mädchen«, sagte er. »Du bleibst bei mir. Es gibt Dinge, die du nicht weißt, und darüber müssen wir uns unterhalten.«

Als sie seine entschlossene Miene sah, verzichtete sie auf jeden weiteren Einwand. Schließlich hatte Maggie gesagt, dass bloß ihre neuen Kleider verschwinden würden; und außerdem hatte das Bankett gerade erst begonnen. Also konnte sie unbesorgt noch etwas Zeit mit Patrick verbringen, bevor sie den Farnsworths gegenübertrat.

»Wir müssen zurück, Lucy«, sagte Claud verzweifelt.

»Ach, reg dich nicht auf«, erwiderte sie grinsend. »Du wirst schon alles in Ordnung bringen.« Sie küsste ihn leidenschaftlich und ließ ihre Hände auf eine Art und Weise über seinen Körper wandern, die ihn normalerweise völlig kopflos gemacht hätte. Jetzt ging es ihm bloß auf die Nerven.

»Da stimmt irgendetwas nicht«, sagte er. »Ich kann es spüren! Wir müssen auf der Stelle zurück.«

Sie seufzte ungehalten. »Also gut.«

Und ehe er sich versah, saßen sie schon nebeneinander auf dem königlichen Podium und blickten auf die riesige Festgesellschaft hinunter, die sich vergnügt das üppige Mahl schmecken ließ.

»Wo ist sie?«, fragte Claud.

»Na, dann komm mit, wir werden sie schon finden«, erwiderte Lucy ungeduldig.

Nachdem Patrick sie bis in den ersten Stock des alten Palastes begleitet hatte, machte Beth sich daran, noch eine weitere Treppe zu ihrem Quartier hinaufzusteigen.

»Hier entlang, Mädchen«, sagte er und tippte ihr auf den Arm. »Meine Kammer liegt dort drüben.« Er legte ihr eine Hand auf den Rücken und schob sie den Korridor entlang. Vor seiner Tür jedoch blieb sie stehen und weigerte sich, noch einen Schritt zu tun. »Ich kann nicht mit Euch hineingehen! Das gehört sich nicht!«

»Doch, es hat alles seine Richtigkeit«, entgegnete er. »Habe ich nicht gerade vor ein paar Minuten erklärt, dass du meine Frau bist?«

»Ja«, gab sie zu und brachte ein kleines Lächeln zustande, das nichts von ihrer Aufregung verriet. »Aber das war alles nur Theater, Sir. Und so gut es mir auch gefallen hat, die große Dame zu spielen, jetzt muss ich doch wieder an den Platz, wo ich hingehöre. Ihr steht so hoch über mir, Sir Patrick, sogar noch höher, als ich dachte.«

Er zuckte die Schultern. »Selbst wenn wir von unterschiedlichem Rang sind, so spielt das keine Rolle mehr«, sagte er. »Wenn ein Mann vor Zeugen eine Frau zu seiner Ehefrau erklärt und diese Frau keine Einwände dagegen erhebt, so sind sie nach schottischem Recht ebenso gut verheiratet, als hätte ein Priester sie getraut. Und als meine offizielle Ehefrau darfst du durchaus – nein, es ist sogar deine eheliche Pflicht, in meine Schlafkammer zu kommen«, fügte er lächelnd hinzu.

Beth starrte ihn an. Das heiße Begehren, das plötzlich von ihr Besitz ergriff, kam völlig überraschend. Sie hätte ihm nur allzu gern geglaubt, doch alle Ereignisse der letzten Stunden schienen unwirklich. Bestimmt hatte Maggie Malloch oder einer ihresgleichen das ausgeheckt, und am Ende würde Beth doch Lady Farnsworths Zorn zu spüren bekommen.

»Ich … ich kann nicht«, stieß sie mit gepresster Stimme hervor. »Ich möchte gern, aber es wäre einfach nicht recht.«

Es war schon über eine Stunde her, seit Nell die Schlafkammer des Königs betreten, sich entkleidet und nackt in das königliche Bett gelegt hatte, doch Jakob war noch immer nicht erschienen. Dennoch erwartete er von ihr, dass sie sich nicht entfernte, bevor sie die Erlaubnis dazu erhielt. Also rollte sie sich schließlich zusammen und schlief ein.

»Schau, Lucy, da hinten«, sagte Claud, nachdem sie in der ganzen Halle vergeblich nach Sir Patrick und Beth Ausschau gehalten hatten. »Siehst du die alte Schachtel, die gerade mit dem Burschen in der scharlachroten Livree redet? Ist das nicht die, bei der wir wohnen?«

»Ja, und sie wirkt ganz schön aufgeregt. Am besten hören wir, was sie sagt.«

In Windeseile sausten die beiden durch die Halle und bekamen gerade noch Lady Farnsworths hochmütige Worte mit: »Dieser Schurke behauptet, sie wäre seine Frau, aber ich glaube, dieses liederliche Weibsstück hat ihn verhext. Da muss man doch etwas unternehmen.«

»Kommt mit, Madam«, sagte der Mann. »Das wird meinen Hauptmann sicher interessieren.«

»Meiner Treu, was für ein verleumderischer alter Teufel!«, knurrte Claud.

Lucy blinzelte verwirrt. »Verleumderisch?«

»Ja, und zwar verleumdet sie gerade unser Mädchen. Beeil dich, Lucy!«

»Willst du nicht wissen, was sie dem Hauptmann erzählt?«

»Nein, denn dann könnte es schon zu spät sein!«

Patrick hatte keine Lust, sich auf dem Korridor mit ihr herumzuzanken. Sein erster Impuls war gewesen, Beth zu Molly zu bringen, doch es war schon spät, und darüber hinaus sollte er besser zuerst mit Molly reden. Es erschien ihm nun beinahe sicher zu sein, dass Beth Mollys verschollene Schwester war, doch brauchte er dringend einen Beweis. Wie der aussehen sollte, wusste er nicht. Es sei denn, er konnte Angus dazu veranlassen, die Wahrheit zu sagen, und das war höchst unwahrscheinlich. Daher musste er Beth unbedingt noch weitere Fragen zu ihrer Vergangenheit stellen, bevor er etwas unternahm.

Als Lady Farnsworth Beth beschuldigte, ihn verhext zu haben, hatten bei Patrick die Alarmglocken geläutet. Da er aus Erfahrung wusste, dass er sich auf seine Instinkte verlassen konnte, hatte er Beth so schnell wie möglich aus der Halle gebracht, ohne darüber nachzudenken, was später werden sollte. So war er sich auch erst nach seiner Eheerklärung bewusst geworden, welche unabsehbaren Folgen sein Verhalten nach sich ziehen konnte.

Patrick mochte gar nicht daran denken, was Kintail zu der ganzen Sache sagen würde. Gewiss, Fin war ein guter Freund, doch zuallererst kam seine Stellung als Laird von Kintail und an zweiter Stelle die als Mollys Ehemann. Und wenn es darauf ankam, würde er beides über Patricks Wünsche stellen. Die Tradition hätte es erfordert, dass er Fins Erlaubnis einholte, bevor er einer Frau die Ehe versprach, und Patrick hatte nicht einmal einen Gedanken daran verschwendet. Falls Beth tatsächlich Mollys Schwester war, war alles in Ordnung. Falls nicht …

Eine öffentlich erklärte Ehe war zwar rechtmäßig, doch er wusste, dass jemand, der über genügend Macht verfügte, diese Ehe wieder auflösen konnte, solange sie noch nicht vollzogen war. Das bedeutete, es gab nur einen Weg, um Beth zu schützen. Ob sie aber damit einverstanden sein würde, erschien ihm mehr als fraglich. Die Vorstellung, mir ihr zu schlafen, erregte ihn. Doch am allerliebsten hätte er sie in die Arme genommen und ihr gesagt, dass alles gut werden würde – selbst, wenn das nur ein frommer Wunsch war. Da näherten sich Stimmen vom anderen Ende des Korridors. Er packte ihren Arm, drückte die Tür auf und schob sie ins Zimmer.

»Sie sind dort drinnen«, sagte Claud erleichtert, während er mit Lucy den Korridor entlangflitzte. »Ich habe gerade noch gesehen, wie er sie in seine Kammer geschubst hat.«

»Aber wer kommt da die Treppe hoch? Sind das die Männer, die wir unten gesehen haben?«

»Nein, nur ein Liebespaar, das ins nächste Stockwerk will. Aber die anderen werden auch bald auftauchen. Vorher muss ich unbedingt wissen, was Sir Patrick ihr erzählt.«

»Ja, sicher«, erwiderte Lucy, rannte ihm voraus und war in einem Husch unter der Tür hindurch.

Das einzige Licht im Zimmer kam von der Glut im Kamin und der bleichen Mondsichel, die vor dem Fenster stand.

»Nehmt sofort Eure Hand von meinem Arm«, rief Beth wütend und riss sich von Patrick los. »Anscheinend glaubt Ihr, Ihr könntet nach Belieben mit mir umspringen, aber das ist nun doch zu …«

»Pst, Mädchen«, sagte er leise, schloss die Tür ab und stellte sich davor, als sie versuchte, an die Klinke zu gelangen. »Wir müssen uns unterhalten.«

Er legte ihr die Hände auf die Schultern, nahm sie jedoch augenblicklich wieder herunter. Die vehemente Reaktion seines Körpers riet ihm, sich nicht so nahe bei ihr aufzuhalten. Jetzt, da er mit ihr allein war, fiel ihm wieder auf, wie sehr sie seine Sinne verwirrte. Er konnte sich selbst nicht trauen. Geduld war schon unter normalen Umständen nicht seine Stärke, und nun sehnte er sich mit Leib und Seele nach Beth, was es ihm völlig unmöglich machte, sich zusammenzunehmen. Auch wenn die Kammer nur klein war, half es vielleicht, wenn er sich ein paar Schritte von ihr entfernte. Also kniete er sich vor den Kamin und legte ein Holzscheit nach.

Sie wollte zur Tür.

»Nicht!«, befahl er in scharfem Ton. »Fürs Erste bist du sicher, aber …«

»Bin ich das wirklich?«

Während er sich erhob, musste er wider Willen grinsen. »Ja, solange ich meine Hände bei mir behalten kann, *mo chridhe*. Aber für mehr kann ich nicht garantieren.«

»Ich sollte gehen. Bei all dem kann nichts Gutes herauskommen.« Sie streckte die Hand nach der Türklinke aus.

Mit einem Satz war er bei ihr und schlug mit der Hand gegen die Tür, sodass sie sich nicht mehr öffnen ließ. Mit der anderen Hand schob er den Riegel vor.

Sie stemmte die Hände in die Hüften und sagte empört: »Tretet beiseite, Sir!«

»Du wirst mir jetzt zuhören und dann meine Fragen beantworten, damit wir wissen, woran wir sind.«

»Warum sollte ich?«

»Weil du, wenn ich mich nicht sehr irre, von genauso hohem Stand bist wie ich. Dein Vater …«

»Lasst meinen Vater aus dem Spiel«, fauchte sie und hob das Kinn. »Er mag ein Graf sein, doch meine Mutter war eben bloß …«

»Ich glaube, dass deine Mutter eine Lady ist und dass sie noch lebt.«

»Was?« Ihre Augen wurden immer größer, und sogar in dem Zwielicht konnte er erkennen, wie alle Farbe aus ihrem Gesicht wich.

»Nur ruhig, *mo chridhe*«, sagte er. »Wenn ich mich recht entsinne, habe ich sie an dem Tag, als ich dich traf, gesehen. Ohne böse Absicht wäre sie mir beinahe zum Verhängnis geworden. Ich glaube nämlich, du bist die jüngere Tochter von Lord Gordon von Dunsithe. Also ist Angus dein Onkel und nicht dein Vater.«

Sie stierte ihn entsetzt an. »Die Lady hat Recht. Ihr seid wirklich verrückt.«

»Nein, nicht verrückt, bloß ein blinder Narr, dem erst

heute Abend die Ähnlichkeit zwischen euch beiden aufgefallen ist.«

»Ich ähnele in keinster Weise Lady Farnsworth.«

»Nein, aber du siehst aus wie Lady Mackenzie. Ich erkenne, dass du die gleichen Augen und den gleichen Gesichtsausdruck wie Molly hast.«

»Wahrscheinlich wollt Ihr nur eine Ähnlichkeit beschwören, weil Ihr mich so vorschnell zu Eurer Gattin erklärt habt«, sagte sie leise. »Wenn es diese Ähnlichkeit tatsächlich gäbe, hättet Ihr sie doch schon früher bemerkt.«

»Das habe ich auch«, entgegnete er. »Es ist mir bloß nicht klar geworden. Seit ich dich kenne, bist du mir seltsam vertraut. Doch heute Abend habe ich dich zum ersten Mal mit bedecktem Haar gesehen.«

»Was hat das damit zu tun?«

»Mollys Haar ist rotgolden und sehr dicht – eine wilde, kaum zu bändigende Lockenmähne. Sie bedeckt es nur, wenn es die Schicklichkeit verlangt, und als ich dir begegnet bin, hatte ich sie schon eine Zeit lang nicht mehr gesehen. Du bist jünger, deine Augenbrauen sind heller und weniger stark gewölbt, und deine Stimme ist tiefer und klangvoller.«

Er hielt es für überflüssig zu bemerken, dass Mollys Gegenwart niemals einen solchen Taumel der Gefühle in ihm ausgelöst hatte wie die ihre.

Errötend sagte sie: »Der Graf von Angus ist ganz bestimmt mein Vater. Das hat er nämlich zu Sir Hector und seiner Lady gesagt, als er mich zu ihnen brachte. Und außerdem hat er ihnen Geld für meinen Unterhalt gegeben.«

»Falls er wirklich dein Vater wäre, sähe ihm gerade das ganz und gar nicht ähnlich. Angus kennt kein Mitgefühl. Wenn der mit einer Dienerin ein Kind zeugte, würde er sich keinen Deut darum scheren, sondern es der Familie der Mutter überlassen, es großzuziehen. Ich kann mir nur einen einzigen Grund denken, warum er eine Pflegefamilie für ein Kind suchen und für seinen Unterhalt bezahlen sollte.«

»Er hat versprochen, mehr Geld zu schicken, aber sein Versprechen nicht gehalten. Deshalb musste ich für meinen Lebensunterhalt arbeiten.«

»Ich möchte den Grafen nur ein einziges Mal wiedersehen«, sagte Patrick grimmig. »Als er nach England ging und daher nicht mehr über dich verfügen konnte, dachte er wahrscheinlich, du seist als Dienstmagd noch schwerer aufzuspüren. Also schickte er kein Geld mehr. An was erinnerst du dich vor deiner Zeit im Farnsworth Tower?«

»An gar nichts«, antwortete sie. »Das Einzige, woran ich mich entsinne, geschah, als ich ungefähr fünf oder sechs Jahre alt war. Lady Farnsworth zankte mit Sir Hector, weil Angus nicht für mich bezahlt hatte. Das weiß ich auch nur, weil ich an der Tür lauschte und Drusilla mich ertappte.« Sie verzog das Gesicht. »Meine Beine brannten noch tagelang von den Rutenhieben, die mir Lady Farnsworth versetzte.«

Trotz seiner Empörung über die Misshandlungen, die sie zu erdulden hatte, sagte er ruhig: »Bist du sicher, dass du keine weiteren Erinnerungen hast? Wie ist es mit Andenken? Ist dir denn nichts mehr aus deinen frühen Kindertagen geblieben?«

Sie befühlte ihre Halskette und sagte: »Nichts von irgendwelchem Wert.«

»Und du weißt auch nicht, wo du früher gelebt hast?«

»Nur in meinen Träumen sehe ich es noch vor mir«, erwiderte sie versonnen. »Aber das habe ich Euch schon gesagt.«

»Erzähl mir mehr darüber.«

»Heute Abend, als ich in die große Halle kam, musste ich an meinen Traum denken. Alles kam mir so bekannt vor.«

»Was noch?«

»Nur dass ich in dem Traum immer Beth oder Bethie und nie Elspeth heiße.«

»Warte mal! Bethie oder vielleicht Bessie?«

»Ich nehme an Bethie, aber das ist ja kein großer Unterschied«, sagte sie.

»Trotzdem«, antwortete er. »Mollys Schwester hieß nämlich Bessie.« – »Glaubt Ihr wirklich, dass ich das bin?«

Er stieß einen Seufzer aus. »Ja, aber es wird uns verdammt schwer fallen, es zu beweisen. Elizabeth ist einer der häufigsten Namen in Schottland und England, und es gibt unzählige Frauen, die eine Form dieses Namens tragen. Außerdem genügen weder der Name noch deine Träume als Beweis, dass du tatsächlich Mollys Schwester bist. Zum einen gibt es keinen Grund, warum Bessie sich im westlichen Grenzland aufhalten sollte, und zum anderen vermute ich zwar, dass eine Verbindung zwischen Sir Hector und Angus besteht, kann das jedoch nicht beweisen.«

Sie runzelte die Stirn. »Seine Mutter war mit Angus verwandt, aber ich kenne ihn besser als Ihr, Sir, und ich versichere Euch, dass Sir Hector ein loyaler Untertan der schottischen Krone ist.«

»Ich glaube dir, *mo chridhe.*«

»Wirklich? Das kommt mir alles so merkwürdig vor. Als wäre ich Aschenputtel, das plötzlich erfährt, dass es reich und von vornehmer Herkunft ist. Das kann doch alles nicht wahr sein.«

Patrick lächelte. »Das Märchen von Aschenputtel kennen wir auch im Hochland, *mo chridhe.* Wenn mich nicht alles täuscht, hielt dich dein Onkel Angus versteckt, weil er hoffte, über dich an das Vermögen deiner Schwester heranzukommen, das im Falle ihres Todes dir zugefallen wäre.«

Beth schüttelte den Kopf. »Aber ich besitze doch nichts. Wenn ich Geld hätte, dann würde Angus es doch sicher für meinen Unterhalt verwenden.«

»Nein, denn niemand wusste, wo es sich befand. Ich kenne die Geschichte nicht genau, aber auf jeden Fall war Molly die Maid von Dunsithe, die reichste Erbin Schottlands. Und wenn sie unverheiratet gestorben wäre, hättest du ihr Vermögen geerbt. Das könnte Angus nun freilich nicht mehr in die Finger bekommen, selbst wenn sie sterben würde, denn es gehört nun Kintail. Aber ich glaube, sie hat einmal erwähnt, dass Bessie etwas erben würde, wenn sie noch lebte und wieder auftauchte.« Seufzend antwortete Beth: »Ich kann das alles nur schwer glauben. Sicher werdet Ihr bald feststellen, dass es nicht stimmt, und dann seid Ihr enttäuscht.« Sie klang so traurig, dass er sie gern getröstet hätte, aber er wollte sie nicht belügen.

Es kam Patrick so vor, als kenne er sie schon ebenso lange wie Molly, und er fühlte sich ebenso wohl in ihrer Gegenwart. Doch offen gestanden löste sie ein solches Chaos an Empfindungen in ihm aus, dass er sich nicht mehr zurechtfand. Er war sich seiner Gefühle einfach nicht sicher, wollte ihr aber auch nichts vormachen. Denn das hätte sie mit Sicherheit sofort durchschaut.

»Ich möchte nicht, dass Ihr mich heiratet, nur weil Ihr mich für Mollys Schwester haltet oder glaubt, ich würde irgendetwas erben«, fuhr sie fort.

Sie hatte in ruhigem Ton gesprochen, dennoch ärgerte er sich über ihre Worte. War er etwa enttäuscht, weil er in ihr eine Frau getroffen hatte, die bei der Aussicht, ihn zum Mann zu bekommen, nicht vor Entzücken in Ohnmacht fiel? Fin hatte ihn oft mit seinen Erfolgen beim weiblichen Geschlecht aufgezogen. War er, Patrick, denn ein Mann, dem es nur auf schnelle Eroberungen ankam?

»Mir ist es gleichgültig, ob du reich oder arm bist.« Auch Patrick zwang sich, in beiläufigem Ton zu sprechen. »Ich habe nur Sorge, dass Lady Farnsworth dir Schwierigkeiten macht. Wenn sie etwas über das Kleid oder den Schmuck verlauten lässt, wirst du beweisen müssen, dass du die Sachen nicht gestohlen hast. Als meine Frau wärst du vor derartigen Anschuldigungen sicher, denn außer Kintail weiß niemand, was ich genau besitze. Zwar mag manch einer bezweifeln, dass ich für Putz und Tand so viel ausgeben würde, doch wenn es sich erst einmal herumspricht, dass du Mollys Schwester bist, dann wird alles gut.«

»Wenn Ihr Euch über meine Herkunft so sicher seid, wäre es da nicht am besten, Ihr würdet es öffentlich bekannt geben? Bei einer so reichen Schwester würde mich doch bestimmt niemand des Diebstahls verdächtigen.«

»Mag sein. Wir müssen es nur beweisen«, erwiderte er. Und selbst dann, fügte er in Gedanken hinzu, wäre der Verdacht vielleicht noch nicht völlig ausgeräumt.

Wieder seufzte sie. »Ich kann mir nicht vorstellen, wie wir das anstellen sollen. Ich kann ja selbst nicht glauben, dass es wahr ist.«

»Zum einen seht ihr beiden euch tatsächlich ähnlich. Doch das genügt nicht als Beweis, denn Angus kann man schwerlich als tugendhaften Mann bezeichnen. Immerhin ist er dafür verantwortlich, dass König Jakob unzählige illegitime Nachkommen in die Welt gesetzt hat. Denn es war Angus, der ihn schon als zarten Jüngling mit den Verlockungen des weiblichen Geschlechts vertraut gemacht hat.«

»Aber Ihr habt doch gesagt, dass Angus nicht mein Vater ist«, erinnerte sie ihn.

»Doch alle anderen halten ihn dafür und würden darin auch die Erklärung für deine Ähnlichkeit mit Molly sehen.«

»Oh, ich verstehe«, erwiderte sie errötend. »Ihr meint, dass es dank seiner ausschweifenden Lebensweise hunderte von Frauen im Grenzland geben könnte, die Eurer Molly ähnlich sehen.«

»Du liebe Zeit, Mädchen, lass bloß Kintail nie hören, dass du sie meine Molly nennst«, rief Patrick. »Da wärst du schneller Witwe als Ehefrau.«

Ein Blick in ihre Augen brachte seine ganze Entschlossenheit ins Wanken. »Ach, mein Mädchen«, sagte er, zog sie in seine Arme und küsste ihre weichen Lippen.

»Sie kommen, Claud! Ich kann sie auf der Treppe hören!«

Claud lauschte so vertieft dem Gespräch zwischen Sir Patrick und Beth, dass er gar nicht bemerkt hatte, dass Lucy unter der Türritze durchgeschlüpft war. Doch jetzt stand sie wieder neben ihm und riss ihn aus seiner Versunkenheit.

»Ich glaube nicht, dass wir sie aufhalten können«, sagte sie. »Aber komm mit und sieh selbst.«

Er rannte ihr auf den Korridor nach und keuchte: »Wir müssen sie um jeden Preis stoppen. Wenn Sir Patrick die Ehe nicht vollzieht, holen sie das Mädchen ab!«

»Aber was können wir nur tun? Deine Mam hat gesagt ...«

»Die Tür!« Mit diesen Worten machte er eine Handbewegung, und die schwere Tür am Ende des Ganges schlug zu. »Das hätten wir«, sagte er zufrieden.

Lucy streckte den Finger aus, und ein lautes Klicken ertönte. »Du hast vergessen abzuschließen, du großer Dummkopf, aber das wird ihnen so lange den Weg versperren, bis der Mann die Sache erledigt hat.«

Beth war mittlerweile völlig konfus, doch der Druck von Patricks heißen Lippen auf ihrem Mund brachte sie wieder zur Besinnung. Sie wusste zwar nicht, wer sie war oder wie sie in diesen ganzen Schlamassel geraten war, ihr Körper dagegen wusste ganz genau, was er wollte und brauchte.

Also überließ sie sich dem wonnigen Gefühl und erwiderte begierig seinen Kuss. Heiß fühlte sich sein Mund an und zugleich zärtlich, suchend und sanft, warm und bereit, ihre Zunge aufzunehmen. Als er sacht die Arme um sie legte und sie an sich drückte, seufzte sie und öffnete ihre Lippen bereitwillig seiner forschenden Zunge. Sie stieß ein Keuchen aus, als seine Finger über ihre rechte Brust glitten und spielerisch über die nackte Haut im Ausschnitt ihres Mieders strichen. Als Patrick sie kurz darauf sanft von sich schob, ließ sie ein leises, enttäuschtes Stöhnen hören.

»Ich möchte mit dir ins Bett gehen, Liebste. Und da wir rechtmäßige Eheleute sind, ist das auch mein gutes Recht. Außerdem ist es der einzige Weg, dich zu beschützen. Aber ich möchte nicht gegen deinen Willen handeln. Solltest du unsere etwas eigenartige Verbindung wirklich lösen wollen, dann kann ich das bewerkstelligen. Wir brauchen bloß Kardinal Beaton um eine Annullierung zu bitten.«

»Würdet Ihr das wirklich tun?« Aus irgendeinem Grund besaß diese Aussicht keinen besonderen Reiz für sie.

»Sicher, wenn du es willst«, antwortete er. »Ich würde auch weiterhin alles tun, um dich zu beschützen. Doch wenn du nicht länger meine Frau bist, wird mir das schwer fallen, denn dann können Sir Hector und seine Lady dich zurückfordern. Und wenn wir die Ehe nicht vollziehen, sorgen sie womöglich dafür, dass sie aufgelöst wird, und ich könnte es wahrscheinlich nicht einmal durch meine Verbindungen zu Beaton verhindern. Am sichersten wäre es, sie vor vollendete Tatsachen zu stellen. Was sagst du dazu, Mädchen? Vertraust du mir?«

Ein Hämmern gegen die Tür ließ Lucy zum Schlüsselloch sausen. Sie spähte hindurch. »Soldaten!«, rief sie. »Zwei ganz große.«

»Die Tür wird standhalten«, beruhigte sie Claud. »Sie ist sehr solide.«

Etwas scharrte metallisch im Schlüsselloch.

»Einem Schlüssel wird sie nicht viel entgegenzusetzen haben«, bemerkte Lucy trocken.

19

Beth klopfte das Herz zum Zerspringen. Ihre Hände waren ganz taub, ihr Atem ging stoßweise. Alles in ihr drängte, Patrick zu vertrauen. Sie wusste, dass er sie gern hatte, doch das war nicht genug, sagte ihr Herz.

»Also, Liebste?«

Als seine Hand sie leicht an der Schulter berührte, strömte Wärme bis zu den Zehen durch ihren Körper. Ihre harten Brustwarzen scheuerten sich am Stoff ihres Mieders und kribbelten so sehr, dass sie keinen klaren Gedanken mehr fassen konnte.

Eigentlich sollte sie Nein sagen.

Als sie sich verwirrt über die Lippen leckte, konnte er nicht mehr an sich halten und küsste sie erneut. Dann hielt er sie bei den Schultern ein Stück von sich ab und sagte: »Beth, Liebste, sag mir, was du willst, und quäle mich nicht länger. Ich bin doch auch nur aus Fleisch und Blut.«

Sie schluckte und versuchte, den Aufruhr ihrer Nerven im Zaum zu halten. »Ich werde tun, was Ihr sagt, aber möge Euch der Himmel beistehen, wenn Ihr Euch irrt.«

»Braves Mädchen«, antwortete er, hob sie schwungvoll hoch und trug sie zum Bett.

Gespannt und reglos lag Beth da und sah ihm zu, wie er das Feuer schürte. Sie bemühte sich, nicht auf die brennende Hitze ihres Körpers und ihre wirbelnden Gedanken zu achten. Patrick nahm ein Holzscheit aus dem Korb und legte es in die Flammen. Dann trat er wieder ans Bett. Wie ein riesiger Schatten ragte er über ihr auf, schwarz gegen den Schein des Feuers in seinem Rücken.

Sie konnte kaum sein Gesicht erkennen.

Zu ihrer Überraschung blickte er einige Sekunden auf sie herab. Seine Stimme klang leise und ein wenig verzagt: »Mir scheint, ich habe noch nie zuvor mit einer Jungfrau geschlafen.«

»Wisst Ihr denn nicht, wie es geht?«

Er lachte leise. »Das weiß ich schon, aber ich habe mir sagen lassen, dass das erste Mal nicht besonders angenehm für ein Mädchen ist, und ich will dir nicht wehtun. Eigentlich hatte ich vor, die Sache schnell hinter mich zu bringen, damit du vor Lady Farnsworth und ihrer Familie sicher bist. Aber ich möchte nicht, dass du deinen Ehemann für grausam hältst.«

Obwohl ihr wirklich ein wenig beklommen zumute war, sagte sie nur ruhig: »Ich weiß, dass Ihr mir nicht absichtlich Schmerzen zufügen würdet, Sir. Also sagt mir, was ich tun soll.«

Ihr ganzer Körper bebte erwartungsvoll, und ihre Haut sehnte sich nach der Berührung seiner Hände.

»Du schaffst es, dass ich mir wie ein grüner Junge vorkomme, Liebchen«, sagte er. »Ich weiß nicht, wie ich die Sache anpacken soll. Aber eines ist klar: Wir haben beide viel zu viel an.«

»Ich kann mich nicht allein entkleiden«, sagte sie. Dabei fiel ihr ein, dass Drusilla und Jelyan erwarteten, sie bei ihrer Rückkehr in ihrem Zimmer vorzufinden. Doch der Gedanke ließ Beth in diesem Augenblick ziemlich kalt.

»Ich kann mir gut vorstellen, dass du dieses Kleid nicht allein ausziehen kannst«, antwortete er. »Aber dann möchte ich doch gern wissen, wie du es anbekommen hast. Hat dir jemand dabei geholfen?«

»Ein bisschen schon«, sagte sie. So viel durfte sie ihm wohl verraten, ohne das Wort zu brechen, das sie Maggie gegeben hatte. Und außerdem hätte es ihr im Augenblick nichts ausgemacht, wenn ihr Kleid sich in Luft auflöste und sie im Hemd dastünde. Das würde die Sache nur vereinfachen.

Er wartete darauf, dass sie weiterredete. Bestimmt wollte er sie gleich fragen, wer ihr denn geholfen habe. Um ihn abzulenken, setzte sie sich auf und schwang die Beine über den Bettrand. »Ich schnüre die Bänder vorn auf, und Ihr müsst hinten die Haken lösen.«

»Steh auf, Beth.«

Sein Ton machte deutlich, dass er sich mit ihrer Antwort nicht zufrieden gab. Sie warf ihm einen argwöhnischen Blick zu und erhob sich. Er stand so dicht vor ihr, dass ihre Brüste gegen sein Wams drückten. Es war wie eine Liebkosung. Als er auch noch seinen Unterleib gegen sie presste, schaute sie in sein ernstes Gesicht, befeuchtete die Lippen und legte ihm ihre Hand auf den Arm.

»Ach, Mädchen«, murmelte er und küsste sie innig. Dabei tastete er nach den Häkchen hinten an ihrem Kleid, dann löste er die Schnürbänder an ihrem Mieder und dem Hemd darunter. Kaum spürte sie den kalten Lufthauch auf ihren bloßen Brüsten, da legten sich schon Patricks warme Hände auf ihre Haut.

Da sie nicht recht wusste, was sie mit ihren Händen anfangen sollte, legte Beth sie auf seine Taille, genoss einen Augenblick das Spiel der harten Muskeln und versuchte dann, sein Wams zu öffnen.

Sie hielt die Luft an, als er mit den Lippen ihre Brust berührte.

»Wollt Ihr Eure Kleider denn nicht ablegen?«, fragte sie, noch immer ein wenig atemlos.

»Doch, Mädchen, aber du bist zu langsam. Ich mache es selbst.« Seine Stimme klang rau. Er trat ein wenig beiseite, und im Handumdrehen hatte er Wams und Hemd ausgezogen und die Schuhe abgestreift. »Nimm doch diese verdammte französische Haube ab.«

Sie starrte wie gebannt, denn sie hatte noch nie einem Mann beim Ausziehen zugesehen.

Auf seine Aufforderung hin nestelte sie ihre Kopfbedeckung los, nahm die Haube herunter und legte sie beiseite. Dann löste sie ihren Gürtel und ließ ihn auf seine Kleider fallen, die in einem unordentlichen Haufen auf dem Fußboden lagen. Doch gerade als sie aus ihrem Rock und den Unterröcken schlüpfen wollte, sagte er: »Warte, lass mich das machen. Ich möchte dich ausziehen.«

Da ertönte in einiger Entfernung ein dumpfes Pochen. Patrick blickte beunruhigt zur Tür.

Die Tür am Ende des Korridors flog auf, und zwei Bewaffnete in scharlachroter Montur machten sich auf den Weg zu Sir Patricks Kammer.

Bestürzt hob Claud beide Hände. Wie eingefroren erstarrten beide Männer mitten in der Bewegung.

»Claud, das kannst du doch nicht machen!«, schrie Lucy.

»Sir Patrick ist beschäftigt, und wir verschaffen ihm ein wenig mehr Zeit«, antwortete Claud.

»Aber das ist gegen unsere Gesetze, und sie werden bald herausfinden, dass etwas nicht stimmt! Was …«

»Schscht«, sagte er und zog sie an sich. »Wir tun, was uns gefällt – wie Sir Patrick.« Sie sträubte sich ein wenig, doch seinen heißen Küssen konnte sie nicht widerstehen. Als er merkte, dass sie ihren Widerstand aufgab, seufzte er zufrieden.

Eine ganze Weile schaute Patrick zur Tür, doch alles blieb ruhig. »Was war das?«, wollte Beth wissen.

»Wahrscheinlich gar nichts. Trotzdem sollten wir schnell machen.«

»Haben wir nicht die ganze Nacht Zeit?«

»Ich hoffe, aber ich bin mir nicht sicher. Es ist also besser, wenn wir uns beeilen. Vertraust du mir noch?«

»Ich habe meine Meinung nicht geändert, Sir.«

»Das ist gut.« Er warf die letzten Kleidungsstücke ab und stand nackt vor ihr.

Seine Haut schimmerte golden im Feuerschein, die festen Muskeln auf seiner Brust, an Hüften und Beinen traten deutlich hervor. Er war ihr schon immer sehr attraktiv erschienen, doch jetzt war sie geradezu hingerissen, zumal er ganz offensichtlich für sein Vorhaben bestens gerüstet schien.

Er grinste. »Und nun zu dir, Liebchen.« Zuallererst löste er ihr Haar, und als es ihr in weichen Wellen wie ein Vorhang über den Rücken fiel, sagte er mit rauer Stimme: »Weg mit diesen Kleidern.« Einen Augenblick später trug er sie zum Bett und legte sich neben sie.

Lucy befreite sich aus Clauds Umarmung. »Das geht einfach nicht. Du musst sie freilassen! Wenn das jemand herauskriegt, zerren sie uns vor die Runde!«

»Was hätte ich tun sollen, Mädchen? Sie hatten schließlich den Schlüssel!«

»Aber wir dürfen sie nicht festhalten! Was ist, wenn jemand kommt?«

»Wie sind sie bloß an den Schlüssel gekommen?«, überlegte Claud.

»Was spielt das für eine Rolle?«, zischte Lucy. »Die Gesetze, Claud! Wir dürfen uns nicht so offensichtlich in die Angelegenheiten der Sterblichen einmischen.«

»Zu spät, Mädchen. Da können wir auch noch ein bisschen abwarten.«

Beth lag neben Patrick und genoss die Wonnen, die er ihr mit Händen, Lippen und Zunge bereitete. Als er zärtlich mit der Zunge ihre Brustwarze umspielte, seufzte sie tief und fragte: »Seid Ihr sicher, dass wir verheiratet sind?«

»Ganz sicher«, antwortete er und ließ seine Hand zu dem weichen Nest zwischen ihren Beinen wandern. Er hielt inne. »Vertraust du mir immer noch, Mädchen?«

»Ja.« Sie hätte ihm ihr Leben anvertraut. Was war dagegen schon ihre Jungfräulichkeit? »Was macht Ihr da?«

»Ich bereite den Weg für das, was gleich kommen wird, Liebste.« – »Soll ich irgendetwas Bestimmtes tun?«, fragte sie. »Entspann dich einfach«, murmelte er. »Ich werde so vorsichtig wie möglich sein.«

Er begann sie erneut zu küssen, und sie erwiderte seine Küsse.

Doch das eigenartige Ziehen in ihrem Inneren lenkte sie immer wieder ab. Es waren widerstreitende Empfindungen; einmal wuchs ihre Erregung, dann wieder überwog der Schmerz, und ihr Körper spannte sich ein wenig an. Wirklich unangenehm wurde es nie. Wenn ihr jemand vorausgesagt hätte, dass sie noch in dieser Nacht nackt mit Patrick im Bett liegen und seinen heißen Körper spüren würde, hätte sie es nie geglaubt.

Dann wurde das Ziehen so stark, dass sie den Atem anhielt.

»Atme jetzt tief durch, Liebste«, flüsterte er, seine Lippen warm auf den ihren.

Sie tat es, und gleich darauf durchdrang sie ein stechender Schmerz, als Patrick vollends in sie eindrang. Der Schmerz ließ jedoch fast augenblicklich nach. Wieder tat sie einen tiefen Atemzug. Es schien ihr, als würde Patrick sie gänzlich ausfüllen. Noch immer brannte ihr Körper bei jeder seiner Bewegungen, doch es wurde schnell besser.

»Ist es das?«, fragte sie leise.

»Nicht ganz.« Seine Worte drangen wie ein Stöhnen aus seiner Kehle. Dann begann er erneut, sich in ihr zu bewegen. Immer schneller und schneller stieß er zu, sodass sie sich auf die Lippen beißen musste, um nicht aufzuschreien. Doch in den Schmerz mischte sich ein anderes Gefühl, neu und aufregend, das immer stärker wurde, bis ihr Atem ebenso keuchend und stoßweise ging wie der seine. Dann war es auf einmal vorüber.

Sein Körper erschlaffte, und er sagte: »Jetzt bist du wirklich ganz und gar meine Frau, Mädchen. Und niemand kann es bestreiten.«

Ihr kamen die Tränen. Von ihren Gefühlen überwältigt, legte sie ihm eine Hand auf die Wange.

»Du musst sie gehen lassen, Claud«, bat Lucy. »Bestimmt kommt gleich jemand.«

»Ja, ich weiß«, erwiderte Claud betrübt.

»Also dann …«

Seufzend schnippte er mit den Fingern und befreite die Männer.

Als Patrick Beths Tränen sah, schlug ihm das Gewissen. Er hatte sich so sehr bemüht, ihr nicht wehzutun, und nun empfand er eine solche Zärtlichkeit für sie wie noch niemals zuvor. »Weine nicht, *mo chridhe*. Der Schmerz wird bald vergehen.«

»Küss mich«, sagte sie.

Gerade als er sich über sie beugte, dröhnten Schläge gegen die Tür.

Vor Schreck schlug Beth eine Hand vor den Mund und klammerte sich mit der anderen an ihn.

Er bekam es mit der Angst. Für gewöhnliche Besucher war es zu spät, und wenn es Kintail gewesen wäre, hätte er seinen Namen genannt. Blitzartig wurde ihm klar, dass dort vor der Tür Gefahr für Beth lauerte.

»Wer ist das?«, wisperte sie.

»Ich weiß nicht. Wenn es ein Freund wäre, hätte er sich zu erkennen gegeben.«

Ein erneuter Schlag wie mit dem Heft eines Schwertes und dazu eine Stimme: »In Kardinal Beatons Namen, öffnet die Tür!«

Beth schnappte nach Luft. »Der Kardinal! Oh, Patrick, was hat das nur zu bedeuten?«

»Gefahr«, knurrte er mit zusammengebissenen Zähnen und stand vom Bett auf.

»Öffnet die Tür, oder wir schlagen sie ein!«

»Wartet«, rief Patrick erzürnt. »Ich komme ja!« Jemand warf sich bereits heftig gegen die Tür.

Patrick schnappte sich seine Hose und war gerade dabei hineinzuschlüpfen, da gab es einen weiteren wuchtigen Schlag.

»So geduldet Euch doch eine Sekunde!«, rief er. »Ihr könnt von Glück reden, dass ich Euch nicht erwürge, weil Ihr meine Hochzeitsnacht gestört habt!«

Rasch zog er sich einen Ring vom kleinen Finger und gab ihn Beth. Dabei flüsterte er: »Steck ihn an, Mädchen, und bedeck dich nur notdürftig. Ich will zwar nicht, dass sie dich begaffen, aber sie sollen durchaus merken, was wir getrieben haben.«

Zitternd setzte sich Beth im Bett auf und zog die Decke über sich.

Als Patrick die Tür öffnete, krampfte sich ihr der Magen so sehr zusammen, dass sie befürchtete, sich übergeben zu müssen. Zu allem Überfluss fielen ihr plötzlich auch Maggies Worte wieder ein. Die kleine Frau hatte sie gewarnt, dass es übel ausgehen könnte, wenn Beth nicht zu Drusilla und Jelyan zurückkehrte. Der Gedanke jagte ihr eisige Schauer über den Rücken. Sie atmete tief durch, stand aus dem Bett auf und wickelte die Decke um sich, während Patrick die Tür öffnete. Zwei bewaffnete Männer in Scharlachrot standen davor.

»Was zum Teufel denkt ihr Euch eigentlich, ein solches Spektakel zu veranstalten?«, fragte Patrick aufgebracht. »Wenn der Kardinal Euch geschickt hat …«

»Wir sind wegen Elspeth Douglas gekommen«, erklärte der größere der beiden.

»Hier gibt es niemanden mit diesem Namen«, antwortete Patrick, doch Beth schnappte hörbar nach Luft und verriet sich auf diese Weise.

»Das ist sie ja wohl«, sagte der andere. »Wir müssen sie festnehmen.«

»So ein Blödsinn«, entgegnete Patrick. »Was wirft man ihr denn vor?«

»Zunächst einmal Hexerei.«

Zunächst einmal! Mit einem Schreckensschrei griff Beth nach Patrick, während sie mit der anderen die Decke festhielt. Patrick legte beruhigend seinen Arm um sie.

»Das ist eine falsche Anklage«, sagte Patrick mit bewundernswerter Gelassenheit. »Was liegt sonst gegen sie vor?«

»Verrat gegen Jakob, den Obersten König der Schotten.«

Beth wurden die Knie weich, und sie wäre gefallen, wenn Patricks starker Arm sie nicht gestützt hätte.

Patrick fuhr kaltes Entsetzen in die Glieder. Dass es Beth ebenso ging, spürte er daran, wie sich ihre Finger in seinen Arm gruben – wie Zeus' Krallen, kurz bevor er aufgeregt zu flattern begann. Beaton war berüchtigt für seine Hexenverfolgungen. Es war allgemein bekannt, dass es ihm lediglich darum ging, so viele Hexen wie möglich zur Strecke zu bringen. Ob sie wirklich schuldig waren, spielte dabei eine untergeordnete Rolle.

»Tretet beiseite, Sir, oder wir müssen Euch auch mitnehmen«, sagte der Größere.

»Meine Frau ist weder eine Hexe noch eine Verräterin«, fuhr Patrick ihn an.

»Dann kann sie uns sicher erklären, wie sie zu ihrem ganzen Putz gekommen ist«, erwiderte der Soldat und deutete auf den Kleiderhaufen auf den Fußboden. »Man hat uns gesagt, dass sie nur eine niedere Dienstmagd sei, doch in der großen Halle erschien sie so prächtig herausgeputzt wie eine Prinzessin.«

»Wie ich Euch bereits gesagt habe, ist sie meine Frau, und ich bin durchaus im Stande, sie angemessen zu kleiden«, sagte Patrick mühsam beherrscht.

»Ihr seid aber erst seit heute Abend verheiratet. Und Ihr habt die schönen Kleider doch bestimmt nicht auf Vorrat gehalten, für den Fall, dass Euch ein Frauchen über den Weg läuft, nicht wahr, Sir?«

Patrick schwieg.

»Und außerdem sagen die Leute, das Mädchen habe versucht, den König, die Königin und ihre beiden kleinen Kinder zu verhexen. Das ist schlicht und einfach Verrat, Sir.«

Darauf sagte Patrick, der sich wieder einigermaßen gefasst hatte: »Wir werden alle notwendigen Fragen beantworten, jedoch nicht Euch. Morgen früh sprechen wir bei seiner Eminenz vor. Er kennt mich und wird mich gewiss anhören.«

»Mag sein«, erwiderte der Anführer achselzuckend. »Das werdet Ihr ja morgen früh merken. Aber ich habe Befehl, das Mädchen auf der Stelle festzunehmen und sie bis zur Gerichtsverhandlung einzusperren.«

Patrick warf einen Blick auf sein Schwert.

»Versucht es gar nicht erst«, sagte der Anführer und legte die Hand auf seinen Schwertknauf. »Schließlich sind wir zu zweit, und wenn Ihr tot oder verwundet seid, Sir, könnt Ihr dem Mädchen nicht helfen.«

Beth versteckte sich hinter Patrick, als könne sein großer Körper sie so vor den Soldaten beschützen. Er wünschte, es wäre ihm möglich, und war nur froh, dass sie sich wenigstens ruhig verhielt.

Mit fester Stimme entgegnete er: »Ihr müsst mir Euer Wort geben, dass ihr nichts zustößt, bevor ich Gelegenheit habe, mit Seiner Eminenz zu sprechen.«

»Falls er Euch empfängt«, murmelte der zweite Mann.

Patrick beachtete ihn nicht, sondern fuhr fort: »Die ganze Anklage wurde von bösartigen Weibern in die Welt gesetzt und wird sich bald genug in Luft auflösen. Vergesst nicht, dass Lady MacRae meine Frau ist. Also behandelt sie mit dem gebührenden Respekt, sonst beschwere ich mich beim König über Euch.«

Der Blick, den ihm der Anführer zuwarf, gab ihm deutlich zu verstehen, dass das Missfallen des Königs verglichen mit dem des Kardinals nicht von Belang war. Und gegen beide konnte Patrick nicht ankommen. Noch niemals in seinem Leben war er sich so hilflos vorgekommen. Die Situation erschien ihm sogar noch schlimmer als mit anzusehen, wie sie Kintail als Geisel nahmen.

»Wir nehmen sie mit, Sir«, sagte der Mann. »Kommt, Mistress.«

»Wartet!«, befahl Patrick knapp. »Sie wird sich wohl noch richtig anziehen dürfen. Sie kann nicht fliehen, also wartet vor der Tür, bis sie fertig ist.«

Darauf bemerkte der zweite Mann höhnisch: »Dann zaubert sich die kleine Hexe wahrscheinlich einen Besenstiel herbei und fliegt durch das Fenster da drüben davon.«

»Seid doch nicht so dumm!«, fauchte Beth. »Ich wünschte, ich könnte davonfliegen.«

Patrick legte ihr warnend eine Hand auf die Schulter und drückte sie leicht. Dabei wandte er sich an den Soldaten: »Sprecht gefälligst höflich mit ihr, sonst bekommt Ihr es mit mir zu tun.«

Als der Anführer ihn anschaute, hielt Patrick seinem Blick stand. Es gelang ihm nur mit Mühe, seinen Zorn zu zügeln. Zu gern hätte er die beiden umgebracht und wäre mit Beth verschwunden.

Als hätte er Patricks Gedanken gelesen, sagte der Anführer: »Verzeiht, Sir. Bei uns wird ihr nichts geschehen. Wir dürfen den Raum zwar nicht verlassen, doch wir werden uns umdrehen.«

Trotz dieser Versicherung stellte sich Patrick zwischen die beiden und Beth, die geschwind in Rock und Mieder schlüpfte.

Als sie ihren Gürtel umbinden wollte, sagte er: »Nein, *mo chridhe,* und lass auch die Haube und deine Halskette hier. Ich werde auf die Sachen Acht geben. Bist du fertig?«

»Ja«, antwortete sie leise. »Kommt Ihr mit mir?«

»Das würde ich gern, aber sie werden es bestimmt nicht

zulassen. Im Übrigen muss ich mich sofort auf die Suche nach Seiner Eminenz machen.« Er wandte sich an die Soldaten: »Ist der Kardinal unten?«

»Ja, Sir. Er war gerade noch beim Bankett«, antwortete der Anführer.

Patrick gab Beth einen Kuss und sagte: »Ich komme nach, sobald ich kann.«

Als er ihre schreckgeweiteten Augen sah, nahm er sie in die Arme und drückte sie fest an sich. Sie wirkte so klein und verletzlich, und nur zu gern wäre er mit ihr gegangen. Doch zunächst musste er Hilfe holen.

Der Blick, den sie ihm im Davongehen zuwarf, und ihr kleines tapferes Lächeln brachen ihm fast das Herz. Hastig kleidete er sich fertig an und zog statt der Tanzschuhe seine Stiefel an, für den Fall, dass er das Schloss verlassen musste. Dann steckte er seinen Dolch ein, gürtete sich mit seinem Schwert und begab sich auf die Suche nach dem Kardinal.

»Die Sterblichen sind alle Narren, Claud«, bemerkte Lucy Fittletrot angewidert. »Dein Mädchen ist ebenso wenig eine Hexe wie ich.«

»Noch weniger«, erwiderte Claud händeringend. »Es muss doch irgendetwas geben, was wir tun können.«

»Vielleicht weiß mein Vater, wie wir ihr helfen können.«

»Ich kann deinen Vater nicht um Hilfe bitten, bevor ich nicht seinen richtigen Namen weiß«, antwortete Claud. »Aber warte! Weißt du denn nicht, wie sein wirklicher Name lautet?«

»Nein, ich kenne ihn nur als Tom Tit Tot«, sagte sie. »Du darfst mich aber nicht dafür verantwortlich machen, dass ich dir nicht helfen kann, Claud. Schließlich weißt du noch viel weniger über deinen eigenen Vater.«

»Reg dich nicht gleich auf, Lucy«, seufzte Claud. »Aber meine Mam macht mich zur Schnecke, wenn unserem Mädchen etwas zustößt. Wir müssen ihr nach.«

»Ja, von mir aus. Ich will sowieso sehen, was sie mit ihr anstellen. Aber zuerst etwas anderes, mein Bürschchen. Du hast mich vorhin ganz schön in Hitze gebracht, und wo wir diese Kammer gerade für uns allein haben …«

Wieder seufzte Claud. »Eins nach dem anderen«, würde seine Mutter sagen. Doch was nun das eine und das andere war, darüber gingen seine Meinung und die Maggies beträchtlich auseinander. Und ob sie sich ein paar Minuten früher oder später auf den Weg machten, das war wirklich nur für ihn und seine hingebungsvolle Lucy von Belang.

Jakob weckte Nell mit Küssen auf Mund und Brüste. Danach nahm er ihre Aufmerksamkeit so gründlich in Anspruch, dass sie sich erst eine ganze Weile später daran erinnerte, Patrick in der Halle gesehen zu haben.

»Warum ist Sir Patrick ohne Kintail hier?«, fragte sie. Als der König nicht antwortete, fuhr sie fort: »Ich sollte Euch vielleicht sagen, dass ich ihn auf Midgeholme in Cumberland getroffen habe.«

»Ach, tatsächlich?«

»Ja. Aber Ihr wisst bestimmt, weshalb er sich dort aufhielt.«

»Ich weiß, dass er einen feinen Habicht abgerichtet hat und im Dienste seines Königs eine Zeit lang in England war. Was ich sonst noch weiß, sollte Euch nicht bekümmern.«

»Nein, Sire, doch um noch einmal auf Kintail und seine Lady zurückzukommen …«

»Sie sind hier«, gab Jakob seufzend zu.

»Du liebe Zeit, wollt Ihr damit sagen, dass er eine von den Hochlandgeiseln ist?«

»Ja.«

»Ich hätte nie gedacht … Ich habe gehört, dass Ihr einige Clanoberhäupter habt gefangen nehmen lassen, aber ausgerechnet Kintail! Sein Vater hat sein Leben für Euch hingegeben, Jakob!«

»Das ist ganz sicher kein Thema, mit dem wir uns im Augenblick befassen sollten.«

»Ich bin seit drei Tagen hier.« Nell musste sich zusammennehmen, um ihm die Worte nicht entgegenzuschleudern. »Und Ihr sagt mir jetzt erst, dass meine Tochter schon die ganze Zeit auf Stirling ist?«

»Sei nicht böse mit mir, Nell«, erwiderte er und liebkoste erneut ihre Brüste mit den Lippen. »Kintail und sein Mädchen werden auch morgen früh noch da sein.«

»Aber Ihr hättet es mir trotzdem sagen sollen.«

»Gott im Himmel, Madam, Ihr solltet Euch geschmeichelt fühlen, dass ich nicht mit Eurer Tochter um Eure Aufmerksamkeit wetteifern wollte. Nun, da sich die Königin für die nächsten vierzehn Tage im Schloss aufhalten wird, dürft Ihr Euch zu Eurer Tochter begeben, sobald ich Euch entlassen habe.« Für ihn ging es immer zuallererst um seine eigenen Bedürfnisse; darin unterschied sich Jakob nicht von den meisten anderen Männern. Niedergeschlagen widmete sich Nell erneut dem königlichen Körper.

Patrick fand schnell heraus, dass, im Gegensatz zu der Aussage des Soldaten, der Kardinal und sein Gefolge das Schloss bereits verlassen hatten. Auch der König hatte sich bereits für die Nacht zurückgezogen. Also rannte Patrick zu den Stallungen, ließ sich ein Pferd geben und ritt hinunter zur Abtei.

Einige Leute hielten sich noch auf der von Fackeln erleuchteten Hauptstraße auf, doch von Beth und ihren Bewachern war nichts zu sehen. Als Patrick die Brücke von Stirling erreichte, merkte er, dass er Begleitung bekommen hatte. In langen Sätzen lief Donner neben dem Pferd her. Patrick wusste nicht, wann sich der Hund zu ihm gesellt hatte, denn trotz seiner Größe war das Tier mit seinem grauen Fell in der Dunkelheit nahezu unsichtbar.

»Hallo, Donner«, begrüßte er den Hund. »Wo hast du dich denn versteckt?«

Der Hund wedelte mit dem Schwanz, und Patrick fühlte sich durch seine Gegenwart seltsam getröstet. Doch dieses Gefühl war schnell verflogen, als er bei seiner Ankunft in Cambuskenneth vom Pförtner die Auskunft erhielt, dass sich Seine Eminenz bereits zur Ruhe begeben hatte.

Patrick teilte dem Mann mit, dass er bei Tagesanbruch wiederkommen würde; dann saß er auf und ritt zum Schloss zurück. Diesmal begab er sich zu Kintails Kammer. Vor der Tür standen keine Wachen, und so drückte Patrick versuchsweise die Klinke herunter. Es war abgeschlossen, also hämmerte er kräftig gegen die Tür.

»Fin, mach auf! Ich bin's, Patrick!«

Mit einem Ruck wurde der Riegel zurückgeschoben. Dann öffnete sich die Tür, und Fin Mackenzie stand vor ihm und starrte ihn wütend an. Mit seinen strubbeligen Haaren und der Decke, die er sich nachlässig um die Hüften geschlungen hatte, wurde er seinem Spitznamen »der wilde Fin« durchaus gerecht. »Was ist denn?«, blaffte er.

»Lass mich rein«, sagte Patrick und drückte sich an ihm vorbei ins Zimmer. »Wo ist Molly?«

»Wo soll sie schon sein, verdammt noch mal!«

»Hol sie her.«

»Hol dich der Teufel, Patrick. Ich will nur hoffen, dass du für diese Störung deine guten Gründe hast.«

»Was ist los, Patrick?«, kam Mollys Stimme von der Tür zur Schlafkammer. Sie war im Nachthemd, das Haar wirr vom Schlaf, doch ihre Augen blickten hellwach.

Nun, da er vor ihr stand, wusste Patrick nicht recht, wie er anfangen sollte, und blickte hilfesuchend auf Fin.

Kintail runzelte die Stirn. »Schieß los«, forderte er ihn auf.

»Beaton hat Bessie«, sagte Patrick rundheraus.

»Was?«, fragten beide im Chor. Indem er den Arm schützend um Molly legte, setzte Fin hinzu: »Woher weißt du das?«

»Ich wusste es nicht sofort«, erklärte Patrick und fuhr sich mit der Hand durchs Haar. »Sie wurde Elspeth Douglas gerufen, doch ich bin ganz sicher, dass sie Eure Schwester ist, Molly. Ich weiß gar nicht, wieso ich das nicht sofort gesehen habe.« Molly war ganz bleich geworden, die Haut um ihren Mund weiß und angespannt und ihre Augen riesengroß. »Was hast du nicht gesehen, Patrick?«

»Ihr seht ihr so ähnlich«, murmelte er. »Das heißt, sie sieht Euch ähnlich.« Mit einem raschen Blick auf Fins strenge Miene fügte er hastig hinzu: »Sie hat genau die gleichen Augen, wenn auch vielleicht ein bisschen grüner. Sie besitzt die gleichen langen, dichten und dunklen Wimpern. Sie ist dünner als Ihr, etwa drei Zentimeter größer und hat flachsblondes Haar, ganz glatt und fein wie Seide. Es lag wahrscheinlich an ihrem Haar, dass mir Eure Ähnlichkeit nicht gleich aufgefallen ist. Außerdem sind Eure Kleider farbenprächtiger und viel modischer als ihre.«

»Ist ihre Kleidung denn so trist?«, fragte Molly.

Beide Männer schauten sie verdutzt an.

»Na ja«, sagte sie und blickte von einem zum anderen, »darauf kommt es vielleicht nicht so an, aber mir ist Eure Bemerkung aufgefallen.«

Patrick sagte sanft: »Ihre Lebensumstände waren nicht so glücklich wie die Euren, aber sie redet wie eine Edelfrau und zeigt auch die gleiche ruhige Würde.«

Molly warf Fin einen bedeutsamen Blick zu, der Patricks Neugier erregte. »Was verschweigt ihr mir?«, wollte er wissen. Molly öffnete schon den Mund, als Fin ihr mit einem Kopfschütteln zu schweigen gebot.

Bevor Patrick seine Frage wiederholen konnte, sagte Fin: »Glaubst du wirklich, dass dieses Mädchen Bessie Gordon ist?« – »Bessie Gordon! Ihr habt meine Bessie gefunden?«

Die drei waren so vertieft in ihr Gespräch gewesen, dass sie gar nicht bemerkt hatten, dass eine vierte Person ins Zimmer getreten war.

»Mutter!«, jauchzte Molly und warf sich der lächelnden Nell Percy in die Arme.

20

Obgleich ihm klar war, dass er in dieser Nacht nichts mehr für Beth tun konnte, beobachtete Patrick mit Ungeduld, wie Molly und Nell sich begrüßten, umarmten und einander mit Fragen bestürmten.

»Wo kommt Ihr auf einmal her?«, wollte Molly wissen. »Seit Ihr England verlassen habt, kam keine Zeile mehr von Euch. Wir befürchteten das Schlimmste.«

»Na ja, das Schlimmste wäre wohl der Tod, aber es schien mir auch so schon schlimm genug zu sein«, antwortete Nell ungerührt. »Angus ließ mich nicht fort und verbot mir auch, euch zu schreiben. Er war wütend, weil es ihm nicht gelang, seine und Heinrichs Truppen mit denen des grimmigen Donald zu vereinigen. Und mich machte er für die Katastrophe, wie er es nannte, verantwortlich.«

»Aber es war doch überhaupt nicht Eure Schuld«, sagte Molly.

Nell hatte die Tür offen gelassen, und während Fin sie schloss, fragte er: »Hat Angus Euch verraten, was damals wirklich mit Bessie geschah, Madam?«

»Er behauptet noch immer steif und fest, dass sie tot sei, aber ich glaube ihm nicht und jetzt … Habt Ihr nicht gesagt, Ihr hättet sie gefunden, Sir Patrick?«

»Ich glaube es zumindest«, antwortete Patrick vorsichtig. Dabei dachte er an den merkwürdigen Blick, den Patrick und Molly gewechselt hatten, konnte jedoch nicht schlau daraus werden.

Mit tränenerstickter Stimme fragte Nell: »Wo ist sie, Sir?«

Er wollte es ihr nicht sofort erzählen, sondern zuerst Beth retten und sie dann heil und gesund zu ihr bringen. Die Wahrheit würde Nell nur ebenso in Verzweiflung stürzen wie ihn, und außerdem konnte sie nichts tun, um Beth zu retten. Er musste ihre Freilassung bei Beaton erwirken. Bekümmert und voller böser Vorahnungen schaute er seine beiden besten Freunde und Beths Mutter an. Das Schweigen wurde immer gespannter – offensichtlich erwarteten Molly und Fin eine Antwort von ihm.

Da gab er sich einen Ruck und sagte leise: »Kardinal Beatons Männer haben sie verhaftet. Ich weiß nicht, wohin sie sie gebracht haben, weil ich dummerweise vergaß, danach zu fragen.«

Sprachlos vor Schreck schlug Nell die Hände an die Brust.

»Aber warum haben sie sie verhaftet?«, erkundigte sich Molly. »Was kann Bessie getan haben, um den Zorn dieses mächtigen Herrn zu erregen?«

»Sie nennt sich Beth«, erwiderte Patrick. »In ihren Träumen, sagt sie, ist ihr Name ›Bethie‹.«

»Gütiger Gott, es ist wirklich unsere Bessie«, sagte Nell, der mittlerweile die Tränen übers Gesicht liefen. »Sie nannte sich selbst als kleines Kind immer ›Bethie‹. Sie hat so niedlich gelispelt.« Ihre Stimme brach, und sie blickte Patrick hilfesuchend an.

»Aber was wird ihr vorgeworfen, Patrick?« Mollys Stimme verriet ihre wachsende Ungeduld.

Patrick zögerte. Er konnte sich nicht entscheiden, wie viel er ihnen mitteilen sollte.

»Haben sie sie eingesperrt?«, fragte Fin ohne Umschweife.

»Ja.« Patrick war froh, auf diese Frage eine eindeutige Antwort geben zu können.

»Wie lauten die Beschuldigungen?«

Diese Antwort fiel ihm viel schwerer. Er atmete tief durch und sagte: »Die Anklage ist Hexerei und Verrat gegen den König.«

Molly schrie auf, und Nell schwankte. Fin konnte sie gerade noch auffangen, bevor sie zu Boden sank.

»Ich bringe sie in das andere Zimmer«, sagte er. »Kommst du auch mit, Mädchen, damit du dich um sie kümmern kannst?«

»Nein«, protestierte Nell. Sie war wieder zu sich gekommen und klammerte sich an seinen Arm. »Ich will alles hören, was Patrick zu sagen hat.«

»Ich bleibe auch«, sagte Molly mit einem vielsagenden Blick auf ihren Mann. »Wie können sie ihr so etwas vorwerfen, Patrick? Was hat sie bloß getan, dass man sie für eine Hexe oder Verräterin hält?«

»Beth hat gar nichts getan, und man gab uns auch keine Erklärungen«, entgegnete er in schroffem Ton. »Sie sind gekommen, haben an die Tür geschlagen und sie festgenommen. Ich konnte nichts dagegen tun.«

»An was für eine Tür?«, erkundigte sich Fin, während er Nell wieder auf die Füße stellte und ihr stützend eine Hand unter den Ellbogen legte.

»Meine Tür«, erwiderte Patrick knapp. »Möchtet Ihr Euch nicht setzen, Madam?«

»Nein«, sagte Nell.

Alle drei blickten ihn gespannt an.

Molly kniff ein wenig die Augen zusammen, sagte jedoch vollkommen ruhig: »Vielleicht solltet Ihr die Geschichte von Anfang an erzählen, Patrick. Wie seid Ihr auf sie gestoßen?«

Er warf einen Blick auf Fin. »Ich war auf der Flucht«, begann er. »Ihr wisst ja alle, wie ich auf Midgeholme beinahe ertappt worden wäre.«

Als er Nells schuldbewusstes kleines Lächeln bemerkte, wusste er, dass es ihr wieder besser ging.

»Ihr habt uns auch erzählt, dass Ihr Euch bei Sir Hector Farnsworth versteckt habt«, sagte Molly.

»Ja, und dort bin ich ihr auch begegnet. Sie nannten sie Elspeth.«

Nell runzelte die Stirn. »Elspeth. Irgendwie kommt mir der Name bekannt vor.«

»Sie hält sich für Angus' Tochter«, fuhr Patrick fort und

beobachtete, ob diese Aussage Nells Gedächtnis auf die Sprünge half. »Sie haben ihr erzählt, ihre Mutter sei eine Dienstmagd gewesen.«

»Angus' Tochter«, murmelte Nell. »Einer von seinen ›Unfällen‹. So habe ich es damals genannt.« Mit wachsendem Entsetzen blickte sie Patrick an. »Eine dicke, vulgäre Frau mit einer scheußlichen Perücke und schriller Stimme. Sie hat zwei unscheinbare Töchter und plappert unablässig.«

»Ja, das ist zweifellos Lady Farnsworth«, antwortete Patrick. »Eine der Töchter hat eine Stimme wie eine rostige Türangel. Woher kennt Ihr sie?«

Nells Kinn zitterte; sie hatte die Hände krampfhaft ineinander geschlungen. »Ich bin ihr auf Stirling begegnet, als ich auf der Suche nach Molly war. Aber diese Frau kann die Wahrheit einfach nicht gekannt haben«, fügte sie mit erstickter Stimme hinzu. »So grausam kann kein Mensch sein.«

»Wovon redet Ihr?«, fragte Molly und berührte Nells Arm.

Doch die schaute weiterhin unverwandt auf Patrick. »Das Mädchen war ihre Dienstmagd, ganz blass und dünn. Diese schreckliche Frau schickte sie sogar noch mit einem Abschiedsgruß zu mir, denn ich wollte am nächsten Tag ins Hochland aufbrechen. Das elende Weib behauptete, das Mädchen sei Angus' Bastardtochter, die er ihnen in Pflege gegeben habe. Warum konnte ich es damals nur nicht sehen?«

»Ihr dachtet schließlich, sie sei tot«, gab Molly zu bedenken. »Das dachten wir alle, weil Angus es behauptete.« Wieder tauschte sie einen beredten Blick mit Fin.

»Aber ich war nie wirklich davon überzeugt«, erwiderte Nell schluchzend. »Und ich hätte mein eigenes Kind erkennen müssen!«

»Erinnert Ihr Euch an Euren Besuch bei uns auf Dunsithe?«, fragte Molly etwas zusammenhanglos, wie es Patrick schien.

Nell runzelte verwirrt die Stirn. »Als du und Fin eure ererbten Ländereien besichtigt habt?«

Molly nickte, und Patrick bemerkte wieder ihren raschen Blick zu Fin.

»Selbstverständlich erinnere ich mich«, sagte Nell. »Das war, kurz bevor ich nach Cumberland zurückritt, um Angus mitzuteilen, dass sein Verbündeter, der grimmige Donald, tot sei. Ich hatte ihm Angus' Plan nicht mehr unterbreiten können. Meinem Bruder waren die Einzelheiten vollkommen egal; er sah nur, dass ich meinen Auftrag nicht ausgeführt hatte.«

Molly biss sich auf die Unterlippe und schaute bedrückt zu Boden.

»Erzähl uns mehr über das Mädchen, Patrick«, forderte Fin ihn auf. »Ich bin immer noch nicht ganz überzeugt, dass sie wirklich diejenige ist, für die du sie hältst.«

Obwohl ihn die Bemerkung wurmte, schaffte es Patrick aus langer Gewohnheit, sich nichts anmerken zu lassen. »Sie ist keine Hexe, Fin. Und sie hat auch keinen Verrat begangen.«

»Wie gut kennst du sie eigentlich, mein Freund? Habe ich richtig verstanden, dass sie in deiner Kammer verhaftet wurde?«

»Ja, das stimmt«, antwortete er und wich Mollys prüfendem Blick aus.

Die sagte grimmig: »Ich nehme an, für Euch war sie nur eine weitere Dienstmagd für Eure Sammlung.«

Das kam der Wahrheit so nahe, dass ihm die Wangen vor Scham brannten. Dennoch zwang er sich, Molly anzusehen. Nun führte kein Weg mehr an der Wahrheit vorbei.

»Mittlerweile bedeutet sie mir viel mehr«, sagte er und empfand im selben Augenblick die Wahrheit seiner Worte. »Sie ist meine Frau, Molly.«

Verblüfftes Schweigen.

Nell fasste sich zuerst. »Gott sei Dank«, sagte sie.

Doch Patricks Augen waren auf Kintail gerichtet. Als er dessen grimmigen Blick sah, wappnete sich Patrick innerlich.

Doch Molly kam Fin zuvor. »Wie und wo?«, fragte sie kurz und bündig.

»Ich habe sie zu meiner Gemahlin erklärt. Auf dem Ball«, erwiderte Patrick, der seinen Freund und Herrn noch immer nicht aus den Augen ließ.

»Erkläre uns das genauer«, forderte Kintail brüsk.

Also berichtete Patrick von Anfang an und war froh, dass seine Zuhörer ihn nicht unterbrachen. Nur die Stelle, an der Beth von Farnsworth fortlief, um ihm zu folgen, löste bei Molly und Nell überraschte Ausrufe aus. Doch Fin bedeutete ihm fortzufahren. Auch als sich Patrick zu lange mit der Beschreibung von Jock und dessen Tieren und der Arbeit mit Zeus aufhielt, veranlasste ihn Fins ungeduldige Handbewegung, die Erzählung ein wenig zu straffen. Vom Ball des Königs berichtete er lediglich, wie Beth in einem geborgten Kleid erschien, mit ihm tanzte und wie schließlich Lady Farnsworth sie erkannt und wegen Hexerei bei Beatons Männern anzeigte.

Als er fertig war, fragte Fin: »Ist das alles?«

»Ja, eigentlich schon«, erwiderte Patrick ausweichend. »Ich glaube, ich habe nichts Wichtiges ausgelassen.« Ausgenommen natürlich, dass Beth ihm nie verraten hatte, woher ihr Kleid und das Geschmeide tatsächlich stammten.

Wieder sahen sich Molly und Fin so eigenartig an.

Dann fragte sie: »Seid Ihr sicher, Patrick? Hat Beth Euch nie erzählt …« – »Molly!«, sagte Fin warnend.

Sie schaute ihn an, nagte an ihrer Lippe und richtete den Blick wieder auf Patrick. »Hat sie sich niemals merkwürdig verhalten oder Euch eigenartige Fragen gestellt?«

Patrick dachte nach, doch ihm fiel nur ein, dass das Mädchen möglicherweise eine Diebin war. Und darüber würde er kein Sterbenswörtchen sagen, solange er sich nicht sicher sein konnte. Er schüttelte den Kopf. »Wir haben über vieles geredet«, sagte er, »aber an etwas wirklich Auffälliges kann ich mich nicht entsinnen.«

Molly hakte noch einmal nach: »War denn nichts Ungewöhnliches an ihr?«

Patrick zuckte die Achseln. »Sie hat ein Händchen für Greifvögel – eigentlich für alle Tiere. Einmal hat sie mir gesagt, dass sie noch nie gebissen oder gekratzt worden sei. Warum seht ihr beiden euch immer so an?«, fragte er, als er einen weiteren seltsamen Blick zwischen Molly und Fin auffing.

Ohne auf seine Frage einzugehen, sagte Molly: »Ihr habt gesagt, sie kann sich gut ausdrücken. Wirkte sie gebildet?«

»Ja. Sie hat mir erzählt, dass Sir Hector sie zusammen mit seinen Töchtern unterrichtet hat.«

Molly nickte.

»Spricht sie bloß schottisches Englisch?«

Er schaute sie an. »Das hatte ich ganz vergessen«, sagte er. »Als ich einmal einen gälischen Ausdruck benutzte, hat sie ihn verstanden. Sie meinte damals, sie müsse ihn schon einmal gehört haben.«

»Das könnte stimmen«, sagte Fin.

»Der Tanz«, fügte Patrick hinzu. »Das war auch so eine Sache. Sie hat heute Abend die Gaillarde getanzt, als hätte sie von klein auf Unterricht gehabt. Das kommt mir doch verdammt komisch vor, jetzt, wo ich darüber nachdenke.«

Die ganze Zeit über hatte Nell schweigend von einem zum anderen geblickt. »Warum fragt ihr ihn so aus?«, erkundigte sie sich schließlich. »Tanzen kann jeder, aber Gälisch spricht man nur im Hochland. Wahrscheinlich hat Bessie einmal einen Hochländer getroffen, das ist alles.«

Diese Erklärung behagte Patrick ganz und gar nicht. Er mochte nicht in Betracht ziehen, dass ein anderer Mann – und noch dazu einer aus dem Hochland – sie jemals sein Liebchen genannt hatte.

»Wir müssen es ihm sagen«, wandte sich Molly an Fin. »Da gibt es noch etwas. Das weiß ich genau.«

»Ja, ich bin einverstanden«, erwiderte er. »Aber lass es uns nicht zusammen tun, Mädchen. Du weißt, was passiert, wenn wir darüber reden. Wenn aber nur einer von uns es tut, wird sich der andere vielleicht weiterhin erinnern.«

»Ich weiß nicht«, entgegnete sie nachdenklich. »Darüber haben wir damals nicht gesprochen.«

»Nur einer«, beharrte er.

»Wovon, in drei Teufels Namen, redet ihr eigentlich?«, fragte Patrick verwirrt und ungehalten. Und ohne Fins warnenden Blick zu beachten, setzte er hinzu: »Sagt es mir endlich.«

»Ja, das müssen wir wohl«, stimmte ihm Molly zu.

»Geh mit deiner Mutter ins Nebenzimmer, Mädchen. Ich werde ihm alles erzählen, woran ich mich erinnere.«

»Aber ...«

»Kein aber. Außerdem will ich aus ihm herauskriegen, was er uns verheimlicht.«

Schuldbewusst senkte Patrick den Blick.

Da sagte Molly ruhig zu ihrem Mann: »Du hast Recht, er wird es eher dir als mir erzählen. Kommt, Madam, wir lassen die beiden allein.«

»Aber ich will auch alles wissen!«

»Sie werden es uns später erzählen«, versprach ihr Molly. »Jetzt müssen wir beide uns erst einmal überlegen, wie wir Bessie – oder Beth, wie sie jetzt heißt – helfen können. Da muss es doch eine Möglichkeit geben.«

»Ich rede mit Jakob«, schlug Nell vor. »Mir wird er sicher zuhören, und schließlich ist er immer noch der König, Kardinal hin oder her.«

»Das können wir uns noch überlegen«, erwiderte Molly und dirigierte ihre Mutter aus dem Zimmer.

Als die Tür hinter ihnen ins Schloss gefallen war, atmete Patrick tief durch und drehte sich zu Kintail um. Er hatte erwartet, dass sein Freund ihn drängen würde, alles zu beichten, daher war er erstaunt über Fins etwas klägliches Lächeln.

»Das ist vielleicht ein Kuddelmuddel«, sagte Kintail.

Da konnte Patrick ihm nur zustimmen. Dann schwieg er und wartete, was Fin zu sagen hatte.

Der räusperte sich erst einmal. Offensichtlich wusste er nicht recht, wie er beginnen sollte. Dann verzog er ein wenig das Gesicht und sagte: »Du hast bestimmt schon einmal vom zweiten Gesicht gehört.«

»Ja, darüber kenne ich viele Geschichten«, antwortete Patrick, jetzt ehrlich verblüfft. »Es heißt sogar, dass die Lairds von Kintail einst damit begabt waren.«

»Damit geschlagen wäre wohl der passendere Ausdruck«, sagte Fin. »Falls mein Vater diese Gabe hatte, war sie ihm jedenfalls nicht von Nutzen.«

»Er hatte sie bestimmt nicht«, erwiderte Patrick überzeugt. »Sonst hätte er vorhergesehen, dass Donald ihm und seinen Männern eine Falle stellte. Und dann wäre er nicht umgekommen. Aber ich verstehe immer noch nicht, was zum Teufel das alles mit Beth zu tun hat.«

»Natürlich nicht. Aber wenn du meinst, mir gegenüber einen solchen Ton anschlagen zu können …«

»Für den Ton entschuldige ich mich, aber wenn du mir etwas zu erklären hast, dann tu es doch endlich, in Gottes Namen!«

»Du liebe Zeit, du bist in das Mädchen verliebt!«

Schon wollte Patrick es abstreiten, doch dann überlegte er es sich anders. »Sie ist meine Frau, Fin. Und zwar in jeder Beziehung.«

»Ja, schon, aber Ehe und Liebe gehen nicht immer Hand in Hand.«

»Fin, ich flehe dich an …«

»Du hast Recht, aber es ist auch für mich nicht leicht. Es dreht sich nicht nur um das zweite Gesicht, sondern auch um das Kleine Volk.«

»Wenn du jetzt nicht aufhörst, Unsinn zu reden …«

»Aber das ist kein Unsinn. Das glaubte ich auch einmal, aber ich habe meinen Irrtum eingesehen und viel dazugelernt. Weißt du noch, wie geschickt Molly mit Pfeil und Bogen ist?«

»Natürlich.«

»Und wie gut sie mit Tieren umgehen kann?«

»Aber sicher, sie kann jedes Pferd reiten, das ihr unterkommt.«

»Und glaubst du wirklich, dass sie den grimmigen Donald getötet hat?«

»Sicher. Sie erschoss ihn mit einem Pfeil, als er Eilean Donan angriff.«

»Dann wirst du mich bestimmt für verrückt erklären, wenn ich dir sage, dass alles ganz anders war. Molly hatte Hilfe, ebenso wie ich Hilfe habe, wenn ich dich andauernd im Schach schlage.«

Da riss Patrick der Geduldsfaden. »Was um alles in der Welt hat Schach damit zu tun?«

»Als Molly bei Mackinnon lebte, galt er als unschlagbarer Schachspieler. Jetzt nicht mehr, dafür stehe ich nun in diesem Ruf. Denk einmal darüber nach.«

»Zur Hölle, Fin! Ich kriege langsam Mordgelüste. Du willst mir also allen Ernstes einreden, dass das Kleine Volk dir beim Schachspielen hilft? Also, hör mal ...«

»Nur eine einzige kleine Person«, antwortete Fin. »Ihren Namen nenne ich dir nicht, denn das ist verboten, und ich kann mich im Augenblick sowieso nicht darauf besinnen. Auf jeden Fall haben sie und ihr Sohn über Molly gewacht, seit sie als Kind von Angus aus Dunsithe entführt wurde. Und ich glaube, dass sie auch über Bessie wachen.«

»Unsinn. Wenn sie über Beth wachen würden, hätte Beaton sie nicht in seinen Klauen.«

»Ich glaube, so funktioniert das nicht«, erklärte Fin. »Ich weiß nicht genau, wie es überhaupt funktioniert, aber Bessies ... Beths Geschicklichkeit im Umgang mit Vögeln, ihre Gälischkenntnisse und andere Vorkommnisse, die du erwähnt hast, deuten darauf hin, dass übernatürliche Mächte ihre Hand im Spiel haben. Ich kann sie sehen, wenn sie in der Nähe sind, musst du wissen.«

»Wen sehen?«

»Die kleinen Leute.«

»Du bist verrückt!«

»Ich habe mir gedacht, dass du so etwas sagen würdest«, erwiderte Fin mit einem leisen Lachen. »Ich weiß zwar nicht, ob wir die Gabe wirklich verlieren, wenn wir darüber reden, aber die kleine Frau hat jedenfalls gesagt, dass wir immer mehr Einzelheiten vergessen, je öfter wir von diesen Erlebnissen erzählen. Trotzdem wollte ich, dass du von der Existenz dieser Dinge erfährst. Irgendwie hatten Mollys Beschützer Bessie aus den Augen verloren, nachdem Angus die Mädchen von Dunsithe wegbrachte. Doch sie haben unablässig nach ihr gesucht, und vielleicht haben sie sie wiedergefunden …«

Er schwieg, um seine Worte wirken zu lassen, doch Patrick blieb stumm.

Daher fuhr Fin nach einer Weile fort: »Da gibt es etwas, das du uns nicht erzählt hast. Du hältst irgendetwas zurück.«

»Wie kommst du darauf?«

»Ich kenne dich wie mich selbst, Patrick. Du versuchst, sie zu beschützen, aber trotzdem solltest du uns alles offenbaren.«

Patrick zögerte nur kurz. »Ich werde es dir erzählen, aber du darfst es Molly und Nell nicht weitersagen, weil ich nicht weiß, ob es wirklich stimmt. Beth schwört, dass dem so ist, und ich glaube ihr auch. Aber bevor wir jemanden einweihen, muss ich ganz sicher sein.«

»Gut«, sagte Fin. »Und jetzt raus damit.«

»Als Beth auf dem Ball erschien, trug sie ein so prächtiges Kleid, wie ich noch nie zuvor gesehen habe«, begann Patrick. »Und dazu Geschmeide. Einen der größten Diamanten, der mir je zu Gesicht gekommen ist. Er saß auf einem massiv goldenen blattförmigen Anhänger. Außerdem Edelsteine an der

Haube, am Gürtel und der Parfümkugel. Sogar an den Absätzen ihrer Schuhe. Und Jock ... du erinnerst dich an den jungen Jock?«

»Ja, was ist mit ihm?«

»Er war als ihr Page gekleidet, doch als ich auf sie zuging, verschwand er in der Menge, löste sich förmlich in Luft auf. Und er war nicht in meiner Kammer, als ich dorthin ging, nachdem ich Beth zu meiner Ehefrau erklärt hatte.«

»Das war vielleicht auch gut so«, warf Fin trocken ein und fügte hinzu: »Ich wette, es waren die Kleider und Juwelen, die Lady Farnsworth dazu veranlasst haben, Beth der Hexerei zu bezichtigen. Wenn ihr auch Jock vor die Augen gekommen wäre, hätte die Dicke wahrscheinlich einen Anfall gekriegt.«

Patrick musste ihm Recht geben, verdrängte aber schnell jeden Gedanken an Hexerei. »Beth schwor mir, sie habe die Sachen nicht gestohlen, und sie wurde auch nicht wegen Diebstahls festgenommen. Also hat offenbar niemand etwas vermisst.«

»Was du mir gerade erzählt hast«, sagte Fin«, »überzeugt mich mehr als alles andere, dass es sich wirklich um Bessie handelt. Ich glaube, sie bekam ihren ganzen Putz vom Kleinen Volk. Aber vielleicht waren es sogar ihre eigenen Juwelen, die sie gestern Abend trug.«

»Ihre eigenen?«

»Ja. Nell hat uns nämlich gesagt, dass Bessies Erbteil im Wesentlichen aus Geschmeide besteht, und bisher haben wir nur Mollys Anteil gefunden.«

»Wieso gefunden? Sie war doch die Maid von Dunsithe, und jeder wusste von ihrem Reichtum.«

»Ja, schon, aber der Schatz blieb lange Zeit gut verborgen. Ich kann dir nichts Näheres verraten, weil ich es versprochen habe. Doch falls ich nicht jede Erinnerung daran verliere, weil ich darüber geredet habe, könnte ich dir vielleicht dabei helfen, Beths Schatz aufzuspüren, sobald sie wieder frei ist.

Und wenn nicht, kann es möglicherweise Molly.« Fin zögerte. »Wenn ich so darüber nachdenke, fällt mir wieder ein, dass Molly ihren Schatz selbst finden musste. Es könnte sein, dass das auch für Beth gilt.«

Patrick schlug sich noch immer mit den Enthüllungen über das Kleine Volk herum. »Wenn die kleinen Leute Beth in diese Klemme gebracht haben, dann sollen sie ihr da auch gefälligst wieder raushelfen«, sagte er.

»Ich weiß nicht, ob sie das können«, erwiderte Fin. »Sie halten sich von allem fern, was mit der Kirche zu tun hat, und folgen nur ihren eigenen Gesetzen. Das habe ich zumindest gehört.«

»Und du hast wirklich mit dieser … diesem Wesen geredet?«

»Ja.«

»Wahrhaftig, Fin, wenn ich dich nicht so gut kennen würde …«

»Ich weiß.«

Patrick schwieg. Dass er eine Weile in Ruhe nachdenken konnte, ohne von seinem Freund unterbrochen zu werden, erschien ihm wie ein kleines Wunder. Gewöhnlich erwies sich Fins Geduldsfaden noch kürzer als sein eigener.

Das brachte ihn auf etwas anderes.

»Offen gestanden dachte ich, du würdest dich über meine Heirat ärgern«, sagte er.

Da war wieder dieses kleine Lächeln. »In gewisser Weise bin ich für euch beide verantwortlich«, erwiderte Fin. »Und ich hätte wirklich bei Bessies Heirat ein Wörtchen mitzureden gehabt. Schließlich hat sie außer Molly, Nell und mir keine anderen engen Verwandten. Und was dich angeht …« Er verstummte und fuhr nach kurzem Schweigen fort: »Du bist mir Lehenstreue schuldig, mein Freund, also hättest du mir von deinen Absichten erzählen sollen.«

»Ja, und das hätte ich auch getan, wenn mir die Zeit dazu geblieben wäre«, stimmte ihm Patrick zu.

Fin gluckste. »Dir blieb wirklich wenig Zeit, das muss ich zugeben.«

Patrick war zwar froh über Fins gute Laune, konnte aber selbst an der ganzen Situation nichts Spaßiges finden. Daher entgegnete er nichts darauf.

»Hast du dir schon überlegt, was wir machen sollen?«, ergriff Fin erneut das Wort.

»Ich wollte gleich morgen früh mit Beaton reden.«

»Ich gehe mit Euch«, hörten sie in diesem Augenblick Mollys Stimme von der Tür her. Mit einem Blick auf ihren Mann setzte sie hinzu: »Ich hoffe, ihr beide habt euer kleines Privatgespräch beendet. Mutter und ich brennen nämlich darauf zu erfahren, wie wir euch helfen können.«

»Du wirst nicht mit Patrick gehen«, sagte Fin schlankweg.

»Doch, das muss ich«, entgegnete sie. »Beth ist meine Schwester, und der Kardinal war immer sehr zuvorkommend zu mir. Wenn ich ihm sage, wer sie ist ...«

»Dann wird er bloß glauben, dass du Patrick zuliebe lügst«, fiel ihr Fin ins Wort. »Schließlich kannst du Seiner Eminenz gegenüber nicht einfach behaupten, dass du dir wegen Bessies Identität ganz sicher bist.«

»Warum denn nicht?«, fragte Molly.

»Willst du vielleicht den Vertreter des Papstes in Schottland anlügen?«

Sie biss sich auf die Lippen.

»Eben«, sagte Fin. »Ihr werdet also hier bleiben – du und Nell«, setzte er hinzu, da Nell gerade in der Tür erschien.

»Ich werde mit Jakob reden«, schlug Nell vor. »Er hat eine Schwäche für mich, und es kann schließlich nicht schaden, wenn wir ihm alles erzählen. Außerdem kann er Davy Beaton nicht ausstehen.«

»Mag sein«, erwiderte Patrick. »Trotzdem würde er es nicht wagen, sich gegen Beaton zu stellen.«

»Ich bitte Euch, Sir, Jakob ist immer noch der König. Wenn er es im Alter von sechzehn Jahren fertig gebracht hat, sich gegen Angus aufzulehnen, dann wird er sich wohl jetzt erst recht gegen Beaton durchsetzen können. Ihr werdet schon sehen.«

Patrick schaute zu Fin, doch der sagte nur: »Solange Jakob mich nicht freilässt, kann ich euch kaum von Nutzen sein. Beths Schicksal liegt also in euren Händen, aber ich stehe euch jederzeit mit Rat und Tat zur Seite.«

Patrick nickte. Der Gedanke, dass Beth auf Gedeih und Verderb auf ihn angewiesen war, bedrückte ihn nicht wenig. Er wusste nicht einmal, wie es ihr im Augenblick erging.

»Patrick«, rief Molly ihn leise an.

Er starrte sie mit leerem Blick an.

»Wo ist eigentlich Bab?«

»Bab?«

»Ja, Eure Schwester. Wo ist sie?«

Er schüttelte den Kopf. Seit Stunden hatte er keinen Gedanken mehr an sie verschwendet.

»Wir werden sie finden«, sagte Nell. »Komm, Molly, zieh dir was an. Du musst mit mir kommen, weil ich sie ja nicht kenne.«

»Ich komme sofort«, antwortete Molly und wandte sich dann an ihren Mann: »Bitte verbiete es mir nicht, Fin. Wo ich doch endlich einmal behilflich sein kann.«

»Na gut, Mädchen. Du kannst dem Fratz bestellen, falls sie etwas ausgefressen hat, bekommt sie es mit mir zu tun.«

Patrick war erleichtert, dass er sich nicht auch noch um Bab kümmern musste. Außerdem fiel ihm in diesem Augenblick ein, wo er sie zuletzt gesehen hatte. »Sie war mit Alex Chisholm zusammen, Molly. Also wird sie wohl immer noch bei ihm sein, denn er würde sie niemals sich selbst überlassen. Ihr findet sie in der großen Halle, wo sie wahrscheinlich dabei ist, sich die Schuhe zu zertanzen.«

21

Nur mit Mühe gelang es Beth, ihre Fassung wiederzugewinnen. Ihre brillantenbesetzten Seidenschuhe waren zum Tanzen gedacht und nicht dazu, die steile, kopfsteingepflasterte Straße zum Rathaus hinunterzustolpern. Die beiden Soldaten brachten sie in das abweisende Steinhaus und sperrten sie in eine düstere Kerkerzelle. Dort gab es nichts als eine Bank an einer Wand und einen Eimer, auf den einer der Männer deutete, als Beth schüchtern fragte, wo sie denn ihre Notdurft verrichten sollte.

Zunächst glaubte Beth, sie sei allein. Mit Leib und Seele sehnte sie sich nach Patrick und fragte sich, wann er wohl käme. Da ertönte auf einmal eine weibliche Stimme: »Wer bist du denn?«

Beth zuckte vor Schreck zusammen, doch dann antwortete sie: »Mein Name ist Beth. Und wer seid Ihr?«

»Ach, das ist 'ne ganz Vornehme«, mischte sich eine andere Stimme höhnisch ein.

Sie wollte schon erklären, dass sie keine Edelfrau, sondern ein einfaches Mädchen sei, da fiel ihr ein, dass sie mit Patrick verheiratet und damit eine Lady war. Also sagte sie stattdessen: »Ich bin wegen Hexerei und Verrat angeklagt.«

»Ja, ja, wir sind angeblich alle Hexen«, erwiderte die erste Stimme aus der benachbarten Zelle. »Ich heiße Ellen und bin hier, weil die Mutter meines Mannes behauptet hat, ich hätte ihn so verhext, dass er keine Söhne zeugen kann. Diese Närrin glaubt wohl, er wäre Heinrich von England und könnte jede Frau so einfach loswerden, bloß weil sie ihm keinen Sohn schenkt.« – »Werden wir alle gemeinsam vor Gericht gestellt?«, wollte Beth wissen.

»Wo denkt Ihr hin, Mistress«, erwiderte Ellen. »Uns hat man schon schuldig gesprochen. Eure Verhandlung ist morgen früh, sobald Seine Eminenz sich aus dem Bett gequält hat. Jedenfalls sah er bei meiner Verhandlung so aus, als wäre er im Halbschlaf.«

»Bei mir war's genauso«, erklärte eine weitere Stimme.

»Wie viele seid ihr?«, fragte Beth.

»Sechs.«

Beth seufzte. Eigentlich sollte die Gesellschaft sie trösten, dachte sie, aber in Wahrheit bewirkte es genau das Gegenteil.

Nach kurzem Schweigen ließ sich erneut eine Stimme vernehmen: »Kennt Ihr vielleicht jemanden mit Einfluss, Mistress?«

»Sei doch nicht so dumm«, zischte eine andere. »Keiner ist so einflussreich wie Davy Beaton. Und er will sein Spektakel haben, der Davy.«

»Was für ein Spektakel denn?«, fragte Beth und hätte sich im selben Moment am liebsten auf die Zunge gebissen.

»Eine große Hexenverbrennung«, sagte Ellen. »Er will sie am Ostersamstag veranstalten, damit seine kostbare Kirche für den großen Festtag gereinigt ist.«

Beth schnürte es die Kehle zusammen, sodass sie kaum noch Luft bekam. »Oh, Patrick, ich brauche dich so sehr«, murmelte sie und schlang sich die Arme um den Leib. »Komm doch bitte.«

Claud und Lucy saßen auf dem Sims des kleinen Bogenfensters und warfen einander einen hilflosen, verzweifelten Blick zu.

»Was wird meine Mam bloß dazu sagen? Ich will am liebsten gar nicht daran denken!«

»Trotzdem solltest du sie lieber suchen gehen, finde ich«, erwiderte Lucy besorgt. »Es heißt, das Mädchen soll morgen vom Kardinal verhört werden.«

»Ja«, sagte Claud, »aber unsereins gibt sich nun einmal nicht mit der Kirche oder Kardinälen und dergleichen ab. Das ist eine Welt, mit der wir nichts zu schaffen haben. Und nun, da sie das Mädchen haben ... Ich möchte nicht wissen, was die Runde dazu sagt.«

»Geh deine Mam suchen, Claud«, drängte Lucy.

Mit einem tiefen Seufzer gab er nach.

Sie befand sich im Schloss, obwohl sie nicht wusste, wie sie hineingekommen war. Und er war an ihrer Seite und schritt mit ihr den langen teppichbelegten Korridor entlang. Nirgends sah sie eine Tür, doch als sie zum Ende des Gangs kamen, verschwand plötzlich die Wand, und sie standen vor einer Truhe. Aber dann war es auf einmal kalt in dem Korridor, und überall trippelte und raschelte es wie von Ratten. Und als sie nach ihrem Schlüssel langte ...

Beth erwachte, durchgefroren bis auf die Knochen. Da war ein Schniefen und Schnüffeln über ihrem Kopf, doch ansonsten blieb alles still. In dem hohen vergitterten Bogenfenster zeigte sich das erste graue Licht des neuen Tages. Ganz steif vom Liegen auf der schmalen Bank stand sie auf und lauschte.

Da war es wieder, dieses Schnüffeln, gefolgt von einem kurzen »Wuff«.

»Donner!«

Die pelzige graue Schnauze mit der schwarzen Nase schob sich durch die Gitterstäbe.

»Ach, Donner, hol Patrick! Los, such ihn!«

Die Hundenase verschwand, und gleich darauf hörte sie eilige Schritte. Leise und verstohlen rief sie: »Patrick! Ich bin hier unten!«

»Mistress Beth!«

Die Enttäuschung war wie ein Schlag. »Jock?«

»Ja, ich bin's«, antwortete der Junge. »Was macht Ihr denn da drin?«

»Die Männer des Kardinals haben mich letzte Nacht verhaftet. Wie hast du mich gefunden?«

»Donner muss Euch nachgelaufen sein, denn er kam noch vor Tagesanbruch zu mir. Er gab keine Ruhe, bis ich ihm folgte.«

»Ich bin froh, dass du da bist«, sagte Beth und versuchte, sich ihre Enttäuschung nicht anmerken zu lassen. »Du musst Patrick suchen und ihn zu mir bringen.«

»Ich finde ihn bestimmt, Mistress, aber ich glaube kaum, dass sie ihn zu Euch lassen. Als ich am Tor war, wollte gerade ein Mann seine Frau besuchen. Sie sagten ihm, dass keiner zu den Gefangenen darf.«

»Wie bist du mit Donner denn hereingekommen?«

»Ich habe mir überlegt, was Sir Patrick wohl tun würde. Und dann habe ich einfach gesagt, dass mein Vater bei der Wache wäre und ich auf der Stelle zu ihm müsste. Da ließen sie mich und Donner ohne weiteres durch.«

»Das war wirklich schlau«, lobte Beth. »Hör zu, Jock, sag Patrick, dass sie mich schon heute vor Gericht stellen wollen.«

»Ich werde es ihm sagen. Verliert nicht den Mut, Mistress«, erwiderte der Junge.

Es tröstete sie ein wenig, Patricks Losungswort aus Jocks Mund zu vernehmen, doch bald kehrten Angst und Schrecken zurück.

Ein goldener Schein über den Hügeln im Osten kündete den neuen Tag an, als Patrick über die hölzerne Schlossbrücke ritt. In Gedanken versunken, überlegte er, was er dem Kardinal sagen sollte, da bemerkte er Jock und Donner, die den Hügel heraufgerannt kamen – direkt auf ihn zu.

»Wo zum Teufel hast du dich herumgetrieben?«, rief Patrick, als der Junge in Hörweite war.

»Dasselbe könnte ich Euch fragen«, gab Jock zurück. »Wieso seid Ihr gestern Abend nicht in euer Zimmer zurückgekehrt, nachdem Ihr eure hübschen Kleider überall verstreut habt?«

»Was ich tue, geht dich gar nichts an«, wies Patrick ihn zurecht. »Aber du solltest ein bisschen pflichteifriger sein, wenn du in meinen Diensten bleiben willst.«

»Ja, ist schon gut«, erwiderte der Junge und strich sich eine Haarsträhne aus der Stirn. »Mistress Beth möchte gern, dass Ihr sie auf der Stelle holen kommt. Aber sie ist im Rathaus, und ich glaube nicht, dass sie Euch reinlassen.«

»Woher weißt du, wo sie ist?«

»Donner hat mich aus dem Bett geholt und mich bis zu ihrem Fenster geführt. Ich soll Euch sagen, dass die Gerichtsverhandlung bereits heute stattfindet.«

»Das werden wir sehen«, sagte Patrick zuversichtlicher, als ihm zumute war. »Ich reite zu Seiner Eminenz in die Abtei und sorge dafür, dass sie freigelassen wird.«

»Glaubt Ihr denn, der Kardinal kommt vor Sonnenaufgang aus den Federn?«

»Ist mir egal, wann er aufsteht«, sagte Patrick brüsk. »Ich werde auf jeden Fall da sein.«

»Gut, und ich gehe mit Euch«, antwortete Jock, »und Donner auch.«

»Ich weiß nicht, ob das klug wäre«, erwiderte Patrick und fuhr sich mit den Fingern durchs Haar, »aber ich muss zugeben, ich hätte euch gern bei mir.«

»Wir beide sind ja auch ganz schön mutig.«

Patrick und seine Begleiter mussten eine volle Stunde warten, bis der Pförtner sie in das Audienzzimmer Seiner Eminenz führte.

Als Patrick niederkniete, um den Ring zu küssen, sagte Beaton: »Ich habe mich für Kintails Freilassung eingesetzt, obwohl Oliver Sinclair immer noch der Meinung ist, dass die Geiseln hier weniger Schaden anrichten können als zu Hause auf ihren Burgen.«

»Ihr tut, was Ihr könnt, das weiß ich«, sagte Patrick ruhig, »doch heute führt mich eine andere Angelegenheit zu Euch – eine Herzensangelegenheit sozusagen.«

»Sprecht frei von der Leber weg«, sagte Beaton. »Ich stehe tief in Eurer Schuld, denn Heinrich sammelt sein Heer an der Grenze, doch dank Eurer Hilfe sind unsere Männer zur Stelle, um die Invasion abzuwehren. Wie kann ich Euch also behilflich sein?«

»Letzte Nacht haben Eure Leute meine Frau festgenommen.« – »Ich weiß nur von einer Festnahme zur fraglichen Zeit«, erwiderte Beaton. »Ihr meint doch gewiss nicht diese verräterische Hexe, Sir Patrick?«

»Das ist alles nicht wahr«, entgegnete Patrick mit unterdrücktem Zorn. »Ein gehässiges Weib und ihre ebenso gehässigen Töchter haben diese falschen Anschuldigungen erhoben. Lady MacRae hatte das Pech, in dem Haus dieser Frauen aufzuwachsen, und die sind nun wütend, weil sie mich geheiratet hat, ohne sie um Erlaubnis zu fragen. Es war übrigens meine Frau, die mich auf meiner Flucht vor den Engländern versteckte – unter Einsatz ihres eigenen Lebens, wie ich hinzufügen darf.«

»Möglicherweise entzieht es sich Eurer Kenntnis, dass sie die Tochter des Grafen von Angus, dieses Verräters, ist. Und wie viele aus diesem üblen Clan gibt sie sich mit schwarzer Magie ab.«

»Dafür gibt es nicht den geringsten Beweis«, erklärte Patrick, der sich nur noch mit Mühe beherrschen konnte. »Angus hat behauptet, dass sie seine uneheliche Tochter sei, doch in Wahrheit hat er sie von Burg Dunsithe entführt. Ihr Name ist Elizabeth Gordon, und sie ist die Schwester von Lady Mackenzie und die jüngere Tochter von Lord Gordon von Dunsithe. Und außerdem ist sie mit dem Grafen von Huntley, Eurem engen Verbündeten, und mit Mackenzie von Kintail verwandt. Und ich … sie ist immerhin meine Frau. Ihr müsst sie unbedingt freilassen, Sir!«

»Ich würde Euch den Gefallen gern tun, Sir Patrick«, sagte Beaton. »Aber Ihr müsst Euch darüber im Klaren sein, dass man derartige Beschuldigungen nicht einfach unter den Tisch fallen lassen kann. Ich habe große Mühen auf mich genommen, um die schottische Kirche von diesem heidnischen Treiben zu säubern. Diese Frau hat Euch doch geholfen, den Habicht für Seine Hoheit abzurichten, nicht wahr?«

»Ja, aber der Habicht hat nichts mit den Anschuldigungen gegen sie zu tun.«

»Wirklich nicht? Jakob hat jedem, der es hören wollte, erzählt, wie zahm der Vogel ist. Es ist doch gut möglich, dass diese Elende das Tier verzaubert hat und Euch dazu.«

Mit geballten Fäusten stieß Patrick hervor: »Bei allem Respekt, Mylord, aber das ist einfach absurd.«

»Sie bekommt eine ordentliche Verhandlung. Dabei wird sich herausstellen, ob sie unschuldig ist.«

»Aber ...«

»Das ist alles, Sir«, sagte Beaton, nahm ein silbernes Glöckchen mit Elfenbeingriff zur Hand und klingelte einmal kurz.

»Ich habe gehört, sie wird schon heute vor Gericht gestellt«, sagte Patrick. »Ich möchte gern dabei sein.«

»Die Verhandlung findet wahrscheinlich erst morgen oder übermorgen statt, aber falls Ihr tatsächlich ihr Gemahl seid, dürft Ihr nicht daran teilnehmen. Hexen werden vor ein Kirchentribunal gestellt; dabei sind nur wenige Zuschauer zugelassen – und schon gar keine Angehörigen. Sie lassen sich zu leicht von ihren Gefühlen überwältigen. Aber seid unbesorgt, ich werde Eure Interessen angemessen vertreten.«

Die Tür ging auf, und der Pförtner erschien.

Am liebsten hätte Patrick Beaton aus seinem schönen geschnitzten Sessel gezerrt und dafür gesorgt, dass er seine Meinung änderte, doch natürlich brauchte er bloß eine falsche Bewegung zu machen, und der Pförtner würde die Wache alarmieren. Und im Handumdrehen fände sich Patrick ebenso hilflos hinter Gittern wieder wie Beth.

Daher verneigte er sich nur knapp, drehte sich auf dem Absatz um und marschierte hinaus. Ihm Hof befahl er dem wartenden Jock kurz, auf das Pferd Acht zu geben, dann machte er sich auf den Weg zur Brücke von Stirling. Während er vor Wut kochte und sich die Gedanken in seinem Kopf jagten, lief er immer weiter, ohne zu wissen, wohin, und fand sich unversehens vor dem Rathaustor wieder.

Hier hatte er auch nicht mehr Glück als in Cambuskenneth. Als er seinen Namen nannte und Einlass begehrte, teilten ihm die Wachen mit, dass Hexen keinerlei Besucher empfangen durften.

Wutschnaubend kehrte er aufs Schloss zurück, stürmte durch den mittleren Innenhof und war gerade im Begriff, den oberen Hof zu betreten, als sich ihm Francis Dalcross in den Weg stellte. Mit der Überheblichkeit des gewandten jungen Höflings redete er ihn an: »Einen Augenblick bitte, Sir Patrick. Ich würde gern mit Euch über Eure schöne Schwester Barbara sprechen.«

»Ich will Mistress MacRaes Namen nicht noch einmal von deinen Lippen hören, du unverschämter junger Dachs«, blaffte Patrick und verpasste ihm einen Kinnhaken.

Ohne sich weiter aufzuhalten, schritt er auf den Eingang zum Schloss zu und bemerkte kaum, dass er den »jungen Dachs« glatt umgehauen hatte.

Claud tigerte in seinem Wohnzimmer auf und ab. Langsam verlor er die Geduld, doch nun würde sie sicher bald kommen. Voller Verzweiflung dachte er daran, dass jede Minute, die er länger auf seine Mutter warten musste, einer Minute voller Angst und Schrecken mehr für Beth bedeutete. Er hatte versagt, doch dafür, dass das Mädchen im Kerker gelandet war, war nicht er, sondern Maggie verantwortlich.

Schließlich hatte Maggie sie ausstaffiert und auf diesen Ball geschickt. Indem sie es zuließ, dass Sterbliche auf ihre Machenschaften aufmerksam wurden, verstieß sie gegen die

Gesetze des Clans. Es war ein großer Unterschied, ob man den Sterblichen zur Hand ging und ihnen bei ihren Schwierigkeiten ein wenig unter die Arme griff oder ob man einen von ihnen vor den Augen von König und Adel kurzerhand in einen höheren Stand versetzte.

»Da kann man einmal sehen, was dabei herauskommt«, murmelte Claud vor sich hin. »Wahrscheinlich nichts als Unglück!«

Da wirbelten Sonnenstäubchen vor ihm in der Luft und begannen, sich zu einer körperlichen Gestalt zu verdichten.

»Endlich!«, rief er erleichtert. »Wo bist du bloß gewesen, Mam?«

Doch die Stäubchen ballten sich zusehens zu einer langen, kräftigen Gestalt, die unmöglich Maggie Malloch sein konnte. Noch bevor das lange, dünne Gesicht Form annahm, erschien bereits der grüne Haarschopf.

»Sei gegrüßt, Junge«, sagte Tom Tit Tot. »Wo hast du meine Lucy gelassen?«

»Was macht Ihr denn hier?«, fragte Claud entgeistert.

»Ich dachte, du würdest dich freuen, mich zu sehen, aber du schaust ja drein wie sieben Tage Regenwetter.« Seine Augen funkelten, und Claud bemerkte die grünen und roten Wirbel in seinen Pupillen. Es sah aus wie die rotierenden Zielscheiben der Bogenschützen. »Hast du meinen richtigen Namen schon herausbekommen?«, fragte Tom.

»Nein«, fuhr Claud ihn an. »Ich habe andere Dinge im Kopf.«

»Ja, gewiss, Bürschchen, aber nichts, was wichtiger wäre.« Er klemmte sich die Fiedel unter den Arm und kratzte sich den Kopf. »Mir ist eingefallen, dass ich bei unserem letzten Plausch eine winzige Kleinigkeit vergessen habe.«

Argwöhnisch fragte Claud: »Was denn?«

»Ich habe dir nicht gesagt, wie viel Zeit du hast, um mein kleines Rätsel zu lösen.«

Claud schluckte. »Und wie viel wäre das?«

»Bis zum nächsten Treffen der Runde«, erklärte Tom Tit Tot ohne Umschweife.

»Aber die Treffen sind geheim! Wie könnt Ihr wissen, wann eines stattfinden wird?«

»Ich habe Freunde an höchster Stelle, Junge. Das darfst du nicht vergessen, wenn du dich mit meinem Rätsel beschäftigst. Nichts sollte dich davon abhalten, dir die Hand meiner süßen Lucy zu verdienen. Denk dran!«

Und mit einem leisen »Plopp« war Tom Tit Tot verschwunden.

Die Auseinandersetzung mit Francis Dalcross hatte nicht zu Patricks Beruhigung beigetragen, und als er bei Fins und Mollys Zimmern angelangt war, schäumte er geradezu vor Wut. Er riss die Tür auf, stürmte ohne Zögern durch das Vorzimmer und blieb mitten in der Wohnstube stehen. Dort warf er einen finsteren Blick auf die einsame Gestalt, die am Tisch saß und Briefe schrieb.

Mit hochgezogener Braue blickte Fin auf, sagte jedoch nichts.

»Dieser verdammte Beaton beteuert, wie tief er in meiner Schuld steht. Trotzdem will er nichts unternehmen, um mir zu helfen, und die Wachen am Rathaus lassen mich nicht zu ihr«, ereiferte sich Patrick.

»Davon, dass du mich so anbrüllst, wird es auch nicht besser«, erwiderte Fin ruhig.

Doch diesmal machten Fins Worte wenig Eindruck auf Patrick. »Ich muss einfach etwas tun!«, schrie er.

Da runzelte Fin die Stirn, legte die Schreibfeder hin und erhob sich. »Zuerst einmal«, sagte er, »möchte ich dir raten, dich zu mäßigen.«

Patrick straffte die Schultern. »Das ist nicht der richtige Augenblick, mir zu sagen, was ich tun und lassen soll, Fin. Das ganze vergangene Jahr lang habe ich mich für dich und diesen vermaledeiten Kardinal aufgerieben. Und das tat ich nicht nur, weil ich es für meine Pflicht hielt, sondern auch, weil ich der Meinung war, ich müsste dich vor Jakob retten, so wie mein Vater den deinen bei Kinlochewe. Mein Leben hätte ich für deine Freiheit gegeben.«

»Patrick …«

»Nein, lass mich ausreden. Wahrscheinlich habe ich für dich sogar meine unsterbliche Seele aufs Spiel gesetzt, und das einzig Gute, was für mich dabei herausgekommen ist, ist meine süße, übermütige Beth. Wenn dir etwas einfällt, wie ich sie retten könnte, sag es mir. Ansonsten behalte deine Meinung für dich.«

Bleiern lastete das Schweigen zwischen ihnen. Wenn es zu einem Kampf gekommen wäre, hätte Patrick das sogar begrüßt.

»Erwartet Beaton weiterhin etwas von dir?«, fragte Fin schließlich mit tödlicher Ruhe.

»Falls er noch mehr von mir verlangen will, dann kann er sich die Mühe sparen«, gab Patrick zurück. »Loyalität ist nur etwas für Dummköpfe, so viel habe ich mittlerweile begriffen. Ein ehrlicher Mann hat nur Nachteile davon.«

»Jetzt gehst du aber wahrhaftig zu weit«, knurrte Kintail.

Während sich die beiden Männer gegenüberstanden, wurde Patrick klar, dass er nur auf eine Gelegenheit lauerte, seine aufgestaute Wut an jemandem auszulassen. Da Kintail kein Schwert trug, löste Patrick das seine und warf es auf eine gepolsterte Bank an der Wand.

Mit wachsamem Blick umkreisten sich die beiden Männer. Sie hatten so manches Mal ihre Kräfte gemessen, doch niemals seit ihren Kindertagen waren sie im Ernst aneinandergeraten.

Kintail machte eine kleine, auffordernde Handbewegung, und sofort nahm Patrick die Herausforderung an, machte einen Satz und versuchte, Fin zu packen.

»Fin! Patrick!«

»Um Himmels willen, was macht ihr denn da?«

Die Männer ließen sich von den Ausrufen nicht mehr ablenken als von Vogelgezwitscher.

Es tat gut, mit einem ebenbürtigen Gegner zu kämpfen, doch obgleich sich beide alle Mühe gaben, konnte keiner von ihnen die Oberhand gewinnen. Sie kannten einander einfach zu gut und hatten so viele Ringkämpfe ausgetragen, dass sie die Griffe und Tricks des anderen bereits im Voraus ahnten.

Dennoch genoss Patrick den Kampf, denn diesmal würde er gewinnen. Durch eine Drehung gelang es ihm, Fin auf die Hüfte zu nehmen. Schon war er drauf und dran, ihn niederzuwerfen, da machte ein kalter Wasserschwall dem Handgemenge ein Ende.

Triefnass und keuchend richteten sich die Männer auf und glotzten Molly an, die, eine Hand in die Hüfte gestützt, dastand und sie wütend anfunkelte. In der anderen Hand hielt sie einen großen Silberkrug, dessen Inhalt sie soeben über die Kampfhähne ausgeleert hatte.

Barbara MacRae neben ihr fragte: »Hast du den Verstand verloren, Patrick?«

»Wo zum Teufel warst du die ganze Zeit?«, fragte er zurück. »Hier«, antwortete sie. »Molly und Lady Percy haben mich gestern Nacht bei Sir Alex Chisholm abgeholt und mich hergebracht. Ich muss sagen, ich war froh, die beiden zu sehen«, fügte sie erbittert hinzu. »Nachdem du ohne ein Wort verschwunden bist, hielt es Sir Alex für seine Pflicht, mich bis zu deiner Rückkehr zu bewachen. Es war einfach schrecklich!«

»Ärgere dich nicht mehr darüber, Bab«, sagte Molly. »Er macht sich am Morgen auf den Heimweg. Also wird er dir während deines restlichen Aufenthaltes auf Stirling nicht mehr unter die Augen kommen.«

»Gut so«, bemerkte Bab bloß.

Patrick kam ein Gedanke. »Reitet Alex allein nach Hause, oder geht seine ganze Familie wieder zurück ins Hochland?«, fragte er.

»Patrick, du wirst doch wohl nicht!«, japste Barbara entsetzt. Mollys Lippen zuckten. »Die ganze Familie natürlich«, antwortete sie. »Aber was um alles in der Welt habt Ihr und Fin …«

»Du gehst mit ihnen, Bab«, unterbrach sie Patrick. Ohne unsere Mutter dürftest du dich gar nicht mehr hier aufhalten, und das weißt du auch genau. Ich bin sicher, du hast dir keine Sekunde lang überlegt, wie du nach Hause kommen sollst, falls Fin und Molly den nächsten Winter auch im Schloss verbringen.«

»Aber ich wusste doch, dass du wiederkommen würdest«, entgegnete sie. »Bitte, Patrick, lass mich bleiben. Ich verspreche auch, ganz artig zu sein, und kann dann mit dir nach Hause zurückkehren.«

Patrick wurde schon wieder wütend, doch bevor er ein Wort erwidern konnte, sagte Molly rasch: »Lass uns allein, Bab. Ich komme so bald wie möglich zu dir.«

Patrick war klar, dass Molly bei ihm ein gutes Wort für seine Schwester einlegen wollte, doch fürs Erste schniefte Bab bloß beleidigt und trollte sich.

Als sie fort war, sagte er zu Molly: »Ihr braucht Euch keine Mühe zu geben. Ich kann sie nicht begleiten, solange Beth nicht in Sicherheit ist, und deshalb wird sie mit Alex' Familie nach Hause gehen.«

»Also habt Ihr bei Kardinal Beaton nichts erreicht«, stellte Molly fest und setzte mit einem Seitenblick auf ihren Mann hinzu: »Vielleicht möchtest du ein paar Handtücher holen, damit ihr beide euch abtrocknen könnt.«

Fin erwiderte ihren Blick. »Vielleicht holst du die Handtücher, mein Herz, und bringst gleich ein paar mehr mit, um die Bescherung aufzuwischen, die du angerichtet hast. Dann werde ich vielleicht darüber hinwegsehen, dass du die Unverschämtheit besessen hast, Wasser über deinen Gemahl zu kippen.«

»Du hast es verdient«, erwiderte sie gelassen. »Und das gilt für euch beide. Was benehmt ihr euch auch wie ein paar ungezogene Rangen?«

»Darüber reden wir später«, sagte Fin. »Jetzt geh und hole die Handtücher, Mädchen. Dabei kannst du Bab, diesem Fratz, gleich sagen, dass sie Patrick nicht länger in den Ohren liegen soll. Wenn sie noch einen Funken Verstand hat, gehorcht sie ihm ohne Widerrede.«

Molly blickte von einem zum anderen. »Ich lasse euch beide nur ungern allein, solange ich nicht weiß, warum ihr überhaupt gerauft habt.«

»Wegen nichts«, erwiderte Fin und schaute zu Patrick hinüber. »Ich habe nicht gemerkt, wie aufgebracht er war, und habe mich grundlos aufgeregt.«

Molly zögerte noch immer. Als Patrick klar wurde, dass sie ihnen nicht über den Weg traute, sagte er zerknirscht: »Es war meine Schuld, Molly. Eigentlich bin ich nur hergekommen, weil ich Hilfe brauchte, doch dann habe ich meinem höllischen Temperament die Zügel schießen lassen.«

»Aber Fin hat Euch seine Hilfe doch gewiss nicht verweigert!« – »Dazu hatte ich gar keine Gelegenheit«, sagte Fin und zwinkerte ihr zu. Dann setzte er an Patrick gewandt hinzu: »Du hast vielleicht eine komische Art, um Hilfe zu bitten, mein Freund.«

»Ich hole die Handtücher und rede mit Bab«, sagte Molly.

Mit Erleichterung sah Patrick sie gehen, dann drehte er sich zu Fin um und streckte ihm die Hand hin: »Pax.«

»Pax«, sagte auch Fin und ergriff die dargebotene Hand mit beiden Händen.

Als Maggie endlich in die Wohnstube trat, war Claud förmlich außer sich.

»Was ist denn los?«, fragte sie, als ihr Sohn ihr entgegengerannt kam.

»Sie haben unser Mädchen wegen Hexerei verhaftet!«

»Hexerei!«

»Ja, wegen der Kleider und dem Schmuck, Mam. Die alte Furie, bei der sie aufgewachsen ist, hat den Männern des Kardinals weisgemacht, unser Mädchen hätte Sir Patrick verhext!«

Maggie runzelte die Stirn. »Was für ein Jammer, dass die Sterblichen so ein Spatzenhirn haben«, sagte sie. »Sie sind so dumm, dass man es kaum glauben kann.«

»Aber es ist alles deine Schuld, Mam. Du hast ihr doch die Klunker und den ganzen anderen Kram gegeben.«

»Na, und wenn schon? Was ist daran so schlimm? Sie merken nicht, wenn unsereins ihre Küche sauber macht oder böse Geister von ihrem Haus fernhält. Oder wenn ein Pfeil plötzlich sicherer sein Ziel trifft als jemals zuvor. Aber kaum hängst du einem hübschen Mädchen ein paar Kinkerlitzchen um, schon …«

»Aber mir predigst du doch immer, ich darf nichts zaubern, was man sehen kann«, wandte Claud ein. »Als ich gestern Abend zwei Männer erstarren ließ, sagte Lucy, du würdest wütend darüber sein.«

»Ja, das bin ich auch. Du darfst dich nicht in das Handeln der Menschen einmischen, Junge. Dieses Gesetz der Runde dürfen wir auf keinen Fall brechen.«

»Aber du hast die Zeit zurückgedreht«, protestierte Claud, »und dich in alle möglichen Handlungen eingemischt.«

»Dafür hat mich die Runde auch zur Rechenschaft gezogen«, gab sie ruhig zur Antwort. »Übrigens war ich damals dazu gezwungen, weil du beim Tod eines Mannes deine Hand im Spiel hattest, mein Jungchen. Und nur weil du mein Sohn bist, habe ich der Runde nie etwas davon erzählt.«

»Ich habe doch bloß das Blutvergießen beendet. Das haben wir doch schon immer getan.«

»Gewiss, aber nur für unsere Schutzbefohlenen. Du hast es für einen Feind getan. Verstehst du den Unterschied nicht?«

Obgleich sie mit sanfter Stimme sprach, schien es ihm geraten, das Thema zu wechseln. »Kennst du einen gewissen Tom Tit Tot?«, fragte er.

Maggie starrte ihn verblüfft an. »Warum willst du das wissen?«

Claud hatte keine Lust zuzugeben, dass er schon wieder in der Klemme steckte, also sagte er nur: »Er kommt mir bloß ein bisschen komisch vor, das ist alles. Außerdem hat er noch einen anderen Namen, und wenn du den zufällig kennen ...«

»Ich weiß nichts von einem anderen Namen, aber Tom Tit Tot ist ein rechter Halunke, und du tätest gut daran, nicht auf ihn und seine Höllenmusik zu hören. Überhaupt hast du gar keine Zeit dafür. Schließlich musst du über unser Mädchen wachen. Also ab mit dir!«

Und weg war er.

22

Für Beth begann der Tag nicht gut. Die Wache führte zwei unnachgiebig wirkende Frauen in die Zelle, die sie entkleideten und von Kopf bis Fuß untersuchten, was Beth als äußerst beschämend empfand.

Im Anschluss daran brachten zwei Soldaten sie in einen Saal im ersten Stock des Gebäudes. Dort gab es einen Mittelgang, der fast wie in der Kirche von Bankreihen gesäumt war. An der Stirnwand befand sich ein mit Teppichen belegtes Podium, auf dem drei hochlehnige Stühle hinter einem langen, auf Hochglanz polierten Tisch standen. Die Stühle waren leer, und von den wenigen Männern, die vereinzelt auf den Bänken saßen, kannte Beth keinen.

Kaum hatten ihre Bewacher sie zu ihrem Platz geführt, als sich die Anwesenden erhoben. Gefolgt von einigen Soldaten betraten drei Männer in langen Roben den Saal. Einen von ihnen erkannte sie an seinen leuchtend roten Gewändern. Offensichtlich würde Kardinal Beaton selbst ihre Verhandlung leiten. Sie schöpfte ein wenig Hoffnung. Vielleicht hatte Patrick mit ihm gesprochen und dafür gesorgt, dass dieser Albtraum bald ein Ende hatte.

Der Kardinal ließ sich auf seinem Platz nieder, und einer der Soldaten neigte sich vor und flüsterte ihm etwas zu. Der Soldat kam Beth vage bekannt vor, doch konnte sie sich nicht erinnern, wo sie ihn schon einmal gesehen hatte. Beaton warf ihr einen kurzen Blick zu und verkündete dann mit fester Stimme: »Der Ausrufer wird die Anklageschrift verlesen.«

Ein kleiner rundlicher Mann stieg auf das Podium und begann mit dünner, schriller Stimme zu lesen. Von den komplizierten Ausdrücken verstand Beth nicht viel mehr als ihren

Namen und dass man sie beschuldigte, bösen Zauber ausgeübt zu haben und mit dem Teufel im Bunde zu stehen. Außerdem hörte sie noch das Wort »Verrat« heraus, doch der Rest der Anklageschrift rauschte regelrecht an ihr vorüber.

Als er geendet hatte, setzte der Ausrufer hinzu: »Sollte jemand etwas zur Person der Elspeth Douglas und den gegen sie erhobenen Beschuldigungen zu sagen haben, möge er vortreten und das Wort ergreifen.«

Daraufhin meldete sich ein vornehm aussehender Mann, der einen Stoß Akten bei sich trug: »Euer Eminenz, ich bin Thomas Craig, Anwalt seiner Hoheit, des Königs. Mir liegen zahlreiche Aussagen vor, in denen Elspeth Douglas der Hexerei, des Umgangs mit dem Teufel und verräterischer Angriffe auf das Leben seiner Hoheit bezichtigt wird. Darüber hinaus hat man sie untersucht und ein Teufelsmal an ihrem rechten Fuß entdeckt.«

Beth wurde ganz schwindlig. Was für ein Teufelsmal? Und wo blieb Patrick?

Beaton sagte: »Gibt es niemanden, der für Elspeth Douglas sprechen will?«

»Doch, Euer Eminenz.« Ein anderer Mann, offensichtlich ein Angehöriger des niederen Adels, trat vor und stellte sich mit den Worten »Ich bin William Hart« vor.

»Ihr seid als fähiger Rechtsgelehrter bekannt, Sir William«, erwiderte Beaton. »Die Angeklagte könnte sich keinen besseren Verteidiger wünschen.«

Noch besser wäre es, wenn er mich wenigstens kennen würde, dachte Beth. Sie hatte Sir William noch nie zuvor gesehen, und überhaupt schien er nicht das geringste Interesse an ihr zu haben. Er würdigte sie nicht einmal eines Blickes.

»Legt Eure Aussagen vor«, gebot der Ausrufer.

Sir William hatte offenbar nichts vorzulegen, doch der Anwalt des Königs übergab dem Richter, der rechts neben Beaton saß, seine Unterlagen. Dieser warf einen flüchtigen Blick darauf und reichte sie an den Kardinal weiter. Der nahm sich ein wenig mehr Zeit, die Akten zu überfliegen, bevor er sie dem Mann zu seiner Linken gab.

Beth kam es so vor, als hätten alle drei nicht mehr als einen oder zwei Sätze gelesen. Dennoch sagte der dritte Mann: »Das erscheint mir ganz eindeutig.«

Sie warf einen Blick auf ihren so genannten Anwalt. Er hatte die Hände hinter dem Rücken verschränkt und schaute düster und schweigend geradeaus.

»Gibt es einen Zeugen, der zugunsten der Angeklagten aussagen will?«, fragte Beaton.

»Keinen, Euer Eminenz«, antwortete Sir William.

»Aber das ist nicht möglich!«, rief Beth und sprang von ihrem Stuhl auf. Sofort legte sich die schwere Hand einer Wache auf ihre Schulter und versuchte, sie wieder auf ihren Platz zu drücken.

»Lasst sie sprechen«, befahl Beaton. »Welchen Zeugen könnt Ihr benennen, Mistress?«

»Ich … ich bin sicher, das Sir Patrick MacRae für mich eintreten wird.«

»Er ist nicht anwesend.«

»Dann weiß er bestimmt nichts von dieser Gerichtsverhandlung«, erwiderte sie ganz verzweifelt. »Könnte ihn nicht jemand holen lassen? Mein Anwalt vielleicht?«

Beaton blickte den Anwalt an. »Sir William?«

Sir William, der Beth noch immer nicht beachtete, antwortete: »Wie Euch aus Eurer Unterhaltung mit Sir Patrick bekannt ist, Euer Eminenz, wäre er zwar durchaus bereit, für die Angeklagte einzutreten. Zu den vorliegenden Anklagen gegen sie kann er jedoch keine Aussage machen.«

»Was für Anklagen?«, schrie Beth. »Ich habe nur dummes Zeug über Teufelsmale, Hexerei und bösen Zauber gehört. Wenn ich mich nicht sehr irre, stammt euer so genanntes Teufelsmal von einem Hahn, der mich vor drei Tagen in den Fuß gepickt hat. Im Übrigen habe ich weder Zauberei betrieben noch jemals etwas mit dem Teufel zu schaffen gehabt.«

Darauf sagte er Anwalt des Königs: »Wir haben gehört, dass Ihr eine Dienstmagd seid, Mistress. Trotzdem steht Ihr heute in feinen Kleidern vor uns, und Eure Haube und Schuhe glitzern von kostbaren Edelsteinen. Wie ist das zu erklären, wenn nicht durch Hexerei?«

»Jemand hat mir die Sachen geliehen«, erwiderte Beth so ruhig wie möglich. Woher die Sachen in Wahrheit stammten, durfte sie auf keinen Falle verraten, denn das käme ihnen sicher überaus gelegen. Und außerdem stünde sie dann plötzlich im Hemd da, was die Vorwürfe wegen Zauberei zweifellos noch untermauern würde. Also fügte sie voller Verzweiflung hinzu: »Diese Juwelen sind nur bunte Glassteine.«

»Das lässt sich leicht nachprüfen«, sagte Sir William. »Reißt einen der Steine ab und gebt ihn mir, Mädchen.«

In der Hoffnung, sich endlich von den Vorwürfen entlasten zu können, folgte sie rasch seiner Aufforderung. Sie löste einen der dickeren Steine von ihrem Schuh und reichte ihn dem Anwalt. Der legte ihn auf den Fußboden und trat kräftig mit seinem Absatz darauf. Der Stein zersplitterte.

»Da seht Ihr es!«, rief sie.

»Euer Eminenz«, wandte sich Thomas Craig an den Kardinal, »damit hat dieses elende Geschöpf seine Schuld selbst unter Beweis gestellt. In diesen Aussagen steht klipp und klar, dass die Juwelen, die sie gestern Abend trug, echt waren. Da in der Zwischenzeit niemand bei ihr war, kann sie die Steine nur selbst in Glas verwandelt haben!«

»Aber das habe ich nicht getan! Sie waren gestern auch aus Glas!«

Beaton sagte: »Ich fürchte, Ihr habt Mr. Craig in Eurer Torheit den letzten entscheidenden Beweis geliefert. Doch da meldet sich jemand zu Wort.« Er nickte dem Soldaten zu, der ihm zuvor etwas zugeflüstert hatte.

»Als meine Männer und ich die Angeklagte vor ein paar Tagen auf der Straße trafen«, sagte er mit deutlich vernehmbarer Stimme, »nannte sie sich Lady Elizabeth Douglas. Sie trug einen Habicht und hatte einen großen Hund dabei.«

Beth war starr vor Schreck, doch auf einmal war ihr, als vernehme sie Patricks Stimme. Wenn man schon lügen muss, hörte sie ihn sagen, dann soll man dabei so dreist wie möglich vorgehen.

Also fasste sie sich ein Herz und sagte: »Das war ich nicht. In Schottland gibt es bestimmt zahllose Frauen, die aussehen wie ich.«

»Damit steht Euer Wort gegen seines«, erwiderte Beaton. »Also soll Gott entscheiden. Bis dahin, glaube ich, können wir die Verhandlung im allgemeinen Einvernehmen schließen.«

»Nein«, schrie Beth und sank kraftlos auf ihren Stuhl.

»Elspeth Douglas«, verkündete Beaton mit salbungsvoller Stimme. »Wir befinden Euch der Hexerei und des Verrats für schuldig und verurteilen Euch zum Tode auf dem Scheiterhaufen. Das Urteil wird am nächsten Samstag zur Mittagsstunde auf dem Platz zwischen Rathaus und Marienkirche vollstreckt.«

»Aber ich bin unschuldig!«

»Dann habt Ihr nichts zu befürchten«, sagte Beaton. »Gott nimmt sich der Unschuldigen an. Und weil der kommende Samstag der Tag vor Ostern ist, werdet Ihr gewiss schon am Ostersonntag der Auferstehung teilhaftig werden.«

Claud schaute Lucy bestürzt an. »Das ist nicht wie geplant gelaufen.«

»Er hat gesagt, wenn die Steine echt wären, müsste sie eine Hexe sein.«

»Ja, und deshalb habe ich sie in Glas verwandelt«, sagte Claud. »Und dann war das auf einmal ein Beweis dafür, dass sie eine Hexe ist.« Er seufzte. »Ich verstehe diese Sterblichen einfach nicht.«

»Ich auch nicht«, stimmte ihm Lucy zu. »Aber was machen wir jetzt?«

»Ich weiß es nicht«, antwortete Claud mutlos und sah zu, wie die Wachen Beth in ihre Zelle zurückbrachten. »Meine Mam hat nur gesagt, ich muss das in Ordnung bringen, und dann war sie schon wieder weg.«

»Ich finde, wir sollten meinen Vater fragen«, sagte Lucy. »Er ist nämlich ganz schön gewieft.«

»Nein«, erwiderte Claud. »Ich habe dir doch gesagt, dass ich mich nicht an den Mann wenden will, solange ich seinen richtigen Namen nicht weiß. Fällt dir denn sonst nichts ein?«

»Vielleicht«, sagte Lucy. »Lass mich einmal überlegen.«

»Überleg nicht zu lange, sonst ist sie in drei Tagen bloß noch ein Häufchen Asche.«

»Ach, Claud, sei doch nicht gleich böse.« Sie rückte ein wenig näher und begann, ihn mit kundigen Händen zu streicheln. »Ich zeige dir auch, was ich Neues gelernt habe.«

»Nein, Mädchen, ich habe einfach keine Ruhe, bis uns eine Lösung eingefallen ist und ich den Namen deines Vaters kenne.«

Lucy ließ den Kopf hängen. »Gut, dann denke ich gleich nach«, maulte sie.

Patrick, Fin und Molly unterhielten sich fast den ganzen Vormittag lang über die Notlage, in der sich Beth befand, konnten jedoch keine Lösung finden.

Schließlich sagte Molly: »Wir müssen abwarten, ob Mutter etwas beim König erreicht. Dann können wir weitersehen. Wenn Fin doch bloß frei wäre und die Mackenzies und MacRaes zu Hilfe holen könnte«, setzte sie wehmütig hinzu. »Dann würden wir Beth bestimmt retten.«

Patrick wechselte einen raschen Blick mit Fin und sagte: »Selbst wenn, die meisten von ihnen leben doch im Hochland. Am besten reden wir mit Huntly. Er ist einer der mächtigsten Lords in Schottland und obendrein Euer und Beths Cousin, Molly. Und er hält sich gerade wegen der Feierlichkeiten auf Stirling auf.«

»Ja, schon, aber er ist ein Anhänger Beatons«, gab Fin zu bedenken. »Ich kann mir nicht vorstellen, dass er etwas gegen den Willen des Kardinals unternehmen würde.«

Wahrscheinlich hatte Fin Recht, doch Patrick fand, sie sollten zumindest versuchen, die Unterstützung des mächtigen Oberhaupts der Gordons zu gewinnen.

Besorgt fragte Molly: »Beaton scheint es egal zu sein, dass er in Eurer Schuld steht, Patrick. Glaubt Ihr, er wird sein Versprechen halten und Fin freilassen?«

»Ich weiß es nicht«, antwortete Patrick aufrichtig. Da klopfte es einmal kurz an der Tür, und gleich darauf kam Jock ins Zimmer gestürzt.

»Was fällt dir ein, so ohne Erlaubnis hereinzustürmen?«, blaffte ihn Patrick an.

»Tut mir leid«, sagte Jock, »aber sie haben Mistress Beth verurteilt und wollen sie am Samstag auf dem Scheiterhaufen verbrennen! Was sollen wir bloß tun?«

Die anderen starrten ihn nur stumm an. Patrick blieb vor Schreck fast das Herz stehen.

Kintail fasste sich als Erster. »Beaton hat doch zu dir gesagt, die Verhandlung wäre erst morgen oder am Donnerstag«, wandte er sich an Patrick.

»Das hat er mir gegenüber zumindest behauptet«, erwiderte Patrick mit gepresster Stimme. »Da wusste er bestimmt, dass die Verhandlung schon eine Stunde später stattfinden würde. Selbst wenn man für den Mord an einem Kardinal auf ewig in der Hölle schmoren muss, würde ich ihn am liebsten …«

»Ihn umzubringen hilft Beth auch nicht weiter«, fauchte Molly. »Denkt doch einmal nach, Patrick!«

Er holte tief Luft. »Hast du sie gesehen, Jock?«

»Ja.«

»Wie … wie geht es ihr?«

Jock zuckte die Achseln. Ein einziges Mal schienen ihm die Worte zu fehlen. Schließlich stammelte er: »Einer von den

Halunken, die sie in ihre Zelle zurückbrachten, wollte sich Freiheiten herausnehmen, aber Donner hat ihn angeknurrt. Da hat er seine Finger lieber bei sich behalten.«

Patrick bebte innerlich vor hilflosem Zorn.

Interessiert erkundigte sich Fin: »Willst du damit sagen, dass der Hund dort war, Jock? Derselbe, der mit euch nach Stirling gekommen ist?«

»Ja«, antwortete Jock. »Er wartete mit mir vor dem Zellenfenster, bis sie sie wieder in den Kerker zurückbrachten.«

»Es ist gut, dass der Hund sie vor dem Soldaten beschützt hat«, sagte Molly, »aber warum sollte sich der Mann an dem Tier stören, wenn es sich doch draußen vor dem Fenster aufhielt?«

»Ich weiß auch nicht«, erwiderte Jock. »Auf jeden Fall zog er seine Hand zurück, als hätte er ein glühendes Eisen angefasst. Ihr wisst, Donner ist wirklich gewaltig groß, und wenn er einen anknurrt, kann er ganz schön gefährlich aussehen.«

Patrick hatte seine Sprache wiedergefunden. »Wo ist er?«, fragte er.

»Er wollte nicht vom Fenster weggehen, und Mistress Beth hat gesagt, ich sollte ihn nicht fortzerren«, antwortete Jock. »Die Wachen werden ihn aber bestimmt bald wegjagen.«

Die drei Erwachsenen blickten einander ratlos an.

Schließlich sagte Patrick: »Ich kann gar nicht mehr nachdenken, so sehr schwirrt mir der Kopf.«

»Das Gefühl kenne ich«, sagte Fin und schaute zu Molly hinüber, die nur noch mit Mühe die Tränen zurückhalten konnte. »So ging es mir auch schon. Man kann leicht Entscheidungen treffen, solange es dabei nicht um Leben und Tod geht.« Das Wort Tod traf Patrick wie ein Schlag. »Beth darf einfach nicht sterben!«, rief er verzweifelt.

»Das wird sie auch nicht«, kam Nells Stimme von der Tür. »Ihr dürft mit dem König sprechen.«

Molly lief zu ihr. »Ihr habt mit Seiner Hoheit geredet! Was hat er gesagt?«

Nell schloss Molly in die Arme, warf dabei aber über ihre Schulter hinweg einen Blick auf Patrick. »Den Erfolg haben wir wohl Eurem wundervollen Habicht zu verdanken. Jakob ist ganz hingerissen von ihm und hat sich bereit erklärt, nach dem Abendessen mit Euch und Fin zu sprechen. Ich soll Euch zu ihm führen.«

»So spät erst?«, fragte Patrick. »Habt Ihr ihm nicht gesagt, wie dringend die Angelegenheit ist? Beth sitzt in einer dreckigen Zelle und ist wahrscheinlich außer sich vor Angst. Ich muss sie unbedingt herausholen, Madam!«

»Beruhigt Euch bitte, Sir. Ich habe mit dem König nicht über ihren Fall gesprochen, da ich nicht wusste, was man ihr genau vorwirft und welche Beweise gegen sie vorliegen. Außerdem hätte sich Jakob auf eine solche Diskussion auch gar nicht eingelassen«, fügte sie mit einem schiefen Lächeln hinzu, während sie und Molly sich auf einer Sitzbank aus Eichenholz niederließen.

»Was habt Ihr denn nun zu ihm gesagt?«, wollte Patrick wissen.

Nell ordnete ihre Röcke und berichtete: »Ich habe ihm erzählt, dass sie meine Tochter ist und obendrein die Gemahlin des Mannes, der nicht nur seinen kostbaren Habicht abgerichtet, sondern auch noch unter Einsatz seines Lebens die Invasion der Engländer vereitelt hat. Und jetzt beruhigt Euch. Es hat keinen Zweck, Seine Hoheit mit Forderungen zu bestürmen. Ich denke, wir müssen uns vorher überlegen, was wir sagen wollen.«

»Ich wäre schon beruhigter, wenn ich Beth nur einmal sehen könnte«, erwiderte Patrick.

»Das geht nicht«, stellte Nell fest. »Wegen Hexerei und Verrat Verurteilte dürfen keinen Besuch empfangen.«

»Vielleicht doch«, sagte Jock nachdenklich.

»Wie denn?«, erkundigte sich Patrick.

»Ich habe die Wachen beobachtet, müsst Ihr wissen«, antwortete der Junge. »Sie glauben noch immer, dass ich nur meinen Vater in der Wachstube besuchen will, also achten sie nicht weiter auf mich. Ich habe gesehen, wie Boten mit einer Nachricht für die Wachen eingelassen wurden.«

»Werden diese Boten denn nicht von einem Soldaten begleitet?«, fragte Molly.

»Nein«, erwiderte Jock. »Nur wenn einer von ihnen den Weg nicht kennt. Weil Ihr nicht wisst, wo ihr Fenster ist, könnte ich mitgehen und sagen, dass ich Euch zur Wachstube führe.«

»Was ist mit Bab, Patrick?«, fragte Molly. »Ihr müsst Lord und Lady Chisholm noch fragen, ob sie sie morgen mitnehmen können.«

»Das werde ich tun«, sagte Fin. »Ich werde Chisholm durch einen Boten bitten, hierher zu kommen.«

»Dafür wäre ich dir sehr dankbar«, sagte Patrick. »Richte Bab aus, dass ich mit ihr spreche, sobald ich kann. In der Zwischenzeit soll sie sich gefälligst tadellos aufführen.«

»Gut«, antwortete Fin und kicherte leise. »Ich werde es ihr sagen.«

Nachdem dieses Problem gelöst war, wandte sich Patrick an den Jungen: »Also los, Jock. Ich muss mein Mädchen unbedingt wiedersehen.«

In ihrer tristen Zelle saß Beth auf der harten Bank und versuchte, nicht an die bevorstehende Hexenverbrennung zu denken.

Ihre Leidensgefährtinnen sprachen nur wenig. Sie schienen sich in ihr Schicksal ergeben zu haben.

Beth hätte zu gern mit Maggie Malloch geredet und sie um Hilfe gebeten, fürchtete jedoch, dass die kleine Frau ihr diese Hilfe verweigern würde. Schließlich war Beth am Ballabend nicht wie vereinbart in die Zimmer der Familie Farnsworth zurückgekehrt. Hätte sie sich an die Abmachung gehalten, dann hätten die Soldaten des Kardinals sie nicht in Patricks Kammer angetroffen. Und wenn sie nicht auf den Ball gegangen wäre, wäre das alles überhaupt nicht passiert – aber dann wäre sie jetzt nicht Patricks Frau.

Ihr kamen die Tränen. Was auch geschehen war und noch geschehen mochte, sie war wirklich und wahrhaftig Patricks Ehefrau. Diese Tatsache wurde bei der Gerichtsverhandlung gar nicht erwähnt, und Beth überlegte, ob es ihr etwas genützt hätte, ihren neuen Namen zu nennen. Vielleicht wäre bloß wieder behauptet worden, sie habe Patrick verhext.

»Beth!« – Mit einem Freudenschrei blickte sie nach oben und sah Patricks Gesicht am Fenster.

»Ihr seid doch noch gekommen!«

»Ja, meine Liebste, ich bin gekommen und werde alles tun, um dir zu helfen.«

»Aber warum steht Ihr da draußen vor dem Fenster? Lassen sie Euch nicht zu mir?« Sie sehnte sich so sehr danach, dass er sie in die Arme nahm und fest an sich drückte.

»Nein, Mädchen«, antwortete er. »Du darfst keine Besuche haben. Auf Beatons Befehl, vermute ich.«

»Ich dachte, er wäre Euer Freund!«

»Offensichtlich nicht«, knurrte Patrick. »Ich kann nicht lange bleiben, Liebste, weil bestimmt gleich einer von den Soldaten kommt. Jock steht mit Donner Wache; das verschafft uns ein paar Minuten. Geht es dir gut?«

»Ja«, antwortete sie tapfer, obgleich nur allzu deutlich erkennbar war, dass das nicht stimmte. Wenn er sie doch nur küssen könnte!

»Oh, mein Mädchen, ich möchte dich ganz fest halten«, murmelte er und streckte seine Hand durch die Gitter nach ihr aus. Da sprang sie auf die Bank und reckte sich, bis sie seine Hand ergreifen und drücken konnte.

»Ich werde alles tun, was in meiner Macht steht. Das weißt du«, sagte Patrick.

»Warum wart Ihr nicht bei meiner Verhandlung?«

»Beaton hat mich angelogen. Er sagte mir, sie würde erst morgen oder am Donnerstag stattfinden.«

»Sie haben behauptet, Ihr hättet keine Argumente, um die Anklage zu entkräften.«

»Das stimmt leider«, gab Patrick mit leiser Stimme zu.

»Oh, Patrick, ich würde Euch so gern alles erzählen, wenn ich nur könnte!«

»Das ist nicht nötig, Liebste. Ich weiß auch so, dass du weder einen Pakt mit dem Teufel geschlossen noch den König verraten hast.«

»Was macht Euch da so sicher?« Die Worte drängten sich ihr von selbst auf die Zunge.

»Ich weiß es eben«, erwiderte er mit zärtlichem Lächeln. »Offensichtlich hast du mehr mit deiner Schwester gemein als nur das Lächeln.«

»Was?«

»Lass uns jetzt nicht darüber reden«, sagte er. »Ich glaube, es ist nicht der geeignete Zeitpunkt dafür.«

Irgendwie hatte sie das Gefühl, dass er über Maggie Bescheid wusste, es aber nicht offen aussprechen wollte. Also wagte sie auch nicht, ihn direkt danach zu fragen. Dennoch fühlte sie sich ein klein wenig getröstet. Doch als Jock plötzlich einen Warnruf ausstieß, wäre sie am liebsten in Tränen ausgebrochen.

»Geht noch nicht!«

»Ich muss. Aber weißt du was, Liebchen? Lass den Mut nicht sinken.«

»Wie könnt Ihr ausgerechnet jetzt so etwas sagen?«

»›Mut‹ ist mein Losungswort, Mädchen. Es hat mir schon oft Kraft gegeben, und gerade in diesem Augenblick sollten wir uns daran aufrichten. Und ich sage dir noch etwas, etwas, das du unbedingt wissen musst: Ich liebe dich, Beth. Jetzt und für alle Zeit.«

Er drückte einmal kurz ihre Hand und ließ sie dann los.

»Oh, Patrick …«, schluchzte sie verzweifelt. Als sie sich wieder in der Gewalt hatte, war er schon fort. Sie sank auf die Bank, vergrub das Gesicht in den Händen und weinte, bis sie keine Tränen mehr hatte. Während ihres Gesprächs mit Patrick war das Stimmengemurmel aus den anderen Zellen verstummt, doch keine der anderen Frauen spendete ihr Trost, weil sie nichts Tröstliches zu sagen wussten. Beth fühlte sich, als habe sie das letzte Fünkchen Mut verlassen.

Als Patrick und Jock ins Schloss zurückkehrten, waren es noch immer mehrere Stunden bis zu Fins und Patricks Audienz beim König. Fin schlug seinem alten Freund vor, sich schlafen zu legen, doch Patrick lehnte ab.

»Ich kann nicht«, erklärte er. »Zuerst müssen wir uns einen Plan zurechtlegen.«

»Sei kein Esel«, widersprach ihm Fin. »Wenn du ein wenig schläfst, kannst du hinterher viel besser denken, und außerdem besteht dann nicht so leicht die Gefahr, dass du Seine Hoheit mit einer deiner berüchtigten Bemerkungen vor den Kopf stößt. Schließlich brauchen wir seine Hilfe. Also geh schon.«

Jock weckte Patrick zur rechten Zeit. Er brachte ihm ein Tablett mit Essen, das er auf dem Tisch unter dem Fenster abstellte.

»Guter Junge«, lobte ihn Patrick und wuschelte ihm durch sein lockiges Haar.

»Ja, schon gut. Das ist aber kein Grund, meine Haare durcheinander zu bringen«, protestierte Jock.

Zwanzig Minuten später traf sich Patrick mit Nell und Fin. Gemeinsam begaben sie sich zu den Privatgemächern des Königs. Als sie ins Zimmer traten, saß Jakob in seinem Lieblingssessel, und zu seiner großen Überraschung bemerkte Patrick, dass Zeus auf einer Stange neben ihm hockte.

»Kommt herein, kommt herein!«, rief der König überschwänglich. »Sir Patrick, ich kann Euch gar nicht genug dafür danken, was Ihr diesem erstaunlichen Tier beigebracht habt. Schaut nur, was er inzwischen gelernt hat.«

Jakob streckte eine behandschuhte Hand aus, und als der

Habicht aufstieg, strich er ihm kurz über Flügel und Rücken. »Und jetzt passt auf«, sagte er leise.

Zu ihrer Verblüffung sahen sie, wie der König den Vogel behutsam auf den Rücken drehte und ihn sich auf den Schoß legte. Da lag Zeus nun ganz friedlich und ließ sich den zart gefiederten Bauch streicheln.

»Habt Ihr dergleichen je gesehen?«, fragte Jakob.

»Noch nie«, erwiderte Patrick, der genauso entzückt war wie der König. »Von friedlicheren Vögeln habe ich so etwas schon gehört, doch noch nie von einem Hühnerhabicht.«

»Dieser Vogel ist ohne Zweifel etwas ganz Besonderes«, sagte Jakob. »Aber man hat mir gesagt, dass Ihr mich in einer bestimmten Angelegenheit zu sprechen wünscht. Ich weiß nicht, ob ich Euch helfen kann, aber wir werden sehen.«

»Gestattet Ihr mir hierzubleiben, Sire?«, fragte Nell leise. »Schließlich ist sie meine Tochter.«

»Ich weiß, dass Ihr sie für Eure Tochter haltet, Madam.«

»Ich bin mir ganz sicher«, erwiderte Nell.

»Wenn die Gentlemen nichts dagegen einzuwenden haben, dürft Ihr bleiben. Es freut mich, Euch wiederzusehen, Kintail. Seid Ihr mit Eurer Unterbringung zufrieden?«

»Wo wir gerade beim Thema sind, Sire«, ergriff Patrick die Gelegenheit. »Ich weiß, dass Seine Eminenz Euch von unserer Übereinkunft berichtet hat. Eigentlich hatte ich auf gute Neuigkeiten gehofft.«

Jakob blickte ihn verwundert an. Während er dem Habicht weiter über den Bauch strich, sagte er: »Was für eine Übereinkunft? Wenn es Kintail betrifft, so weiß ich nichts davon. Davy Beaton hat seinen Namen mir gegenüber überhaupt nicht erwähnt.«

23

Das Gefühl, getäuscht worden zu sein, überwältigte Patrick geradezu. Es schien ihm, als habe sich in seinem Inneren ein Abgrund aufgetan, der alle Gewissheit darüber verschlungen hatte, wer er war und woran er glaubte.

»Was ist mit Euch, Sir?«

»Sir Patrick, fühlt Ihr Euch nicht wohl?«

»Patrick!«

Die Stimmen von Jakob und Nell drangen wie aus weiter Ferne an sein Ohr, doch als Fin seinen Namen in diesem gewissen Ton aussprach, drehte Patrick sich automatisch zu ihm um.

»Ich weiß genau, wie dir zu Mute ist«, sagte Fin, »aber du darfst jetzt nicht daran denken.«

»Du weißt nicht, wie ich mich fühle.«

»Schau mich an.«

Patrick blinzelte benommen. Als er die besorgten Augen seines Freundes auf sich gerichtet sah, bemühte er sich, seine Gedanken zu sammeln. »Du kannst es gar nicht wissen«, sagte er mit kraftloser Stimme.

Fin blickte kurz zu Jakob hinüber, bevor er wieder Patricks trostlosem Blick begegnete.

»Natürlich trifft dich der Verrat bis ins Mark«, sagte er. »Du hast einem Mann deine Treue und dein Vertrauen geschenkt, und nun hat dich dieser Mann im Stich gelassen.«

Wieder huschte Fins Blick zum König hinüber, und Patrick wurde klar, dass sein Freund sehr wohl nachfühlen konnte, was er im Augenblick empfand.

»Ihr sprecht von Davy Beaton, nicht wahr?«, sagte Jakob.

»Ja«, antwortete Fin und hielt dem Blick des Königs stand.

»Es ist Euch wohl bekannt, dass sich Sir Patrick die letzten acht Monate unter äußerst gefährlichen Umständen in England aufgehalten hat.«

»Ja, ich weiß.« Jakob wandte sich an Patrick: »Aber was hat Kintail damit zu tun?«

»Ich habe mich nur bereit erklärt, für Beaton zu spionieren, weil er mir versprochen hat, als Gegenleistung Kintail freizulassen. Seit meiner Rückkehr hat er mir mehrfach versichert, dass er alles täte, um Euch zu überzeugen. Angeblich haben immer andere gegen ihn gearbeitet.«

»Ich verstehe«, sagte der König und bedachte Kintail mit einem scharfen Blick. »Ich nehme an, Ihr meintet aber nicht nur Beaton, stimmt's, Sir?«

Fin erwiderte unbeirrt seinen Blick. »Das stimmt, Euer Hoheit.«

»Die Leute von Kintail standen immer treu zur Krone.«

»Das ist richtig.«

»Und Ihr seid der Meinung, dass die Krone Euch für Eure Lehenstreue etwas schuldet.«

»Die Krone handelt, wie es ihr beliebt«, erwiderte Fin.

Jakob schaute Patrick an. »Glaubt Ihr das auch, Sir?«

»Was ich glaube, spielt keine Rolle«, antwortete Patrick verbittert. »Mir geht es allein um Beaton. Offensichtlich zählt Treue für ihn nicht viel. Und außerdem macht es ihm nichts aus, ein unschuldiges Mädchen zum Tode zu verurteilen, nur damit er so tun kann, als würde er die Kirche von Schottland von Übel und Verderbnis reinigen.«

»Glaubt Ihr denn nicht, dass er die Kirche reformieren will?«

»Ich glaube, Davy Beaton geht es nur um seine eigene Machtstellung«, entgegnete Patrick aufgebracht. »Seine so genannten Reformen sind einfach lächerlich. Oder wären es zumindest, wenn sie nicht so vielen Menschen Unglück und Leid brächten. Er behauptet, das Hexenunwesen zu bekämpfen, doch zugleich hält er seine Gerichtsverhandlungen im

Geheimen ab, damit niemand merkt, auf welch tönernen Füßen seine Anklagen stehen. Loyalität bedeutet ihm weniger als nichts, und obgleich er genau weiß, dass Beth weder eine Dienstmagd noch Angus' illegitime Tochter ist, will er sie mit viel Aufsehen auf dem Scheiterhaufen verbrennen.«

Nells entsetztes Keuchen brachte ihn wieder zur Besinnung. »Vergebt mir, Madam«, sagte er betreten. »Es war grausam von mir, diese Worte in Eurer Gegenwart zu gebrauchen.«

Sie schüttelte den Kopf und blickte zu Jakob hinüber. Ihr todtrauriges Gesicht sprach Bände.

Jakob zog eine kleine bedauernde Grimasse. »Ich würde Euch gern helfen«, sagte er, »aber Beaton ist der Stellvertreter des Papstes in Schottland. In Fragen des Glaubens ist sein Wort das des Heiligen Vaters, und dem kann ich mich nicht widersetzen, ohne die ganze Schottische Kirche ins Wanken zu bringen.«

»Aber Ihr müsst etwas tun können, Sire«, flehte Nell. »Ihr seid doch der König.«

»Ja«, antwortete der und warf einen zerknirschten Blick auf Kintail und Patrick. »Ich bin der König und kann nicht einmal meine Armee ohne die Unterstützung meines Adels befehligen. Und offen gestanden habe ich meine treuesten Gefolgsleute nicht gerade gut behandelt. Alles, was ich heute über Beaton gehört habe, scheint die Wahrheit zu sein. Das ist mir jetzt klar. Ich bitte Euch, vergebt mir, wenn Ihr könnt, Kintail.«

»Aber selbstverständlich, Sire«, antwortete Kintail unverzüglich.

»Und Ihr, Sir Patrick, könnt Ihr mir auch vergeben?«

Patrick zögerte und blickte unwillkürlich zu Kintail. Doch sein Freund erwiderte den Blick wortlos und ohne eine Miene zu verziehen. Jeder, der ihn gut kannte, wusste, was das bedeutete.

Die Entscheidung lag bei Patrick.

Der sagte: »Ich kann jedem vergeben, der seinen Fehler eingesteht, Sire. Doch es ist nicht leicht, jemandem wie Beaton zu verzeihen, der mein Vertrauen so bitter enttäuscht hat.«

»Ihr seid sehr aufrichtig, Sir, und das gefällt mir«, erwiderte Jakob. »Es ist langwierig und mühsam, zerstörtes Vertrauen wieder aufzubauen. Daher bitte ich Euch nicht bloß um Vergebung, sondern biete Euch auch Wiedergutmachung an.«

»Wie denn, Sire?«, fragte Nell.

»Vom heutigen Tag an erkläre ich den Laird von Kintail zu einem freien Mann. Er soll seine alte Stellung bekleiden und seine gesamten Titel wiedererlangen. Und was Beaton angeht, so bin ich doch nicht gänzlich ohne Einfluss. Habt Ihr Euch in der Sache schon an Huntly gewandt?«

»Nein«, antwortete Patrick. »Schließlich ist er ein Anhänger Beatons, oder etwa nicht?«

»Kaum einer von den Adeligen, die sich zurzeit auf Stirling aufhalten, würde es wagen, sich offen gegen mich zu stellen, selbst wenn er insgeheim auf Seiten Davy Beatons steht«, sagte Jakob. »Ich glaube, wenn ich persönlich mit Huntly und einigen anderen Edelleuten spreche, dann könnte ich sie zumindest dazu überreden, sich nicht einzumischen, falls Ihr am Samstag versuchen solltet, das Mädchen zu retten.«

»Und bis dahin können wir nichts unternehmen?«, fragte Nell unglücklich.

»Nein, Madam«, erwiderte Patrick. »Um sie aus dem Rathauskerker zu befreien, brauchten wir eine ganze Armee, und die haben wir nicht. Am besten stehen unsere Chancen in einer großen Menschenmenge und allgemeinem Durcheinander.« – »In der Zwischenzeit«, fuhr Jakob fort, »solltet Ihr und Kintail Euch der Hilfe aller Eurer Freunde am Hofe versichern. Wir dürfen uns nicht wieder treffen, denn Beaton hat seine Spione überall, wie Ihr wisst.«

»Ich kann Euch Nachrichten überbringen, falls erforderlich«, sagte Nell.

Der König lächelte. »Nein, das geht nicht, Madam. Denn meine Königin könnte mir noch gefährlicher werden als Beaton.« – »Da habt Ihr wohl Recht«, erwiderte Patrick. »Trotzdem müssen wir irgendwie erfahren, ob es Euch gelungen ist, Huntly und die anderen zu überzeugen.«

Der König setzte ein schiefes Grinsen auf. »Beaton legt Wert darauf, dass ich der Hexenverbrennung beiwohne, obwohl er weiß, dass ich dagegen bin. Um ihm die Sache zumindest ein wenig zu versalzen, habe ich befohlen, dass unmittelbar danach eine Jagd stattfinden soll. Ihr, Madam«, fügte er zu Nell gewandt hinzu, »seid herzlich dazu eingeladen, da auch andere Damen des Hofes teilnehmen werden. Wenn es irgend geht, werde ich Zeus mitnehmen, Sir Patrick. Ihr würdet ihn doch gewiss auch aus der Entfernung erkennen, oder nicht?«

»Mit Leichtigkeit, Sire«, erwiderte Patrick. »Er ist vorzüglich geeignet, uns ein Zeichen zu geben.«

Die Audienz war beendet, und die drei eilten zurück, um Molly Bericht zu erstatten.

Die nächsten beiden Tage waren erfüllt von Geschäftigkeit. Die drei hatten beschlossen, dass es besser für ihren Plan wäre, wenn sie vorgaben, Kintail sei noch immer eine Geisel. Damit Kardinal Beaton nicht merkte, dass der König ihn freigelassen hatte, sollten sich einige ihrer Freunde heimlich mit ihm in seinem Quartier im Schloss treffen. Andere suchte Patrick persönlich auf. Als Erstes sprach er mit Alex Chisholm.

»Ich bleibe natürlich und mit mir so viele Männer aus unserem Gefolge, wie meine Eltern entbehren können«, sagte Sir Alex. »Aber ich möchte meine Familie aus dem Weg haben, wenn es gefährlich wird.«

»Das kann ich gut verstehen«, erwiderte Patrick. »Ich würde es nach wie vor gern sehen, wenn Bab mit ihnen ginge. Dass Lady Kintail ihren Mann nicht verlassen will, ist eine andere Sache, aber Bab kann unmöglich bleiben.«

»Dann werdet Ihr wohl eine Wache für sie engagieren müssen«, erwiderte Alex mit einer drolligen Grimasse.

»Was sie braucht, ist ein Ehemann«, wagte Patrick einen Vorstoß.

Doch sein Freund grinste nur breit, zwinkerte ihm zu und schüttelte den Kopf. Da sagte ihm Patrick Adieu und machte sich auf den Weg nach St. Mary's Wynd. Er hatte seinen Besuch bei Sir Hector immer wieder hinausgeschoben, weil er fürchtete, die Beherrschung zu verlieren. Doch dann sagte er sich, dass der gelehrte Herr vielleicht noch gar nichts von Beths Unglück wusste und ihm womöglich sogar einen guten Rat geben konnte.

»Sag Sir Hector, dass Sir Patrick MacRae ihn zu sprechen wünscht«, wies er das Dienstmädchen an, das ihn an der Tür des Farnsworth'schen Hauses empfing.

Er hätte zu gern gewusst, welche Version der Ereignisse Lady Farnsworth und ihre Töchter Sir Hector aufgetischt hatten, doch vorerst blieb ihm nichts weiter übrig, als geduldig auf die Rückkehr der Dienerin zu warten.

»Hier entlang, Sir.« Mit diesen Worten führte sie ihn in die Kammer, in der er zum ersten Mal mit Oscar Farnsworth gesprochen hatte.

Sir Hector war allein, als Patrick eintrat. Er erhob sich und sagte: »Ihr seid wahrhaftig für Überraschungen gut, Sir.«

»Ja, da habt Ihr wohl Recht«, erwiderte Patrick. »Darf ich fragen, Sir, ob Ihr über die Ereignisse von Montagabend und ihre Folgen unterrichtet seid?«

»Ich weiß nur, dass Ihr behauptet habt, Ihr hättet Elspeth zur Frau genommen, Sir. Daraufhin hat meine Frau einen Wutanfall bekommen. Sie fand das völlig unmöglich, doch da nach ihrer eigenen Aussage Elspeth Euch nicht widersprochen hat, musste ich Lady Farnsworth erklären, dass eine solche Eheschließung rechtskräftig ist. Ich fürchte, wegen einer Annullierung müsstet Ihr Euch an Euren Kardinal wenden.«

»Darum geht es mir nicht. Außerdem ist er nicht mein Kardinal«, entgegnete Patrick grimmig. »Und meine Gemahlin ist auch nicht von niederem Stand. Ich vermute, dass Lady Farnsworth Euch keine weiteren Einzelheiten über den Ballabend berichtet hat.«

»Nein. Aber wieso sollte Elspeth von hoher Geburt sein? Angus selbst hat doch eingestanden, dass ihre Mutter eine einfache Dienstmagd war.«

»Glaubt Ihr immer alles, was der Graf von Angus sagt?«

»Nein«, gab Sir Hector seufzend zu. »Nehmt Platz, Sir Patrick, und erzählt mir, was ich nicht weiß.«

Und das tat Patrick auch, nicht ohne hinzuzufügen, dass Lady Farnsworth und Drusilla Beth der Hexerei bezichtigt hatten. Diese Neuigkeit war ein Schlag für Sir Hector.

»Möge Gott ihnen diese Übeltat verzeihen, denn ich kann es nicht!«, rief er. »Sie wissen genau, dass sie keine Hexe ist. Wenn es jemals ein Mädchen gab, das keine Neigung zur schwarzen Magie hatte, dann Beth.«

»Ich weiß nicht, ob Ihr ihr helfen könnt, aber falls doch …«

Sir Hector schüttelte den Kopf. »Wenn Beaton sie in seiner Gewalt hat, sind mir die Hände gebunden. Aber ich möchte unbedingt meine Frau und Töchter rufen und sie in Eurer Gegenwart mit ihrer Untat konfrontieren.« Er ließ die Frauen auf der Stelle holen, und wenige Minuten später trat Lady Farnsworth mit Drusilla ein.

»Was will er denn hier?«, fragte Lady Farnsworth mit einer Kopfbewegung zu Patrick hinüber.

»Wo ist Jelyan?«

»Sie ist mit ihrer Tante einkaufen gegangen«, sagte Drusilla. »Warum ist Patrick gekommen?«

»Für dich immer noch Sir Patrick, mein Mädchen. Er hat mir eine schreckliche Geschichte darüber erzählt, wie einem unschuldigen Mädchen, das uns niemals etwas zuleide getan hat, übel mitgespielt wurde.«

»Falls Ihr Elspeth meint …«, begann Lady Farnsworth entrüstet.

»Schweigt!«, gebot ihr Sir Hector in scharfem Ton. »Mir ist zu Ohren gekommen, dass Ihr das arme Mädchen der Zauberei beschuldigt habt.«

»Von wegen armes Mädchen!«

»Ihr habt sie nicht gesehen, Vater, aber …«

»Kein Wort mehr, Drusilla! Es widert mich an, dass meine eigene Frau und Tochter zu so einer schändlichen Tat fähig sind. Ihr werdet alle auf der Stelle zum Farnsworth Tower zurückkehren und über das Unglück nachdenken, das ihr angerichtet habt.«

»Lächerlich«, giftete Lady Farnsworth.

»Wir sind doch gerade erst angekommen«, protestierte Drusilla.

»Ist Euch eigentlich klar, dass Ihr Mörderinnen seid, wenn sie Elspeth umbringen?«

Beide Frauen schwiegen, doch Patrick bezweifelte, ob ihnen die Tragweite ihrer Handlungen überhaupt bewusst war.

»Ihr könnt froh sein, mit einer so leichten Strafe davonzukommen«, fuhr Sir Hector in strengem Ton fort. »Und ihr werdet noch heute Nachmittag abreisen. Ich besorge euch eine Eskorte, kann euch jedoch nicht begleiten, weil ich meinen Geschäften nachgehen muss. Bis zur Abreise bleibt ihr auf euren Zimmern; ich will euch vorher nicht mehr sehen. Und sorgt dafür, dass auch Jelyans Sachen eingepackt werden.«

»Jelyan hatte nichts damit zu tun«, stammelte Drusilla, den Tränen nahe.

»Sie geht trotzdem mit. Ihr könnt ihr ja erklären, wem sie das zu verdanken hat.«

Patrick verließ das Haus. Er fand, dass Lady Farnsworth und Drusilla viel zu billig davongekommen waren.

»Hier entlang, Bethie.«

Das Wispern war kaum mehr als ein leiser Luftzug in dem langen, dunklen Korridor. Zu ihren Füßen schimmerte ein schwacher Lichtschein, daher konnte sie sehen, wohin sie ihre Schritte setzte, doch was vor ihr lag, konnte sie nicht erkennen. Und außerdem war sie todmüde. Auf einmal wurde es ein wenig heller. Vor ihr erstrahlte ein goldener Schein, wie von einem Feuer, und sie eilte darauf zu.

Sie war allein, doch irgendetwas umschwebte sie, wachend und wartend. Ob Freund oder Feind vermochte sie nicht zu sagen. Immer näher kam das Licht, und plötzlich erkannte sie eine dunkle, massive Form inmitten all der Helligkeit – eine Truhe. Gerade als sie die Hand nach dem Schlüssel ausstrecken wollte, spürte sie eine Bedrohung.

»Wach auf, Mädchen.«

Trotz der drohenden Gefahr musste sie einfach wissen, was in der Truhe war, doch da riss eine vertraute Stimme sie aus ihrem Traum.

Blinzelnd öffnete Beth die Augen und schaute sich in der kahlen Zelle um.

Noch nie zuvor – außer wenn sie krank gewesen war – hatte sie am Tag geschlafen. Allerdings hatte sie die vergangene Nacht auch nur wenig Schlaf gefunden.

»Ich bin hier«, ertönte die leise Stimme.

»Maggie!«

»Ja, ich bin's«, antwortete die kleine Frau. Sie stand auf dem Fußboden an der Fensterwand und wirkte kleiner als sonst und sehr müde.

»Ich habe schon fast die Hoffnung aufgegeben, dass Ihr noch kommen würdet«, rief Beth. Dann fügte sie rasch mit gedämpfter Stimme hinzu: »Ich weiß, die anderen dürfen uns nicht hören.«

»Ach, papperlapapp. Kümmere dich nicht um die anderen, Mädchen«, antwortete Maggie mit einer wegwerfenden Geste. »Die können uns nicht hören.«

»Warum seid Ihr nicht eher gekommen? Die Kleider und das Geschmeide waren schuld, dass sie mich angeklagt haben, aber ich konnte ihnen doch schlecht verraten, dass jemand aus dem Kleinen Volk mir die Sachen gegeben hat. Was sollen wir nur tun?«

»Wenn ich das bloß wüsste, Mädchen.«

»Aber Ihr könnt mich doch sicher hier herausholen! Ich bin doch keine Hexe!«

»Das kann ich nicht, Mädchen, weil meine Zaubersprüche gegen die Kirche und alle, die mit ihr zu tun haben, nichts auszurichten vermögen. Wir Leute vom Geheimen Clan haben mit all dem nichts zu schaffen.«

Entsetzt fragte Beth: »Seid Ihr etwa wirklich mit den Mächten des Bösen im Bunde?«

»Aber nein. Wir stehen zwischen Gut und Böse, ebenso wie die Sterblichen. Nur dass wir in unserer eigenen Welt leben. Unsere Welt wurde erschaffen, als sich der Himmel öffnete und die gefallenen Engel ausspie. Dabei sind noch ein paar andere mit hinausgefallen, musst du wissen, und das war die Geburtsstunde unseres Clans. Über das Böse und die Kirche haben wir keine Macht. Immer, wenn du in meiner Gegenwart denjenigen anrufst, um den es sich in der Kirche dreht, wirst du feststellen, dass ich verschwinde. Das Gleiche würde geschehen, wenn du den Teufel anriefest.«

»Aber war Euch denn nicht klar, dass so etwas geschehen könnte, als Ihr mich so prächtig für den Ball des Königs herausgeputzt habt?«

»Nein, ich …« Maggie verstummte und runzelte die Stirn. Sie schüttelte sich ein wenig, dann noch ein bisschen mehr. Darauf kniff sie die Augen zusammen und warf den Kopf hin und her, bis ihr die Haare zu Berge standen.

Beth hatte schon den Mund geöffnet, um eine Frage zu stellen, doch Maggie bewegte so heftig den Kopf von links nach rechts, als wolle sie Beth bedeuten zu schweigen. Dann holte sie tief Luft und noch mehr Luft und noch mehr, bis sie so kugelrund wie ein Ballon war und Beth schon fürchtete, sie würde mit einem Knall zerplatzen.

Endlich stieß sie die ganze Luft mit einem lauten Zischen

wieder aus. Ihr Gesicht wurde schneeweiß, und sie schrumpelte zusammen wie eine Trockenpflaume.

Beth beobachtete sie gebannt.

Gleich darauf hatte Maggie wieder ihr gewöhnliches Aussehen angenommen. Allerdings blickte sie ausgesprochen wütend drein.

»Was ist los?«, fragte Beth.

»Jede Menge«, stieß Maggie zornig hervor. »Da hatte ich die ganze Zeit diesen Jonah Bonewits im Verdacht, und jetzt kommt mir ein anderer in die Quere, der noch viel gemeiner ist. Er hat mich schon einmal verzaubert, also hätte ich darauf gefasst sein müssen. Claud hat mir sogar seinen Namen genannt, aber ich wusste nicht, dass er hier auftauchen würde. Aber dafür wird er mir bezahlen, dieser Kerl mit seinen Wirbelaugen!«

Im Nu war Maggie verschwunden, und Beth starrte verdutzt auf den leeren Fleck. Sie hatte keine Ahnung, wo sich Patrick aufhielt, und ihre einzige andere Hoffnung hatte sich soeben in einem kleinen weißen Rauchwölkchen aufgelöst.

Da hörte sie Schlüssel rasseln. Die Wachen kamen, um sie zu holen.

»Wo bist du, Claud?«

»Hier, Mam«, rief er und eilte in die Wohnstube. »Was ist?«

»Warum hast du mich nach Tom Tit Tot gefragt?«

Claud zögerte einen Augenblick, doch als er ihren wütenden Blick bemerkte, sagte er hastig: »Er hat mir ein Rätsel aufgegeben, Mam. Ich soll ihm seinen wirklichen Namen nennen, sonst ...«

»Sonst was?«

»Sonst darf ich Lucy nicht heiraten, aber ich will sie überhaupt nicht heiraten, aber er sagt, ich muss, weil ich mit ihr geschlafen habe, und ...«

»Was hat Lucy Fittletrot mit Tom zu schaffen?«

»Na, weißt du das nicht? Sie ist seine Tochter.« Zu seinem Schrecken begann Maggies Busen vor Wut zu wogen. Mit bebender Stimme sagte sie: »Habe ich dir nicht gesagt, dass dieser Tom Tit Tot ein übler Halunke ist?«

»Ja, schon«, erwiderte Claud zögernd.

»Na, du kannst seine Lucy jedenfalls nicht heiraten.«

»Aber er hat gesagt ...«

»Auf seine Worte brauchst du nichts zu geben! Tom Tit Tot ist dein Vater, Claud.«

Wie vom Donner gerührt, glotzte er sie an. »Dann ist Lucy ...«

»Ihr habt denselben Vater, also könnt ihr nicht heiraten. Er trieb seine Spielchen mit dir, genauso wie er es vor deiner Geburt mit mir gemacht hat.«

24

Drei Meter hoch war der Scheiterhaufen mitten auf dem großen Platz zwischen Rathaus und Marienkirche. Um ihn herum hatte man im Kreis sieben kräftige Pfähle aufgerichtet. Nicht weit davon entfernt standen eine Wagenladung Kohlen, ein Fass mit Teer sowie trockener Reisig zum Entfachen des Feuers. Einige Wachen sollten dafür sorgen, dass sich niemand der Hexenverbrennung in den Weg stellte. Allerdings herrschte auf dem Platz eher ein fröhliches Jahrmarktstreiben. Schon jetzt hatte sich eine gewaltige Menschenmenge eingefunden, die von Minute zu Minute wuchs.

Der Anblick des großen Scheiterhaufens verursachte Patrick und seinen Gefährten Übelkeit, als sie sich entschlossen ihren Weg durch die Menge bahnten. Molly war bleich wie ein Laken und hatte die Lippen fest zusammengepresst. Patrick wusste, dass sie unter ihrem Umhang verborgen ihren Bogen und einen Köcher voller Pfeile trug, doch ob die Waffen ihnen nützen konnten, war ungewiss. Es gab einfach zu viele Leute und zu viele Soldaten in den Farben des Kardinals, und obgleich er und Fin die letzten Tage verzweifelt um Unterstützung geworben hatten, bestand nur wenig Hoffnung, dass ihnen genügend Männer zu Hilfe kommen würden.

Molly ging zwischen den beiden, und Fin hatte einen Arm um ihre Schultern gelegt und ließ einen prüfenden Blick über das lärmende Getümmel schweifen.

»Dort drüben ist der König mit seinen Höflingen«, sagte er und deutete mit dem Kopf in die entsprechende Richtung.

Patrick erblickte Jakob, der einen hübschen Fuchswallach ritt, neben ihm sein Bannerträger auf einem Apfelschimmel.

Die anderen Damen und Herren seiner Gesellschaft saßen ebenfalls zu Pferd und waren für die Jagd gekleidet. Ihre Greifvögel trugen Fußfesseln und farbenfrohe Hauben.

Die meisten hielten ihre gefiederten Schützlinge auf der Faust, nur der Habicht des Königs saß ihm zutraulich auf der Schulter. Weithin leuchtete die rote Feder auf Zeus' schwarzer Haube. Zu jeder anderen Gelegenheit wäre Patrick stolz darauf gewesen, dass Zeus in all dem Getriebe so gelassen blieb, doch heute war er viel zu aufgeregt, um einen Gedanken daran zu verschwenden. Wenigstens hatten einige der mächtigen Adeligen versprochen, sich aus dem zu erwartenden Kampf herauszuhalten.

»Vielleicht hätten wir auch reiten sollen«, sagte Molly. Ihre Worte gingen in dem allgemeinen Lärm fast unter.

»Wir wollen nicht zu früh Aufsehen erregen«, gab Patrick mit gedämpfter Stimme zur Antwort. »Aber wenn sie die Frauen herausbringen, sollten wir näher an den Pferden sein. Ich weiß einfach noch nicht, wie wir durch das Gewühl zu ihr vordringen sollen.«

Noch vor keiner Schlacht hatte er sich so sehr gefürchtet, und es stand niemals zuvor so viel für ihn auf dem Spiel. Sein Blick fiel erneut auf den riesigen Holzstoß. Sieben Frauen sollten dort auf furchtbare Art und Weise zu Tode kommen, und zumindest eine von ihnen war unschuldig. Und die anderen? Zwar wusste er nichts Näheres über sie, doch konnte er sich gut vorstellen, dass sie ebenso wenig Schuld an ihrem Unglück hatten wie Beth. Der Gott, an den er glaubte und der Beth und sein herrliches Hochland geschaffen hatte, würde nie und nimmer einen unschuldigen Menschen so grausam bestrafen.

Die verurteilten Frauen würden ihren Weg vom Rathaus am nördlichen Ende des Platzes nehmen, und gewiss würden Beaton und seine Leute ihnen mit viel Aufhebens und Gepränge voranschreiten.

»Siehst du sie, Fin?«, fragte Molly neben ihm.

Patrick dachte, Beth sei gemeint, und runzelte die Stirn. Sie würden das Gejohle der Menge doch bestimmt schon hören, noch ehe der Zug in Sicht kam.

Merkwürdigerweise antwortete Fin: »Ich glaube kaum, dass ich sie oder irgendeinen von ihnen zwischen all den Leuten erkennen würde. Schließlich sehen sie wie normale Menschen aus, bloß kleiner.«

»Wer denn?«, wollte Patrick wissen.

»Die kleinen …«

»Pst, Molly«, unterbrach Fin sie, während er in der Menge nach Freund und Feind Ausschau hielt.

Molly nickte und rückte so nahe an Patrick heran, dass sie ihm ins Ohr flüstern konnte: »Vergesst nicht, dass Fin die Gabe des zweiten Gesichts hat, Patrick. Er spricht im Allgemeinen nicht davon – wohl weil es ihm ein wenig peinlich ist –, dass er das Kleine Volk sehen kann. Ich darf nicht allzu viel darüber sagen, aber ich hatte gehofft, dass ein paar von ihnen heute kämen, um Beth beizustehen.«

»Wenn man bedenkt, dass sie es waren, die Beth in diese Lage gebracht haben …«

»Besser, wir sprechen nicht mehr darüber«, unterbrach ihn Molly warnend. »Sonst finden wir uns gleich neben Beth auf dem Scheiterhaufen wieder. Lasst mich nur noch sagen, dass ich versucht habe, mit einer gewissen Person, die ich einmal kannte, Kontakt aufzunehmen.«

»Ich bin so froh, dass ihr beide bei mir seid«, sagte Patrick seufzend und ließ seine Augen ebenfalls suchend über die Menge gleiten. »Trotzdem hätte Fin nicht bleiben sollen, nachdem Jakob ihn freigelassen hat.«

»Wir würden Euch niemals im Stich lassen«, erwiderte Molly nur. »Und schließlich ist Fin nicht länger in Gefahr. Wir werden noch früh genug nach Hause kommen.«

Da drang ein Schrei aus zahllosen Kehlen, und als Patrick über die Köpfe hinweg nach vorn blickte, sah er, wie die Prozession am Rande des Platzes in Sicht kam.

»Ich hole mein Pferd«, sagte er. »Ihr und Fin müsst selbst entscheiden, was ihr tut. Aber, bitte, versucht um jeden Preis, sie zu retten. Und Molly«, setzte er mit erstickter Stimme hinzu, »wenn unser Plan scheitert und sie das Feuer entfachen, ohne die Frauen zuvor zu erdrosseln, dann zielt um Gottes willen gut.«

Molly nickte mit verkniffenem Gesicht. Ehe sie ihre kleine Schwester den Flammen überließ, würde sie Beths Herz mit einem Pfeil durchbohren.

Patrick drängte sich durch die Menge dorthin, wo Jock mit den Pferden wartete. Sie befanden sich hinter dem alten Gefängnis, und Patrick war klar, dass die Flucht schwierig werden würde, selbst wenn es ihnen gelänge, zu Beth durchzukommen. Es führten nur zwei Straßen aus der Stadt hinaus, und beide waren heute überfüllt. Um zu einer dieser Straßen zu gelangen, mussten sie den Weg über die Spittal Street am Nordrand des Platzes nehmen. Im Süden war die Marienkirche unmittelbar an die Stadtmauer gebaut.

Die Spittal Street wimmelte nur so von Menschen, und außerdem standen Wachen an den Stadttoren. Noch nie hatte sich Patrick so verzagt gefühlt. Wo war nur sein Mut geblieben?, fragte er sich.

Ohne Schwierigkeiten fand er Jock und die Pferde. Sie hatten kein Pferd für Beth mitgebracht, da ihnen das zu auffällig erschien. Doch Patricks starker Hengst konnte mit Leichtigkeit zwei Personen tragen. Jock war es gelungen, die Pferde trotz des Tumults einigermaßen ruhig zu halten.

Patrick stieg in den Sattel eines herrlichen Rappen, des größeren der beiden Pferde, die ihnen Jakob zur Verfügung gestellt hatte. Er rückte sein Schwert zurecht und vergewisserte sich, dass sowohl Pistole als auch Dolch griffbereit waren. Zwar war er keineswegs überzeugt, dass Waffen in dem Gedränge wirklich etwas ausrichten konnten, doch zumindest fühlte er sich damit sicherer. Was auch geschah, er würde alles tun, um Beth zu retten, oder mit ihr sterben. Nun gab es kein Zurück mehr. Falls er Beatons Schergen lebend in die Hände fiel, würden sie ihn bei nächster Gelegenheit aufknüpfen. Doch was machte das schon, wenn es Beth nicht mehr gab.

Jetzt konnte er den Zug der Verurteilten deutlich sehen. Unerbittlich drängte er sein Pferd durch die Menge, und jeder, der gegen den rücksichtslosen Reiter aufbegehren wollte, wurde durch seinen wilden Blick rasch zum Schweigen gebracht. Ansonsten achtete Patrick kaum auf die Fußgänger, sondern behielt unverwandt die Prozession im Auge.

Jede der sieben schwarz gewandeten Frauen wurde von einem Soldaten des Kardinals an einer Kette vorwärts gezerrt. Mit gesenktem Kopf stolperten sie dahin.

Patrick wusste, dass ihm nur wenig Zeit blieb, wenn sie den Scheiterhaufen erreicht hatten. Anders als in England legte man in Schottland nämlich keinen Wert darauf, dass eine Hexe tatsächlich durch das Feuer ums Leben kam. Daher wurden die Verurteilten meist schon erdrosselt, bevor man den Scheiterhaufen in Brand steckte. Da der Kardinal der Menge jedoch ein eindrucksvolles Schauspiel bieten wollte, würde den Opfern an diesem Tag die Gnade eines raschen Todes wohl kaum zuteil werden.

Patrick blickte sich wachsam um. Er war sich bewusst, dass er als Reiter besonders ins Auge fiel, doch inzwischen erschienen weitere Reiter auf dem Platz, offensichtlich Adelige, die sich zu gut dafür waren, sich unter das Fußvolk zu mischen.

Die verurteilten Frauen waren mittlerweile noch näher gekommen. Mit Entsetzen bemerkte Patrick, dass sie allesamt mit einer Kapuze und einem weiten schwarzen Gewand verhüllt waren. Über ihrer Kapuze trugen die armen Geschöpfe eine Schandmaske – eine Vorrichtung, bestehend aus einem Bügel, der sich über ihren Kopf spannte und der hinten und vorn mit einem schweren eisernen Halsreifen verbunden war. An diesem Reifen hatte man auch die Ketten befestigt. An der Vorderseite des Reifens befand sich ein aufrecht stehender Zinken, der, im rechten Winkel abgeknickt, durch ein Loch in der Kapuze bis in den Mund des Opfers reichte und die Zunge schmerzhaft nach unten presste.

Unter ihren Kapuzen und den Schandmasken sahen sie alle gleich aus. Patrick gelang es nicht, Beth auszumachen.

Der Lärm war mittlerweile ohrenbetäubend. Die Menschen schrien, kreischten und brüllten, als sie der Hexen ansichtig wurden, doch sehen konnte Beth nichts unter der Kapuze, die über ihr Gesicht gezogen war. Bei jeder Bewegung drückte der Eisenzinken qualvoll auf ihre Zunge, und der eiserne Halsreif scheuerte ihr durch den groben Stoff hindurch die Haut auf. Durch den Tumult der Menge konnte sie die anderen Frauen ächzen und jammern hören, doch trotz ihrer Angst und Verzweiflung zwang sie sich mit aller Kraft, nicht zu weinen. Diese Genugtuung würde sie Kardinal David Beaton nicht bereiten.

Er hatte sich in der Verhandlung nicht einmal die Mühe gemacht, diejenigen zu befragen oder ihr gegenüberzustellen, die sie beschuldigt hatten. Als reiche die bloße Anklage für eine Verurteilung aus, hatte er sie ohne Umschweife für schuldig erklärt. Vermutlich waren die Prozesse der anderen sechs Frauen nach dem gleichen Muster verlaufen. Doch Gott würde sie gewiss nicht so leichtfertig verdammen.

Sie versuchte, sich in ihrer Fantasie an einen anderen, schöneren Ort zu versetzen, doch diesmal wollte das ihr einfach nicht gelingen.

Wegen des Zinkens an der Schandmaske konnte Beth nicht sprechen, doch war die Vorrichtung mit Bedacht so konstruiert, dass sie die Frauen nicht am Schreien hinderte. Offenbar wollte der Kardinal der gaffenden Menge demonstrieren, dass die Hexen Gottes Strafgericht nicht entgehen konnten, mochten sie noch so laut nach ihrem höllischen Meister schreien.

Ach, wie sehr sehnte sich Beth danach, in all dem Getöse Maggie Mallochs Stimme zu vernehmen, die ihr sagte, dass ihr etwas eingefallen sei, um die Macht der Kirche zu brechen. Dass Maggies Zauber, dem Beth die herrlichen Kleider und das kostbare Geschmeide verdankt hatte, doch stark genug sei, um sie zu retten. Doch es war nur ein schöner Traum. Nie wieder würde sie Maggies Stimme hören. Nicht einmal eine ganze Armee kleiner Leute konnte ihr jetzt noch helfen.

Ihr rechter Fuß stieß gegen die Kante eines Pflastersteins, und sie wäre um ein Haar gestrauchelt. Doch wie schon mehrere Male zuvor stützte eine starke Hand sie. Die Wachen wollten nicht, dass eine von ihnen stürzte, denn das hätte die Hinrichtung nur unnötig aufgehalten.

Es fiel unsagbar schwer, stolz und aufrecht zu gehen, wenn die Hände hinter dem Rücken zusammengebunden waren und sich die Beine immer wieder in dem schweren schwarzen Gewand verfingen. Der Drang, gleich den Übrigen zu wimmern und zu stöhnen, wurde fast übermächtig, doch Beth nahm all ihren Mut zusammen und schritt schweigend dahin. Sie war sicher, dass sich Patrick irgendwo in der Menge aufhielt, und sie würde weder ihm noch sich selbst Schande bereiten. Sie würde so in den Tod gehen, wie es einer Lady MacRae geziemte. Sie wünschte, sie könnte ein letztes Mal mit Patrick sprechen und ihm sagen, wie sehr sie ihn liebte. Immer wieder hatte sie sich Vorwürfe gemacht, dass sie es ihm bei ihrer letzten Begegnung nicht gesagt hatte. Doch an jenem Tag hatte seine Liebeserklärung sie völlig überrascht und ihr die Sprache verschlagen. Noch immer konnte sie nicht recht glauben, dass er sie wirklich liebte. Vielleicht wollte er sie nur trösten. Doch wie dem auch sein mochte – Patrick war der beste Freund, den sie jemals gehabt hatte.

Da gab es einen Ruck an der Kette, die zu ihrem Halseisen führte, und zwei kräftige Hände packten sie grob bei den Armen. Der fürchterliche Eisenzinken bohrte sich in ihren Mund. Ihre Beine gaben nach, sie taumelte.

»Bleib stehen, verdammt noch mal«, knurrte eine barsche Stimme. »Du wirst noch früh genug vor deinen Schöpfer treten. Da brauchst du vorher kein solches Theater zu machen.«

Es kam ihr vor, als zöge sich der Reifen um ihren Hals zusammen. Würde man sie erdrosseln?

Sie wollte nicht sterben. Ihr Leben hatte doch gerade erst begonnen.

Mit Tränen in den Augen sah Patrick vom Rücken seines Pferdes aus zu, wie die Wachen jede der Gefangenen zu einem der Pfähle führten. Dann hoben sie die Frauen hoch, bis der Halsreifen über das obere Ende des Pfahls glitt. Jetzt waren die Frauen an die Pfähle gefesselt und konnten sich nicht mehr rühren. Patrick war sicher gewesen, dass er Beth trotz Umhang und Kapuze an ihrer Gestalt oder ihrem Gang erkennen würde. Oder dass ihm sein Gefühl verraten würde, welche von ihnen seine Frau war. Aber er hatte sich getäuscht.

Die Soldaten traten beiseite, und das Gebrüll der Gaffer verstummte. Kardinal Beaton trat nach vorn, prachtvoll anzuschauen in seiner roten Robe und der goldenen Mitra. Die Hände wie im Gebet aneinandergelegt, wartete er, bis es ganz still geworden war.

Als er aller Augen auf sich gerichtet fühlte, begann er mit weithin hallender Stimme zu sprechen: »Ihr alle, hört mich an. So, wie Gott einen Bund mit seiner Kirche geschlossen hat, auf dass wir ihm in Treue und Gehorsam dienen, so verbündet sich auch Satan mit den Seinen. Sie befolgen seine Gesetze, und dafür verschafft er ihnen, was sie begehren. Jede dieser Frauen hat einen Pakt mit dem Teufel geschlossen und mit seiner Hilfe Hexerei getrieben. Hexenwerk ist die abscheulichste Sünde vor Gottes Angesicht und kann nur durch die reinigende Kraft des Feuers gesühnt werden. Und da nach dem Gesetz Moses' keine Hexe am Leben bleiben soll, ist der Tod ihr Los. Er findet Wohlgefallen vor Gott.«

Noch immer starrte Patrick zu den verhüllten Gestalten hinüber, und noch immer vermochte er Beth nicht von den anderen zu unterscheiden. Trotz schwindender Hoffnung beschloss er, dass Beth wenigstens wissen sollte, dass er hier war.

Die Menge lauschte schweigend der Ansprache des Kardinals.

»Am heutigen Tag wird euch Gottes Wille offenbar«, tönte Beaton soeben. »Gebt Acht und seht, welches Schicksal denen bereitet ist, die des Herrn spotten.«

Patrick schloss die Augen, konzentrierte seine Gedanken auf Beth und stieß den Pfiff aus, mit dem er immer Zeus gerufen hatte. Bestimmt würde sie ihn ebenso erkennen wie der Habicht, und dann wüsste sie wenigstens, dass ihre Freunde in ihrer Nähe waren, auch wenn sie nichts für sie tun konnten.

Zu seiner Überraschung antwortete ihm ein gleichartiger Pfiff.

Patrick öffnete die Augen. Beth konnte es nicht gewesen sein, nicht mit diesem abscheulichen Gestell auf dem Kopf.

Beaton hob die Hand, um das Zeichen zum Entzünden des Scheiterhaufens zu geben, und Patrick erkannte mit Entsetzen, dass der Kardinal die Frauen bei lebendigem Leibe verbrennen wollte. Verzweifelt suchten seine Augen Molly. Jetzt musste sie den Pfeil auf die Bogensehne legen, doch sie starrte nur bewegungslos geradeaus.

Er folgte ihrem Blick und sah, wie Zeus auf Jakobs Schulter seine mächtigen Schwingen ausbreitete. Der König wollte ihn zurückhalten – zu spät. Zeus, dem es gelungen war, sich von Haube und Fußfesseln zu befreien, kam herangesegelt und setzte sich einer der Frauen auf die Schulter.

Ohne einen Gedanken an die Umstehenden zu verschwenden, die ihm eilig Platz machten, gab Patrick seinem Hengst die Sporen und preschte auf die einsame Gestalt mit dem Habicht auf der Schulter zu. Ihm war, als seien sie beide mutterseelenallein auf dem Platz.

Einer der Soldaten sah ihn kommen und sprang mit gezücktem Dolch auf ihn zu. Doch kaum hatte Patrick die Gefahr erkannt, kreischte Zeus bereits auf und schlug drohend mit den Flügeln. Verwirrt stutzte der Mann einen Augenblick. Da kam ein grauer Blitz herangerast, stürzte sich mit gebleckten Zähnen auf den Soldaten und warf ihn zu Boden.

Am Scheiterhaufen angekommen, riss Patrick am Zügel, der mächtige Hengst stieg und keilte wild mit den Vorderhufen aus. Da beugte sich Patrick hinunter und legte einen Arm um die schwarze Gestalt mit dem kreischenden Habicht, der im selben Augenblick seine Schwingen entfaltete und himmelwärts davonschoss. In Windeseile riss Patrick die schmale, scheinbar gewichtslose Frau vom Boden hoch, bis der Halsring über das Pfahlende glitt. Dann zog er sie – nebst Halseisen, Kette und der schrecklichen Schandmaske – zu sich in den Sattel und trieb den Hengst an, der mit donnernden Hufen davongaloppierte. Beth war frei.

Wie es dem Pferd gelang, sich seinen Weg durch die Menge zu bahnen, vermochte Patrick später nicht zu sagen. Rechts und links warfen sich die Menschen vor den eisenbeschlagenen Hufen des wild gewordenen Tieres zur Seite, doch Patrick konnte keine Rücksicht darauf nehmen. Er wusste, dass die Männer des Kardinals Leib und Leben aufs Spiel setzen würden, um die Flucht der Hexe zu vereiteln. Im Dahinstürmen bemerkte er, dass der Weg vor ihm auf einmal frei war. Auch am Stadttor hielt ihn niemand auf. Dennoch ritt Patrick mit unverminderter Geschwindigkeit weiter, bis es ihm sicher erschien, dass sie ihn nicht mehr einholen konnten. Da erst zügelte er sein Pferd und ließ es langsamer gehen.

Beth war überaus erleichtert, als das Tier eine gemächlichere Gangart einlegte. Sie hatte den Reiter, der sie schützend an sich presste, sofort erkannt, doch nun fühlte sie sich am ganzen Körper wie zerschlagen. Unter der Kapuze bekam sie kaum Luft, aber zumindest war sie am Leben. Als das Pferd zum Stehen kam, lockerte Patrick den harten Griff um ihren Leib und half ihr, sich bequemer vor ihn in den Sattel zu setzen. Da sprang der schwere eiserne Reif um ihren Hals wie von Zauberhand auf, und Patrick zog ihr die Kapuze vom Kopf.

»Gott sei Dank«, flüsterte er, nahm sie in die Arme und küsste sie sacht auf die Stirn. Das waren die ersten Worte, die sie hörte, nachdem sich die scharfen Krallen des Vogels in ihre Schulter gebohrt hatten.

Sie schmiegte sich an ihn und wünschte sich, er möge sie nie wieder loslassen. Doch nach ein paar Sekunden hielt Patrick sie ein wenig von sich ab und blickte ihr forschend ins Gesicht. »Bist du wirklich unversehrt?«, fragte er. »Kannst du sprechen?«

Sie nickte. »Ich glaube schon. Meine Zunge ist zwar ganz wund, aber sie funktioniert noch.«

»Mit der Maske stimmte wohl etwas nicht. Der Eisenzinken ist einfach abgefallen.«

»Tatsächlich? Er tat scheußlich weh, aber als Zeus kam, habe ich den Schmerz ganz vergessen.«

»Du hast ihm doch nicht gepfiffen, oder?«

»Ich habe dich pfeifen hören«, entgegnete sie mit einem schwachen Lächeln. »Dein Pfiff drang durch den ganzen Lärm um mich herum. Da wollte ich dir antworten, aber ich brachte keinen Ton heraus.«

Erneut schloss er sie in die Arme und küsste sie auf den Mund. Sie erwiderte seinen Kuss, erstaunt, dass die Schmerzen, die ihr die Schandmaske verursacht hatte, wie weggeblasen waren. Selbst ihre Zunge tat ihr nicht mehr weh, wie sie gleich darauf feststellte. In den folgenden kurzen Minuten bemühte Beth sich, nicht mehr an die Qualen der vergangenen Tage zu denken. Sie wollte nur noch genießen, dass Patrick so nahe bei ihr war und sie zärtlich streichelte. Doch als der Hengst unruhig zu tänzeln begann, lachte Patrick leise.

»Wir müssen uns beeilen, meine Liebste, so leid es mir tut«, murmelte er nahe an ihrem Mund. »Ich habe zwar kein Pferd für dich, aber der Schwarze kann uns beide mit Leichtigkeit tragen.«

Er richtete sich auf. »Wohin gehen wir?«, fragte sie seufzend.

»Ins Hochland.«

»Nein«, vernahm sie da eine vertraute Stimme. »Dort werden sie euch als Erstes suchen. Also sag ihm, dass es sicherer ist, wenn ihr nach Süden, nach Dunsithe, reitet.«

Als Beth sah, dass Patrick keine Miene verzog und offenbar noch immer auf ihre Antwort wartete, wurde ihr klar, dass er nichts gehört hatte.

»Sag's ihm«, drängte Maggie und nahm auf seiner Schulter Gestalt an.

Beth nickte mit großen Augen.

»Was ist denn?«, fragte Patrick und blickte argwöhnisch um sich.

»Wir müssen nach Dunsithe gehen«, antwortete Beth.

»Und sag ihm auch, dass ihr unterwegs auf gar keinen Fall anhalten dürft«, fügte Maggie befehlend hinzu.

Patrick schaute Beth an. »Nach Dunsithe?«

»Ja, und wir dürfen nicht anhalten, bis wir dort sind.«

Patrick kniff die Augen zusammen. »Aber warum willst du dorthin?«

Beth zögerte.

»Sag's ihm«, befahl Maggie.

»Wir müssen dorthin gehen, weil Maggie es so will«, erklärte Beth.

»Sag ihm, dass Molly und Kintail dort sein werden – und deine Mutter auch.«

Beth richtete ihre Worte getreulich aus und war überrascht, dass Patrick sie nicht schlichtweg für verrückt erklärte.

»Auf dem Platz ist etwas Eigenartiges geschehen«, sagte er schließlich. »Ich kann nicht behaupten, dass ich das alles verstehe, aber ich will keine Fragen mehr stellen. Hauptsache, ich habe dich wieder.«

Grinsend meldete sich Maggie erneut zu Wort. »Du kannst ihm erzählen, dass die Menge auf dem Platz die anderen Frauen befreit hat, nachdem er mit dir fortgeritten war. Die Leute hielten den Habicht für einen Boten des Himmels, der ihnen mitteilen wollte, dass Gott die Taten des Kardinals nicht billigte. Und dein Cousin Huntly und andere Adelige haben die Soldaten des Kardinals daran gehindert, euch zu verfolgen. In Stirling ist noch immer die Hölle los.«

Als Beth diese Neuigkeiten weitergegeben hatte, fragte Patrick mit gerunzelter Stirn: »Eine Frage habe ich doch. Wer erzählt dir das eigentlich alles?«

»Sie«, antwortete Beth und deutete auf seine Schulter. Doch Maggie war verschwunden. »Oh, sie ist weg. Ich weiß, dass du nicht an dergleichen glaubst, aber …«

»Sieh doch«, rief Patrick statt einer Antwort und deutete auf die Straße.

Beth musste lächeln, als sie sah, dass Donner auf sie zugelaufen kam.

Im gleichen Augenblick hörten sie einen klagenden Laut. Sie blickte nach oben, wo der Habicht über ihnen seine Kreise zog.

»Ich glaube, ich sollte mich einfach darüber freuen, dass du in Sicherheit bist, meine Liebste, und es dabei belassen«, sagte Patrick.

Schon bald schlief sie erschöpft in seinem Arm, während sie durch die Nacht ritten und nur ab und zu eine Pause einlegten, damit das Pferd sich ein wenig ausruhen und an einem Bach oder Fluss trinken konnte.

Am späten Nachmittag des folgenden Tages erreichten sie Dunsithe.

Beth blickte sich staunend im Hof der gewaltigen Burg um, als zwei hübsche Frauen und ein gut aussehender Mann herbeigelaufen kamen, um sie willkommen zu heißen.

Die ältere der beiden Frauen starrte Beth an, als könne sie ihren Augen nicht trauen.

»Woher wusstet ihr, dass wir kommen, Fin?«, fragte Patrick, während er sich aus dem Sattel gleiten ließ, dem Mann die Hand reichte und die jüngere Frau zur Begrüßung umarmte.

»Wir wussten es eben«, gab Molly mit breitem Lächeln zur Antwort. Dann trat sie einige Schritte zurück und schaute zu Beth hinauf. »Und du bist wohl meine kleine Schwester«, sagte sie.

Vor Freude kamen Beth die Tränen. »Wirklich? Seid Ihr sicher?«

»Ach, mein Liebling, daran besteht überhaupt kein Zweifel!«, rief die ältere Frau, der die Tränen über die Wangen liefen. »Hebt sie herunter, Patrick. Ich möchte meine Tochter in die Arme nehmen!«

Beth schnappte überrascht nach Luft. »Mutter?«

Noch immer weinend nickte die Frau. »Ja, Liebling, und das sind deine Schwester Molly und ihr Gemahl, der Laird von Kintail.«

Als Patrick sie vom Pferd hob, drückte er sie kurz an sich und flüsterte ihr zu: »Jetzt hast du eine Familie, Liebste. Ich hoffe, sie gefällt dir.«

»Ganz bestimmt«, versicherte Beth, bevor sie sich zu ihrer Mutter umdrehte. »Ich hätte nie gedacht, dass Ihr so wunderschön seid«, sagte sie.

Lachend und weinend zugleich fielen sich die beiden Frauen in die Arme und klammerten sich aneinander, als wollten sie sich nie wieder loslassen.

Es dauerte eine ganze Weile, bis jemand den Schatz zur Sprache brachte.

Während sie in der prächtigen großen Halle ein köstliches Abendessen genossen, lauschte Beth glücklich, als Mutter und Schwester ihr von ihrer unbekannten Familie erzählten.

Dabei ließ sie immer wieder ihre Blicke über die prunkvollen Möbel schweifen.

Da berührte Patrick leicht ihren Arm. »Das hätte ich fast vergessen«, sagte er, langte in sein Wams und zog die Kette mit dem Blattanhänger heraus, die sie auf dem Ball getragen hatte. »Ich habe dir das mitgebracht, aber die Parfümkugel und deinen Gürtel habe ich mit dem anderen Kram auf Schloss Stirling gelassen.«

»Das ist nicht schlimm«, erwiderte sie. »Es ist sowieso alles nur Plunder. Weißt du, die Edelsteine an meinen Schuhen waren auch bloß aus Glas.«

»Da wäre ich mir nicht so sicher«, mischte sich Molly ein und warf Fin einen Blick zu, während Patrick die Kette an Beths Hals befestigte. »Ich finde, wir sollten ihr die Truhe zeigen, oder?«

Fin nickte und sagte zu Patrick: »Du kommst am besten auch mit. Wenn du es nicht sehen darfst, werden wir es schon merken.«

Völlig verwirrt blickte Beth zu Patrick hinüber, der aus den Bemerkungen offensichtlich auch nicht schlau werden konnte.

»Bildet euch bloß nicht ein, ihr könntet ohne mich gehen«, sagte Nell bestimmt.

»Dann kommt ruhig mit«, forderte Molly sie auf und ging mit ihr und Beth hinter den Männern her und aus der Halle.

Beth hatte kein Wort von alldem verstanden, doch als sie sah, dass Patrick ihr aufmunternd zulächelte, war sie beruhigt. Er nahm ihre Hand, und gemeinsam folgten sie den anderen durch einen Korridor mit kostbaren Teppichen und farbenprächtigen Wandbehängen.

Der Korridor endete vor einer Mauer. Fin zog an einer Art Steinplatte, und zu Beths Verwunderung schwang sie auf wie eine Tür und gab den Blick auf einen Gang frei. Sie traten hindurch, und hinter ihnen schlug die Steintür zu.

In dem dunklen Gang bekam Beth es mit der Angst zu tun

und klammerte sich an Patricks Hand, doch da erstrahlte der Boden auf einmal in einem silbrigen Licht, das ihnen den Weg wies.

Es war genau wie in ihren Träumen. Unwillkürlich umfasste sie das goldene Blatt an ihrem Hals und ging mit den anderen weiter.

Als sie um eine Biegung kamen, erblickte sie eine Truhe, die ebenfalls genauso aussah wie die in ihrem Traum. Doch plötzlich überkam sie ein Gefühl unerklärlicher Furcht, und im selben Augenblick sprang ein Mann aus dem Schatten und schwang drohend ein blitzendes Schwert.

Mit dem Schrei: »Nein, Angus, nein!«, sank Nell zu Boden. »Los, Mädchen«, brummte der Mann und warf Beth einen furchteinflößenden Blick zu. »Darauf habe ich lange gewartet. Mach die Kiste auf, und übergib mir alles, was darin ist. Dann lasse ich dich in Frieden.«

Patrick und Fin waren unbewaffnet, und als Fin, der an der Spitze ging, sich auf den Eindringling stürzen wollte, wurde er mit einem schnellen Schwertstreich niedergestreckt. Molly stieß einen Schrei aus, da versetzte ihr der Mann mit seiner anderen Hand einen Schlag, der sie rückwärts gegen die Wand taumeln ließ. Patrick stellte sich schützend vor Beth, doch der Unhold ging auch auf ihn mit dem Schwert los. Ohne Waffe hatte Patrick ihm nichts entgegenzusetzen. Als er fiel, hallte ein schauerlich gellender Schrei durch den Geheimgang.

Der Schurke erstarrte mitten in der Bewegung und fuhr blitzschnell herum. Ein gewaltiger schwarzer Bär tappte hochaufgerichtet auf ihn zu. Der Mann hob sein Schwert, doch der Bär schlug es ihm mit seiner Pranke aus der Hand. Zu Beths äußerster Verblüffung löste sich der Mann daraufhin in Luft auf, und an seiner Stelle war da auf einmal Donner, bellend und knurrend. Als der Bär stutzte, ergriff der Hund die Gelegenheit und sprang ihm an die Kehle. Doch der Bär machte einen Schritt zur Seite, und Donner prallte gegen die Wand. Benommen saß er auf dem Boden und schüttelte den Kopf.

Da erfüllte auf einmal Musik den Gang – unheimlich, bezwingend und von zauberischer Schönheit. Ihrer Furcht und aller entsetzlichen Geschehnisse zum Trotz musste Beth lächeln. Ihre Füße zuckten, als wollten sie von selbst zu tanzen beginnen.

»Hol dich die Pest, du hinterhältiger, feiger, verwünschter Verräter! Nun hast du erreicht, was du wolltest, da kannst du dich auch offen zeigen.« Erstaunlicherweise sprach der Bär mit Maggie Mallochs Stimme, und als Antwort richtete sich der große Hund auf die Hinterbeine auf. Es sah aus, als würde er grinsen.

Direkt vor Beths Augen schien sich seine Form aufzulösen und zu verwandeln, und im Handumdrehen stand statt des großen grauen Hirschhundes ein Mann vor ihr. Er hatte borstiges grünes Haar und hielt eine Fiedel in der rechten und einen Fiedelbogen in der linken Hand. In seinen Pupillen wirbelten rote und grüne Spiralen, und Beth zählte sechs Finger an jeder Hand.

Sie konnte sich weder bewegen noch einen klaren Gedanken fassen. Die Tränen strömten ihr nur so über das Gesicht, und ihre Kehle schmerzte, als sie erkennen musste, dass sie die Hexenverbrennung überlebt und ihre Familie wiedergefunden hatte, nur um sie gleich darauf wieder zu verlieren. Und Maggie Malloch trieb Spielchen mit einem Bär und einem Hund. Der Hund – oder vielmehr der Mann, der an seine Stelle getreten war – zeigte ein breites Grinsen, und Maggie war ganz offensichtlich wütend, aber was …

»Tom Tit Tot!«, rief Maggie. »Ich habe gehofft, ich müsste dein nichtsnutziges Gesicht nie mehr sehen. Und jetzt treffe ich dich hier, wo du wieder nichts als Unheil stiftest und alles verdirbst.«

»Zeig du dich ruhig, Mädchen«, sagte der merkwürdige Mann. »Ich habe dich ganz schrecklich vermisst.«

»Mam«, ließ sich da eine dritte Stimme vernehmen. »Er hat ja sechs Finger an jeder Hand!«

»Halt den Mund, du!«, kreischte der Mann und versteckte die Hände mit Fiedel und Bogen geschwind hinter dem Rücken.

»Ja, das hat er«, erwiderte Maggie in trügerisch ruhigem Ton. »Ich dachte mir schon so etwas, als ich merkte, dass mich jemand mit einem Zauber belegt hatte. Das war auch der Grund, warum ich so viel riskiert habe, um dem Mädchen zu helfen. Es gibt nur wenige, die über so große Zauberkraft verfügen, aber dieser gemeine Kerl hat es schon zum zweiten Mal getan. Doch das mit seinen Fingern ist mir bisher noch nicht aufgefallen.«

»Nun weiß ich seinen richtigen Namen«, rief die dritte Stimme triumphierend.

»Dann sprich ihn aus, Claud, schnell!«

»Dein Name ist Jonah Bonewits, du elender Kerl!«

»Jetzt, wo du sein Rätsel gelöst hast, kann er uns nicht mehr entwischen«, rief Maggie.

Abermals kreischte der grünhaarige Mann und änderte erneut Farbe und Gestalt. Nun standen ihm die Haarbüschel wie Sonnenstrahlen um den Kopf und wechselten von Grün zu Rot mit hellen Spitzen. Sein Gesicht wurde noch schmaler, und Beth bemerkte bunte Striche auf seinen Wangen. Die farbigen Wirbel in seinen Pupillen waren verschwunden, stattdessen glitzerten seine dunklen Augen nun vor Wut. Er hob beide Hände in die Höhe und brüllte: »Gib dich endlich zu erkennen, du alter Zankteufel!«

»Bevor ich das tue«, erwiderte Maggie spitz, »möchte ich dich darauf hinweisen, dass das Mädchen alles mit angesehen hat, was du heute angestellt hast.«

Der Mann, immer noch mit erhobenen Händen, wurde ganz starr vor Schreck.

Da verschwand der Bär, und an seinem Platz stand Maggie. Die Hände in die wohlgepolsterten Hüften gestützt, schaute sie den seltsamen Mann an und sagte ruhig: »Ich weiß, dass du ihr nichts zuleide tun wirst, Jonah Bonewits. Du hast sie zwar vor uns versteckt gehalten, doch sie zugleich auch immer beschützt.«

»Du weißt, dass ich Angus diene«, gab er zur Antwort.

»Du dienst keinem außer dir selbst«, erwiderte Maggie spöttisch. »Und du wirst meinen Claud auch nicht zwingen, deine Lucy zu heiraten, du wirbeläugiger Widerling. Denn er ist mein Claud. Also lass ihn gefälligst in Ruhe.«

»Na ja, genau genommen ist Lucy Fittletrot gar nicht meine Lucy«, sagte der Mann. »Sie war mir nur ein wenig behilflich bei meinen kleinen Streichen.«

»Das bringe ich vor die Runde«, knurrte Maggie.

»Nur zu«, entgegnete der Mann und blickte sie mit zusammengekniffenen Augen an. »Wenn du es wieder einmal darauf anlegst, dich mit mir zu messen, kann ich bloß sagen: Nur zu.« Mit diesen Worten war er verschwunden.

Maggie wandte sich an Beth: »Nun bist du in Sicherheit, Mädchen. Dir wird keiner mehr etwas tun.«

»Aber was ist mit den anderen?«, fragte Beth unter Tränen.

»Sie schlafen bloß«, sagte Maggie. »Ich habe den Blutfluss sofort gestillt, und den Frauen ist überhaupt nichts geschehen. Bald werden sie wieder aufwachen.«

Als Beth neben Patrick auf die Knie fiel, sah sie, dass Maggie Recht hatte. Er atmete völlig normal und wies nicht die geringste Spur einer Verwundung auf.

»Donner und der Mann mit dem Schwert waren ein und dieselbe Person. Und Ihr wart der Bär!«, rief sie. »Das werden die anderen mir nie und nimmer glauben. Ich kann es selbst kaum fassen, obwohl ich es mit meinen eigenen Augen gesehen habe.«

»Du wirst ihnen nichts davon erzählen«, sagte Maggie. »Wenn sie wieder wach sind, werden sie sich nur daran erinnern, dass du eben im Begriff warst, die Truhe dort drüben mit deinem Schlüssel zu öffnen. Was da drin ist, gehört dir, und niemand außer dir kann die Truhe aufschließen. Sie werden alles vergessen haben, das verspreche ich dir. Und so wird es auch dir ergehen.«

Bei diesen Worten verklang ihre Stimme, und Patrick rührte sich. Beth beugte sich über ihn.

»Oh, mein Liebster«, sagte sie leise und half ihm beim Aufstehen. »Stütz dich auf mich.«

Kurz darauf hatten sich alle wieder erhoben, und Kintail sagte: »Hast du den Schlüssel, Beth?«

Ohne zu zögern, griff sie nach ihrer Kette. Das Blatt hatte sich in einen goldenen Schlüssel verwandelt, und wenige Sekunden später stand die Truhe offen. Im Zwielicht des Gangs funkelte und glitzerte das prachtvolle Geschmeide in ihrer Tiefe.

25

In den Wäldern bei Dunsithe

Der Wald lag dunkel und still. Kein Lüftchen regte sich, kein Blatt bewegte sich am Baum. Es schien, als hätte das Kleine Volk seinen Zauber über alle Lebewesen gelegt. So still war es, dass Patrick nur das Rascheln von totem Laub unter seinen Füßen und seinen eigenen Atem hörte. Lauschend blieb er stehen, wickelte sich fester in seinen Umhang und verharrte, bis er den fernen Ruf eines Nachtvogels vernahm und bemerkte, wie ein kleines Tier durchs Unterholz huschte. Da ging er beruhigt weiter.

Wo war Beth nur? Bald nachdem sie aus dem geheimen Gang in die große Halle zurückgekehrt waren, hatte sie sich verabschiedet und war schlafen gegangen. Doch als er ihr ein wenig später in die Schlafkammer folgte, fand er sie nicht dort vor. Ihm kam der Verdacht, dass sie sich aus der Burg in den Wald geschlichen hatte.

Gerade dachte er beunruhigt über diese Möglichkeit nach, da nahm er in einiger Entfernung den gleichen silbrigen Lichtschein wahr wie zuvor in dem Geheimgang. Er schritt darauf zu und kam auf eine Lichtung. Auf der Wiese stand reglos eine vertraute Gestalt, gebadet in silbernem Mondlicht.

Barfuß, in einem weißen Nachthemd, das sich eng an ihren Leib schmiegte, stand Beth da, das Gesicht mit dem fein geschnittenen Profil dem Himmel zugewandt. Selbst ihr Haar, das wie ein seidener Vorhang über ihren Rücken floss, wirkte silberweiß. Sie hielt die Augen mit den langen, dichten Wimpern geschlossen, und Patrick musste an den Tag denken, an dem er sie zum ersten Mal gesehen hatte. Damals, als sie aus der Höhle trat. Er fragte sich, woran sie wohl gerade denken mochte.

Hier im üppig grünen Wald war die Luft kühl und ein wenig feucht. Er atmete tief durch. Am liebsten wäre er zu ihr gegangen und hätte sie in die Arme geschlossen.

Fror sie nicht? Oder hatte sie sich in eine Fantasiewelt zurückgezogen, so wie seit Kindertagen, wann immer sie der tristen Wirklichkeit entfliehen wollte?

War sie unglücklich? Gewiss, in einer kurzen Woche hatte sie so viel erlitten, dass es wohl jeden aus der Fassung brächte. Er wollte ihr so gern beistehen, doch zugleich hielt ihn etwas zurück, sie in diesem Augenblick zu stören.

Also verhielt er sich ganz still und blickte unverwandt zu ihr hinüber. Dabei seufzte er tief – zufrieden, dass er in ihrer Nähe sein durfte. Hätte ihm früher jemand gesagt, dass ihn die bloße Gegenwart einer Frau so glücklich machen könnte, hätte er ihn ausgelacht. Er hatte sich über so vieles lustig gemacht, denn der Tod seiner Mutter und mehr noch der seines Vaters hatten ihm gezeigt, wie kurz und ungewiss das Leben war. Daraufhin beschloss Patrick, die Unwägbarkeiten des Daseins nie mehr nahe an sich herankommen zu lassen. Nun aber erkannte er, dass sich das als Irrweg erwies. Denn nichts war so stark wie die Liebe. Für Beth gäbe er sein Leben hin und mit ihm alles, was ihm teuer war. Mit ihr veränderte sich Patricks Welt von Grund auf.

Plötzlich öffnete sie die Augen, und ihr sanft gerundeter Busen hob sich in einem tiefen Atemzug. Er hielt die Luft an und wartete, ob sie ihn wohl bemerken würde. Doch noch immer stand sie reglos da – die junge Göttin Diana in Anbetung des Mondes.

Gerade, als er sich überlegte, dass sie sich zu Tode erschrecken könnte, wenn er sie anrief, sagte sie mit leiser, klarer Stimme: »Du bist gewiss gekommen, um mich zu holen.«

Einen Augenblick lang war er unsicher, ob sie überhaupt

zu ihm gesprochen hatte, da sie weiter zum Mond hinaufblickte. Doch da drehte sie sich um und lächelte ihm zu.

»Woher wusstest du, dass ich hier bin?«, fragte er.

»Du dachtest wahrscheinlich, du würdest dich lautlos bewegen, doch in der Stille klang es, als wäre ein ganzes Heer im Anmarsch. Wie hast du mich gefunden?«

»Du warst nicht in der Kammer, also bin ich hierher gekommen.«

»Aber warum gerade an diesen Platz? Die Wälder sind groß, und ich hätte überall sein können, nicht wahr?«

Er konnte sich nicht mehr entsinnen, weshalb er gerade diesen Weg eingeschlagen hatte. Daher antwortete er nur: »Mir war danach, genau hierher zu kommen, also habe ich es getan.«

Sie nickte. »Ich wusste, dass du das tun würdest. Glaubst du, das Kleine Volk ist auch dafür verantwortlich?«

»Das bezweifle ich«, erwiderte er und strich ihr eine seidige Haarsträhne aus dem Gesicht. »Ich möchte lieber glauben, dass ich dich gefunden habe, weil ich dich liebe und weil das Band, das uns verbindet, mir den Weg zu dir gewiesen hat. Und aus demselben Grund hast du auch gewusst, dass ich komme, und nicht, weil ich so laut dahergetrampelt bin.«

Sie lächelte. »Meinst du wirklich, Patrick?«

»Sicher, *mo chridhe*«, sagte er, legte ihr die Hände auf die Schultern und beugte sich über sie, um sie zu küssen.

Sie reckte sich ihm entgegen und presste ihren Körper an den seinen.

Er atmete den vertrauten Duft ihres Haares und ließ die Hände von ihren Schultern über ihre Arme bis zu ihrer Taille hinabgleiten. Ihre Lippen waren weich und einladend, ihr Leib warm und biegsam.

Sein Körper regte sich lustvoll, und er sehnte sich danach, sie in Besitz zu nehmen.

Er zog sich den Umhang von den Schultern und breitete ihn auf dem Gras aus. Dann hob er sie auf die Arme und bettete sie sanft darauf. Sie schien nichts dagegen zu haben, sondern schaute ihm nur heiter und gelassen in die Augen.

»Ich will dich«, flüsterte er.

»Hier und jetzt, Patrick?«

»Ja, mein Mädchen, hier und auf der Stelle.«

»Aber was ist, wenn jemand kommt?«

»Dann erschieße ich ihn«, sagte er einfach, löste seinen Waffengurt und legte Pistole und Schwert beiseite.

Beth musste kichern, doch als seine Hände über ihre Brust glitten, verwandelte sich das Kichern in ein lustvolles Keuchen. »Oh, Patrick.«

»Verdammt!«, murmelte er.

»Was ist?«

»Dieses elende Nachthemd ist am Rücken geschlossen.«

»Dann wirst du dir wohl etwas einfallen lassen müssen«, erwiderte sie mit schelmischem Lächeln.

Er drehte sich auf die Seite, zog sie näher an sich und küsste sie auf den Hals. Lustvolle Schauer rannen durch ihren Körper, und als er seine Lippen voller Leidenschaft auf ihren Mund presste, erzitterte sie vor Erregung.

Da konnte sie nicht länger an sich halten. Sie fuhr mit ihrer Hand unter sein Wams, zog ihm das Hemd aus dem Hosenbund und begann, die glatte, feste Haut darunter zu erkunden, die harten Bögen seiner Rippen und den flachen muskulösen Bauch.

Patrick stützte sich auf einen Ellbogen und legte den Kopf in seine linke Hand. Doch mit der rechten streichelte er weiterhin ihre Brüste und spielte durch den dünnen Stoff mit den Brustwarzen. Dabei schaute er ihr lächelnd in die Augen.

Sie langte nach oben und strich über seine Wange. Dann fuhr sie mit einem Finger sacht von seinem Augenwinkel über das Lid, bis er die Augen schloss, und dann entlang der Augenbraue wieder hinunter zur Wange. Leicht und spielerisch legte sie ihm zwei Finger auf die Lippen.

Patrick stöhnte. Nie zuvor hatte er dergleichen empfunden. Flammen rasten durch seinen Körper, entfacht durch die leichte Berührung ihrer Fingerspitzen. Kein Wunder, dass Davy Beaton und die anderen sie für eine Hexe hielten. Sie hatte ihn ganz ohne Zweifel in ihren Bann geschlagen. Und mit Gottes Hilfe würde es so bleiben, solange sie beide lebten.

Ihre Finger spielten noch immer mit seinen Lippen, und aus einem Impuls heraus nahm er einen davon in den Mund, saugte daran und schwelgte im Aroma ihrer Haut.

Als er ihr sinnliches Lächeln bemerkte, stieg sein Verlangen ins Unendliche. Er begehrte sie mit einer Macht, wie er es nie für möglich gehalten hatte. Er drehte sich auf den Rücken, zog sie über sich und tastete nach den Schnürbändern des Nachthemds. Sie boten seinen drängenden Fingern keinen Widerstand, und im Nu streifte er ihr das Gewand ab und warf es ins Gras. Während er ihren bloßen Rücken liebkoste, dachte er mit leisem Unmut daran, dass sie nur so wenig angehabt hatte.

»Du hättest nicht so leicht bekleidet hinausgehen sollen, Mädchen. Mach das nie wieder.«

»Was passiert sonst?« Ihr Ton war beiläufig und neckend.

Er hielt sie umfasst und drehte sich auf den Bauch, sodass sie unter ihm zu liegen kam. Dabei blickte er ihr fest in die Augen und sagte streng: »Sonst versohle ich dir deine hübsche Kehrseite, bis du es lernst, dich in Acht zu nehmen. Was wäre, wenn du einem Feind begegnet wärst, barfuß und nur mit diesem dünnen Hemd bekleidet?«

»Hier war ja niemand außer dir«, flüsterte sie. »Und du hast immer noch deine Kleider an.« Wieder spürte er ihre Hände unter seinem Hemd, kühl und heiß zugleich. »Zieh dich aus, Patrick«, fügte sie in dem gleichen neckenden Flüstern hinzu. »Ich möchte dich nackt im Mondlicht sehen, mein Liebster. Oder soll ich dir als Zofe zur Hand gehen?«

Die Vorstellung war verlockend, doch seine Ungeduld

stärker. Er wartete, bis sie ihm geholfen hatte, sein Wams aufzuschnüren, dann riss er sich das Hemd vom Leib und warf es neben sich auf den Boden. Im Handumdrehen folgten Stiefel, Strümpfe und Hose.

Maggie Malloch beobachtete die Szene mit einem nachsichtigen Lächeln. »Nun sind sie in Sicherheit, schätze ich«, sagte Claud und trat neben sie.

»Ja, bis auf weiteres«, antwortete seine Mutter.

»Musst du wieder fort, Mam?«

»Ja. Im Norden braut sich ein Sturm zusammen, und einige von unseren Leuten sind mittendrin. Ich muss da oben nach dem Rechten sehen. Jonah Bonewits hat Unrecht getan und wurde dafür aus der Runde ausgeschlossen. Aber«, setzte sie in verbittertem Ton hinzu, »sie sagen, ich sei auch zu weit gegangen. Deshalb muss ich mich von neuem bewähren, um meinen Platz in der Runde zu behalten.«

»Du schaffst das schon, Mam. Das weiß ich genau.«

»Ja, mein Junge. Aber dein Tunichtgut von Vater hat uns diesmal wirklich etwas eingebrockt. Also werde ich ihn daran hindern müssen, sich in Zukunft noch einmal in meine Angelegenheiten zu mischen, so oder so.«

Claud überlief ein Schauer. Doch als sie sich nach einem knappen Schwenken ihrer Pfeife in Luft auflöste, folgte er ihr ohne Widerrede und überließ die kleine Waldlichtung den beiden Liebenden.

Patrick sah im Mondlicht einfach herrlich aus, fand Beth, die ihn zärtlich betrachtete. Aber eigentlich erschien er ihr in jedem Licht umwerfend. Bei seinem Anblick vergaß sie alles außer ihrem Verlangen. Unter dem Umhang, der sie gegen die Feuchtigkeit des Bodens schützte, war das Gras wie ein weiches Lager. »Ich möchte dich küssen, Patrick.«

»Dann tu es doch, Mädchen. Küss mich überall.«

»Überall?«

»Ja«, erwiderte er mit trägem Lächeln und streckte sich rücklings neben ihr aus. »Wenn du dich traust.«

Bei dem Gedanken wurden Beths Brustwarzen ganz hart. Noch immer betrachtete sie seinen Körper, der im Mondlicht schimmerte; die festen Muskeln auf seiner Brust und einen anderen Körperteil, der nachdrücklich Beachtung forderte.

»Ich traue mich«, antwortete sie, beugte sich über ihn und küsste ihn leicht auf die Nasenspitze, wie er es so oft bei ihr getan hatte.

»Das ist zumindest ein Anfang«, sagte er.

»Ja, und da ist dein Mund.« Sie kostete seine Lippen und drang dann mit der Zunge in seinen Mund ein. Als sie spürte, wie seine Erregung wuchs, gab sie ihm einen kleinen Kuss aufs Kinn und ertastete sich dann mit den Lippen einen Weg bis zur Brust. Er keuchte leise, als sie ein wenig mit seinen Brustwarzen spielte, bevor sie Mund und Hände immer weiter an seinem Körper hinabwandern ließ und sich an seiner fast schmerzhaften Spannung weidete. Schließlich fuhr sie mit der Zunge an der Innenseite seiner Oberschenkel entlang, bis sein ganzer Körper wie eine Bogensehne gespannt war. Sie nahm ihn in die Hand und spürte das heftige Pulsieren. Immer rascher ging sein Atem.

Beth wunderte sich über ihre eigene Kühnheit, als sie mit der Zunge sachte über sein pochendes Fleisch fuhr und es genoss, seine Lust immer noch weiter anzufachen.

»Ach, Mädchen.« Er griff nach ihr, zog sie zu sich hinauf und küsste sie innig. Während seine Zunge sich einen Weg in ihren Mund bahnte, strich er ihr sanft über den Rücken. Dann bedeckte er ihren Hals und die Schultern mit leichten, schnellen Küssen und ließ seinen Mund dann weiter über ihren ganzen Körper wandern. Er griff nach ihrer Brust, die voll und reif in seiner Hand lag.

Mit der anderen Hand streichelte er die Innenseite ihres Schenkels, bis ihr Körper sich ihm voll Verlangen entgegendrängte. Während er ihren Mund mit einem heißen Kuss versiegelte, führte sie ihn mit der Hand in sich ein. Ihr Schoß nahm ihn leicht auf und hieß ihn willkommen. Als er einen Augenblick zögerte, hielt sie vor Spannung den Atem an. Darauf küsste er sie noch leidenschaftlicher und begann, sich in ihr zu bewegen, behutsam zunächst, doch dann immer kraftvoller und fordernder. Willig kam sie ihm entgegen und nahm seinen Rhythmus auf. Jetzt war sie ganz und gar sein.

Die Welt ringsumher versank, es gab nur noch sie beide. Immer höher schlugen die Flammen in ihren Adern, immer stärker wurden die Schauer, die ihren Körper durchdrangen, bis sie glaubte, es nicht mehr aushalten zu können.

Doch weiter ging es und immer weiter, und dann schien etwas in ihr zu explodieren. Noch immer hielt er nicht inne. Wilder und wilder wurden seine Stöße, die ihr fast den Atem raubten, bis er schließlich mit einem letzten lauten Stöhnen auf sie sank.

So lag er eine lange Weile schwer und regungslos auf ihr, nur sein Atem kam heiß und stoßweise und kitzelte sie am Hals.

»Sag etwas, Liebste«, flüsterte er endlich, »sag mir, dass ich dich nicht zermalmt habe.«

»Das hast du nicht. Du bist nur ein bisschen schwer.«

Er rollte von ihr herunter auf die Seite, und Beth stieß einen Seufzer der Erleichterung aus.

»Beth, Patrick, seid ihr da?«, drang Mollys ungehaltene Stimme an ihr Ohr.

»Meine Güte«, murmelte Beth, »das klingt wie Drusilla an dem Tag, als wir uns zum ersten Mal trafen.«

»Nein, Mädchen. So wie diese Furie könnte Molly niemals kreischen. Aber ich glaube, wir sollten uns trotzdem auf den Heimweg machen, bevor sie uns ganz Dunsithe auf den Hals hetzt. Wo hast du dein Hemd hingetan?«

»Ich habe es nirgends hingetan«, erinnerte sie ihn. »Du hast es irgendwo dort drüben hingeworfen. Wo sind deine Hosen und Stiefel?«

»Bei deinem Hemd«, antwortete er und erhob sich, um die Sachen zu suchen. »Da, zieh das Nachthemd rasch über. Sie werden gleich hier sein.«

Beth kicherte. »Seid Ihr so schüchtern, Sir?«

»Nein, Mädchen, aber ich will Molly keinen Schock versetzen.«

»Oder Kintail«, sagte sie grinsend.

Patrick lachte. »Da hast du Recht. Ich mag gar nicht daran denken, was er täte, wenn ich mich seiner Frau nackt zeigen würde. Mach schnell!«

Noch immer kichernd, schlüpfte sie in ihr Hemd und ließ es sich von ihm zuschnüren. In diesem Augenblick rief Molly erneut nach ihnen, und Beth gab Antwort: »Wir sind hier drüben!«

Als Molly am Rande der Lichtung auftauchte, waren die beiden wieder züchtig bekleidet und standen zur Begrüßung bereit.

Einen Arm um Beths Schultern gelegt, empfing Patrick sie mit den Worten: »Hattet ihr Angst, ein Unhold hätte uns verschleppt?«

»Wir wussten ja nicht, was los ist«, antwortete Molly, hinter der Fins große Gestalt erschien.

»Siehst du, was habe ich dir gesagt?«, wandte sich Patrick mit einem Grinsen an Beth.

»Was zum Teufel treibt ihr beiden hier draußen?«, brummte Fin.

»Mit dem Teufel hatte es bestimmt nichts zu tun«, antwortete Patrick aufgeräumt und drückte Beth ein wenig fester an sich. »Der Mond war schuld, Laird. Er hat uns herausgelockt.«

»Ja, du bist schon immer ein richtiges Mondkalb gewesen«, sagte Kintail. »Aber Beth hätte ich für vernünftiger gehalten.«

»Oh nein«, erwiderte Beth und errötete. »Ich bin genauso mondsüchtig wie Patrick.«

Darauf schüttelte Kintail nur den Kopf, legte seiner Frau den Arm um die Schultern und schob sie sanft in die andere Richtung. »Mir scheint, wir stören nur, meine Liebe.«

»Molly!«, schallte da Nells Stimme durch die Nacht.

»Sir Patrick, wo seid Ihr?«

»He, Sir Patrick!«

»Ach, du liebe Zeit«, rief Patrick. »Habt Ihr die ganze Burg in Alarm versetzt?«

Beth grinste, doch Molly sagte: »Wir scheuchen sie wieder weg.« Sie entzog sich Kintails Arm und schob ihn vor sich her. »Los, Sir, sagt ihnen, sie sollen wieder nach Hause gehen«, befahl sie. »Euch werden sie eher gehorchen als mir.«

»Ich wüsste nicht, warum. Du gehorchst mir doch auch nie«, sagte Kintail so laut, dass Patrick und Beth es hören konnten.

Lachend zog Patrick seine Frau an sich und nahm sie in die Arme. »Gefällt es dir, eine Familie zu haben, mein Liebchen?«

»Ja, sehr. Aber es ist eigenartig, dass sie alle die ganze Zeit über da waren und ich keine Ahnung davon hatte.«

»Aber du hattest die Träume«, gab er zu bedenken.

»Das war aber etwas anderes. Ich dachte schließlich, es seien nur Träume.«

»Ist denn jetzt alles gut – ich meine, dass wir verheiratet sind?«

»Ja, Sir«, erwiderte sie und sah ihm tief in die Augen. »Das ist sogar ganz wundervoll.«

Er lächelte, und eine lange Weile standen sie so und schauten einander an. »Ach, meine süße Beth«, flüsterte er schließlich. »Du bedeutest mir mehr als mein Leben.«

Er küsste sie abermals, doch sie entzog sich ihm. »Der Platz hier ist mittlerweile zu belebt«, sagte sie. »Aber vielleicht sind wir in unserer Schlafkammer ein wenig für uns. Obwohl – bei dem Kleinen Volk kann man nie wissen.«

Doch das kümmerte ihn nicht. Lachend zog er sie an sich und ging mit ihr durch den Wald zurück nach Dunsithe.

Deutsche Erstausgabe 2006
Weltbild Buchverlag –Originalausgaben–

3. Auflage 2008

Dieses Werk wurde vermittelt durch die
Literarische Agentur Thomas Schlück GmbH, 30827 Garbsen.

Projektleitung: Almut Seikel
Redaktion: Claudia Krader
Übersetzung: Carola Kasperek
Umschlag: Hauptmann & Kompanie Werbeagentur GmbH, München
Umschlagabbildung: © Vittorio Dangelico via Agentur Schlück GmbH, Garbsen
Satz: avak Publikationsdesign, München
Gesetzt aus der Sabon 10,5/12,5 pt
Druck und Bindung: CPI Moravia Books s.r.o., Pohorelice

Gedruckt auf chlorfrei gebleichtem Papier

Printed in the EU

ISBN 978-3-89897-411-0